三俠五義 下

石玉崑　著
張　虹　校注
楊宗瑩　校閱

三民書局

回目

下冊

第五十六回　救妹夫巧離通天窟　獲三寶驚走白玉堂

且說那正西來的姓姚行六，外號兒搖晃山。那正東北來的姓費行七，外號兒叫爬山蛇。他二人路上說話，不提防樹後有人竊聽。姚六走的遠了，這裏費七被丁二爺追上，從後面一伸手將脖項掐住，按倒在地，道：「費七，你可認得我麼？」費七細細一看道：「丁二爺，為何將小人擒住？」丁二爺道：「我且問你，通天窟在於何處？」費七道：「從此往西去不遠，往南一稍頭，便看見隨山勢的石門，那就是通天窟。」二爺道：「既如此，我合你借宗東西，將你的衣服腰牌借我一用。」費七連忙從腰間遞過腰牌，道：「二員外，你老讓我起來，我好脫衣裳呀。」丁二爺將他一提，攏住髮綹❶，道：「快脫。」費七無奈，將衣裳脫下。丁二爺拿了他的搭包，又將他拉到背眼❷的去處，揀了一棵合抱的松樹，叫他將樹抱住，就用搭包捆縛結實。費七暗暗著急道：「不好！我別要栽了罷。」忽聽丁二爺道：「張開口。」早把一塊衣襟塞住，道：「小子，你在此等到天亮，橫豎有人前來救你。」費七哼了一聲，口中不能說，心裏卻道：「好德行！虧了這個天不甚涼；要是冷天，饒凍死了，別人遠遠的瞧著，拿著我還當做旱魃❸呢。」

❶ 髮綹：繫頭髮的帶子。

❷ 背眼：偏僻；隱蔽。

丁二爺此時已將腰牌掖起，披了衣服，竟奔通天窟而來。果然隨山石門，那邊又有草團瓢❹三間。已聽見有人唱：「有一個柳迎春哪，他在那個井呵，井呵唔邊哪，汲哧汲哧水哟！」丁二爺高聲叫道：「李三哥，李三哥。」只聽醉李道：「誰呀？讓我把這個巧腔兒唱完了呵。」早見他趔趄趔趄❺的出來，將二爺一看，道：「噯呀！少會呀，尊駕是誰呀？」二爺道：「我姓費行七，是五員外新挑來的。」說話間，已將腰牌取出，給他看了。醉李道：「老七，休怪哥哥說，你這個小模樣子伺候五員外，叫哥哥有點不放心呀。」丁二爺連忙喝道：「休得胡說！我奉員外之命。因姚六回了員外，說姓展的挑眼❻將酒飯摔砸了，員外不信，叫我將姓展的帶去與姚六質對質對。」醉李聽了道：「好兄弟，你快將這姓展的帶了去罷！他沒有一頓不鬧的，把姚六罵的不吐核兒，卻沒有罵我。甚麼緣故呢？我是不敢上前的。再者那個門我也拉不動他。」丁二爺道：「員外立等，你不開門，怎麼樣呢？」醉李道：「七兄弟，勞你的駕罷！你把這邊假門的銅環拿住了，往懷裏一帶，那邊的活門就開了。哥哥喝醉了，那裏有這樣的力氣呢？你拉門，哥哥叫姓展的，好不好？」丁二爺道：「既是如此……」上前攏住銅環，往懷裏一拉，輕輕的門就開了。醉李道：「老七，好兄弟！你的手頭兒可以。怨得五員外把你挑上呢。」他又扒著石

❸ 旱魃：指能致旱災的神。神異經：「南方有人，長二三尺，袒身，而目在頂上，走行如風，名曰魃，所見之國大旱，赤地千里，一名旱母。」

❹ 草團瓢：茅草小屋。

❺ 趔趄趔趄：腳步歪斜，行路不穩的樣子。趔，斜足。

❻ 挑眼：故意找差錯。

門道：「展老爺，展老爺，我們員外請你老呢。」只見裏面出來一人道：「夤夜之間，你們員外又請我作甚麼？難道我怕他有甚麼埋伏麼？快走，快走！」

丁二爺見展爺出來，將手一鬆，那石門已然關閉。向前引路，走不多遠，便煞住腳步，悄悄的道：「展兄可認得小弟麼？」展爺猛然聽見，方細細留神，認出是兆蕙，不勝歡喜，道：「賢弟從何而來？」二爺便將眾兄弟俱各來了的話說了。又見迎面有燈光來了。他二人急閃入林後，見二人抬定一罈酒，前面是姚六，口中抱怨道：「真真的偺們員外，也不知是安著甚麼心？好酒好菜的供養著他，還討不出好來。也沒見這姓展的太不知好歹，成日家罵不絕口。」

剛說到此，恰恰離丁二爺不遠。二爺暗暗將腳一鉤，姚六往前一撲，口中哎呀道：「不好！」咕咚——哐嚓——噗哧。咕咚是姚六爬下了，哐嚓是酒罈子砸了，噗哧是後面的人躺在撒的酒上了。丁二爺已將姚六按住，展爺早把那人提起。姚六認得丁二爺道：「二員外，不干小人之事。」又見揪住那人的是展爺，連忙央告道：「展老爺，也沒有他的事情。求二位爺饒恕。」展爺道：「你等不要害怕，斷不傷害你等。」二爺道：「雖然如此，卻放不得他們。」於是將他二人也捆縛在樹上，塞住了口。

然後展爺與丁二爺悄悄來到五義廳東竹林內，聽見白玉堂又派了親信伴當白福，快到連環窟催取三寶。展爺便悄悄的跟了白福而來。到了竹林衝要之地，展爺便煞住腳步，竟等截取三寶。

不多時，只見白福提著燈籠，托著包袱，嘴裏哼哼著唱灤州影❼，又形容幾句，猓猓腔末了兒改唱

---

❼灤州影：皮影戲的一個劇種。影人用驢皮製成，亦稱「皮影」。唱腔綜合高腔、京腔和灤縣一帶的曲藝而有所變化。流行於河北省。

了一只西皮二簧。他可一壁唱著，一壁回頭往後瞧。越唱越瞧的利害，心中有些害怕，覺得身後呲拉呲拉的響。將燈往身後一照，仔細一看，卻是枳荊紮在衣襟之上，口中嘟囔道：「我說是甚麼響呢？怪害怕的。原來是他呀。」連忙撂下燈籠，放下包袱，回身摘去枳荊。轉臉兒一看，燈籠滅了，包袱也不見了。這一驚非小，剛要找尋，早有人從背後抓住道：「白福，你可認得我麼？」白福仔細看時，卻是展爺，連忙央告道：「展老爺，小人白福不敢得罪你老，這是何苦呢？」展爺道：「好小子，你放心。我斷不傷害於你。你須在此歇息歇息，再去不遲。」說話間，已將他雙手背剪。白福道：「怎麼，我這麼歇息麼？」展爺道：「你這麼著不舒服，莫若爬下。」將他兩腿往後一撩，手卻往前一按。白福如何站得住，早已爬伏在地。展爺見旁邊有一塊石頭，端起來，道：「我與你蓋上些兒，看夜靜了著了涼。」白福嗳呀道：「展老爺，這個被兒太沉！小人不冷，不勞展老爺疼愛我。」展爺道：「動一動我瞧瞧，如若嫌輕，我再給你蓋上一個。」白福忙接言道：「展老爺，小人就只蓋一個被的命；若是再蓋上一塊，小人就折受死了。」展爺料他也不能動了，便奔樹根之下，來取包袱。誰知包袱卻不見了。展爺喫這一驚，可也不小。

正在詫異間，只見那邊人形兒一晃，展爺趕步上前。只聽噗哧一聲，那人笑了。展爺倒嚇了一跳，忙問道：「誰？」一壁問，一壁看，原來是三爺徐慶。展爺便問：「三弟幾時來的？」徐爺道：「小弟見展兄跟下他來，惟恐三寶有失，特來幫扶。不想展兄只顧給白福蓋被，卻把包袱抛露在此。若非小弟收藏，這包袱又不知落於何人之手了。」說話間，便從那邊一塊石下將包袱掏出，遞給展爺。展爺道：「三弟如何知道此石之下，可以藏得包袱呢？」徐爺說：「告訴大哥說，我把這陷空島大小去處，凡有石塊之處或通或塞，別人皆不能知，小弟沒有不知道的。」展爺點頭道：「三弟真不愧穿山鼠了。」

二人離了松林，竟奔五義廳而來。只見大廳之上中間桌上設著酒席，丁大爺坐在上首，柳青坐在東邊，白玉堂坐在西邊，左脇下帶著展爺的寶劍。見他前仰後合，也不知是真醉呀，也不知是假醉，信口開言道：「小弟告訴二位兄長說：總要叫姓展的服輸到地兒，或將他革了職，連包相也得處分，那時節小弟心滿意足，方才出這口惡氣。我只看將來我那些哥哥們，怎麼見我？怎麼對得過開封府？」說罷，哈哈大笑。上面丁兆蘭卻不言語。柳青在旁，連聲誇讚。

外面眾人俱各聽見。惟獨徐爺心中按捺不住，一時性起，手持利刃，竟奔廳上而來。進得門來，口中說道：「姓白的，先喫我一刀。」白玉堂正在那裏談的得意，忽見進來一人手舉鋼刀，竟奔上來了。忙取腰間寶劍，罷咧，不知何時失去。誰知丁大爺見徐爺進來，白五爺正在出神之際，已將寶劍竊到手中。白玉堂因無寶劍，又見刀臨切近，將身向旁邊一閃，將椅子舉起往上一迎。只聽拍的一聲，將椅背砍得粉碎。徐爺又掄刀砍來，白玉堂閃在一旁，說道：「姓徐的，你先住手。我有話說。」徐爺聽了，道：「你說，你說！」白玉堂道：「我知你的來意。知道拿住展昭，你會合丁家兄弟前來救他。但我有言在先，已向展昭言明，不拘時日，他如能盜回三寶，我必隨他到開封府去。他說只用三天，即可盜回。如今雖未滿限，他尚未將三寶盜回。你明知他斷不能盜回三寶，恐傷他的臉面，今仗著人多，欲將他救出，三寶也不要了，也不管姓展的怎麼回覆開封府，怎麼腆顏見我。你們不要臉，難道姓展的也不要臉麼？」徐爺聞聽，哈哈大笑，道：「姓白的，你還作夢呢！」即回身大叫：「展大哥，快將三寶拿來。」早見展爺托定三寶，進了廳內，笑吟吟的道：「五弟，劣兄幸不辱命。果然未出三日，已將三寶取回，特來呈閱。」

白玉堂忽然見了展爺，心中納悶，暗道：「他如何能出來呢？」又見他手托三寶，外面包的包袱還是自己親手封的，一點也不差，更覺詫異。又見盧大爺、丁二爺在廳外站立，心中暗想道：「我如今要隨他們上開封府，又滅了我的銳氣；若不同他們前往，又失卻前言。」正在為難之際，忽聽徐爺嚷道：「姓白的，事到如今，你又有何說？」白玉堂正無計脫身，聽見徐爺之言，他便拿起砍傷了的椅子向徐爺打去。徐爺急忙閃過，持刀砍來。白玉堂手無寸鐵，便將蔥綠氅脫下，從後身脊縫撕為兩片，雙手掄起，擋開利刃，急忙出了五義廳，竟奔西邊竹林而去。盧方向前說道：「五弟且慢，愚兄有話與你相商。」白玉堂並不答言，直往西去。丁二爺見盧大爺不肯相強，也就不好追趕。只見徐爺持刀緊緊跟隨。白玉堂恐他趕上，到了竹林密處，即將一片蔥綠氅搭在竹子之上。徐爺見了，以為白玉堂在此歇息，躡足潛蹤，趕將上去，將身子往前一竄，往下一按，一把抓住，道：「老五呀！你還跑到那裏去？」用手一提，卻是半片綠氅，玉堂不知去向。此時白玉堂已出竹林，竟往後山而去。看見立峰石，又將那片綠氅搭在石峰之上，他便越過山去。

這裏徐爺明知中計，又往後山追來。遠遠見玉堂在那裏站立，連忙上前。仔細一看，卻是立峰石上搭著半片綠氅，已知玉堂去遠，追趕不及。暫且不表。

且說柳青正與白五爺飲酒，忽見徐慶等進來，徐爺就與白五爺交手，見他二人出了大廳就不見了。自己一想：「我若偷偷兒的溜了，對不住眾人；若與他等交手，斷不能取勝。到了此時，說不得仗著膽子，只好充一充朋友。」想罷，將桌腿子卸下來，拿在手中，嚷道：「你等既與白五弟在神前結盟，死生共之。既有今日，何必當初？真乃叫我柳某好笑！」說罷，掄起桌腿，向盧方就打。盧方一肚子的氣，正無處可出，見柳青打來，正好拿他出出氣。見他臨近，並不招架，將身一閃躲過，卻使了個掃堂腿。只聽噗通一聲，柳青仰面跌倒。盧爺叫莊丁將他綁了。莊丁上前將柳青綁好。柳青白馥馥一張面皮，只羞得紫微微滿面通紅，好生難看。

盧方進了大廳，坐在上面。莊丁將柳青帶到廳上。柳青便將二目圓睜，嚷道：「盧方，敢將柳某怎麼樣？」盧爺道：「我若將你傷害，豈是我行俠尚義所為。所怪你者，實係過於多事耳。至我五弟所為之事，無須與你細談。叫莊丁將他放了去罷。」柳青到了此時，走也不好，不走也不好。盧方道：「既放了你，你還不走，意欲何為？」柳青道：「走可不走麼？難道說，我還等著喫早飯麼？」說著話，搭搭訕訕的就溜之乎也。

盧爺便向展爺、丁家兄弟說道：「你我仍須到竹林裏尋找五弟去。」展爺等說道：「大哥所言甚是。」正要前往，只見徐爺回來，說道：「五弟業已過了後山，去的蹤影不見了。」盧爺跌足道：「眾位賢弟不知，我這後山之下乃松江的江岔子。越過水面，那邊松江，極是捷徑之路，外人皆不能到。五弟在山時，他自己練的獨龍橋，時常飛越往來，行如平地。」大家聽了同聲道：「既有此橋，咱們何不追了他去呢？」盧方搖頭道：「去不得，去不得！名雖叫獨龍橋，卻不是橋；乃是一根大鐵鍊，有樁二根，一根在山根之下，一根在那泊岸之上，當中就是鐵鍊。五弟他因不知水性，他就生心暗練此橋，以為自己能夠在水上飛騰越過，也是一片好勝之心。不想他閒時治下，竟為今日忙時用了。」眾人聽了，俱各發怔。

忽聽丁二爺道：「這可要應了蔣四哥的話了。」大家忙問甚麼話。丁二爺道：「蔣四哥早已說過：

五弟不是沒有心機之人。巧咧，他要自行投到，把眾兄弟們一網打盡。看他這個光景，當真的他要上開封府呢。」盧爺、展爺聽了，更覺為難，道：「似此如之奈何？我們豈不白費了心麼？怎麼去見相爺呢？」丁二爺道：「這倒不妨。還好，幸虧將三寶盜回，二位兄長也可以交差，蓋的過臉兒去。」丁大爺道：「天已亮了，莫若俱到舍下，與蔣四哥共同商量個主意才好。」

盧爺吩咐水手預備船隻，同上茉花村，又派人到蚯蚓灣蘆葦深處，告訴丁二爺昨晚坐的小船也就回莊，不必在那裏等了。又派人到松林將姚六、費七、白福等鬆放回來。丁二爺仍將湛盧寶劍交與展爺佩帶。盧爺進內略為安置，便一同上船，竟奔茉花村去了。

且說白玉堂越過後牆，竟奔後山而來。到了山根之下，以為飛身越渡，可到松江。仔細看時，這一驚非小。原來鐵鍊已斷，沉落水底。玉堂又是著急，又是為難，又恐後面有人追來。忽聽蘆葦之中，咿呀呀，搖出一隻小小漁船。玉堂滿心歡喜，連忙喚道：「那漁船快向這邊來，將俺渡到那邊，自有重謝。」只見那船上搖櫓的卻是個年老之人，對著白玉堂道：「老漢以捕魚為生，清早利市❽，不定得多少大魚。如今渡了客官，耽延工夫，豈不誤了生理？」玉堂道：「老丈，你只管渡我過去。到了那邊，我加倍賞你如何？」漁翁道：「既如此，千萬不可食言！老漢渡你就是了。」說罷，將船搖到山根。

不知白玉堂上船不曾，且聽下回分解。

❽ 利市：得利。易兌卦：「為近市，利三倍。」

第五十七回　獨龍橋盟兄擒義弟　開封府包相保賢豪

且說白玉堂縱身上船，那船就是一晃，漁翁連忙用篙點住，道：「客官好不曉事。此船乃捕魚小船，俗名划子，你如何用猛力一趁。幸虧我用篙撐住；不然，連我也就翻下水去了。好生的荒唐呀！」白玉堂原有心事，恐被人追上，難以脫身；幸得此船肯渡，他雖然叨叨數落，卻也毫不介意。那漁翁慢慢的搖起船來，撐到江心，卻不動了。便發話道：「大清早起的，總要發個利市。再者俗語說的是，『船家不打過河錢』。客官有酒資拿出來，老漢方好渡你過去。」白玉堂道：「老丈，你只管渡我過去，我是從不失信的。」漁翁道：「難，難，難，難！口說無憑，多少總要憑信的。」白玉堂暗道：「叵耐❶這廝可惡！偏我來的倉猝，並未帶得銀兩。也罷，且將我這件襯襖脫下給他，幸得裏面還有一件舊襯襖，尚可遮體。候渡到那面，再作道理。」想罷，只得脫下襯襖，道：「老丈，此衣足可典當幾貫錢鈔，難道你還不憑信麼？」漁翁接過抖開來，看道：「這件衣服，若是典當了，可以比捕魚有些利息了。客官休怪，這是我們船家的規矩。」

正說間，忽見那邊飛也似的趕了一隻漁船來，口中說道：「好呀！清早發利市，見者有分。須要沽酒請我的。」說話間，船已臨近。這邊的漁翁道：「甚麼大利市，不過是件衣服。你看看，可典多少錢

❶ 叵耐：不可忍耐。受不了。

鈔？」說罷，便將衣服擲過。那漁人將衣服抖開一看，道：「別管典當多少，足彀你我喝酒的了。老兄，你還不口頭饞麼？」漁翁道：「我正在思飲，偺們且喫酒去。」只聽嗖的一聲，已然跳到那邊船上。那邊漁人將篙一支，登時飛也似的去了。

白玉堂見他們去了，白白的失去衣服，無奈何，自己將篙拿起來撐船。可煞作怪，那船不往前走，只是在江心打轉兒。不多會，白玉堂累的通身是汗，喘吁不止，自己發恨道：「當初與其練那獨龍橋的，何不下工夫練這漁船呢？今日也不至於受他的氣了。」正在抱怨，忽見小小艙內出來一人，頭戴斗笠，猛將斗笠摘下，道：「五弟久違了！世上無有十全的人，也沒有十全的事，你抱怨怎的？」白玉堂一看，卻是蔣平，穿著水靠，不由的氣沖霄漢，一聲怪叫道：「嗳喲，好病夫！那個是你五弟？」蔣爺道：「哥哥是病夫，好稱呼呀。這也罷了。當初叫你練練船隻，你總以為這沒要緊，必要練那出奇的頑意兒。到如今，你那獨龍橋那裏去了？」白玉堂順手就是一篙，蔣平他就順手落下水去。白玉堂猛然省悟，道：「不好，不好！他善識水性，我白玉堂必被他暗算。」兩眼盡往水中注視。再將篙撥船時，動也不動，只急得他兩手扎煞。

忽見蔣平露出頭來，把住船邊，道：「老五呀！你喝水不喝？」白玉堂未及答言，那船已然底兒朝天，把個錦毛鼠弄成水老鼠了。蔣平恐他過於喝多了水，不是當耍的，又恐他不喝一點兒水，也是難纏的；莫若叫他喝兩三口水，趁他昏迷之際，將就著到了茉花村，就好說了。他左手揪住髮綹，右手托定腿窪，兩足踏水，不多時即到北岸，見有小船三四隻在那裏等候。這是蔣平臨過河拆橋時，就吩咐下的。船上共有十數人，見蔣爺托定白玉堂，大家便嚷道：「來了，來了！四老爺成了功了！上這裏來。」蔣爺來到切近，將白玉堂往上一舉。眾水手接過，便要控水。蔣爺道：「不消，不消。你們大家把五爺寒鴉赴水的背剪了，頭面朝下，用木槓即刻抬至茉花村。趕到那裏，大約五爺的水也控淨了，就甦醒過來了。」眾水手只得依命而行。七手八腳的捆了，用槓穿起，扯連扯連抬著個水淋淋的白玉堂，竟奔茉花村而來。

且說展熊飛同定盧方、徐慶、兆蘭、兆蕙相陪，來到茉花村內。剛一進門，二爺便問伴當道：「蔣四爺可好些了？」伴當道：「蔣四爺於昨晚二員外起身之後，也就走了。」眾人詫異，道：「往那裏去了？」伴當道：「小人也曾問來，說：『四爺病著，往何方去呢？』四爺說：『你不知道，我這病是不要緊的；皆因有個約會等個人，卻是極要緊的。』小人也不敢深問，因此四爺就走了。」眾人聽了，心中納悶，惟獨盧爺著急，道：「他的約會，我焉有不知的？從來沒有提起，好生令人不解。」丁大爺道：「大哥不用著急，且到廳上坐下，大家再作商量。」說話間，來到廳上。丁大爺先要去見丁母。眾人俱言：「代為叱❷名請安。」展爺說：「俟事體消停，再去面見老母。」丁大爺一一領命，進內去了。丁二爺吩咐伴當：「快快去預備酒飯。我們俱是鬧了一夜的了，又渴又餓。快些，快些！」伴當忙忙的傳往廚房去了。少時，丁大爺出來，又一一的替老母問了眾人的好。又向展爺道：「家母聽見兄長來了，好生歡喜。言事情完了，還要見兄長呢。」展爺連連答應。早見伴當調開桌椅，安放杯箸。上面是盧方，其次展昭、徐慶，兆蘭、兆蕙在主位相陪。

剛然入座，才待斟酒，忽見莊丁跑進來，稟道：「蔣老爺回來了，把白五爺抬來了。」眾人聽了，

❷ 叱：呼。

又是驚駭，又是歡喜，連忙離座出廳，俱各迎將出來。到了莊門，果見蔣四爺在那裏吩咐，把五爺放下抽槓解縛。此時白玉堂已然吐出水來，雖然甦醒，尚不明白。盧方見他面目焦黃，渾身猶如水雞兒一般，不覺淚下。展爺早趕步上前，將白玉堂扶著坐起，慢慢喚道：「五弟醒來，醒來。」不多時，只見白玉堂微睜二目。看了看展爺，復又閉上。半晌，方嘟囔道：「好病夫呀！淹得我好！淹得我好！」說罷，哇的一聲，又吐出許多清水，心內方才明白了。睜眼往左右一看，見展爺蹲在身旁，盧方在那裏拭淚，惟獨徐慶、蔣平二人，一個是怒目橫眉，一個是嬉皮笑臉。白玉堂看見蔣爺，便要掙扎起來，道：「好病夫呀！我是不能與你干休的。」展爺連忙扶住，道：「五弟且看愚兄薄面，此事始終皆由展昭而起。五弟如有責備，你就責備展昭就是了。」丁家弟兄連忙上前扶起玉堂，說道：「五弟且到廳上去沐浴更衣後，有甚麼話再說不遲。」白玉堂低頭一看，見渾身連泥帶水好生難看，又搭著處處皆濕，遍體難受的很。到此時也沒了法子了，只得說：「小弟從命。」

大家步入莊門，進了廳房。丁二爺叫小童掀起套間軟簾，請白五爺進內。只見澡盆、堂布、香肥皂、胰子❸、香豆麵。床上放著洋布汗遢中衣、月白洋縐套褲、靴、襪、綠花氅、月白襯襖、絲縧、大紅繡花武生頭巾，樣樣俱是新的。又見小童端了一磁盆熱水來，放在盆架之上，請五老爺坐了，打開髮纂，先將髮內泥土洗去，又換水添上香豆麵洗了一回，然後用木梳通開，將髮纂挽好，紮好網巾。又見進來一個小童，提著一桶熱水注在澡盆之內，請五老爺沐浴。兩個小童就出來了。白玉堂即將濕衣脫去，坐在矮櫈之上，週身洗了，用堂布擦乾，穿了中衣等件。又見小童進來，換了熱水，請五老爺淨面。然後穿了衣服，

❸ 胰子：肥皂。以往取豬胰浸於酒中，冬日用以塗抹皮膚，使之潤澤，以免皴裂。後借稱肥皂為「胰子」。

戴了武生巾。其衣服靴帽尺寸長短，如同自己一樣，心中甚為感激丁氏弟兄，只是惱恨蔣平，心中忿忿。

只見丁二爺進來，道：「五弟沐浴已畢，請到堂屋中談話飲酒。」白玉堂只得隨出，見他仍是怒容滿面。盧方等立起身來說：「五弟，這邊坐，敘話。」玉堂也不言語。見方才之人皆在，惟不見蔣爺，心中納悶。只見丁二爺吩咐伴當擺酒。片時工夫，已擺得齊整，皆是美味佳餚。丁大爺擎杯，丁二爺執壺，道：「五弟想已餓了，且吃一杯煖一煖寒氣。」說罷，斟上酒來，向玉堂說：「五弟請用。」白玉堂此時欲不飲此酒，怎奈腹中饑餓，不作臉的肚子咕嚕嚕的亂響，只得接杯一飲而盡。又斟了門杯。又給盧爺、展爺、徐爺斟了酒。大家入座。

盧爺道：「五弟，已往之事，一概不必提了。無論誰的不是，皆是愚兄的不是。惟求五弟同到開封府，就是給為兄的作了臉了。」白玉堂聞聽，氣沖斗牛，不好向盧方發作，只得說：「叫我上開封府，萬萬不能。」展爺在旁插言道：「五弟不要如此，凡事必須三思而後行，還是大哥所言不差。」玉堂道：「我管甚麼『三思』、『四思』，橫豎我不上開封府去。」

展爺聽了玉堂之言，有許多的話要問他，又恐他有不順情理之言，還是與他鬧是不鬧呢？正在思想之際，忽見蔣爺進來，說：「姓白的，你別過於任性了。當初你向展兄言明盜回三寶，你就同他到開封府去；如今三寶取回，就該同他前往才是。即或你不肯同他前往，也該以情理相求，為何竟自逃走？不想又遇見我救了你的性命，又虧丁兄給你換了衣服，如此看待，為的是成全朋友的義氣。你如今不到開封府，不但失信於展兄，而且對不住丁家弟兄。你義氣何在？」白玉堂聽了，氣的喊叫如雷，說：「好病夫呀！我與你勢不兩立了！」站起來，就奔蔣爺拚命。丁家弟兄連忙上前攔住，道：「五弟不可，有話慢說。」蔣爺笑道：「老五呀，我不與你打架。就是你打我，我也不還手。打死我，你給我償命。我早已知道你是沒見過大世面的，如今聽你所說之言，真是沒見過大世面。」白玉堂道：「你說，我沒見過大世面。你倒要說說我聽。」

蔣爺笑道：「你願聽，我就說與你聽。你說你到過皇宮內院，忠烈祠題詩，萬壽山前殺命，奏摺內夾帶字條，大鬧龐府殺了侍妾。你說這都是人所不能的。這原算不了奇特，這不過是你仗著有飛簷走壁之能，黑夜裏無人看見，就遇見了皆是沒本領之人。這如何算的是大能幹呢？如何算得見過大世面呢？如若是見過世面，必須在光天化日之中，瞻仰過包相爺升堂問事，那一番的威嚴令人可畏。未升堂之時，先是有名頭的皂班、各項捕快、各項的刑具、各班的皂役，一班一班的由角門而進，將鐵鍊夾棍各樣刑具往堂上一放。又有王、馬、張、趙將御鍘請出。喊了堂威，左右排班侍立。相爺從屏風後步入公座。那一番赤膽忠心為國為民一派的正氣，姓白的，你見了也就威風頓減。這些話彷彿我薄你。皆因你所為之事都是黑夜之間，人皆睡著，由著你的性兒，該殺的就殺，該偷的就偷拿了走了。若在白晝之間，這樣事全是不能行的。我說你沒見過大世面，所以不敢上開封府去，就是這個緣故。」

白玉堂不知蔣爺用的是激將法，氣的他三尸神❹暴出，五陵豪氣飛空，說：「好病夫！你把白某看

---

❹ 三尸神：道家認為人體內有三種害蟲，叫三尸。酉陽雜俎：「三尸一日三朝，上尸青姑，伐人眼；中尸白姑，伐人五藏；下尸血姑，伐人胃命。」

作何等樣人？慢說是開封府，就是刀山箭林，也是要走走的。」蔣爺笑嬉嬉道：「老五哇，這是你的真話呀？還是仗著膽子說的呢？」玉堂嚷道：「這也算不了甚麼大事，也不便與你撒謊。」蔣爺道：「你既願意去，我還有話問你。這一起身雖則同行，你萬一故意落在後頭，我們可不能等你。你若從屎道裏逃了，我們可不能找你。還有一件事更要說明，你在皇宮內院幹的事情，這個罪名非同小可。到了開封府，見了相爺，必須小心謹慎，聽包相爺的鈞諭，才是大丈夫所為。若是你仗著自已有飛簷走壁之能，血氣之勇，不知規矩，口出胡言大話，就算不了行俠尚義英雄好漢，就是個渾小子，也就不必上開封府去了。你就請罷！再也不必出頭露面了。」白玉堂是個心高氣傲之人，如何能受得這些激發之言，說：「病夫，如今我也不合你論長論短。俟到了開封府，叫你看看白某是見過大世面，還是沒有見過大世面，那時再與你算帳便了。」蔣爺笑道：「結咧。看你的好好勁兒了。好小子！敢作敢當，才是好漢呢。」兆蘭等恐他二人說翻了，連忙說道：「放著酒不喫，說這些不要緊的話作甚麼呢？」丁大爺斟了一杯酒，遞給玉堂；丁二爺斟了一杯酒，遞與蔣平，二人一飲而盡。然後大家歸座，又說了些閒話。

白玉堂向著蔣爺道：「我與你有何仇何恨？將我翻下水去，是何緣故？」蔣爺道：「五弟，你說話太不公道。你想想你作的事那一樣兒不利害，那一樣兒留情分，甚至說話都叫人磨不開。就是今日，難道不是你先將我一篙打下水去麼？幸虧我識水性，不然，我就淹死了。怎麼你倒惱我？我不冤死了麼？」說的眾人都笑起來了。丁二爺道：「既往之事，不必再說。莫若大家喝一回，喫了飯，也該歇息歇息了。」說罷，才要斟酒。

展爺道：「二位賢弟且慢，愚兄有個道理。」說罷，接過杯來，斟了一杯，向玉堂道：「五弟，此事皆因愚兄而起。其中卻有區別。今日當著眾位仁兄賢弟俱各在此，小弟說一句公平話，這件事實係五弟性傲之故，所以生出這些事來。如今五弟既願到開封府去，無論何事，我展昭與五弟榮辱共之。如五弟信的，就飲此一杯。」大家俱稱讚道：「展兄言簡意深，真正痛快。」白玉堂接杯一飲而盡，道：「展大哥，小弟與兄臺本無仇隙，原是義氣相投的。誠然是小弟少年無知不服氣的起見。如到開封府，自有小弟招承，斷不累及吾兄。再者，小弟屢屢唐突冒昧，蒙兄長的海涵，小弟也要敬一杯，陪個禮才是。」說罷，斟了一杯，遞將過來。大家說道：「理當如此。」展爺連忙接過，一飲而盡，復又斟上一杯，道：「五弟既不掛懷劣兄，五弟與蔣四兄也要對敬一杯。」蔣爺道：「甚是，甚是。」二人站起來，對敬了一杯。眾人俱各大樂不止。然後歸座，依然是兆蘭、兆蕙斟了門杯，彼此暢飲。又說了一回本地風光的事體，到了開封府應當如何的光景。

酒飯已畢，外面已備辦停當。展爺進內與丁母請安稟辭，臨別時留下一封謝柬，是給松江府知府的，求丁家弟兄派人投遞。丁大爺、丁二爺送至莊外，眼看著五位英雄帶領著伴當數人，蜂擁去了。一路無話。

及至到了開封府，展爺便先見公孫策商議，求包相保奏白玉堂；然後又與王、馬、張、趙彼此見了。眾人見白玉堂少年英雄，無不羨愛。白玉堂到此時也就循規蹈矩，諸事仗盧大爺提撥。

展爺與公孫先生來到書房，見了包相，行參已畢，將三寶呈上。包公便吩咐李才送到後面收了。展爺便將自己如何被擒、多虧茉花村雙俠打救、又如何蔣平裝病悄地裏拿獲白玉堂的話，說了一遍；惟求相爺在聖上面前遞摺保奏。包公一一應允，也不升堂，便叫將白玉堂帶到書房一見。展爺忙到公所道：

「相爺請五弟書房相見。」白玉堂站起身來就要走，蔣平上前攔住，道：「五弟且慢，你與相爺是親戚，是朋友?」玉堂道：「俱各不是。」蔣爺道：「既無親故，你身犯何罪，就是這樣見相爺，恐於理上說不去。」白玉堂猛然省悟，道：「虧得四哥提撥，險些兒誤了大事。」

未知如何，且聽下回分解。

第五十八回　錦毛鼠龍樓封護衛　鄧九如飯店遇恩星

且說白玉堂聽蔣平之言，猛然省悟，道：「是呀！虧得四哥提撥；不然，我白玉堂豈不成了叛逆了麼？展兄快拿刑具來。」展爺道：「暫且屈尊五弟。」吩咐伴當：「快拿刑具來。」不多時，不但刑具拿來，連罪衣罪裙俱有。立刻將白玉堂打扮起來。此時盧方同著眾人連王、馬、張、趙俱隨在後面。展爺先到書房，掀起簾櫳，進內回稟。

不多時，李才打起簾子，口中說道：「相爺請白義士。」只一句弄的白玉堂欲前不前，要退難退，心中反倒不得主意。只見盧方在那邊打手式，叫他屈膝。他便來到簾前，屈膝肘進，口內低低說道：「罪民白玉堂有犯天條，懇祈相爺筆下超生。」說罷，匍匐在地。包公笑容滿面道：「五義士不要如此，本閣自有保本。」回頭吩咐展爺，去了刑具，換了衣服，看座。白玉堂那裏肯坐。包相把白玉堂仔細一看，不由的滿心歡喜。白玉堂看了包相，不覺的凜然敬畏。包相卻將梗概略為盤詰。白玉堂再無推諉，滿口應承。包相點了點頭，道：「聖上屢屢問本閣要五義士者，並非有意加罪，卻是求賢若渴之意。五義士只管放心。明日本閣保奏，必有好處。」

外面盧方等聽了，連忙進來，一齊跪倒。白玉堂早已的跪下。盧方道：「卑職等仰賴相爺的鴻慈❶。

---

❶ 鴻慈：大恩；大愛。

明日聖上倘不見怪，實屬萬幸；如若加罪時，盧方等情願納還職銜以贖弟罪，從此作個安善良民，再也不敢妄為了。」包公笑道：「盧校尉不要如此，全在本閣身上，包管五義士無事。你等不知聖上此時勵精圖治，惟恐野有遺賢，時常的訓示本閣，叫細細訪查賢豪俊義，焉有見怪之理。只要你等以後與國家出力報效，不負聖恩就是了。」說罷，吩咐眾人起來。又對展爺道：「展護衛與公孫主簿，你二人替本閣好好看待五義士。」展爺與公孫先生一一領命，同定眾人，退了出來。

到了公廳之內，大家就座。只聽蔣爺說道：「五弟，你看相爺如何？」白玉堂道：「好一位為國為民的恩相！」蔣爺笑道：「你也知是恩相了。可見大哥堪稱是我的兄長，眼力不差，說個『知遇之恩』，誠不愧也。」幾句話說的個白玉堂臉紅過耳，瞅了蔣平一眼，再也不言語了。旁邊公孫先生知道蔣爺打趣白玉堂，惟恐白玉堂年幼臉急，連忙說道：「今日我等雖奉相諭款待五弟，又算是我與五弟預為賀喜。候明日保奏下來，我們還要喫五弟喜酒呢。」白玉堂道：「只恐小弟命小福薄，無福消受皇恩。倘能無事，弟也當備酒與眾位兄長酬勞。」徐慶道：「不必套話，大家也該喝一杯了。」趙虎道：「我剛要說，三哥說了。還是三哥爽快。」回頭叫伴當，快快擺桌子端酒席。

登時進來幾個伴當，調開桌椅，安放杯箸。展爺與公孫先生還要讓白玉堂上坐，卻是馬漢、王朝二人攔住，說：「住了。盧大哥在此，五弟焉肯上坐？依弟等愚見，莫若還是盧大哥的首座，其下挨次而坐，倒覺爽快。」徐慶道：「好！還是王、馬二兄吩咐的是。我是挨著趙四弟一處坐。」趙虎道：「三哥，僧兩個就在這邊坐，不要管他們。來，來，來，且喝一杯。」說罷，一個提壺，一個執盞，二人就對喝起來。眾人見他二人如此，不覺大笑，也不謙讓了，彼此就座，飲酒暢談，無不傾心。

及至酒飯已畢，公孫策便回至自己屋內寫保奏摺底，開首先敘展護衛一人前往陷空島，拿獲白玉堂，皆是展昭之功；次說白玉堂所作之事雖暗昧小巧之行，卻是光明正大之事，仰懇天恩，赦宥封職，廣開進賢之門等語。請示包相看了，繕寫清楚，預備明日五鼓，謹呈御覽。

至次日，包公派展爺、盧大爺、王爺、馬爺隨同白玉堂入朝。白五爺依然是罪衣罪裙，預備召見。到了朝房，包相進內遞摺。仁宗看了，龍心大悅，立刻召見包相。包相又密密保奏一番。天子即傳旨派老伴伴陳林，曉示白玉堂，不必罪衣罪裙，只要平人服色帶領引見。陳公公念他殺害郭安，有暗救自己之恩，見了白玉堂，又致謝了一番；然後明發上諭，叫白玉堂換了一身簇新的衣服，更顯得少年英俊。及至天子臨朝，陳公公將白玉堂領至丹墀之上。仁宗見白玉堂一表人物，再想起他所作之事，真有人所不能的本領，人所不能的膽量，聖心歡喜非常，就依著包卿的密奏，立刻傳旨：「加封展昭實受四品護衛之職。其所遺四品護衛之銜，即著白玉堂補授❷，與展昭同在開封府供職，以為輔弼❸。」白玉堂到了此時，心平氣和，惟有俯首謝恩。下了丹墀，見了眾人，大家道喜。惟盧方更覺歡喜。

至散朝之後，隨到開封府。此時早有報錄之人報到，大家俱知白五爺得了護衛，無不快樂。白玉堂換了服色，展爺帶到書房，與相爺行參。包公又勉勵了多少言語，仍叫公孫先生替白護衛具謝恩摺子，預備明早入朝代奏謝恩。一切事宜完畢。白玉堂果然設了豐盛酒席，酬謝知己。

這一日群雄豪聚：上面是盧方，左有公孫先生，右有展爺，這壁廂王、馬、張，那壁廂趙、徐、蔣，

---

❷ 補授：猶補缺。或過後給予的任命。

❸ 輔弼：這裏指一般的佐助。原意指帝王的左右大臣。

白玉堂卻在下面相陪。大家開懷暢飲，獨有盧爺有些愀然❹不樂之狀。王朝道：「盧大哥，今日兄弟相聚，而且五弟封職，理當快樂，為何大哥鬱鬱不樂呢？」蔣平道：「大哥不樂，小弟知道。」馬漢道：「四弟，大哥端的為著何事？」蔣平道：「二哥你不曉得。我弟兄原是五人，如今四個人俱各受職，惟有我二哥不在座中。大哥焉有不想念的呢？」蔣平這裏說著，誰知盧爺那裏早已落下淚來，白玉堂便低下頭去了。眾人見此光景，登時的都默默無言。半晌，只聽蔣平歎道：「大哥不用為難。此事原是小弟作的，我明日便找二哥去如何？」白玉堂忙插言道：「小弟與四哥同去。」盧方道：「這倒不消。你乃新受皇恩，不可遠出。況且找你二哥，又不是私訪緝捕，要去多人何用？只你四哥一人足矣。」白玉堂說：「就依大哥吩咐。」公孫先生與展爺又用言語勸慰了一番，盧方才把愁眉展放。大家豁拳行令，快樂非常。

到了次日，蔣平回明相爺去找韓彰，自己卻扮了個道士行裝，仍奔丹鳳嶺翠雲峰而來。

且說韓彰自掃墓之後，打聽得蔣平等由平縣已然起身，他便離了靈佑寺竟奔杭州而來，意欲遊賞西湖。一日，來到仁和縣，天氣已晚，便在鎮店找了客寓住了。喫畢晚飯後，剛要歇息，忽聽隔壁房中有小孩啼哭之聲，又有個山西人嘮哩嘮叨，不知說甚麼，心中委決不下。只得出房來到這邊，悄悄張望。見那山西人左一掌，右一掌，打那小孩子，叫那小孩子叫他父親，偏偏的那小孩子卻又不肯。

韓二爺看了，心中納悶，又見那小孩子捱打可憐，不由的邁步上前，勸道：「朋友，這是為何？他一個小孩子家，如何禁得住你打呢？」那山西人道：「克（客）官，你不曉得。這懷（壞）小娃娃是哦

❹愀然：憂懼的樣子。荀子修身：「見不善，愀然必以自省也。」

（我）前途花了五兩銀子買來作乾兒的。一爐（路）上哄著他遲（喫），哄著他哈（喝），他總叫哦大收（叔）。哦就說他：『你不要叫哦大收，你叫哦樂子。大收與樂子沒有甚麼墳（分）別。』可奈這娃娃到了店裏，他不但不叫哦樂子，連大收也不叫了。」韓爺聽了不由的要笑。又見那小孩子眉目清秀，瞅著韓爺，頗有望救之意。韓爺更覺不忍，連忙說道：「人生各有緣分。我看這小孩子，很愛惜他。你要將他轉賣於我，我便將原價奉還。」那山西人道：「既如此，微贈些利息，哦便賣給克官。」韓二爺道：「這也有限之事。」即向兜肚內摸出五六兩一錠，額外又有一塊不足二兩，托於掌上，道：「這是五兩一錠，添上這塊算作利息。你道如何？」那山西人看著銀子眼中出火，道：「求（就）是折（這）樣罷！哦沒有娃娃贅累，哦還要趕爐（路）呢。偺們仍蠅（人銀）兩交，各無反悔。」說罷，他將小孩子領過來交與韓爺，韓爺卻將銀子遞過。這山西人接銀在手，頭也不回，揚長出店去了。

韓爺反生疑忌。只聽小孩子道：「真便宜他，也難為他。」韓爺問道：「此話怎講？」小孩子道：「請問伯伯，住於何處？」韓爺道：「就在隔壁房內。」小孩子道：「既如此，請到那邊再為細述。」韓爺見小孩子說話靈變，滿心歡喜，攜著手來到自己屋內，先問他喫甚麼。小孩子道：「前途已然用過，不喫甚麼了。」韓爺又給他斟了半盞茶，叫他喝了，方慢慢問道：「你姓甚名誰？家住那裏？因何賣與山西人為子？」小孩子未語先流淚，道：「伯伯聽稟：我姓鄧名叫九如，在平縣鄧家窪居住。只因父親喪後，我與母親娘兒兩個度日。我有一個二舅名叫武平安，為人甚屬不端。一日，背負一人寄居我們家中，說是他的仇人，要與我大舅活活祭靈。不想此人是開封府包相爺的姪兒，我母親私行將他釋放。叫我找我二舅去，趁空兒我母親就懸樑自盡了。」說至此，痛哭起來。韓爺聞聽，亦覺慘然。將他勸慰多時，又問以後的情節。鄧九如道：「只因我二舅所作之事無法無天，況我們又在山環居住，也不報官，便用棺材盛殮，於次日煩了幾個無賴之人幫著，抬在山窪掩埋。是我一時思念母親死的苦情，向我二舅啼哭。誰知我二舅不加憐憫，反生怨恨，將我踢打一頓。我就氣悶在地，不知魂歸何處。不料後來甦醒過來，覺得在人身上，就是方才那個山西人。一路上多虧他照應喫喝，來到此店，這是難為他。所便宜他的緣故，他何嘗花費五兩銀子，他不過在山窪將我撿來，折磨我叫他父親，也不過是轉賣之意。幸虧伯伯搭救，白白的叫他詐去銀兩。」韓爺聽了，方知此子就是鄧九如。見他伶俐非常，不由的滿心歡喜，又是歎息。當初在靈佑寺居住時，聽的不甚的確，如今聽九如一說，心內方才明白。

只見九如問道：「請問伯伯貴姓？因何到旅店之中？卻要往何處去？」韓爺道：「我姓韓名彰，要往杭州，有些公幹。只是道路上帶你不便，待我明日將你安置個妥當地方，候我回來，再帶你上東京便了。」九如道：「但憑韓伯伯處置。使小姪不至漂泊，那便是伯伯再生之德了。」說罷，流下淚來。韓爺聽了，好生不忍，道：「賢姪放心，休要憂慮。」又安慰了好些言語，哄著他睡了，自己也便和衣而臥。

到次日天明，算還了飯錢，出了店門。惟恐九如小孩子家，吃慣點心，便向街頭看了看，見路西有個湯圓鋪，攜了九如，來到鋪內，揀了個座頭坐了，道：「盛一碗湯圓來。」只見有個老者端了一碗湯圓，外有四碟點心，無非是糖耳朵、蜜蔴花、蜂餻等類，放在桌上。手持空盤，卻不動身，兩隻眼睛直勾勾的瞅著九如。半晌，歎了一口氣，眼中幾幾乎落下淚來。韓二爺見此光景，不由的問道：「你這老兒為何瞅著我姪兒？難道你認得他麼？」那老者道：「小老兒認卻不認得，只是這位相公有些廝像……」

韓爺道：「他像誰？」那老兒卻不言語，眼淚早已滴下。韓爺更覺犯疑，連忙道：「他到底像誰？何不說來？」那老者拭了淚，道：「軍官爺若不怪時，小老兒便說了。只因小老兒半生乏嗣，好容易生了一子，活到六歲上。不幸老伴死了，撂下此子，因思娘也就『嗚呼哀哉』了。今日看見小相公的面龐兒頗頗❺的像我那……」說到這裏，卻又咽住不言語了。

韓爺聽了，暗暗忖度道：「我看此老頗覺誠實，而且老來思子；若九如留在此間，他必加倍疼愛小孩子，斷不至於受苦。」想罷，便道：「老丈，你貴姓？」那老者道：「小老兒姓張，乃嘉興府人氏，在此開湯圓鋪多年。鋪中也無多人，只有個夥計看火，所有座頭俱是小老兒自己張羅。」韓爺道：「原來如此，我告訴你。他姓鄧名叫九如，乃是我姪兒。只因目下我到杭州有些公幹，帶著他行路甚屬不便。我意欲將這姪兒寄居在此，老丈你可願意麼？」張老兒聽了，眉開目笑，道：「軍官爺既有公事，請將小相公留居在此。只管放心，小老兒是會看承的。」韓爺又問九如道：「姪兒，你的意下如何？我到了杭州，完了公事，即便前來接你。」九如道：「伯伯既有此意，就是這樣罷。又何必問我呢。」韓爺聽了，知他願意，又見老者歡喜無限。真是兩下情願，事最好辦。韓爺也想不到如此的爽快，回手在兜肚內掏出五兩一錠銀子來，遞與老者：「老丈，這是些須薄禮，聊算我姪兒的茶飯之資，請收了罷。」張老者那裏肯受。

不知說些甚麼話來，且聽下回分解。

❺ 頗頗：約略、尚且。

第五十九回　倪生償銀包興進縣　金令贈馬九如來京

且說張老見韓爺給了一錠銀子，連忙道：「軍官爺，太多心了。就是小相公每日所費無幾，何用許多銀兩呢。如怕小相公受屈，留下些須銀兩也就彀了。」韓爺道：「老丈不要推辭，推辭便是嫌輕了。」張老道：「既如此說，小老兒從命。」連忙將銀接過。韓爺又說道：「我這姪兒煩老丈務要分心的。」又對九如道：「姪兒耐性在此，我完了公事即便回來。」九如道：「伯父只管放心料理公事。我在此與張老伯盤桓，是不妨事的。」韓爺見九如居然大方，全無小孩子情態。不但韓二爺放心，而且張老者聽見鄧九如稱他為張老伯，樂得他心花俱開，連稱：「不敢，不敢！軍官爺只管放心。小相公交付小老兒，理當分心，不勞吩咐的。」韓二爺執了執手，鄧九如又打了一恭。韓爺便出了湯圓鋪，回頭屢屢，頗有不捨之意。從此韓二爺直奔杭州，鄧九如便在湯圓鋪安身，不表。

且說包興自奉相諭送方善與玉芝小姐到合肥縣小包村，諸事已畢。在太老爺太夫人前請安叩辭，賞銀五十兩；又在大老爺大夫人前請安稟辭，也賞了三十兩；然後又替二老爺二夫人請安稟辭，無奈何，賞了五兩銀子。又到甯老先生處稟了辭。便吩咐伴當，扣備鞍馬，牢拴行李，出了合肥縣，迤邐行來。

一日，路過一莊，但見樹木叢雜，房屋高大，極其凶險。包興暗暗想道：「此是何等樣人家，竟有如此的樓閣大廈？又非世冑，又非鄉宦，到底是個甚麼人呢？」正在思索，不提防咕咚的響了一鎗。坐下馬是極怕響的，忽的一聲往前一竄。包興也未防備，身不由己，掉下馬來。那馬咆哮著，跑入莊中去了。幸喜包興卻未跌著，伴當連忙下馬攙扶。包興道：「不妨事，並未跌著。你快進莊去，將馬追來。我在此看守行李。」伴當領命，進莊去了。

不多時，喘吁吁跑了回來，道：「了不得，了不得！好利害！世間竟有如此不講理的。」包興問道：「怎麼樣了？」伴當道：「小人追入莊中，見一人肩上担著一桿鎗，拉著偺的馬。小人上前討取，他將眼一瞪道：『你這廝如此的可惡！俺打的好好樹頭鳥，被你的馬來，將俺的樹頭鳥俱各驚飛了。你還敢來要馬！如若要馬時，須要還俺滿樹的鳥兒，讓俺打的盡了，那時方還你的馬。』小人打量他取笑兒，向前陪禮央告道：『此馬乃我主人所乘，只因聞鎗怕響，所以驚竄起來，將我主人閃落，跑入貴莊。爺上休要取笑，尚乞賜還，是懇！』誰知那人道：『甚麼懇不懇，俺全不管。你打聽打聽，俺太歲莊有空過的麼？你去回覆你主人，如要此馬，叫他拿五十兩銀子來此取贖。』說罷，他將馬就拉進去了。想世間那有如此不說理的呢？」包興聽了也覺可氣，便問：「此處係何處所轄？」伴當道：「小人不知。」包興道：「打聽明白了，再作道理。」說罷，伴當牽了行李馬匹先行，包興慢慢在後步行。走不多路，伴當覆道：「小人才已問明，此處乃仁和縣地面，離衙有四里之遙。縣官姓金名必正。」

你道縣官是誰？他便是顏查散的好友，自服闋❶之後歸部銓選❷，選了此處的知縣。他已曾查訪此

---

❶ 服闋：古喪禮規定，父母死後，服喪三年，期滿除服，稱服闋。闋，終了。

❷ 銓選：量才授官。古代舉士和選官，合而為一，士獲選，即為官。

處有此等惡霸，屢屢要剪除他，無奈吏役舞弊欺瞞，尚未發覺。不想包興今日為失馬，特特的要拜會他。

且說包興暫時騎了伴當所乘之馬，叫伴當牽著馬垛子，隨後慢慢來到縣衙相見。果然走了三里來路，便到市鎮之上，雖不繁華，卻也熱鬧。只見路東巷內路南，便是縣衙。包興一伸馬進了巷口，到了衙前下馬。早有該值的差役，見有人在縣前下馬，迎將上去。說了幾句。只聽那差役喚號裏接馬，恭恭敬敬將包興讓進，暫在科房略坐，急速進內回稟。不多時，請至書房相見。

只見那位縣官有三旬年紀，見了包興，先述未得迎接之罪，然後彼此就座。獻茶已畢，包興便將路過太歲莊將馬遺失，本莊勒掯❸不還的話，說了一遍。金令聽了，先陪罪道：「本縣接任未久，地方竟有如此惡霸，欺侮上差，實乃下官之罪。」說罷，一揖。包興還禮。金令急忙喚書吏，派馬快前去要馬。書吏答應，下來。金公卻與包興提起顏查散是他好友。包興道：「原來如此。顏相公乃是相爺得意門生。此時雖居翰苑，大約不久就要提陞。」金相公又要托包興寄信一封，包興一一應允。

正說話間，只見書吏去不多時，復又轉來，悄悄的請老爺說話。金公只得暫且告罪失陪。不多時，金爺回來，不等包興再問，便開口道：「我已派人去了。誠恐到了那裏，有些耽擱，貽誤公事，下官實實喫罪不起。如今已吩咐，將下官自己乘用之馬備來，上差暫騎了去。俟將尊騎要來，下官再派人送去。」說罷，只見差役已將馬拉進來，請包興看視。包興見此馬比自己騎的馬勝強百倍，而且鞍韂鮮明，便道：「既承貴縣美意，實不敢辭。只是太歲莊在貴縣地面容留惡霸，恐於太爺官聲是不相宜的。」金令聽了，

❸ 勒掯：亦作「掯勒」。勒索；刁難。

連連稱是，道：「多承指教，下官必設法處治。懇求上差到了開封，在相爺跟前代下官善為說辭。」包興滿口應承。又見差役進來回道：「跟老爺的伴當牽著行李㨾子，現在衙外。」包興立起身來，辭了金公。差役將馬牽至二堂之上。金令送至儀門，包興攔住，不許外送。

到了二堂之上，包興伴當接過馬來。出了縣衙，便乘上馬。後面伴當拉著㨾子。剛出巷口，伴當趕上一步，回道：「此處極熱鬧的鎮店。從清早直到此時，爺還不餓麼？」包興道：「我也有些心裏發空。偺們就在此找個飯鋪打尖罷。」伴當道：「往北去路西裏，會仙樓是好的。」包興道：「既如此，偺們就到那裏去。」

不一時，到了酒樓門前。包興下馬，伴當接過去拴好。伴當卻不上樓，就在門前走桌上喫飯。包興獨步登樓，一看見當門一張桌空閒，便坐在那裏。抬頭看時，見那邊靠牕，有二人坐在那裏，另具一番英雄氣概，一個是碧睛紫髯，一個是少年英俊，真是氣度不凡，令人好生的羨慕。

你道此二人是誰？那碧睛紫髯的，便是北俠複姓歐陽名春，因是紫巍巍一部長髯，人人皆稱他為紫髯伯。那少年英俊的，便是雙俠的大官人丁兆蘭，奉母命與南俠展爺修理房屋，以為來春畢婚。丁大官人與北俠原是素來聞名未曾見面的朋友，不期途中相遇，今約在酒樓喫酒。

包興看了。堂官過來問了酒菜，傳下去了。又見上來了主僕二人，相公有二十年紀，老僕卻有五旬上下，與那二人對面坐了。因行路難以拘禮，也就叫老僕打橫兒坐了。不多時，堂官端上酒來，包興慢慢的消飲。

忽聽樓梯聲響，上來一人，攜著一個小兒。卻見小兒眼淚汪汪，那漢子怒氣昂昂，就在包興坐的座頭斜對面坐了。小兒也不坐下，在那裏拭淚。包興看了，又是不忍，又覺納悶。早已聽見樓梯響處，上來了一個老頭兒，眼似鑾鈴❹，一眼看見那漢子，連忙上前跪倒，哭訴道：「求大叔千萬不要動怒。小老兒雖然短欠銀兩，慢慢的必要還清，分文不敢少的。只是這孩子，大叔帶他去不得的。他小小年紀又不曉事，又不能幹，大叔帶去怎麼樣呢？」那漢子端坐，昂然不理。半晌，說道：「俺將此子帶去作個當頭。俟你將賬目還清，方許你將他領回。」那老頭兒著急道：「此子非是小老兒親故，乃是一個客人的姪兒，寄在小老兒鋪中的。倘若此人回來，小老兒拿甚麼還他的姪兒？望大叔開一線之恩，容小老兒將此子領回。緩至三日，小老兒將鋪內折變，歸還大叔的銀子就是了。」說罷，連連叩頭。只見那漢子將眼一瞪，道：「誰耐煩這些！你只管折變你的去，等三日後，到莊取贖此子。」

忽見那邊老僕過來，對著那漢子道：「尊客，我家相公要來領教。」那漢子將眼皮兒一撩，道：「你家相公是誰？素不相識，見我則甚？」說至此，早有位相公來到面前，道：「尊公請了。學生姓倪，名叫繼祖。你與老丈為著何事？請道其詳。」那漢子道：「他拖欠我的銀兩，總未歸還。我今要將此子帶去，見我們莊主，作個當頭。相公，你不要管這閒事。」倪繼祖道：「如此說來，上管是替主索帳了。但不知老丈欠你莊主多少銀兩？」那漢子道：「他原借過銀子五兩，三年未還，每年應加利息銀五兩，共欠紋銀二十兩。」那老者道：「小老兒曾歸還過二兩銀，如何欠的了許多？」那漢子道：「你總然歸還過二兩銀，利息是照舊的。豈不聞『歸本不抽利』麼？」只這一句話，早惹起那邊兩個英雄豪俠，連忙過來道：「他除歸還過的，還欠你多少？」那漢子道：「尚欠十八兩。」

❹ 鑾鈴：天子車鈴。

倪繼祖見他二人滿面怒氣，惟恐生出事來，急忙攔道：「些須小事，二兄不要計較於他。」回頭向老僕道：「倪忠，取紋銀十八兩來。」只見老僕向那邊桌上打開包袱，拿出銀來，連整帶碎約有十八兩之數，遞與相公。倪繼祖接來，才待要遞給惡奴，卻是丁兆蘭問道：「且慢。當初借銀兩時，可有借券？」惡奴道：「有。在這裏。」回手掏出，遞給相公。相公將銀兩付給，那人接了銀兩，下樓去了。

此時包興見相公代還銀兩，料著惡奴不能帶去小兒，忙過來將小兒帶到自己桌上，哄著喫點心去了。這邊老者起來，又給倪繼祖叩頭。倪繼祖連忙攙起，問道：「老丈貴姓？」老者道：「小老兒姓張，在這鎮市之上開個湯圓鋪生理。三年前曾借到太歲莊馬二員外銀五兩，是託此人的說合。他名叫馬祿。當初不多幾月就歸還他二兩，誰知他仍按五兩算了利息，生生的詐去許多，反累的相公妄費去銀兩，小老兒何以答報。請問相公意欲何往？」倪相公道：「些須小事，何足挂齒。學生原是欲上東京預備明年科考，路過此處打尖，不想遇見此事。這也是事之偶然耳。」

又見丁兆蘭道：「老丈，你不喫酒麼？相公既已耗去銀兩，難道我二人連個東道也不能麼？」說罷，大家執手，道了個「請」字，各自歸座。張老兒已瞧見鄧九如在包興那邊喫點心呢，他也放了心了，就在這邊同定歐陽春三人坐了。

丁大爺一壁喫酒，一壁盤問太歲莊。張老兒便將馬剛如何倚仗總管馬朝賢的威勢，強梁霸道，無所不為，每每竟有造反之心。丁大爺只管盤詰，北俠卻毫不介意，置若罔聞。此時倪繼祖主僕業已用畢酒飯，會了錢鈔，又過來謙讓北俠二人，各不相擾。彼此執手，主僕下樓去了。

這裏張老兒也就辭了二人，向包興這張桌上而來。誰知包興早已問明了鄧九如的原委，只樂得心花俱開，暗道：「我臨起身時，三公子諄諄囑咐於我，叫我在鄧家窪訪查鄧九如，務必帶到京師，偏偏的再也訪不著。不想卻在此處相逢。若非失馬，焉能到了這裏。可見凡事自有一定的。」正思想時，見張老過來道謝。包興連忙讓坐，一同喫畢飯，會鈔下樓，隨到湯圓鋪內。包興悄悄將來歷說明。「如今要把鄧九如帶往開封。意欲叫老人家同去，不知你意下如何？」

要知張老兒說些甚麼，且聽下回分解。

第六十回　紫髯伯有意除馬剛　丁兆蘭無心遇莽漢

且說包興在湯圓鋪內問張老兒：「你這買賣一年有多大的來頭？」張老道：「除火食人工，遇見好年頭，一年不過剩上四五十吊錢。」包興道：「莫若跟隨鄧九如上東京，見了三公子。那時鄧九如必是我家公子的義兒，你就照看他，喫碗現成的飯如何？」張老兒聽了，滿心歡喜，又將韓爺將此子寄居於此的原由說了。「因他留下五兩銀子，小老兒一時寬裕，卸了一口袋麵，被惡奴馬祿看在眼裏，立刻追索欠債。再也想不到有如此的奇遇。」包興連連稱「是」。又暗想道：「原來韓爺也來到此處了。」一轉想道：「莫若仍找縣令叫他把鄧九如打扮打扮，豈不省事麼？」因對張老道：「你收拾你起身的行李，我到縣裏去去就來。」說罷，出了湯圓鋪上馬，帶著伴當，竟奔縣衙去了。

這裏張老兒與夥計合計，作為兩股生理，年齊算帳。一個本錢，一個人工，卻很公道。自己將積蓄打點起來。不多時，只見包興帶領衙役四名趕來的車輛，從車上拿下包袱一個。打開看時，卻是簇新的小衣服，大衫襯衫無不全備，——是金公子的小衣服。因說是三公子的義兒，焉有不盡心的呢？何況又有太歲莊留馬一事，借此更要求包興在相爺前遮蓋遮蓋。登時將九如打扮起來，真是人仗衣帽，更顯他粉粧玉琢，齒白唇紅。把張老兒樂的手舞足蹈。夥計幫著把行李裝好，然後叫九如坐好，張老兒卻在車邊。臨別又諄囑了夥計一番：「倘若韓二爺到來，就說在開封府恭候。」包興乘馬，伴當跟隨，外有衙役護送，好不威勢熱鬧，一直往開封去了。

且說歐陽爺與丁大爺在會仙樓上喫酒。自張老兒去後，丁大爺便向北俠道：「方才眼看惡奴的形景，又耳聽豪霸的強梁，兄臺心下以為何如？」北俠道：「賢弟，偺們且喫酒，莫管他人的閒事。」丁大爺聽了，暗道：「聞得北俠武藝超群，豪俠無比。如今聽他的口氣，竟是置而不論了。或者他不知我的心跡，今日初遇，未免的含糊其詞，也是有的。待我索性說明了，看是如何？」想罷，又道：「似你我行俠尚義，理當濟困扶危，剪惡除奸。若要依小弟主意，莫若將他除卻，方是正理。」北俠聽了，連忙擺手，道：「賢弟休得如此。豈不聞牕外有耳？倘漏風聲，不大穩便。難道賢弟醉了麼？」丁大爺聽了，便暗笑道：「好一個北俠，何膽小到如此田地？真是『聞名不如見面』！惜乎我身邊未帶利刃。如有利刃，今晚馬到成功，也叫他知道知道我雙俠的本領、人物。」又轉念道：「有了。今晚何不與他一同住宿，我暗暗盜了他的刀且去行事。俟成功後，回來奚落他一場，豈不是件快事麼？」主意已定，便道：「果然小弟力不勝酒，有些兒醉了。兄臺還不用飯麼？」北俠道：「劣兄早就餓了，特為陪著賢弟。」丁大爺暗道：「我何用你陪呢。」便回頭喚堂官，要了飯菜點心來。不多時，堂官端來，二人用畢，會鈔下樓，天剛正午。

丁大爺便假裝醉態，道：「小弟今日懶怠行路，意欲在此住宿一宵。不知兄臺意下如何？」北俠道：「久仰賢弟，未獲一見。今日幸會，焉有驟然就別之理。理當多盤桓幾日為是，劣兄惟命是聽。」丁大爺聽了，暗合心意，道：「我豈願意與你同住，不過要借你的刀一用耳。」正走間，來到一座廟宇門前。二人進內，見有個跛足道人，說明暫住一宵，明日多謝香資。道人連聲答應。即引到一小院，三間小房，極其僻靜。二人俱道：「甚好，甚好。」放下行李，北俠將寶刀帶著皮鞘子挂在小牆之上。丁大爺用目注視了一番。便彼此坐下，對面閒談。丁大爺暗想道：「方才在酒樓上，惟恐耳目眾多，或者他不肯吐實。這如今在廟內，又極僻靜，待我再試探他一回，看是如何？」因又提起馬剛的過惡，並懷造反之心。「你若舉此義，不但與民除害，而且也算與國除害，豈不是件美事？」北俠笑道：「賢弟雖如此說，馬剛既有此心，他豈不加意防備呢？俗言：『知己知彼，百戰百勝』。豈可唐突？倘機不密，反為不美。」丁大爺聽了，更不耐煩，暗道：「這明是他膽怯，反說這些以敗吾興。不要管他，俟夜間人靜，叫他瞧瞧俺的手段。」

到了晚飯時，那癩道人端了幾碗素菜，饅首米飯，二人燈下囫圇喫完。道人撤去。彼此也不謙讓。丁大爺因瞧不起北俠，有些怠慢，所謂「話不投機半句多」了。誰知北俠更有討厭處。他鬧了個喫飽了食困❶，剛然喝了點茶，他就張牙咧嘴的哈氣起來。丁大爺看了，更不如意，暗道：「這樣的酒囊飯袋之人，也敢稱個『俠』字，真真令人可笑！」卻順口兒道：「兄臺既有些困倦，何不請先安歇呢？」北俠道：「賢弟若不見怪，劣兄就告罪了。」說罷，枕了包裹。不多時，便呼聲振耳。丁大爺不覺暗笑，自己也就盤膝打坐，閉目養神。

及至交了二鼓，丁大爺悄悄束縛，將大衫脫下來。未出屋子，先顯了個手段，偷了寶刀，背在背後。只聽北俠的呼聲益發大了。卻暗笑道：「無用之人，只好給我看衣服。少時事完成功，看他如何見我？」連忙出了屋門，越過牆頭，竟奔太歲莊而來。一二里路，少刻就到。看了看牆垣極高，也不用軟梯，便

❶ 食困：吃飯後昏昏欲睡。困，精力不濟；疲憊。

飛身躍上牆頭。看時原來此牆是外圍牆，裏面才是院牆。落下大牆，又上裏面院牆。這院牆卻是用瓦擺就的古老錢，丁大爺窄步而行，到了耳房，貼牆甚近，意欲由房上進去，豈不省事。兩手扳住耳房的邊磚，剛要縱身，覺得腳下磚一跐。低頭看時，見登的磚已離位。若一抬腳，此磚必落。心中暗道，此磚一落，其聲必響，那時驚動了人反為不美。若要鬆手，卻又趕不及了。只得用腳尖輕輕的碾力，慢慢的轉動，好容易將那塊磚穩住了。這才兩手用力，身體一長，便上了耳房。又到大房，在後坡裏略為喘息。只見僕婦丫鬟往來行走，要酒要菜，彼此傳喚。丁大爺趁空兒到了前坡，爬伏在房簷竊聽。

只聽眾姬妾賣俏爭寵，道：「千歲爺，為何喝了捏捏紅的酒，不喝我們挨挨酥的酒呢？奴婢是不依的。」又聽有男子哈哈笑道：「你放心！你們八個人的酒，孤家挨次兒都要喝一杯。只是慢著些兒飲，孤家是喝不慣急酒的。」丁大爺聽了，暗道：「怨得張老兒說他有造反之心；果然，他竟敢稱孤道寡起來。這不除卻，如何使得？」即用倒垂勢，把住椽頭，將身體貼在前簷之下，卻用兩手捏住椽頭，倒把兩腳撐住凌空，換步到了簷柱，用腳登定。將手一撒，身子向下一順，便抱住大柱，兩腿一抽，盤在柱上。頭朝下，腳向上，「哧」「哧」「哧」順流而下，手已扶地。轉身站起，瞧了瞧此時無人，隔簾往裏偷看。見上面坐著一個人，年紀不過三旬向外，眾姬妾圍繞著，胡言亂語。丁大爺一見，不由怒從心上起，惡向膽邊生，回手抽刀。罷咧！竟不知寶刀於何時失去，只剩下皮鞘。猛然想起要上耳房之時，腳下一跐，身體往前一栽，想是將刀甩出去了。自己在廊下手無寸鐵，難以站立。又見燈光照耀，只得退下。見迎面有塊太湖石，暫且藏於後面，往這邊偷看。

只見廳上一時寂靜。見眾姬妾從簾下一個一個爬出來，方嚷道：「了不得了！千歲爺的頭被妖精取了去了！」一時間，鼎沸起來。丁大爺在石後聽的明白，暗道：「這個妖精有趣。我也不必在此了，且自回廟再作道理。」想罷，從石後繞出，臨牆將身一縱，出了院牆。又縱身上了外圍牆，輕輕落下。腳剛著地，只見有個大漢奔過來，嗖的就是一棍。丁大爺忙閃身躲過。誰知大漢一連就是幾棍。虧得丁大爺眼快，雖然躲過，然而也就喫力的很。正在危急，只見牆頭坐著一人，擲下一物，將大漢打倒。丁大爺趕上一步按住。只見牆上那人飛身下來，將刀往大漢面前一晃，道：「你是何人？快說！」

丁大爺細瞧飛下這人，不是別個，卻是那膽小無能的北俠歐陽春，手內刀就是他的寶刀。心中早已明白，又是歡喜，又是佩服。只聽大漢道：「罷了，罷了！花蝶呀，偺們是對頭。不想俺弟兄皆喪於你手！」丁大爺道：「這大漢好生無禮。那個是甚麼花蝶？」大漢道：「難道你不是花沖麼？」丁大爺道：「我叫兆蘭，卻不姓花。」大漢道：「如此說來，是俺錯認了。」丁大爺也就將他放起。大漢立起，撢了塵土，見衣裳上一片血跡，道：「這是那裏的血呀？」丁大爺一眼瞧見那邊一顆首級，便知是北俠取的馬剛之首，方才打倒大漢，就是此物，連忙道：「偺們且離此處，在那邊說去。」

三人一壁走著，大爺丁兆蘭問大漢道：「足下何人？」大漢道：「俺姓龍名濤。只因花蝴蝶花沖將俺哥哥龍淵殺害。是俺懷仇在心，時刻要替兄報仇。無奈這花沖形蹤詭秘，譎詐多端，再也拿他不著。方才是我們夥計夜星子馮七告訴於我，說有人進馬剛家內。俺想馬剛家中姬妾眾多，必是花沖又相中了那一個，因此持棍前來，不想遇見二位。才尊駕提兆蘭二字，莫非是茉花村丁大員外麼？」兆蘭道：「我便是丁兆蘭。」龍濤道：「俺久要拜訪，未得其便，不想今日相遇。——又險些兒誤傷了好人。」又問：「此位是誰？」丁大爺道：「此位複姓歐陽名春。」龍濤道：「哎呀！莫非是北俠紫髯伯麼？」丁大爺道：「正是。」龍濤道：「妙極！俺要報殺兄之仇，屢欲拜訪，懇求幫助。不期今日幸遇二位。無甚麼說的，求懇二位幫助小人則個。」說罷，納頭便拜。丁大爺連忙扶起，道：「何必如此。」龍濤道：「大官人不知，小人在本縣當個捕快差使。昨日奉縣尊之命，要捉捕馬剛。小人昨奉此差，一來查訪馬剛的破綻，二來暗尋花蝶的形蹤，與兄報仇。無奈自己本領不濟，恐不是他的對手。故此求二位官人幫助幫助。」北俠道：「既是這等，馬剛已死，你也不必管了。只是這花沖，我們不認得他，怎麼樣呢？」龍濤道：「若論花沖的形景，也是少年公子模樣，卻是武藝高強。因他最愛採花，每逢夜間出入，鬢邊必簪一枝蝴蝶；因此人皆喚他是花蝴蝶。每逢熱鬧場中，必要去遊玩。若見了美貌婦女，他必要下工夫，到了人家採花。這廝造孽多端，作惡無數。前日還聞得他要上竈君祠去呢。小人還要上那裏去訪他。」北俠道：「竈君祠在那裏？」龍濤道：「在此縣的東南三十里，也是個熱鬧去處。」丁大爺道：「既如此，這時離開廟的日期尚有半個月的光景，我們還要到家中去。倘到臨期，偺們俱在竈君祠會齊。如若他要往別處去，你可派人到茉花村給我們送個信，我們好幫助於你。」龍濤道：「大官人說的極是。小人就此告別，馮七還在那裏等我聽信呢。」

龍濤去後，二人離廟不遠，仍然從後面越牆而入。來到屋中，寬了衣服。丁大爺將皮鞘交付北俠，道：「原物奉還。仁兄何時將刀抽去？」北俠笑道：「就是賢弟用腳穩磚之時，此刀已歸吾手。」丁大爺笑道：「仁兄真乃英雄，弟弗如也！」北俠道：「豈敢，豈敢。」丁大爺又問道：「姬妾何以聲言妖精取了千歲之頭？此是何故？小弟不解。」北俠道：「凡你我俠義作事，不要聲張，總要機密。能彀隱諱❷，甯可不露本來面目。只要剪惡除強，扶危濟困就是了，又何必諄諄叫人知道呢。就是昨夕酒樓所談及廟內說的那些話，以後勸賢弟再不可如此，所謂『臨事而懼，好謀而成』❸，方於事有裨益。」丁兆蘭聽了，深為有理，連聲道：「仁兄所言最是。」又見北俠從懷中掏出三個軟搭搭的東西，遞給丁大爺道：「賢弟請看妖怪。」兆蘭接來一看，原是三個皮套做成皮臉兒，不覺笑道：「小弟從今方知仁兄是兩面人了。」北俠亦笑道：「劣兄雖有兩面，也不過逢場作戲，幸喜不失本來面目。」丁大爺道：「噯喲！仁兄雖是作戲呀，然而逢著的也不是當耍的呢。」北俠聽罷，笑了一笑，又將刀歸鞘擱起，開言道：「賢弟有所不知。劣兄雖逢場作戲，殺了馬剛，其中還有一個好處。」丁大爺道：「其中還有甚麼好處呢？小弟請教。望乞說明，以開茅塞❹。」

未知北俠說出甚麼話來，且聽下回分曉。

---

❷ 隱諱：有所顧忌而隱瞞不說。

❸ 臨事而懼二句：遇事謹慎戒懼，善於策劃而辦好事情。論語述而：「必也臨事而懼，好謀而成。」

❹ 以開茅塞：亦作「茅塞頓開」。用來解開心中如茅草堵塞的疑團。

第六十一回　大夫居飲酒逢土棍　卞家疃偷銀驚惡徒

且說歐陽爺、丁大爺在廟中彼此閒談。北俠說：「逢場作戲，其中還有好處。」丁大爺問道：「其中有何好處？請教。」北俠道：「那馬剛既稱孤道寡，不是沒有權勢之人。你若明明把他殺了，他若報官說他家員外被盜寇持械戕命❶。這地方官怎樣辦法？何況又有他叔叔馬朝賢在朝，再連催幾套文書，這不是要地方官紗帽麼？如今改了面目，將他除卻。這些姬妾婦人之見，他豈不又有枝添葉兒，必說這妖怪青臉紅髮來去無蹤，將馬剛之頭取去。況還有個胖妾嚇倒。他的痰向上來，十胖九虛，必也喪命。人家不說他是痰，必說是被妖怪吸了魂魄去了。他縱然報官，你家出了妖怪，叫地方官也是沒法的事。賢弟想想，這不是好處麼？」丁大爺聽了，越想越是，不由的讚不絕口。二人閒談多時，略為歇息，天已大亮，與了癩道香資，二人出廟。丁大爺務必請北俠同上茉花村暫住幾日，俟臨期再同上竈君祠會齊，訪拿花沖。北俠原是無牽無挂之人，不能推辭，同上茉花村去了。這且不言。

單說二員外韓彰，自離了湯圓鋪，竟奔杭州而來。沿路行去，聞的往來行人盡皆笑說，以「花蝶設誓」當做罵話。韓二爺聽不明白，又不知花蝶為誰。一時腹中饑餓，見前面松林內酒幌兒，高懸一個小小紅葫蘆。因此步入林中，見周圍蘆葦的花障❷，滿架的扁豆秧兒勤娘子。正當秋令，豆花盛開，地下

❶ 戕命：傷害性命。戕，殘害。

又種著些兒草花，頗頗有趣。來到門前上懸一匾，寫著大夫居三字。韓爺進了門前，院中有兩張高桌。卻又鋪著幾領蘆蓆，設著矮座。那邊草房三間，有個老者在那裏打盹。

韓爺看了一番光景，正愜心懷，便咳嗽一聲。那老者猛然驚醒，拿了手巾，前來問道：「客官喫酒麼？」韓爺道：「你這裏有什麼酒？」老者笑道：「鄉居野況，無甚好酒，不過是白乾燒酒。」韓爺道：「且煖一壺來。」老者去不多時，煖了一壺酒，外有四碟：一碟鹽水豆兒，一碟豆腐乾，一碟蕪花，一碟薄脆。韓爺道：「還有什麼喫食？」老者道：「沒有別的，還有滷煮斜尖豆腐合熱雞蛋。」韓爺吩咐：「再煖一角酒來。一碟熱雞蛋，帶點鹽水兒來。」老者答應，剛要轉身。見外面進來一人，年紀不過三旬，口中道：「豆老丈，快煖一角酒來。還有事呢。」老者道：「呀！莊大爺，往那裏去？這等忙。」那人歎道：「噯！從那裏說起！我的外甥女巧姐不見了。我姐姐哭哭啼啼，叫我給姐夫送信去。」韓爺聽了，便立起身來讓坐。那人也讓了三言二語。韓爺便把那人讓到一處。那人甚是直爽，見老兒拿了酒來，他卻道：「豆老丈，我有一事。適才見幛外有幾隻雛雞，在那裏刨食喫。我與你商量，你肯賣一隻與我們下酒麼？」豆老笑道：「那有什麼呢。只要大爺多給幾錢銀子就是了。」那人道：「只管弄去，做成了，我給你二錢銀子如何？」老者聽說「二錢銀子」，好生歡喜的去了。韓爺卻攔道：「兄臺又何必宰雞呢。」那人道：「彼此有緣相遇，實是三生有幸；況我也當盡地主之誼。」說畢，彼此就座，各展姓字。原來此人姓莊名致和，就在村前居住。

韓爺道：「方才莊兄說還有要緊事，不是要給令親送信呢麼。不可因在下耽擱了工夫。」莊致和道：

❷ 花障：以花為屏障、帷障。障，阻隔。

「韓兄放心。我還要在就近處訪查訪查呢。就是今日趕急送信與舍親，他也是沒法子。莫若我先細細訪訪。……」正說至此，只見外面進來了一人，口中嚷道：「老豆呀！偺弄一壺熱熱的。」他卻一溜歪斜坐在那邊桌上，腳登板櫈，立愣著眼，瞅著這邊。韓爺見他這樣形景，也不理他。

豆老兒擰著眉毛，端過酒去。那人摸了一摸道：「不熱呀，我要熱熱的。」豆老兒道：「很熱了喫不到嘴裏，又該抱怨小老兒了。」那人道：「沒事，沒事。你只管燙去。」豆老兒只得從新燙了來，道：「這可熱的很了。」那人道：「熱熱的很好，你給我斟上晾著。」豆老兒道：「這是圖什麼呢？」那人道：「別管！大爺是這末個脾氣兒。我且問你，有什麼葷腥兒拿一點我喫？」豆老兒道：「我這裏是大爺知道的，鄉村鋪兒，那裏討葷腥來。無奈何，大爺將就些兒罷。」那人把醉眼一瞪，道：「大爺花錢，為什麼將就呢？」說著話，就舉起手來。豆老兒見勢頭不好，便躲開了。

那人卻趔趄趔趄的來至草房門前，一嗅，覺得一股香味撲鼻。便進了屋內一看，見柴鍋內煮著一隻小雞兒，又肥又嫩。他卻說道：「好呀！現放著葷菜，你說沒有。老豆，你可是猴兒拉稀，壞了腸子咧。」豆老忙道：「這是那二位客官花了二錢銀子，煮著自用的。大爺若要喫時，也花二錢銀子，小老兒再與你煮一隻就是了。」那人道：「什麼二錢銀子！大爺先喫了，你再給他們煮去。」說罷，拿過方盤來，將雞從鍋內撈出，端著往外就走。豆老兒在後面說道：「大爺不要如此。凡事有個先來後到，這如何使得。」那人道：「大爺是嘴急的，等不得。叫他們等著去罷。」

他在這裏說，韓爺在外面已聽明白，登時怒氣填胸，立起身來，走到那人跟前，抬腿將木盤一踼，連雞帶盤全合在那人臉上。雞是剛出鍋的，又搭著一肚子滾湯。只聽那人「噯呀」一聲，撒了手，栽倒在地，登時滿臉上猶如尿泡裏串氣兒，立刻開了一個果子鋪，滿臉鼓起來了。韓爺還要上前，莊致和連忙攔住。韓爺氣忿忿的坐下。那人卻也知趣，這一燙酒也醒了，自己想了一想也不是理。又見韓爺的形景，估量著他不是個兒，站起身來就走，連說：「結咧，結咧！偺們再說再議。等著，等著！」搭訕著走了。這裏莊致和將酒並雞的銀子會過，饒沒喫成，反多與了豆老兒幾分銀子。勸著韓爺，一同出了大夫居。

這裏豆老兒將雞撿起來，用清水將泥土洗了去，從新放在鍋裏煮了一個開，用水盤撈出，端在桌上，自己燙了一角酒。自言自語：「一飲一啄，各有分定。好好一隻肥嫩小雞兒，那二位不喫，卻便宜老漢開齋❸。這是從那裏說起。」才待要喫，只見韓爺從外面又進來。豆老兒一見，連忙說道：「客官，雞已熟了，酒已熱了，好好放在這裏。小老兒卻沒敢動，請客官自用罷。」韓爺笑道：「俺不喫了。俺且問你：方才那廝，他叫什麼名字？在那裏居住？」豆老兒道：「客官問他則甚？好鞋不粘臭狗屎，何必與他嘔氣呢。」韓爺道：「我不過知道他罷了。誰有工夫與他嘔氣呢。」豆老道：「客官不知。他父子家道殷實，極其慳吝，最是強梁。離此五里之遙，有一個卞家疃，就是他家。他爹爹名叫卞龍，自稱是鐵公雞，乃刻薄成家，真是一毛兒不拔。若非怕自己餓死，連飯也是不喫的。誰知他養的兒子更狠，就是方才那人，名叫卞虎，他自稱外號癩皮象。他為什麼起這個外號兒呢？一來是無毛可拔。二來他說當初他爹沒來由，起手立起家業來，故此外號止于『雞』。他是生成的胎裏紅，外號兒必得大大的壯門面，故此稱『象』。又恐人家看不起，因此又加上『癩皮』二字，說明他是家傳的嗇吝，也不是好惹的。自從

❸ 開齋：開戒吃肉食。亦稱「開葷」。這裏的意思是難得吃葷食。

他父子如此，人人把個卞家疃改成『扁家團』了。就是他來此喫酒，也是白喫白喝，儘賒賬，從來不知還錢。老漢又惹他不起，只好白填嗓他罷了。」韓爺又問道：「他那疃裏，可有店房麼？」豆老兒道：「他那裏也不過是個村莊，那有店房。離他那裏不足三里之遙，有個桑花鎮，卻有客寓。」

韓爺問明底細，執手別了豆老，竟奔桑花鎮而來，找了寓所。到了晚間，夜闌人靜，悄悄離了店房，來到卞家疃。到了卞龍門前，躍牆而入。施展他飛簷走壁之能，爬伏在大房之上，偷睛往下觀看。見個尖嘴縮腮的老頭子，手托天平在那裏平銀子，左平右平，卻不嫌費事，必要銀子比砝碼微低些方罷。共平了二百兩，然後用紙包了四封，用繩子結好，又在上面打了花押，方命小童抱定，提著燈籠，往後面送去。他在那裏收拾天平。

韓爺趁此機會，卻溜下房來，在卡子門垛子邊隱藏。小童剛邁門檻，韓爺將腿一伸，小童往前一撲，唧哧咕咚，栽倒在地，燈籠也滅了。老頭子在屋內聲言道：「怎麼了？栽倒咧。」只見小童提著滅燈籠來對著了，說道：「剛邁門檻，不防一交就倒了。」老頭子道：「小孩子家，你到底留神呀！這一栽，管保把包兒栽破。灑了銀渣兒，如何找尋呢？我不管，拿回來再平。倘若短少分兩，我是要扣你的工錢的。」說著話，同小童來至卡子門，用燈一照。罷咧！連個紙包兒的影兒也不見了。老頭子急的兩眼冒火，小童兒嚇的二目如燈，淚流滿面。老頭子暴躁道：「你將我的銀子藏於何處了？快快拿出來。如不然，就活活要了你的命。」正說著，只見卞虎從後面出來，問明此事。小童哭訴一番。卞虎那裏肯信，將眼一瞪，道：「好囚攮的！人小鬼大，你竟敢弄這樣的戲法。偺們且向前面說來。」說罷，拉了小童，卞龍反打燈籠在前引路，來到大房屋內。早見桌上用砝碼押著個字帖兒，上面字有核桃大小，寫道：「爺爺今夕路過汝家，知道你刻薄成家，廣有金銀，又兼俺盤費短少，暫借銀四封，改日再還。不可誤賴好人。如不遵命，爺爺時常夜行此路，請自試爺爺的寶刀。免生後悔！」卞龍見了此帖，登時渾身亂抖。卞虎將小童放了，也就發起愣來。父子二人無可如何，只得忍著肚子疼，還是性命要緊，不敢聲張，惟有小心而已。

要知後文如何，且聽下回分曉。

第六十二回　遇拐帶松林救巧姐　尋奸淫鐵嶺戰花沖

且說韓二爺揣了四封銀子回歸舊路，遠遠聽見江西小車，吱吱扭扭的奔了松林而來。韓爺急中生智，揀了一株大樹，爬將上去，隱住身形。不意小車子到了樹下，咯噔的歇住。聽見一人說道：「白晝將貨物悶了一天。此時趁著無人，何不將他過過風呢？」又聽有人說道：「我也是如此想。不然悶壞了，豈不白費了工夫呢！」答言的卻是婦人聲音。只見他二人從小車上開開箱子，搭出一個小小人來，叫他靠在樹木之上。

韓爺見了，知他等不是好人，暗暗的把銀兩放在槎枒之上，將樸刀拿在手中，從樹上一躍而下。那男子猛見樹上跳下一人，撒腿往東就跑。韓爺那裏肯捨，趕上一步，從後將刀一搠。那人「噯喲」了一聲，早已著了利刃，栽倒在地。韓爺撤步回身，看那婦人時，見他哆嗦在一堆兒，自己打的牙山響，猶如寒戰一般。韓爺用刀一指，道：「你等所做何事？快快實說！倘有虛言，立追狗命。講！」那婦人道：「爺爺不必動怒，待小婦人實說。我們是拐帶兒女的。」韓爺問道：「拐來男女置於何地？」婦人道：「爺爺有所不知。只因襄陽王爺那裏要排演優伶歌妓，收錄幼童弱女。凡有姿色的總要賞五六百兩。我夫妻因窮所迫，無奈做此暗昧之事。不想今日遇見爺爺識破。只求爺爺饒命。」

韓爺又細看那孩兒，原來是個女孩兒，見他愣愣呵呵❶的，便知道其中有詐。又問道：「你等用何物迷了他的本性？講！」婦人道：「他那泥丸宮❷有個藥餅兒，揭下來，少刻就可甦醒。」韓爺聽罷，伸手向女子頭上一摸，果有藥餅，連忙揭下，拋在道旁。又對婦人道：「你這惡婦，快將裙絛解下來。」婦人不敢不依，連忙解下，遞給韓爺。韓爺將婦人髮髻一提，揀了一顆小小的樹木，把婦人捆了個結實。翻身竄上樹去，揣了銀子，一躍而下。才待舉步，只聽那女孩兒「哎呀」了一聲，哭出來了。韓爺上前問道：「你此時可明白了？你叫什麼？」女子道：「我叫巧姐。」韓爺聽了，驚駭道：「你母舅可是莊致和麼？」女子道：「正是。伯伯如何知道？」韓爺聽了，想道：「無心中救了巧姐，省我一番事。」又見天光閃亮，惟恐有些不便，連忙說道：「我姓韓，與你母舅認識。少時若有人來，你就喊『救人』，叫本處地方送你回家就完了。拐你的男女，我俱已拿住了。」說罷，竟奔桑花鎮去了。

果然，不多時路上已有行人，見了如此光景，問了備細，知是拐帶，立刻找著地方保甲，放下婦人用鐵鎖鎖了，帶領女子同赴縣衙。縣官升堂，一訊即服。男子已死，著地方掩埋。婦人定案寄監。此信早已傳開了。莊致和聞知，急急赴縣，當堂將巧姐領回。路過大夫居，見了豆老，便將巧姐已有的話說了。又道：「是姓韓的救的。難道就是昨日的韓客官麼？」豆老聽見，好生歡喜，又給莊爺煖酒作賀。因又提起：「韓爺昨日復又回來，問卞家的底裏。誰知今早聞聽人說，卞家丟了許多的銀兩。莊大爺，你想這事詫異不詫異？老漢再也猜摸不出這位韓爺是個什麼人來。」

他兩個只顧高談闊論，講究此事。不想那邊坐著一個道人，立起身來，打個稽首❸，問道：「請問

---

❶ 愣愣呵呵：失神，發呆的樣子。愣，亦作「楞」。

❷ 泥丸宮：道家以人體為小天地，各部分皆賦以神名，腦神稱精根，字泥丸。後來就稱人頭為「泥丸宮」。

莊施主，這位韓客官可是高大身軀，金黃面皮，微微的有點黃鬚麼？」莊致和見那道人骨瘦如柴，彷彿才病起來的模樣，卻又目光如電，炯炯有神，聲音洪亮，另有一番別樣的精神，不由的起敬道：「正是。道爺何以知之？」那道人道：「小道素識此人，極其俠義，正要訪他。但不知他向何方去了？」豆老兒聽到此，有些不耐煩，暗道：「這道人從早晨要了一角酒，直耐到此時，佔了我一張座兒，彷彿等主顧的一般。如今聽我二人說話，他便插言，想是個安心哄嘴喫的。」便沒有好氣的答道：「我這裏過往客人極多，誰耐煩打聽他往那裏去呢。你既認得他，你就趁早兒找他去。」那道人見豆老兒說的話倔強，也不理他，索性就棍打腿，便對莊致和道：「小道與施主相遇，也是緣分，不知施主可肯布施小道兩角酒麼？」莊致和道：「這有什麼。道爺請過來，只管用，俱在小可身上。」那道人便湊過來。莊致和又叫豆老煖了兩角酒來。豆老無可奈何，瞅了道人一眼，道：「明明是個騙酒喫的，這可等著主顧了。」嘟嘟囔囔的溫酒去了。

原來這道人就是四爺蔣平。只因回明包相訪查韓彰，扮做雲遊道人模樣，由丹鳳嶺慢慢訪查至此。好容易聽見此事，焉肯輕易放過。一壁喫酒，一壁細問昨日之事，越聽越是韓爺無疑。喫畢酒，蔣平道了叨擾。莊致和會了錢鈔，領著巧姐去了。

蔣平也就出了大夫居，逢村遇店，細細訪查，毫無下落。看看天晚，日色西斜，來到一座廟宇前，匾上寫著「鐵嶺觀」三字，知是道士廟宇，便上前。才待擊門，只見山門放開，出來一個老道，手內提定酒葫蘆，再往臉上看時，已然喝的紅撲撲的似有醉態。蔣平上前稽首道：「小道行路天晚，意欲在仙

❸ 稽首：古代的一種禮節。跪下，拱手至地，頭也至地。

觀借宿一宵，不知仙長肯容納否？」那老道乜斜著眼❹，看了看蔣平，道：「我看你人小瘦弱，倒是個不生事的。也罷，你在此略等一等。我到前面沽了酒回來，自有道理。」蔣平接口道：「不瞞仙長說，小道也愛杯中之物。這酒原是俗們玄門中當用的。乞將酒器付與小道，待我沽來，奉敬仙長如何？」那老道聽了，滿面堆下笑來，道：「道友初來，如何倒要叨擾。」說著話，卻將一個酒葫蘆遞給四爺。四爺接過葫蘆，又把自己的漁鼓簡板❺以及算命招子交付老道。老道又告訴他賣酒之家。蔣平答應，回身去不多時，提了滿滿的一葫蘆酒，額外又買了許多的酒菜。老道見了好生歡喜，道：「道兄初來，卻破許多錢鈔，使我不安。」蔣平道：「這有甚要緊。你我皆是同門，小弟特敬老兄。」

那老道更覺歡喜，回身在前引路，將蔣平讓進，關了山門，轉過影壁，便看見三間東廂房。二人來到屋內，進門卻是懸龕❻供著呂祖❼，也有桌椅等物。蔣爺倚了招子，放下漁鼓簡板，向上行了禮。老道掀起布簾，讓蔣平北間屋內坐。蔣平見有個炕桌上面放著杯壺，還有兩色殘餚。老道開櫃拿了傢伙，把蔣爺新買的酒菜擺了。然後熳酒添杯，彼此對面而坐。蔣爺自稱姓張。又問老道名姓，原來姓胡名和。觀內當家的叫做吳道成，生的黑面大腹，自稱綽號鐵羅漢，一身好武藝，慣會趨炎附勢。這胡和見了酒

❹ 乜斜著眼：眼微張的樣子，或眼斜視。

❺ 漁鼓簡板：道士唱道情時用的敲擊樂器。漁鼓，在打通的長竹筒的一端，蒙以豬羊護心薄皮，以手敲打。簡板，兩片薄竹板，夾擊與鼓聲相伴。

❻ 懸龕：吊在空中，盛著佛像或神主的小閣。

❼ 呂祖：即呂洞賓。呂洞賓被道家正陽派稱為純陽祖師，俗稱呂祖。

如命的一般，連飲了數盃，卻是酒上加酒，已然醺醺。他卻順口開河，道：「張道兄，我有一句話告訴你，少時當家的來時，你可不要言語，讓他們到後面去，別管他們作什麼。偺們倆就在前邊給他個痛喝，喝醉了，就給他個悶睡，什麼全不管他。你道如何？」蔣爺道：「多承胡大哥指示。但不知當家的所做何事？何不對我說說呢？」胡和道：「其實告訴你也不妨事。我們這當家的，他乃響馬出身，畏罪出家。新近有他個朋友找他來，名叫花蝶，更是個不尷不尬之人，鬼鬼祟祟不知幹些什麼。昨晚有人追下來，竟被他們拿住，鎖在後院塔內，至今沒放。你說，他們的事管得麼？」蔣爺聽了心中一動，問道：「他們拿住是什麼人呢？」胡和道：「昨晚不到三更，他們拿住人了。是如此如彼，這般這樣。」蔣爺聞聽，嚇了個魂不附體，不由驚駭非常。

你道胡和說什麼「如此如彼，這般這樣」？原來韓二爺於前日夜救了巧姐之後，來到桑花鎮，到了寓所，便聽見有人談論花蝶。細細打聽，方才知道是個最愛採花的惡賊，是從東京脫案逃走的大案賊，恕不得人人以花蝶起誓。暗暗的忖度了一番，到了晚間，托言玩月，離了店房，夜行打扮，悄悄的訪查。

偶步到一處有座小小的廟宇，借著月光初上，見匾上金字，乃「觀音菴」三字，便知是尼菴。剛然轉到那邊，只見牆頭一股黑煙落將下去。韓爺將身一伏，暗道：「這事奇怪！一個尼菴，我們夜行人到此做什麼？必非好事。待我跟進去。」一飛身躍上牆頭，往裏一望，卻無動靜。便落下平地，過了大殿，見角門以外路西，單有個門兒虛掩，挨身而入，卻是三間茅屋。惟有東間明亮，早見牕上影兒是個男子，巧在鬢邊插的蝴蝶，顫巍巍的在牕上搖舞。韓爺看在眼裏，暗道：「竟有如此的巧事！要找尋他，就遇見他。且聽聽動靜，再做道理。」穩定腳尖，悄悄蹲伏牕外。只聽花蝶道：「仙姑，我如此哀懇，你竟不從。休要惹惱我的性兒，還是依了好。」又聽有一女子聲音道：「不依你，便怎樣？」又聽花蝶道：「凡婦女入了花蝶之眼，再也逃不出去，何況你這女尼。我不過是愛你的容顏，不忍加害於你。再若不識抬舉，你可怨我不得了。」又聽女尼道：「我也是好人家的女兒，只因自幼多災多病，父母無奈，將我捨入空門，不想今日遇見你這惡魔，好！好！好！惟有求其速死而已。」說著，說著，就哭起來了。忽聽花蝶道：「你這賤人，竟敢以死嚇我。我就殺了你！」韓爺聽到此，見燈光一晃，花蝶立起身來，起手一晃，想是抽刀。韓爺一聲高叫道：「花蝶，休得無禮！俺來擒你！」屋內花沖猛聽外面有人叫他，喫驚不小，噗的一聲，將燈吹滅，掀軟簾奔到堂屋，刀挑簾櫳，身體往斜刺裏一縱。只聽「拍」，早有一枝弩箭釘在牕櫺之上。花蝶暗道：「幸喜不曾中了暗器。」二人動起手來。因院子窄小，不能十分施展，只是彼此招架。正在支持，忽見從牆頭跳下一人，咕咚一聲，其聲甚重。又見他身形一長，是條大漢，舉朴刀照花蝶劈來。花蝶立住腳，望大漢虛搠一刀。大漢將身一閃，險些兒栽倒。花蝶抽空躍上牆頭，韓爺一飛身跟將出去。花蝶已落牆外，往北飛跑。韓爺落下牆頭，追將下去。這裏大漢出角門，繞大殿，自己開了山門，也就順著牆往北追下去了。

韓爺追花蝶有三里之遙。又見有座廟宇，花蝶躍身跳進，韓爺也就飛過牆去。見花蝶又飛過裏牆，韓爺緊緊跟隨。追到後院一看，見有香爐角三座小塔，惟獨當中的大些。花蝶便往塔後隱藏，韓爺步步跟隨。花蝶左旋右轉，韓爺前趕後攔。二人繞塔多時，方見那大漢由東邊角門趕將進來，一聲喊叫：「花蝶，你往那裏走？」花蝶扭頭一看，故意腳下一跐，身體往前一栽。韓爺急趕一步，剛然伸出一手。只見花蝶將身一翻，手一撒，韓爺肩頭已然著了一下，雖不甚疼，覺得有些麻木。暗說：「不好！必是藥標。」急轉身躍出牆外，竟奔回桑花鎮去了。

這裏花蝶閃身計打了韓彰，精神倍長，迎了大漢，才待舉手，又見那壁廂來了個雄偉胖大之人，卻是吳道成。因聽見有人喊叫，連忙趕來，幫著花蝶，將大漢拿住，鎖在後院塔內。胡和不知詳細，他將大概略述一番，已然把個蔣爺驚的目瞪癡呆。

未知如何，且聽下回分曉。

第六十三回　救莽漢暗刺吳道成　尋盟兄巧逢桑花鎮

且說蔣四爺聽胡和之言，暗暗說道：「怨不得我找不著我二哥呢。原來被他們擒住了。」正在思索，忽聽外面叫門，胡和答應著，卻向蔣平擺手，隨後將燈吹滅，方趔趄趔趄出來開放山門。只聽有人問道：「今日可有什麼事麼？」胡和道：「什麼事也沒有。橫豎也沒有人找。我也沒有喫酒。」又聽一人道：「他已醉了，還說沒有喫酒呢。你將山門好好的關了罷。」說著，二人向後邊去了。

胡和關了山門，從新點上燈來，道：「兄弟，這可沒了事咧。偺們喝罷。喝醉了給他個睡，什麼事全不管他。」蔣爺道：「很好。」卻暗暗算計胡和。不多時，將老道灌了個爛醉，人事不知。蔣爺脫了道袍，扎縛停當，來到外間，將招子拿起，抽出三稜鵝眉刺，熄滅了燈，悄悄出了東廂房，竟奔後院而來。果見有三座磚塔，見中間的極大。剛然走到跟前，忽聽嚷道：「好呀！你們將老爺綑縛在此，不言不語，到底是怎樣呵？快快給老爺一個爽利呀！」蔣爺聽了不是韓爺的聲音，悄悄道：「你是誰？不要嚷！我來救你。」說罷，走到跟前，把繩索挑去，輕輕將他二臂舒回。

那大漢定了定神，方說道：「你是什麼人？」蔣爺道：「我姓蔣名平。」大漢失聲道：「嗳喲！莫不是翻江鼠蔣四爺麼？」蔣平道：「正是。你不要高聲。」大漢道：「幸會，幸會。小人龍濤，自仁和縣竈君祠跟下花蝶來到此處，原要與家兄報仇，不想反被他們拿住。以為再無生理，誰知又蒙四爺知道搭救。」蔣爺聽了，便問道：「我二哥在那裏？」龍濤道：「並不曾遇見什麼二爺。就是昨晚也是夜星子馮七給小人送的信。因此得信到觀音菴訪拿花蝶，爬進牆去，卻見個細條身子的與花蝶動手。是我跳下牆去幫助。後來花蝶跳牆，那人比我高多了，也就飛身躍牆，把花蝶追至此處。及至我爬進牆來幫助，不知那人為什麼反倒越牆走了。我本不是花蝶對手，又搭上個黑胖老道，如何敵得住，因此就被他們擒住了。」蔣爺聽罷，暗想道：「據他說來，這細條身子的倒像我二哥。只是因何又越牆走了呢？走了又往何處去呢？」又問龍濤道：「你方才可見二人進來麼？往那裏去了？」龍濤道：「往西一面竹林之後，有一段粉牆（想來有門），他們往那裏去了。」蔣爺道：「你在此略等一等。我去去就來。」轉身形來到林邊一望，但見粉壁光華，亂篩竹影。借著月光淺淡，翠蔭蕭森，碧沉沉竟無門可入。蔣爺暗忖道：「看此光景，似乎是板牆。裏面必是個幽僻之所，且到臨近看看。」繞過竹林，來到牆根，仔細留神，踱來踱去。結搆鬥筍❶處，果然有些活動。伸手一摸，似乎活的。摸了多時，可巧手指一按，只聽咯噔一聲，將消息滑開，卻是個轉身門兒。蔣爺暗暗歡喜，挨身而入，早見三間正房，對面三間敞廳，兩旁有抄手遊廊。院內安設著白玉石盆，並有幾色上樣的新菊花，甚覺清雅。正房西間內燈燭明亮，有人對談。

澤長躡足潛蹤，悄立牕外。只聽有人唏聲歎氣。旁有一人勸慰道：「賢弟，你好生想不開。一個尼姑有什麼要緊，你再要如此，未免叫愚兄笑話你了。」這說話的卻是吳道成。又聽花蝶道：「大哥，你

❶ 鬥筍：連接和拼合榫頭；比喻小說或故事等的情節結構。這裏指前者。筍，即「榫」，榫頭。器物接合處，製成凹凸的形狀，凸出部分稱為「榫頭」。

不曉得。自從我見了他之後，神魂不定，廢寢忘餐。偏偏的他那古怪性兒，決不依從。若是別人，我花沖也不知殺卻了多少。惟獨他，小弟不但捨不得殺他，竟會不忍逼他。這卻如何是好呢？」說罷，復又長歎。吳道成聽了，哈哈笑道：「我看你竟自著了迷了。兄弟，既如此，你請我一請，包管此事必成。」花蝶道：「大哥果有妙計，成全此事。慢說請你，就是叫我給你磕頭，我都甘心情願的。」說著話，咕咚一聲就跪下了。蔣爺在外聽了，暗笑道：「人家為媳婦拜丈母，這小子為尼姑拜老道。真是無恥，也就可笑呢。」只聽吳道成說：「賢弟請起。不要太急。我早已想下一計了。」花蝶問道：「有何妙計？」吳道成道：「我明日叫我們那個主兒，假做遊廟，到他那裏燒香。我將蒙汗藥叫他帶上些。到了那裏，無論飲食之間下上些，須將他迷倒，那時任憑賢弟所為。你道如何？」花沖失聲大笑，道：「好妙計，好妙計！大哥，你真要如此，方不愧你我是生死之交。」又聽吳道成道：「可有一宗。到了臨期，你要留些情分，千萬不可連我們那個主兒清濁不分，那就不成事體了。」花沖也笑道：「大哥放心。小弟不但不敢，從今後小弟竟把他當嫂子看待。」說罷，二人大笑。

蔣爺在外聽了，暗暗切齒咬牙，道：「這兩個無恥無羞、無倫無禮的賊徒，又在這裏鋪謀定計，陷害好人。」就要進去。心中一轉想：「不可。須要用計。」想罷，轉身軀來到門前，高聲叫道：「無量壽佛！」他便抽身出來，往南趕行了幾步，在竹林轉身形隱在密處。此時屋內早已聽見。吳道成便立起身來，到了院中，問道：「是那個？」並無人應。卻見轉身門已開，便知有人，連忙出了板牆。左右一看，何嘗有個人影，心中轉省道：「是了。這是胡和醉了，不知來此做些什麼。看見此門已開，故此知會我們，也未見得。」心中如此想，腳下不因不由的往南走去。可巧正在蔣爺隱藏之處，撩開衣服，摣著大肚，在那裏小解。蔣爺在暗處看的真切，暗道：「活該小子前來送死。」右手攥定鋼刺，復用左手按住手腕。說時遲，那時快，只聽噗哧一聲，吳道成腹上已著了鋼刺，小水淋淋漓漓。蔣爺也不管他，卻將手腕一翻，鋼刺在肚子裏轉了一個身。吳道成那裏受得，「噯喲」一聲，翻觔斗栽倒在地。蔣爺趁勢趕步，把鋼刺一陣亂搗，吳道成這才成了道了。蔣爺抽出鋼刺，就在惡道身上揉抹血漬，交付左手，別在背上，仍奔板牆門而來。

到了院內，只聽花蝶問道：「大哥，是什麼人？」蔣爺一言不發，好大膽！竟奔正屋。到了屋內軟簾北首，右手二指輕輕掀起一縫，往裏偷看。卻見花蝶立起身來，走到軟簾前一掀。蔣爺就勢兒接著，左手腕一翻，明晃晃的鋼刺，竟奔花蝶後心刺下來。只聽「哧」的一聲響，把背後衣服劃開，從腰間至背，便著了鋼刺。花蝶負痛難禁，往前一掙，登時跳到院內。也是這廝不該命盡。是蔣爺把鋼刺別在背後，又是左手，且是翻起手腕，雖然刺著，却不甚重，只是劃傷皮肉。蔣爺躧步跟將出來。花蝶已出板牆，蔣爺緊緊追趕。花蝶卻繞竹林，穿入深密之處。蔣爺有心要趕上。猛見花蝶跳出竹林，將手一揚。蔣四爺暗說：「不好！」把頭一扭，覺的冷嗖嗖從身邊過去，板牆上拍的一聲響。蔣爺便不肯追趕，眼見蝴蝶飛過牆去了。

蔣爺轉身來到中間，往前見龍濤血脈已周，伸腰舒背，身上已覺如常。便將方才之事說了一遍。龍濤不勝稱羨。蔣爺道：「偺們此時往何處去方好？」龍濤道：「我與馮七約定在桑花鎮相見。四爺何不一同前往呢？」蔣爺道：「也罷。我就同你前去。且到前面，取了我的東西，再走不遲。」二人來到東廂房內，見胡和橫躺在炕上，人事不知。蔣爺穿上道袍，在外邊桌上拿了漁鼓簡板，旁邊拿起算命招子，裝了鋼刺。也不管胡和明日如何報官，如何結案。二人離了鐵嶺觀，一直竟奔桑花鎮而來。

及至到時，紅日已經東升。龍濤道：「四爺辛苦了一夜，此時也不覺餓嗎？」蔣爺聽了，知他這兩日未曾喫飯，隨答道：「很好，正要喫些東西。」說著話，正走到飯店門前，二人進去，揀了一個座頭。剛然坐下。只見堂官從水盆中提了一尾歡跳的活魚來。蔣爺見了，連誇道：「好新鮮魚！堂官，你給我們一尾。」走堂的搖手道：「這魚不是賣的。」蔣爺道：「卻是為何？」堂官道：「這是一位軍官爺病在我們店裏，昨日交付小人的銀兩，好容易尋了數尾，預備將養他病的，因此我不敢賣。」蔣爺聽了，心內展轉道：「此事有些蹊蹺。鯉魚乃極熱之物，如何反用他將養病呢？再者，我二哥與老五最愛吃鯉魚，在陷空島時往往心中不快，喫東西不香，就用鯉魚爩湯，拿他開胃。難道這軍官就是我二哥不成？但只是我二哥如何扮做軍官呢？又如何病了呢？」蔣爺只顧犯想。旁邊的龍濤也不管三七二十一，他先要了點心來，一上口就是五六碟。然後才問：「四爺，喫酒要什麼菜？」蔣爺隨便要了，毫不介意——總在得病的軍官身上。

少時，見堂官端著一盤熱騰騰香噴噴的鯉魚，往後面去了。蔣爺他卻悄悄跟在後面。多時轉身回來，不由笑容滿面。龍濤問道：「四爺酒也不喝，飯也不喫，如何這等發笑？」蔣爺道：「少時你自然知道。」便把那堂官喚近前來，問道：「這軍官來了幾日了？」堂官道：「連今日四天了。」蔣爺道：「他來時可曾有病麼？」堂官道：「來時卻是好好的。只因前日晚上出店賞月，於四鼓方才回來，便得了病。立刻叫我們夥計三兩個到三處打藥，惟恐一個藥鋪趕辦不來。我們想著軍官爺必是緊要的症候，因此擋槽兒的、更夫，連小人分為三下裏，把藥抓了來。小人要與軍官爺煎，他不用。小人見他把那三包藥中揀了幾味先噙在口內，說道：『你們去罷。有了藥，我就無妨礙了。明早再來，我還有話說呢。』到了次日早起，小人過去一看，見那軍官爺病就好了，賞了小人二兩銀子買酒喫。外又交付小人一個錁子，叫小人務必的多找幾尾活鯉魚來，說：『我這病非喫活鯉魚不可。』因此昨日出去了二十多里路，方找了幾尾魚來。軍官爺說：『每日早飯只用一尾，過了七天後，便隔兩三天再喫，也就無妨了。』也不知這軍官爺得的什麼病。」

蔣爺聽了，點了點頭，叫堂官且溫酒去。自己暗暗躊躇道：「據堂官說來，我二哥前日夜間得病。不消說了，這是在鐵嶺觀受了暗器，趕緊跑回來了。怨得龍濤他說：『剛趕到，那人不知如何越牆走了。』只是叫人兩三處打藥，難道這暗器也是毒藥味的麼？不然，如何叫人兩三處打藥。這明是秘不傳方之意。二哥呀，二哥。你過於多心了，一個方兒什麼要緊，自己性命也是當耍的。當初大哥勸了多少言語，說：『為人不可過毒了。似乎這些小傢伙稱為暗器，已然有個暗字，又用毒藥餵飽，豈不是狠上加狠呢。如何使得？』誰知二哥再也不聽，連解藥兒也不傳人，不想今日臨到自己頭上，還要細心，不肯露全方兒。如此看來，二哥也太深心了。」又一轉想，暗說：「不好。當初在文光樓上我誆藥之時，原是兩丸全被我盜去。如今二哥想起來，叫他這般費事，未嘗不恨我、罵我，也就未必肯認我罷。」想到此，只急的汗流滿面。

龍濤在旁，見四爺先前歡喜，到後來沉吟納悶，此時竟自手足失措，便問道：「四爺，不喫不喝，到底為著何事？何不對我說說呢？」蔣爺歎氣道：「不為別的，就只為我二哥。」龍濤道：「二爺在那裏？」蔣爺道：「就在這店裏後面呢。」龍濤忙道：「四爺，大喜！這一見了二爺，又完官差，又全朋友義氣，還猶豫什麼呢？」說著話，堂官又過來。蔣爺喚住，道：「夥計，這得病的軍官可容人見麼？」堂官開言說道：「爺若不問，小人也不說。這位軍官爺一進門，就囑咐了。他說：『如有人來找，須問姓名。獨有個姓蔣的，他若找來，就回覆他說，我不在這店裏。』」四爺聽了，便對龍濤道：「如何？」龍濤聞聽，便不言語了。蔣爺又對堂官道：「此時軍官的鯉魚大約也喫完了。你作為取傢伙去，我悄悄的跟了你去。到了那裏，你合軍官說話兒，我做個不期而遇。倘若見了，你便溜去，我自有道理。」堂官不能不應。蔣爺別了龍濤，跟著堂官，來到後面院子之內。

不知二人見了如何，且聽下回分曉。

第六十四回　論前情感化徹地鼠　觀古蹟遊賞誅龍橋

且說蔣爺跟了堂官來到院子之內，只聽堂官說道：「爺上喫著這魚可配口麼？如若短什麼調和❶，只管吩咐，明早叫竈上的多精點心。」韓爺道：「很好，不用吩咐了。調和的甚好。等我好了，再謝你們罷。」堂官道：「小人們理應伺候，如何擔的起謝字呢。」

剛說到此，只聽院內說道：「哎喲，二哥呀！你想死小弟了。」堂官聽罷，端起盤子，往外就走。蔣四爺便進了屋內，雙膝跪倒。韓爺一見翻轉身，面向裏而臥，理也不理。蔣爺哭道：「二哥，你惱小弟，小弟深知。只是小弟委曲也要訴說明白了，就死也甘心的。當初五弟所做之事，自己逞強逞能，不顧國家法紀，急的大哥無地自容。若非小弟看破，大哥早已縊死在龐府牆外了。二哥，你老知道麼？就是小弟離間二哥，也有一番深心。凡事皆是老五作成，人人皆知是錦毛鼠的能為，並不知有姓韓的在內。到了歸結，二哥卻跟在裏頭打這不明不白的官司，豈不弱了徹地鼠之名呢？再者小弟附和著大哥，務必要拿獲五弟，並非忘了結義之情，這正是救護五弟之意。二哥難道不知他做的事麼？若非遇見包恩相與諸相好，焉能保的住他毫無傷損，並且得官授職？又何嘗委屈了他呢。你我弟兄五人自陷空島結義以來，朝夕聚首，原想不到有今日。既有今日，我四人都受皇恩，相爺提拔，難道就忘卻了二哥麼？我兄弟四

❶調和：調味品，如油、鹽、醬、醋之類。

人在一處已經哭了好幾場。大哥尤為傷懷，想會二哥。實對二哥說罷。小弟此番前來，一來奉旨欽命，二來包相鈞諭，三來大哥的分派。故此裝模作樣❷，扮成這番光景，遍處找尋二哥。小弟原有一番存心，若是找著了二哥固好，若是尋不著時，小弟從此也就出家，做個負屈含冤的老道罷了。」說到此，抽抽噎噎的哭了起來。他卻偷著眼看韓彰，見韓爺用巾帕抹臉，知是傷了心了，暗道：「有點活動了。」復又說道：「不想今日在此遇見二哥。二哥反惱小弟，豈不把小弟一番好心，倒埋沒了？總而言之，好人難作。小弟既見了二哥，把曲折衷腸訴明，小弟也不想活著了。隱跡山林，找個無人之處，自己痛哭一場，尋個自盡罷了。」說到此，聲咽音啞，就要放聲。

韓爺那裏受得，由不得轉過身來道：「你的心，我都知道了。你言我行事太毒，你想想你做的事，未嘗不狠。」蔣爺見韓爺轉過身來，知他心意已回，聽他說「做事太狠」，便急忙問道：「不知小弟做什麼狠事了？求二哥說明。」韓爺道：「你誆我藥，為何將兩丸俱各拿去，致令我昨日險些兒喪了性命？這不是做事太狠麼？」蔣爺聽了，「噗哧」一聲笑了，道：「二哥若為此事惱我恨我，這可錯怪小弟了。你老自想想，一個小荷包兒有多大地方，當初若不將二丸藥掏出，如何裝的下那封字柬呢？再者，小弟又不是未卜先知，能彀知道於某年某月某日某時，我二哥受藥標，必要用此解藥，若早知道，小弟偷時也要留個後手兒，預備給二哥救急兒，也省的你老恨我咧。」韓爺聽了也笑了，伸手將蔣爺拉起來，問道：「大哥、三弟、五弟可好？」蔣爺道：「都好。」說畢，就在炕邊上坐了。彼此提起前情，又傷感了一回。韓爺便說：「與花蝶比較，他用閃身計，是我一時忽略，故此受了他的毒標，幸喜不重。趕回

---

❷ 裝模作樣：這裏指蔣平為尋韓彰而故作道士裝扮。

店來，急忙配藥，方能保得無事。」蔣爺聽了，方才放心，也將鐵嶺觀遇見胡道洩機，小弟只當是二哥被擒，誰知解救的卻是龍濤；如何刺死吳道成，又如何反手刺傷了花蝶，他在鋼刺下逃脫的話，說了一遍。韓爺聽了歡喜無限，道：「你這一刺，雖未傷他的性命，然而多少劃他一下，一來驚他一驚，二來也算報了一標之仇了。」

二人正在談論，忽聽外面進來一人，撲翻身就給韓爺叩頭。倒把韓爺嚇了一跳。蔣爺連忙扶起，道：「二哥，此位便是捕快頭目龍濤龍二哥。」韓二爺道：「久仰，久仰。恕我有賤恙❸，不能還禮。」龍濤道：「小人今日得遇二員外，實小人之萬幸。務懇你老人家早早養好貴體，與小人報了殺兄之仇，這便是愛惜龍濤了。」說罷，淚如雨下。蔣爺道：「龍二哥，你只管放心。等我二哥好了，身體強健，必拿花賊與令兄報仇。我蔣平也是要助拿此賊的。」龍濤感謝不已。

從此蔣爺服侍韓爺，又有龍濤幫著，更覺周到。鬧了不多幾日，韓爺傷痕已愈，精神復元。

一日，三人正在喫飯之時，卻見夜星子馮七滿頭是汗，進來說道：「方才打二十里堡趕到此間，已然打聽明白，姓花的因喫了大虧，又兼本縣出票捕緝甚緊，到處有線，難以住居，他竟逃往信陽，投奔鄧家堡去了。」龍濤道：「既然如此，只好趕到信陽，再作道理。」便叫馮七參見了二員外，也就打橫兒坐了，一同喫畢飯。韓爺問蔣爺道：「四弟，此事如何區處？」蔣爺道：「花蝶這廝萬惡已極，斷難容留。莫若二哥與小弟同上信陽將花蝶拿獲，一來除了惡患，二來與龍兄報了大仇，三來二哥到開封也覺有些光彩。不知二哥意下如何？」韓爺點頭，道：「你說的有理。只是如何去法呢？」蔣澤長道：「二

❸ 賤恙：對人稱自己的疾病。賤，自謙之詞。

哥仍是軍官打扮，小弟照常道士形容。」龍濤道：「我與馮七做個小生意，臨期看勢作事。還有一事，我與歐陽爺、丁大官人原有舊約。如今既上信陽，須叫馮七到茉花村送信才是，省得他們二位徒往竈君祠奔馳。」夜星子聽了，滿口應承，定準在誅龍橋西河神廟相見。龍濤又對韓、蔣二人道：「馮七這一去尚有幾天工夫。明日我先趕赴信陽，容二員外多將養幾日。就是你們二位去時，一位軍官，一位道者，也不便同行，只好俱在河神廟會齊便了。」蔣爺深以為是。計議已定，夜星子收拾收拾，立刻起身，竟奔茉花村而來。

且言北俠與丁大爺來到茉花村，盤桓了幾日，真是義氣相投，言語投機。一日提及花蝶，三人便要赴竈君祠之約。兆蘭、兆蕙進內稟明了老母。丁母關礙著北俠，不好推托。老太太便立了一個主意，連忙吩咐廚房預備送行的酒席，明日好打發他等起身。北俠與丁氏弟兄歡天喜地，收拾行李，分派人跟隨，忙亂了一天。到了掌燈時，飲酒喫飯。直到二鼓，剛然用完了飯，忽見丫鬟報來道：「老太太方才說身體不爽，此時已然歇下了。」丁氏弟兄聞聽，連忙跑到裏面看視。見老太太在帳子內，面向裏和衣而臥。問之不應。半晌，方說：「我這是無妨的，你們幹你們的去。」丁氏弟兄那裏敢挪寸步。伺候到四鼓之半，老太太方解衣安寢。二人才暗暗出來，來到待客廳。誰知北俠聽說丁母欠安，也不敢就睡，獨自在那裏呆等音信。見了丁家弟兄出來，便問：「老伯母因何欠安？」大爺道：「家母有年歲之人，往往如此，反累吾兄掛心，不得安眠。」北俠道：「你我知己兄弟，非比外人家，這有什麼呢。」丁二爺道：「此時家母業已安歇，吾兄可以安置罷。明日還要走路呢。」北俠道：「劣兄方才細想，此事也沒甚要緊，二位賢弟原可以不必去。何況老伯母今日身體不爽呢。就是再遲兩三日，也不為晚。總是老人家要緊。」丁氏昆仲連連稱：「是。且到明日再看。」彼此問了安置，弟兄二人仍上老太太那裏去了。

到了次日，丁大爺先來到廳上，見北俠剛然梳洗。歐陽爺先問道：「伯母後半夜可安眠否？」兆蘭道：「托賴兄長庇蔭❹，老母後半夜頗好。」正說話間，兆蕙亦到，便問北俠：「今日可起身麼？」北俠道：「尚在未定。等伯母醒時，看老人家的光景，再做道理。」忽見門上莊丁進來，稟道：「外面有個姓馮的，要求見歐陽爺、丁大爺。」北俠道：「他來的很好，將他叫進來。」莊丁回身，不多時見一人跟莊丁進來，自說道：「小人夜星子馮七參見。」丁大爺問道：「你從何處而來？」馮七便將龍濤追下花蝶，觀中遭擒；如何遇蔣爺搭救，刺死吳道成，驚走花蝶；又如何遇見韓二爺，現今打聽明白，花沖逃往信陽，大家俱定準在誅龍橋西河神廟相見的話，述說了一回。北俠道：「你幾時回去？」馮七道：「小人特特前來送信，還要即刻趕到信陽，同龍二爺探聽花蝶的下落呢。」丁大爺道：「既如此，也不便留你。」回頭吩咐莊丁，取二兩銀子來賞與馮七。馮七叩謝道：「小人還有盤費，大官人如何又賞許多。如若沒有什麼吩咐，小人也就要走了。」又對北俠道：「爺們去時，就在誅龍橋西河神廟相見。」北俠道：「是了。我知道了。那廟裏方丈慧海我是認得的，手談❺是極高明的。」馮七聽了，笑了一笑，告別去了。

誰知他們這裏說話，兆蕙已然進內看視老太太出來。北俠問道：「二弟，今日伯母如何？」丁二爺道：「方才也替吾兄請了安了。家母說：『多承掛念！』老人家雖比昨日好些，只是精神稍減。」北俠

❹ 庇蔭：保護。蔭，亦為「廕」。

❺ 手談：下圍棋。

道：「莫怪劣兄說。老人家既然欠安，二位賢弟斷斷不可遠離。況此事也沒甚要緊。依我的主意，竟是我一人去到信陽，一來不至失約，二來我會同韓、蔣二人再加上龍濤幫助，也可以敵的住姓花的了。二位賢弟以為何如？」兆蘭、兆蕙原因老母欠安，不敢遠離，今聽北俠如此說來，連忙答道：「多承仁兄指教。我二人惟命是從。待老母大愈後，我二人再趕赴信陽就是。」北俠道：「那也不必。即便去時，也不過去一人足矣。總要一位在家伺候伯母要緊。」丁家弟兄點頭稱「是」。早見伴當搽抹桌椅，調開座位，安放盃箸，擺上豐盛的酒席。這便是丁母吩咐預備餞行的。酒飯已畢，北俠提了包裹，彼此珍重了一番，送出莊外，執手分別。

不言丁氏昆仲回莊，在家奉母。單說北俠出了茉花村，上了大路，竟奔信陽而來，沿途觀覽山水。一日來到信陽境界，猛然想起人人都說誅龍橋下有誅龍劍。「我雖然來過，並未賞玩。今日何不順便看看，也不枉再遊此地一番。」想罷，來到河邊泊船之處僱船。船家迎將上來，道：「客官要上誅龍橋看古跡的麼？待小子伺候爺上賞玩一番，何如？」北俠道：「很好。但不知要多少船價？須要說明。」船家道：「有甚要緊。只要客官暢快喜歡了，多賞些就是了。請問爺上是獨遊，還是要會客呢？可要火食不要呢？」北俠道：「也不會客，也不要火食，獨自一人要遊玩遊玩，把我渡過橋西，河神廟下船，便完事了。」船家聽了，沒有什麼想頭，登時怠兒慢兒的道：「如此說來，是要單座兒了。我們從早辰到此時，並沒開張。爺上一人，說不得走這一遭兒罷。多了也不敢說，破費爺上四兩銀子罷。」俗語說的，「車船店腳牙」，極是難纏的。他以為拿大價兒把歐陽爺難住，就拉倒了。

不知北俠如何，且聽下回分解。

第六十五回　北俠探奇毫無情趣　花蝶隱跡別有心機

且說北俠他乃揮金似土之人，既要遣興賞奇，慢說是四兩，就是四十兩也是肯花的。想不到這個船家要價兒，竟會要在圈兒裏頭了。北俠道：「四兩銀子有甚要緊。只要俺看了誅龍劍，俺便照數賞你。」船家聽了，又立刻精神百倍，滿面堆下笑來，奉承道：「小人看爺上是個慷慨憐下的，只要看看古蹟兒，那在我們窮小子身上打算盤呢。夥計快搭跳板，攙爺上船。到底靈便著些兒呀，喫飽了就發獃。」北俠道：「不用忙，也不用攙，俺自己會上船。」看跳板搭平穩了，略一墊步，輕輕來到船上。船家又囑咐道：「爺上坐穩了。小人就要開船了。」北俠道：「俺曉得。只是縴繩要拉的慢著些兒，俺還要沿路觀看江景呢。」船家道：「爺上放心。原為的是遊玩，忙什麼呢。」說罷，一篙撐開，順流而下，奔到北岸。縴夫套上縴板，慢慢牽曳❶。船家掌舵，北俠坐在舟中。清波蕩漾，蘆花飄颺，襯著遠山聳翠，古木撐青。一處處野店鄉村，炊煙直上。一行行白鷗秋雁，掠水頻翻。北俠對此三秋之景，雖則心曠神怡，難免幾番浩歎。想人生光陰迅速，幾輩英雄，而今何在？

正在觀覽歎惜之際，忽聽船家說道：「爺上請看，那邊影影綽綽❷便是河神廟的旗杆。此處離誅龍

❶ 牽曳：亦作「牽拽」。拉拖。

❷ 影影綽綽：隱隱約約、模糊不真切的樣子。

橋不遠了。」北俠聽了，便要看古人的遺跡。「不知此劍是何寶物？不料我今日又得瞻仰瞻仰。」早見船家將篙一撐蕩開，悠悠揚揚，竟奔誅龍橋而來。到此水勢急溜，毫不費力，已從橋孔過去。北俠兩眼左顧右盼，竟不見寶劍懸於何處。剛然要問，只見船已攏住，便要拉縴上河神廟去。北俠道：「你等且慢。俺原為遊賞誅龍劍而來，如今並沒看見劍在那裏，如何就上河神廟呢？」船家道：「爺上才從橋下過，寶劍就在橋的下面，如何不玩賞呢？」北俠道：「方才左瞧右瞧，兩旁並沒有懸掛寶劍，你叫我玩賞什麼呢？」船家聽了，不覺笑道：「原來客官不知古蹟所在之處。難道也沒聽見人說過麼？」北俠道：「實實沒有聽見過。到了此時，倒要請教。」船家道：「人人皆知：『誅龍橋，誅龍劍。若要看，須仰面。』爺上為何不往上看呢？」北俠猛省，也笑道：「俺倒忘了，竟沒仰面觀看。沒奈何，你等還將船撥轉。俺既到此，再沒有不看看之理。」船家便有些作難道：「此處水急溜，而且回去是逆水。我二人又得出一身汗，豈不費工夫呢？」北俠心下明白，便道：「沒甚要緊。俺回來加倍賞你們就是了。」船家聽了，好生歡喜，便叫：「夥計，多費些氣力罷。爺上有加倍賞呢。」二人踴躍非常，用篙將船往回撐起。

果然逆水難行，多大工夫，方到了橋下。北俠也不左右顧盼，惟有仰面細細觀瞧。不看則可，看了時未免大掃其興。你道什麼誅龍劍？原來就在橋下石頭上面刻的一把寶劍，上面有模模糊糊幾個蝌蚪篆字❸，真是耳聞不如眼見。往往以訛傳訛，說的奇特而又奇特，再遇個探奇好古的人，恨不得登時就要看看。及至身臨其境，只落得「原來如此」四個大字，毫無一點的情趣。即如京師玉蝶，真是天造地設的美景。四時春夏秋冬，各有佳景，豈是三言兩語說的盡的呢？如此春日綠波，初泛碧柳，依依白鷺，

❸ 蝌蚪篆字：這裏指小小的篆體字。

群飛黃鸝。夏日則荷花馥郁，蓮葉亭亭。秋日，則鷺影翩翩，蟬聲嘒嘒。冬則池水結冰，再過著瑞雪繽紛，真個是銀妝世界一般，況且樓臺閣殿，亭榭橋梁，無一不佳。然而，每日走著，時常看著，習以為常，也就不理會了。

就是北俠，他乃行俠作義之人，南北奔馳，什麼美景沒有看過。今日為個誅龍劍，白白的花了八兩頭，他算開了眼了，可瞧見石頭上刻的暗八仙了。你說可笑不可笑？又遇船家縴夫不懂眼，使著勁兒撐住了船，動也不動。北俠問道：「為何不走？」船家道：「爺上賞玩盡興，小人聽吩咐方好開船。」北俠道：「此劍不過一目了然，俺已盡興了。快開船罷！偺們上河神廟去罷。」他二人復又撥轉船頭，一直來到河神廟下船。北俠在兜肚內掏出一個錁子，又加上多半個，合了八兩之數，賞給船家去了。

北俠來到廟內，見有幾個人圍繞著一個大漢。這大漢地下放著一個笸籮，口中說道：「俺這煎餅，是真正黃米麵的，又有蔥，又有醬，咬一口，噴鼻香。趕熱呀，趕熱。」滿嘴的怯話兒❹。旁邊也有買著喫的。再細看大漢時，卻是龍濤。北俠暗道：「他敢則早來了。」便上前故意的問道：「夥計，借光問一聲。」龍濤抬頭見是北俠，他卻笑嘻嘻的說道：「客官，你問什麼？」北俠道：「這廟內可有閒房？俺要等一個相知的朋友。」龍濤道：「巧咧，對勁兒。俺也是等鄉親的，就在這廟內落腳兒。俺是知道的，這廟內閒房多著咧。好體面❺屋子，雪洞兒似的，俺就是住不起。俺合廟內的老道在廚房裏打通腿兒。沒有什麼營生，就在柴鍋裏燂❻上了幾張煎餅，作個小買賣。你老趁熱，也鬧一張嘗嘗，包管噴鼻

❹ 怯話兒：不得體的言語。

❺ 體面：這裏指好看；漂亮。

香。」北俠笑道：「不用。少時你在廟內，燀幾張新鮮的我喫。」龍濤道：「是咧。俺賣完了這個，再給你老燀幾張去。你老要找這廟內當家的，他叫慧海，是個一等一的人兒，好多著咧。」北俠道：「承指教了。」轉身進廟，見了慧海，彼此敘了闊情。本來素識，就在東廂房住下。到了下晚，北俠卻暗暗與龍濤相會，言花蝶並未見來。就是韓、蔣二位也該來了，等他們到來再做道理。

這日北俠與和尚在方丈裏下棋，忽見外面進來一位貴公子，衣服華美，品貌風流，手內提定馬鞭，向和尚執手。慧海連忙問訊，小和尚獻茶，說起話來。原是個武生，姓胡，特來暫租寓所，訪探相知的。北俠在旁細看，此人面上一團英氣，只是二目光芒，甚是不佳，暗道：「可惜這樣人物，被這一雙眼帶累壞了。而且印堂❼帶煞，必是不良之輩。」正在思索，忽聽外面嚷道：「王弟二的，王弟二的。」說著話，扒著門，往裏瞧了瞧北俠，看了看公子。北俠早已看見是夜星子馮七。

小和尚迎出來道：「你找誰？」馮七道：「俺姓張行三，找俺鄉親王弟二的。」小和尚說：「你找賣煎餅的王二呀。他在後面廚房裏呢。你從東角門進去，就瞧見廚房了。」馮七道：「沒狗呀？」小和尚道：「有狗，也不怕，鎖著呢。」馮七抽身往後去了。

這裏貴公子已然說明，就在西廂房暫住，留下五兩定銀，回身走了，說：「遲會兒再來。」慧海送了公子回來，仍與北俠終局。北俠因記念著馮七，要問他花蝶的下落，胡亂下完。那盤棋卻輸與慧海七子。站起身來，回轉東廂房，卻見龍濤與馮七說著話，出廟去了。

---

❻ 燀：烤熟。

❼ 印堂：指額部兩眉之間。

北俠連忙做散步的形景，慢慢的來到廟外，見他二人在那邊大樹下說話。北俠一見，暗暗送目，便往東走，二人緊緊跟隨。到了無人之處，方問馮七道：「你為何此時才來？」馮七道：「小人自離了茉花村，第三日就遇見了花蝶。誰知這廝並不按站走路，二十里也是一天，三十里也是一天。他到處拉攏，所以遲到今日。他也上這廟裏來了。」北俠道：「難道方才那公子，就是他麼？」馮七道：「正是。」北俠說：「怨不的。我說那樣一個人，怎麼會有那樣的眼光呢？原來就是他呀。怨不的說姓胡，其中暗指著蝴蝶呢。只是他到此何事？」馮七道：「這卻不知。就是昨晚在店內，他合店小二打聽小丹村來著，不知他是什麼意思？」北俠又問韓、蔣二位。馮七道：「路上卻未遇見，想來也就該到了。」龍濤道：「今日這廝既來到此，歐陽爺想著如何呢？」北俠道：「不知他是什麼意思，大家防備著就是了。」說罷，三人分散，仍然歸到廟中。

到了晚間，北俠屋內卻不點燈，從暗處見西廂房內燈光明亮。後來忽見燈影一晃，彷彿蝴蝶兒一般。又見「噗」的一聲，把燈吹滅了。北俠暗道：「這廝又要鬧鬼了。倒要留神。」遲不多會，見槅扇略起一縫，一條黑線相似。出了門，背立片時。原來是帶門呢。見他腳尖滑地，好門道，好伶便，「突」「突」往後面去了。北俠暗暗誇獎：「可惜這樣好本事！為何不學好？」連忙出了東廂房，由東角門輕輕來到後面。見花蝶已上牆頭，略一轉身，落下去了。北俠趕到，飛身上牆，往下一望，卻不見人。連忙縱下牆來，四下留神，毫無蹤跡，暗道：「這廝好快腿！果然本領不錯。」見那邊樹上落下一人，奔向前來。北俠一見，卻是馮七。又見龍濤來道：「小子好快腿，好快腿！」三人聚在一處，再也測度不出花蝶往那裏去了。北俠道：「莫若你我仍然埋伏在此，等他回來。就怕他回來不從此走。」馮七道：「此乃必由之地，白晝已瞧明白了。不然，我與龍二爺怎會專在此處等他呢？」北俠道：「既如此，你仍然上樹。龍頭領你就在橋根之下，我在牆內等他。裏外夾攻，再無不成功之理。」馮七聽了，說：「很好，就是如此。我在樹上瞭高❽，如他來時，拋甎為號。」三人計議已定，內外埋伏。

誰知等了一夜，卻不見花沖回來。天已發曉，北俠來到前面，開了山門，見龍濤與馮七來了。彼此相見，道：「這廝那裏去了？」於是同到西廂房，見槅扇虛掩。到了屋內一看，見北間床上有個小小包裹。打開看時，裏面只一件花氅官靴與公子巾。北俠叫馮七拿著奔方丈而來。

早見慧海出來，迎面問道：「你們三位如何起的這般早？」北俠道：「你丟了人了。你還不曉得嗎？」和尚笑道：「我出家人喫齋念佛，恪守清規，如何會丟人？別是你們三位有了什麼故典了罷？」龍濤道：「真是師傅丟了人咧。我三人都替師傅找了一夜。」慧海道：「王二，你的口音如何會改了呢？」馮七道：「他也不姓王，我也不姓張。」和尚聽了，好生詫異。北俠道：「師傅不要驚疑，且到方丈細談。」大家來到屋內，彼此就座。北俠方將龍濤、馮七名姓說出。「昨日租西廂房那人，也不姓胡，他乃作孽的惡賊花沖，外號花蝴蝶。我們俱是為訪拿此人，到你這裏。」就將夜間如何埋伏，他自從二更去後至今並未回來的話，說了一遍。慧海聞聽喫了一驚，連忙接過包裹，打開一看，內有花氅一件、官靴、公子巾，別無他物。又到西廂房內一看，床邊有馬鞭子一把。心中驚異非常，道：「似此如之奈何？」

未知後文，且聽下回分解。

❽ 瞭高：在高處張望把風。

第六十六回　盜珠燈花蝶遭擒獲　救惡賊張華竊負逃

且說紫髯伯聽和尚之言，答道：「這卻無妨。他決不肯回來了，只管收起來罷。我且問你。聞得此處有個小丹村，離此多遠？」慧海道：「不過三四里之遙。」北俠道：「那裏有鄉紳富戶以及菴觀娼妓無有呢？」和尚道：「有菴觀，並無娼妓。那裏不過是個莊村，並無鎮店。若論鄉紳，卻有個勾❶鄉宦。因告終養在家，極其孝母，家道殷實。因為老母喫齋念佛，他便蓋造了一座佛樓，畫棟雕樑，壯觀之甚。不用說慢說別的，就只他那寶珠海燈，便是無價之寶。上面用珍珠攢成纓絡❷，排穗❸俱有寶石鑲嵌。點起來照徹明亮，就是平空看去也是金碧交輝，耀人二目。那勾員外只要討老母的喜歡，自己好善樂施，連我們廟裏一年四季皆是有香資布施的。」北俠聽了，便對龍濤道：「聽師傅之言卻有可疑。莫若馮七你到小丹村暗暗探聽一番，看是如何？」馮七領命，飛也似的去了。龍濤便到廚房收拾飯食。北俠與和尚閒談。

忽見外面進來一人，軍官打扮，金黃面皮，細條身子，另有一番英雄氣概，別具一番豪傑精神。和

❶ 勾：姓。

❷ 纓絡：亦作「瓔珞」。用珠玉綴成的飾物。

❸ 排穗：指用絲線綴成的穗狀飾物。穗，穀類結實的頂端部分。

尚連忙站起相迎。那軍官一眼看見北俠，道：「足下莫非歐陽兄麼？」北俠道：「小弟歐陽春。尊兄貴姓？」那軍官道：「小弟韓彰，久仰仁兄，恨不一見，今日幸會。仁兄幾時到此？」北俠道：「弟來三日了。」韓爺道：「如此說來，龍頭領與馮七他二人也早到了。」北俠道：「龍頭領來在小弟之先，馮七是昨日才來。」韓爺道：「弟因有小恙，多將養了幾日，故爾來遲，叫吾兄在此耐等，多多有罪。」說著話，彼此就座。卻見龍濤從後面出來，見了韓爺，便問：「四爺如何不來？」韓爺道：「隨後也就到了。因他道士打扮，故在後走，不便同行。」

正說之間，只見夜星子笑吟吟回來，見了韓彰，道：「二員外來了麼。來的正好。此事必須大家商議。」北俠問道：「你打聽的如何？」馮七道：「歐陽爺料事如見。小人到了那裏細細探聽，原來這小子昨晚真個到小丹村去了。不知如何被人拿住，又不知因何連傷二命，他又逃脫走了。早間勾鄉宦業已呈報到官，還未出籤緝捕呢。」大家聽了，測摸不出，只得等蔣爺來再做道理。

你道花蝶因何上小丹村？只因他要投奔神手大聖鄧車，猛然想起鄧車生辰已近，素手❹前去，難以相見。早已聞得小丹村勾鄉宦家有寶珠燈，價值連城。莫若盜了此燈，獻與鄧車，一來祝壽，二來自覺有些光彩。這全是以小人待小人的形景。他那裏知道此燈有許多的蹊蹺。二更離了河神廟，一直奔到小丹村，以為馬到成功，伸手就可拿來。誰知到了佛樓之上，見寶燈高懸，內注清油，明晃晃明如白晝。卻有一根鎖鍊，上邊檁❺上有環，穿過去，將這一頭兒壓在鼎爐的腿下。細細端詳，須將香爐挪開，方

❹ 素手：空手。

❺ 檁：音ㄌㄧㄣˇ。屋上橫木，即檁條。

能提住鎖鍊，繫下寶燈。他便挽袖掖衣，來至供桌之前，舒開雙手，攥住爐耳，運動氣力往上一舉。只聽吱的一聲，這鼎爐竟跑進佛龕去了。爐下桌子上卻露出一個窟窿。繫寶燈的鍊子也跑上房柁去了。花蝶暗說：「奇怪！」正在發呆，從桌上窟窿之內探出兩把撓鉤，周周正正將兩膀扣住。花蝶一見不由的著急，兩膀才待掙扎。又聽下面「吱」「吱」「吱」「吱」連聲響亮，覺的撓鉤約有千觔❻沉重，往下一勒。花賊再也不能支持，兩手一鬆，把兩膀扣了個結實。他此時是手兒扶著，脖兒伸著，嘴兒拱著，身兒探著，腰兒哈著，臀兒蹶著，頭上蝴蝶兒顫著，腿兒躬著，腳後跟兒蹺著，膝蓋兒合著，眼子是撅著，真是福相樣兒！

誰知花蝶心中正在著急，只聽下面「嘩啷」「嘩啷」鈴鐺亂響，早有人嚷道：「佛樓上有了賊了！」從胡梯上來了五六個人，手提繩索，先把花蝶攏住。然後主管拿著鑰匙，從佛桌旁邊入了鐨，「吱噔」「吱噔」一擰，隨擰隨鬆，將撓鉤解下。七手八腳，把花蝶捆住了，推擁下樓。主管吩咐道：「夜已深了，明早再回員外罷。你等拿賊有功，俱各有賞。方才是誰的更班兒？」卻見二人說道：「是我們倆的。」主管一看，是汪明、吳升，便道：「很好。就把此賊押在你們更樓之上，好好看守。明早我單回員外，加倍賞你們兩個。」又吩咐幫拿之人道：「你們一同送到更樓，仍按次序走更巡邏，務要小心。」眾人答應，俱奔東北更樓上安置妥當，各自按撥走更去了。

原來勾鄉宦莊院極大，四角俱有更樓。每樓上更夫四名，輪流巡更，週而復始。如今汪明、吳升拿賊有功，免其坐更，叫他二人看賊。他二人興興頭頭❼，喜歡無限，看著花蝶道：「看他年輕輕的，什

❻ 千觔：千斤。觔，同「筋」。借用為「斤」。

麼幹不得，偏要做賊。還要偷寶燈。那個燈也是你偷的？為那個燈，我們員外費了多少心機，好容易安上消息。你就想偷去咧！」正在說話，忽聽下面叫道：「主管叫你們去一個人呢。」吳升道：「這必是先賞偺們點酒兒喫食。好兄弟，你辛苦辛苦去一趟罷。」汪明道：「我去。你好生看著。」他回身便下樓去了。吳升在上面，忽聽「噗咚」一聲，便問道：「怎麼咧？栽倒咧。沒喝就醉。……」話未說完，卻見上來一人，凹面金腮，穿著一身皂衣，手持鋼刀。吳升才要嚷，只聽「唗嚓」，頭已落地。那人忽的一聲，跳上炕來，道：「朋友，俺乃病太歲張華，奉了鄧大哥之命，原為珠燈而來。不想你已入圈套，待俺來救你。」說罷，挑開繩索，將花蝶背在身上，逃往鄧家堡鄧車那裏去了。

及至走更人巡邏至此，見更樓下面躺著一人，執燈一照，卻是汪明，被人殺死。這一驚非小，連忙報與主管，前來看視。便問：「吳升呢？」更夫說：「想是在更樓上面呢。」一疊連聲喚道：「吳升，吳升！」那裏有人答應。大家說：「且上去看看。」一看——罷咧！見吳升真是無生了，頭在一處，尸在一處。炕上挑的繩索不少，賊已不知去向。主管看了這番光景，才著了慌，也顧不的夜深了，連忙報與員外去了。員外聞聽，急起來看，又細問了一番，方知道已先在佛樓上拿住一賊，因夜深未敢稟報。員外痛加申飭，言此事焉得不報。縱然不報，也該派人四下搜尋一回，更樓上多添人看守，不當如此粗心誤事。主管後悔無及，惟有伏首認罪而已。

勾鄉宦無奈，只得據實稟報：如何拿獲鬢邊有蝴蝶的大盜，如何派人看守，如何更夫被殺大盜逃脫的情節，一一寫明，報到縣內。此事一吵嚷，誰人不知，那個不曉。因此馮七來到小丹村，容容易易把

---

❼ 興興頭頭：高高興興。

此事打聽回來。

大家聽了，說：「等四爺蔣平來時，再做道理。」果然是日晚間，蔣爺趕到。大家彼此相見了，就把花蝶之事述說一番。蔣澤長道：「水從源流樹從根。這廝既然有投鄧車之說，還須上鄧家堡去找尋。誰叫小弟來遲，明日小弟就到鄧家堡探訪一番。可有一層，如若掌燈時小弟不回來，說不得眾位哥哥們辛苦辛苦，趕到鄧家堡方妥。」眾人俱各應允。飲酒敘話，喫畢晚飯，大家安息，一宿不提。

到了次日，蔣平仍是道家打扮，提了算命招了，拿上漁鼓簡板，竟奔鄧家堡而來。誰知這日正是鄧車生日。蔣爺來到門前，踱來踱去，恰好鄧車送出一人來，卻是病太歲張華。因昨夜救了花蝶，聽花蝶說，近來霸王莊馬強與襄陽王交好，極其親密，意欲邀同鄧車前去。鄧車聽了滿心歡喜，就叫花沖寫了一封書信，特差張華前去投遞。不想花蝶也送出來，一眼瞧見蔣平，兜的心內一動，便道：「鄧大哥，把那唱道情的叫進來，我有話說。」鄧車即吩咐家人，把那道者帶進來。蔣四爺便跟定家丁進了門，見廳上鄧車、花沖二人上坐。花沖不等鄧車吩咐，便叫家人快把那老道帶來。鄧車不知何意。

少時，蔣四爺步上臺階，進入屋內，放下招子漁鼓板兒，從從容容的稽首，道：「小道有禮了。不知施主喚進小道，有何吩咐？」花沖說：「我且問你，你姓什麼？」蔣平道：「小道姓張。」花沖說：「你是自小兒出家，還是半路兒呢？還是故意兒假扮出道家的樣子，要訪什麼事呢？要實實說來。快講，快講！」鄧車在旁聽了，甚不明白，便道：「賢弟，你此問卻是為何？」花沖道：「大哥有所不知。只因在鐵嶺觀小弟被人暗算，險些兒喪了性命。後來在月光之下，雖然看不真切，見他身材瘦小，腳步伶便，與這道士頗頗相仿。故此小弟倒要盤問盤問他。」說畢，回頭對蔣平道：「你到底說呀，為何遲疑呢？」

蔣爺見花蝶說出真病，暗道：「小子真好眼力，果然不錯。倒要留神。」方說道：「二位施主攀說❽，小道如何敢插言說話呢。小道原因家寒，毫無養贍，實實半路出家，仗著算命弄幾個錢喫飯。」花蝶道：「你可認得我麼？」蔣爺假意笑道：「小道剛到寶莊，如何認得施主？」花沖冷笑道：「俺的性命險些兒被你暗算，你還說不認得呢。大約束手問你，你也不應。」站起身走進屋內，不多時手內提著一把枯籐鞭子來，湊到蔣平身邊，道：「你敢不說實話麼？」

蔣爺知他必要拷打，暗道：「小子，你這皮鞭，諒也打不動四太爺。瞧不的你四爺一身乾肉，你覷面來試，彀你小子啃個酒兒的。」這正是藝高人膽大。蔣爺竟不慌不忙的，答道：「實是半路出家的，何必施主追問呢？」花沖聽了，不由氣往上沖，將手一揚，「刷」「刷」「刷」「刷」就是幾下子。蔣四爺故意的「噯喲」道：「施主，這是為何？平空把小道叫進宅來，不分青紅皂白，就把小道亂打起來。我乃出家之人。這是什麼道理？噯喲！噯喲！這是從那裏說起？」鄧車在旁看不過眼，向前攔住道：「賢弟，不可，不可！」

不知鄧車說出什麼話來，且聽下回分解。

❽ 攀說：交談。亦作「攀話」、「攀談」。

第六十七回　紫髯伯庭前敵鄧車　蔣澤長橋下擒花蝶

且說鄧車攔住花沖道：「賢弟不可。天下人面貌相同的極多，你知他就是那刺你之人嗎？且看為兄分上，不可誤賴好人。」花蝶氣沖沖的坐在那裏。鄧車便叫家人帶道士出去。蔣平道：「無緣無故，將我抽打一頓，這是那裏晦氣。」花蝶聽說「晦氣」二字，站起身來，又要打他。多虧了鄧車攔住。旁邊家人也向蔣平勸道：「道爺，你少說一句罷，隨我快走罷。」蔣爺說：「叫我走，到底拿我東西來。難道硬留下不成。」家人道：「你有什麼東西？」蔣爺道：「我的鼓板招子。」家人回身，剛要拿起漁鼓簡板，只聽花沖道：「不用給他，看他怎麼樣！」鄧車站起笑道：「賢弟既叫他去，又何必留他的東西，倒叫他出去說混話，鬧的好說不好聽的做什麼！」一壁說著，一壁將招子拿起。

鄧車原想不到招子有分兩的，剛一拿手一脫落，將招子摔在地下，心下轉想道：「呀！他這招子如何恁般沉重？」又拿起仔細一看。誰知摔在地下時，就把鋼刺露出一寸有餘。鄧車看了，順手往外一抽，原來是一把極鋒芒的三稜鵝眉鋼刺。一聲「哎呀」道：「好惡道呀！快與我綁了。」花蝶早已看見鄧車手內擎著鋼刺，連忙過來，道：「大哥，我說如何？明明刺我之人，就是這個傢伙。且不要性急，須慢慢的拷打他。問他到底是誰，何人主使，為何與我等作對。」鄧車聽了，吩咐家人拿皮鞭來。

蔣爺到了此時，只得橫了心，預備挨打。花沖把椅子挪出，先叫家人亂抽一頓，只不要打他致命之處，慢慢的拷打他。打了多時，蔣爺渾身傷痕已然不少。花蝶問道：「你還不實說麼？」蔣爺道：「出家人沒有什麼說的。」鄧車道：「我且問你：你既出家，要這鋼刺何用？」蔣爺道：「出家人隨遇而安，並無菴觀寺院，隨方居住。若是行路遲了，或起身早了，難道就無個防身的傢伙麼？我這鋼刺是防範歹人的，為何施主就遲疑了呢？」鄧車暗道：「是呀。自古呂祖尚有寶劍防身。他是個雲遊道人，毫無定止，難道就不准他帶個防身的傢伙麼？此事我未免莽撞了。」

花蝶見鄧車沉吟，惟恐又有反悔，連忙上前道：「大哥請歇息去，待小弟慢慢的拷他。」回頭吩咐家人，將他抬到前面空房內，高高弔起。自己打了，又叫家人打。蔣爺先前還折辯，後來知道不免，索性不言語了。花蝶見他不言語，暗自想道：「我與家人打的工夫也不小了，他卻毫不承認。若非有本領的，如何禁的起這一頓打？」他只顧思索。誰知早有人悄悄的告訴鄧車，說那道士打的不言語了。鄧車聽了心中好生難安，想道：「花沖也太不留情了。這又不是他家，何苦把個道士活活的治死。雖為出氣，難道我也不嫌個忌諱麼？我若十分攔他，又恐他笑我，說我不擔事，膽特小了。也罷，我須如此，他大約再也沒有說的。」想罷，來到前面。只見花沖還在那裏打呢。再看道士時，渾身抽的衣服狼藉不堪，身無完膚。鄧車笑吟吟上前道：「賢弟你該歇息歇息了。自早晨喫了些壽麵，到了此時，可也餓了。酒筵已然擺妥。非是劣兄給他討情。今日原是賤辰，難道為他耽誤咱們的壽酒嗎？」一番話把個花沖提醒，忙放下皮鞭，道：「望大哥恕小弟忘神。皆因一時氣忿，就把大哥的千秋忘了。」轉身隨鄧車出來，卻又吩咐家人：「好好看守，不許躲懶貪酒。候明日再細細的拷問。若有差錯，我可不依你們，惟你們幾個人是問。」二人一同往後面去了。

這裏家人也有抱怨花蝶的，說他無緣無故，不知那裏的邪氣；也有說給他們添差使，還要充二號主子，儘裝蒜；又有可憐道士的，自午間揉搓到這時，渾身打了個稀爛，也不知是那葫蘆藥。便有人上前，悄悄的問道：「道爺，你喝點兒罷。」蔣爺哼了一聲。旁邊又有人道：「別給他涼水喝，不是頑的。與其給他水喝，現放著酒熱熱的給他溫一碗，不比水強麼？」那個說：「真個的。你看著他，我就給他溫酒去。」不多時，端了一碗熱騰騰的酒。二人偷偷的把蔣爺繫下來，卻不敢鬆去了繩綁。一個在後面輕輕的扶起，一個在前面端著酒餵他。蔣爺一連呷了幾口，覺得心神已定，略喘息喘息，便把餘酒一氣飲乾。

此時天已漸漸的黑上來了。蔣爺暗想道：「大約歐陽兄與我二哥差不多的也該來了。」忽聽家人說道：「二兄弟，你我從早晨鬧到這偺❶晚了，我餓的受不得了。」那人答道：「大哥，我早就餓了。怎麼他們也不來替換替換呢？」這人道：「老二，你想想，偺們共總多少人。如今他們在上頭打發飯，還有空兒替換偺們嗎？」蔣爺聽了，便插言道：「你們二位只管喫飯。我四肢綑綁，又是一身傷痕，還跑的了麼？」兩個家人聽了，道：「慢說你跑不了。你就是真跑了，這也不是我們正宗差使，也沒甚要緊。你且養養精神，偺們回來再見。」說罷，二人出了空房，將門倒扣，往後面去了。

誰知歐陽春與韓彰早已來了。二人在房上瞭望，不知蔣爺在於何處。歐陽春便遞了暗號，叫韓彰在房上瞭望，自己卻找尋蔣平。找到前面空房之外，正聽見二人嚷餓。後來聽他二人往後面去了。北俠便進屋內。蔣爺知道救兵到了。北俠將繩綁挑開，蔣爺悄悄道：「我這渾身傷痕卻沒要緊，只是四肢綑的

❶ 偺：同「喒」。早晚的合用詞，這裏作「早」解。

麻了，一時血脈不能周流，須把我夾著，安置個去處方好。」北俠道：「放心。隨我來。」一伸臂膀將四爺夾起，往東就走。過了夾道，出了角門，卻是花園。四下一望，並無可以安身的去處。走了幾步，見那邊有一葡萄架，幸喜不甚過高。北俠悄悄道：「且屈四弟在這架上罷。」說罷，左手一順，將蔣爺雙手托起，如舉小孩子一般，輕輕放在架上，轉身從背後皮鞘內將七寶刀抽出，竟奔前廳而來。

誰知看守蔣爺的二人喫飯回來，見空房子門已開了，道士也不見了。一時驚慌無措，忙跑到廳上，報與花蝶、鄧車。他二人聽了就知不好，也無暇細問。花蝶提了利刃，鄧車摘下鐵靶弓，跨上鐵彈子袋，手內拿了三個彈子。剛出廳房，早見北俠持刀已到。鄧車扣上彈子把手一揚，嗖的就是一彈。北俠知他彈子有工夫，早已防備。見他把手一揚，卻把寶刀扁著一迎，只聽噹的一聲彈子落地。鄧車見打不著來人，一連就是三彈，只聽「噹」「噹」「噹」響了三聲，俱各打落在地。鄧車暗暗喫驚，說：「這人技藝超群。」便順手在袋內掏出數枚，連珠發出，只聽「叮噹」「叮噹」猶如打鐵一般。

旁邊花蝶看的明白，見對面只一個人並不介意。他卻腳下使勁，一個健步，以為幫虎喫食，可以成功。不想忽然腦後生風，覺著有人。一回頭，見明晃晃的鋼刀劈將下來，說聲「不好！」將身一閃，翻手往上一迎。那裏知道韓爺勢猛刀沉，他是翻腕迎的不得力。刀對刀只聽咯噹一聲，他的刀早已飛起數步，噹啷啷落在塵埃。花蝶那裏還有魂咧，一伏身奔了角門，往後花園去了。慌不擇路，無處藏身。他便到葡萄架根下將身一蹲，以為他算是葡萄老根兒。他如何想的到架上頭還有個人呢。

蔣爺在架上，四肢剛然活動，猛聽腳步聲響。定睛細看，見一人奔到此處不動，隱隱頭上有黑影兒亂晃，正是花蝶。蔣爺暗道：「我的鋼刺被他們拿去，手無寸鐵。難道眼瞅著小子藏在此處，就罷了不成？有了，我何不砸他一下子，也出一出拷打的惡氣。」想罷，輕拳兩腿，緊抱雙肩，往下一翻身，噗哧的一聲，正砸在花蝶的身上。把花蝶砸的往前一撲，險些兒嘴按地。幸虧兩手扶住，只覺兩耳嚶的一聲，雙睛金星亂迸，說聲：「不好！此處有了埋伏了。」一挺身，踉裏踉蹌，奔那邊牆根去了。

此時韓彰趕到，蔣爺爬起來道：「二哥，那廝往北跑了。」韓彰嚷道：「好賊！往那裏走？」緊緊趕來，看看追上。花蝶將身一縱，上了牆頭。韓爺將刀一搠，花蝶業已躍下，「咕嘟」「咕嘟」往東飛跑。跑過牆角，忽見有人嚷道：「那裏走？龍濤在此！」嗖的就是一棍。好花蝶！身體靈便，轉身復往西跑。誰知早有韓爺攔住。南面是牆。北面是護莊河。花蝶往來奔馳許久，心神已亂，眼光迷離，只得奔板橋而來。剛剛到了橋的中間，卻被一人劈胸抱住，道：「小子，你不洗澡嗎？」二人便滾下橋去。花蝶不識水性，那裏還能掙扎。原來抱花蝶的就是蔣平。他同韓彰躍出牆來，便在此橋埋伏。到了水中，雖然不深，他卻掐住花蝶的脖項，往水中一浸，連浸了幾口水，花蝶已然人事不知了。

此時韓爺與龍濤、馮七俱各趕上。蔣爺托起花蝶，龍濤提上木橋，與馮七將他綁好。蔣爺竄將上來，道：「好冷！」韓爺道：「你等繞到前面，我接應歐陽兄去。」說罷，一躍身跳入牆內。

且說北俠刀磕鐵彈。鄧車心慌，已將三十二子打完，敵人不退，正在著急。韓爺趕到，嚷道：「花蝶已然被擒。諒你有多大本領。俺來也！」鄧車聞聽，不敢抵敵，將身一縱，從房上逃走去了。北俠也不追趕，見了韓彰，言花蝶已擒，現在莊外。說話間，龍濤背著花蝶，蔣爺與馮七在後，來到廳前，放下花蝶。蔣爺道：「好冷，好冷！」韓爺道：「我有道理。」持著刀往後面去了。不多時，提了一包衣服來，道：「原來姓鄧的並無家小，家人們也藏躲了。四弟來換衣服。」蔣平更換衣服之時，誰知馮七聽韓爺說後面無人，便去到廚房將柴炭抱了許多，登時點著烘起來。蔣平換了衣服出來，道：「趁著這廝昏迷之際，且鬆了綁。那裏還有衣服，也與他換了。天氣寒冷，若把他噤死❷了，反為不美。」龍濤、馮七聽說有理，急忙與花蝶換妥，仍然綁縛。一壁控他的水，一壁向著火。小子鬧了個「水火既濟」。

韓爺又見廳上擺著盛筵，大家也都餓了，彼此就座，快喫痛飲。蔣爺一眼瞧見鋼刺，急忙佩在身邊。只聽花蝶呻吟道：「淹死我也！」馮七出來，將他攙進屋內。花蝶在燈光之下一看：見上面一人碧睛紫髯；左首一人金黃面皮；右首一人形容枯瘦，正是那個道士；下面還有個黑臉大漢，就是鐵嶺觀被擒之人。看了半日，不解是何緣故。只見蔣爺斟了一杯熱酒，來到花蝶面前，道：「姓花的事已如此，不必遲疑。你且喝盃熱酒煖煖寒。」花蝶問道：「你到底是誰？為何與俺作對？」蔣爺道：「你作的事，你還不知道麼？玷污婦女，造孽多端，人人切齒，個個含冤；因此我等抱不平之氣，才特特前來拿你。若問我，我便是陷空島四鼠蔣平。」花蝶道：「你莫非稱翻江鼠的蔣澤長麼？」蔣爺道：「正是。」花蝶道：「好，好！名不虛傳。俺花沖被你拿住，也不凌辱於我。快拿酒來！」蔣爺端到他脣邊，花沖一飲而盡。又問道：「那上邊的又是何人？」蔣爺道：「那是北俠歐陽春。那邊是我二哥韓彰。這邊是捕快頭目龍濤。」花蝶道：「罷了，罷了！也是我花沖所行不正，所以惹起你等的義憤。今日被擒，正是我自作自受。你們意欲將我置於何地？」蔣爺道：「大丈夫敢作敢當，方是男子。明早將你解到縣內，完結了勾鄉宦家殺死更夫一案，便將你解赴東京，任憑開封府發落。」花沖聽了，便低頭不語。

❷ 噤死：寒而閉口致死。廣韻寑韻：「噤，寒而口閉。」

此時天已微明，先叫馮七到縣內呈報去了。北俠道：「劣兄有言奉告：如今此事完結，我還要回茉花村去。一來你們官事，我不便混在裏面；二來因雙俠之令妹於冬季還要與展南俠畢姻，面懇至再，是以我必須回去。」韓、蔣二人難以強留，只得應允。

不多時，縣內派了差役，跟隨馮七前來，起解花沖到縣。北俠與韓、蔣二人出了鄧家堡，彼此執手分別。北俠仍回茉花村。韓、蔣二人同到縣衙。惟有鄧車悄悄回家，聽說花沖被擒，他恐官司連累，忙忙收拾收拾，竟奔霸王莊去了。後文再表。

不知花沖到縣如何，且聽下回分解。

第六十八回　花蝶正法展昭完姻　雙俠餞行靜修測字

且說蔣、韓二位來到縣前。蔣爺先將開封的印票拿出，投遞進去。縣官看了連忙請到書房款待，問明底細，立刻升堂。花沖並無推諉，甘心承認。縣官急速辦了詳文，派差跟隨韓、蔣、龍濤等，押解花沖起身。一路上小心防範，逢州過縣，皆是添役護送。

一日，來到東京，蔣爺先到公廳，見了眾位英雄，彼此問了寒暄。盧方先問：「我的二弟如何？」蔣平便將始末述說了一遍。「現今押解著花沖，隨後就到。」大家歡喜無限。盧方、徐慶、白玉堂、展昭相陪，迎接韓彰。蔣爺連忙換了服色，來到書房，回稟包公。包公甚喜，即命包興傳出話來：「如若韓義士到來，請到書房相見。」

此時盧方等已迎著韓彰，結義弟兄，彼此相見了，自是悲喜交集。南俠見了韓爺，更覺親熱。暫將花沖押在班房。大家同定韓爺，來到公所，各道姓名相見。獨到了馬漢，徐慶道：「二哥，你老弩箭誤傷的，就是此人。」韓爺聽了，不好意思，連連謝罪。馬漢道：「三弟，如今俱是一家人了。你何必又提此事。」趙虎道：「不知者不作罪，不打不成相與❶。以後誰要忌妒誰，他就不是好漢，就是個小人了。」大眾俱各大笑。公孫先生道：「方才相爺傳出話來，如若韓兄到來，即請書房相見。韓兄就同小

❶ 相與：朋友；結交。

弟，先到書房要緊。」韓彰便隨公孫先生去了。

這裏南俠吩咐備辦酒席，與韓、蔣二位接風。不多時，公孫策等出來，剛到茶房門前，見張老兒帶定鄧九如在那裏恭候。九如見了韓爺，向前深深一揖，口稱：「韓伯伯在上，小姪有禮。」韓爺見是個宦家公子，連忙還禮，一時忘懷，再也想不起是誰來。張老兒道：「軍官爺，難道把湯圓鋪的張老兒忘了麼？」韓爺猛然想起，道：「你二人為何在此？」包興便將在酒樓相遇，帶到開封，他家三公子奉相諭將公子認為義子的話，說了一遍。韓爺聽了歡喜，道：「真是福隨貌轉，我如何認得。如此說，『公子請了』。」大家笑著，來到公所之內，見酒筵業已齊備。大家謙遜，彼此就座。盧方便問：「見了相爺如何？」公孫策道：「相爺見了韓兄，甚是歡喜，說了好些渴想之言。已吩咐小弟速辦摺子，就以拿獲花沖，韓兄押解到京為題，明早啟奏。大約此摺一上，韓兄必有好處。」盧方道：「全仗賢弟扶持。」韓爺又叫伴當，將龍濤請進來，大家見了。韓爺道：「多承龍兄一路勤勞，方才已回稟相爺，待事畢之後，回去不遲。所有護送差役，俱各有賞。」龍濤道：「小人仰賴二爺、四爺拿獲花沖，只要報仇雪恨，龍濤生平之願足矣。」話剛到此，只見包興傳出話來，道：「相爺吩咐，立刻帶花沖二堂聽審。」公孫先生、王、馬、張、趙等聽了，連忙到二堂伺候去了。

這裏無執事的，暫且飲酒敘話。南俠便問花蝶事體。韓爺便述說一番，又深讚他人物本領。惜乎一宗大毛病，把個人帶累壞了。正說之間，王、馬、張、趙等俱各出來。趙虎連聲誇道：「好人物，好膽量！就是他所做之事不端，可惜了。」眾人便問：「相爺審的如何？」王朝、馬漢道：「何用審問，他自己俱各通說了。實實罪在不赦。招已畫了。此時相爺與公孫先生擬他的罪名，明日啟奏。」不多時，公孫策出來，道：「若論他殺害人命，實在不少，惟獨玷污婦女一節較重，理應淩遲處死。相爺從輕，改了個斬立決。」龍濤聽了心內暢快，大家從新飲酒，喜悅非常。飲畢，各自安歇。

到了次日，包公上朝遞摺，聖心大悅，立刻召見韓彰，也封了校尉之職。花沖罪名依議。包相就派祥符縣監斬，仍是龍濤、馮七帶領衙役押赴市曹行刑。回來到了開封，見眾英雄正與韓彰賀喜。龍濤又謝了韓、蔣二人，他要回去。韓爺、蔣爺二位贈了龍濤百金，所有差役俱各賞賜，各回本縣。龍濤從此也不在縣內當差了。

這裏眾英雄歡喜，聚在一處，快樂非常。除了料理官事之外，便是飲酒作樂。盧方等又在衙門就近處置了寓所，仍是五人同居。自鬧東京，弟兄分手，至此方能團聚。除了盧方一年回家幾次，收取地租，其餘四人就在此處居住，當差供職，甚是方便。

南俠原是丁大爺給蓋的房屋，預備畢姻。因日期近了，也就張羅起來。不多幾日，丁大爺同老母妹子來京，南俠早已預備了下處。眾朋友俱各前來看望，都要會會北俠。誰知歐陽春再也不肯上東京，同丁二爺在家看家，眾人也只得罷了。到了臨期，所有迎粧嫁娶之事，也不必細說。

南俠畢姻之後，就將丁母請來同居，每日與丁大爺會同眾朋友歡聚。剛然過了新年，丁母便要回去。眾英雄與丁大爺義氣相投，戀戀難捨。今日你請，明日我邀，這個送行，那個餞別，聚了多少日期，好容易方才起身。

丁兆蘭隨著丁母回到家中，見了北俠。說起：「開封府的朋友人人羨慕大哥，恨不得見面，抱怨小弟不了。」北俠道：「多承眾位朋友的愛惜，實是劣兄不慣應酬。如今賢弟回來，諸事已畢，劣兄也就要告辭了。」丁大爺聽了，詫異道：「仁兄卻是為何？難道小弟不在家時，舍弟有什麼不到之處麼？」北俠笑道：「你我豈是那樣的朋友。賢弟不要多心。劣兄有個賤恙，若要閒的日子多了便要生病。所謂勞人不可多逸，逸則便不消受了。這些日見賢弟不來，已覺焦心煩躁。如今既來了，必須放我前行，庶免災纏病繞。」兆蘭道：「既如此，小弟與仁兄同去。」北俠道：「那如何使得。你非劣兄可比，現在老伯母在堂，而且妹子新嫁，更要二位賢弟不時的在膝下承歡❷，省得老人家寂寞。再者，劣兄出去閒遊，毫無定所。難道賢弟就忘了『遊必有方』嗎？」兆蘭、兆蕙聽見北俠之言是決意的要去，只得說道：「既如此，再屈留仁兄兩日，候後日起身如何？」北俠只得應允。這兩日的歡聚，自不必說。到了第三日，兆蘭、兆蕙備了酒席，與北俠餞行。並問：「現欲何往？」北俠道：「還是上杭州一遊。」飲酒後提了包裹，雙俠送到莊外，各道珍重，彼此分手。

北俠上了大路，散步逍遙，逢山玩山，遇水賞水。凡有古人遺跡，再沒有不遊覽的。一日，來到仁和縣境內，見一帶松樹稠密，遠遠見旗桿高出青霄。北俠想道：「這必是個大寺院，何不瞻仰瞻仰。」來到廟前一看，見匾額上鐫著「盤古寺」三字，殿宇牆垣，極其齊整。北俠放下包裹，拂去塵垢，端正衣襟，方攜了包裹步入廟中。上了大殿，瞻仰聖像，卻是「三皇」。才禮拜畢，只見出來一個和尚，年紀不足三旬，見了北俠問訊。北俠連忙還禮，問道：「令師可在廟中麼？」和尚道：「在後面。施主敢是找師父麼？」北俠道：「我因路過寶剎，一來拜訪令師，二來討杯茶喫。」和尚道：「請到客堂待茶。」說罷，在前引路，來到客堂，真是牕明几淨，樸而不俗。和尚張羅煮茶。不多一會，茶已烹到。早見出來個老和尚，年

❷ 承歡：迎合人意，博取歡心。特指侍奉父母。

紀約有七旬，面如童顏，精神百倍。見了北俠，問了姓名。北俠一一答對，又問：「吾師上下❸？」和尚答道：「上靜下修。」二人一問一答，談了多時，彼此敬愛。看看天已晚了，和尚獻齋，北俠也不推辭，隨喜❹喫了。和尚更覺歡喜，便留北俠多盤桓幾日。北俠甚合心意，便住了。晚間無事，因提起手談。誰知靜修更是酷好。二人就在燈下較了一局，不相上下❺。萍水相逢，遂成莫逆❻。北俠一連住了幾日。

這日早晨，北俠拿出一錠銀來，交與靜修，作為房金。和尚那裏肯受，道：「我這廟內香火極多。客官就是住上一年半載，這點薪水之用足以供的起。千萬莫要多心。」北俠道：「雖然如此，我心甚是不安。權作香資，莫要推辭。」靜修只得收了。北俠道：「吾師無事，還要領一局，肯賜教否？」靜修道：「爭奈老僧力弱，恐非敵手。」北俠道：「不吝教足矣。何必太謙。」二人放下棋枰，對弈多時。忽見外面進來一個儒者，衣衫襤褸，形容枯瘦，手內持定幾幅對聯，望著二人一揖。北俠連忙還禮，道：「有何見教？」儒者道：「學生貧困無資，寫得幾幅對聯，望祈居士資助一二。」和尚聽了，便立起身來，接過對聯，打開一看，不由的失聲叫「好」。

未知靜修說出甚麼話來，且聽下回分解。

---

❸ 上下：這裏指出家人的法號。

❹ 隨喜：這裏指隨意。

❺ 不相上下：這裏指不能分辨技藝之高低。

❻ 莫逆：彼此情投意合，非常相好。

第六十九回　杜雍課讀侍妾調姦　秦昌陪罪丫鬟喪命

且說靜修和尚打開對聯一看，見寫的筆法雄健，字體遒媚❶，不由的連聲讚道：「好書法，好書法！」又往儒者臉上一望，見他雖然窮苦，頗含秀氣，而且氣度不凡，不由的慈悲心一動。便叫儒者將字放下，吩咐小和尚帶到後面，梳洗淨面，款待齋飯。儒者聽了，深深一揖，隨著和尚後面去了。

北俠道：「我見此人，頗頗有些正氣，決非假冒斯文。」靜修道：「正是。老僧方才看他骨格清奇，更非久居人下之客。」說罷，復又下棋。

剛然終局，只見進來一人，年約四旬以外。和尚卻認得是秦家莊員外秦昌，連忙讓坐，道：「施主何來？這等高興。」秦員外道：「無事不敢擅造❷寶剎，只因我這幾日心神有些不安，特來懇求吾師測一個字。」

靜修起初不肯，後來推辭不掉，只得說道：「既如此，這倒容易。員外就說一個字，待老僧測測看。說的是了，員外別喜歡；說的不是了，員外也別惱。」秦昌道：「君子問禍不問福。方才吾師說『容易』，就是這個『容』字罷。」靜修寫出來，端詳了多時，道：「此字無偏無倚，卻是個端正字體。按字意說

❶ 遒媚：剛健美麗；遒勁有力。

❷ 擅造：隨便來訪。擅，任意。

來，『有容德乃大』❸，『無欺心自安』。員外作事光明，毫無欺心，這是好處。然凡事須有涵容，不可急躁、未免急則生變，與事就不相宜了。員外以後總要涵容，遇事存在心裏，管保轉禍為福。老僧為何說這個話呢？只因此字拆開看，有些不妙。員外請看，此字若拆開看，是個穴下有人口。若要不涵容，惟恐人口不利。這也是老僧妄說，員外休要見怪。」員外道：「多承吾師指教，焉有見怪之理。」

說話間，秦昌屢盼桌上的對聯。見靜修將字測完，方立起身來，把對聯拉開一看，連聲誇讚：「好字，好字！這是吾師的大筆麼？」靜修道：「老僧如何寫的來。這是方才一儒者賣的。」秦昌道：「此人姓甚名誰？現在何處？」靜修道：「現在後面。他原是求資助的，並未問他姓名。」秦昌道：「如此說來，是個寒儒了。我為小兒，屢欲延師訓誨❹，未得其人。如今既有儒者，吾師何不代為聘請，豈不兩便麼？」靜修笑道：「延師之道，理宜恭敬，不可因他是寒士，便藐視於他。似如此草率，非待讀書人之禮。」秦昌立起身來，道：「吾師責備的甚是。但弟子惟恐錯過機會，不得其人，故此覺得草率了。」靜修見他連忙將外面家童喚進來，吩咐道：「你速速到家，將衣衫帽靴取來，並將馬快快備兩匹來。」靜修見他延師心盛，只得將儒者請來。誰知儒者到了後面，用熱水洗去塵垢，更覺滿面光華，秀色可餐❺。秦昌一見，歡喜非常，連忙延至上座，自己在下面相陪。

原來此人姓杜名雍，是個飽學儒流，一生性氣剛直，又是個落落寡合❻之人。靜修便將秦昌延請之

❸ 有容德乃大：語出書君陳：「有容，乃德大。」書君陳疏：「有所寬容，其德乃大。」

❹ 延師訓誨：聘請老師教導。

❺ 秀色可餐：原形容婦女美貌，後亦指景物秀麗。這裏指儒者清秀。

意說了。杜雍卻甚願意，秦昌樂不可言。少時家童將衣衫帽靴取來，秦昌恭恭敬敬奉與杜雍。杜雍卻不推辭，將通身換了，更覺落落大方。秦昌別了靜修、北俠，便與杜雍同行。出了山門，秦昌便要墜鐙，杜雍不肯，謙讓多時。二人乘馬，來到莊前下馬。家童引路，來到書房，獻茶已畢，即叫家人將學生喚出。

原來秦昌之子名叫國璧，年方十一歲。安人鄭氏，三旬以外年紀。有一妾，名叫碧蟾。丫鬟僕婦不少。其中有個大丫鬟名叫彩鳳，服侍鄭氏的；小丫鬟名叫彩霞，服侍碧蟾的。外面有執事四人：進寶、進財、進祿、進喜。秦昌雖然四旬年紀，還有自小兒的乳母白氏，年已七旬。算來人丁也有三四十口。家道饒餘。員外因一生未能讀書，深以為憾；故此為國璧諄諄延師，也為改換門庭之意。

自拜了先生之後，一切餚饌，甚是精美。秦昌雖未讀過書，卻深知敬先生，也就難為他。往往有那不讀書的人，以為先生的飯食隨便俱可，漫不經心的很多。那似這秦員外拿著先生當天神敬的一般。每逢自己討取帳目之時，便囑咐鄭氏安人，先生飯食要緊，不可草率，務要小心。即或安人不得暇，就叫彩鳳照料，習以為常。誰知早已惹起侍妾的疑忌來了。一日，員外又去討帳，臨行囑咐安人與大丫頭，先生處務要留神，好好款待。員外去後，彩鳳照料了飯食，叫人送到書房。碧蟾也便悄悄隨到書房，在牕外偷看，見先生眉清目秀，三旬年紀，儒雅之甚。不看則已，看了時邪心頓起。

也是活該有事。這日偏偏員外與國璧告了半天假，帶他去探親。碧蟾聽了此信，暗道：「許他們給先生做菜，難道我就不許麼？」便親手做了幾樣菜，用個小盒盛了，叫小丫頭彩霞送到書房。不多時，

---

❻ 落落寡合：高超不凡，少有合得來的人。

回來了。他便問：「先生做什麼呢？」彩霞道：「在那裏看書呢。」碧蟾道：「說什麼沒有？」丫鬟道：「他說：『往日俱是家童送飯，今日為何你來？快回去罷！』將盒放在那裏，我就回來了。」碧蟾暗道：「奇怪！為何不喫呢？」便叫彩霞看了屋子，他就三步兩步來到書房，撕破牕紙，往裏窺看，見盒子依然未動。他便輕輕咳嗽。杜先生聽了，抬頭看時，見窗上撕了一個窟窿，有人往裏偷看，卻是年輕婦女，連忙問道：「什麼人？」牕外答道：「你猜是誰？」杜先生聽這聲音有些不雅，忙說道：「這是書房，還不退了！」牕外答道：「諒你也猜不著。我告訴你，我比安人小，比丫鬟大。今日因員外出門，家下無人，特來相會。」先生聽了，發話道：「不要嘮叨，快迴避了！」外面說道：「你為何如此不知趣？莫要辜負我一片好心。這裏有表記❼送你。」杜雍聽了，登時紫漲面皮，氣往上沖，嚷道：「滿口胡說！再不退，我就要喊叫起來。」一壁嚷，一壁拍案大叫。正在憤怒，忽見牕外影兒不見了。先生仍氣忿忿的坐在椅子上面，暗想道：「這是何說！可惜秦公待我這番光景，竟被這賤人帶累壞了。我須得便點醒他，庶不負他待我之知遇。」

你道碧蟾為何退了？原來他聽見員外回來，故此急忙退去。且言秦昌進內更換衣服，便來到書房，見先生氣忿忿坐在那裏，也不為禮。回頭見那邊放著一個小小元盒，裏面酒菜極精，紋絲兒沒動。剛要坐下問話，見地下黃澄澄一物，連忙毛腰撿起，卻是婦女戴的戒指。一聲兒沒言語，轉身出了書房。仔細一看，卻是安人之物，不由的氣沖霄漢，直奔臥室去了。

你道這戒指從何而來？正是碧蟾隔牕拋入的表記。杜雍正在氣忿喊叫之時，不但沒看見，連聽見也

❼ 表記：作為紀念品或信物贈送別人的東西。

沒有。

秦昌來到臥室之內，見鄭氏與乳母正在敘話，不容分說，開口大罵道：「你這賤人，幹的好事！」乳母不知為何，連忙上前解勸。彩鳳也上來攔阻。鄭氏安人看此光景，不知是那一葫蘆藥。秦昌坐在椅上，半晌，方說道：「我叫你款待先生，不過是飲饌精心。誰叫你跑到書房，叫先生瞧不起我，連理也不理。這還有個閨範麼？」安人道：「那個上書房來？是誰說的？」秦昌道：「現有對證。」便把戒指一扔，鄭氏看時果是自己之物，連忙說道：「此物雖是我的。卻是兩個，一個留著自戴，一個賞了碧蟾了。」秦昌聽畢，立刻叫彩鳳去喚碧蟾。

不多時，只見碧蟾披頭散髮，彩鳳哭哭啼啼，一同來見員外。一個說：「彩鳳偷了我的戒指，去到書房，陷害於我。」一個說：「我何嘗到姨娘屋內。這明是姨娘去到書房，如今反來訛我。」兩個你言我語，分爭不休。秦昌反倒不得主意，竟自分解不清。自己卻後悔，不該不分青紅皂白，把安人辱罵一頓，忒莽撞了。倒是鄭氏有主意，將彩鳳嚇唬住了，叫乳母把碧蟾勸回屋內。秦昌不能分析此事，坐在那裏發呆，生暗氣❽。少時，乳母過來，安人與乳母悄悄商議，此事須如此如此，方能明白。乳母道：「此計甚妙。如此行來，也可試出先生心地如何了。」乳母便一一告訴秦昌。秦昌深以為是。

到了晚間，天到二鼓之後，秦昌同了乳母來到書房。只見裏面尚有燈光，杜雍業已安歇。乳母叩門，道：「先生睡了麼？」杜雍答道：「睡了。做什麼？」乳母道：「我是姨娘房內的婆子。因員外已在上

---

❽ 生暗氣：即生悶氣。

房安歇了，姨娘派我前來請先生到裏面，有話說。」杜雍道：「這是什麼道理！白日在廳外聒絮了多時，怪道他說比安人小，比丫鬟大，原來是個姨娘。你回去告訴他，若要如此的鬧法，我是要辭館的了。豈有此理呀，豈有此理！」外面秦昌聽了心下明白，便把白氏一拉，他二人抽身回到臥室。秦昌道：「再也不消說了，也不用再往下問。只這『比安人小，比丫鬟大』一語，卻是碧蟾賤人無疑了。我還留他何用！若不及早殺卻他，難去心頭之火。」乳母道：「凡事不可急躁。你若將他殺死，一來人命關天，二來醜聲傳揚，反為不美。」員外道：「似此如之奈何呢？」乳母道：「莫若將他鎖禁在花園空房之內，或將他餓死，或將他囚死，也就完事了。」秦昌深以為是。次日黎明，便吩咐進寶將後花園收拾出了三間空房，就把碧蟾鎖禁，吩咐不准給他飯食，要將他活活餓死。

不知碧蟾性命如何，且聽下回分解。

第七十回　秦員外無辭甘認罪　金琴堂有計立明冤

且說碧蟾素日原與家人進寶有染，今將他鎖禁在後花園空房，不但不能捱餓，反倒遂了二人私欲。他二人卻暗暗商量計策。碧蟾說：「員外與安人雖則住在上房，卻是分寢，員外在東間，安人在西間。莫若你夤夜持刀，將員外殺死。就說安人懷恨，將員外謀害。告到當官，那時安人與員外抵了命。我掌了家園，偺們二人一生快樂不盡。強如我為妾，你是奴呢。」說的進寶心活，半夜裏持刀來殺秦昌。

且說員外自那日錯罵了安人，至今靜中一想，原是自己莽撞。如今既將碧蟾鎖禁，安人前如何不陪罪呢。到了夜靜更深，自己持燈來至西間。見鄭氏剛然歇下，他便進去。彩鳳見員外來了，不便在跟前，只得溜出來。他卻進了東間，摸了摸臥具，鋪設停當，暗自想道：「姨奶奶碧蟾，他從前原與我一樣是丫頭。員外揀了他，收作二房。我曾擬陪一次。如今碧蟾既被員外鎖禁，此缺已出，不消說了，理應是我坐補❶。」妄想得缺，不覺神魂迷亂，一歪身躺在員外枕上，竟自睡去。他卻那裏知道進寶持刀前來，輕輕的撬門而入，黑暗之中，摸著脖項，狠命一刀。可憐，一個即要補缺的彩鳳，竟被惡奴殺死。

進寶以為得意，回到本屋之中，見一身的血跡，剛然脫下要換。只聽員外那裏，一疊連聲叫「進寶」。進寶聽了，喫驚不小，方知員外未死。一壁答應，一壁穿衣，來到上房。只因員外由西間陪罪回來，見

❶ 坐補：恰好補缺。坐，正；恰。張相詩詞曲語辭匯釋卷四：「坐，猶正也；適也。」

彩鳳已被殺在臥具之上，故此連連呼喚。見了進寶，便告訴他彩鳳被殺一節。進寶方知把彩鳳誤殺了。此時安人已知，連忙起來，大家商議。鄭氏道：「事已如此，莫若將彩鳳之母馬氏喚進，告訴他。多多給他銀兩，將他女兒好好殯殮就是了。」秦昌並無主意，立刻叫進寶告訴馬氏去。誰知進寶見了馬氏就挑唆，說他女兒是秦昌因姦不遂憤怒殺死的，叫馬氏連夜到仁和縣報官。

金必正金大老爺因是人命重案，立刻前來相驗。秦昌出其不意，只得迎接官府。就在住房廊下，設了公案。金令親到東屋看了，問道：「這鋪蓋是何人的？」秦昌道：「就是小民在此居住。」金令道：「這丫頭他叫什麼？」秦昌道：「叫彩鳳。」金令道：「他在這屋裏住麼？」秦昌道：「他原是服侍小民妻子，在西屋居住的。」金令道：「如此說來，你妻子住在西間了。」秦昌答應：「是。」金令便叫仵作❷前來相驗，果係刀傷。金令吩咐將秦昌帶到衙中聽審，暫將彩鳳盛殮。

轉到衙中，先將馬氏細問了一番。馬氏也供出秦昌與鄭氏久已分寢，東西居住，他女兒原是服侍鄭氏的。金令問明，才帶上秦昌來，問他為何將彩鳳殺死。誰知秦昌別的事沒主意，他遇這件事倒有了主意，回道：「小民將彩鳳誘至屋內，因姦不遂，一時忿恨，將他殺死。」

你道他如何恁般承認？他想：「我因向與妻子東西分住，如何又說出與妻子陪罪呢？一來說不出口，二來惟恐官府追問『因何陪罪』，又叨頓出碧蟾之事。那時鬧得妻妾當堂出醜，其中再連累上一個先生，這個聲名傳揚出去，我還有個活頭麼？莫若我把此事應起，還有個展轉。大約為買的丫頭因姦致死，也不至抵償❸，總而言之，前次不該合安人急躁，這是我沒有涵容處。彼時若有涵容，慢慢訪查，也不必

❷ 仵作：以檢驗死傷、代人殮葬為業的人。

陪罪，就沒有這些事了。可見靜修和尚是個高僧。怨得他說人口不利，果應其言。」他雖如此想，不思索思索，若不陪罪，他如何還有命呢？

金令見他滿口應承，反倒疑心，便問他：「凶器藏在何處？」秦昌道：「因一時忙亂，忘卻擲於何地。」其詞更覺含渾❹。金令暗想道：「看他這光景，又無凶器，其中必有緣故。須要慢慢訪查。」暫且懸案寄監。此時鄭氏已派進喜暗裏安置，秦昌在監不至受苦。他因家下無人，僕從難以靠托。仔細想來，惟有杜先生為人正直剛強，便暗暗寫信托付杜雍，照管外邊事體，一切內務全是鄭氏料理。監中叫進寶四人，輪流值宿服侍。

一日，靜修和尚到秦員外家取香火銀兩，順便探訪杜雍。剛然來到秦家莊，迎頭遇見進寶。和尚見了，問道：「員外在家麼？杜先生可好？」進寶正因外面事務如今是杜先生料理，比員外在家加倍嚴緊，一肚子的氣無處發洩。聽靜修和尚問先生，他便進讒言道：「師傅還提杜先生呢。原來他不是好人，因與主母調姦，被員外知覺，大鬧了一場。杜先生懷恨在心，不知何時暗暗與主母定計，將丫頭彩鳳殺死，反告了員外因姦致命，將員外下在南牢。我此時便上縣內，瞧我們員外去。」說罷，揚長去了。

和尚聽了，不勝驚駭詫異，大罵杜雍不止。回轉寺中，見了北俠，道：「世間竟有這樣人面獸心之人，實實可惡！」北俠道：「吾師為何生嗔？」靜修和尚便將聽得進寶之言，一一敘明。北俠道：「我看杜雍決不是這樣人，惟恐秦員外別有隱情。」靜修聽了好生不樂，道：「秦員外為人，老僧素日所知，

❸ 抵償：這裏指抵命、償命。

❹ 含渾：模糊；不明確。

一生原無大過，何至被囚。可恨這姓杜的竟自如此不堪，實實可惡！」北俠道：「我師還要三思。既有今日，何必當初。難道不是吾師薦的麼？」這一句話，問得個靜修和尚面紅過耳。所謂「話不投機半句多」，一言不發，站起來向後面去了。

北俠暗想道：「據我看來，杜雍去了不多日期，何得驟與安人調姦？此事有些荒唐。今晚倒要去探聽探聽。」又想：「老和尚偌大年紀，還有如此火性，可見貪嗔癡愛❺的關頭，是難跳的出的。他大約因我拿話堵塞於他，今晚決不肯出來。我正好行事。」想罷，暗暗裝束，將燈吹滅，虛掩門戶，彷彿是早已安眠，再也想不到他往秦家莊來。

到了門前，天已初鼓。先往書房探訪，見有兩個更夫要蠟，書童回道：「先生上後邊去了。」北俠聽了，又暗暗來到正室房上。忽聽乳母白氏道：「你等莫要躲懶，好好烹下茶。少時奶奶回來，還要喝呢。」北俠聽了，暗想：「事有可疑。為何兩個人俱不在屋內？且到後面看看再作道理。」剛然來到後面，見有三間花廳，槅扇虛掩。忽聽裏面說道：「我好容易得此機會，千萬莫誤良宵。我這裏跪下了。」又聽婦人道：「真正便宜了你。你可莫要忘了我的好處呀。」北俠聽到此，殺人心陡起，暗道：「果有此事！且自打發他二人上路。」背後抽出七寶刀。說時遲，那時快，推開槅扇，手起刀落。可憐男女二人剛得片時歡娛，雙魂已歸地府。北俠將二人之頭挽在一處，挂在槅扇屈戌❻之上。滿腔惡氣全消，仍回盤古寺。他以為是杜雍與鄭氏無疑。那裏知道他也是誤殺了呢。

❺ 貪嗔癡愛：謂常人的四種情緒。貪，求得而不知足。嗔，生氣。癡，迷惑。愛，愛戀。

❻ 屈戌：門窗上的環紐、搭扣。

你道方才書童答應更夫，說先生往後邊去了，是那個後邊？就是書房的後邊。原來是杜先生出恭❼呢。杜雍出恭回來，問道：「你方才合誰說話？」書童道：「更夫要蠟來了。」杜雍道：「他們如何這麼早就要蠟？昨夜五更時拿去的蠟，算來不過點了半枝，應當還有半枝。難道還點不到二更麼？員外不在家，我是不能叫他們賺。如要賺，等員外回來，愛怎麼賺，我是全不管的。」正說時，只見更夫跑了來道：「師老爺，師老爺！不好了！」杜雍道：「不是蠟不彀了？犯不上這等大驚小怪的。」更夫道：「不是，不是。方才我們上後院巡更，見花廳上有兩人扒著槅扇往外瞧。我們怕是歹人，拿燈籠一照，誰知是兩個人頭。」杜先生道：「是活的？是死的？」更夫道：「師老爺可嚇糊塗了。既是人頭，如何會有活的呢？」杜雍道：「我不是害怕，我是心裏有點發怯。我問的是男的？是女的？」更夫道：「我們沒有細瞧。」杜先生道：「既如此，你們打著燈籠在前引路，待我看看去。」更夫道：「師老爺既要去看，須得與我換蠟了。這燈籠裏剩了個蠟頭兒了。」杜先生吩咐書童拿幾枝蠟，交與更夫，換好了，方打著燈籠，往後面花廳而來。

到了花廳，更夫將燈籠高高舉起。杜先生戰戰哆嗦看時，一個耳上有環，道：「喂呀！是個婦人。你們細看是誰？」更夫看了半晌，道：「好像姨奶奶。」杜雍便叫更夫：「你們把那個頭往外轉轉，看是誰？」更夫仗著膽子，將頭扭一扭，一看。這個說：「這不是進祿兒嗎？」那個道：「是不錯。是他，是他！」杜先生道：「你們要認明白了。」更夫道：「我認的不差。」杜先生道：「且不要動。」更夫道：「誰動他做什麼呢。」杜先生道：「你們不曉得，這是要報官的。你們找找四個管家。今日是誰在

❼出恭：指上廁所排便。明代科舉考試，設有「出恭入敬」牌，考生上廁所需領此牌，方得離座。

家？」更夫道：「昨日是進寶在監該班，今日應當進財該班。因進財有事去了，才進祿給進寶送信去叫他連班。不知進祿如何被人殺了？此時就剩進喜在家。」杜先生道：「你們把他叫來，我在書房等他。」更夫答應。一個去叫進喜，一個引著先生來到書房。

不多時，進喜來到。杜先生將此事告訴明白，叫他進內啟知主母。進喜急忙進去，稟明了鄭氏。鄭氏正從各處檢點回來，嚇的沒了主意，叫問先生，此事當如何辦理。杜先生道：「此事隱瞞不得的，須得報官。你們就找地方去。」進喜立刻派人找了地方來，到後園花廳看了，也不動，道：「這要即刻報官，耽延不得了。只好管家你隨我同去。」進喜嚇的半晌無言。還是杜先生有見識，知是地方勒索，只得叫進喜從內要出二兩銀子來，給了地方。他才一人去了。

至次日，地方回來，道：「少時太爺就來，你們好好預備了。」不多時，金令來到，進喜同至後園。金令先問了大概情形，然後相驗，記了姓名，叫人將頭摘下。又進屋內去，看見男女二屍，下體赤露，知是私情。又見床榻上有一字柬，金令拿起細看，攏在袖中。又在床下搜出一件血衣裹著鞋襪，問進喜道：「你可認得，此衣與鞋襪是誰的？」進喜瞧了瞧，回道：「這是進寶的。」金令暗道：「如此看來，此案全在進寶身上。我須如此如此，方能了結此事。」吩咐暫將男女盛殮，即將進喜帶入衙中，立刻升堂。且不問進喜，也不問秦昌，吩咐：「帶進寶。」兩旁衙役答應一聲，去提進寶。

此時進寶正在監中服侍員外秦昌，忽然聽見衙役來說：「太歲現在堂上，呼喚你上堂，有話吩咐。」進寶不知何事，連忙跟隨衙役，上了大堂。只見金令坐在上面，和顏悅色問道：「進寶，你家員外之事，本縣現在業已訪查明白。你既是他家的主管，你須要親筆寫上一張訴呈來。本縣看了，方好從中設法，如何出脫你家員外的罪名。」進寶聽了，有些不願意，原打算將秦昌謀死。如今聽縣官如此說，想是受了賄賂。無奈何，說道：「既蒙太爺恩典，小人下去寫訴呈就是了。」金令道：「就要遞上來，本縣立等。」回頭吩咐書吏：「你同他去，給他立個稿兒，叫他親筆謄寫。速速拿來。」書吏領命下堂。不多時，進寶拿了訴呈，當堂呈遞。金令問道：「可是你自己寫的？」進寶道：「是。求先生打的底兒，小人謄寫的。」金令接來，細細一看，果與那字柬筆跡相同。將驚堂木一拍，道：「好奴才！你與碧蟾通姦設計，將彩鳳殺死，如何陷害你家員外，還不從實招上來！」進寶一聞此言，頂梁骨❽上嘤的一聲，魂已離殼，驚慌失色道：「此……此……此事小……小……小人不知。」金令吩咐：「掌嘴。」剛然一邊打了十個，進寶便嚷道：「我說呀，我說。」兩邊衙役道：「快招！快招！」進寶便將：碧蟾如何留表記被員外撿著，錯疑在安人身上；又如何試探先生，方知是碧蟾，將他鎖禁花園。原是小人素與姨娘有染，因此暗暗定計要殺員外，不想秦昌那日偏偏的上西間去了，這才誤殺了彩鳳。一五一十，述了一遍。金令道：「如此說來，碧蟾與進祿昨夜被人殺死，想是你憤姦不平，將他二人殺了。」進寶碰頭道：「此事小人實實不知。昨夜小人在監內服侍員外，並未回家，如何會殺人呢？老爺詳情。」金令暗暗點頭，道：「他這話卻與字柬相符。只是碧蟾、進祿卻被何人所殺呢？」

你道是何字柬？原來進祿與進寶送信，叫他多連一夜。進寶恐其負了碧蟾之約，因此悄悄寫了一柬，托進祿暗暗送與碧蟾。誰知進祿久有垂涎之意，不能得手，趁此機會，方才入港❾。恰被北俠聽見，錯

❽ 頂梁骨：天靈蓋。頂，人頭的最上端。

❾ 入港：指男女之間發生曖昧關係。

疑在杜雍、鄭氏身上，故此將二人殺死。

至於床下搜出血衫鞋襪，金令如何知道就在床下呢？皆因進寶字柬上，前面寫今日不能回來之故，後面又囑咐千萬，前次血污之物，恐床下露人眼目，須改別處隱藏方妥。有此一語，故而搜出。是進喜識認，說出進寶。金令已知是進寶所為。又恐進祿栽贓陷害別人，故叫進寶寫訴呈，對了筆跡，然後方問此事。以為他必狡賴，再用字柬衣衫鞋襪質證。誰知小子不禁打，十個嘴巴，他就通說了，卻倒省事。

不知金令如何定罪，且聽下回分解。

第七十一回　楊芳懷忠彼此見禮　繼祖盡孝母子相逢

且說金公審明進寶，將他立時收監，與彩鳳抵命。把秦昌當堂釋放。惟有殺姦之人，再行訪查緝獲另結，暫且懸案。論碧蟾早就該死，進祿因有淫邪之行，致有殺身之禍。他二人既死，也就不必深究了。且說秦昌回家，感謝杜雍不盡，二人遂成莫逆。又想起靜修之言，杜雍也要探望，因此二人同來到盤古寺。靜修與北俠見了，彼此驚駭。還是秦昌直爽，毫無隱諱，將此事敘明。靜修、北俠方才釋疑，始悟進寶之言盡是虛假。四人這一番親愛快樂，自不必言。盤桓了幾日，秦昌與杜雍仍然回莊，北俠也就別了靜修，上杭州去了。沿路上聞人傳說道：「好了！杭州太守可換了。我們的冤枉可該訴了。」仔細打聽，北俠卻曉得此人。

你道此人是誰？聽我慢慢敘來。只因春闈考試，欽命包大人主考，到了三場已畢，見中卷內並無包公姪兒。天子便問：「包卿，世榮為何不中？」包公奏道：「臣因欽命點為主考，臣姪理應迴避，因此並未入場。」天子道：「朕原為掄選❶人材，明經❷取士，為國求賢。若要如此，豈不叫包世榮抱屈麼？」

---

❶ 掄選：猶選擇。

❷ 明經：漢代以明經，射策取士。唐代以經義取者為明經，以詩賦取者為進士。宋代始廢明經。在明清是對貢生的敬稱。這裏取前朝說法。

即行傳旨，著世榮一體殿試。此旨一下，包世榮好生快樂。到了殿試之期，欽點包世榮的傳臚，用為翰林院庶吉士❸。包公叔姪碰頭謝恩。赴瓊林宴之後，包公遞了一本給包世榮告假，還鄉畢姻，三個月後仍然回京供職。聖上准奏，賞賚了多少東西。包世榮別了叔父，帶了鄧九如，榮耀還鄉。至於與玉芝畢姻一節，也不必細述。

只因杭州太守出缺，聖上欽派了新中榜眼用為編修❹的倪繼祖。倪繼祖奉了聖旨，不敢遲延。先拜老師，包公勉勵了多少言語，倪繼祖一一謹記。然後告假還鄉祭祖。奉旨：「著祭祖畢，即赴新任。」你道倪繼祖可是倪太公之子麼？就是僕人可是倪忠麼？其中尚有許多的原委，直彷彿白羅衫❺的故事，此處不能不敘出。

且說揚州甘泉縣有一飽學儒流，名喚倪仁，自幼定了同鄉李太公之女為妻。甚麼聘禮呢？有祖傳遺留的一枝並梗玉蓮花，晶瑩光潤無比，拆開卻是兩枝，合起來便成一朵。倪仁視為珍寶，與妻子各佩一枝。只因要上泰州探親，便雇了船隻。這船戶一名陶宗，一名賀豹，外有一個僱工幫閒的名叫楊芳。不料這陶宗、賀豹乃是水面上作生涯的，但凡客人行李輜重露在他眼裏，再沒有放過去的。如今見倪仁僱

---

❸ 庶吉士：官名。明洪武初採尚書立政：「庶常吉士」之義，置庶吉士，隸於翰林院，以進士之擅長文學及書法者任之。

❹ 編修：官名。宋代有史館編修，明代屬翰林院，職位次於修撰、檢討同之史官。

❺ 白羅衫：明清戲曲，作者不詳。演涿州進士蘇雲赴任途中遇盜，夫婦失散，其子為盜所養，後案破全家重圓之事。

了他的船，雖無沉重行李，卻見李氏生的美貌，淫心陡起。賀豹暗暗的與陶宗商量，意欲劫掠了這宗買賣。他別的一概不要，全給陶宗。他單要李氏作個妻房。二人計議停當，又悄悄的知會了楊芳。楊芳原是僱工人，不敢多言。

一日，來在揚子江，到幽僻之處，將倪仁拋向水中淹死。賀豹便逼勒❻李氏。李氏哭訴道：「因懷孕臨邇❼，待分娩後再行成親。」多虧楊芳在旁解勸道：「他丈夫已死，難道還怕他飛上天去不成？」賀豹只得罷了。楊芳暗暗想道：「他等作惡，將來事犯，難免扳拉於我。再者看這婦人哭的可憐，我何不如此如此呢。」想罷，他便沽酒買肉，慶賀他二人一個得妻，一個發財。二人見他殷勤，一齊說道：「何苦要叫你費心呢。你以後真要好時，我等按三七與你股分。你道好麼？」楊芳暗暗道：「似你等這樣行為，慢說三七股分，就是全給老楊，我也是不稀罕的。」他卻故意答道：「如若二位肯提攜於我，敢則是好。」便殷勤勸酒。不多時，把二人灌的酩酊大醉，橫臥在船頭之上。楊芳便悄悄的告訴了李氏，叫他上岸，一直往東，過了樹林，有個白衣菴，他姑母在這廟出家，那裏可以安身。

此時天已五鼓，李氏上岸不顧高低，拚命往前奔馳。忽然一陣肚痛，暗說：「不好！我是臨月身體，若要分娩，可怎麼好？」正思索時，一陣疼如一陣，只得勉強奔到樹林，暗暗祝告道：「我李氏僅存倪氏一脈，當蒙皇天憐念，也可以繼續香煙。」祝罷，存身樹下。不多時，就分娩了。喜得是個男兒。連忙脫下內衫，將孩兒包好，胸前就別了那半枝蓮花。不敢留戀，難免悲戚，急將小兒放在樹木之下，自

❻ 逼勒：強迫。

❼ 臨邇：這裏指接近臨盆。

己恐賊人追來，忙忙往東奔逃，上廟中去了。

且說楊芳放了李氏，心下暢快，一歪身也就睡了。剛然睡下，覺得耳畔有人喚道：「你還不走，等待何時？」楊芳從夢中醒來，看了看四下無人。但見殘月西斜，疎星幾點。自己想道：「方才明明有人呼喚，為何竟自無人呢？」再看陶、賀二人酣睡如雷，又轉念道：「不好！他二人若是醒來，不見了婦人，難道就罷了不成？不是埋怨於我，就是四下搜尋。那時將婦人訪查出來，反為不美。有了，莫若我與他個溜之乎也。及至他二人醒來，必說我拐了婦人遠走高飛，也免得他等搜查。」主意已定，東西一概不動，隻身上岸，一直竟往白衣菴而來。

到了菴前，天已微明，向前扣門，出來了個老尼，隔門問道：「是那個？」楊芳道：「姑母請開門，是姪兒楊芳。」老尼開了山門。楊芳來到客堂，尚未就座，便悄悄問道：「姑母，可有一個婦人投在菴中麼？」老尼道：「你如何知道？」楊芳便將灌醉二賊、私放李氏的話，說了一遍。老尼合掌念一聲「阿彌陀佛」，道：「救人一命，勝造七級浮屠。惜乎你為人不能為徹。錯舛你也沒甚麼錯舛，只是他一點血脈❽失於路上，恐將來斷絕了他祖上的香煙。」楊芳追問情由。老尼便道：「那婦人已投在廟中，言於樹林內分娩一子。若被人撿去，尚有生路，倘若遭害，便絕了香煙，深為痛惜。是我勸慰再三，應許與他找尋，他方止了悲啼，在後面小院內將息。」楊芳道：「既如此，我就找尋去。」老尼道：「你要找尋，有個表記。他胸前有枝白玉蓮花，那就是此子。」楊芳謹記在心，離了白衣菴，到了樹林，看了一番，並無蹤跡。暗暗訪查了三日，方才得了實信。

❽血脈：這裏指後代。

離白衣菴有數里之遙，有一倪家莊。莊中有個倪太公。因五更趕集，騎著個小驢兒來到樹林，那驢便不走了。倪太公詫異，忽聽小兒啼哭，連忙下驢一看，見是個小兒放在樹木之下，身上別有一枝白玉蓮花。這老半生無兒，見了此子，好生歡喜，連忙打開衣襟將小兒揣好，也顧不得趕集，連忙乘驢轉回家中。安人梁氏見了此子，問了情由。夫妻二人歡喜非常，就起名叫倪繼祖。他那裏知道小兒的本姓卻也姓倪呢。這也是天緣湊巧，姓倪的根芽就被姓倪的撿去。

俗言：「若要人不知，除非己莫為。」那日倪太公得了此子，早已就有人知道，道喜的不離門。又有薦乳母的。今日你來，明日我往，俱要給太公作賀。太公難以推辭，只得備了酒席請鄉黨父老。這些鄉黨父老也備了些須薄禮，前來作賀。正在應酬之際，只見又是兩個鄉親領來一人，約有三旬年紀。倪太公卻不認得，問道：「此位是誰？」二鄉老道：「此人是我們素來熟識的。因他無處安身，聞得太公得了小相公，他情願與太公作僕人。就是小相公大了，他也好照看。他為人最是樸實忠厚的。老鄉親看我二人分上，將他留下罷。」倪太公道：「他一人所費無幾，何況又有二位老鄉親美意，留下就是了。」二鄉老道：「還是老鄉親爽快。過來見了太公。太公就給他起個名兒。」倪太公道：「僕從總要忠誠，就叫他倪忠罷。」原來此人就是楊芳。因同他姑母商量，要照應此子，故要投到倪宅。因認識此莊上的二人，就托他們趁著賀喜，順便舉薦。

楊芳聽見倪太公不但留下，而且起名倪忠，便上前叩頭，道：「小人倪忠與太公爺叩頭道喜。」倪太公甚是歡喜。倪忠便殷勤張羅諸事，不用吩咐。這日倪太公就省了好些心。從此倪忠就在倪太公莊上，更加小心留神。倪太公見他忠正樸實，諸事俱各託付於他，無有不盡心竭力的。倪太公倒得了個好幫手。

一日，倪忠對太公道：「小人見小官人年紀七歲，資性聰明，何不叫他讀書呢？」太公道：「我正有此意。前次見東村有個老學究，學問頗好。你就揀個日期，我好帶去入學。」於是定了日期，倪繼祖入學讀書。每日俱是倪忠護持接送。倪忠卻時常到菴中看望，就只瞞過倪繼祖。

剛念了有二三年光景，老學究便轉薦了一個儒流秀士，卻是濟南人，姓程名建才。老學究對太公道：「令郎乃國家大器，非是老漢可以造就的。若是從我敝友訓導訓導，將來必有可成。」倪太公尚有些猶疑，倒是倪忠攛掇，道：「小官人頗能讀書。既承老先生一番美意，薦了這位先生，何不叫小官人跟著學學呢？」太公聽了，只得應允。便將程先生請來訓誨繼祖。繼祖聰明絕頂，過目不忘，把個先生樂的了不得。

光陰荏苒，日月如梭，轉眼間倪繼祖已然十六歲。程先生對太公說，叫倪繼祖科考。太公總是鄉下人形景，不敢妄想成人。倒是先生著急，不知會太公，就叫倪繼祖遞名去赴考，高高的中了生員。太公甚喜，酬謝了先生。自然又是賀喜，應接不暇。

一日，先生出門。倪繼祖也要出門閒遊閒遊，稟明了太公，就叫倪忠跟隨。信步行來，路過白衣菴，倪忠道：「小官人，此菴有小人的姑母在此出家，請進去歇歇喫茶。小人順便探望探望。」倪繼祖道：「從不出門，今日走了許多的路，也覺乏了。正要歇息歇息。」倪忠向前叩門。老尼出來迎接，道：「不知小官人到來，未能迎接，多多有罪。」連忙讓到客堂待茶。

原來倪忠當初訪著時，已然與他姑母送信。老尼便告訴了李氏，李氏暗暗念佛。自彌月❾後便拜了老尼為師，每日在大士前虔心懺悔，無事再也不出佛院之門。這一日正從大士前禮拜回來，忘記了關小

❾ 彌月：滿月。本義指初生嬰兒出生滿一個月，這裏指婦女生產後滿一個月。

院之門。恰好倪繼祖歇息了片時，便到各處閒遊。只見這院內甚是清雅，信步來到院中。李氏聽得院內有腳步聲響，連忙出來一看。不看時則已，看了時不由的一陣痛徹心髓，登時落下淚來。他因見了倪繼祖的面貌舉止，儼然與倪仁一般。誰知倪繼祖見了李氏落淚，可煞作怪，他只覺的眼眶兒發酸，撲簌簌也就淚流滿面，不能自解。正在拭淚，只見倪忠與他姑母到了。倪忠道：「官人你為何啼哭？」倪繼祖道：「我何嘗哭來。」嘴內雖如此說，聲音尚帶悲哽。倪忠又見李氏在那裏呆呆落淚，看了這番光景，他也不言不語，拂袖拭起淚來。

只聽老尼道：「善哉！善哉！此乃天性，豈是偶然。」倪繼祖聽了此言，詫異道：「此話怎講？」只見倪忠跪倒道：「望乞小主人赦宥老奴隱瞞之罪，小人方敢訴說。」好倪繼祖，見他如此，驚的目瞪癡呆。又聽李氏悲切切道：「恩公快些請起，休要折受了他。不然，我也就跪了。」倪繼祖好生納悶，連忙將倪忠拉起，問道：「此事端的如何？快些講來。」倪忠便把怎麼長、怎麼短，述說了一遍。他這裏說，那裏李氏已然哭了個聲哽氣噎。倪繼祖聽了半晌，還過一口氣來，道：「我倪繼祖生了十六歲，不知生身父母受如此苦處！」連忙向前抱住李氏，放聲大哭。老尼與倪忠勸慰多時，母子二人方才止住悲聲。李氏道：「自蒙恩公搭救之後，在此菴中一十五載。不想孩兒今日長成。只是今日相見，為娘的如同睡裏夢裏，自己反倒不能深信。問吾兒，你可知當初表記是何物？」倪繼祖聽了此言，惟恐母親生疑，連忙向那貼身裏衣之中，掏出白玉蓮花，雙手奉上。李氏一見蓮花，「噯喲」了一聲，身體往後一仰。

未知如何，且聽下回分解。

第七十二回　認明師學藝招賢館　查惡棍私訪霸王莊

且說李氏一見了蓮花，覩物傷情，復又大哭起來。倪繼祖與倪忠商議，就要接李氏一同上莊。李氏連忙止悲，說道：「吾兒休生妄想！為娘的再也不染紅塵了。原想著你爹爹的冤仇，今生再世也不能報了。不料倪氏門中有你這根芽。只要吾兒好好攻書，得了一官半職，能彀與你爹爹報仇雪恨，為娘的平生之願足矣。」倪繼祖見李氏不肯上莊，便哭倒跪下，道：「孩兒不知親娘，便罷。如今既已知道，也容孩兒略盡孝心。就是孩兒養身的父母不依時，自有孩兒懇求哀告。何況我那父母也是好善之家，如何不能容留親娘呢？」李氏道：「言雖如此。但我自知罪孽深重，一生懺悔不來。倘若再墮俗緣❶，惟恐不能消受，反要生出災殃。那時吾兒豈不後悔？」倪繼祖聽李氏之言，心堅如石，毫無回轉，便放聲大哭道：「母親既然如此，孩兒也不回去了，就在此處侍奉母親。」李氏道：「你既然知道，讀書要明理，俗言『順者為孝』，為娘的雖未撫養於你，難道你不念劬勞❷之恩，竟敢違背麼？再者，你那父母哺乳三年，好容易養的你長大成人，你未能報答於萬一，又肯作此負心之人麼？」一席話說的倪繼祖一言不發，惟有低頭哭泣。

❶ 俗緣：指世俗的人事關係。俗，佛教稱世間或在家為俗，與出家為僧相對。
❷ 劬勞：辛勤，勞苦。劬，勤勞。

李氏心下為難，猛然想起一計來，須如此如此，這冤家❸方能回去。想罷，說道：「孩兒不要啼哭。我有三件事，你要依從，諸事辦妥，為娘的必隨你去如何？」倪繼祖連忙問道：「那三件？請母親說明。」李氏道：「第一件，你從今後須要好好攻書，務須要得了一官半職；第二件，你須將仇家拿獲，與你爹雪恨；第三件，這白玉蓮花乃祖上遺留，原是兩個合成一枝，如今你將此枝仍然帶去，須把那一枝找尋回來。三事齊備，為娘必隨兒去。三事之中，倘缺一件，為娘的再也不能隨你去的。」說罷，又囑咐倪忠道：「恩公一生全仗忠義，我也不用饒舌。全賴恩公始終如一，便是我倪氏門中不幸之大幸了。你們速速回去罷！省得你那父母在家盼望。」李氏將話說完，一摔手回後去了。

這裏倪繼祖如何肯走，還是倪忠連攙帶勸，真是一步幾回頭，好容易攙出院了門來。老尼後面相送。倪繼祖又諄囑了一番，方離了白衣菴，竟奔倪家莊而來。主僕在路途之中，一個是短歎長吁，一個是婉言相勸。倪繼祖道：「方才聽母親吩咐三件事，仔細想來，作官不難，報仇容易，只是那白玉蓮花卻往何處找尋？」倪忠道：「據老奴看來，物之隱現，自有定數，卻倒不難。還是作官難。總要官人以後好好攻書要緊。」倪繼祖道：「我有海樣深的仇，焉有自己不上進呢。老人家休要憂慮。」倪忠道：「官人如何這等呼喚？惟恐折了老奴的草料❹。」倪繼祖道：「你甘屈人下，全是為我而起。你的恩重如山，我如何以僕從相待。」倪忠道：「言雖如此。官人若當著外人，還要照常，不可露了形跡。」倪繼祖道：「逢場作戲，我是曉得的。還有一宗，今日之事，你我回去千萬莫要洩漏。待功成名就之後，大家再為

❸ 冤家：這裏是親人的愛稱。

❹ 草料：這裏引申為糧食，再引申為壽命。

言明，庶乎彼此有益。」倪忠道：「這不用官人囑咐。老奴十五年光景皆未洩漏，難道此時倒隱瞞不住麼？」二人說話之間，來到莊前。倪繼祖見了太公、梁氏，俱各照常。

於是倪繼祖一心想著報仇，奮志攻書。遲了二年，又舉於鄉，益發高興，每日裏討論研求。看看的又過了二年。明春是大比❺之年，倪繼祖與先生商議，打點行裝，一同上京考試。太公跟前俱已稟明。誰知到了臨期，程先生病倒，竟自「嗚呼哀哉」了。因此倪繼祖帶了倪忠，悄悄到白衣菴，別了親娘，又與老尼留下銀兩，主僕一同進京。這才有會仙樓遇見了歐陽春、丁兆蘭一節。

自接濟了張老兒之後，在路行程非止一日，來到東京，租了寓所，靜等明春赴考。及至考試已畢，倪繼祖中了第九名進士，到了殿試，又欽點了榜眼，用為編修。可巧杭州太守出缺，奉旨又放了他。主僕二人，好生歡喜。又拜別包公。包公又囑咐了好些話。主僕衣錦還鄉，拜了父母，稟明認母之事。太公、梁氏本是好善之家，聽了甚喜，一同來到白衣菴，欲接李氏在莊中同住。李氏因孩兒即刻赴任，一來莊中住著不便，二來自己心願不遂，決意不肯。因此仍在白衣菴與老尼同住。倪繼祖無法，只得安置妥協，且去上任。等接任後，倘能二事如願，那時再來迎接，大約母親也就無可推托了。即叫倪忠束裝就道，來到杭州，剛一接任，就收了無數的詞狀。細細看來，全是告霸王莊馬強的。

你道這馬強是誰？原來就是太歲莊馬剛的宗弟。倚仗朝中總管馬朝賢是他叔父，他便無所不為。他霸田佔產，搶掠婦女。家中蓋了個招賢館，接納各處英雄豪傑，因此無賴光棍投奔他家的不少。其中也有一、二豪傑，因無處可去，暫且棲身，看他的動靜。現時有名的便是：黑妖狐智化、小諸葛沈仲元、

❺ 大比：周制每三年對鄉吏進行考核，選擇賢能，稱大比。後亦稱鄉試為大比。

神手大聖鄧車、病太歲張華、賽方朔方貂，其餘的無名小輩不計其數。每日裏舞劍掄槍，比刀對棒，魚龍混雜，鬧個不了。一來二去，聲氣大了，連襄陽王趙爵都與他交結往來。

獨獨有一個小英雄，心志高傲，氣度不俗，年十四歲，姓艾名虎，就在招賢館內作個館童。他見眾人之中，惟獨智化是個豪傑，而且本領高出人上，便時刻小心，諸事留神，敬奉智化為師。真感得黑妖狐歡喜非常，便把他暗暗的收作徒弟，悄悄傳他武藝。誰知他心機活變，一教便會，一點就醒。不上一年光景，學了一身武藝。他卻時常悄悄的對智化道：「你老人家以後不要勸我們員外。不但白費脣舌，他不肯聽，反倒招的那些人背地裏抱怨，說你老人家忒膽小了。『搶幾個婦女甚麼要緊。要是這末害起怕來，將來還能幹大事麼？』你老人家自己想想，這一群人都不成了亡命之徒了麼？」智化道：「你莫多言，我自有道理。」他師徒只顧背地裏閒談。誰知招賢館早又生出事來。

原來馬強打發惡奴馬勇前去討賬回來，說債主翟九成家道艱難，分文皆無。馬強將眼一瞪，道：「沒有就罷了不成。急速將他送縣官追。」馬勇道：「員外不必生氣，其中卻有個極好的事情。方才小人去到他家，將小人讓進去，苦苦的哀求。不想炕上坐著個如花似玉的女子。小人問他是何人。翟九成說是他外孫女，名叫錦娘。只因他女兒女婿亡故，留下女兒毫無倚靠，因此他自小兒撫養，今年已交十七歲。這翟九成全仗著他作些針線，將就度日。員外曾吩咐過小人，叫小人細細留神打聽，如有美貌婦女，立刻回稟。據小人今日看見這女子，真算是少一無二的了。」一句話說的馬強心癢難搔，登時樂的兩眼連個縫兒也沒有了。立刻派惡奴八名，跟隨馬勇，到翟九成家將錦娘搶來，抵銷欠賬。

這惡賊在招賢館立等，便向眾人誇耀道：「今日我又大喜了。你等只說前次那女子生的美貌，那裏知道比他還有強的呢。少時來時，叫你們眾人開開眼咧。」眾人聽了，便有幾個奉承道：「這都是員外福田❻造化，我們如何敢比。這喜酒是喫定了。」其中就有聽不上的，用話打趣他：「好雖好，只怕叫後面知道了，那又不好了。」馬強哈哈笑道：「你們喫酒時，作個雅趣，不要吵嚷了。」

說話間，馬勇回來稟道：「錦娘已到。」馬強吩咐：「快快帶上來。」果見個嬝嬝婷婷女子，身穿樸素衣服，頭上也無珠翠，哭哭啼啼來到廳前。馬強見他雖然啼哭，那一番嬌柔娬媚❼，真令人見了生憐，不由的笑逐顏開，道：「那女子不要啼哭。你要好好依從於我，享不盡榮華，受不盡富貴。你只管向前些，不要害羞。」忽聽見錦娘嬌嚦嚦道：「你這強賊，無故的搶掠良家女子，是何道理？奴今到此，惟有一死而已，還講甚麼榮華富貴！我就向前些。」誰知錦娘暗暗攜來剪子一把，將手一揚，竟奔惡賊而來。馬強見勢不好，把身子往旁一閃，刷的一聲，把剪子扎在椅背上。馬強「噯喲」一聲。「好不識抬舉的賤人！」吩咐惡奴將他下在地牢。惡賊的一團高興，登時掃盡，無可釋悶，且與眾人飲酒作樂。

且說翟九成因護庇錦娘，被惡奴們拳打腳踢，亂打一頓，仍將錦娘搶去，只急得跺腳搥胸，嚎啕不止。哭彀多時，檢點了一下，獨獨不見了剪子，暗道：「不消說了。這是外孫女去到那裏，一死相拚了。」忙到那裏探望了一番，並無消息。又恐被人看見，自己倒要喫苦，只得垂頭喪氣的回來。見路旁有柳樹，他便席地而坐，一壁歇息，一壁想道：「自我女兒女婿亡故，留下這條孽根。我原打算將他撫養大了，聘嫁出去，了卻一生之願。誰知平地生波，竟有這無法無天之事。再者，錦娘一去，不是將惡賊一剪扎

❻ 福田：佛家稱積善行可得福報，如播種耕耘，秋穫其實。
❼ 嬌柔娬媚：姿態柔美。

死，他也必自戕其生。他若死了，不消說了，我這撫養勤勞付於東流；他若將惡賊扎死，難道他等就饒了老漢不成。」越思越想，又是著急，又是害怕。忽然把心一橫，道：「噯！眼不見，心不煩。莫若死了乾淨。」站起身來，找了一株柳樹，解下絲絛，就要自縊而死。

忽聽有人說道：「老丈休要如此。有甚麼事何不對我說呢？」翟九成回頭一看，見一條大漢，碧睛紫髯，連忙上前哭訴情由，口口聲聲說自己無路可活，難以對去世的女兒女婿。北俠歐陽春聽了道：「他如此惡霸，你為何不告他去？」翟九成道：「我的爺！談何容易。他有錢有勢，而且聲名在外，誰人不知，那個不曉。縱有呈子，縣裏也是不准的。」北俠道：「不是這裏告他。是叫你上東京開封府去告他。」翟九成道：「哎呀呀！更不容易了。我這裏到開封府，路途遙遠，如何有許多的盤費呢？」北俠道：「這倒不難。我這裏有白銀十兩，相送如何？」翟九成道：「萍水相逢，如何敢受許多銀兩。」北俠道：「這有甚麼要緊呢。只要你拿定主意。若到開封，包管此恨必消。」說罷，從皮兜內摸出兩個銀錁，遞與翟九成。翟九成便撲翻身拜倒，北俠攙起。

只見那邊過來一人，手提馬鞭，道：「你何必捨近而求遠呢？新任太守極其清廉，你何不到那裏去告呢？」北俠細看此人，有些面善，一時想不起來。又聽這人道：「你如若要告時，我家東人與衙中相熟，頗頗的可托。你不信，請看那邊樹林下坐的就是他。」北俠先挺身往那邊一望，見一儒士坐在那裏，旁邊有馬一匹。不看則可，看了時倒抽了口氣，暗暗說：「這不好！他如何這般形景？霸王莊能人極多，倘然識破，那時連性命不保。我又不好勸阻，只好暗中助他一臂之力。」想罷，即對翟九成道：「既是新任太守清廉，你就托他東人便了。」說罷，回身往東去了。

你道那儒士與老僕是誰？原來就是倪繼祖主僕。北俠因看見倪繼祖，方想起老僕倪忠來。認明後，他卻躲開。倪忠帶了翟九成，見了倪繼祖。太守細細的問了一番，並給他寫了一張呈子。翟九成歡天喜地回家，五更天預備起身赴府告狀。

誰知冤家路兒窄，馬強因錦娘不從，下在地牢，飲酒之後，又帶了惡奴出來，騎著高頭大馬，迎頭便碰見了翟九成。翟九成一見膽裂魂飛，回身就跑。馬強一疊連聲叫「拿」。惡賊抖起威風，追將下去。翟九成上了年紀之人，能跑多遠，早被惡奴揪住，連拉帶扯，來到馬強的馬前。馬強問道：「我罵你這老狗！你叫你外孫女用剪子刺我，我已將他下在地牢，正要差人尋你。見了我，不知請罪，反倒要跑。你也就可惡的很呢！」惡賊原打算拿話威嚇威嚇翟九成，要他陪罪，好叫他勸他外孫女依從之意。不想翟九成喘吁吁道：「你這惡賊，硬搶良家之女，還要與你請罪。我恨不能立時青天報仇雪恨，方遂我心頭之願。」馬強聽了，圓瞪怪眼，一聲呵叱：「嗳呀！好老狗！你既要青天，必有上告之心。想來必有冤狀。」只聽說了一聲「搜」，惡奴等上前扯開衣襟，便露出一張紙來，連忙呈與馬強。惡賊看了一遍，一言不發，暗道：「好利害狀子！這是何人與他寫的？倒要留神訪查訪查。」吩咐惡奴二名將翟九成送到縣內，立刻嚴追欠債。正然吩咐，只見那邊過來了一個也是乘馬之人，後面跟定老僕。惡賊一見心內一動，眉一皺，計上心來。

未知如何，且聽下回分解。

第七十三回　惡姚成識破舊夥計　美絳貞私放新黃堂

且說馬強將翟九成送縣，正要搜尋寫狀之人，只見那邊來了個乘馬的相公，後面跟定老僕。看他等形景，有些疑惑，便想出個計較來，將絲韁一抖，迎了上來，雙手一拱道：「尊兄請了！可是上天竺進香的麼？」原來乘馬的就是倪繼祖，順著惡賊的口氣答道：「正是。請問足下何人？如何知道學生進香呢？」惡賊道：「小弟姓馬，在前面莊中居住。小弟有個心願，但凡有進香的，必要請到莊中待茶，也是一片施捨好善之心。」說著話，目視惡奴。眾家人會意，不管倪繼祖依與不依，便上前牽住嚼環，拉著就走。倪忠見此光景，知道有些不妥，只得在後面緊緊跟隨。不多時，來至莊前，過了護莊橋，便是莊門。馬強下了馬，也不謙讓，回頭吩咐道：「把他們帶進來。」惡奴答應一聲，把主僕蜂擁而入。倪繼祖暗道：「我正要探訪，不想就遇見他。看他這般權勢，惟恐不懷好意。且進去看個端的怎樣。」

馬強此時坐在招賢館，兩旁羅列坐著許多豪傑光棍。馬強便說：「遇見翟九成搜出一張呈子，寫的甚是利害。我立刻派人將他送縣。正要搜查寫狀之人。可巧來了個斯文秀才公，我想此狀必是他寫的，因此把他誆來。」說罷，將狀子拿出，遞與沈仲元。沈仲元看了道：「果然寫的好。但不知是這秀才不是？」馬強道：「管他是不是，把他弔起拷打就完了。」沈仲元道：「員外不可如此。他既是讀書之人，須要以禮相待，用言語套問他；如若不應，再行拷打不遲，所謂先禮而後兵也。」馬強道：「賢弟所論甚是。」吩咐請那秀士。

此時惡奴等俱在外面候信，聽見說請秀士，連忙對倪繼祖道：「我們員外請你呢。你見了要小心些。」倪繼祖來到廳房，見中間廊下懸一匾額，寫著「招賢館」三字，暗暗道：「他是何等樣人，竟敢設立招賢館。可見是不法之徒。」及至進了廳房，見馬強坐在上位，傲不為禮。兩旁坐著許多人物，看上去俱非善類。卻有兩個人站起，執手讓道：「請坐。」倪繼祖也只得執手回答道：「恕坐。」便在下手坐了。

眾人把倪繼祖留神細看，見他面龐豐滿，氣度安詳，身上雖不華美，卻也整齊。背後立定一個年老僕人。只聽東邊一人問道：「請問尊姓大名？」繼祖答道：「姓李名世清。」西邊一人問道：「到此何事？」繼祖答道：「奉母命前往天竺進香。」馬強聽了，哈哈笑道：「俺要不提進香，你如何肯說進香呢？我且問你：既要進香，所有香袋錢糧，為何不帶呢？」繼祖道：「已先派人挑往天竺去了。故此單帶個老僕，賞玩途中風景。」馬強聽了，似乎有理。忽聽沈仲元在東邊問道：「賞玩風景原是讀書人所為；至於調詞告狀，豈是讀書人幹得的呢？」倪繼祖道：「此話從何說起？學生幾時與人調詞告狀來？」又聽智化在西邊問道：「翟九成，足下可認得麼？」倪繼祖道：「學生並不認得姓翟的。」智化道：「既不認得，且請到書房少坐。」便有惡奴帶領主僕出廳房，要上書房。剛剛的下了大廳，只見迎頭走來一人，頭戴沿氈大帽，身穿青布箭袖，腰束皮帶，足登薄底靴子，手提著馬鞭，滿臉灰塵。他將倪繼祖略略的瞧了一瞧，卻將倪忠狠狠的瞅了又瞅。誰知倪忠見了他，登時面目變色，暗說：「不好！這是對頭來了。」

你道此人是誰？他姓姚名成，原來又不是姚成，卻是陶宗。只因與賀豹醉後醒來，不見了楊芳與李氏，以為楊芳拐了李氏去了。過些時，方知楊芳在倪家莊作僕人，改名倪忠，卻打聽不出李氏的下落。後來他二人又劫掠一夥客商，被人告到甘泉縣內，追捕甚急。他二人便收拾了一下，連夜逃到杭州，花費那無義之財，猶如糞土，不多幾時精精光光。二人又幹起舊營生來，劫了些資財。賀豹便娶了個再婚老婆度日。陶宗卻認得病太歲張華，託他在馬強跟前說了，改名姚成。他便趨炎附勢的，不多幾日，把個馬強哄的心花俱開，便把他當作心腹之人，作了主管。因閱朝中邸報，見有奉旨欽派杭州太守，乃是中榜眼用為編修的倪繼祖，又是當朝首相的門生。馬強心裏就有些不得主意，特派姚成扮作行路之人，前往省城細細打聽明白了回來，好作準備。因此姚成行路模樣回來，偏偏的剛進門，迎頭就撞見倪忠。

且說姚成到了廳上，參拜了馬強，又與眾人見了。馬強便問：「打聽的事體如何？」姚成道：「小人到了省城，細細打聽，果是欽派榜眼倪繼祖作了太守。自到任後，接了許多狀子，皆與員外有些關礙。」馬強聽了，暗暗著慌，道：「既有許多狀子，為何這些日並沒有傳我到案呢？」姚成道：「只因官府一路風霜，感冒風寒，現今病了，連各官稟見俱各不會。小人原要等個水落石出，誰知再也沒有信息，因此小人就回來了。」馬強道：「這就是了。我說呢，一天可以打兩個來回兒，你如何去了四五天呢？敢則是你要等個水落石出。那如何等得呢？你且歇歇兒去罷。」姚成道：「方才那個斯文主僕是誰？」馬強道：「那是我遇見誆了來的。」便把翟九成之事說了一遍。「我原疑惑是他寫的呈子。誰知我們大夥盤問了一回，並不是他。」姚成道：「雖不是他，卻別放他。」馬強道：「你有甚麼主意？」姚成道：「員外不知，那個僕人我認得，他本名叫作楊芳。只因投在倪家莊作了僕人，改名叫作倪忠。」

沈仲元在旁聽了，忙問道：「他投在倪家莊有多年了？」姚成道：「算來也有二十多年了。」沈仲元道：「不好了！員外你把太守誆了來了。」馬強聽罷此言，只嚇得雙睛直瞪，闊口一張，呵呵了半晌，方問道：「賢……賢……賢弟，你如何知……知……知道？」小諸葛道：「姚主管既認明老僕是倪忠，他主人焉有不是倪繼祖的？再者問他姓名，說姓李名世清，這明明自己說我辦理事情要清之意。這還有什麼難解的？」馬強聽了，如夢方覺，毛骨悚然。「這可怎麼好？賢弟你想個主意方好。」沈仲元道：「此事須要員外拿定主意。既已誆來，便難放出，暫將他等鎖在空房之內。等到夜靜更深，把他請至廳上，大家以禮相求。就說，明知是府尊太守，故意的請府尊大老爺到莊，為分析案中情節。他若應了人情，說不得員外破些家私，將他買囑，要張印信甘結❶，將他榮榮耀耀送到衙署。外人聞知，只道府尊接交員外。不但無人再敢告狀，只怕以後還有些照應呢。他若不應時，說不得只好將他處死，暗暗知會襄陽王舉事便了。」智化在旁聽了，連忙誇道：「好計！好計！」馬強聽了，只好如此，便吩咐將他主僕鎖在空房。

雖然鎖了，他卻跼蹐不安，坐立不甯。出了大廳，來到臥室，見了郭氏安人，唶聲歎氣。原來他的娘子，就是郭槐的姪女。見丈夫愁眉不展，便問：「又有甚麼事了？這等煩惱。」馬強見問，便把已往情由述說一遍。郭氏聽了，道：「益發鬧的好了，竟把欽命的黃堂❷太守弄在家內來了。我說你結交的

❶ 印信甘結：蓋有印章的保證書。印信，舊時公文書所用印記的通稱。甘結，過去交給官署的一種字據（保證書），表示願意承當某種義務或對某事負責，如不履行諾言，甘願接受處罰。

❷ 黃堂：指太守辦公的廳堂。天子的便殿亦稱「黃堂」。

全是狗朋狗友，你再不信。我還聽見說，你又搶了個女孩兒來，名叫錦娘，險些兒沒被人家扎一剪子。你把這女子下在地窖裏了。這如今又把個知府關在家裏，可怎麼樣呢？」口裏雖如此說，心裏卻也著急。馬強又將沈仲元之計說了，郭氏方不言語。此時天已初鼓，郭氏知丈夫憂心，未進飲食，便吩咐丫鬟擺飯。夫妻二人，對面坐了飲酒。

誰知這些話竟被服侍郭氏的心腹丫頭聽了去了。此女名喚絳貞，年方一十九歲，乃舉人朱煥章之女。他父女原籍揚州府儀徵縣人氏。只因朱先生妻亡之後，家業凋零，便帶了女兒上杭州投親。偏偏的投親不遇，就在孤山西泠橋租了幾間茅屋，一半與女兒居住，一半立塾課讀。只因朱先生有端硯一方，愛如至寶，每逢惠風和暢❸之際，牕明几淨之時，他必親自捧出賞玩一番，習以為常。不料半年前有一個館童，因先生養贍不起，將他辭出，他卻投在馬強家中，無心中將端硯說出。登時的蕭牆禍起❹，惡賊立刻派人前去拍門，硬要。遇見先生迂闊性情，不但不賣，反倒大罵一場。惡奴等回來，枝上添葉，激得馬強氣沖牛斗，立刻將先生交前任太守，說他欠銀五百兩，並有借券為證。這太守明知朱先生被屈，而且又是舉人，不能因賑目加刑。因受了惡賊重賄，只得交付縣內管押。馬強趁此時便到先生家內，不但搜出端硯，並將朱絳貞搶來，意欲收納為妾。誰知作事不密，被郭氏安人知覺，將陳醋發出，大鬧了一陣，把朱絳貞要去，作為身邊貼己的丫鬟。馬強無可如何，不知暗暗陪了多少不是，方才討得安人歡喜。

---

❸ 惠風和暢：柔和的風，使人感到溫暖、舒適。語出晉王羲之蘭亭集序：「是日也，天朗氣清，惠風和暢。」

❹ 蕭牆禍起：比喻內部出亂子。蕭牆，亦稱「照壁」。古代宮室內當門的小牆。語出論語季氏：「吾恐季孫之憂，不在顓臾（春秋國名），而在蕭牆之內也。」亦作「禍起蕭牆」。

自那日起，馬強見了朱絳貞，慢說交口接談，就是拿正眼瞅他一瞅，卻也是不敢的。朱絳貞暗暗感激郭氏。他原是聰明不過的女子，便把郭氏哄的猶如母女一般。所有簪環首飾衣服古玩並鎖鑰，全是交他掌管。

今日因為馬強到了，他便隱在一邊，將此事俱各竊聽去了，暗自思道：「我爹爹遭屈已及半年，何日是個出頭之日。如今我何不悄悄將太守放了，叫他救我爹爹。他焉有不以恩報恩的！」想罷，打了燈籠，一直來到空房門前。可巧竟自無人看守。原來惡奴等以為是斯文秀士與老僕人，有甚本領，全不放在心上，因此無人看守。朱絳貞見門兒倒鎖，連忙將燈一照，認了鎖門，向腰間掏出許多鑰匙，揀了個恰恰投簧，鎖已開落。倪太守正與倪忠毫無主意，看見開門，以為惡奴前來陷害，不由的驚慌失色。忽見進來個女子將燈一照，恰恰與倪太守對面，彼此覷視，各自驚訝。朱絳貞又將倪忠一照，悄悄道：「快隨我來。」一伸手便拉了倪繼祖往外就走。倪忠後面緊緊跟隨。不多時，過了角門，卻是花園。往東走了多時，見個隨牆門兒，上面有鎖，並有橫門。朱絳貞放下燈籠，用鑰匙開鎖。誰知鑰匙投進去，鎖尚未開，鑰匙再也拔不出來。倪太守在旁著急，叫倪忠尋了一塊石頭，猛然一砸，方才開了。忙忙去閂開門。朱絳貞方說道：「你們就此逃了去罷。奴有一言奉問：你們到底是進香的？還是真正太守呢？如若果是太守，奴有冤枉。」

好一個聰明女子！他不早問，到了此時方問，全是一片靈機。何以見得？若在空房之中問時，他主僕必以為惡賊用軟局❺套問來了，焉肯說出實話呢？再者，朱絳貞他又惟恐不能救出太守。幸喜一路奔

❺ 軟局：即設的圈套。

至花園並未遇人。及至將門放開，這已救人徹了，他方才問此句。你道是聰明不聰明？是靈機不是？

倪太守到了此時，不得不說了，忙忙答道：「小生便是新任的太守倪繼祖。姐姐有何冤枉？快些說來。」朱絳貞連忙跪倒，口稱：「大老爺在上，賤妾朱絳貞叩頭。」倪繼祖連忙還禮，道：「姐姐不要多禮，快說冤枉。」朱絳貞道：「我爹爹名喚朱煥章，被惡賊誤賴，欠他紋銀五百兩，現在本縣看押，已然半載。將奴家搶來。幸而馬強懼內，奴家現在隨他的妻子郭氏，所以未遭他手。求大老爺到衙後，務必搭救我爹爹要緊。別不多言，你等快些去罷！」倪忠道：「姑娘放心，我主僕俱各記下了。」朱絳貞道：「你們出了此門直往西北，便是大路。」主僕二人才待舉步。朱絳貞又喚道：「轉來，轉來。」

不知有何言語，且聽下回分解。

第七十四回 淫方貂誤救朱烈女 貪賀豹狹逢紫髯伯

且說倪繼祖又聽朱烈女喚轉來，連忙說道：「姐姐還有甚麼吩咐？」朱絳貞道：「一時忙亂，忘了一事。奴有一個信物，是自幼佩戴不離身的。倘若救出我爹爹之時，就將此物交付我爹爹，如同見女兒一般。就說奴誓以貞潔自守，雖死不辱，千萬叫我爹爹不必掛念。」說罷，遞與倪繼祖，又道：「大老爺務要珍重。」倪繼祖接來，就著燈籠一看，不由的失聲道：「嗳喲！這蓮花……」剛說至此，只見倪忠忙跑回來道：「快些走罷！」將手往胳肢窩裏一夾，拉著就走。倪繼祖回頭看來，後門已關，燈火已遠。

且說朱絳貞從花園回來，芳心亂跳，猛然想起，暗暗道：「一不作，二不休。趁此時，我何不到地牢將錦娘也救了，豈不妙哉？」連忙到了地牢。惡賊因這是個女子，不用人看守。朱小姐也是佩了鑰匙，開了牢門，便問錦娘有投靠之處沒有。錦娘道：「我有一姑母離此不遠。」朱絳貞道：「我如今將你放了，你可認得麼？」錦娘道：「我外祖時常帶我往來，奴是認得的。」朱絳貞道：「既如此，你隨我來。」兩個人仍然來至花園後門。錦娘感恩不盡，也就逃命去了。

朱小姐回來靜靜一想，暗說：「不好！我這事鬧的不小。」又轉想：「自己服侍郭氏，他雖然嫉妒，也是水性楊花。倘若他被惡賊哄轉，要討丈夫歡喜，那時我難保不受污辱。哎！人生百歲，終須一死。

何況我爹爹冤枉已有太守搭救，心願已完。莫若白晝了，省得耽驚受怕。但死於何地才好呢？有了！我索性縊死在地牢。他們以為是錦娘懸梁，及至細瞧，卻曉得是我。也叫他們知道是我放的錦娘，由錦娘又可以知道那主僕也是我放的。我這一死，也就有了名了。」主意已定，來到地牢之中，將絹巾解下，拴好套兒，一伸脖頸，覺的香魂縹緲，悠悠蕩蕩，落在一人身上。漸漸甦醒，耳內只聽說道：「似你這毛賊，也敢打悶棍，豈不令人可笑。」

這話說的是誰？朱絳貞如何又在他身上？到底是上了弔了？不知是死了沒死？說的好不明白，其中必有緣故，待我慢慢敘明。

朱絳貞原是自縊來著。只因馬強白晝間在招賢館將錦娘搶來，眾目所觀，早就引動了一人，暗自想道：「看此女美貌非常，惜乎便宜了老馬。不然時，我若得此女，一生快樂，豈不勝似神仙？」後來見錦娘要刺馬強，馬強一怒，將他下在地牢，卻又暗暗歡喜道：「活該這是我的姻緣。我何不如此如此呢？」你道此人是誰？乃是賽方朔方貂。這個人且不問他出身行為，只他這個綽號兒，便知是個不通的了。他不知聽誰說過東方朔❶偷桃，是個神賊，他便起了綽號叫賽方朔。他又何嘗知道複姓東方名朔呢。如果知道，他必將「東」字添上，叫「賽東方朔」。不但念著不受聽，而且拗口❷；莫若是賽方朔罷，管他

❶東方朔：西元前一五四年－前九三年在世。漢平原厭次人，字曼倩。漢武帝時待詔金馬門，官至太中大夫，以奇計俳辭得親近，為武帝弄臣。因以詼諧滑稽著名，後人傳其異聞甚多。方士又附會之為神仙。東方朔善辭賦，答客難較為有名，今失傳。

❷拗口：說的話彆扭，不順口。

通不通，不過是賊罷了。

這方貂因到二更之半，不見馬強出來，他便悄悄離了招賢館，暗暗到了地牢。黑影中正碰在弔死鬼身上，暗說：「不好。」也不管是錦娘不是，他卻右手攬定，聽了聽喉間尚然作響，忙用左手順著身體摸到項下，把巾帕解開，輕輕放在床上。他卻在對面將左手拉住右手，右手拉住左手，往上一揚，把頭一低，自己一翻身，便把女子兩肐膊搭在肩頭上，然後一長身，回手把兩腿一攏往上一顛，把女子背負起來，邁開大步，往後就走。誰知他也是奔花園後門，皆因素來瞧在眼裏的。及至來到門前，卻是雙扇虛掩，暗暗道：「此門如何會開了呢？不要管他，且自走路要緊。」一氣走了三四里之遙，剛然背到夾溝，不想遇見個打悶棍的，只道他背著包袱行李，冷不防就是一棍。方貂早已留神，見棍臨近，一側身把手一揚，奪住悶棍往懷裏一帶，又往外一聳，只見那打悶棍的將手一撒，咕咚一聲栽倒在地，爬起來就跑，因此方貂說道：「似你這毛賊，也敢打悶棍，豈不令人可笑。」可巧朱絳貞就在此時甦醒，聽見此話。

誰知那毛賊正然跑時，只見迎面來了一條大漢攔住，問道：「你是作甚麼的？快講！」真是賊起飛智，他就連忙跪倒，道：「爺爺救命呵！後面有個打悶棍的，搶了小人的包袱去了。」原來此人卻是北俠，一聞此言，便問道：「賊在那裏？」賊說：「賊在後面。」北俠回手抽出七寶鋼刀，迎將上來。

這裏方貂背著朱絳貞往前，正然走著，迎面來了個高大漢子，口中吆喝著：「快將包袱留下！」方貂以為是方才那賊的夥計，便在樹下將身體一蹲，往後一仰，將朱絳貞放下，就舉起那賊的悶棍打來。北俠將刀只一磕，棍已削去半截。方貂道：「好傢伙！」撇了那半截木棍，回手即抽出樸刀，斜刺裏砍來。北俠一順手，只聽噌的一聲，樸刀分為兩段。方貂「哎呀」一聲，不敢戀戰，回身逃命去了。北俠也不追趕。

誰知這賊在旁邊看熱鬧兒，見北俠把那賊戰跑了。他早已看見樹下黑黝黝一堆，他以為是包袱，便道：「多虧爺爺搭救。幸喜他包袱撂在樹下。」北俠道：「既如此，隨我來，你就拿去。」那賊滿心歡喜，剛剛走到跟前，不防包袱活了，連北俠也唬了一跳，連忙問道：「你是甚麼人？」只聽道：「奴家是遇難之人，被歹人背至此處。不想遇見此人，他也是個打悶棍的。」北俠聽了，一伸手將賊人抓住，道：「好賊！你竟敢哄我不成？」賊人央告道：「小人實實出於無奈。家中現有八旬老母，求爺爺饒命。」北俠道：「這女子從何而來？快說！」賊人道：「小人不知，你老問他。」

北俠揪著賊人問女子道：「你因何遇難？」朱絳貞將已往情由述了一遍。「原是自己上弔，不知如何被那人背出。如今無路可投，求老爺搭救搭救。」北俠聽了，心中為難，如何帶著女子黑夜而行呢？猛然省悟道：「有了！何不如此如此。」回頭對賊人道：「你果有老母麼？」賊人道：「小人再不敢撒謊。」北俠道：「你家住在那裏？」賊人道：「離此不遠，不過二里之遙，有一小村，北上坡就是。」北俠道：「我對你說：我放了你，你要依我一件事。」賊人道：「任憑爺爺吩咐。」北俠道：「你將此女背到你家中，我自有道理。」賊人聽了，便不言語。北俠道：「你怎麼不願意？」將手一攏勁。賊人「哎呀」道：「我願意，我願意。我背，我背。」北俠道：「將他好好背起，不許回首。背的好了，我還要賞你。如若不好生背時，難道你這頭顱比方才那人樸刀還結實麼？」賊人道：「爺爺放心，我管保背的好好的。」便背起來。北俠緊緊跟隨，竟奔賊人家中而來。一時來在高坡之上，向前叩門。暫且不表。

再說太守被倪忠夾了胳膊，拉了就走。太守回頭看時，門已關閉，燈光已遠，只得沒命的奔馳。一個懦弱書生，一個年老蒼頭❸，又是黑夜之間，瞧的是忙，腳底下邁步卻不能大。剛走一二里地，倪太守道：「容我歇息歇息。」倪忠道：「老奴也發了喘了。與其歇息，莫若款款而行。」倪太守道：「老人家說的真是。只是這蓮花從何而來？為何到了這女子手內？」倪忠道：「老爺說甚麼蓮花？」倪太守道：「方才那救命姐姐說，他父親有冤枉，恐不憑信。他給了我這一枝白玉蓮花，作為信物。彼時就著燈光一看，合我那枝一樣顏色一樣光潤。我才待要問，就被你夾著胳膊跑了。我心中好生納悶。」倪忠道：「這也沒有甚麼可悶的。物件相同的頗多，且自收好了，再作理會。只是這位小姐搭救我主僕，此乃莫大之恩。而且老奴在燈下看這小姐，生得十分端莊美貌。老爺呀！為人總要知恩報恩。莫要因門楣，辜負了他這番好意。」倪太守聽了此話，歎道：「嗐！你我性命尚且顧不來，還說甚麼門楣不門楣，報恩不報恩呢。」

誰知他主僕絮絮叨叨，奔奔波波，慌不擇路，原是往西北，卻忙忙誤走了正西。忽聽後面人馬聲嘶，猛回頭見一片火光燎亮。倪忠著急道：「不好了！有人追了來了。老爺且自逃生，待老奴迎上前去，以死相拚便了。」說罷，他也不顧太守，一直往東，竟奔火光而來。剛剛的迎了有半里之遙，見火光往西北去了。原來這火光走的是正路，可見他主僕方才走的岔了。

倪忠喘息了喘息，道：「敢則不是追我們的。」何嘗不是追你們的。若是走大路，也追上了。他定了定神，仍然往西，來尋太守。又不好明明呼喚，他也會想法子，口呼：「同人！同人！同人在那裏？

❸ 蒼頭：指以青巾裹頭的士卒或奴僕。

同人在那裏？」只見迎面來了一人，答道：「那個喚同人？」卻也是個老者聲音。倪忠來至切近，道：「我因有個同行之人失散，故此呼喚。」那老者道：「既是同人失散，待我幫你呼喚。」於是也就「同人」「同人」呼喚多時，並無人影。倪忠道：「請問老丈，是往何方去的？」那老者歎道：「嗐！只因我老伴兒有個姪女被人陷害，是我前去探聽並無消息，因此回來晚了。又聽人說前面有夾溝子，有打悶棍的，這怎麼處呢？」倪忠道：「我與同人也是受了顛險的，偏偏的到此失散。如今我這兩腿酸疼，再也不能走了，如何是好？我還沒問老丈貴姓。」那老者道：「小老兒姓王名鳳山。動問老兄貴姓？」倪忠道：「我姓李。偺們找個地方，歇息歇息方好。」鳳山道：「你看那邊有個燈光，偺們且到那裏。」

二人來到高坡之上，向前叩門，只聽裏面有婦人問道：「甚麼人叩門？」外面答道：「我們是遇見打悶棍的了，望乞方便方便。」裏頭答道：「等一等。」不多時門已開放，卻是一個婦人，將二人讓進，仍然把門閉好。來至屋中，卻是三間草屋，兩明一暗。將二人讓到床上坐了。倪忠道：「有熱水討盃喫。」婦人道：「水卻沒有，倒有村醪酒❹。」王鳳山道：「有酒更妙了。求大嫂溫的熱熱的，我們全是受了驚恐的了。」不一時，婦人煖了酒來，拿兩個茶碗斟上。二人端起就喝。每人三口兩氣，就是一碗。還要喝時，只見王鳳山說：「不好了！我為何天旋地轉？」倪忠說：「我也有些頭迷眼昏。」說話時，二人栽倒床上，口內流涎。婦人笑道：「老娘也是服侍你們的！這等受用，還叫老娘溫的熱熱的。你們下床去罷，讓老娘歇息歇息。」說罷，拉拉拽拽，拉下床來。他便坐在床上，暗想道：「好天殺忘八！看他回來如何見我？」他這樣害人的婦人，比那救人的女子真有天淵之別。

❹ 村醪酒：濁酒。指品質不高，鄉村釀造的酒。

婦人正自暗想，忽聽外面叫道：「快開門來！快開門來！」婦人在屋內答道：「你將就著，等等兒罷。來了就是這時候。要忙，早些兒來呀。不要臉的忘八！」北俠在外聽了，問道：「這是你母親麼？」賊人道：「不是。不是。這是小人的女人。」忽又聽婦人來到院內，埋怨道：「這是你出去打槓子呢！好麼，把行路的趕到家裏來。若不虧老娘用藥將他二人迷倒，孩兒呀，明日打不了的官司呢。」北俠外面聽了有氣，道：「明是你母親，怎麼說是你女人呢？」賊人聽了著急，恨道：「快開開門罷！爺爺來了。」

北俠已聽見藥倒二人，就知這婦人也是個不良之輩。開開門時，婦人將燈一照，只見丈夫背了個女子。婦人大怒道：「好呀！你敢則鬧這個兒呢。還說爺爺來了。」剛說到此，忽然瞧見北俠身量高大，手內拿著明晃晃的鋼刀，便不敢言語了。北俠進了門，順手將門關好，叫婦人前面引路。婦人戰戰兢兢引到屋內，早見地下躺著二人。北俠叫賊人將朱絳貞放在床上。只見賊夫賊婦俱各跪下，說道：「只求爺爺開一線之路，饒我二人性命。」北俠道：「我且問你，此二人何藥迷倒？」婦人道：「有解法。只用涼水灌下，立刻甦醒。」北俠道：「既如此，涼水在那裏？」賊人道：「那邊罈子裏就是。」北俠伸手拿過碗來，舀了一碗，遞與賊人道：「快將他二人救醒。」賊人接過去灌了。

北俠見他夫婦俱不是善類，已定了主意，道：「這蒙汗酒只可迷倒他二人，若是我喝了決不能迷倒。不信，你等就對一碗來試試看，如何？」婦人聽了，先自歡喜，連忙取出酒與藥來，加料的合了一碗，溫了個熱。北俠對賊婦說道：「與人方便，自己方便。你等既可藥人，自己也當嘗嘗。」賊人聽了，慌張道：「別人喫了，用涼水解。我們喫了，誰給涼水呢？」北俠道：「不妨事，有我呢。縱然不用涼水，難道藥性走了，便不能甦醒麼？」賊人道：「雖則甦醒，是遲的。須等藥性發散盡了，總不如涼水醒的快。」

正說間，只見地下二人甦醒過來。一個道：「王兄，這酒別有些不妥當罷？」說罷，俱各坐起來揉眼。北俠一眼望去，忙問道：「你不是倪忠麼？」倪忠道：「我正是倪忠。」一回頭看見了賊人，忙問道：「你不是賀豹麼？」賊人道：「我正是賀豹。楊夥計，你因何至此？」王鳳山便問倪忠道：「李兄，你到底姓甚麼？如何又姓楊呢？」北俠聽了，且不追問，立刻催逼他夫婦將藥酒喝了。二人登時迷倒在地。方問倪忠：「太守那裏去了？」倪忠就把誆到霸王莊、被陶宗識破、多虧一個被搶的女子名喚朱絳貞這位小姐搭救他主僕逃生、不想見了火光、只道是有人追來、卻又失散的話，說了一遍。北俠尚未答言，只聽床上的朱絳貞說道：「如此說來，奴是枉用了心機了。」倪忠聽此話，往床上一看，道：「噯喲！小姐如何也到這裏？」朱絳貞便把地牢又釋放了錦娘、自己自縊的話，也說了一遍。王鳳山道：「這錦娘可是翟九成的外孫女麼？」倪忠道：「正是。」王鳳山道：「這錦娘就是小老兒的姪女兒。小老兒方才說打聽遇難之女，正是錦娘。不料已被這位小姐搭救。此恩此德，何以報答！」北俠在旁聽明此事，便道：「為今之計，太守要緊。事不宜遲，我還要上霸王莊去呢。等候天明，務必僱一乘小轎，將朱小姐就送在王老丈家中。倪主管，你須要安置妥協了，即刻趕到本府。那時自有太守的下落。」倪忠與王鳳山一一答應。

北俠又將賀豹夫婦提到裏間屋內。惟恐他們甦醒過來，他二人又要難為倪忠等。那邊有現成的繩子，將他二人捆綁了結實。倪忠等更覺放心。北俠臨別，又諄諄囑咐了一番，竟奔了霸王莊而來。

要知後文如何，且聽下回分解。

第七十五回　倪太守途中重遇難　黑妖狐牢內暗殺奸

且說北俠與倪忠等分別之後，竟奔霸王莊而來。

更表前文。倪太守因見火光，倪忠情願以死相拚，已然迎將上去，自己只得找路逃生。誰知黑暗之中，見有白亮亮一條蚰蜒小路兒，他便順路行去。出了小路，卻正是大路。見道旁地中有一窩棚❶，內有燈光。他卻慌忙奔到跟前，意欲借宿。誰知看窩棚之人不敢存留，道：「我們是有家主，天天要來稽查的。似你夤夜至此，知道是甚麼人呢？你且歇息歇息，另投別處去罷。省得叫我們跟著擔不是。」倪太守無可如何，只得出了窩棚，另尋去處。剛剛才走了幾步，只見那邊一片火光，有許多人直奔前來。倪太守心中一急，不分高低，卻被道埂絆倒，再也掙扎不起來了。此時火光業已臨近，原來正是馬強。

只因惡賊等到三鼓之時，從內出來到了招賢館，意欲請太守過來，只見惡奴慌慌張張走來報道：「空房之中門已開了，那主僕二人竟自不知何處去了。」馬強聞聽，這一驚不小。獨有黑妖狐智化與小諸葛沈仲元暗暗歡喜，卻又納悶，不知何人所為，竟將他二人就放走了。馬強呆了半晌，問道：「似此如之奈何？」其中就有些光棍各逞能為，說道：「大約他主僕二人也逃走不遠，莫若大家騎馬分頭去趕。趕上拿回，再作道理。」馬強聽了，立刻吩咐備馬，一面打著燈籠火把，從家內搜查一番。卻見花園後門

❶ 窩棚：簡陋的小屋。

已開，方知道由內逃走。連忙帶了惡奴光棍等，打著燈籠火把，乘馬追趕，竟奔西北大路去了。追了多時，不見蹤影，只得勒馬回來。不想在道旁土坡之上，有人躺臥。連忙用燈籠一照，惡奴道：「有了，有了！在這裏呢。」伸手輕輕慢慢提在馬強的馬前。馬強問道：「你如何竟敢開了花園後門，私自逃脫了？」倪太守聽了，心中暗想：「若說出朱絳貞來，豈不又害了難女，恩將仇報麼？」只得厲聲答道：「你問我如何脫逃麼？皆因是你家娘子憐我，放了我的。」惡賊聽了，不由的暗暗切齒，罵道：「好個無知賤人！險些兒誤了大事。」吩咐帶到莊上去。眾惡奴擁護而行。

不多時，到了莊中，即將太守下在地牢，吩咐眾惡奴：「你們好好看著，不可再有失誤。不是當耍的。」且不到招賢館去，氣忿忿的一直來到後面，見了郭氏，暴躁如雷的道：「好呀！你這賤人，不管事情輕重，竟敢擅放太守！是何道理？」只見郭氏坐在床上，肘打磕膝，手內拿著耳挖剔著牙兒，連理也不理。半晌，方問道：「甚麼太守？你合我嚷。」馬強道：「就是那斯文秀士與那老蒼頭。」郭氏啐道：「瞎扯臊！滿嘴裏噴屁！方才不是我合你一同喫飯麼，誰又動了一動兒？你見我離了這個窩兒了麼？」馬強聽了，猛然省悟道：「是呀。自初鼓喫飯直到三更，他何嘗出去了呢。」只得回嗔作喜，道：「是我錯怪你了。」回身就走。郭氏道：「你回來。你就這樣胡吹亂嚷的鬧了一陣就走呀，還說點子甚麼？」馬強笑道：「是我暴躁了。等我們商量妥當，回來再給你陪不是。」郭氏道：「你不用合我鬧米湯❷。我且問你，你方才說放了太守，難道他們跑了麼？」馬強拍拍手道：「何嘗不是呢。是我們騎馬四下追尋，好容易，單單的把太守拿回來了。」郭氏聽了冷笑，道：「好嗎！哥哥兒，你提防著官司罷。」

---

❷ 鬧米湯：灌迷湯；拍馬屁。

馬強問道：「甚麼官司？」郭氏道：「你要拿，就該把主僕同拿回來呀。你為甚麼把蒼頭放跑了？他這一去不是上告，就是調兵。那些巡檢❸守備❹千把總❺，聽說太守被偺們拿了來，他們不合偺們要人呀？這個亂子才不小呢。」馬強聽了，急的搓搓手道：「不好，不好！我須合他們商量去。」說罷，竟奔招賢館去了。

郭氏這裏叫朱絳貞拿東西，竟不見了朱絳貞，連所有箱櫃上鑰匙都不見了，方知是朱絳貞把太守放走。他還不知連錦娘都放了。

且說馬強到了招賢館，便將郭氏的話對眾人說了。沈仲元聽了並不答言。智化佯為不理，彷彿驚呆了的樣子。只聽眾光棍道：「兵來將擋。事到頭來，說不得了。莫若將太守殺掉，以滅其口。明日縱有兵來，只說並無此事，只要牙關咬的緊緊的，毫不應承，也是沒有法兒的。太守怎的員外？你老要把這場官司滾出來，那才是一條英雄好漢！即不然，還有我等眾人，齊心努力，將你老救出來。偺們一同上襄陽舉事，豈不妙哉？」馬強聽了，登時豪氣沖空，威風疊起，立刻喚馬勇付與鋼刀一把，前到地牢將太守殺死，把尸骸撂於後園井內。黑妖狐聽了，道：「我幫著馬勇前去。」馬強道：「賢弟若去更好。」

❸ 巡檢：官名。宋時於京師府界東西兩路，各置都同巡檢二人，京城四面巡檢各一人。又於沿邊、沿江、沿海置都巡檢及巡檢，職權頗重。後因設置增多，職權漸小，受所在州縣守令節。清代為縣令的屬官。

❹ 守備：官名。明初建都南京設守備、協同守備各一人，後又稱守一城一堡的叫守備；清代漕運總督轄下各衛分設守備。

❺ 千把總：即千總、把總。官名，明初京軍三大營置把總，嘉靖中增置千總，都由功臣擔任。以後職權日輕，至清成為武職中的下級，位次於守備。

二人離了招賢館，來到地牢。智化見有人看守，對著眾惡奴道：「你們只管歇息去罷。我們奉員外之命來此看守。再有失閃，有我二人一面承管。」眾人聽了，樂得歇息，一鬨而散。馬勇道：「智爺為何叫他們散了？」智化道：「殺太守這是機密事，如何叫眾人知得的呢？」馬勇道：「倒是你老想的到。」進了地牢，智化在前，馬勇在後。智化回身道：「刀來。」馬勇將刀遞過。智化接刀，一順手先將馬勇殺了。回頭對倪太守道：「略等一等，我來救你。」說罷，提了馬勇尸首，來到後園，撂入井內。急忙轉到地牢一看。罷咧！太守不見了。

智化這一急非小，猛然省悟道：「是了。這是沈仲元見我隨了馬勇前來，暗暗猜破，他必救出太守去了。」後又一轉想道：「不好。人心難測，焉知他不又獻功去了？且去看個端的。」即躍身上房，猶如猿猴一般，輕巧非常，來到招賢館房上，偷偷兒看了，並無動靜，而且沈仲元正與馬強說話呢。黑妖狐道：「這太守往那裏去了？且去莊外看看。」抽身離了招賢館。竄身越牆來到莊外，留神細看。卻見有一個影兒，奔入樹林中去了。智化一伏身追入樹林之中，只聽有人叫道：「智賢弟，劣兄在此。」黑妖狐仔細一看，歡喜道：「原來是歐陽兄麼？」北俠道：「正是。」黑妖狐道：「好了，有了幫手了。太守在那裏？」北俠道：「那樹木之下就是。」智化見了。三人計議，於明日二更拿馬強，叫智化作為內應。倪太守道：「多承二位義士搭救。只是學生昨日起直到五更，晝夜辛勤，實實的骨軟筋酥，而且不知道路，這可怎麼好？」

正說時，只聽得嗒嗒馬蹄聲響，來到林前，竄下一個人來，悄悄說道：「師父，弟子將太守馬盜得來在此。」智化聽了，是艾虎的聲音，說道：「你來的正好，快將馬拉過來。」北俠問道：「這小孩子是何人？如何有此本領？」智化道：「是小弟的徒弟，膽量頗好。過來見過歐陽伯父。」艾虎唱了一個喏。北俠道：「你師徒急速回去，省得別人犯疑。我將太守送到衙署便了。」說罷，執手分別。

智化與小爺艾虎回莊，便問艾虎道：「你如何盜了馬來？」艾虎道：「我因暗地裏跟你老到地牢前，見你老把馬勇殺了，就知要救太守。弟子惟恐太守膽怯力軟，逃脫不了，故此偷偷的備了馬來。原打算在樹林等候，不想太守與師父來的這般快。」智化道：「你還不知道呢。太守還是你歐陽伯父救的呢。」艾虎道：「這歐陽伯父，不是師父常提的紫髯伯麼？」智化道：「正是。」艾虎跌足道：「可惜黑暗之中，未能瞧見他老的模樣兒。」智化悄悄道：「你別忙。明晚二更，他還來呢。」艾虎聽了，心下明白，也不往下追問。說話間，已到莊前。智化道：「自尋門路，不要同行。」艾虎道：「我還打那邊進去。」說罷，颼的一聲，上了高牆，一轉眼就不見了。智化暗暗歡喜，也就越牆來到地牢，從新往招賢館而來，說馬勇送尸骸往後花園井內去了。

且說北俠護送倪太守，在路上已將朱絳貞、倪忠遇見了的話說了一遍。一個馬上，一個步下，走個均平。看看天亮，已離府衙不遠，北俠道：「大老爺前面就是貴衙了，我不便前去。」倪繼祖連忙下馬，道：「多承恩公搭救。為何不到敝衙，略申❻酬謝？」北俠道：「我若隨到衙門，恐生別議。大老爺只想著派人，切莫誤了大事。」倪太守道：「定於何地相會？」北俠道：「離霸王莊南二里有個瘟神廟，我在那裏專等。至遲，掌燈總要會齊。」倪太守緊記在心。北俠轉身，就不見了。

太守復又扳鞍上馬，迤邐行來，已到衙前。門上等連忙接了馬匹，引到書房，有書房小童余慶參見。

---

❻ 略申：稍表（謝意）。

倪太守問：「倪忠來了不曾？」余慶稟道：「尚未回來。」伺候太守淨面更衣喫茶時，余慶請示老爺，在那裏擺飯。太守道：「飯略等等。候倪忠回來再喫。」余慶道：「老爺先用些點心，喝點湯兒罷。」倪太守點了點頭。余慶去不多時，捧了大紅漆盒，擺上小菜，極熱的點心，美味的羹湯。太守喫畢，在書房歇息，盼望倪忠，見他不回來，心內有些焦躁。

好容易到了午刻，倪忠方才回來，已知主人先自到署，心中歡喜。及至見面時，雖則別離不久，然而皆從難中脫逃出來，未免彼此傷心，各訴失散之後的情由。倪忠便說：「送朱絳貞到王鳳山家中，誰知錦娘先已到他姑母那裏。娘兒兩個見了朱絳貞，千恩萬謝，就叫朱小姐與錦娘同居一室。王老者有個兒子極其儒雅，那老兒恐他在家不便，卻打發他上縣，一來與翟九成送信，二來就叫他在那裏照應。老奴見諸事安置停當，方才回來。偏偏僱的騾兒又慢，要早到是再不能的，所以來遲，叫老爺懸心。」太守又將與北俠定於今晚捉拿馬強的話也說了。倪忠快樂非常。

此時余慶也不等吩咐，便傳了飯來，安放停當。太守就叫倪忠同桌兒喫飯畢。然後倪忠出來問：「今日該值頭目是誰？」上來二人答道：「差役王愷、張雄。」倪忠道：「隨我來。老爺有話分派。」倪忠帶領二人來到書房。差役跪倒報名。太守吩咐道：「特派你二人帶領二十名捕快，暗藏利刃，不准同行，陸續散走，全在霸王莊南二里之遙，有個瘟神廟那裏聚齊。只等掌燈時，有個碧睛紫髯的大漢來時，你等須要聽他調遣。如有敢違背者，回來我必重責。此係機密之事，不可聲張，倘有洩露，惟你二人是問。」王愷、張雄領命出來，挑選精壯捕快二十名，悄悄的預備了。

且說馬強雖則一時聽了眾光棍之言，把太守殺害，卻不見馬勇回來，暗想道：「他必是殺了太守，心中害怕逃走了，或者失了腳也掉在井裏了。」胡思亂想，總覺不安。惟恐官兵前來捉捕要人，這個亂子實在鬧的不小。未免短歎長吁，提心弔膽。無奈叫家人備了酒席，在招賢館大家聚飲。

眾光棍見馬強無精打彩的，知道為著此事，便把那作光棍闖世路的話頭各各提起：甚麼「生而何歡，死而何懼」咧；又是甚麼「敢作敢當，才是英雄好漢」咧；又是甚麼「砍了腦袋去，不過碗大疤瘌」咧；又是甚麼「受得苦中苦，方為人上人」咧，但是受了刑咬牙不招，方算好的，稱的起人上人。說的馬強漏了氣的乾尿泡似的，那麼一臌一臌的，卻長不起腔兒來。

正說著，只見惡奴前來道：「回員外。……」馬強打了個冷戰。「怎麼，官兵來了？」惡奴道：「不是。南莊頭兒交糧來了。」馬強聽了，將眼一瞪，道：「收了就是了。這也值的大驚小怪！」復又喝酒。「偏偏的今兒事情多。」正在講交情，論過節，猛抬頭見一個惡奴在那邊站著，嘴兒一拱一拱的，意思要說話。馬強道：「你不用說，可是官兵到了不是？」那家人道：「不是。小人才到東莊取銀子回來了。」馬強道：「嗐！好煩呀！交到賬房裏去就結了。」這也犯的上擠眉弄眼的。」這一天似此光景，不一而足。

不知到底如何，且聽下回分解。

第七十六回　割帳絛北俠擒惡霸　對蓮瓣太守定良緣

且說馬強擔了一天驚怕，到了晚間，見毫無動靜，心裏稍覺寬慰，對眾人說道：「今日白等了一天，並沒見有個人來。別是那老蒼頭也死了罷？」眾光棍道：「員外說的是。一個老頭子有多大氣脈，連嚇帶累，準死無疑。你老可放心罷。」眾人只顧奉承惡賊歡喜，也不想想朝廷家平空的丟了一個太守，也就不聞不問，焉有是理。其中獨有兩個人明白：一個是黑妖狐智化，心內早知就裏，卻不言語；一個是小諸葛沈仲元，瞧著事情不妥，說肚腹不調，在一邊躲了。剩下些渾蟲糊塗漿子渾喫渾喝，不說理，順著馬強的竿兒往上爬，一味的抱粗腿，說的惡賊一天愁悶都拋於九霄雲外，端起大盃來，哈哈大笑。左一巡，右一盞，不覺醺醺，便起身往後邊去了。見了郭氏，未免訕訕的沒說強說，沒笑強笑，哄的郭氏臉上下不來，只得也說些安慰的話兒，又提撥著叫他寄信與叔父馬朝賢暗裏照應。馬強更覺歡喜，喝茶談話。不多時已交二鼓，馬強將大衫脫去，郭氏也把簪環卸了，脫去裙衫。二人剛要進帳安歇，忽見軟簾喫的一響，進來一人，光閃閃碧睛暴露，冷森森寶刀生輝。惡賊一見骨軟筋酥，雙膝跪倒，口中哀求：「爺爺饒命！」北俠道：「不許高聲。」惡賊便不敢言語。北俠將帳子上絲絛割下來，將他夫婦捆了，用衣襟塞口。回身出了臥室，來到花園，將雙手「拍」「拍」「拍」一陣亂拍。見王愷、張雄帶了捕快俱各出來。

他等眾人都是在瘟神廟會齊，見了北俠。北俠引著王愷、張雄，認了花園後門，叫他們一更之後俱在花園藏躲，聽拍掌為號。一個個雄糾糾，氣昂昂，跟了北俠來到臥室。北俠吩咐道：「你等好生看守凶犯。待我退了眾賊，偺們方好走路。」

說話間，只聽前面一片人聲鼎沸。原來有個丫鬟從牕下經過，見屋內毫無聲響，撕破牕紙一看，見馬強、郭氏俱各捆綁在地，只嚇的膽裂魂飛，忙忙的告訴了眾丫鬟。方叫主管姚成到招賢館請眾寇。神手大聖鄧車、病太歲張華聽了，帶領眾光棍，各持兵刃，打著亮子，跟隨姚成往後面而來。

此時北俠在儀門那裏持定寶刀，專等退賊。眾人見了，誰也不敢向前。這個說：「好大身量！」那個說：「瞧那刀有多亮，必是鋒快。」這個叫：「賢弟，我一個兒不是他的對手。你幫幫哥哥一把兒。」那個喚：「仁兄，你在前面虛招架，我繞到後面給他個冷不防。」鄧車道：「你等不要如此，待我來。」伸手向彈囊中掏出彈子，扣上絃，拽開鐵靶弓。北俠早已看見，把刀扁著。只見發一彈來，北俠用刀往回裏一磕。只聽噹啷一聲，那邊眾賊之中有個就哎喲了一聲道：「打了我了！」鄧車連發，北俠連磕。此次非鄧家堡可比，那是黑暗之中，這是燈光之下，北俠看的尤其真切。左一刀，右一刀，接連磕下彈子，也有打在眾賊身上的，也有磕丟了的。

病太歲張華以為北俠一人可以欺負，他從旁邊過去，嗖的就是一刀。北俠早已提防，見刀臨近，用刀往對面一削，噌的一聲，張華的刀飛起去半截。可巧落在一個賊人頭上，外號兒叫做鐵頭渾子徐勇。這一下子把小子戳了一個窟窿。眾賊見了，亂嚷道：「了不得了！祭❶起飛刀來了。這可不是頑的呀！我可了不了！不是他的對手，趁早兒躲開罷，別叫他做了活。」七言八語，只顧亂嚷，誰肯上前。鬨的

❶ 祭：這裏指施放法寶。

一聲，俱各跑回招賢館，就把門牕戶壁關了個結實，連個大氣兒也不敢出。要咳嗽，俱用袖子握著嘴，嗓子裏撇著。不敢點燈，全在黑影兒裏坐著。

此時黑妖狐智化已叫艾虎將行李收拾妥當了，師徒兩個暗地裏瞭高，瞧到熱鬧之處，不由暗暗叫好。艾虎見北俠用寶刀磕那彈子，迅速之極，只樂得他抓耳撓腮，暗暗誇道：「好本事！好目力！」後來見寶刀削了張華的利刃，又樂的他手舞腳蹈，險些兒沒從房上掉下來。多虧智化將他揪住了。見眾人一鬨而散，他師徒方從房上躍下，與北俠見了，問馬強如何。北俠道：「已將他夫妻拿獲。」智爺道：「郭氏無甚大罪，可以免其到府，單拿惡賊去就是了。」北俠道：「吾弟所論甚是。」即吩咐王愷、張雄等單將馬強押解到府。智化又找著姚成叫他備快馬一匹，與員外乘坐。姚成不敢違拗，急忙備來。艾虎背上行李，跟定智化、歐陽春一同出莊，彷彿護送員外一般。

此時天已五鼓，離府尚有二十五六里之遙。北俠見艾虎甚是伶俐，且少年一團英氣，一路上與他說話，他又乖滑❷的很，把個北俠愛的個了不得。而且艾虎說他無父無母，孤苦之極，幸虧拜了師父，蒙他老人家疼愛，方學習了些武術，這也是小孩的造化。北俠聽了此話，更覺可憐他。回頭便對智爺道：「令徒很好，劣兄甚是愛惜。我意欲將他認為義子螟蛉❸，賢弟以為何如？」智化尚未答言，只見艾虎撲翻身拜倒道：「艾虎原有此意。如今伯父既有此心，這更是孩兒的造化了。爹爹就請上，受孩兒一拜。」

❷ 乖滑：乖巧機靈。

❸ 螟蛉：養子的代稱。語出詩小雅小宛：「螟蛉有子，蜾蠃負之。」即蜾蠃常捕螟蛉餵它的幼蟲，古人誤認為蜾蠃養螟蛉為子。故後人將「螟蛉」、「螟蛉子」作為養子的代稱。

說罷，連連叩首在地。北俠道：「就是認為父子，也不是這等草率的。」艾虎道：「甚麼草率不草率，只要心真意真，比那虛文套禮強多了。」說的北俠、智爺二人都樂了。艾虎爬起來，快樂非常。智化道：「只顧你磕頭認父，如今被他們落遠了，快些趕上要緊。」艾虎道：「這值甚麼呢。」只見他一伏身，「突」「突」「突」「突」，登時不見了。北俠、智化又是歡喜，又是讚美，二人也就往前趲步。

看看天色將曉，馬強背剪在馬上，塞著口，又不能言語，心中暗暗打算：「所做之事，俱是犯款的情由，說不得只好捨去性命，咬定牙根，全給他不應，那時也不能把我怎樣。」急的眼似鑾鈴，左觀右看。就見智化跟隨在後，還有艾虎隨來，肩頭背定包裹。馬強心內歎道：「招賢館許多賓朋，如今事到臨頭，一個個畏首畏尾，全不想念交情，只有智賢弟一人相送。可見知己朋友是難得的。可憐艾虎小孩子天真爛漫，他也跟了來，還背著包袱，想是我應換的衣服。若能彀回去，倒要多疼他一番。」他那裏知道他師徒另存一番心呢。

北俠見離府衙不遠，便與智爺、艾虎煞住腳步。北俠道：「賢弟，你師徒意欲何往？」智爺道：「我等要上松江府茉花村去。」北俠道：「見了丁氏昆仲，務必代劣兄致意。」智爺道：「歐陽兄何不一同前往呢？」北俠道：「剛從那裏來的不久，原為到杭州遊玩一番。誰知遇見此事。今已將惡人拿獲，尚有招賢館的餘黨，恐其滋事。劣兄只得在此耽延幾時，等結案無事，我還要在此處遊覽一回，也不負我跋涉之勞。後會有期，請了。」智化也執手告別。艾虎從新又與北俠行禮叩別，戀戀不捨，幾乎落下淚來。北俠從此就在杭州。

再言招賢館的眾寇聽了些時，毫無動靜，方敢掌燈，彼此查看，獨不見了智化，又呼館童艾虎，也不見了。大家暗暗商量。就有出主意：「莫若上襄陽王趙爵那裏去。」又有說：「上襄陽去缺少盤川，如何是好？」又有說：「向郭氏嫂嫂借貸去。」又有說：「他丈夫被人拿去，還肯借給偺們盤川，叫奔別處去的麼？」又有說：「依我，偺們如此如此，搶上前去。」眾人聽了俱各歡喜，一個個登時抖起威風，出了招賢館，到了儀門，吶一聲喊道：「我等乃北俠帶領在官人役，因馬強陷害平民，刻薄成家，理無久享，先搶了他的家私，以洩眾恨。」說到「搶」字，一擁齊入。

此時郭氏多虧了丫鬟們鬆了綁縛，哭彀多時，剛入帳內安歇。忽聽此言，那裏還敢出聲，只用被蒙頭，亂抖在一處。過一會兒不聽見聲響，方敢探出頭來一看。好苦！箱櫃拋翻在地。自己慢慢起來，因床下有兩個丫鬟藏躲，將他二人喚出，戰戰兢兢，方將僕婦婆子尋來。到了天明，仔細查看，所丟的全是金銀簪環首飾衣服等物，別樣一概沒動。立刻喚進姚成。那知姚成從半夜裏逃在外邊巡風❹，見沒甚麼動靜，等到天亮方敢出頭，仍然溜進來。恰巧喚他，他便見了郭氏，商議寫了失單，並聲明賊寇自稱北俠，帶領官役，明火執杖。姚成急急報呈縣內。郭氏暗想丈夫事體吉少凶多，須早早稟知叔父馬朝賢，商議個主意，便細細寫了書信一封，連被搶一節並失單，俱各封妥，就派姚成連夜赴京去了。

且說王愷、張雄將馬強解到，倪太守立刻升堂，先追問翟九成、朱煥章兩案。惡賊皆言他二人欠債不還，自己情願以女為質，並無搶掠之事。又問他：「為何將本府誆到家中，下在地牢？講！」馬強道：「大老爺乃四品黃堂，如何能到小人莊內？既是大老爺被小民誆去，又說下在地牢，如何今日大老爺仍在公堂問事呢？似此以大壓小的問法，小人實實喫罪不起。」倪太守大怒，吩咐打這惡賊。一邊掌了二

❹ 巡風：在外來回偵察。

十嘴巴，鮮血直流。問他不招，又吩咐拉下去，打了四十大板。他是橫了心，再也不招。又調翟九成、朱煥章到案，與馬強當面對質。這惡賊一口咬定是他等自願以女為質，並無搶掠的情節。

正在審問之間，忽見縣裏詳文呈報馬強家中被劫，乃北俠帶領差役明火執杖，搶去各物，現有原遞失單呈閱。太守看了，心中納悶：「我看義士歐陽春，決不至於如此。其中或有別項情弊。」吩咐暫將馬強收監，翟九成回家聽傳，原案朱煥章留在衙中，叫倪忠傳喚王愷、張雄問話。不多時，二人來到書房。太守問道：「你等如何拿的馬強？」他二人便從頭至尾，述說一遍。太守又問道：「他那屋內物件，你等可曾混動？」王愷、張雄道：「小人們當差多年，是知規矩的。他那裏一草一木，小人們是斷不敢動的。」太守道：「你等固然不能，惟恐跟去之人有些不妥。」王、張二人道：「大老爺只管放心。就是跟隨小人們當差之人，俱是小人們訓練出來的。但凡有點毛手毛腳❺的，小人決不用他。」太守點頭道：「只因馬強家內失盜，如今縣內呈報前來。你二人暗暗訪查，回來稟我知道。」王、張領命去了。

太守又叫倪忠請朱先生。不多時，朱煥章來到書房，太守以賓客相待，先謝了朱絳貞救命之恩，然後把那枝玉蓮花拿出。朱煥章見了，不由的淚流滿面。太守將朱絳貞誓以貞潔自守的話說了，朱煥章更覺傷心。太守又將朱絳貞脫離了仇家，現在王鳳山家中居住的話說了一回，朱煥章反悲為喜。太守便慢慢問那玉蓮花的來由。朱煥章道：「此事已有二十多年。當初在儀徵居住之時，舍間後門便臨著揚子江的江岔。一日見漂來一男子死屍，約有三旬年紀，是我心中不忍，惟恐暴露，因此備了棺木，打撈上來。臨殯葬時，學生給他整理衣服，見他胸前有玉蓮花一枝。心中一想，何不將此物留下，以為將來認屍之

❺ 毛手毛腳：指有偷竊行為。

證。因此解下交付賤荊❻收藏。後來小女見了愛惜不已，隨身佩帶，如同至寶。太尊何故問此？」倪太守聽了，已然落下淚來。朱煥章不解其意。只見倪忠上前道：「老爺何不將那枝對對，看是如何？」太守一邊哭，一邊將裏衣解開，把那枝玉蓮花拿出。兩枝合來，恰恰成為一朵，而且精潤光華，一絲也是不差。太守再也忍耐不住，手捧蓮花，放聲大哭。朱煥章到底不解是何緣故。倪忠將玉蓮花的原委，略說梗概。朱先生方才明白，連忙勸慰太守道：「此乃珠還璧返，大喜之兆。且無心中又得了先大人的歸結下落，雖則可悲，其實可喜。」太守聞言，才止悲痛，復又深深謝了。就留下朱先生在衙內居住。

倪忠暗暗一力攛掇，說：「朱小姐有救命之恩，而且又有玉蓮花為媒，真是千里婚姻一線牽定。」太守亦甚願意。因此倪忠就託王鳳山為冰人❼，向朱先生說了。朱公樂從，慨然允許。王鳳山又託了倪忠，向翟九成說合錦娘與兒子聯姻，親上作親。翟九成亦欣然應允，霎時間都成了親眷，更覺親熱。

太守又打點行裝，派倪忠接取家眷，把玉蓮花一對交老僕好好收藏，到白衣菴見了娘親，就言二事已齊備，專等母親到任所，即便還葬父親靈柩，拿獲仇家報仇雪恨。候諸事已畢，再與絳貞完姻。

未知後文如何，且聽下回分解。

❻ 賤荊：舊時自稱其妻。

❼ 冰人：即媒人。

第七十七回 倪太守解任赴京師 白護衛喬妝逢俠客

且說倪忠接取家眷去後，又生出無限風波，險些兒叫太守含冤。

你道如何？只因由京發下一套文書，言有馬強家人姚成進京上告太守倪繼祖私行出遊，詐害良民，結連大盜，明火執杖。今奉旨：「馬強提解來京，交大理寺嚴訊；太守倪繼祖暫行解任，一同來京，歸案備質。」倪太守遵奉來文，將印信事件交代委署官員，即派差役押解馬強赴京。倪太守將眾人遞的狀子案卷俱各帶好，止於派長班二人跟隨來京。

一日來到京中，也不到開封府，因包公有師生之誼，理應迴避，就在大理寺報到。文老大人見此案人證到齊，便帶馬強過了一堂。馬強已得馬朝賢之信，上堂時一味口刁，說太守不理民情，殘害百姓，又結連大盜黌夜打搶，現有失單報縣尚未弋獲❶。文大人將馬強帶在一邊，又問倪太守此案的端倪原委。倪太守一一將前事說明：如何接狀，如何私訪被拿兩次，多虧難女朱絳貞、義士歐陽春搭救，又如何捉拿馬強惡賊，他家有招賢館窩藏眾寇，至五更將馬強拿獲立刻解到，如何升堂審訊，惡賊狡賴不應。「如今他暗暗使家人赴京呈控，望乞大人明鑒詳查，卑府不勝感幸。」文彥博聽了，說：「請太守且自歇息。」倪太守退下堂來。老大人又將眾人冤呈看了一番，立刻又叫帶馬強。逐件問去，皆有強辭狡賴。文大人

❶ 弋獲：古代官府文告稱緝獲在逃罪犯常用「弋獲」字樣。弋獲原意為射而得禽。

暗暗道：「這廝明仗著總管馬朝賢與他作主，才橫了心不肯招承。惟有北俠打劫一事，真假難辨。須叫此人到案作個硬證❷，這廝方能服輸。」吩咐將馬強帶去收禁。又叫人請太守，細細問道：「這北俠又是何人？」太守道：「北俠歐陽春，因他行俠尚義，人皆稱他為北俠，就猶如展護衛有南俠之稱一樣。」文彥博道：「如此說來，這北俠決非打劫大盜可比。此案若結，須此人到案方妥。他現在那裏？」倪繼祖道：「大約還在杭州。」文彥博道：「既如此，我明日先將大概情形覆奏，看聖意如何。」就叫人將太守帶到獄神廟好好看待。

次日，文大人遞摺之後，聖旨即下，欽派四品帶刀護衛白玉堂訪拿歐陽春，解京歸案審訊。錦毛鼠參見包公。包公吩咐了許多言語，白玉堂一一領命。辭別出來，到了公所，大家與玉堂餞行。飲酒之間，四爺蔣平道：「五弟此一去見了北俠，意欲如何？」白玉堂道：「小弟奉旨拿人，見了北俠，自然是秉公辦理，焉敢徇情。」蔣平道：「遵奉欽命，理之當然。但北俠乃尚義之人，五弟若見了他，公然以欽命自居，惟恐歐陽春不受欺侮，反倒費了周折。」白玉堂聽了，有些不耐煩，沒奈何問道：「依四哥怎麼樣呢？」蔣爺道：「依劣兄的主意，五弟到了杭州，見署事的太守，將奉旨拿人的情節與他說了，卻叫他出張告示，將此事前後敘明，後面就提五弟，雖則是奉旨，然因道義相通，不肯拿解，特來訪請。北俠若果在杭州，見了告示，他必自己投到。五弟見了他，以情理相感，他必安安穩穩隨你來京，決不費事。若非如此，惟恐北俠不肯來京，倒費事了。」五爺聽了，暗笑蔣爺軟弱，嘴裏卻說道：「承四哥指教，小弟遵命。」飲酒已畢，叫伴當白福備了馬匹，拴好行李，告別眾人。盧方又諄諄囑咐：「路上

❷ 硬證：直接證據。硬，勁直有力。

小心。到了杭州，就按你四哥主意辦理。」五爺只得答應。展爺與王、馬、張、趙等俱各送出府門。白五爺執手道：「請。」慢慢步履而行。出了城門，主僕二人扳鞍上馬，竟奔杭州而來。在路行程，無非「曉行夜宿，渴飲饑飡」八個大字。沿途無事可記。

這一日來到杭州，租了寓所，也不投文，也不見官，止於報到，一來奉旨；二來相諭要訪拿欽犯，不准聲張。每日叫伴當出去暗暗訪查，一連三四日不見消息。只得自己喬妝改扮了一位斯文秀才模樣，頭戴方巾，身穿花氅，足下登一雙厚底大紅朱履，手中輕搖泥金摺扇，搖搖擺擺，出了店門。

時值殘春，剛交初夏，但見農人耕於綠野，遊客步於紅橋，又見往來之人不斷。仔細打聽，原來離此二三里之遙，新開一座茶社，名曰玉蘭坊，此坊乃是官宦的花園，亭榭橋梁，花草樹木，頗可玩賞。白五爺聽了，暗隨眾人前往。到了那裏，果然景致可觀。有個亭子，上面設著座位，四面點綴些巉岩怪石，又有新篁❸圍繞。白玉堂到此，心曠神怡，便在亭子上泡了一壺茶，慢慢消飲。意欲喝點茶再沽酒，忽聽竹叢中淅瀝有聲。出了亭子一看，霎時天陰，淋淋下起雨來。因有綠樹撐空，陰晴難辨。白五爺以為在上面亭子內對對此景致，頗可賞雨。誰知越下越大，遊人俱已散盡，天色已晚。自己一想離店尚有二三里，又無雨具，倘然再大起來，地下泥濘，未免難行，莫若冒雨回去為是。急急會鈔下亭，過了板橋，用大袖將頭巾一遮，順著柳樹行子冒雨急行。猛見紅牆一段，卻是整齊的廟宇。忙到山門下避雨，見匾額上題著「慧海妙蓮菴」。低頭一看，朱履已然踏的泥汙，只得脫下。才要收拾，只見有個小童手內托著筆硯，只呼「相公相公」，往東去了。忽然見廟的角門開放，有一年少的尼姑悄悄答道：「你家相公在這裏。」

❸ 新篁：即新竹。

白五爺一見心中納悶。誰知小童往東，只顧呼喚相公，並沒聽見。這幼尼見他去了，就關上角門進去。

五爺見此光景，暗暗忖道：「他家相公在他廟內，又何必悄悄喚那小童呢？其中必有暗昧。待我來。」站起身來，將朱履後跟一倒，他拉腳兒穿上，來到東角門，敲戶道：「裏面有人麼？我乃行路之人，因遇雨天晚，道路難行，欲借寶菴避雨，務乞方便。」只聽裏面答道：「我們這廟乃尼菴，天晚不便容留男客，請往別處去罷。」說完，也不言語，連門也不開放。白玉堂聽了，暗道：「好呀！他廟內現有相公，難道不是男客麼？既可容得他，如何不容我呢？這其中必有緣故了。我倒要進去看看。」轉身來到山門，索性把一雙朱履脫下，光著襪底，用手一摟衣襟，飛身上牆，輕輕跳將下去。在黑影中細細留神，見有個道姑，一手托定方盤，裏面熱騰騰的菜蔬，一手提定酒壺，進了角門。有一段粉油的板牆也是隨牆的板門，輕輕進去。白玉堂也就暗暗隨來，挨身而入。見屋內燈光閃閃，影射幽牕。五爺卻暗暗立於牕外。

只聽屋內女音道：「天已不早，相公多少用些酒飯，少時也好安歇。」又聽男子道：「甚的酒飯！甚的安歇！你們到底是何居心？將我拉進廟來，又不放我出去，成個甚麼規矩，像個甚麼體統！還不與我站遠些。」又聽女音說道：「相公不要固執。難得今日『油然作雲，沛然下雨』❹。上天尚有雲行雨施，難道相公倒忘了雲情雨意麼？」男子道：「你既知『油然作雲，沛然下雨』，為何忘了『男女授受不親』呢？我對你說，『讀書人持躬如圭璧』，又道『心正而後身修』。似這無行之事，我是『大旱之雲霓』，想降時雨是不能的。」白五爺牕外聽了，暗笑：「此公也是書癡，遇見這等人還合他講甚麼書，論甚麼文呢？」又聽一個女尼道：「雲霓也罷，時雨也罷，且請喫這杯酒。」男子道：「唔呀！你要怎麼樣？」

❹油然作雲二句：語出孟子梁惠王上：「天油然作雲，沛然下雨。」這裏指雲雨之事。本意為雲濃而雨。

只聽噹啷一聲，酒杯落地，砸了。尼姑嗔道：「我好意敬你酒，你為何不識抬舉？你休要咬文嚼字的。實告訴你說，想走不能！不信，給你個對證看。現在我們後面，還有一個臥病在床的，那不是榜樣麼？」男子聽了，著急道：「如此說來，你們這裏是要害人的。吾要嚷了呢！」尼姑道：「你要嚷，只要有人聽的見。」男子便喊道：「了不得了！他們這裏要害人呢。救人呀，救人！」

白玉堂趁著喊叫，連忙闖入，一掀軟簾，道：「兄臺為何如此喉急❺？想是他們奇貨自居，物抬高價了。」把兩個女尼嚇了一跳。那人道：「兄臺請坐。他們這裏不正經，了……了不得的。」白五爺道：「這有何妨。人生及時行樂，也是快事。他二人如此多情，兄臺何如此之拘泥？請問尊姓。」那人道：「小弟姓湯名夢蘭，乃揚州青葉村人氏，只因探親來到這裏，就在前村居住。可巧今日無事，要到玉蘭坊閒步閒步。恐有題詠，一時忘記了筆硯，因此叫小童回莊去取。不想落下雨來，正在躊躇。承他一番好意，讓我廟中避雨。我還不肯，他們便再三拉我到這裏，不放我動身，甚的雲咧雨咧，說了許多的混話。」白玉堂道：「這就是吾兄之過了。」湯生道：「如何是我之過？」白玉堂道：「你我讀書人，待人接物，理宜從權達變，不過隨遇而安，行雲流水。過猶不及，其病一也。兄臺豈不失於中道❻乎？」湯生搖頭道：「否，否。吾甯失於中道；似這樣隨遇而安，我是斷斷乎不能為也！請問足下安乎？」白玉堂道：「安。」湯生嗔怒道：「汝安，則為之。我雖死不能相從。」白玉堂暗暗讚道：「我再三以言試探，看他頗頗正氣，須當搭救此人。」

❺ 喉急：著急。

❻ 中道：無過無不及，中庸之道。

誰知尼姑見玉堂比湯生強多了，又見責備湯生，以為玉堂是個慣家❼，登時就把柔情都移在玉堂身上。他也不想想玉堂從何處進來的，可見邪念迷心，竟忘其所以。白玉堂再看那兩個尼姑，一個有三旬，一個不過二旬上下，皆有幾分姿色。只見那三旬的連忙執壺，滿斟了一盃，笑容可掬，捧至白五爺跟前，道：「多情的相公，請喫這杯合歡酒。」玉堂並不推辭，接過來一飲而盡，卻哈哈大笑。那二旬的見了，也斟一盃近前，道：「相公喝了我師兄的，也得喝我的。」白玉堂也便在他手中喝了。湯生一旁看了，道：「豈有此理呀，豈有此理！」

二尼一邊一個伺候玉堂。玉堂問他二人，卻叫何名。三旬的說：「我叫明心。」二旬的說：「我叫慧性。」玉堂道：「明心明心，心不明則迷；慧性慧性，性不慧則昏。你二人迷迷昏昏，何時是了？」說著話，將二尼每人握住一手，卻問湯生道：「湯兄，我批的是與不是？」湯生見白五爺合二尼拉手，已氣的低了頭，正在煩惱。如今聽玉堂一問，便道：「誰呀？呀！你還來問我。我看你也是心迷智昏了。這還了得。放肆！豈有呀，豈有此……」話未說完，只見兩個尼姑口吐悲聲，道：「嗳喲！喲！疼死我也。放手，放手！禁不起了。」只聽白玉堂一聲斷喝道：「我把你這兩個淫尼！無端引誘人家子弟，殘害好人，該當何罪！你等害了幾條性命？還有幾個淫尼？快快講來。」二尼跪倒，央告道：「菴中就是我師兄弟兩個，還有兩個道婆，一個小徒。小尼等實實不敢害人性命。就是後面的周生，也是他自己不好，以致得了弱症。若都似湯相公這等正直，又焉敢相犯，望乞老爺饒恕。」

湯生先前以為玉堂是那風流尷尬之人，毫不介意。如今見他如此，方知他也是個正人君子，連忙斂

❼ 慣家：熟手。

容❽起敬。又見二尼哀聲不止，疼的兩淚交流，湯生一見，心中不忍，卻又替他討饒。白玉堂道：「似這等的賊尼，理應治死。」湯生道：「『惻隱之心，人皆有之』❾。請放手罷。」玉堂暗道：「此公孟子真熟，開口不離書。」便道：「明日務要問明周生家住那裏，現有何人，急急給他家中送信，叫他速速回去，我便饒你。」二尼道：「情願，情願。再也不敢阻留了。老爺快些放手，小尼的骨節都碎了。」五爺道：「便宜了你等。後日俺再來打聽，如不送回，俺必將你等送官究辦。」說罷，一鬆手，兩個尼姑扎煞兩隻手，猶如卸了拶子的一般，踉踉蹌蹌，跑到後面藏躲去了。湯生又從新給玉堂作揖，二人復又坐下攀話。

忽見軟簾一動，進來一條大漢，後面跟著一個小童，小童手內托著一雙朱履。大漢對小童道：「那個是你家相公？」小童對著湯生道：「相公為何來至此處？叫我好找。若非遇見這位老爺，我如何進得來呢。」大漢道：「既認著了，你主僕快些回去罷。」小童道：「相公穿上鞋走罷。」湯生一抬腿道：「我這裏穿著鞋呢。」小童道：「這雙鞋是那裏來的呢？怎麼合相公腳上穿著的那雙一樣呢？」白玉堂道：「不用猶疑，那雙鞋是我的。不信，你看。」說畢，將腳一抬，果然光著襪底兒呢。小童只得將鞋放下。湯生告別，主僕去了。

未知大漢是誰，且聽下回分解。

---

❽ 斂容：端正容貌，表示肅敬。

❾ 惻隱之心二句：同情心人人都有。孟子公孫丑上：「皆有怵惕惻隱之心。」朱熹集注：「惻，傷之切也；隱，痛之深也。」

第七十八回　紫髯伯藝高服五鼠　白玉堂氣短拜雙俠

且說白玉堂見湯生主僕已然出廟去了，對那大漢執手道：「尊兄請了。」大漢道：「請了。請問尊兄貴姓？」白玉堂道：「不敢。小弟姓白，名玉堂。」大漢道：「嗳喲！莫非是大鬧東京的錦毛鼠白五弟麼？」玉堂道：「小弟綽號錦毛鼠。不知兄臺尊姓。」大漢道：「劣兄複姓歐陽名春。」白玉堂登時雙睛一瞪，看了多時，方問道：「如此說來，人稱北俠號為紫髯伯的就是足下了。請問到此何事？」北俠道：「只因路過此廟，見那小童啼哭，問明，方知他相公不見了；因此我悄悄進來一看，原來五弟在這裏竊聽，我也聽了多時。後來五弟進了屋子，劣兄就在五弟站的那裏，又聽五弟發落兩個賊尼。劣兄方回身，開了廟門，將小童領進，使他主僕相認。」玉堂聽了，暗道：「他也聽了多時，我如何不知道呢？再者我原為訪他而來，如今既見了他，焉肯放過。須要離了此廟，再行拿他不遲。」想罷，答言：「原來如此。此處也不便說話，何不到我下處一敘？」北俠道：「很好。正要領教。」

二人出了板牆院，來到角門。白玉堂暗使促狹❶，假作遜讓，托著北俠的肘後，口內道：「請了。」用力往上一托，以為能將北俠搡❷出。誰知猶如蜻蜓撼石柱一般，再也不動分毫。北俠卻未介意，轉一

❶ 促狹：亦作「促掐」、「促搯」。刁鑽刻薄。

❷ 搡：用力推。

回手，也托著玉堂肘後，道：「五弟請。」白玉堂不因不由，就隨著手兒出來了，暗暗道：「果然力量不小。」

二人離了「慧海妙蓮菴」。此時雨過天晴，月明如洗，星光朗朗，時有初鼓之半。北俠問道：「五弟到杭州何事？」玉堂道：「特為足下而來。」北俠便住步問道：「為劣兄何事？」白玉堂就將倪太守與馬強在大理寺審訊、供出北俠之事說了一遍，說：「是我奉旨前來，訪拿足下。」北俠聽玉堂這樣口氣，心中好生不樂，道：「如此說來，白五老爺是欽命了。歐陽春妄自高攀，多多有罪。請問欽命老爺，歐陽春當如何進京？望乞明白指示。」北俠這一問，原是試探白爺懂交情不懂交情。白玉堂若從此拉回來，說些交情話，兩下裏合而為一，商量商量，也就完事了。不想白玉堂心高氣傲，又是奉旨，又是相諭，多大的威風，多大的膽量。本來又仗著自己的武藝。他便目中無人，答道：「此乃奉旨之事，既然今日邂逅相逢，只好屈尊足下，隨著白某赴京便了。何用多言。」歐陽春微微冷笑道：「紫髯伯乃堂堂男子，就是這等隨你去，未免貽笑於人。尊駕還要三思。」北俠這個話雖是有氣，還是耐著性兒，提撥白玉堂的意思。誰知五爺不辨輕重，反倒氣往上沖，說道：「大約合你好說，你決不肯隨俺前去。必須較量個上下。那時被擒獲，休怪俺不留情分了。」北俠聽畢，也就按捺不住，連連說道：「好，好，好！正要領教，領教。」

白玉堂急將花氅脫卻，摘了儒巾，脫下朱履，仍然光著襪底兒，搶到上首，拉開架式。北俠從容不迫，也不趕步，也不退步，卻將四肢略為騰挪，只是招架而已。白五爺抖擻精神，左一拳，右一腳，一步緊如一步。北俠暗道：「我儘力讓他，他儘力的逼勒❸，說不得叫他知道知道。」只見玉堂拉了個回馬勢，北俠故意的跟了一步。白爺見北俠來的切近，回身劈面就是一掌。北俠將身一側，只用二指看準脇下輕輕的一點。白玉堂倒抽了一口氣，登時經絡閉塞，呼吸不通，手兒揚著落不下來，腿兒邁著抽不回去，腰兒哈著挺不起身軀，嘴兒張著說不出話語，猶如木雕泥塑一般，眼前金星亂滾，耳內蟬鳴，不由的心中一陣惡心迷亂，實實難受得很。那二尼禁不住白玉堂兩手，白玉堂禁不住歐陽春兩指。這比的雖是貶玉堂，然而玉堂與北俠的本領究有上下之分。

北俠惟恐工夫大了，必要受傷，就在後心陡然擊了一掌。白玉堂經此一震，方轉過這口氣來。北俠道：「恕劣兄莽撞，五弟休要見怪。」白玉堂一語不發，光著襪底，呱咭呱咭，竟自揚長而去。

白玉堂來到寓所，他卻不走前門，悄悄越牆而入，來到屋中。白福見此光景，不知為著何事，連忙遞過一杯茶來。五爺道：「你去給我烹一碗新茶來。」他將白福支開，把軟簾放下，進了裏間，暗暗道：「罷了，罷了！俺白玉堂有何面目回轉東京？悔不聽我四哥之言！」說罷，從腰間解下絲縧，登著椅子，就在橫楣之上，拴了個套兒。剛要脖項一伸，見結的扣兒已開，絲縧落下；復又結好，依然又開。如是者三次。暗道：「哼！這是何故？莫非我白玉堂不當死於此地？」話尚未完，只覺後面一人手拍肩頭，道：「五弟，你太想不開了。」只這一句，倒把白爺嚇了一跳。忙回身一看，見是北俠，手中托定花氅，卻是平平正正，上面放著一雙朱履，惟恐泥汙沾了衣服，又是底兒朝上。玉堂見了，羞的面紅過耳，又自忖道：「他何時進來，我竟不知不覺。可見此人藝業比我高了。」也不言語，便存身坐在椅櫈之上。

原來北俠算計玉堂少年氣傲，回來必行短見，他就在後跟下來了。及至玉堂進了屋子，他卻在牕外

---

❸逼勒：這裏是逼近的意思。

悄立。後聽玉堂將白福支出去烹茶，北俠就進了屋內。見玉堂要行短見，正在他仰面拴套之時，北俠就從椅旁挨人，卻在玉堂身後隱住。就是絲絛連開三次，也是北俠解的。連白玉堂久慣飛簷走壁的人，竟未知覺。於此可見北俠的本領。

當下北俠放下衣服，道：「五弟，你要怎麼樣？難道為此事就要尋死，豈不是要劣兄的命麼？如果你要上弔，偺們倆就搭連搭罷。」白玉堂道：「我死我的，與你何干？此話我不明白。」北俠道：「老弟，你可真糊塗了。你想想，你若死了，歐陽春如何對的起你四位兄長？又如何去見南俠與開封府的眾朋友？也只好隨著你死了罷。豈不是你要了劣兄的命了麼？」玉堂聽了，低頭不語。北俠急將絲絛拉下，就在玉堂旁邊坐下，低低說道：「五弟，你我今日之事，不過遊戲而已，有誰見來？何至於輕生？就是叫劣兄隨你去，也該商量商量。你只顧你臉上有了光彩，也不想想把劣兄置於何地。五弟，豈不聞『己所不欲，勿施于人』❹；又道：『我不欲人之加諸我者，吾也欲無加諸人』。五弟不願意的，別人他就願意麼？」玉堂道：「依兄臺怎麼樣呢？」北俠道：「劣兄倒有兩全其美的主意。五弟明日何不到茉花村，叫丁氏昆仲出頭，算是給偺二人說合的。五弟也不落無能之名，劣兄也免了被獲之醜，彼此有益。五弟以為如何？」白玉堂本是聰明特達之人，聽了此言，登時豁然，連忙深深一揖，道：「多承吾兄指教。實是小弟年幼無知，望乞吾兄海涵。」北俠道：「話已言明，劣兄不便久留，也要回去了。」說罷，出了裏間，來到堂屋。白五爺道：「仁兄請了，茉花村再見。」北俠點了點頭，又悄悄道：「那頂頭巾合泥金摺扇，俱在衣服內夾著呢。」玉堂也點了點頭。剛一轉眼，已不見北俠的蹤影。五爺暗暗誇獎：「此

❹ 己所不欲二句：語出論語顏淵。意為：自己不願接受的，不要施加於別人。

人本領勝我十倍，我真不如也。」

誰知二人說話之間，白福烹了一杯茶來，聽見屋內悄悄有人說話。打簾縫一看，見一人與白五爺悄語低言，白福以為是家主途中遇見的夜行朋友，恐一杯茶難遞，只得回身又添一盞。用茶盤托著兩杯茶，來到裏間，抬頭看時，卻仍是玉堂一人。白福端著茶，納悶道：「這是甚麼朋友呢？給他端了茶來，他又走了。我這是什麼差使呢？」白玉堂已會其意，便道：「將茶放下，取個燈籠來。」白福放下茶托，回身取了燈籠。白玉堂接過，又把衣服朱履夾起，出了屋門，縱身上房，仍從後面出去。

不多時，只聽前邊打的店門山響。白福迎了出去，叫道：「店家快開門，我們家主回來了。」小二連忙取了鑰匙，開了店門。只見玉堂仍是斯文打扮，搖搖擺擺進來。小二道：「相公怎麼這會才回來？」玉堂道：「因在相好處避雨，又承他待酒，所以來遲。」白福早已上前接過燈籠，引到屋內。茶尚未寒，玉堂喝了一杯。又喫了點飲食。吩咐白福於五鼓備馬起身，上松江茉花村去。自己歇息，暗想：「北俠的本領，那一番和藹氣度，實然別人不能的。而且方才說的這個主意，更覺周到，比四哥說的出告示訪請又高一籌。那出告示眾目所睹，既有『訪請』二字，已然自餒，那如何對人呢？如今歐陽兄出的這個主意，方是萬全之策。怨的展大哥與我大哥背地裏常說他好，我還不信，誰知果然真好。仔細想來，全是我自作聰明的不是了。」他翻來覆去，如何睡的著。到了五鼓，白福起來，收拾行李馬匹，到了櫃上，算清了店帳，主僕二人上茉花村而來。

話休煩絮。到了茉花村，先叫白福去回稟，自己乘馬隨後。離莊門不遠，見多少莊丁伴當分為左右，丁氏弟兄在臺階上面立等。玉堂連忙下馬，伴當接過。丁大爺已迎接上來。玉堂搶步，口稱：「大哥，久違了，久違了。」兆蘭道：「賢弟一向可好？」彼此執手。兆蕙卻在那邊垂手，恭敬侍立，也不執手，口稱：「白五老爺到了，恕我等未能遠迎虎駕，多多有罪。請老爺到寒舍待茶。」玉堂笑道：「二哥真是好頑，小弟如何擔的起。」連忙也執了手。三人攜手來到待客廳上，玉堂先與丁母請了安，然後歸座。獻茶已畢。丁大爺問了開封府眾朋友好，又謝在京師叨擾盛情。丁二爺卻道：「今日那陣香風兒，將護衛老爺吹來，真是蓬華生輝❺，柴門有慶。然而老爺此來，還是專專的探望我們來了，還是有別的事呢？」一席話說的玉堂臉紅。

丁大爺恐玉堂臉上下不來，連忙瞅了二爺一眼，道：「老二，弟兄們許久不見，先不說說正經的，只是說這些作甚麼？」玉堂道：「大哥不要替二哥遮飾。本是小弟理短，無怪二哥惱我。自從去歲被擒，連衣服都穿的是二哥的。後來到京受職，就要告假前來。誰知我大哥因小弟新受職銜，再也不准動身。」丁二爺道：「到底是作了官的人，真長了見識了。惟恐我們說，老爺先自說了。我問五弟，你縱然不能來，也該寫封信差個人來，我們聽見也喜歡喜歡。為甚麼連一紙書也沒有呢？」玉堂笑道：「這又有一說。小弟原要寫信來著。後來因接了大哥之信，說大哥與伯母送妹子上京與展大哥完姻。我想遲不多日，就可見面，又寫甚麼信呢。彼時若真寫了信來，管保二哥又說白老五儘鬧虛文假套了。左右都是不是。無論二哥怎麼怪小弟，小弟惟有伏首認罪而已。」丁二爺聽了，暗道：「白老五，他竟長了學問，比先前乖滑多了。且看他目下這宗事怎麼說法。」回頭吩咐擺酒。玉堂也不推辭，也不謙讓，就在上面坐了。丁氏昆仲左右相陪。

---

❺ 蓬華生輝：形容貴客到來，令主人感到增光不少。蓬華，蓬門華戶的省語，指貧寒之家。

飲酒中間，問玉堂道：「五弟此次是官差還是私事呢？」玉堂道：「不瞞二位仁兄，實是官差。然而其中有許多原委，此事非仁兄賢昆玉❻相助不可。」丁大爺便道：「如何用我二人之處？請道其詳。」玉堂便將倪太守馬強一案供出北俠、小弟奉旨特為此事而來說了一遍。丁二爺問道：「可見過北俠沒有？」玉堂道：「見過了。」兆蕙道：「既見過，便好說了。諒北俠有多大本領，如何是五弟對手。」玉堂道：「二哥差矣！小弟在先原也是如此想。誰知事到頭來不自由，方知人家之本技俱是自己之絕技。慚愧的很，小弟輸與他了。」丁二爺故意詫異道：「豈有此理！五弟焉能輸與他呢！這話愚兄不信。」玉堂便將與北俠比試，直言無隱，俱各說了。「如今求二位兄臺將歐陽兄請來，那怕小弟央求他呢，只要隨小弟赴京，便叨愛多多矣。」丁兆蕙道：「如此說來，五弟竟不是北俠對手了。」玉堂道：「誠然。」丁二爺道：「你可佩服呢？」玉堂道：「不但佩服，而且感激。就是小弟此來，也是歐陽兄教導的。」丁二爺聽了，連聲讚揚叫好，道：「好兄弟！丁兆蕙今日也佩服你了。」便高聲叫道：「歐陽兄，你也不必藏著了，請過來相見。」

只見從屏後轉出三人來。玉堂一看，前面走的就是北俠，後面一個三旬之人，一個年幼小兒。連忙出座，道：「歐陽兄幾時來到？」北俠道：「昨晚方到。」玉堂暗道：「幸虧我實說了，不然這才丟人呢。」又問：「此二位是誰？」丁二爺道：「此位智化，綽號黑妖狐，與劣兄世交通家相好。」原來智爺之父，與丁總鎮是同僚，最相契的。智爺道：「此是小徒艾虎。過來，見過白五叔。」艾虎上前見禮。玉堂拉了他的手，細看一番，連聲誇獎。彼此敘座。北俠坐了首座，其次是智爺、白爺，又其次是丁氏

❻ 昆玉：稱他人兄弟的敬詞。

弟兄，下首是艾虎。大家歡飲。

玉堂又提請北俠到京，北俠慨然應允。丁大爺、丁二爺又囑咐白玉堂照應北俠。大家暢談，彼此以義氣相關，真是披肝瀝膽❼，各明心志。惟有小爺艾虎與北俠有父子之情，更覺關切。酒飯已畢，談至更深，各自安寢。到了天明，北俠與白爺一同赴京去了。

未知後文如何，下回分解。

---

❼ 披肝瀝膽：比喻以赤心待人。披，披露。瀝，往下滴。司馬光體要疏：「雖訪問所不及，猶將披肝瀝膽，以效其區區之忠。」

第七十九回　智公子定計盜珠冠　裴老僕改妝扮難叟

且說智化、兆蘭、兆蕙與小爺艾虎送了北俠、玉堂回來，在廳下閒坐，彼此悶悶不樂。艾虎一旁短歎長吁。只聽智化道：「我想此事關係非淺。倪太守乃是為國為民，如今反遭誣害；歐陽兄又是濟困扶危，遇了賊扳。似這樣的忠臣義士負屈含冤，仔細想來，全是馬強叔姪過惡。除非設法先將馬朝賢害倒，剩了馬強，也就不難除了。」丁二爺道：「與其費兩番事，何不一網打盡呢？」智化道：「若要一網打盡，說不得卻要作一件欺心的事，生生的訛在他叔姪身上，使他贓證俱明，有口難分。所謂『奸臣賊子人人得而誅之』。我雖想定計策，只是題目太大，有些難作。」丁大爺道：「大哥何不說出，大家計較計較呢？」智化道：「當初劣兄上霸王莊者，原為看馬強的舉動。因他結交襄陽王，常懷不軌之心。如今既為此事鬧到這步田地，何不借題發揮，一來與國家除害，二來剪卻襄陽王的羽翼。話雖如此，然而其中有四件難事。」丁二爺道：「那四件？」智化道：「第一要皇家緊要之物。這也不必推諉，全在我的身上。第二，要一個有年紀之人，一個或童男或童女隨我前去，誆取緊要之物回來。要有膽量，又要有機變，又要受得苦。第三件，我等盜來緊要之物，還得將此物送到馬強家，藏在佛樓之內，以為將來的真贓實犯。」丁二爺聽了，不由的插言道：「此事小弟卻能彀。只要有了東西，小弟便能送去。這第三件算是小弟的了。第四件又是甚麼呢？」智化道：「惟有第四件最難，必須知根知底之人前去出首❶，不但出首，還要單上開封府出首去。別的事情俱好說，惟獨這第四件是最要緊的，成敗全在此一舉。此一著若是錯了，滿盤俱空。這個人竟難得的很呢。」口裏說著，眼睛卻瞟著艾虎。艾虎道：「這第四件莫若徒弟去罷。」智化將眼一瞪，道：「你小孩家，懂得甚麼，如何幹得這樣大事！」艾虎道：「據徒弟想來，此事非徒弟不可。徒弟去了有三益。」

丁二爺先前聽艾虎要去，以為小孩子不知輕重。此時又見他說出三益，頗有意思，連忙說道：「智大哥不要攔他。」便問艾虎道：「你把三益說給我聽聽。」艾虎道：「第一，小姪自幼在霸王莊，所有馬強之事小姪盡知。而且三年前馬朝賢告假回家一次，那時我師父尚未到霸王莊呢。如今盜了緊要東西來，就說三年前馬朝賢帶來的，於事更覺有益。這是第一益。第二，別人出首，不如小姪出首。甚麼緣故呢？俗語說的好，『小孩嘴裏討實話』。小姪要到開封府舉發出來，叫別人再想不到這樣一宗大事，卻是個小孩子作個硬證。此事方是千真萬真，的確無疑。這是第二益。第三益卻沒有什麼，一來為小姪的義父，二來也不枉師父教訓一場。小姪兒要借著這件事，也出場出場，大小留個名兒，豈不是三益麼？」

丁大爺、丁二爺聽了，拍手大笑道：「好！想不到他竟有如此的志向。」

智化道：「二位賢弟且慢誇他。他因不知開封府的利害，他此時只管說。到了身臨其境，見了那樣的威風，又搭著問事如神的包丞相，他小孩子家有多大膽量，有多大智略，何況又有御賜銅鍘。倘若說不投機，白白的送了性命，那時豈不耽誤了大事？」艾虎聽了，不由的雙眉倒豎，二目圓翻，道：「師父忒把弟子看輕了！難道開封府是森羅殿不成？他縱然是森羅殿，徒弟就是上劍樹，登刀山，再也不能

❶ 出首：自首；告發犯罪者。這裏指後者。

改口，是必把忠臣義士搭救出來。又焉肯怕那個御賜的銅鍘呢。」兆蘭、兆蕙聽了，點頭咂嘴，嘖嘖稱羨。智化道：「且別說你到開封府。就是此時我問你一句，你如果答應的出來，此事便聽你去。如若答應不來，你只好隱姓埋名，從此再別想出頭了。」艾虎嘻嘻笑道：「待徒弟跪下，你老就審，看是如何。」說罷，他就直挺挺的跪在當地。

兆蘭、兆蕙見他這般光景，又是好笑，又是愛惜。只聽智爺道：「你員外家中犯禁之物，可是你太老爺親身帶來的麼？」艾虎道：「回老爺：只因三年前小的太老爺告假還鄉，親手將此物交給小人的主人，小人的主人叫小人托著，收在佛樓之上。是小人親眼見的。」智爺道：「如此說來，此物在你員外家中三年了。」艾虎道：「是三年多了。」智爺用手在桌上一拍，道：「既是三年，你如何今日才來出首？講！」丁家弟兄聽了這一問，登時發怔，暗想道：「這當如何對答呢？」只聽艾虎從從容容道：「回老爺：小人今年才十五歲。三年前小人十二歲，毫無知覺，並不知道知情不舉的罪名。皆因我們員外犯罪在案，別人向小人說：『你提防著罷，多半要究出三年前的事來。你就是隱匿不報的罪，要加等的；若出首了，罪還輕些。』因此小人害怕，急急趕來出首在老爺臺下。」兆蕙聽了，只樂得跳起來，道：「好對答！好對答！賢姪你起來罷。第四件是要你去定了。」丁大爺也誇道：「果然對答的好。智大哥，你也可以放心。」智爺道：「言雖如此，且到臨期再寫兩封信，給他也安置安置，方保無虞。如今算起來，就只第二件事不齊備。賢弟且開出個單兒來。」

丁二爺拿過筆硯，鋪紙提筆。智爺念道：「木車子一輛，蓆簍子兩個，舊布被褥大小兩分，鐵鍋勺黃磁大碗粗碟傢具俱全，老頭兒一名，或幼男幼女俱可一名，外有隨身舊布衣服行頭三分。」丁大爺在旁看了，問道：「智大哥，要這些東西何用？」智爺道：「實對二位賢弟說。劣兄要到東京盜取聖上的九龍珍珠冠呢。只因馬朝賢他乃四值庫的總管，此冠正是他管理，再者此冠乃皇家世代相傳之物，輕易動不著的。為甚麼又要老頭兒幼孩兒合這些東西呢？我們要扮作逃荒的模樣，到東京安準了所在。劣兄探明白了四值庫。盜此冠，須連冠並包袱等全行盜來。似此黃澄澄的東西，如何滿路上背著走呢？這就用著蓆簍子了。一邊裝上此物，上用被褥遮蓋，一邊叫幼女坐著。人不知不覺，就回來了。故此必要有膽量能受苦的老頭兒，合那幼女。二位賢弟想想，這二人可能有麼？」丁大爺已然聽得獃了。

丁二爺道：「卻有個老頭兒名叫裴福。他隨著先父在鎮時，多虧了他有膽量，又能受苦。只因他為人直性正氣，而且當初出過力，到如今給弟等管理家務，如有不周不備，連弟等都要讓他三分。此人頗可去得。」智化道：「伺候過老人家的，理應容讓他幾分。如此說來，這老管家卻使得。」丁二爺道：「但有一件，若見了他切不可提出盜冠。須將馬強過惡述說一番，然後再說倪太守、歐陽兄被害，他必憤恨。那時再說出此計來，他方沒有甚麼說的，也就樂從了。」智化聽了，滿心歡喜，即吩咐伴當將裴福叫來。

不多時，見裴福來到，雖則六旬年紀，卻是精神百倍。先見了智爺，後又見了大官人，又見二官人。智爺叫伴當在下首預備個座兒，務必叫他坐了。裴福謝坐，便問：「呼喚老奴，有何見諭？」智爺說起馬強作惡多端，欺壓良善，如何霸佔田地，如何搶掠婦女。裴福聽了，氣的他摩拳擦掌。智爺又說出倪太守私訪遭害，歐陽春因搭救太守，如今被馬強京控，打了罣誤❷官司，不定性命如何。裴福聽到此，

❷ 罣誤：此指因受牽連而犯了過失。罣，連累。

便按捺不住，立起身來對丁氏弟兄道：「二位官人終朝❸行俠尚義，難道俠義竟是嘴裏空說的麼？似這樣的惡賊，何不早早除卻？」丁二爺道：「老人家不要著急。如今智大爺定了一計，要煩老人家上東京走一遭，不知可肯去否？」裴福道：「老奴也是悶在這裏。何況為救忠臣義士，老奴更當效勞了。」智爺道：「必須扮作逃荒的樣子，偺二人權作父子，還得要個小女孩兒，偺們父子祖孫三輩兒逃荒。你道如何？」裴福道：「此計雖好。只是大爺受屈，老奴不敢當。」智爺道：「這有甚麼，逢場作戲罷咧。」裴福道：「這個小女兒卻也現成，就是老奴的孫女兒，名叫英姐，今年九歲，極其伶俐，久已磨著老奴要上東京逛了。莫若就帶了他去。」智爺道：「很好，就是如此罷。」

商議已定，定日起身。丁大爺已按著單子，預備停當，俱各放在船上。待客廳備了餞行酒席，連裴福、英姐不分主僕，同桌而食。喫畢，智爺起身，丁氏弟兄送出莊外，瞧著上了船，方同艾虎回來。

智爺不辭勞苦，由松江奔到鎮江，再往江甯，到了安徽，過了長江，到河南境界棄舟登岸，找了個幽僻去處，換了行頭。英姐伶俐非常，一教便會，坐在蓆簍之中。那邊簍內裝著行李臥具，挨著靶的橫小筐內裝著傢伙，額外又將鐵鍋扣在蓆簍旁邊，用繩子拴好。裴福跨絆推車，智爺肩繩拉縴。一路行來，到了熱鬧叢中鎮店集場，便將小車兒放下。智爺趕著人要錢，口內還說：「老的老，小的小，年景兒不濟❹，實在的沒有營生。你老幫幫吧！」裴福卻在車子旁邊一蹲，也說道：「眾位爺們可憐吧！俺們不是久慣要錢的。那不是行好呢。」英姐在車上也不閒著，故意揉著眼兒，道：「怪餓的，俺兩天沒喫麼

---

❸ 終朝：自始至終。詩小雅采綠：「終朝采綠，不盈一掬。」傳：「自旦及食時為終朝。」此指整天。

❹ 年景兒不濟：年成不好。濟，成功；成就；增益。

兒❺呢。」口裏雖然說著，他卻偷著眼兒瞧熱鬧兒。真正三個人裝了個活脫兒❻。

在路也不敢耽擱。一日，到了東京，白晝間仍然乞討。到了日落西山，便有地面上❼官人對裴福道：「老頭子，你這車子這裏擱不住呀，趁早兒推開。」裴福道：「請問太爺，俺往那裏推呀？」官人道：「我管你呀，你愛往那裏推，就往那裏推。」旁邊一人道：「何苦呀，那不是行好呢。叫他推到黃亭上去罷。那裏也僻靜，也不礙事。」便對裴福道：「老頭子你瞧，那不是鼓樓麼？過了鼓樓，有個琉璃瓦的黃亭子，那裏去好。」裴福謝了。智爺此時還趕著要錢。裴福叫道：「俺的兒呀，你不用跑。俺走罷。」智爺止步問道：「爹爹呀，俗往那去？」裴福道：「沒有聽見那位太爺說呀，俗上黃亭子那行行❽兒去。」智爺聽了，將縴繩背在肩頭拉著，往北而來。走不多時，到了鼓樓，果見那邊有個黃亭子，便將車子放下。將英姐抱下來，也叫他跑跑，活動活動。

此時天已昏黑，又將被褥拿下來，就在黃亭子臺階上鋪下。英姐困了，叫他先睡。智爺與裴福那裏睡得著，一個是心中有事，一個是有了年紀。到了夜靜更深，裴福悄悄問道：「大爺，今已來到此地，可有甚麼主意？」智爺道：「今日且過一夜。明日看個機會，晚間俺就探聽一番。」正說著，只聽那邊噹噹鑼聲響亮，原來是巡更的二人。智爺與裴福便不言語。只聽巡更的道：「那邊是甚麼？那裏來的小

---

❺ 麼兒：一點點兒。麼，細小。

❻ 活脫兒：活像真的。

❼ 地面上：當地管事的。

❽ 行行：走著不停。古詩十九首：「行行重行行，與君生別離。」

車子？」又聽有人說道：「你忘了，這就是昨日那個逃荒的，地面上張頭兒叫他們在這裏。」說著話，打著鑼，往那邊去了。智爺見他們去了，又在蓆簍裏面揭開底屜，拿出些細軟飲食，與裴福二人喫了，方和衣而臥。

到了次日，紅日尚未東昇，見一群人肩頭擔著鐵鍬钁頭，又有抬著大筐繩槓，說說笑笑，順著黃亭子而來。他便迎了上去，道：「行個好罷，太爺們捨個錢罷。」其中就有人發話道：「大清早起，也不睜開眼瞧瞧。我們是有錢的麼？我們還不知合誰要錢呢？」又有人說：「這樣一個小夥子，甚麼幹不得，卻手背朝下合人要錢，也是個沒出息的。」又聽有人說道：「倒不是沒出息兒，只因他叫老的老、小的小累贅了。你瞧他這個身量兒，管保有一膀子好活。等我合他商量商量。」

你道這個說話的是誰，且聽下回分解。

第八十回 假作工御河挖泥土 認方向高樹捉猴猻

話說智爺正向眾人討錢，有人向他說話，乃是個工頭。此人姓王行大。因前日他曾見過有逃難的小車，恰好作活的人不𣪘用，抓一個是一個，便對智爺道：「夥計，你姓甚麼？」智爺道：「俺姓王行二，你老貴姓？」王大道：「好。我也姓王。有一句話對你說：如今紫禁城❶內挖御河❷，我瞧你這個樣兒怪可憐的，何不跟了我去作活呢？一天三頓飯，額外還有六十錢，有一天算一天。你願意不願意？」智爺心中暗喜，尚未答言。只見裴福過來道：「敢則好。甚麼錢不錢的，只要叫俺的兒喫飽了就完了。」王大把裴福瞧了瞧，問智爺道：「這是誰？」智爺道：「俺爹。」王大道：「算了罷，算了罷！你不用說了。」對著裴福道：「告訴你，皇上家不使白頭工❸，這六十錢必是有的，你若願意，叫你兒子去。」智爺道：「爹呀，你老怎麼樣呢？」裴福道：「你只管幹你的去。身去口去，俺與小孫女哀求哀求，也就𣪘喫的了。」王大道：「你只管放心。大約你喫飽了，把那六十錢拿回來買點子餑餑餅子，也就𣪘他們爺兒倆喫的了。」智爺道：「就是這末著。俗就走。」王大便帶了他，奔紫禁城而來。

---

❶ 紫禁城：指皇帝所在的區域。紫禁，以紫微垣比喻帝居，故稱禁中為紫禁。

❷ 御河：稱皇室專用的河道為御河。

❸ 白頭工：不花錢的僱工。

一路上這些作工的人欺負他。這個叫：「王第二的！」智爺道：「怎樣？」這個說：「你替我抗著這六把鍬。」智爺道：「使得。」使過來抗在肩頭。那個叫：「王第二的！」智爺道：「怎麼？」那個說：「你替我抗著這五把钁頭。」智爺道：「使得。」接過來也抗在肩頭。大家捉獃子，你也叫抗，我也叫抗。不多時，智爺的兩肩頭猶如鐵鍬钁頭山一般。王大猛然回頭一看，發話道：「你們這是怎麼說呢？我好容易找了個人來，你們就欺負。趕到明兒，你們擠跑了他，這圖什麼呢？也沒見王第二的你這麼傻！這堆的把腦袋都夾起來了。這是甚麼樣兒呢？」智爺道：「抗抗罷咧！怕怎的！」說的眾人都笑了，才各自把各自的傢伙拿去。

一時來到紫禁門，王頭兒遞了腰牌，註了人數，按名點進。到了御河，大家按檔兒做活。智爺拿了一把鐵鍬，撮的比人多，擲的比人遠，而且又快。旁邊作活的道：「王第二的！」智爺道：「什麼？」旁邊人道：「你這活計不是這麼做。」智爺道：「怎麼？挖的淺咧？做的慢咧？」旁邊人道：「這還淺！你一鍬，我兩鍬也不能那樣深。你瞧，你挖了多大一片，我才挖了這一點兒。俗語說的，『皇上家的工，慢慢兒的蹭。』你要這末做，還能喫的長麼？」智爺道：「做的慢了，他們給飯喫嗎？」旁邊人道：「都是一樣慢了，他能不給誰喫呢？」智爺道：「既是這樣，俺就慢慢的。」旁邊人道：「是了，來罷，你先幫著我撮撮啵。」智爺道：「俺就替你撮撮。」哈下腰正替那人撮時，只見王頭兒叫道：「王第二的！」智爺道：「怎麼？」王大道：「上來罷，喫飯了。你難道沒聽見梆子響麼？」智爺道：「沒大理會。怎麼剛作活就喫飯咧？」王大道：「我告訴你，每逢梆子響是喫飯，若喫完了一篩鑼，就該做活了。天天如此，頓頓如此。」智爺道：「是了，俺知道了。」王大帶他到喫飯的所在，叫他拿碗盛飯。智爺果然盛了碗飯，大口小口的喫了個噴鼻兒香。王大在旁見他盡喫空飯，便告訴他道：「王第二的，你怎麼不喫鹹菜呢？」智爺道：「怎麼還喫那行行兒，不刨工錢❹呀？」王大道：「你只管喫，那不是買的。」智爺道：「俺不知道呢。敢則也是白喫的。哼！有鹹菜，喫的更香。」一日三頓，皆是如此。

到晚散工時，王頭兒在紫禁門按名點數出來，一人給錢一分。智化隨著眾人，回到黃亭子，拿著六十錢，見了裴福，道：「爹呀，俺回來了。給你這個。」裴福道：「喫了三頓飯還得錢，真是造化咧。」王頭道：「明早我還從此過，你仍跟了我去。」智爺道：「是咧。」裴福道：「叫你老分心，你老行好得好罷。」王頭道：「好說，好說。」回身去了。智爺又問道：「今日如何乞討？」裴福告訴他：「今日比昨日容易多了。見你不在跟前，都可憐我們，施捨的多。」彼此歡喜。到了無人之時，又悄悄計議，說這一做工倒合了機會，只要探明了四值庫便可動手了。

一宿晚景已過。到了次日，又隨著進內做活。到了喫晌飯時，喫完了，略略歇息。只聽人聲一陣一陣的喧嘩。智化不知為著何事，左右留神。只見那邊有一群人都仰面往上觀看。智爺也湊了過去。仰面一看，原來樹上有個小猴兒，項帶鎖鍊，在樹上跳躍。又見有兩個內相公公，急的只是搓手，道：「可怎麼好？算了罷，不用只是笑了。你們只顧大聲小氣的嚷。嚷的裏頭聽見了，叫偺家擔不是，叫主子瞧見了，那才是個大亂兒呢。這可怎麼好呢？」智爺瞧著，不由的順口兒說道：「那值嗎呢，上去拿下來了。」內相聽了，剛要說話。只見王頭兒道：「王第二的，你別呀。你就只作你的活就完了，多管甚麼閒事呢。你上去萬一拿跑了呢，再者倘或摔了那裏呢，全不是頑的。」剛說至此，只聽內相道：「王頭

❹ 刨工錢：扣工錢；減工錢。刨，從原有事物中除去、減去。

兒，你也別呀。偺家待你灑好❺兒的。這個夥計，他既說能上去拿下來，這有甚麼呢，難道偺家還難為他不成？你要是這麼著，你這頭兒也就提防著❻罷。」王頭兒道：「老爺別怪我。我惟恐他不能拿下來，那時拿跑了，倒耽誤事。」內相道：「跑了就跑了，也不與你相干。」王頭兒道：「是了，老爺。你老只管支使❼他罷，我不管了。」內相對智化道：「夥計，託付你上樹給偺家拿下來罷。」智爺道：「俺不會上樹呀。」內相回頭對王頭兒道：「如何？全是你鬧的！他立刻不會上樹咧。今晚上散工時，你這些傢伙別想拿出去咧。」王頭兒聽了著急，連忙對智爺道：「王第二的，你能上樹，你上去給他老拿拿罷。不然，晚上我的鐵鍬钁頭不定丟多少，我怎麼交的下去呢？」智爺道：「俺先說下，上去不定拿的住拿不住，你老不要見怪。」內相說：「你只管上去，跑了也不怪你。」

智爺原因挖河，光著腳兒。雙手一摟樹木，把兩腿一拳，「赤」「赤」「赤」猶如上面的猴子一般。誰知樹上的猴子見有人上來，他連竄帶跳已到樹梢之上。智爺且不管他，找了個大杈枒坐下，明是歇息，卻暗暗的四下裏看了方向。眾人不知用意，卻說道：「這可難拿了。那猴兒蹲的樹枝兒多細兒，如何禁得住人呢？」王頭兒捏著兩把汗，又怕拿不住猴兒，又怕王第二的有失閃，連忙攔說：「眾位瞧就是了，莫亂說。越說，他在上頭越不得勁兒。」攔之再三，眾人方壓靜了。智爺在上面見猴子蹲在樹梢。他卻端詳，見有個斜槎枒，他便奔到斜枝上面。那樹枝兒連身子亂晃。眾人下面瞧著，個個耽驚。只見智爺

---

❺ 灑好：比較好。灑，大方。

❻ 你要是這麼著二句：你要是這樣，你這頭頭能不能當下去，得小心點。

❼ 支使：命令人做事。

喘息了喘息，等樹枝兒穩住，他將腳丫兒慢慢的一抬，縠著搭拉的鎖鍊兒，將指頭一扎煞，攏住鎖鍊。又把頭上的氈帽摘下來作個兜兒，腳指一拳，往下一沉。猴子在上面蹲不住，咭嚕咭嚕一陣亂叫，掉將下來。他把氈帽一接，猴兒正掉在氈帽裏面。連忙將氈帽沿兒一摺，就用鐵鍊捆好，啣在口內，兩手倒爬順流而下，毫不費力。眾人無不喝采。

智爺將猴兒交與內相。內相眉開眼笑道：「叫你受乏了。你貴姓呀？」智爺道：「俺姓王行二。」內相回手在兜肚內掏出兩個一兩重的小元寶兒，遞與智爺道：「給你這個，你別嫌輕，喝碗茶罷。」智爺接過來一看，道：「這是嗎行行兒？」王頭道：「這是銀錁兒。」智爺道：「要他幹嗎呀？」王頭兒道：「這個換得出錢來。」智爺道：「怎麼這鉛塊塊兒也換的出錢來？」內相聽了，笑道：「那不是鉛，是銀子，那值好幾弔錢呢。」又對王頭兒道：「俗家看他真誠實。明日頭兒給他找個輕鬆檔兒❽，俗家還要單敬你一盃呢。」王頭兒道：「老爺吩咐，小人焉敢不遵，何用賞酒呢。」內相道：「說給你喝酒，俗家再不撒謊。你可不許分他的。」王頭道：「小人不至于那麼下作❾。他登高爬梯，耽驚受怕的得的賞，小人也忍得分他的。」內相點了點頭，抱著猴子去了。這裏眾人仍然作活。

到了散工，王頭同他到了黃亭子，把得銀之事對裴福說了。裴福歡天喜地，千恩萬謝。智化又裝傻道：「爹呀，俗有了銀子咧，治他二畝地，蓋他幾間房，再買他兩隻牛咧。」王頭兒忙攔住道：「縠了，縠了。算了罷！你這二兩來的銀子，幹不了這些事怎麼好呢？沒見過世面。治二畝地，幾間房子，還要

---

❽ 輕鬆檔兒：輕鬆的工作。

❾ 下作：方言。意指下流。

買牛咧買驢的，統共攏兒彀買個草驢旦子的。盡攪麼！明日我還是一早來找你。」智爺道：「是了。俺在這裏恭候。」王頭道：「是不是，剛喫了兩天飽飯，有了二兩銀子的家當兒，立刻就撇起京腔來了。你又恭候咧！」說笑著，就去了。

到了次日，一同進城。智爺仍然拿了鐵鍬，要作活去。王頭道：「王第二的，你且擱下那個。」智爺道：「怎麼你不叫俺奏❿咧？」王頭道：「這是甚麼話！誰不叫你奏了！連前兒個，我喫了你兩三個烏塗的了。你這裏來看堆兒罷。」智爺道：「俺看著這個不做活，也給飯喫呀？」王頭道：「照舊喫飯，仍然給錢。」智爺道：「這倒好了。任麼兒不幹。喫飽了，竟墩膘⓫，還給錢兒。這倒是鐘鼓上雀兒成了鴿子⓬咧。」王頭道：「是不是，又說傻話了。我告訴你說，這是輕鬆檔兒，省得內相老爺來了……」

剛說至此，只見他又悄悄的道：「來了，來了。」早見那邊來的，恰是昨日的小內相，捧著一個金絲纍就、上面嵌著寶石蟠桃式的小盒子，笑嘻嘻的道：「王老二，你來了嗎？」智爺道：「早就來咧。」內相道：「今日甚麼檔兒？」智爺道：「叫俺看著堆兒。」內相道：「這就是了。我們老爺怕你還作活，一來叫我來瞧瞧，二來給你送點心，你自嘗嘗。」智爺接過盒子道：「這挺硬的怎麼喫呀？」內相哈哈笑道：「你真嘔⓭人！你到底打開呀。誰叫你吃盒子呢？」智爺方打開盒子，見裏面皆是細巧炸食，拿

---

❿ 奏：諧音「來」。

⓫ 墩膘：方言。意指長肉。墩，意為土堆。這裏引申為生長。

⓬ 鐘鼓上雀兒成了鴿子：趣話。鐘鼓上雀兒（工藝裝飾品）不動，長肥了，故稱成了鴿子（那樣大）。

⓭ 嘔：招惹、引人著急生氣或使人高興發笑。

起來擷了擷，又聞了聞，仍然放在盒內，動也不動，將盒蓋兒蓋上。內相道：「你為甚麼不喫呢？」智爺道：「俗有爹。這樣好東西，俺拿回去給俗爹喫去。」內相此時聽了，笑著點頭兒，道：「俗爹不俗爹的倒不挑⑭你。你是好的，倒有孝心。既是這樣，連盒子先擱著，少時俗家再來取。」

到了午間，只見昨日丟猴兒的內相，帶著送喫食的小內相，二人一同前來。王頭看見，連忙迎上來。內相道：「王頭兒，難為你。俗家聽說叫王第二的看堆兒，很好。來，給你這個。」王頭兒接來一看，也是兩個小元寶兒。王頭兒道：「這有甚麼呢，又叫老爺費心。」連忙謝了。內相道：「甚麼話呢，說給你喝，焉有空口說白話的呢。王第二的呢？」王頭兒道：「他在那裏看堆兒呢。」連忙叫道：「王第二的！」智爺道：「做嗎呀？俺這裏看堆兒呢。」王頭兒道：「你這裏來罷。那些東西不用看著，丟不了。」智爺過來。內相道：「聽說你很有孝心。早起那個盒子呢？」智爺道：「在那裏放著沒動呢。」內相道：「你拿來，跟了我去。」

智爺到那裏拿了盒子，隨著內相，到了金水橋上，只聽內相道：「俗家姓張，見你灑好的。俗家給你裝了一匣子小炸食，你拿回去給你爹喫。你把盒子裏的先喫了罷。」小內相打開盒子，叫他拿衣襟兜著喫。智爺一壁喫，一壁說道：「好個大廟！蓋的雖好，就只門口兒短個戲臺。」內相聽了，笑的前仰後合，道：「你呀，難道你在鄉下就沒聽見說過皇宮內院麼？竟會拿著這個當大廟！要是大廟，豈止短戲臺，難道門口就不立旗桿麼？」智爺道：「那邊不是旗桿嗎？」內相笑道：「那是忠烈祠合雙義祠的旗桿。」智爺道：「這個大殿呢？」內相道：「那是修文殿。」智爺道：「那後稿閣呢？」內相道：「什

⑭ 挑：方言。有意讓人得到好處。

麼後稿閣呢，那是耀武樓。」智爺道：「那邊又是嗎去處呢？」內相道：「我告訴你，那邊是寶藏庫❶⑮，這是四值庫。」智爺道：「這是四值庫。」內相道：「哦。」智爺道：「俺瞧著這房子全是蓋的四直呀，並無有歪的呀。怎麼單說他四值呢？」內相笑道：「那是庫的名兒，不是蓋的四直，你瞧那邊是緞疋庫，這邊是籌備庫。」智爺暗暗將方向記明，又故意的說道：「這些房子蓋的雖好，就只短了一樣兒。」內相道：「短甚麼？」智爺道：「各房上全沒有煙筒，是不是？」內相聽了，笑個不了，道：「你真嘔死人，笑的我肚腸子都斷了。你快拿了匣子去罷，俗家也要進宮去了。」

智爺見內相去後，他細細的端詳了一番，方攜了匣子回來。到了晚間散工，來到黃亭子，見了裴福，又是歡喜，又是擔驚。及至天交二鼓，智爺紮縛停當，帶了百寶囊，別了裴福，一直竟奔內苑而來。

不知後文如何，且聽下回分解。

⑮ 寶藏庫：皇宮內分類收藏物品的庫房。還有「四值庫」、「緞疋庫」、「籌備庫」等。

第八十一回　盜御冠交託丁兆蕙　攔相轎出首馬朝賢

且說黑妖狐來到皇城，用如意絛越過皇牆，已到內圍。他便施展生平武藝，走壁飛簷。此非尋常房舍牆垣可比，牆呢是高的，房子是大的，到處一層層皆是殿閣琉璃瓦蓋成，腳下是滑的，並且各所在皆有上值之人，要略有響動，那是頑的嗎？好智化！輕移健步，躍脊竄房，所過處皆留暗記，以便歸路熟識。「嗖」「嗖」「嗖」一直來到四值庫的後坡，數了數瓦楞❶，便將瓦揭開，按次序排好，把灰土扒在一邊。到了錫被❷四圍，用利刃劃開望板❸，也是照舊排好，早已露出了椽子❹來。又在百寶囊中取出連環鋸，斜岔兒鋸了兩根，將鋸收起。用如意絛上的如意鉤搭住，手握絲絛，剛倒了兩三把，到了天花板，揭起一塊，順流而下。腳踏實地，用腳尖滑步而行，惟恐看出腳印兒來。

剛要動手，只見牆那邊牆頭露出燈光，跳下人來道：「在這裏。有了。」智爺暗說：「不好！」急奔前面坎牆，貼伏身體，留神細聽。外邊卻又說道：「有了三個了。」智化暗道：「這是找甚麼呢？」

❶ 瓦櫳：屋面上瓦背向上稱陽瓦，瓦背向下的稱陰瓦。陽瓦這排稱櫳。
❷ 錫被：含錫製成的建築材料，用於屋面板之上防漏雨，與現代建築材料油毛氈作用相仿。
❸ 望板：亦稱「屋面板」，蓋在椽子上面的薄板。
❹ 椽子：兩根屋樑之間的木條，有半圓形或方形。

忽又聽說道：「六個都有了。」復又上了牆頭，越牆去了。原來是隔壁值宿之人，大家擲骰子❺，耍急了，隔牆兒把骰子扔過來了。後來說合了，大家圓場兒，故此打了燈籠，跳過牆來找。「有了三個」又「六個都有了」，說的是骰子。

且言智爺見那人上牆過去了，方引著火扇一照，見一溜朱紅槅子上面有門兒，俱各粘貼封皮，鎖著鍍金鎖頭。每門上俱有號頭，寫著「天字一號」，就是九龍冠。即伸手掏出一個小皮壺兒，裏面盛著燒酒，將封皮印濕了，慢慢揭下。又摸鎖頭兒，鎖門是個工字兒的，即從囊中掏出皮鑰匙，將鎖輕輕開開。輕啟朱門，見有黃包袱包定冠盒，上面還有象牙牌子，寫著「天字第一號九龍冠一頂」，並有「臣某跪進」，也不細看。智爺兢兢業業請出，將包袱挽手打開，把盒子頂在頭上，兩邊挽手往自己下巴底下一勒，繫了個結實。然後將朱門閉好，上了鎖。恐有手印，又用袖子搽搽。回手百寶囊中掏出個油紙包兒，裏面是漿糊，仍把封皮粘妥。用手按按，復用火扇照了一照，再無形跡。腳下卻又滑了幾步，彌縫腳蹤。方攏了如意絛，倒爬而上。到了天花板上，單手攏絛，腳下絆住，探身將天花板放下安穩。翻身上了後坡，立住腳步，將如意絛收起。安放斜岔兒椽子，抹了油膩子，絲毫不錯。搭了望板，蓋上錫被，將灰土俱各按攏堆好，挨次兒穩了瓦。又從懷中掏出小笤帚掃了一掃灰土，紋絲兒也是不露。收拾已畢，離了四值庫，按舊路歸來，到處取了暗記兒。此時已五鼓天了。

他只顧在這裏盜冠，把個裴福急的坐立不安，心內胡思亂想。由三更盼到四更，四更盼到五更，盼的老眼欲穿。好容易，見那邊影影綽綽似有人影。忽聽鑼聲震耳，偏偏的巡更的來了。裴福嚇的膽裂魂

❺ 骰子：賭具。骨、石或象牙製，成正立方體，六面分別刻一點至六點，擲之以決勝負。點著色，故亦稱色子。

飛。只見那邊黑影一蹲，卻不動了。巡更的問道：「那是甚麼人？」裴福忙插口道：「那是俺的兒子出恭呢。你老歇歇去罷。」更夫道：「巡邏要緊，不得工夫。」「噹」「噹」「噹」打著五更，往北去了。裴福趕上一步。智爺過來道：「巧極了。巡更的又來了，險些兒誤了大事。」說罷，急急解下冠盒。裴福將蓆簍子底屜兒揭開，智化安放妥當，蓋好了屜子。自己脫了夜行衣，包裹好了，收藏起來，上面用棉被褥蓋嚴。此時英姐尚在睡熟未醒。裴福悄悄問道：「如何盜冠？」智化一一說了。把個裴福嚇的半天做聲不得。智爺道：「功已成了。你老人家該裝病了。」

到了天明，王頭兒來時，智化假意悲啼，說：「俺爹昨晚偶然得病，鬧了一夜，不省人事。俺只得急急回去。」王頭兒無奈，只得由他。英姐不知就裏，只當他祖父是真病呢，他卻當真哭起來了。智爺推著車子，英姐跟步而行，哭哭啼啼。一路上有知道他們是逃荒的，無不嗟歎。出了城門，到了無人之處，智化將裴福喚起，把英姐抱上車去，背起繩絆，急急趕路。離了河南，到了長江，乘上船，一帆風順。

一日來到鎮江口，正要換船之時，只見那邊有一隻大船出來了三人，卻是兆蘭、兆蕙、艾虎。彼此見了，俱各歡喜。連忙將小車搭跳上船，智爺等也上了大船。到了艙中，換了衣服，大家就座。雙俠便問：「事體如何？」智爺說明原委，甚是暢快。趁著順風，一日到了本府，在停泊之處下船，自有莊丁伴當接待，推小車。一同進莊，來至待客廳，將蓆簍搭下來，安放妥當。自然是飲酒接風。智化又問丁二爺如何將冠送去。兆蕙道：「小弟已備下錢糧筐了，一頭是冠，一頭是香燭錢糧，又潔淨，又靈便。就說奉母命天竺進香，兄長以為何如？」智爺道：「好！但不知在何處居住？」二爺道：「現有周老兒名叫周增，他就在天竺開設茶樓，小弟素來與他熟識，且待他有好處。他那裏樓上極其幽雅，頗可安身。」智爺聽了，甚為放心。飲酒喫飯之後，到了夜靜更深，左右無人，方將九龍珍珠冠請出供上。大家打開，瞻仰了瞻仰。此冠乃赤金纍龍，明珠鑲嵌。上面有九條金龍，前後臥龍，左右行龍，頂上有四條攪尾龍，捧著一個團龍。周圍珍珠不計其數，單有九顆大珠，晶瑩煥發，光芒四射。再襯著赤金明亮，閃閃灼灼❻，令人不能注目。大家無不讚揚，真乃稀奇之寶。好好包裹，放在錢糧筐內，遮蓋嚴密。到了五鼓，丁二爺帶了伴當，離了茉花村，竟奔中天竺而去。

遲不幾日回來，大家迎到廳上，細問其詳。丁二爺道：「到了中天竺，就在周老茶樓居住。白日進了香，到了晚間，託言身體困乏，早早上樓安歇。周老惟恐驚醒於我，再也不敢上樓。因此趁空兒到了馬強家中佛樓之上，果有極大的佛龕三座。我將寶冠放在中間佛龕左邊槅扇的後面，仍然放下黃緞佛簾，人人不能理會。安放妥當，回到周家樓上，已交五鼓。我便假裝起病來，叫伴當收拾起身。周老那裏肯放，務必趕作羹湯煖酒。他又拿出四百兩銀子來要歸還原銀，我也沒要，急急的趕回來了。」大家聽了，歡喜非常。惟有智爺瞅著艾虎一語不發。

但見小爺從從容容道：「丁二叔既將寶冠放妥，姪兒就該起身了。」兆蘭、兆蕙聽了此言，倒替艾虎為難，也就一語不發。只聽智化道：「艾虎呀，我的兒，此事全為忠臣義士起見，我與你丁二叔方涉深行險，好容易將此事作成。你若到了東京，口齒中稍有含糊，不但前功盡棄，只怕忠臣義士的性命也就難保了。」丁氏弟兄極口答道：「智大哥此話是極，賢姪你要斟酌。」艾虎道：「師父與二位叔父但

❻ 閃閃灼灼：光亮四射，閃爍不定。灼，同「焯」。

請放心。小姪此去，此頭可斷，此志不能回！此事再無不成之理。」智爺道：「但願你如此。這有書信一封你拿去，找著你白五叔，自有安置照應。」小俠接了書信，揣在裏衣之內，提了包裹，拜別智爺與丁大爺、丁二爺。他三人見他小小孩童幹此關係重大之事，又是耽心，又是愛惜，不由的送出莊外。艾虎道：「師父與二位叔父不必遠送，艾虎就此拜別了。」智化又囑咐道：「金冠在佛龕中間左邊槅扇的後面，要記明了！」艾虎答應，背上包裹，頭也不回，揚長去了。請看艾虎如此的光景，豈是十五歲的小兒，差不多有年紀的也就甘拜下風。他人兒雖小，膽子極大，而且機變謀略俱有。這正是「有志不在年高，無志空活百歲」。

這艾虎在路行程，不過是饑餐渴飲。一日來到開封府，進了城門，且不去找白玉堂。他卻先奔開封府署，要瞧瞧是甚麼樣兒。不想剛到衙門前，只見那邊喝道之聲，攆逐閒人，說：「太師來了。」艾虎暗道：「巧咧！我何不迎將上去呢？」趁著忙亂之際，見頭踏❼已過，大轎看看切近。他卻從人叢中鑽出來，迎轎跪倒，口呼：「冤枉呀！相爺，冤枉！」包公在轎內見一個小孩子，攔轎鳴冤，吩咐帶進衙門。左右答應一聲，上來了四名差役，將艾虎攏住，道：「你這小孩子淘氣的很，開封府也是你戲耍的麼？」艾虎道：「眾位別說這個話。我不是頑來了，我真要告狀。」張龍上前道：「不要驚嚇於他。」問艾虎道：「你姓甚麼？今年多大了？」艾虎一一說了。張龍道：「你狀告何人？為著何事？」艾虎道：「大叔，你老不必深問。只求你老帶我見了相爺，我自有話回稟。」張龍聽了此言，暗道：「這小孩子竟有些意思。」

❼ 頭踏：古代官員出巡時前面的儀仗隊。

忽聽裏面傳出話來：「帶那小孩子。」張龍道：「快些走罷。相爺升了堂了。」艾虎隨著張龍，到了角門，報了門，將他帶至丹墀上，當堂跪倒。艾虎偷偷往上觀瞧，見包公端然正坐，不怒自威，兩旁羅列衙役，甚是嚴肅，真如森羅殿一般。只聽包公問道：「那小孩子姓甚名誰？狀告何人？訴上來。」艾虎道：「小人名叫艾虎，今年十五歲，乃馬員外馬強的家奴。」包公聽說馬強的家奴，便問道：「你到此何事？」艾虎道：「小人特為出首一件事。小人前來在相爺跟前言語一聲兒，就完了小人的事了。」包公道：「慢慢講來。」艾虎道：「只因三年前，我們太老爺告假還鄉……」包公道：「你家太老爺是誰？」艾虎伸出四指道：「就是四指庫的馬朝賢。他是我們員外的叔叔。」包公聽了，暗想道：「必是四值庫總管馬朝賢了。小孩子不懂得四值，拿著當了四指了。」又問道：「告假還鄉，怎麼樣了？」艾虎道：「小人的太老爺坐著轎到了家中，抬到大廳之上，下了轎，就叫左右迴避了。那時小人跟著員外，以為是個小孩子，卻不忌諱。只見我們太老爺從轎內捧出一個黃龍包袱來，對著小人的員外悄悄說道：『這是聖上的九龍冠，俗家順便帶來。你好好的供在佛樓之上。將來襄陽王爺舉事，就把此冠呈獻，千萬不可洩露。』我家員外就接過來了，叫小人托著。小人端著沉甸甸的，跟著員外，上了佛樓。我們員外就放在中間龕的左邊槅扇後面了。」包公聽了暗暗喫驚，連兩旁的衙役無不駭然。

只聽包公問道：「後來便怎麼樣？」艾虎道：「後來也不怎麼樣。到一來二去，我也大些了，常聽見人說：『知情不舉，罪加一等。』小人也不理會。後來又有人知道了，卻向小人打聽，小人也就告訴他們。他們都說：『沒事便罷，若有了事，你就是知情不舉。』到了新近，小人的員外拿進京來，就有人合小人說：『你提防著罷！員外這一到京，若把三年前的事兒說出來，你就是隱匿不報的罪名。』小人聽了害怕。比不得三年前，人事不知天日不懂的，如今也覺明白些了，越想越不是頑的。因此小人趕到京中，小人卻不是出首，只是把此事說明了，就與小人不相干了。」包公聽畢，忖度了一番，猛然將驚堂木一拍，道：「我罵你這狗才！你受了何人主使，竟敢在本閣跟前陷害朝中總管與你家主人？是何道理？還不與我從實招上來！」左右齊聲吆喝道：「快說，快說！」

未知艾虎如何答對，且聽下回分解。

第八十二回　試御刑小俠經初審　遵欽命內宦會五堂

且說艾虎聽包公問他是何人主使，心中暗道：「好利害！怪道人人說包相爺斷事如神，果然不差。」他卻故意驚慌道：「沒有甚麼說的。這倒為了難了。不報罷，又怕罪加一等；報了罷，又說被人主使。要不，就算沒有這宗事，等著我們員外說了，我再呈報如何？」說罷，站起身來，就要下堂。兩邊衙役見他小孩子不懂官事，連忙喝道：「轉來，轉來。跪下，跪下。」艾虎復又跪倒。包公冷笑道：「我看你雖是年幼頑童，眼光卻甚詭詐。你可曉得本閣的規矩麼？」艾虎聽了暗暗打個冷戰，道：「小人不知甚麼規矩。」包公道：「本閣有條例，每逢以小犯上者，俱要將四肢鍘去。如今你既出首你家主人，犯了本閣的規矩，理宜鍘去四肢。來呵！請御刑。」只聽兩旁發一聲喊，王、馬、張、趙將狗頭鍘抬來，撂在當堂，抖去龍袱，只見黃澄澄冷森森一口銅鍘，放在艾虎面前。

小俠看了雖則心驚，暗暗自己叫著自己：「艾虎呀，艾虎！你為救忠臣義士而來，慢說鍘去四肢，縱然腰斷兩截，只要成了名，千萬不可露出馬腳來。」忽聽包公問道：「你還不說實話麼？」艾虎故意顫巍巍的道：「小人實實害怕，惟恐罪加一等，不得已呈訴呀。相爺呀！」包公命去鞋襪。張龍、趙虎上前，左右一聲吶喊，將艾虎丟翻在地，脫去鞋襪。張、趙將艾虎托起雙足，入了鍘口。王、馬掌住鍘刀，手攏鬼頭靶，面對包公。只等相爺一擺手，刀往下落。不過吭哧一聲，艾虎的腳丫兒就結了。張龍、趙虎一邊一個架著艾虎，馬漢提了艾虎的頭髮，面向包公。包公問道：「艾虎，你受何人主使？還不快招麼？」艾虎故意哀哀的道：「小人就知害怕，實實沒有什麼主使的。相爺不信，差人去取珠冠，如若沒有，小人情甘認罪。」包公點頭道：「且將他放下來。」馬漢鬆了頭髮，張、趙二人連忙將他往前一搭，雙足離了鍘口。王朝、馬漢將御刑抬過一邊。此時慢說艾虎心內落實，就是四義士等無不替艾虎徼倖的。

包公又問道：「艾虎，現今這頂御冠還在你家主佛樓之上麼？」艾虎道：「現在佛樓之上。回相爺，不是玉冠，小人的太老爺說是珍珠九龍冠。」包公問實了，便吩咐將艾虎帶下去。該值的聽了，即將艾虎帶下堂來。早有禁子郝頭兒接下差使，領艾虎到了監中單間屋裏，道：「少爺，你就這裏坐罷。待我取茶去。」少時取了新泡的蓋碗茶來。艾虎暗道：「他們這等光景，別是要想錢罷？怎麼打著官司的稱呼少爺，還喝這樣的好茶，這是甚麼意思呢？」只見郝頭兒悄悄與夥計說了幾句話，登時擺上菜蔬，又是酒，又是點心，並且親自殷勤斟酒。鬧的艾虎反倒不得主意了。

忽聽外面有人嗤嗤的聲音，郝頭兒連忙迎了出來，請安道：「小人已安置了少爺，又孝敬了一桌酒飯。」又聽那位官長說道：「好，難為你了。賞你十兩銀子，明日到我下處去取。」郝頭兒叩頭謝了賞。只聽那位官長吩咐道：「你在外面照看，我合你少爺有句話說。呼喚時方許進來。」郝禁子連連答應，轉身在監口攔人。凡有來的，他將五指一伸，努努嘴❶，擺擺手，那人見了急急退去。

你道此位官長是誰？就是玉堂白五爺。只因聽說有個小孩子告狀，他便連忙跑到公堂之上細細一看，

❶ 努努嘴：即努嘴。翹起嘴脣示意。

認得是艾虎，暗道：「他到此何事？」後來聽他說出原由，驚駭非常。又暗暗揣度了一番，竟是為倪太守、歐陽兄而來，不由的心中躊躇道：「這樣一宗大事，如何擱在小孩子身上呢？」忽聽公座上包公發怒，說請御刑。白五爺只急的搓手，暗道：「完了，完了！這可怎麼好？」自己又不敢上前，惟有兩眼直勾勾瞅著艾虎。及至艾虎一口咬定，毫無更改，白五爺又暗暗誇獎道：「好孩子！真是強將手下無弱兵。這要是從鍘口裏爬出來，方是男兒。」後來見包公放下艾虎，准了詞狀，只樂得心花俱開，便從堂上溜了下來，見了郝禁子，囑咐道：「堂上鳴冤的是我的姪兒。少時下來，你要好好照應。」郝禁子那敢怠慢，故此以少爺稱呼，伺候茶水酒飯，知道白五爺必來探監。為的是當好差使，又可於中取利。果然，白五爺來了，就賞了十兩銀子，叫他在外瞭望。

五爺便進了單屋。艾虎抬頭見是白玉堂，連忙上前參見。五爺悄悄道：「賢姪，你好大膽量！竟敢在開封府弄玄虛。這還了得！我且問你，這是何人主意？因何賢姪不先來見我呢？」艾虎見問，將始末情由述了一遍，道：「姪兒臨來時，我師父原給了一封信，叫姪兒找白五叔。姪兒一想，一來恐事不密，露了形跡；二來可巧遇見相爺下朝，因此姪兒就喊了冤了。」說著話，將書信從裏衣內取出，遞與玉堂。玉堂接來拆看，無非託他暗中調停❷，不叫艾虎喫虧之意。將書看畢，暗自忖道：「這明是艾虎自逞膽量，不肯先投書信。可見高傲，將來竟自不可限量呢。」便對艾虎道：「如今緊要關隘❸已過，也就可以放心了。方才我聽說你的口供，打了摺底，相爺明早就要啟奏了。且看旨意如何，再做道理。你喫了

❷ 調停：本意居間和解。這裏指安排；佈置；整理。

❸ 關隘：險要的關口。

飯不曾？」艾虎道：「飯倒不消，就只酒……」說至此，便不言語。白五爺問道：「怎麼沒有酒？」艾虎道：「有酒。那點點兒剛喝了五六碗就沒了。」白玉堂聽了，暗道：「這孩子敢則愛喝。其實五六碗也不為少。」便喚道：「郝頭兒呢？」只聽外面答應，連忙進來。五爺道：「再取一瓶酒來。」郝禁子答應去了。白五爺又囑咐道：「少時酒來，撙節❹而飲，不可過於貪杯。知道明日是甚麼旨意呢，你也要留神提防著。」艾虎道：「五叔說的是，姪兒再喝這一瓶，就不喝了。」白玉堂也笑了。郝頭兒取了酒來，白五爺又囑咐了一番，方才去了。

果然，次日包公將此事遞了奏摺。仁宗看了，將摺留中❺，細細揣度，偶然想起：「兵部尚書金輝曾具摺二次，說朕的皇叔有謀反之意，是朕一時之怒，將他謫貶。如何今日包卿摺內又有此說呢？事有可疑。」即宣都堂陳林密旨派往稽查四值庫。老伴伴領旨，帶領手下人等，傳了馬朝賢，宣了聖旨。馬朝賢不知為著何事，見是都堂奉欽命而來，敢不懍遵❻，只得隨往一同上庫，驗了封，開了庫門。就從朱橱天字一號查起，揭開封皮，開了鎖，拉開朱門一看。罷咧！卻是空的。陳公公問道：「這九龍珍珠冠那裏去了？」誰知馬朝賢見沒了此冠，已然嚇的面目焦黃。如今見都堂一問，那裏還答應的上來。張著嘴，瞪著眼，半晌說了一句：「不……不……不知道。」陳公公見他神色驚慌，便道：「本堂奉旨查庫者，就是為查此冠。如今此冠既不見，本堂只好回奏，且聽旨意便了。」回頭吩咐道：「孩兒們把馬

---

❹ 撙節：約束；克制。禮曲禮上：「是以君恭敬撙節，退讓以明禮。」撙，節制。

❺ 留中：君主把臣下送來的奏章，留在禁中，不批示，不交議。

❻ 懍遵：惶惶恐恐的遵循。懍，悚慄的樣子。

總管好好看起來。」陳公公即時覆奏。聖上大怒，即將總管馬朝賢拿問，就派都堂審訊。陳公公奏道：「現有馬朝賢之姪馬強在大理寺審訊。馬朝賢既然監守自盜❼，他姪兒馬強必然知情，理應歸大理寺質對。」天子准奏，將原摺並馬朝賢俱交大理寺。天子傳旨之後，恐其中另有情弊，又特派刑部尚書杜文輝、都察院總憲范仲禹、樞密院掌院顏查散，會同大理寺文彥博隔別嚴加審訊。

此旨一下，各部、院堂官俱赴大理寺。惟有樞密院顏查散顏大人剛要上轎，只見虞候手內拿一字柬，回道：「白五老爺派人送來，請大人即升。」顏查散接過拆閱，原來是白玉堂託付照應艾虎。顏大人道：「是了。我知道了，叫來人回去罷。」虞候傳出話去。顏大人暗暗想道：「此係奉旨交審的案件，難以徇情，只好臨期看機會便了。」上轎來到大理寺。眾位堂官會了齊，大家俱看了原摺，方知馬朝賢監守自盜，其中有襄陽王謀為不軌的話頭，個個駭目驚心，彼此計議。范仲禹道：「少時都堂到來，固然先問這小孩子，真偽莫辨。莫若如此如此，先試探他一番如何？」大家深以為然。又都向文大人問了問馬強一案，審的如何。文大人道：「這馬強強梁霸道，俱已招承。惟獨一口咬定倪太守結連大盜，搶掠他的家私一節，已將北俠歐陽春拿到。原來是個俠客義士，倪太守多虧他救出。至於搶掠之事，概不知情，堅不承認。下官問過幾堂，見他為人正直，言語豪爽，決非劫掠大盜。下官已派人暗暗訪查去了。如今既有艾虎，他是馬強家奴，他家被劫，他自然知道的。此事也可以問他。」大家稱「是」。

忽見稟道：「都堂到了。」眾大人迎至丹墀。只見陳公公下轎，搶行幾步，與眾位大人見了，說道：

❼ 監守自盜：盜竊自己所管的公共財物。亦作「主守自盜」。漢書刑法志：「守縣官財物而即盜之，已論命復有笞罪者，皆棄市。」顏師古注：「即今律所謂主守自盜者也。」

「眾位大人早到了，恕咱家來遲。只因聖上為此震怒，懶進飲食，還是我宛轉進諫，聖上方才進膳。咱家伺候膳畢，急急趕到，所以來遲。」彼此到了公堂之上，見設著五堂公位，大家挨次而坐。陳公公道：「眾位大人還沒有問問麼？」眾人道：「等都堂大人。我等已計議了一番。」便將方才商酌的話說了。陳公公道：「眾位大人高見不差。很好。就是如此罷。」吩咐先帶艾虎。左右一聲喊，接連不斷：「帶艾虎！帶艾虎！」

小爺在開封府經過那樣風波，如今到了大理寺，雖則是五堂會審，他卻毫不介意，上得堂來，雙膝跪倒，兩隻眼睛，滴溜嘟嚕東瞧西看。陳公公先就說道：「哎喲！咱家只道甚麼艾虎呢，原來是個小孩子。看他渾渾實實，卻倒伶伶俐俐的。你今年多大了？」艾虎道：「小人十五歲了。」陳公公道：「你小小年紀有甚冤屈，竟敢告狀呢？大著點聲兒，說給眾位大人聽。」艾虎將昨日在開封府的口供說了一遍。又說道：「包相爺要將小人四肢鍘去，小人實在是畏罪之故，並不敢陷害主人，因此蒙相爺施恩，方准了小人的狀子。」說罷，向上叩頭。

陳公公聽了，對著眾人說道：「眾位大人俱各聽明了。有甚麼問的只管問。咱家雖是奉旨欽派，然而咱家只知進御當差，這案子上頭甚不明白。」只聽杜大人問道：「艾虎，你在馬強家幾年了？」艾虎道：「小人自幼就在那裏。」杜大人道：「三年前你家太老爺交給你主人的九龍冠，是你親眼見的麼？」艾虎道：「親眼見的。小人的太老爺先給小人的主人，小人的主人就叫小人捧著，一同到了佛樓，放在中間龕的左邊槅扇後面。」杜大人道：「既是三年前之事，你為何今日才來出首？講！」陳公公道：「是呀，三年前馬總管告假，咱家還依稀記得，大約是為修理墓塋，告了三個月的假。我們這裏還有底帳可考。既是那時候的事情，為何這時候才說出來呢？你說。」艾虎道：「小人三年前方交十二歲，天日不懂，人事不知。小人今年十五歲，到底明白點了。又因小人主人目下遭了官事，惟恐說出這件事情來，小人如何擔的起知情不舉、隱匿不報的罪名呢。」范大人道：「這也罷了。我且問你，當初你太老爺交付你主人九龍冠時，說些甚麼？」艾虎道：「小人就聽見我太老爺說：『此冠好好收藏，等著襄陽王舉事時，就把此冠獻上，必得大大的爵位。』小人也不知舉甚麼事。」范大人道：「如此說來，你家太老爺你自然是認得的了。」一句話，問的艾虎張口結舌。

未知如何，且聽下回分解。

第八十三回　矢口不移心靈性巧　真贓實犯理短情屈

且說艾虎聽范大人問他可認得他家太老爺這一句話，艾虎暗暗道：「這可罷了我咧！當初雖見過馬朝賢，我並未曾留心。何況又別了三年呢。然而又說不得我不認得。但這位大人如何單問我認得不認得，必有甚麼緣故罷？」想罷，答道：「小人的太老爺，小人是認得的。」范大人聽了，便吩咐：「帶馬朝賢。」左右答應一聲，朝外就走。

此時顏大人旁觀者清，見艾虎沉吟後方才答應「認得」，就知艾虎有些恍惚，暗暗著急擔驚，惟恐年幼一時認錯了，那還了得。急中生智，便將手一指，大袍袖一遮，道：「艾虎，少時馬朝賢來時，你要當面對明，休得袒護。」嘴裏說著話，眼睛卻遞眼色，雖不肯搖頭，然而紗帽翅兒也略動了一動。艾虎本因范大人問他認得不認得，心中有些疑心，如今見顏大人這番光景，心內更覺明白。只聽外面鎖鐐之聲，他卻跪著偷偷往外觀看，見有個年老的太監，雖然項帶刑具，到了丹墀之上，面上尚微有笑容，及至到了公堂，他才斂容息氣。而且見了大人們，也不下跪報名，直挺挺站在那裏，一語不發。小爺更覺省悟。

只聽范大人問道：「艾虎，你與馬朝賢當面對來。」艾虎故意的抬頭望了一望那人道：「他不是我家太老爺。我家太老爺小人是認得的。」陳公公在堂上笑道：「好個孩子，真好眼力！」又望著范大人道：「似這等光景，這孩子真認得馬總管無疑了。來呀！你們把他帶下去，就把馬朝賢帶上來罷。」左右將假馬朝賢帶下。不多時，只見帶上了個欺心背反、蓄意謀奸、三角眼含痛淚、一片心術不端的總管馬朝賢來。左右當堂打去刑具，朝上跪倒。陳公公見這番光景，未免心生惻隱，無奈說道：「馬朝賢，今有人告你三年前告假回鄉時，你把聖上九龍珍珠冠擅敢私攜至家。你要從實招上來。」馬朝賢嚇得膽裂魂飛，道：「此冠實是庫內遺失，犯人概不知情呀！」只聽文大人道：「艾虎，你與他當面對來。」艾虎便將口供述了一回，道：「太老爺，事已如此，也就不用推諉了。」馬朝賢道：「你這小廝，著實可惡！咱家何嘗認得你來。」艾虎道：「太老爺如何不認得小人呢？小人那時才十二歲，伺候了你老人家多少日子，太老爺還時常誇我很伶俐，將來必有出息。難道太老爺就忘了麼？可見是『貴人多忘事』。」馬朝賢道：「我縱然認得你，我幾時將御冠交給馬強了呢？」文大人道：「馬總管，你不必抵賴。事已如此，你好好招了，免得皮肉受苦。倘若不招，此乃奉旨案件，我們就要動大刑了。」馬朝賢道：「犯人實無此事。大人如若賞刑，或夾或打，任憑吩咐。」顏大人道：「大約束手問他，決不肯招。左右，請大刑來。」兩旁發一聲喊，剛要請刑，只見艾虎哭著道：「小人不告了！小人不告了！」陳公公便問道：「你為何不告了？」艾虎道：「小人只為害怕，怕擔罪名，方來出首。不想如今害得我太老爺偌大年紀，受如此苦楚，還要用大刑審問。這不是小人活活把太老爺害了麼？小人實實不忍，小人情願不告了。」陳公公聽了，點了點頭，道：「傻孩子！此事已經奉旨，如何由的你呢。」只見杜大人道：「暫且不必用刑，左右將馬總管帶下去。艾虎也下去。不可叫他們對面交談。」左右分別帶下。

顏大人道：「下官方才說請刑者，不過威嚇而已。他有了年紀之人，如何禁得起大刑呢？」杜大人道：「方才見馬總管不認得艾虎，下官有些疑心，焉知艾虎不是被人主使出來的呢？」顏大人聽了暗道：「此言利害。但是白五弟託我照應艾虎，我豈可坐視呢？」連忙說道：「大人慮的雖是。但艾虎是個小孩子，如何擔的起這樣大事呢？且包太師已然測到此處，因此要用御刑鍘他的四肢。他若果真被人主使，焉有捨去性命，不肯實說的道理呢？」杜大人道：「言雖如此，下官又有一個計較，莫若將馬強帶上堂來，如此如此追問一番，如何？」眾人齊聲說「是」。吩咐：「帶馬強，不許與馬朝賢對面。」左右答應。

不多時，將馬強帶到。杜大人道：「馬強，如今有人替你鳴冤，你認得他麼？」馬強道：「但不知是何人？」杜大人道：「帶那鳴冤的當面認來。」只見艾虎上前跪倒。馬強一看，暗道：「原來是艾虎這孩子，倒有為主之心，真是好！」連忙稟道：「他是小人的家奴，名叫艾虎。」杜大人道：「他有多大歲數了？」馬強道：「他十五歲了。」杜大人道：「他是你家世僕麼？」馬強道：「他自幼就在小人家裏。」惡賊只顧說出此話，堂上眾位大人無不點頭，疑心盡釋。杜大人道：「既是你家世僕，你且聽他替你鳴的冤。艾虎快將口供訴上來。」艾虎便將口供訴完，道：「員外休怪，小人實實擔不起罪名。」馬強喝道：「我罵你這狗才！滿嘴裏胡說！太老爺何嘗交給我甚麼冠來！」陳公公喝道：「此乃公堂之上，豈是你喝呼家奴的所在，好不懂好歹。就該掌嘴。」馬強跪爬了半步，道：「回大人，三年前小人的叔父回家，並未交付小人九龍冠。這都是艾虎的謊言。」顏大人道：「你說你叔父並未交付於你，如今艾虎說你把此冠供在佛樓之上。倘若搜出來時，你還抵賴麼？」馬強道：「如果從小人家中搜出此冠，小人情甘認罪，再也不敢抵賴。」顏大人道：「既如此，具結上來。」馬強以為斷無此事，欣然具結。眾位大人傳遞看了，叫把馬強仍然帶下去。又把馬朝賢帶上堂來，將結念與他聽，問道：「如今你姪兒已然供明，你還不實說麼？」馬朝賢道：「犯人實無此事。如果從犯人姪兒家中搜出此冠，犯人情甘認罪，再無抵賴。」也具了一張結。將他帶下去，分別寄監。

文大人又問艾虎道：「你家主人被劫一事，你可知道麼？」艾虎道：「小人在招賢館服侍我們主人的朋友。」文大人道：「甚麼招賢館？」艾虎道：「小人的員外家大廳就叫招賢館，有好些人在那裏住著，每日裏耍槍弄棒，對刀比武，都是好本事。那日因我們員外誆了個儒流秀士帶著一個老僕人，後來說是新太守，就把他主僕鎖在空房之內。不知甚麼工夫，他們主僕跑了。小人的員外知道了，立刻騎馬趕去，又把那秀士一人拿回來，就下在地牢裏了。」文大人道：「甚麼地牢？」艾虎道：「是個地窨子，凡有緊要事情，都在地牢。回大人，這個地牢之中，不知害了多少人命。」陳公公冷笑道：「他家竟敢有地牢，這還了得麼！這秀士必被你家員外害了。」艾虎道：「原要害來著。不知甚麼工夫，那秀士又被人救了去了。小人的員外就害起怕來。那些人勸我們員外說沒事。如有事時，大夥兒一同上襄陽去。就是那天晚上有二更多天，忽然來了個大漢，帶領官兵，把我們員外合安人在臥室內就捆了。招賢館眾人聽見，一齊趕到儀門前救小人的主人。誰知那些人全不是大漢的對手，俱各跑回招賢館藏了。小人害怕，也就躲避了。不知如何被劫。」文大人道：「你可知道甚麼時候，將你家員外起解到府？」艾虎道：「小人聽姚成說有五更多天。」文大人聽了，對眾人道：「如此看來，這打劫之事與歐陽春不相干了。」眾大人問道：「何以見得？」文大人道：「他原失單上報的是黎明被劫。五更天大漢隨著官役押解馬強赴府，如何黎明又打劫了呢？」眾位大人道：「大人高見不差。」陳公公道：「大人且別問此事，先將馬朝賢之事覆旨要緊。」文大人道：「此案與御冠相連，必須問明一併覆旨，明日方好搜查提人。」說罷，吩咐帶原告姚成。誰知姚成聽見有九龍冠之事，知道此案大了，他卻逃之夭夭了。差役去了多時，回來稟道：「姚成懼罪，業已脫逃，不知去向。」文大人道：「原告脫逃，顯有情弊。這九龍冠之事益發真了。只好將大概情形覆奏聖上便了。」大家共同擬了摺底，交付陳公公，先行陳奏。

到了次日，奉旨立刻行文到杭州捉拿招賢館的眾寇，並搜查九龍冠，即刻赴京歸案備質。過了數日，杭州署事太守用黃亭子抬定龍冠，派役護送進京，連郭氏一併解到。你道郭氏如何解來？只因文書到了杭州，立刻知會巡檢、守備帶領兵弁❶，以為捉拿招賢館的眾寇必要廝殺，誰知到了那裏，連個人影兒也不見了，只得追問郭氏。郭氏道：「就於那夜俱各逃走了。」署事官先查了招賢館，搜出許多書信，俱是與襄陽王謀為不軌的話頭。又叫郭氏隨同來到佛樓之上，果在中間龕的左邊槅扇後面，搜出御冠帽盒來。署事官連忙打開驗明，依然封好妥當，立刻備了黃亭子請了御冠，因郭氏是個要犯硬證，故此將他一同解京。

眾位大人來到大理寺，先將御冠請出，大家驗明，供在上面。把郭氏帶上堂來，問他：「御冠因何在你家中？」郭氏道：「小婦人實在不知。」范大人道：「此冠從何處搜出來的？」郭氏道：「從佛樓中間龕內搜出。」杜大人道：「是你親眼見的麼？」郭氏道：「是小婦人親眼見的。」杜大人叫他畫招畫供。吩咐帶馬強。馬強剛至堂上，一眼瞧見郭氏，唬了一驚，暗說：「不好！他如何來到這裏？」只得向上跪倒。范大人道：「馬強，你妻子已然供出九龍冠來，你還敢抵賴麼？快與郭氏當面對來。」馬強聽了，戰戰兢兢問郭氏道：「此冠從何處搜出？」郭氏道：「佛樓之上中間龕內。」馬強道：「果是

❶兵弁：官兵的總稱。弁，下級武官。武官服皮弁，故稱武官為弁。

那裏搜出來的？」郭氏道：「你如何反來問我？你不放在那裏，他們就能從那裏搜出來麼？」文大人不容他再辯，大喝一聲道：「好逆賊！連你妻子都如此說，你還不快招麼？」馬強只嚇的目瞪癡呆，叩頭碰地，道：「冤孽罷了！小人情願畫招。」左右叫他畫了招。顏大人吩咐將馬強夫妻帶在一旁，立刻帶馬朝賢上堂，叫他認明此冠並郭氏口供，連馬強畫的招俱各與他看了。只嚇得他魂飛魄散，又當面問了郭氏一番，說道：「罷了，罷了！事已如此，叫我有口難分。犯人畫招就是了。」左右叫他畫了招。眾位大人相傳看了，把他叔姪分別帶下去。文大人又問郭氏被劫一事。

忽聽外面嘈雜，有人喊冤，只見衙役跪倒稟道：「外面有一老頭子手持冤狀，前來伸訴。眾人將他攔住，他那裏喊聲不止，小人不敢不回。」顏大人道：「我們是奉旨審問要犯，何人膽大，擅敢在此喊冤？」差役稟道：「那老頭子口口聲聲說是替倪太守鳴冤的。」陳公公道：「巧極了。既是替倪太守鳴冤的，何妨將老頭兒帶上來，眾位大人問問呢。」吩咐：「帶老頭兒。」不多時，見一老者上堂跪倒，手舉呈詞，淚流滿面，口呼「冤枉」。顏大人吩咐將呈子接上來，從頭至尾，看了一遍，道：「原來果是為倪太守一案。」將此呈傳遞眾位大人看了，齊道：「此狀正是奉旨應訊案件。如今雖將馬朝賢監守自盜訊明，尚有倪太守與馬強一案未能質訊。今既有倪忠補呈伸訴，理應將全案人證提到當堂審問明白，明日一併覆旨。」陳公公道：「正當如此。」便往下問道：「你就叫倪忠麼？」倪忠道：「是。小人叫倪忠。特為小人主人倪繼祖前來伸冤。」陳公公道：「你不必啼哭，慢慢的訴上來。」

未知說些甚麼，且聽下回分解。

第八十四回 復原職倪繼祖成親 觀水災白玉堂捉怪

且說倪忠在公堂之上，便說起奉旨上杭州接太守之任，如何暗暗私訪，如何被馬強拿去兩次。「頭一次多虧了一個難女，名叫朱絳貞，乃朱舉人之女，被惡霸搶了去的，是他將我主僕放走。慌忙之際，一時失散，小人遇見個義士歐陽春，將此事說明。義士即到馬強家中，打聽小人的主人下落。誰知小人的主人又被馬強拿去下在地牢，多虧義士歐陽春搭救出來。就定於次日，義士幫助捉拿馬強，護送到府。我家主人審了馬強幾次，無奈惡霸總不招承。不想惡霸家中被劫，他就一口咬定，說小人的主人結連大盜明火執杖，差遣惡奴進京呈控。可憐小人的主人堂堂太守，因此解任，遭這不明不白的冤枉。望乞眾位大人明鏡高懸，細細詳查是幸。」范大人道：「你主人既有此冤枉，你如何此時方來伸訴呢？」倪忠道：「只因小人奉家主之命，前往揚州接取家眷。及至到了任所，方知此事，因此急急趕赴京師，替主鳴冤。」說罷，痛哭不止。陳公公點頭道：「難為這老頭兒。眾位大人當怎麼辦呢？」文大人道：「倪忠的呈詞正與太守倪繼祖、義士歐陽春、小童艾虎所供俱各相符。惟有被劫一案，尚不知何人，須問倪繼祖、歐陽春，便見明白。」吩咐帶倪太守與歐陽春。

不多時，二人上堂。文大人問太守道：「你與歐陽春定於何時捉拿馬強？又於何時解到本府？」倪繼祖道：「定於二更帶領差役捉拿馬強，於次日黎明方才到府。」文大人又問歐陽春道：「既是二更捉拿馬強，為何於次日黎明到府呢？」歐陽春道：「原是二更就把馬強拿住，只因他家招募了許多勇士與小人對壘，小人好容易將他等殺退，於五更時方將馬強馱在馬上。因霸王莊離府衙二十五六里之遙，小人護送到府時，天已黎明。」

文大人又叫帶郭氏上來，問道：「你丈夫被何人拿住？你可知道麼？」郭氏道：「被個紫髯大漢拿住，連小婦人一同捆縛的。」文大人道：「你丈夫幾時離家的？」郭氏道：「天已五鼓。」文大人道：「你家被劫是甚麼時候？」郭氏道：「天尚未亮。」文大人道：「我看失單內劫去許多物件，非止一人，你可曾看見麼？」郭氏道：「來的人不少，小婦人嚇的以被蒙頭，那裏還敢瞧呢。後來就聽賊人說：『我們乃北俠歐陽春帶領官役前來搶掠』；因此小婦人失單上有北俠的名字。」文大人道：「你丈夫結交招賢館的朋友，如何不見？」郭氏道：「就是那一夜的早起，小婦人因查點東西，不但招賢館內無人，連那裏的東西也短了許多。回大人，我丈夫交的這些朋友，全不是好朋友。」文大人聽了，笑對眾人道：「列位聽見了。這明是眾寇打劫，聲言北俠與官役，移害於人之意無疑了。」眾人道：「大人高見不差。歐陽春五鼓護送馬強，焉有黎明從新帶領人役打劫之理？此是眾寇打劫無疑了。」又把馬強帶上來，與倪忠當面質對。馬強到了此時再無折辯，就一一招了。

文大人吩咐將太守主僕、北俠、艾虎另在一處候旨，其餘案內之人分別收監。共同將覆奏摺子擬定，連招供並往來書信，預備明早謹呈御覽。天子看了大怒，卻將摺子留中。你道為何？皆因仁宗為君，以孝治天下。其中關礙著皇叔趙爵不肯深究，止於發上諭，說：「馬朝賢監守自盜，理應處斬。馬強搶掠婦女，私害太守，也定了斬立決。郭氏著勿庸議。」所有襄陽王之事一概不提。「倪繼祖官復原職。歐陽春義舉無事。艾虎雖以小犯上，薄有罪名，因為御冠出首，著寬免。」

倪繼祖具摺謝恩。旨意問朱絳貞釋放一節，倪繼祖一一陳奏，又隨了一個夾片，是敘說倪仁被害，李氏含冤，賊首陶宗、賀豹，義僕楊芳即倪忠，並有祖傳並梗玉蓮花，如何失而復得的情由，細細陳奏。天子看了，聖心大悅，道：「卿家有許多的原委，可稱一段佳話。」即追封倪仁五品官銜，李氏封誥隨之。倪太公倪老兒也賞了六品職銜，隨任養老。義僕倪忠賞了六品承義郎，仍隨任服役。朱絳貞有玉蓮花聯姻之誼，奉旨畢姻。朱煥章恩賜進士。陶宗、賀豹嚴緝拿獲，即行正法。倪繼祖磕頭謝恩，復又請訓，定日回任。又到開封府拜見包公。此時北俠父子卻被南俠請去，眾英雄俱各歡聚一處。倪太守又到展爺寓所，一來拜望，二來敦請北俠、小俠務必隨同到任。北俠難以推辭，只得同艾虎到了杭州。倪太守從新接了任後，即拜見了李氏夫人，與太公夫婦。李氏夫人依然持齋❶，另在靜室居住。倪太守又派倪忠隨了朱煥章同去，遷了倪仁之柩。立刻提出賀豹正法祭靈後，安葬立塋。白事已完，又辦紅事。即與朱老先生定了吉日，方與朱絳貞完姻。自然是熱鬧繁華，也不必細述。北俠父子在任，太守敬如上賓。待諸事已畢，他父子便上茉花村去了。

且說仁宗天子自從將馬朝賢正法之後，每每想起襄陽王來，聖心憂慮。偏偏的洪澤湖水災連年為患，屢接奏摺，不是這裏淹了百姓，就是那裏傷了禾苗，盡為河工消耗國課無數，枉自勞而無功。這日單單召見包相，商酌此事。包相便保舉顏查散，才識諳練❷，有守有為，堪勝此任。聖上即升顏查散為巡按，

---

❶ 持齋：佛教徒守戒律而素食。佛教原以過午不食為齋，後來多指不殺生而素食。梁書劉杳傳：「自居母憂，便長斷腥羶，持齋蔬食。」

稽查水災，兼理河工民情。顏大人謝恩後，即到開封府，一來叩辭，二來討教治水之法。包公說了些治水之法，雖有成章，務必隨地勢之高低，總要堵洩合宜，方能成功。顏查散又向包公要公孫策、白玉堂，同往幫辦一切，包公應允。次日早朝，包公奏明了，主簿公孫策、護衛白玉堂隨顏查散前去治水。聖上久已知道公孫策頗有材能，即封六品職銜，白玉堂的本領更是聖上素所深知之人，准其二人隨往。顏巡按謝恩請訓，即刻起程。

一日來到泗水城，早有知府鄒嘉迎接大人。顏大人問了問水勢的光景，忽聽衙外百姓喧嘩，原來是赤堤墩的百姓控告水怪。顏大人吩咐把難民中有年紀的喚幾個來問話。不多時帶進四名鄉老，但見他等形容憔悴，衣衫襤褸，苦不可言，向上叩頭，道：「救命呀！大人。」顏大人問道：「你們到此何事？」鄉老道：「小民連年遭了水災，已是不幸，不想近來水中生了水怪，時常出來現形傷人。如遇腿快的跑了，他便將窩棚拆毀，東西掠盡，害得小民等時刻不能聊生。望乞大人捉拿水怪要緊。」顏大人道：「你等且去，本院自有道理。」眾鄉老叩頭出衙去了。知會了眾人，大家散去。顏大人與知府談了多時，定於明日登西虛山觀水。知府退後，顏大人又與公孫先生、白五爺計議了一番。

到了次日，乘轎到西虛山下，知府早已伺候。換了馬匹，上到半山，連馬也不能騎了，只得下馬步行。好容易到了山頭，但見一片白茫茫沸騰澎湃，由赤堤灣浩浩蕩蕩漫到赤墩，順流而下，過了橫塘，歸於楊家廟。一路沖浸之處❸，不可勝數。慢說房屋四分五落，連樹木也是七歪八扭。又見赤堤墩的百

❷ 諳練：熟習；有經驗。諳，熟悉。

❸ 沖浸之處：水流沖破、浸蝕的地方。

姓，全在水浸之處，搭了窩棚棲身，自命名曰「捨命村」。他等本應移在橫塘，因路途遙遠，難以就食，故此捨命在此居住。那一番慘淡形景，令人不堪注目。

旁邊的白五爺早動了惻隱之心，暗想道：「黎民遭此苦楚，連個準窩棚沒有，還有水怪侵擾，可見是禍不單行。但只一件，他既不傷人，如何拆毀窩棚，搶掠東西呢？事有可疑。俺今日夜間倒要看個動靜。」他卻悄悄的知會了顏巡按，帶領四名差役，暗暗來到赤堤墩，假作奉命查驗的光景。眾百姓俱各上前叩頭訴苦。白玉堂叫他們騰出一個窩棚，進去坐下。又叫幾個老民，大家席地而坐。又細細問了水怪的來蹤去跡。「可有甚麼聲息沒有？」眾百姓道：「也沒有甚麼聲息，不過嘔嘔亂叫。」白玉堂道：「你們仍在各窩棚內隱藏。我就在這窩棚內存身，夜間好與你們捉拿水怪。你們切不可聲張，惟恐水怪通靈❹，你們嚷嚷的他要知道了，他就不肯出來了。」眾百姓聽了，登時連個大氣兒也不敢出，立刻悄語低言，努嘴，打手勢。白玉堂看了，又要笑又可憐。想來被水怪嚇的膽都破了。白玉堂回手在兜肚內摸出兩個錁子，道：「你們將此銀拿去，備些酒來。餘下的你們糴米買柴。大家喫飽了，夜間務必警醒。倘若水怪來時，你們千萬不可亂跑。只要高聲一嚷，就在窩棚內穩坐，不要動身。我自有道理。」眾百姓聽了，歡天喜地，選腿快的尋找酒食去，腿慢的整理現成的魚蝦。七手八腳，登時的你拿這個，我拿那個，白五爺看了也覺有趣。仍叫這幾個有年紀的同自己喫酒，並問他水勢凶猛的情形。問他如何埽壩❺，再也打疊不起。眾鄉老道：「惟有山根之下水勢逆，到了那裏是個旋渦，那點兒地方不知傷害了多少性命。

---

❹ 通靈：這裏指通（人的）靈性。

❺ 埽壩：古代治河工程中用以護岸和堵口的器材。舊時多以柳七草三捆紮而成。凡用埽料修成的堤壩也叫埽壩。

雖有行舟來往，到了那裏，沒有不小心留神的。」白五爺道：「旋渦那邊是甚麼地方？」眾鄉老道：「過了旋渦，那邊二三里之遙，便是三皇廟了。」白老五暗記在心。

喫畢酒飯，早見一輪明月湧出，清光皎潔，襯著這滿湖蕩漾，碧浪茫茫，清波浩浩，真是月光如水，水如天。大家閉氣息聲。錦毛鼠五爺踱來踱去，細細在水內留神。約有二鼓之半，只聽水面唿喇喇一聲響。白玉堂將身軀一伏，回手將石子掏出。見一物跳上岸來，是披頭散髮，面目不分，見他竟奔窩棚而去。白五爺好大膽，也不管妖怪不妖怪，有何本領，會甚麼法術，他便悄悄尾在後面。忽聽窩棚內嚷了一聲道：「妖怪來了！」白玉堂在那物的後面吼了一聲，道：「妖怪往那裏走！」嗖的一聲，就是一石子，正打在那物後心之上。只聽噗哧一聲，那物往前一栽。猛見那物一回頭，白五爺又是一石子飛來，不偏不歪，又打在那物面門之上。只聽拍的一聲響，那怪哎喲了一聲，咕咚栽倒在地。白五爺急趕上前，將那妖怪按住。早有差役從窩棚出來，一齊湧上，將妖怪拿住，抬在窩棚一看，見他哼哼不止，原來是個人，外穿皮套。急將皮套扯去，見他血流滿面，口吐悲聲，道：「求爺爺饒命呀！」剛說至此，只聽那邊窩棚嚷道：「水怪來了！」白玉堂連忙出來，嚷道：「在那裏？一併拿來審問。」只聽那邊喊道：「跑了，跑了！」白五爺這裏叱咤道：「速速追上拿來，莫要叫他跑了。」早已聽見水面上「撲通」「撲通」，跳下水去了。

眾鄉老聚在一處，來看水怪，方知是人假扮水怪搶掠。一個個摩拳擦掌，全要打水怪以消忿恨。白五爺攔道：「你等不要如此，俺還要將他帶到衙門，按院大人要親審呢。你等既知是假水怪，以後見了務必齊心努力捉拿，押解到按院衙門，自有賞賚。」眾鄉民道：「甚麼賞不賞的。只要大人與民除害，難民等就感恩不淺了。今日若非老爺前來識破，我等焉知他是假的呢。如今既知他是假的，還怕他甚麼。倒要盼他上來，拿他幾個。」說到高興，一個個精神百倍。就有沿岸搜尋水怪的，那裏有個影兒呢。安安靜靜過了一夜。

到了天明，眾鄉民又與白五爺叩頭。「多虧老爺前來除害，眾百姓難忘大恩。」白五老爺又安慰了眾人一番，方帶領差役，押解水賊，竟奔巡按衙門而來。

未知後文審辦如何，且聽下回分解。

第八十五回　公孫策探水遇毛生　蔣澤長沿湖逢鄔寇

且說白玉堂到了巡按衙門，請見大人。顏大人自西虛山回來，甚是耽心，一夜未能好生安寢。如今聽說白五爺回來，心中大喜，連忙請進相見。白玉堂將水怪說明。顏大人立刻升堂審問了一番，原來是十三名水寇，聚集在三皇廟內，白日以劫掠客船為生，夜間假裝水怪要將赤堤墩的眾民趕散，他等方好施為作事。偏偏這些難民惟恐赤墩的隄岸有失，故此雖無房屋，情願在窩棚居住，死守此隄，再也不肯遠離。

白玉堂又將鄉老說的旋渦說了。公孫策聽了，暗想道：「這必是別處有壅塞之處，發洩不通，將水攻激於此，洋溢氾濫，埽壩不能疊成。必須詳查根源，疏濬開了，水勢流通，自無災害。」想罷，回明按院，他要明日親去探水。顏大人應允。玉堂道：「既有水寇，我想水內本領，非我四哥前來不可。必須急速具摺寫信，一面啟奏，一面稟知包相，方保無虞。」顏大人連忙稱是，即叫公孫策先生寫了奏摺，具了稟帖，立刻拜發起身。

到了次日，顏大人派了兩名千總，一名黃開，一名清平，帶了八名水手，兩隻快船，隨了公孫先生前去探水。知府又來稟見。顏大人請到書房相見，商議河工之事。忽見清平驚惶失色，回來稟道：「卑職跟隨公孫先生前去探水，剛至旋渦，卑職攔阻，不可前進。不想船頭一低，順水一轉，將公孫先生與千總黃開俱各落水不見了。卑職難以救援，特來在大人跟前請罪。」顏大人聽了，心裏著忙，便問道：「這旋渦可有往來船隻麼？」清平道：「先前本有船隻往來，如今此處成了匯水之所，船隻再也不從此處走了。」顏大人道：「難道黃開他不知此處麼？為何不極力的攔阻先生呢？」清平道：「黃開也曾攔阻至再，無奈先生執意不聽，卑職等也是無法的。」顏大人無奈，叱退了清平，吩咐知府多派水手前去打撈屍首。知府回去派人去了半天，再也不見蹤影，回來稟知按院。顏大人只急得唉聲歎氣。白玉堂道：「此必是水寇所為，只可等蔣四哥來了，再做道理。」顏大人無法，只好靜聽消息罷了。

過了幾天，果然蔣平到了，見了按院。顏大人便將公孫策先生與千總黃開溺水之事，說了一遍。白玉堂將捉拿水怪一名，供出還有十二名水寇在旋渦那邊三皇廟內聚集，作了窩巢❶的話，也一一說了。蔣平道：「據我看來，公孫先生斷不至死。此事須要訪查個水落石出，得了實跡，方好具摺啟奏。」即吩咐預備快船一隻，仍叫清平帶到旋渦。

蔣爺上了船，清平見他身軀瘦小，形如病夫，心中暗道：「這樣人從京中特特調了來，有何用處？他也敢去探水？若遇見水寇，白白送了性命。」正在胡思，只見蔣爺穿了水靠，手提鵝眉鋼刺，對清平道：「千總，將我送到旋渦。我若落水，你等只管在平坦之處，遠遠等候。縱然工夫大了，不要慌張。」清平不敢多言，惟有喏喏而已。水手搖櫓擺槳，不多時，看看到了旋渦，清平道：「前面就是旋渦了。」蔣爺立起身來，站在船頭上，道：「千總站穩了。」他將身體往前一撲，雙腳把船往後一蹬。看他身雖弱小，力氣卻大。又見蔣爺側身入水，彷彿將水穿刺了一個窟窿一般，連個大聲氣兒也沒有，更覺罕然。

---

❶ 窩巢：這裏比喻壞人聚居的地方。窩，本意為鳥獸昆蟲的巢穴。

且說蔣平到了水中，運動精神，睜開二目，忽見那邊來了一人，穿著皮套，一手提著鐵錐，一手亂摸而來。蔣爺便知他在水中不能睜目，急將鋼刺對準那人的胸前哧的一下，可憐那人在水中，連個「嗳喲」也不能嚷，便就啞叭嗚呼❷了。蔣爺把鋼刺往回裏一抽，一縷鮮血，順著鋼刺流出，咕嘟一股水泡翻出水面，屍首也就隨波浪去了。

話不重敘，蔣爺一連殺了三個，順著他等來路，搜尋下去，約有二三里之遙，便是隄岸。蔣平上得隄岸來，脫了水靠，揀了一棵大樹，放在椏杈之上。邁步向前，果見一座廟宇，匾上題著三皇廟。蔣爺悄悄進來一看，連個人影兒也是沒有。左尋右尋，又找到了廚下，只聽裏面呻吟之聲。蔣爺向前一看，是個年老有病僧人。那僧人一見蔣爺，連忙說道：「不干我事。這都是我徒弟將那先生與千總放走，他卻也逃走了，移害于我。望乞老爺見憐。」蔣爺聽了，話內有因，連忙問道：「俺正為搭救先生而來。他等端的如何？你要細細說來。」老和尚道：「既是為搭救先生與千總的，想來是位官長了。恕老僧不能為禮了。只因數日前有二人在旋渦落水，眾水寇撈來，將他二人控水救活。其中有個千總黃大老爺，不但僧人認得，連水寇俱各認得。追問那人，方知是公孫策老爺，是幫助按院奉旨查驗水災修理河工的。水寇聽了著忙，大家商量，私拿官長不是當耍的，便將二位老爺交與我徒弟看守。留下三人仍然劫掠行船。其餘的俱各上襄陽王那裏報信，或將二位官長殺害，或將二位官長解到軍山，交給飛叉太保鍾雄。自他等去後，老僧與徒弟商議，莫若將二位老爺放了。叫徒弟也逃走了，拚著僧家這條老命，又是疾病的身體不能脫逃，該殺該剮，任憑他等，雖死無怨。」蔣平連連點頭，難得這僧人一片好心，連忙問道：

---

❷ 啞叭嗚呼：沒有聲響地死去。

「這頭目叫甚麼名字？」老僧道：「他自稱鎮海蛟鄔澤。」蔣爺又問道：「你可知那先生合千總往那裏去了？」老僧道：「我們這裏極荒涼幽僻，一邊臨水，一邊靠山，單有一條路崎嶇難行，約有數里之遙，地名螺螄灣。到了那裏，便有人家。」蔣爺道：「若從水路到螺螄灣，可能去得麼？」老僧道：「不但去得，而且極近，不過二三里之遙。」蔣爺道：「你可曉得，水寇幾時回來？」老僧道：「大約一二日間就回來了。」蔣平問明來歷，道：「和尚你只管放心，包管你無事。明日即有官兵到來捉拿水寇，你卻不要害怕。俺就去也。」說罷，回身出廟，來到大樹之下，穿了水靠，竄入水中。

不多時，過了旋渦，挺身出水，見清平在那邊船上等候，連忙上了船，悄悄對清平道：「千總急速回去稟見大人。你明日帶領官兵五十名，乘舟到三皇廟，暗暗埋伏。如有水寇進廟，你等將廟團團圍住，聲聲吶喊，不要進廟。等他們從廟內出來，你們從後殺進。倘若他等入水，你等只管換班巡查。俺在水中自有道理。」清平道：「只恐旋渦難過，如何能到得三皇廟呢？」蔣爺道：「不妨事。先前難以過去，只因水內有賊，用鐵錐鑿船。目下我將賊人殺了三名，平安無事了。」清平聽了，暗暗稱奇，又問道：「蔣老爺此時往何方去呢？」蔣平道：「我已打聽明白，公孫先生與黃千總俱有下落，趁此時我去探訪一番。」清平聽說公孫先生與黃千總有了下落，心中大喜。只見蔣爺復又竄入水內，將頭一扎，水面上瞧，只一溜風，波水紋分左右，直奔西北去了。清平這才心服口服，再也不敢瞧不起蔣爺了。吩咐水手撥轉船頭，連忙回轉按院衙門，不表。

再說蔣爺在水內，欲奔螺螄莊，連換了幾口氣，正行之間，覺得水面上刷的一聲，連忙挺身一望。見一人站在筏子上，撒網捕魚。那人只顧留神在網上面，反把那人唬了一跳。回頭見蔣爺穿著水靠，身體瘦小，就如猴子一般，不由的笑道：「你這個樣兒，也敢在水內為賊作寇，豈不見笑於人？我對你說，似你這些毛賊，俺是不怕的。何況你這點點兒東西，俺不肯加害於你，還不與我快滾麼？倘再延捱❸，惱了我性兒，只怕你性命難保。」蔣爺道：「俺看你不像在水面上作生涯的。俺也不是那在水內為賊作寇的。請問貴姓。俺是特來問路的。」那人道：「你既不是賊寇，為何穿著這樣東西？」蔣爺道：「俺素來深識水性，因要到螺螄灣訪查一人，故此穿了水靠，走這捷徑路兒，為的是近而且快。」那人道：「你姓甚名誰？要訪何人？細細講來。」蔣爺道：「俺姓蔣名平。」那人道：「你莫非是翻江鼠蔣澤長麼？」蔣爺道：「正是。足下如何知道賤號呢？」那人哈哈大笑，道：「怪道，怪道。失敬，失敬。」連忙將網攏起，從新見禮，道：「恕小人無知，休要見怪。小人姓毛名秀，就在螺螄莊居住。只因有二位官長現在舍下居住，曾提尊號，說不日就到，命我捕魚時留心訪問。不想今日巧遇，曷勝幸甚。請到寒舍領教。」蔣爺道：「正要拜訪，惟命是從。」毛秀撐篙，將筏子攏岸拴好，肩擔魚網，手提魚簍。蔣爺將水靠脫下，用鋼刺也挑在肩頭，隨著毛秀來到螺螄莊中。舉目看時，村子不大，人家不多，一概是草舍籬牆，柴扉竹牖，家家晾著魚網，很覺幽雅。

毛秀到門前，高聲喚道：「爹爹開門，孩兒回來了。有貴客在此。」只見從裏面出來一位老者，鬚髮半白，不足六旬光景，開了柴扉，問道：「貴客那裏？」蔣爺連忙放下挑的水靠，雙手躬身道：「蔣平特來拜望老丈，恕我造次❹不恭。」老者道：「小老兒不知大駕降臨，有失遠迎，多多有罪。請到寒

❸ 延捱：耽誤時間。捱，拖延。

❹ 造次：匆忙；魯莽。

舍待茶。」他二人在此謙遜說話，裏面早已聽見。公孫策與黃開就迎出來，大家彼此相見，甚是歡喜。一同來到茅屋，毛秀後面已將蔣爺的鋼刺水靠帶來，大家彼此敘坐，各訴前後情由。蔣平又謝老丈收留之德。公孫先生代為敘明老丈名九錫，是位高明隱士，而且頗曉治水之法。蔣平聽了，心中甚覺暢快。不多時，擺上酒席，雖非珍饈，卻也整理的精美。團團圍坐，聚飲談心。毛家父子高雅非常，令人欣羨。蔣平也在此住了一宿。

次日蔣平惦記著捉拿水寇，提了鋼刺，仍然挑著水靠，別了眾人，言明勦除水寇之後，再來迎接先生與千總，並請毛家父子。說畢，出了莊門，仍是毛秀引到湖邊，要用筏子渡過蔣爺去。蔣爺攔阻道：「那邊水勢洶湧，就是大船尚且難行，何況筏子。」說罷，跳上筏子，穿好水靠，提著鋼刺，一執手道：「請了。」身體一側，將水面刺開，登時不見了。毛秀暗暗稱奇道：「怪不得人稱翻江鼠，果然水勢精通，名不虛傳！」讚羨了一番，也就回莊中去了。

再說這裏蔣四爺水中行走，直奔旋渦而來。約著離旋渦將近，要往三皇廟中去打聽打聽清平，水寇來否，再作道理。心中正然思想主意，只見迎面來了二人，看他身上並未穿著皮套，手中也未拿那鐵錐，卻各人手中俱拿著鋼刀。再看他兩個穿的衣服，知是水寇，心中暗道：「我要尋找他們，他們趕著前來送命。」手把鋼刺，照著前一人心窩刺來。說時遲，那時快，這一個已經是傾生喪命。抽出鋼刺，又將後來的那人一下，那一個也就「嗚呼哀哉」了。這兩個水寇，連個手兒也沒動，糊裏糊塗的都被蔣爺刺死，屍首順流去了。蔣爺一連殺了二賊之後，剛要往前行走，猛然一鎗順水刺來。蔣爺看見也不磕迎撥挑，卻把身體往斜刺裏一閃，便躲過了這一鎗。

原來水內交戰，不比船上交戰，就是兵刃來往，也無聲息。而且水內俱是短兵刃來往，再沒有長鎗的。這也有個緣故。原來迎面之人就是鎮海蛟鄔澤，只因帶了水寇八名仍回三皇廟，奉命把公孫先生與黃千總送到軍山。進得廟來，坐未煖席，忽聽外面聲聲吶喊：「拿水寇呀，拿水寇呀！好歹別放走一個呀！務要大家齊心努力。」眾賊聽了，那裏還有魂咧，也沒個商量計較，各持利刃，一擁的往外奔逃。清平原命兵弁不許把住山門，容他們跑出來，大家追殺。清平卻在樹林等候，見眾人出來，迎頭接住。倒是鄔澤還有些本領，就與清平交起手來。眾兵一擁上前，先擒了四個，殺卻兩個。那兩個瞧著不好，便持了利刃，奔到湖邊，跳下水去。蔣爺才殺的就是這兩個。後來鄔澤見幫手全無，單單的自己一人，恐有失閃，虛點一鎗，抽身就跑到湖邊，也就跳下水去，故此提著長鎗，竟奔旋渦。

他雖能彀水中開目視物，卻是偶然。見蔣爺從那邊而來，順手就是一鎗。蔣爺側身躲過，仔細看時，他的服色不比別個，而且身體雄壯，暗道：「看他這樣光景，別是鄔澤罷。倒要留神。休叫他逃走了。」鄔澤一鎗刺空，心內著忙，手中不能磨轉長鎗，立起從新端平方能再刺。只這點工夫，蔣爺已貼立身後，揚起左手，攏住網巾，右手將鋼刺往鄔澤腕上一點。鄔澤水中不能哎喲，覺得手腕上疼痛難忍，端不住長鎗，將手一撒，鎗沉水底，蔣爺水勢精通，深知訣竅，原在他身後攏住網巾，卻用磕膝蓋猛在他腰眼上一拱，他的氣往上一湊，不由的口兒一張。水流線道，何況他張著一個大乖乖呢，焉有不進去點水兒的呢？只聽咕嘟兒的一聲，蔣爺知道他嗆了水了。連連的「咕嘟兒」「咕嘟兒」幾聲，登時把個鄔澤嗆的迷了，兩手紮撒，亂抓亂撓，不知所以。蔣爺索性一翻手，身子一閃，把他的頭往水內連浸了幾口。這鄔澤每日裏淹人當事，今日遇見硬對兒，也合他頑笑頑笑。誰知他不禁頑兒，不大的工夫，小子也就灌成水車一般。蔣爺知他沒了能為，要留活口，不肯再讓他喝了，將網巾一提，兩足踏水，出了水面。鄔澤嘴裏還吸溜滑拉往外流水，忽聽岸上嚷道：「在這裏呢。」蔣爺見清平帶領兵弁，果是沿岸排開。蔣爺道：「船在那裏？」清平道：「那邊兩隻大船就是。」蔣爺道：「且到船上接人。」清平帶領兵弁數人，將鄔澤用撓鉤搭在船上，即刻控水。

蔣爺便問擒拿的賊人如何。清平道：「已然擒了四名，殺了二名，往水內跑了二名。」蔣爺道：「水內二名俺已了卻。但不知拿獲這人，是鄔澤不是？」便叫被擒之人前來識認，果是頭目鄔澤。蔣爺滿心歡喜，道：「不肯叫千總在廟內動手者，一來恐污佛地，二來惟恐玉石俱焚。若都殺死，那是對證呢？再者他既是頭目，必然他與眾不同，故留一條活路，叫他等脫逃。除了水路，就近無路可去，俺在水內等個正著。俺們水旱皆兵，令他等難測。」清平深為佩服，誇讚不已。吩咐兵弁，押解賊寇一同上船，俱回按院衙門而來。

要知詳細，且聽下回分解。

第八十六回　按圖治水父子加封　好酒貪杯叔姪會面

且說蔣四爺與千總清平押解水寇上船，直奔按院衙門而來。此刻顏大人與白五爺俱各知道蔣四爺如此調度，必然成功，早已派了差人在湖邊等候瞭望。見他等船隻過了旋渦，蕩蕩漾漾回來，連忙跑回衙門稟報。白五爺迎了出來，與蔣爺、清千總見了，方知水寇已平，不勝大喜。同到書房，早見顏大人階前立候。蔣爺上前見了，同到屋中坐下，將拿獲水寇之事敘明，並提螺螄莊毛家父子極其高雅，頗曉治水之道。公孫先生叫回稟大人，務必備禮聘請出來，幫同治水。顏大人聽見了，甚喜，即備上等禮物，就派千總清平帶領兵弁二十名押解禮物，前到螺螄莊，一來接取公孫先生，即請毛家父子同來。清平領命，帶領兵弁二十名，押解禮物，只用一隻大船，竟奔螺螄灣而去。

這裏顏大人立刻升堂，將鎮海蛟鄔澤帶上堂來審問。鄔澤不敢隱瞞，據實說了。原來是襄陽王因他會水，就派他在洪澤湖攪擾，所有拆埽毀壩❶，俱是有意為之，一來殘害百姓，二來消耗國帑。復又假裝水怪，用鐵錐鑿漏船隻，為的是鄉民不敢在此居住，行旅不敢從此經過，那時再派人來佔住了洪澤湖，也算是一個咽喉要地。可笑襄陽王無人。既有此意，豈是鄔澤一人帶領幾個水寇就能成功，可見將來不能成其大事。

❶ 拆埽毀壩：破壞堤壩。

且說顏大人立時取了鄔澤的口供，又問了水寇眾人。水寇四名雖然不知詳細，大約所言相同，也取了口供，將鄔澤等交縣寄監嚴押，候河工竣時一同解送京中，歸部審訊。剛將鄔澤等帶下，只見清平回來稟說：「公孫先生已然聘請得毛家父子，少刻就到。」顏大人吩咐備馬，同定蔣四爺、白五爺迎到湖邊。不多時，船已攏岸，公孫先生上前參見，未免有才不勝任的話頭。顏大人一概不提，反倒慰勞了數語。公孫策又說毛九錫因大人備送厚禮，心甚不安。早有備用馬數匹，大家乘騎，一同來到衙署。進了書房，顏大人又要以賓客禮相待。毛九錫遜讓至再至三，仍是欽命大人上面坐了，其次是九錫，以下是公孫先生、蔣爺、白爺，末座方是毛秀。千總黃開又進來請安請罪。顏大人不但不罪，並勉勵了許多言語。「待河工報竣，連你等俱要敘功的。」黃開聞聽，叩謝了，仍在外面聽差。顏大人便問毛九錫治水之道。毛九錫不慌不忙，從懷中掏出一幅地理圖來，雙手呈獻。顏大人接來一看，見上面山勢參差，水光蕩漾，一處處崎嶇周折，一行行字跡分明，地址闊隘遠近不同，水面寬窄深淺各異，何方可用埽壩，那裏應當發洩，界畫極清，宛然在目。顏大人看了，心中大喜，不勝誇讚。又遞與公孫先生看了，更覺心清目朗，如獲珍寶一般。就將毛家父子留在衙署，幫同治水，等候綸音。公孫先生與黃千總又到了三皇廟與老和尚道謝，佈施了百金，令人將他徒弟找回，酬報他釋放之恩。

不多幾日，聖旨已下，即刻動工，按著圖樣，當洩當壩，果無差謬❷。不但國帑不致妄消，就是工程也覺省事。算來不過四個月光景，水平土平，告厥❸成功。顏大人工完回京，將鎮海蛟鄔澤並四名水

❷ 差謬：差錯。

❸ 告厥：宣告（結束）。厥，之。代指成功。

寇俱交刑部審問，顏大人遞摺請安，額外隨了夾片，聲明毛九錫、毛秀並黃開、清平功績。聖上召見，顏大人面奏敘功。仁宗甚喜，賞了毛九錫五品頂戴，毛秀六品職銜，黃開、清平俟有守備缺出，儘先補用。刑部尚書歐陽修審明鄔澤果係襄陽王主使，啟奏當今。原來顏查散陞了巡按之後，樞密院的掌院就補放刑部尚書杜文輝，所遺刑部尚書之缺，就著歐陽修補授。

天子見了歐陽修的奏章，立刻召見包相計議，襄陽王已露形跡，須要早為勦除。包相又密奏道：「若要發兵，彰明較著，惟恐將他激起，反為不美。莫若派人暗暗訪查，須剪了他的羽翼❹，然後一鼓擒之，方保無虞。」天子准奏，即加封顏查散為文淵閣大學士，特旨巡按襄陽，仍著公孫策、白玉堂隨往。加封公孫策為主事❺，白玉堂實授四品護衛之職。所遺四品護衛之銜，即著蔣平補授，立即馳驛前往。

誰知襄陽王此時已然暗裏防備，左有黑狼山金面神藍驍督率旱路，右有飛叉太保鍾雄督率水寨，與襄陽成了鼎足之勢，以為羽翼，嚴密守汛。

且說聖上因見歐陽修的本章，由歐陽二字猛然想起北俠歐陽春，便召見包相，問及北俠。包相將北俠為人，正直豪爽，行俠尚義，一一奏明。天子甚為稱羨。包公見此光景，下朝回衙，來到書房，叫包興請展護衛來，告訴此事。南俠回到公所，對眾英雄述了一番。只見四爺蔣平說道：「要訪北俠，還是小弟走一趟，庶不負此差。甚麼緣故呢？現今開封府內王、馬、張、趙四位是再不能離了左右的，公孫

❹ 剪了他的羽翼：清除其（襄陽王）左右幫手。剪，除去。羽翼，輔佐。呂氏春秋舉難：「然而名號顯榮者，三士羽翼之也。」注：「羽翼，佐之。」

❺ 主事：官名。明廢中書省，六部各設主事，職位次於員外郎。

兄與白五弟上了襄陽了。這開封府必須展大哥在此料理一切事務。如有不到之處，還有俺大哥可以幫同協辦。至於小弟原是清閒無事之人，與其閒著，何不討了此差，一來訪查歐陽兄，二來小弟也可以疎散疎散，豈不是兩便麼？」大家計議停當，一同回了相爺。包公心中甚喜，即時吩咐起了開封府的龍邊信票❻，交付蔣爺，用油紙包妥，貼身帶好。別了眾人，意欲到松江府茉花村。行了幾日，不過是饑餐渴飲。

一日，天色將晚，到了來峰鎮悅來店，住了西耳房單間。歇息片時，飲酒喫飯畢，又泡了一壺茶，覺得味香水甜，未免多喝了幾碗。到了半夜，不由的要小解起來。剛剛的來到院內，只見那邊有人以指彈門，卻不聲喚。蔣爺將身一隱，暗裏偷瞧。見開門處那人挨身而入，仍將門兒掩閉，蔣爺暗道：「事有可疑，倒要看看。」也不顧小解，飛身上牆，輕輕躍下。原來是店東居住之所。

只聽有人說道：「小弟求大哥幫助幫助。方才在東耳房我已認明，正是我們員外的對頭，如何放得他過！」又聽一人答道：「言雖如此，怎麼替你報仇呢？」那人道：「小弟已見他喝了個大醉，莫若趁醉將他勒死，撇在荒郊，豈不省事？」又聽答道：「索性等他睡熟了，再動不遲。」蔣爺聽至此，抽身越牆出來，悄悄奔到東耳房，見挂著軟布簾兒，屋內尚有燈光。從簾縫兒往裏一看，見燈花結蕊，有一人頭向裏面而臥，身量卻不甚大。蔣爺側身來到屋內，剪了燈花，仔細看時，嚇了一跳，原來是小俠艾虎。見他爛醉如泥，呼聲震耳，暗道：「這樣小小年紀，貪杯誤事。若非我今日下在此店，險些兒把小命兒喪了。但不知那要害他的是何人？不要管他，俺且在這裏等他便了。」「撲」，將燈吹滅，屏息而坐。

❻ 龍邊信票：印有龍紋邊的信票。信票，作為表示身分、使命的憑證。猶信符等。

偏偏急著要小解，再也忍不住。無可如何，將單扇門兒一掩，就在門後小解起來。因工夫等的大了，他就小解了個不少，流了一地。剛然解完，只聽外面有些個聲息。他卻站在門後，只見進來一人，腳下一跐，往前一撲。後面那人緊步跟到，正撞在前面身上。蔣爺將門一掩，從後轉出，也就壓在二人身上，卻高聲先嚷道：「別打我！我是蔣平。底下的他倆才是賊呢。」

艾虎此時已醒，聽是蔣爺，連忙起身。蔣爺抬身叫艾虎按住了二人。此時店小二聽見有人嚷賊，連忙打著燈籠前來。蔣爺就叫他將燈點上一照，一個是店東，一個是店東朋友。蔣爺就把他拿的繩子捆了他二人。底下的那人衣服濕了好些，卻是蔣爺撒的溺。

蔣爺坐下，便問店東道：「你為何聽信奸人的言語，要害我姪兒？是何道理？講！」店東道：「老爺不要生氣。小人名叫曹標，我這個朋友名叫陶宗，因他家員外被人害卻，事不隨心，投奔我來。皆因這位小客人下在我店內，左一壺，右一壺，喝了許多的酒。是陶宗心內犯疑，一個小客官為何喝了許多的酒呢？況且又在年幼之間呢。他就悄悄的前來偷看，不想被他認出，說是他家員外的仇人。因此央煩小人陪了他來，作個幫手。」蔣爺道：「作幫手是叫你幫著來勒人，你就應他？」曹標道：「並無此事，不過叫小人幫著拿住他。」蔣爺道：「你們的事，如何瞞的過我呢？你二人商議明白，將他勒死，撇在荒郊。你還說：『等他睡了，再動不遲。』你豈是盡為做幫手呢？」一席話說的曹標，再也不敢言語，惟有心中納悶而已。蔣爺道：「我看你決非良善之輩，包管也害的人命不少。」說著話，叫：「艾虎把那個拉過來，我也問問。」艾虎上前，將那人提起一看。「哎呀！原來是你麼？」便對蔣爺道：「四叔，他不叫陶宗，他就是馬強告狀脫了案的姚成。」蔣爺聽了，連忙問道：「你既是姚成，如何又叫陶宗呢？」

陶宗道：「我起初名叫陶宗，只因投在馬員外家，就改名叫姚成。後來知道員外的事情鬧大，惟恐連累於我，因此脫逃，又復了本名，仍叫陶宗。」蔣爺道：「可見你反覆不定，連自己姓名都沒有準主意。既是如此，我也不必問了。」回頭對店小二道：「你快去把地方保甲叫了來。我告訴你，此乃是脫了案的要犯。你家店東卻沒有甚麼要緊。你就說我是開封府差來拿人，叫他們快些來見，我這裏急等。」店小二聽了，那敢怠慢。

不多時，進來了二人，朝上打了個千兒道：「小人不知上差老爺到來，實在眼瞎，望乞老爺恕罪。」蔣爺道：「你們倆誰是地方？」只聽一人道：「小人王大是地方。他是保甲，叫李二。」蔣爺道：「你們這裏屬那裏管？」王大道：「此處地面皆屬唐縣管。」蔣爺道：「你們官姓甚麼？」王大道：「我們太爺姓何，官名至賢。請問老爺貴姓。」蔣爺道：「我姓蔣，奉開封府包太師的鈞諭，訪查要犯，可巧就在這店內擒獲，我已捆縛好了在這裏。說不得你們辛苦看守，明早我與你們一同送縣。見了你們官兒，是要即刻起解的。」二人同聲說道：「蔣老爺只管放心，請歇息去罷。就交給小人們，是再不敢錯的。別說是脫案要犯，無論甚麼事情，小人們斷不敢徇私。」蔣爺道：「很好。」說罷，立起身，攜著艾虎的手，就上西耳房去了。

要知後文如何，且聽下回分解。

第八十七回　為知己三雄訪沙龍　因救人四義撇艾虎

且說蔣爺吩咐地方保甲好好看守，二人連聲答應，說了許多的小心話。蔣爺立起身來，攜著艾虎的手，一步步就上西耳房而來。爺兒倆個坐下。蔣爺方問道：「賢姪，你如何來到這裏？你師傅往那裏去了？」艾虎道：「說起來話長。只因我同著我義父在杭州倪太守那裏住了許久，後來義父屢次要走，倪太守斷不肯放。好容易等他完了婚之後，方才離了杭州，到茉花村給丁家二位叔父並我師傅道乏道謝，就在那裏住下了。不想丁家叔父那裏早已派人上襄陽打聽事情去了。不多幾日回來，說道：『襄陽王已知朝廷有些知覺，惟恐派兵征勦❶，他那裏預為防備。左有黑狼山安排下金面神藍驍把守旱路，右有軍山安排下飛叉太保鍾雄把守水路。這水旱兩路皆是咽喉緊要之地。倘若朝廷有甚麼動靜，即刻傳檄❷飛報。因此我師傅與我義父聽見此信，甚是驚駭。甚麼緣故呢？因有個至好的朋友姓沙名龍，綽號鐵面金剛，在臥虎溝居住。這臥虎溝離黑狼山不遠，一來恐沙伯父被賊人侵害，二來又怕沙伯父被賊人誆去入夥。大家商量，我師父與義父還有丁二叔，他們三位俱各上臥虎溝去了。就把我交與丁大叔了。姪兒一想，這樣的熱鬧不叫姪兒開開眼，反倒關在家裏，我如何受得來呢！一連悶了好幾日。偏偏的丁大叔時

❶ 征勦：派兵以武力消滅（敵人）。

❷ 傳檄：傳遞檄文。古代的公文寫在木簡上，用以徵召、曉喻或聲討，叫檄。

刻不離左右，急的姪兒沒有法兒。無奈何，悄悄的偷了丁大叔五兩銀子，做了盤費，我要上臥虎溝看個熱鬧去。不想今日住在此店，又遇見了對頭。」

蔣爺聽了，暗暗點頭，道：「好小子！拿著廝殺對壘當熱鬧兒。真好膽量，好心胸！但只一件，歐陽兄、智賢弟既將他交給丁賢弟，想來是他去不得。若去得時，為甚麼不把他帶了去呢？其中必有個緣故。如今我既遇見他，豈可使他單人獨往呢！」正在思索，只聽艾虎問道：「蔣叔父今日此來，是為拿要犯，還是有甚麼別的事呢？」蔣爺道：「我豈為要犯而來，原是為奉相諭，派我找尋你義父。只因聖上想起，相爺惟恐一時要人沒個著落，如何回奏呢，因此派我前來。不想在此先得了姚成。」艾虎道：「蔣叔父如今意欲何往呢？」蔣爺道：「我原要上茉花村來著。如今既知你義父上了臥虎溝，明日只好將姚成送縣起解之後，我也上臥虎溝走走。」艾虎聽了歡喜道：「好叔叔！千萬把姪兒帶了去！若見了我師父與義父，就說叔父把姪兒帶了去的，也省得他二位老人家嗔怪。」蔣平聽了，笑道：「你倒會推乾淨兒。難道久後你丁大叔也不告訴他們二人麼？」艾虎道：「趕到日子多了，誰還記得這些事呢？即使丁大叔告訴了，事已如此，我師父與義父也就沒有甚麼怪的了。」

蔣爺暗想道：「我看艾虎年幼貪酒，而且又是私逃出來的；莫若我帶了他去，一來盡了人情，二來又可找歐陽兄。只是他這酒，必須如此如此。」想罷，對艾虎道：「我帶雖把你帶去，你只是要依我一件事。」艾虎聽說帶了他去，好生歡喜，便問道：「四叔，你老只管說是甚麼事，姪兒無有不應的。」蔣爺道：「就是你的酒，每頓只准你喫三角❸，多喝一角都是不能的。你可願意麼？」艾虎聽了，半晌

❸ 三角：猶三大碗。角，古代酒器。前後尾形，無兩柱，形似爵而無柱。禮禮器注：「四升曰角」。

方說道：「三角就是三角。喫葷強如喫素。到底有三角可以解解饞，也就是了。」叔姪兩個整整的談了半夜。

不一時到東耳房照看，惟聽見曹標抱怨姚成不了，姚成到了此時一言不發，不過垂頭歎氣而已。

到了天色將曉，蔣爺與艾虎梳洗已畢，打了包裹。艾虎不用蔣爺吩咐，他就背起行李，叫地方保甲押著曹標、姚成，竟奔唐縣而來。到了縣衙，蔣爺投了龍邊信票。不多時，請到書房相見。蔣爺面見何縣令，將始末說明。因還要訪查北俠，就著縣內派差役押解赴京。縣官即刻辦了文書，並將護衛蔣爺上臥虎溝帶了一筆。蔣爺辭了縣官，將龍票仍用油紙包好，帶在貼身，與艾虎竟自起身。

這裏文書辦妥起解到京，來至開封，投了文書。包公升堂，用刑具威嚇的姚成一一供招。原是水賊，曾害過倪仁夫婦。又追問馬強交通襄陽之事。姚成供出馬強之兄馬剛曾在襄陽交通信息。取了招供，即將姚成斃於鍘下。曹標定罪充軍。此案完結，不表。

再說蔣平、艾虎自離了唐縣，往湖廣進發。果然艾虎每頓三角酒。一日來至濡口僱船，船家富三，水手二名。蔣爺在船上賞玩風景，心曠神怡，頗覺有趣。只見艾虎兩眼矇矓，不似坐船，彷彿小孩子上了搖車兒，睡魔就來了。先前還前仰後合，掙扎著坐著打盹，到後來放倒頭便睡。惟獨到喝酒之時，精神百倍，又是說，又是笑。只要三角酒一完，咯噔的就打起哈氣來了，飯也不能好生喫。蔣爺看了這番光景，又怕他生出病來。想了想在船上無妨，也只好見一半不見一半❹，由他去便了。

這日剛交申時光景，正行之間，忽見富三說道：「快些撐船，找個避風的所在。風暴來了。」水手

❹見一半不見一半：意思為只當沒有看見。

不敢怠慢，連忙將船撐在鵝頭磯下。此處卻是珍玉口，極其幽僻，將船灣住，下了鐵錨。整頓飯食喫畢，已有掌燈之時，卻是風平浪靜，毫無動靜。蔣爺暗道：「並無風暴，為何船家他說有風呢？哦，是了。想是他心懷不善，別是有甚麼意思罷？倒要留神。」只聽呼嚕嚕呼聲振耳，原來是艾虎飲後食困，他又睡著了。蔣爺暗道：「他這樣貪杯好睡，焉有不誤事的呢。」正在犯想，又聽忽喇喇一陣亂響，連船都擺起來，萬籟皆鳴。果然大風驟起，波濤洶湧，浪打船頭。蔣爺方信富三之言，不為虛謬。幸喜亂刮了一陣，不大工夫天開月霽❺，襯著清平波浪蕩漾，夜色益發皎潔。不肯就睡，獨坐船頭，賞玩多時。約有二鼓，剛要歇息，覺得耳畔有人聲喚：「救人呀，救人！」順著聲音，細著眼往西北一觀，隱隱有個燈光閃閃灼灼。蔣爺暗道：「此必有人暗算。我何不救他一救呢。」忙迫之中也不顧自己衣服，將鞋脫在船頭，跳在水內，踏水面而行。忽見一人忽上忽下，從西北順流漂來。蔣爺奔到跟前讓他過去，從後將髮揪住往上一提。那人兩手亂抓亂撓，蔣爺卻不叫他揪住。這就是水中救人的絕妙好法子。

但凡人落了水，慢說道是無心落水，就是自己情願淹死，到了臨危之際，再無有不望人救之理。他兩手扎煞，見物就抓，若被抓住，卻是死勁，再也不得開的。往往從水中救人，反被溺水的帶累傾生，皆是救的不得門道之故。再者凡溺水的兩手必抓兩把淤泥，那就是掙命之時亂抓的。如今蔣爺提住那人，容他亂抓之後，方一手提住頭髮，一手把住腰帶，慢慢踏水奔到崖岸之上。幸喜工夫不大，略略控水，即便甦醒，哼哼出來。蔣爺方問他名姓。原來此人是個五旬以外的老者，姓雷名震。蔣爺聽了，便問道：「現今襄陽王殿前站堂官雷英可是本家麼？」雷震道：「那就是小老兒的兒子。恩公如何知道？」蔣爺

❺月霽：雨過天晴，給人以清新感。

道：「我是聞名。有人常提，卻未見過。請問老丈家住那裏？意欲何往？」雷震道：「小老兒就在襄陽王的府衙後面，有二里半之遙，在八寶村居住。因女兒家內貧寒，是我備了衣服簪珥，前往陵縣探望，因此僱了船隻。誰知水手是弟兄二人，一個米三，一個米七。他二人不懷好意，見我有這衣服箱籠，他說有風暴船不可行，便藏在此處。他先把我跟的人殺了，小老兒喊叫『救人』，他卻又來殺我。是我一急將船牕撞開，跳在水中，自己也就不覺了。多虧恩公搭救。」蔣爺道：「大約船尚未開。老丈在此略等，我給你瞧瞧箱籠去。」雷震聽了，焉有不願意的呢，連忙說道：「敢則是好，只是又要勞動恩公。」蔣爺道：「不打緊。你在此略等，俺去去就來。」說罷，跳在水內，一個猛子❻，來到有燈光的船邊。只聽二賊說道：「打開箱籠看看，包管興頭的。」蔣爺把住船邊，身體一躍，道：「好賊！只顧你們興頭，卻不管別人晦氣了。」說著話，到船上。米七猛聽見一人答言，提了刀鑽出艙來，尚未立穩，蔣爺抬腿就是一腳。雖然未穿鞋，這一腳兒踢了個正著，恰恰踢在米七的腮頰之上，如何禁得起，身體一歪，栽在船上，手鬆刀落。蔣爺跟步，搶刀在手，照著米七一捌，登時了賬。米三在船上看的明白，說聲「不好！」就從雷老者破牕之處，竄入水內去了。蔣爺如何肯放，縱身下水，捉住賊的雙腳往上一提，出了水面，猶如搗碓❼一般，立刻將米三提到船上，進艙找著繩子，捆縛好了，將他臉面向下控起水來。蔣爺復又跳在水內，來到崖岸，背了雷震送上船去，告訴他道：「此賊如若醒來，老丈只管持刀威嚇他，不要害怕，已然捆縛好好的了。等天亮時，另僱船隻便了。」說罷，翻身入水，來到自己灣船之處一看。

❻ 猛子：方言。由岸上直接入水潛泳。

❼ 搗碓：舂米。碓，舂米穀的工具。

罷了！蹤影全無，敢則是富三見得了順風，早已開船去了。

蔣爺無奈，只得仍然踏水面到雷震那裏船上。正聽雷老者顫巍巍的聲音道：「你動一動，我就是一刀。」蔣爺知道他是害怕，遠遠就答言道：「雷老丈，俺又回來了。」雷震聽了，一抬頭見蔣爺已然上船，心中好生歡喜，道：「恩公為何去而復返？」蔣爺道：「只因我的船隻不見，想是開船走了。莫若我送了老丈去如何？」雷震道：「有勞恩公，何以答報？」蔣爺道：「老丈有衣服，借一件換換。」雷震應道：「有，有，有。卻是四垂八卦的。」蔣爺用絲縧束腰，將衣襟拽起。等到天明，用篙撐開，一腳將米三踢入水中。倒把老者嚇了一跳，道：「人命關天，這還了得！」蔣爺笑道：「這廝在水中做生涯，不知劫了多少客商，害了多少性命。如今遇見蔣某，理應除卻。還心疼他怎的？」雷震嗟歎不已。

且不言蔣爺送雷震上陵縣。再說小爺艾虎整整的睡了一夜，猛然驚醒，不見了蔣平，連忙出艙問道：「我叔叔往那裏去了？」富三道：「你二人同艙居住，如何問我？」艾虎聽了，慌忙出艙看視，見船頭有鞋一雙，不覺失聲道：「哎喲！四叔掉在水內了。別是你等有意將他害了罷？」富三道：「你這小客官，說話好不曉事。昨晚風暴將船灣住，我們俱是在後艄安歇的。前艙就是你二人。想是那位客官夜間出來小解，失足落水，或者有的。如何是我們害了他呢？」水手也說道：「我們既有心謀害，何不將小客官一同謀害？為何單單害那客官一人呢？」又一水手道：「別是你這小客官見那客官行李沉重，把他害了，反倒誣賴我們罷？」小爺聽了將眼一瞪，道：「豈有此理！滿口胡說！那是我叔父，俺如何肯害他？」水手道：「那可難說。現在包裹行李都在你手內，你還賴誰呢？」小爺聽了，揎拳捋袖，就要打他們水手。富三忙攔道：「不要如此。據我看來，那位客官也不是被人謀害的，也不是失腳落水的，竟是自投在水內的。大家想想，若是被人謀害，或者失足落水，焉有兩隻鞋好好放在一邊之理呢？」一句話說的眾人省悟，水手也不言語了。艾虎也不生氣，連忙回轉艙內，見包裹未動，打開時衣服依然如故，連龍票也在其內；又把兜肚內看了一看，尚有不足百金，只得仍然包好，心中納悶道：「蔣四叔往何處去了呢？難道黃夜之間摸魚去了？」正在思索，只聽富三道：「小客官，已到停泊之處了。」艾虎無奈，束兜肚，背了包裹，搭跳上岸，邁步向前去了。船價是開船付給了，所謂「船家不打過河錢」。

不知後文如何，且聽下回分解。

第八十八回　搶魚奪酒少弟拜兄　談文論詩老翁擇婿

且說艾虎下船之後，一路上想起：「蔣爺在悅來店救了自己，蒙他一番好意，帶我上臥虎溝，不想竟自落水，如今弄得我一人踽踽涼涼。」不由的悽慘落淚。正在哭啼，猛然想起蔣爺頗識水性，綽號翻江鼠，焉有淹死的呢。想到此，又不禁大樂起來。走著，走著，又轉想道：「不好，不好！俗語說的好，『慣騎馬的慣跌跤，河裏淹死是會水的』。焉知他不是藝高人膽大，陽溝裏會翻船，也是有的。可憐一世英名，卻在此處傾生。」想到此，不由的又痛哭起來。哭了多時，忽又想起那雙鞋來，別是真個的下水摸魚去了罷？若果如此，還有相逢之日。想到此，不禁又狂笑起來。他哭一陣，笑一陣。旁人看著皆以為他有瘋魔之症，遠遠的躲開，誰敢招惹於他。

艾虎此時千端萬緒❶，縈繞於心，竟自忘饑，因此過了宿頭，看看天色已晚，方覺饑餓，欲覓飯食，無處可求。忽見燈光一閃，急忙奔到臨近一看，原來是個窩鋪，見有二人對面而坐，並聽有豁拳之聲。他卻趕到跟前。一人剛叫了個「八馬」，艾虎也把手一伸道：「三元。」誰知豁拳的卻是兩個漁人，猛見艾虎進來，不分青紅皂白硬要豁拳，便發話道：「你這後生，好生無理！我們在此飲酒作樂，你如何前來混攪？」艾虎道：「實不相瞞，俺是行路的，只因過了宿頭，一時肚中饑餓，沒奈何將就將就，留個

❶ 千端萬緒：形容事物複雜紛亂，頭緒很多。亦作「千頭萬緒」、「千緒萬端」。

相與罷。」說著話，他就要端酒碗。那漁人忙攔道：「你要喫食，也等我們喫剩下了，方好周濟於你。」艾虎道：「俺又不是乞兒化子，如何要你周濟。俺有銀兩，買你幾碗酒。你可肯賣麼？」漁人道：「俺這裏又不是酒市。你要買，前途買去，我這裏是不賣的。」說罷，二人又腦袋摘巾兒豁起拳來。一人剛叫了個「對手」，艾虎又伸一拳道：「元寶。」二漁人大怒道：「你這小廝好生僪懶❷！說過不賣，你卻歪廝纏則甚？」艾虎道：「不賣，俺就要搶了。」漁人冷笑道：「你說別的罷了。你說要搶，只怕我們此處不容你放搶。」說罷，站起身來，出了窩棚，揎拳掠袖道：「小廝，你搶個樣兒我看！」艾虎將包袱放下，笑哈哈的道：「你不要忙，俺先與你說明。俺要輸了，任憑你等；俺若贏了，不消說了，不但酒要彀，還要管俺一飽。」那漁人也不答應，揚手就是一拳。艾虎也不躲閃，將手接住，往旁邊一領，那漁人不知不覺爬伏在地。這漁人一見，氣忿忿的道：「好小廝竟敢動手！」抽後就是一腳。艾虎回身將腳後跟往上一托，那漁人仰巴叉栽倒在地。二人爬起來，一擁齊上。小俠只用兩手左右一分，二人復又跌倒。一連三次，漁人知道不是對手，抱頭鼠竄而去。

艾虎見他等去了，進了窩棚，先端起一碗酒飲乾。又要端那碗酒時，方看見中間大盤內是一尾鮮串鯉魚，剛喫了不多，滿心歡喜。又飲了這碗酒。也不用筷箸，抓了一塊魚放在口內。又拿起酒瓶來斟酒。一碗酒，一塊魚，霎時間盃盤狼藉。正喫的高興，酒卻沒了。他便端起大盤來，囫圇吞的連湯都喝了。雖未盡興，也可搪饑❸。回首見有現成的魚網將手擦抹了擦抹。站起身來剛要走時，覺有一物將頭碰了

❷ 僪懶：調皮；不順從。亦作「僪賴」。

❸ 搪饑：稍稍解饑。搪，抵擋；應付。

一下。回頭看時，原來是個大酒葫蘆，不由的滿心歡喜，摘將下來。復又回身就燈一看，卻是個錫蓋。艾虎不知是轉螺螄的，左打不開，右打不開，一時性起，用力一掰，將葫蘆嘴撅下來。他就嘴對嘴匀❹了四五氣飲乾，一鬆手拍叉的一聲，葫蘆正落在大盤子上，砸了個粉碎。艾虎也不管他，提了包裹，出了窩鋪，也不管東西南北，信步行去。誰知冷酒後犯，一來是喫的空心酒，二來喫的太急，又著風兒一吹，不覺的酒湧上來。晃裏晃蕩，才走了二三里的路，再也掙扎不來。見路旁有個破亭子，也不顧塵垢，將包袱放下，做了枕頭，放倒身軀，呼嚕嚕酣睡如雷，真是「一覺放開心地穩，不知日出已多時」。

正在睡濃之際，覺得身上一陣亂響，似乎有些疼痛。慢閃二目，天已大亮，見五六個人各持木棒，將自己圍繞，猛然省悟，暗道：「這是那兩個漁人調了兵來了。」再一回想：「原是自己的不是，莫若叫他們打幾下子出出氣也就完了事了。」誰知這些人俱是魚行生理，因那兩個漁人被艾虎打跑，他倆便知會了眾漁人各各擎木棍奔了窩棚而來。大家看時，不獨魚酒皆無，而且葫蘆掰了，盤子碎了，一個個氣沖兩脇，分頭去趕。只顧奔了大路，那知小俠醉後混走，倒岔在小路去了。眾人追了多時不見蹤影，俱說：「便宜他！」只得大家分散了。

誰知有從小路回家的，走到破亭子，忽聽呼聲振耳。此時天已黎明，看不真切，似乎是個年幼之人，急忙令人看守，復又知會就近的，湊了五六個人。其中便有窩棚中的漁人，看了道：「就是他。」眾人就要動手。有個年老的道：「眾位不要混打，惟恐傷了他的致命之處，不大穩便。須要將他肉厚處打，只是戒他下次就是了。」因此一陣亂響，又是打艾虎，又是棒磕棒。打了幾下，見艾虎不動。大家猶疑，

---

❹ 匀：均分之意。

恐怕傷了性命。

那知艾虎故意的不語，叫他打幾下子出氣呢。遲了半天，見他們不打了，方睜開眼道：「你們為甚麼不打了？」一翻身爬起，提了包裹，撢了撢塵垢，拱了拱手，道：「請了，請了。」眾人圍繞著，那裏肯放。艾虎道：「你們為何攔我？」眾人道：「你搶了我們的魚酒，難道就罷了不成？」艾虎道：「你們不打我嗎？打幾下子出了氣，也就是了。還要怎麼？」漁人道：「你掰了我的葫蘆，砸了我的大盤，好好的還我。不然，想走不能。」艾虎道：「原來壞了你的葫蘆盤子。不要緊，俺給你銀另買一分罷。」漁人道：「只要我的原舊東西，要銀子作甚麼？」艾虎道：「這就難了。人有生死，物有毀壞。業已破了，還能整的上麼？你不要銀子，莫若再打幾下，與你那東西報報仇，也就完了事了。」說罷，放下包裹，復又躺在地下，鬧頑皮子。鬧的眾人生氣不是，要笑不是，再打也不是。年老的道：「真這後生實在嘔人。他倒鬧起頑皮來了。」漁人道：「他竟敢鬧頑皮。我把他打死，給他抵命。」年老的道：「休出此言。難道我們眾人瞅著你在此害人不成？」

正說間，只見那邊來了個少年的書生，向著眾人道：「列位請了。不知此人犯了何罪，你等俱要打他？望乞看小生薄面饒了他罷。」說罷，就是一揖。眾人見是個斯文相公，連忙還禮，道：「叵耐這廝饒搶了嘴喫，還把我們的傢伙毀壞，實實可惡。既是相公給他討情，我們認個晦氣罷了。」說罷，大家散去。

年少後生見眾人散去，再看時，見他用袖子遮了面，仍然躺著不肯起來，向前將袖子一拉。艾虎此時臊的滿面通紅，無可搭訕，噗哧的一聲，大笑不止。書生道：「不要發笑。端的為何？有話起來講。」

艾虎無奈站起，撣去塵垢，向前一揖，道：「慚愧，慚愧。實在是俺的不是。」便將搶酒喫魚，以及毀壞傢伙的話，毫無粉飾，和盤托出。說罷，又大笑不止。書生聽了，暗暗道：「聽他之言，倒是個率真豪爽之人。」又看了看他的相貌，滿面英風，氣度不凡，不由的傾心羨慕，問道：「請問尊兄貴姓？」艾虎道：「小弟姓艾名虎。尊兄貴姓？」那書生道：「小弟施俊。」艾虎道：「原來是施相公。俺這不堪的形景，休要見笑。」施俊道：「豈敢，豈敢。『四海之內，皆兄弟也。』焉有見笑之理。」艾虎聽了「皆兄弟也」，以「皆」字當作「結」字，答道：「俺乃粗鄙之人，焉敢與斯文貴客結為兄弟。既蒙不棄，俺就拜你為兄。」施俊聽了甚喜，知他是錯會意了，以為他鯁直可交，便問：「尊兄青春幾何？」艾虎道：「小弟今年十六歲了。哥哥，你今年多大了？」施俊道：「比你長一歲，今年十七歲了。」艾虎道：「俺說是兄長，果然不差。如此，哥哥請上，受小弟一拜。」說罷，爬在地下就磕頭。施俊連忙還禮。二人彼此攙扶。

小俠提了包裹。施俊一伸手攜了艾虎，離了破亭，竟奔樹林而來。早見一小童拉定兩匹馬在那裏瞭望。施俊來到小童跟前，喚道：「錦箋過來，見過你二爺。」小童錦箋先前見二人說話，後來又見二人對磕頭，心中早就納悶。如今聽見相公如此說，不敢怠慢，上前跪倒，道：「小人錦箋與二爺叩頭。」艾虎從來沒受過人的頭，沒聽見人稱呼過二爺，今見錦箋如此，喜出望外，不知如何是好，連忙說道：「起來，起來！」回身在兜肚內掏出兩個錁子，遞與錦箋道：「拿去買果子喫。」錦箋卻不敢受，兩眼瞅著施俊。施俊道：「二爺既賞你，你收了就是。」錦箋接過，復又叩頭謝賞。艾虎心中暗道：「為何他又叩頭？哦，是了。想是不彀用的，還合我再討些回手❺。」又向兜肚內要掏。艾虎當初也是館童，皆因在霸王莊上並沒受過這些排場禮節，所以不懂，並非前後文不對。施俊道：「二弟賞他一錠足矣，何必賞他許多呢。請問二弟，意欲何往？」一句話方把艾虎岔開，答道：「小弟要上臥虎溝，尋我師父與義父。請問兄長意欲何往呢？」施俊道：「愚兄要上襄陰縣金伯父那裏，一來看文章，二來就在那裏用功。你我二人不能盤桓暢敘，如何是好？」艾虎道：「既然彼此有事，莫若各奔前程。後會有期。兄長請乘騎，待小弟送你一程。」施俊道：「賢弟不要遠送。我是騎馬，你是步下，如何趕的上？不如就此拜別了罷。」說罷，二人彼此又對拜了。錦箋拉過馬來，施俊謙讓多時，扳鞍上馬。錦箋因艾虎在步下，他不肯騎馬，拉著步行。艾虎不依，務必叫他騎上馬，跟了前去。目送他主僕已遠，自己方抗起包裹，邁開大步，竟奔大路去了。

且說施俊父名施喬，字必昌，曾作過一任知縣，因害目疾失明，告假還鄉。生平有兩個結義的朋友：頭一個便是兵部尚書金輝，因參襄陽王遭貶在家；第二個便是新調長沙太守邵邦傑。三個人雖是結義的朋友，卻是情同骨肉。施老爺知道金老爺有一位千金小姐，自幼兒見過好幾次，雖有聯姻之說，卻未納聘。如今施俊年已長成，莫若叫施俊去到那裏，明是託金公看文章，暗暗卻是為結婚姻。

這日施俊來到襄陰縣九雲山下九仙橋邊，問著金老爺的家，投遞書信。金老爺即刻請至書房，見施俊品貌軒昂，學問淵博，那一派謙讓和藹，令人羨慕。金公好生歡喜，而且看了來書，已知施喬之意，便問施俊道：「令尊目力可覺好些？不然，如何能寫書信呢？」施俊鞠躬答道：「家嚴❻止於通徹三光❼，

❺　回手：再次要小費錢。

❻　家嚴：對別人稱自己的父親。

別樣皆不能視。此信乃家嚴諄囑小姪代筆，望伯父海涵勿哂。」金輝道：「如此看來，賢姪的書法是極妙的了。這上面還要叫老拙改正文章，如何當得。學業久已荒疎，拈筆猶如馬箠❽，還講甚麼改正。只好賢姪在此用功，閒時談談講講，彼此教正，大家有益罷了。」說到此處，早見家人稟告：「飯已齊備，請示在那裏擺？」金公道：「在此擺。我同施相公一處用，也好說話。」飲酒之間，金公盤問了多少書籍，施俊一一對答如流，把個金輝樂的了不得。喫畢飯，就把施俊安置在書房下榻，自己洋洋得意往後面而來。

不知見了夫人有何話講，且聽下回分解。

❼ 三光：日、月、五星合稱三光。莊子說劍：「上法圓，以順三光。」

❽ 馬箠：馬鞭。

第八十九回　憨錦箋暗藏白玉釵　癡佳蕙遺失紫金墜

且說金輝見了夫人何氏，盛誇施俊的人品學問。夫人聽了，也覺歡喜。原來何氏夫人就是唐縣何至賢之妹，膝下生得兩個兒女：女名牡丹，今年十六歲；兒名金章，年方七歲。老爺還有一妾，名喚巧娘。且說夫人見老爺誇施俊不絕口，知有許婚之意，便問：「施賢姪到此何事？」金老爺道：「施公雙目失明。如今寫信前來，叫施俊在此讀書，從我看文章。雖是如此，書中卻有求婚之意。」何氏道：「老爺意下如何呢？」金公道：「當初施賢弟也曾提過，因女兒尚幼，並未聘定。不想如今施賢姪年紀長成，不但品貌端好，而且學問淵博，堪與我女兒匹配。」何氏道：「既如此，老爺何不就許了這頭❶親事呢？」金公道：「且不要忙。他既在此居住，我還要細細看看他的行止如何。如果真好，慢慢再提親不遲。」

老爺夫人只顧講論此事，誰知有跟小姐的親信丫頭名喚佳蕙，是自幼兒服侍小姐的，因他聰明伶俐，而且模樣兒生的俏麗，又跟著小姐讀書習字，文理頗通，故此起名用個「蕙」字，上面又加上個「佳」字，言他是香而且美。佳蕙既然如此，小姐的容顏學問可想而知了。這日他正到夫人臥室，忽聽見老夫妻講論施俊才貌雙全，有許婚之意。他便回轉繡戶，嘻嘻笑笑道：「小姐大喜了！」牡丹小姐道：「你道的甚麼喜？」佳蕙道：「方才我從太太那裏來，老爺正在講究。原來施老爺打發小官人來在我們這裏

❶ 這頭：這件；這門。

讀書，從著老爺看文章。老爺說他不但學問好，而且品貌極美。老爺太太樂得了不得，有意將小姐許配與他。難道小姐不是大喜麼？」牡丹正看書，聽說至此，把書一放，嗔道：「你這丫頭，益發愚頑了！這些事也是大驚小怪，對我說的麼？越大越沒出息了。還不與我退下！」

佳蕙一團高興，被小姐申飭了一頓，臉上覺的訕訕的，羞答答回轉自己屋內，細細思索道：「我與小姐雖是主僕，卻是情同骨肉。為何今日聽了此話，不但不喜，反倒嗔怪呢？哦，是了。往往有才的必不能有貌，有貌的必不能有才，如何能彀才貌兼全呢？小姐想來不能深信。仔細想來，倒是我莽撞了。理應替他探個水落石出，方不負小姐待我的深情。」想到此，躊躇不安。他便悄悄偷到書房，把施俊看了個十分仔細，回來暗道：「怨得老爺誇他，果然生的不錯。據我看來，他既有如此的容貌，必有出奇的才情。小姐不知，若要固執起來，豈不把這樣的好事耽擱了麼？噯！我何不如此如此，替他們成全成全，豈不是好？」想罷，連忙回到自己屋內，拿出一方芙蓉手帕，暗道：「這也是小姐給我的，我就拿他作個引線。」立刻提筆，在手帕上寫了「關關雎鳩，在河之洲」二句，摺疊了摺疊，藏在一邊。

到了次日，午間無事，抽空兒袖了手帕，來到書房。可巧施俊手倦拋書，午夢正長。錦箋也不在跟前。佳蕙悄悄的臨近桌邊，把手帕一丟，轉身時又將桌子一靠。施俊驚醒，矇矓二目，翻身又復睡了。誰知錦箋從外面回來，見相公在外面瞌睡，腕下卻露著手帕，慢慢抽出，抖開一看，異香撲鼻，上面還有字跡，卻是兩句詩經，心中納悶道：「這是甚麼意思？此帕從何來呢？不要管他，我且藏起來。相公如問我時，我再問相公，便知分曉。」及至施俊睡醒，也不找手帕，也不問錦箋。錦箋心中暗道：「看此光景，這手帕必不是我們相公的。若是我們相公的，焉有不找不問之理呢？但只一件，既不是我們相公的，這手帕從何而來呢？倒要留神查看。」

到了次日，錦箋不時的出入來往，暗裏窺探。果然佳蕙從後面出來，到了書房，見相公正在那裏開箱找書，不便驚動，抽身回來。剛要入後，只見一人迎面攔住道：「好呀！你跑到書房作甚麼來了？快說！不然，我就嚷了。」佳蕙見是個小童，問道：「你是誰？」小童道：「我乃自幼服侍相公、時刻不離左右、說一是一、說二是二、言聽計從的錦箋。你是誰？」佳蕙笑道：「原來是錦兄弟麼。你問我，我便是自幼服侍小姐、時刻不離左右、說一是一、說二是二、言聽計從的佳蕙。」錦箋道：「原來是佳姐姐麼。」佳蕙道：「甚麼佳咧錦咧，叫著怪不好聽的。莫若我叫你兄弟，你叫我姐姐，偺們把佳錦二字去了，好不好？我問兄弟，昨日有塊手帕，你家相公可曾瞧見了沒有？」錦箋想道：「原來手帕是他的，可見他人大心大。我何不嘲笑他幾句。」想罷，說道：「姐姐不要性急，事寬則圓。姐姐終久總要有女婿的，何必這末忙呢。」佳蕙紅了臉道：「兄弟休要胡說。只因我家小姐待我恩深義重，又有老爺太太願意聯婚之言，故此我才拿了手帕來知會你家相公，叫他早早求婚，莫要耽誤了大事。難道詩經二句詩在手帕上寫的，你還不明白麼？那明是韞玉待價❷之意。」錦箋道：「姐姐，原來為此，我倒錯會了意了。姐姐還不知道呢，我們相公此來原是奉老爺之命到此求婚。惟恐這裏老爺不願意，故此懇懇切切寫了一封信，叫我們相公在此讀書，是叫這裏老爺知道我們相公的人品學問。如今姐姐既要知恩報恩，那手帕是不中用的。何不弄了真實的表記來！我們相公那裏有我一面承管。」佳蕙聽了道：「兄弟放心。

❷ 韞玉待價：語出論語子罕：「有美玉於斯，韞匱而藏諸？求善賈而沽諸？」本意得美玉藏於櫃中，待善價而沽，引申為抱才待時。韞，藏。

我們小姐那裏有我一面承管，偺二人務必將此事作成，庶不負主僕的情意一場。」說罷，佳蕙往後面去了，錦箋也就回轉書房。

且說佳蕙自與錦箋說明之後，處處留神，時刻在念。不料事有湊巧，牡丹小姐叫他收拾鏡妝，他見有精巧玉釵一對，暗暗袖了一枝，悄悄遞與錦箋。錦箋回轉書房，得便開了書箱，瞧瞧無物可拿，見有一把扇子拴的個紫金魚的扇墜，連忙解下來，就勢兒將玉釵放在箱內。卻把前次的芙蓉手帕打開，剛要包上紫金魚，見帕上字跡分明。他又賣弄起才學來，急忙提筆寫上「窈窕淑女，君子好逑」二句，然後將扇墜包裹。得意洋洋，來見佳蕙道：「我說事成在我，姐姐不信。你看如何？」說罷，打開給佳蕙看了。佳蕙等的工夫大了，已然著急，見有個回禮，急急忙忙接了過來。「兄弟，改日聽信罷。」回手向衣襟一掖，轉身就去了。

剛走了不多時，只見巧娘的杏花兒年方十二歲，極其聰明，見了佳蕙，問道：「姐姐那裏去了？」佳蕙道：「我到花園掐花兒去來。」杏花兒道：「掐的花在那裏？給我幾朵兒。」佳蕙道：「花尚未開，因此空手而回。」杏花兒道：「我不信。可巧一朵兒沒有嗎？我要搜搜。」說罷，拉住佳蕙不放。佳蕙藏藏躲躲道：「你這丫頭，豈有此理！慢說沒花兒；就是有花兒，也犯不上給你。難道你怕走大了腳，不會自己掐去麼？拉拉扯扯甚麼意思！」說罷，將衣服一頓，揚長去了。杏花兒覺得不好意思，紅漲了臉，發話道：「這有甚麼呢！明兒我們也掐去，單希罕你的咧。」說著話，往地下一看，見有一個包兒，連忙撿起，恰正是芙蓉手帕包著紫金魚兒，急忙忙籠在袖內，氣忿忿回轉姨娘房內而來。巧娘問道：「你往那裏去來？又合誰嘔了氣了？因為甚麼撅著嘴？」杏花兒道：「可惡佳蕙，他掐了花來，我向他要一兩朵，饒不給，還摔打我。姨娘自想想，可氣不可氣？偏偏的他掉了一個包兒，我是再也不給他的了。」巧娘聽了，忙問道：「你撿了甚麼了？拿來我看。」杏花兒將包兒遞將過來。不想巧娘一看，便生出許多是非來了。

你道為何？只因金輝自從遭貶之後，將宦途看淡了，每日間以詩酒自娛。但凡有可以消遣❸處，不是十天，就是半月，樂而忘返。家中多虧了何氏夫人調度的井井有條。惟有巧娘水性楊花，終朝盡盼老爺回來。誰知金公是放浪形骸之外❹，又不在婦人身上用工夫的。他便急的猶如熱地螞蟻一般，如何忍耐得住，未免有些饑不擇食，悄地裏就與幕賓先生刮拉上❺了。俗語說：「色膽大來，難保機關不洩。」一日，正與幕賓在花園廳上，剛然入港，恰值小姐與佳蕙上花園燒香，將好事沖散。偏這幕賓是個膽小的，惟恐事要發覺，第二日收拾收拾，竟自逃走了。巧娘失了心上之人，他既不思己過，反把小姐與佳蕙恨入骨髓，每每要將他二人陷害，又是無隙可乘。

如今見了手帕，又有紫金魚，正中心懷，便哄杏花兒：「這個包兒既是撿的，你給我罷。我不白要你的，我給你作件衫子如何？」杏花兒道：「罷喲！姨娘前次叫我給先生送禮送信，來回跑了多少次，應許給我作衫子，到如今何嘗作了呢。還提衫子呢，沒的儘叫我擔個名兒罷了。」巧娘道：「往事休提。此次一定要與你作衫子的，並且兩次合起來，我給你作件袷衫❻子如何？」杏花兒道：「果真那樣，敢

❸ 消遣：消解；排遣。

❹ 放浪形骸之外：放蕩不羈，寄情於身外之物，如好飲酒、遊山玩水等。形骸，指人的形體。

❺ 刮拉上：亦「刮剌上」。意為勾搭。

則是好。我這裏先謝謝姨娘。」巧娘道：「不要謝。我還告訴你，此事也不可對別人說，只等老爺回來，你千萬不要在跟前。我往後還要另眼看待於你。」杏花兒聽了歡喜，滿口應承。

一日，金公因與人會酒，回來過晚，何氏夫人業已安歇。老爺憐念夫人為家計操勞，不忍驚動，便來到巧娘屋內。巧娘迎接就座，殷勤獻茶畢，他便雙膝跪倒，道：「賤妾有一事稟老爺得知。」金公道：「你有何事？只管說來。」巧娘道：「只因賤妾撿了一宗東西，事關重大。雖然老爺知道，必須訪查明白，切不可聲張。」說著話，便把手帕拿出，雙手呈上。金公接過來一看，見裏面包著紫金魚扇墜兒；又見手帕上字跡分明，寫著詩經四句，筆跡卻不相同，前二句寫的輕巧娬媚❼，後二句寫的雄健草率❽。金輝看畢，心中一動，便問：「此物從何處拾來？」巧娘道：「賤妾不敢說。」金輝道：「你只管說來，我自有道理。」巧娘道：「老爺千萬不要生氣。只因妾給太太請安回來，路過小姐那裏，拾得此物。」金輝聽了，登時蒼顏改變，無名火起，暗道：「好賤人！竟敢作出這樣事來。這還了得！」即將手帕金魚包好，攏在袖內。巧娘又加言道：「老爺，此事與門楣有關，千萬不要聲張，必須訪查明白。據妾看來，小姐決無此事，或者是佳蕙那丫頭也未可知。」老爺聽了，點了點頭，一語不發，便向書房安歇去了。

不知後來金公如何辦理，且聽下回分解。

---

❻ 袷衫：夾衣。袷，同「裌」。

❼ 輕巧娬媚：清秀優美。娬媚，亦作「嫵媚」。

❽ 雄健草率：渾厚，但不認真。

第九十回　避嚴親牡丹投何令　充小姐佳蕙拜邵公

且說金輝聽了巧娘的言語，明是開脫小姐，暗裏卻是葬送佳蕙。佳蕙既有污行，小姐焉能清白呢？真是「君子可欺以其方」。那知後來金公見了玉釵，便把佳蕙拋開，竟自追問小姐，生生的把個千金小姐險些兒喪了性命。可見他的計謀狠毒。言雖如此，巧娘說「焉知不是佳蕙那丫頭」這句話，說的何嘗不是呢？他卻有個心思，以為要害小姐，必先剪除了佳蕙。佳蕙既除，然後再害小姐就容易了。偏偏的遇見個心急性拗的金輝，不容分說，又搭著個純孝的小姐不敢強辯，因此這件事倒鬧的蒙混了。

且說金輝到了內書房安歇，一夜不曾合眼。到了次日，悄悄到了外書房一看，可巧施俊今日又會文去了。金公便在書房搜查，就在書箱內搜出一枝玉釵，仔細留神，正是給女兒的東西。這一氣非同小可，轉身來到正室，見了何氏，問道：「我曾給過牡丹一對玉釵，現在那裏？」何氏道：「既然給了女兒，必是女兒收著。」金輝道：「要來，我看。」何氏便叫丫鬟到小姐那裏去取。去不多時，只見丫鬟拿了一枝玉釵回來，稟道：「奴婢方才到小姐那裏取釵，小姐找了半天，在鏡箱內找了一枝。問佳蕙時，佳蕙病的昏昏沉沉，也不知那一枝那裏去了。小姐說：『待找著那一枝，即刻送來。』」金輝聽了，哼了一聲，將丫鬟叱退，對夫人道：「你養的好女兒！豈有此理！」何氏道：「女兒丟了玉釵，容他慢慢找去。老爺何必生氣？」金公冷笑道：「再要找時，除非到書房找這一枝去。」何氏聽了詫異道：「老爺何出此言?」金公便將手帕扇墜擲與何氏,道:「這都是你養的好女兒作的!」便在袖內把那一枝玉釵取出,道:「現有對證,還有何言支吾?」何氏見了此釵,問道:「此釵老爺從何得來?」金輝便將施生書箱內搜出的話說了。又道:「我看父女之情,給他三日限期,叫他尋個自盡,休來見我!」說罷,氣忿忿的上外面書房去了。

何氏見此光景,又是著急,又是傷心,忙忙來到小姐臥室,見了牡丹,放聲大哭。牡丹不知其詳,問道:「母親,這是為何?」夫人哭哭啼啼,將始末原由述了一遍。牡丹聽畢,只唬的粉面焦黃,嬌音軟顫,也就哭將起來。哭了多時,道:「此事從何說起!女兒一概不知。叫乳母梁氏追問佳蕙去。」誰知佳蕙自那日遺失手帕扇墜,心中一急,登時病了。就在那日告假,躺在自己屋內將養。此時正在昏憒之際❶,如何答應得上來。梁氏無奈,回轉繡房,道:「問了佳蕙,他也不知。」何氏夫人道:「這便如何是好!」復又痛哭起來。牡丹強止淚痕,說道:「爹爹既然吩咐孩兒自盡,孩兒也不敢違拗。只是母親養了孩兒一場,未能答報,孩兒雖死也不瞑目。」夫人聽到此,上前抱住牡丹,道:「我的兒呀!你既要死,莫若為娘的也同你死了罷。」牡丹哭道:「母親休要顧惜女兒。現在我兄弟方交七歲,母親若死了,叫兄弟倚靠何人?豈不絕了金門之後麼?」說罷,也抱住夫人,痛哭不止。

旁邊乳母梁氏,猛然想起一計,將母女勸住,道:「老奴倒有一事回稟。我家小姐自幼穩重,閨門不出,老奴敢保斷無此事。未免是佳蕙那丫頭幹的,也未可知。偏偏他又病的人事不知。若是等他好了再問,惟恐老爺性急,是再不能等的。若依著老爹逼勒小姐,又恐日後事明,後悔也就遲了。」夫人道:

❶ 昏憒之際:頭腦迷糊,不明是非的時候。憒,昏亂。

「依你怎麼樣呢？」梁氏道：「莫若叫我男人悄悄僱上船一隻，兩口子同著小姐帶佳蕙，投到唐縣舅老爺那裏，暫住幾時。待佳蕙好了，求舅太太將此事訪查，以明事之真假。一來暫避老爺的盛怒，二來也免得小姐傾生。只是太太擔些干係，遇便再求老爺便了。」夫人道：「老爺跟前，我再慢慢說明。只是你等一路上，叫我好不放心。」梁氏道：「事已如此，無可如何了。」牡丹道：「乳娘此計雖妙，但只一件，我自幼兒從未離了母親，一來拋頭露面，我甚不慣；二來違背父命，我心不安，還是死了乾淨。」何氏夫人道：「兒呀，此計乃乳母從權之道❷。你果真死了，此事豈不是越發真了麼？」牡丹哭道：「只是孩兒捨不得母親奈何？」乳娘道：「此不過解燃眉之急。日久事明，依然團聚，有何不可？小姐如若怕出頭露面，我更有一計在此。就將佳蕙穿了小姐的衣服，一路上說小姐臥病，往舅老爺那裏就醫養病。小姐卻扮作丫鬟模樣，誰又曉得呢？」何氏夫人聽了，道：「如此很好。你們就急急的辦理去罷。我且安置安置老爺去。」牡丹此時心緒如蔴，縱有千言萬語，一字卻也道不出來，只是說道：「孩兒去了。母親保重要緊！」說罷，大哭不止。夫人痛徹心懷，無奈何，狠著心去了。

這裏梁氏將他男子漢找來，名叫吳能。既稱男子漢，可又叫吳能，這明說是無能的男子漢。他但凡有點能為，如何會叫老婆作了奶子呢。可惜此事交給他，這才把事辦壞了。他不及他哥吳燕能有本事，打的很好的刀。到了河邊，不論好歹，僱了船隻；然後又僱了小轎三乘，來到花園後門。奶娘梁氏帶領小姐與佳蕙乘轎到河邊上船，一篙撐開，飄然而去。

且說金輝氣忿忿離了上房，來到了書房內。此時施生已回，見了金公，上前施禮。金輝洋洋不睬❸。

---

❷ 從權之道：採取權宜手段的辦法。道，法也。

施俊暗道：「他如何這等慢待於我？哦，是了。想是嗔我在這裏攪他了。可見人情險惡，世道澆薄❹，我又非倚靠他的門楣覓生活，如何受他的厭氣❺！」想罷，便道：「告稟大人得知：小生離家日久，惟恐父母懸望，我要回去了。」金輝道：「很好。你早就該回去。」施俊聽了這樣口氣，登時羞的滿面紅漲，立刻喚錦箋備馬。錦箋問道：「相公往那裏去？」施俊道：「自有去處，你備馬就是了。誰許你問！狗才，你仔細，休要討打。」錦箋見相公動怒，一聲兒也不敢言語，急忙備了馬來。施生立起身來，將手一拱，也不拜揖，說聲「請了」。金輝暗道：「這畜生如此無禮，真正可惡！」又聽施生發話道：「可惡呀，可惡！真正豈有此理！」金輝明明聽見，索性不理他了，以為他少年無狀❻。又想起施老爺來，他如何會生出這樣子弟，未免歎息了一番。然後將書籍看了看，依然照舊。又將書籍打開看了看，除了詩文之外，衹有一把扇兒，是施生落下的，別無他物。

可惜施生忙中有錯，來時原是孤然一身，所有書籍典章全是借用這裏的。他只顧生氣，卻忘了扇兒，放在書籍之內。彼時若是想起，由扇子追問扇墜，錦箋如何隱瞞？何況當著金輝再加一質證，大約此冤立刻即明。偏偏的施生忘了此扇，竟遺落在書籍之內。扇兒雖小，事關重大。若是此時就明白此事，如何又生出下文多少的事來呢？

---

❸ 洋洋不睬：假裝不知道，不理會。洋，這裏作「佯」解。

❹ 世道澆薄：指社會風氣浮薄。

❺ 厭氣：猶窩囊氣。

❻ 無狀：無禮。史記項羽本紀：「秦中吏卒遇之多無狀。」

且說金輝見施俊賭氣走了，便回到內室，見何氏夫人哭了個淚人一般，甚是悽慘。金輝一語不發，坐在椅上歎氣。忽見何氏夫人雙膝跪倒，口口聲聲：「妾身在老爺跟前請罪。」老爺連忙問道：「端的為何？」夫人將女兒上唐縣情由述了一遍，又道：「老爺只當女兒已死，看妾身薄面，不必深究了。」說罷，哭癱在地。金輝先前聽了，急的跺腳，惟恐醜聲播揚。後來見夫人匍匐不起，究竟是老夫老妻，情分上過意不去，只得將夫人攙起來道：「你也不必哭了。事已如此，我只好置之度外便了。」

金輝這裏不究，那知小姐那裏生出事來。只因吳能忙迫僱船，也不留神，卻僱了一隻賊船。船家弟兄二人，乃是翁大、翁二，還有一個幫手王三。他等見僕婦男女二人帶領著兩個俊俏女子，而且又有細軟包袱，便起了不良之意，暗暗打號兒。走不多時，翁大忽然說道：「不好了，風暴來了。」急急將船撐到幽僻之處。先對奶公❼道：「俗們須要祭賽祭賽，方好。」吳能道：「這裏那討香蠟紙馬去？」翁二道：「無妨，我們船上皆有，保管預備的齊整，只要客官出錢就是了。」吳能道：「但不知用多少錢？」翁二道：「不多，不多，只要一千二百錢足彀了。」吳能道：「用甚麼，要許多錢？」翁二道：「雞魚羊頭三牲，再加香蠟紙錁，這還多嗎？敬神佛的事兒，不要打算盤。」吳能無奈，給了一千二百錢。不多時，翁大請上香。奶公出船一看，見船頭上面放的三個盤子，中間是個少皮無腦的羊腦袋，左邊是隻折脖缺膀的雞嫁妝，右邊是一尾飛鱗凹目的鯉魚乾；再搭上四零五落的一挂元寶，還配著滴溜搭拉的幾片干張。更可笑的，是少顏無色的三張黃錢，最可憐的，七長八短的一束高香。還有一高一矮的一對瓦燈臺上，插的不紅不白的兩個蠟頭兒。吳能一見，不由的氣往上沖，道：「這就是一千二百錢辦的麼？」

❼ 奶公：即吳能。因吳能是乳母梁氏的丈夫，故稱「奶公」。

翁二道：「諸事齊備，額外還得酒錢三百。」吳能聽了發急道：「你們不是要訛呀！」翁大道：「你這人祭賽不虔，神靈見怪，理應赴水，以保平安。」說罷，將吳能一推，噗咚一聲，落下水去。

乳母船內聽著不是話頭，剛要出來，正見他男子漢被翁大推下水去，心中一急，連嚷道：「救人呀，救人！」王三奔過來就是一拳，乳母站立不穩，摔倒船內，又嚷道：「救人呀，救人呀！」牡丹此時在船內知道不好，極力將竹牕撞下，隨身跳入水中去了。翁大趕進艙來，見那女子跳入水內，一手將佳蕙拉住道：「美人不要害怕，俺合你有話商量。」佳蕙此時要死不能死，要脫不能脫，只急的通身是汗，覺的心內一陣清涼，病倒好了多一半。外面翁二合王三每人一枝篙將船撐開。佳蕙在船內被翁大拉著，急的他高聲叫喊：「救人呀，救人！」忽見那邊飛也似的來了一隻快船，上面站著許多人，道：「這船上害人呢，快上船進艙搜來。」翁二、王三見不是勢頭，將篙往水內一拄，嗖的一聲跳下水去。翁大在艙內見有人上船，說進艙搜來。他惟恐被人捉住，便從牕戶竄出，赴水逃生去了。可恨他三人貪財好色，枉用心機，白白的害了奶公並小姐落水，也只得赤手空拳赴水而去。

且言眾人上船，其中有個年老之人道：「你等莫忙。大約賊人赴水脫逃。且看船內是甚麼人。」說罷，進艙看時，誰知梁氏藏在牀下，此時聽見有人，方才從牀下爬出。見有人進來，他便急中生智，道：「眾位救我主僕一命。可憐我的男人被賊人陷害，推在水內淹死。丫鬟著急，竄出船牕投水也死了。小姐又是疾病在身，難以動轉。望乞眾位見憐。」說罷，淚流滿面。這人聽了，連說道：「不要啼哭，待我回老爺去。」轉身去了。梁氏悄悄告訴佳蕙，就此假充小姐，不可露了馬腳。佳蕙點頭會意。

那人去不多時，只見來了僕婦、丫鬟四五個攙扶假小姐，叫梁氏提了包裹，紛紛亂亂一陣，將祭賽的禮物踏了個稀爛。來到官船之上，只見有一位老爺坐在大圈椅上面，問道：「那女子家住那裏？姓甚麼？慢慢講來。」假小姐向前萬福，道：「奴家金牡丹，乃金輝之女。」那老爺問道：「那個金輝？」假小姐道：「就是作過兵部尚書的。只因家父連參過襄陽王二次，聖上震怒，將我父親休致❽在家。」只見那老爺立起身來，笑吟吟的道：「原來是姪女到了。幸哉，幸哉，何如此之巧呀！」假小姐連忙問道：「不知老大人為誰？因何以姪女呼之？請道其詳。」那老爺笑道：「老夫乃邵邦傑，與令尊有金蘭之誼❾。因奉旨改調長沙太守，故此急急帶了家眷前去赴任。今日恰好在此停泊，不想救了姪女，真是天緣湊巧。」假小姐聽了，復又拜倒，口稱叔父。邵老爺命丫鬟攙起，設座坐了。方問道：「姪女為何乘舟，意欲何往？」

不知假小姐說些甚麼話來，且聽下回分解。

---

❽ 休致：本意為官吏年老退休。這裏指罷官。

❾ 金蘭之誼：指交情投合的朋友之誼。金，比喻堅。蘭，比喻香。

第九十一回　死裏生千金認張立　苦中樂小俠服史雲

且說假小姐聞聽邵公此問，便將身體多病、奉父母之命、前往唐縣就醫養病的話，說了一遍。邵老爺道：「這就是令尊的不是了。你一個閨中弱質，如何就叫奶公、奶母帶領去赴唐縣呢？」假小姐連忙答道：「平素時常往來。不想此次船家不良，也是姪女命運不濟。」邵老爺道：「理宜將姪女送回，奈因欽限緊急，難以遲緩。與其上唐縣，何不隨老夫到長沙，現有老荊同你幾個姊妹，頗不寂寞。待你病體好時，我再寫信與令尊，不知姪女意下如何？」假小姐道：「既承叔父憐愛，姪女敢不從命。但不知嬸母在於何處？待姪女拜見。」邵老爺滿心歡喜，連忙叫僕婦、丫鬟攙著小姐，送到夫人船上。原來邵老爺有三個小姐，見了假小姐，無不歡喜。

從此佳蕙就在邵老爺處將養身體。他原沒有什麼大病，不多幾日，也就好了。夫人也曾背地裏問過他，有了婆家沒有。他便答道：「自幼與施生結親。」夫人也悄悄告訴了老爺。自那日開船行到梅花灣的雙岔口，此處卻是兩條路：一股往東南，卻是上長沙；一股往東北，卻是綠鴨灘。

且說綠鴨灘內有漁戶十三家，內中有一人年紀四旬開外，姓張名立，是個極其本分的，有個老伴兒李氏。老兩口兒無兒無女，每日捕魚為生。這日張老兒夜間撒下網去，往上一拉，覺得沉重，以為得了大魚，連喚：「媽媽，快來，快來！」李氏聽了，出來問道：「大哥，喚我做什麼？」這老兩口子素來就是這等稱呼：男人管著女人叫媽媽，女人管著男人叫大哥。當初不知是怎麼論的，如今慣了，習以為常。張立道：「媽媽幫我一幫，這個行貨子可不小。」李氏上前幫著拉上船來，將網打開，看時卻是一個女尸，還有竹隐一扇托定。張立連連啐道：「晦氣，晦氣！快些擲下水去。」李氏忙攔道：「大哥不要性急，待我摸摸，還有氣息沒有。豈不聞『救人一命勝造七級浮屠』嗎？」果然摸了摸，胸前兀的亂跳，說道：「還有氣息，快些控水。」李氏又舒掌揉胸。不多時清水流出不少，方才漸漸甦醒，哼哼出來。婆子又扶他坐起，略定定神，方慢慢呼喚，細細問明來歷。

原來此女就是牡丹小姐。自落水之後，虧了竹隐托定，順水而下，不計里數，漂流至此。自己心內明白，不肯說出真情，答言：「是唐縣宰的丫鬟，因要接金小姐去。手扶竹隐，貪看水面。不想竹隐掉落，自己隨隐落水，不知不覺漂流至此。請問媽媽貴姓？」李氏一一告訴明白。又悄悄合張立商量道：「你我半生無兒無女。我今看見此女生的十分俏麗，言語聰明，偺們何不將他認為女兒，將來豈不有靠麼？」張立道：「但憑媽媽區處。」李氏便對牡丹說了。牡丹連聲應允。李氏見牡丹應了，歡喜非常。登時疼女兒的心盛，也不願捕魚，急急催大哥快快回莊，好與女兒換衣服。張立撐開船，來到莊內。李氏攙著牡丹進了茅屋，找了一身乾淨衣服，叫小姐換了。本是珠圍翠繞，如今改了荊釵布裙❶。

李氏又尋找茶葉燒了開水，將茶葉放在鍋內，然後用瓢和弄個不了，方拿過碗來，擦抹淨了，吹開沫子，舀了半碗，擦了碗邊，遞與牡丹道：「我兒喝點熱水，煖煖寒氣。」牡丹見他殷勤，不忍違卻，連忙接過來，喝了幾口。又見他將葉掏出，從新刷了鍋，舀上一瓢水，找出小米麵，做了一碗熱騰騰的

❶ 荊釵布裙：以荊枝當髻釵，用粗布製衣裙，為貧家婦女的裝束。

白水小米麵的疙瘩湯，端到小姐面前，放下一雙黃油四棱竹箸❷，一個白沙碟兒醃蘿蔔條兒。牡丹過意不去，端起碗來，喝了點兒，嘗著有些甜津津的，倒沒有別的味兒，於是就喝了半碗。咬了一點蘿蔔條兒，覺著扎口的鹹，連忙放下了。他因喝了半碗熱湯，登時將寒氣散出，滿面香汗如瀋❸。婆子在旁看見，連忙掀起衣襟，輕輕給牡丹拂拭，更露出本來面目，鮮妍非常。婆子越瞧越愛，越愛越瞧，如獲至寶一般。又見張立進來問道：「閨女這時好些了？」牡丹道：「請爹爹放心。」張立聽小姐的聲音改換，不像先前微弱，而且活了不足五十歲，從來沒聽見有人叫他「爹爹」二字。如今聽了這一聲，彷彿成仙了道，醍醐灌頂❹，從心窩裏發出一股至性❺達天的樂來，哈哈大笑道：「媽媽，好一個閨女呀！」李氏道：「正是，正是。」說罷，二人大笑不止。

此時天已發曉。李氏便合張立商議，說：「女兒在縣宰處，必是珍饈美味慣了，千萬不要委屈了他。你賣魚回來時，千萬買些好喫食回來。」張立道：「既如此，我多秤些肥肉，再帶些豆腐白菜。你道好不好？」李氏道：「很好。就是如此。」

鄉下人不懂的珍饈，就知肥肉是好東西，若動了豆腐、白菜便是開齋，這都是輕容易不動的東西。

❷ 竹箸：竹製的筷子。箸，同「筯」。

❸ 瀋：即汁。

❹ 醍醐灌頂：醍醐，酥酪（乳製品）上凝聚的油，佛教用以比喻最高的佛法。灌頂，佛教儀式，以水或醍醐灌人頭頂，使得佛果。純酥油澆在頭上，清涼舒適。比喻灌輸智慧，使人徹底醒悟。

❺ 至性：純厚的性情。世說新語德行：「王安豐（戎）遭艱，至性過人。」

其實所費幾何？他卻另有個算盤。他道有了好菜，必要多喫，既多喫，不但費菜，連飯也是費的。仔細算來，還是不喫好菜的好。如今他夫妻乍得了女兒，一來怕女兒受屈，二來又怕女兒笑話瞧不起。因此發著狠兒，才買肉買菜，調著樣兒收拾出來。牡丹不過星星點點的喫些就完了。

一來二去，人人納罕❻兒，說張老者老兩口兒想開了，無兒無女，天天弄嘴喫。就有搭訕過來聞聞香味的意思，遇巧就要嘗嘗。誰知到了屋內一看，見床上坐著一位花枝招展、猶如月殿嫦娥、瑤池❼仙女似的一位姑娘。這一驚不小。各各追問起來，方知老夫妻得了義女，誰不歡喜，誰敢怠慢，登時傳揚開了。十二家漁戶俱各要前來賀喜。

其中有一人姓史名雲，會些武藝，且膽量過人，是個見義敢為的男子，因此，這些漁人們皆器重他。凡遇大小事兒或是他出頭，或是與他相商。他若定了主意，這些漁戶們沒有不依的。如今要與張老兒賀喜，這三一群，五一夥，陸陸續續俱各找了他去，告訴他張老兒得女兒的情由。

史雲聽了，拍手大樂道：「張大哥為人誠實，忠厚有餘，如今得了女兒，將來必有好報。這是他老夫妻一片至誠所感。列位到此何事？」眾人道：「因要與他賀喜，故此我等特來計較。」史雲道：「很好。偺們莊中有了喜事，理應作賀。但只一件，你我俱是貧苦之人，家無隔宿之糧，誰是充足的呢。大家這一去，人也不少，豈不叫張大哥為難麼？既要與他賀喜，總要大家真樂方好。依我倒有個主意。偺們原是魚行生理，乃是本地風光。大家以三日為期，全要辛苦辛苦，奮勇捕了魚來，俱各交在我這裏出

❻ 納罕：方言。驚奇。

❼ 瑤池：古神話中神仙居住的地方。

脫。該留下偺們喫的留下喫，該賣的賣了錢買調和沽酒。全有我呢。」又對一人道：「弟老的，這兩天你要常來。你到底認得幾個字，也拿的起筆來，有可以寫的須要幫著我記記方好。」原來這人姓李，滿口應承道：「我天天早來就是了。」史雲道：「更有一宗要緊的。是日大家去時，務必連桌櫈俱要攜了去方好。不然，張大哥那裏，如何有這些櫈子傢伙桌子呢？偺們到了那裏，大家動手，索性不用張大哥張羅，叫他夫妻安安穩穩樂一天。只算大家湊在一處，熱熱鬧鬧的喫喝一天就完了。別的送禮送物，皆是虛文，一概不用。眾位以為何如？」眾人聽罷，俱各歡喜道：「好極，好極！就是這樣罷。但只一件，其中有人口多的，有少的，這怎麼樣呢？」史雲道：「全有我呢，包管平允。誰也不能喫虧，誰也不能占便宜。其實鄉里鄉親何在乎這上頭呢，然而辦事必得要公，大家就辛苦辛苦罷。我到張大哥那裏給他送信去。」眾人散了。

史雲便到了張立的家中，將此事說明，又見了牡丹果真是如花似玉的女子，快樂非常。張立便要張羅起事來。史雲道：「大哥不用操心，我已俱各辦妥。老兄就張羅下燒柴就是了，別的一概不用。」張立道：「我的賢弟，這個是不容易，如何張羅下燒柴就是了呢？」史雲道：「我都替老兄打算下了，樣樣俱全，就短柴火，別的全有了。我是再不撒謊的。」張立仍是半疑半信的，只得深深謝了。史雲執手回家去了。

眾漁人果然齊心努力，辦事容易的很。真是爭強賭勝，竟有出去二三十里地捕魚去的，也有帶了老婆孩兒去的，也有帶了弟男子姪去的。剛到了第二天，交到史雲處的魚蝦真就不少。史雲裁奪著，各家平勻了，估量著彀用的，便告訴他等道：「某人某人交的多，明日不必交了。某人某人交的少，明日再找補些來。」他立刻找著行頭❽，公平交易，換了錢鈔，沽酒買菜，全送到張立家中。張立見了這些東西，又是歡喜，又是著急。歡喜的是得了女兒，如此風光體面；著急的是這些東西，可怎麼措置呢？史雲笑道：「這有何難。我只問你，燒柴預備下了沒有？」張立道：「預備下了。你看，靠著籬笆那兩垛，可彀了麼？」史雲瞧了瞧道：「彀了，彀了。還用不了呢。燒柴既有，老兄你就不必管了。今夜五鼓偺們鄉親都來這裏，全是自己動手。你不用張羅，儘等著喝喜酒罷。」張立聽了，哈哈大笑道：「全仗賢弟分心，劣兄如何當得！」史雲笑道：「有甚要緊，一來給老兄賀喜，一來大家湊個熱鬧，暢快暢快，也算是偺們漁家樂了。」

正說間，只見有許多人抗著桌櫈的，挑著傢伙的，背著大鍋的，又有倒換挑著調和的，還有合夥挑著菜蔬的，紛紛攘攘送來，老兒接迎不暇，登時放滿一院子。也就是綠鴨灘，若到別處，似這樣行人情的也就少少兒的。全是史雲張羅幫忙。卻好李弟老的也來了，將東西點明記賬，一一收下。張老兒惟恐錯了，還要自己記了暗記兒。來一個史雲囑付一個，道：「鄉親，明日早到，不要遲了。千萬，千萬！」到黃昏時，俱已收齊，史雲方同李弟老的回去了。

次日四鼓時，史雲與李弟老的就來了。果是五鼓時，眾鄉親俱各來到。張老兒迎著道謝。史雲便分開腳色，誰挖竈燒火，誰做菜蔬，誰調座位，誰抱柴挑水，俱不用張立操一點心。樂的個老頭兒出來進去，這裏瞧瞧，那裏看看，猶如跳圈猴兒一般。一會兒又進屋內問媽媽道：「閨女喫了什麼沒有？」李氏道：「大哥不用你張羅，我與女兒自會調停。」張立猛見李氏，笑道：「嗳呀！媽媽今日也高興了，

❽ 行頭：這裏指各行業的總管。這裏指分工的掌管人。

竟自洗了臉，梳了頭了。」李氏笑道：「什麼話呢。眾鄉親賀喜，我若黑臉烏嘴的，如何見人呢？你看我這頭還是女兒給我梳的呢。」張立道：「顯見得你有了女兒，就支使我那孩子梳頭。再過幾時，你喫飯還得女兒餵你呢。」李氏聽了，啐道：「呸！沒的瞎說白道的了。」張立笑吟吟的出去了。

不多時，天已大亮，陸陸續續田婦村姑俱各來了。李氏連忙迎出，彼此拂袖道喜道謝，又見了牡丹，一個個咂嘴吐舌，無不驚訝。牡丹到了此時，也只好接待應酬，略為施展，便哄的這些人歡喜，不知如何是好。

到了飯得之時，座兒業已調好。屋內是女眷，所有桌櫈俱是齊全的，就是傢伙也是挑秀氣的。外面院子內是男客，也有高桌，也有矮座，大盤小碗，一概不拘。這全是史雲的調度，真真也難為他。大家不論親疎，以齒為序。我拿櫈子，你拿傢伙，彼此嘻嘻哈哈，團團圍住，真是爽快。霎時杯盤狼藉。雖非嘉殽美味，卻是鮮魚活蝦，葷素俱有，左添右換，以多為盛。大家先前慢飲，後來有些酒意，便呼吆喝六豁起拳來。

恰好史雲與張立豁拳。張立叫了個「七巧」，史雲叫了個「全來」。忽聽外面接聲道：「可巧俺也來了，可不是全來嗎？」史雲便仰面往外側聽。張立道：「聽他則甚？偺們且豁拳。」史雲道：「老兄且慢。你我十三家俱各在此，外面誰敢答言？待我出去看來。」說罷，立起身來，啟柴扉一看，見是個年幼之人，背著包裹，正在那裏張望。史雲咄的一聲，道：「你這後生，窺探怎的？方才答言的，敢則是你麼？」年幼的道：「不敢，就是在下。因見你們飲酒熱鬧，不覺口內流涎，俺也要沽飲幾杯。」史雲道：「此處又非酒肆飯鋪，如何說『沽飲』二字？你妄自答言，俺也不計較於你，快些去罷。」說罷，剛要轉身，只見少年人一伸手將史雲拉住，道：「你說不是酒肆，如何有這些人聚飲？敢是你欺負我外鄉人麼！」史雲聽了，登時喝道：「你這小廝好生無禮！俺饒放你去，你反拉我不放。說欺負你，俺就欺負你，待怎麼！」說著，揚手就是一掌打來。年少之人微微一笑，將掌接住往懷裏一帶，又往外一搡。只聽「咕咚」一聲，史雲仰面栽倒在地，心中暗道：「好大力量！倒要留神。」急忙起來，復又動手。只見張立出來勸道：「不要如此，有話慢說。」問了原由，便對年幼的道：「老弟休要錯會了意。這真不是酒肆飯鋪。這些鄉親俱是給老漢賀喜來的。老弟如要喫酒，何妨請進，待老漢奉敬三杯。」年幼的聽見了酒，便喜笑顏開的道：「請問老丈貴姓？」張立答了姓名，他又問史雲。史雲答道：「俺史雲。你待怎麼？」年幼的道：「史雲大哥恕小弟莽撞，休要見怪。」說罷，一揖到地。

未知如何，且聽下回分曉。

第九十二回　小俠揮金貪杯大醉　老葛搶雉惹禍著傷

且說史雲見年幼之人如此，鬧的倒不好意思了，連忙問道：「足下貴姓？」年幼的道：「小弟艾虎。只因要上臥虎溝，從此經過，見眾位在此飲酒作樂，不覺口渴。既蒙賜酒，感領厚情。請了。」說罷，邁步就進了柴門。

你道艾虎如何來到此處？只因他與施俊結拜之後，每日行程五里也是一天，十里也算一站。若遇見好酒，不定住三天五天，喝醉了就睡，睡醒了又喝。左右是蔣平不心疼的銀子，由著他的性兒花罷了。當下眾漁戶見張立、史雲同了個年幼之人進來，大家都不認得，只有一拱手而已。史雲便將艾虎讓在自己一處。張立拿起壺來，滿滿斟了一杯，遞與艾虎。艾虎也不謙讓，連忙接過來一飲而盡。史雲接過來也斟上一杯，艾虎也就喝了。他又復與二人各斟一杯，自己也陪了一杯，然後慢慢問道：「方才老丈說府上賀喜，不知為著何事？」史雲代為說明。艾虎哈哈大笑道：「原來如此，理當賀的。」說罷，回手向兜肚內掏出兩錠銀子來，遞與張立道：「些須薄禮，望乞笑納。」張立如何肯接。艾虎強扭強捏的，揣在他懷內。

張立無奈，謝了又謝。轉身來到屋內，叫聲：「媽媽，這是方才一位小客官給女兒的賀禮，好好收了。」李氏接來一看，見是兩錠五兩的錁子，不由喫驚道：「噯喲！如何有這樣的重禮呢？」正說明，牡丹過來，問道：「母親，什麼事？」張立便將客官送賀禮的事說了。牡丹道：「此人可是爹爹素來認得的麼？」張立道：「並不認得。」牡丹道：「既不認得，萍水相逢，就受他如此厚禮，此人就令人難測。焉知他不是惡人暴客❶呢？據孩兒想來，還是不受他的為是。」李氏道：「女兒說的是。大哥趁早兒還他去。」張立道：「真是閨女想的周到。我就還他去。」仍將銀子接過，出外面去了。

張立當下拿回銀子，見了艾虎，說道：「方才老漢與我老伴並女兒一同言明。他母女說客官遠道而來，我等理宜盡地主之情，酒食是現成的，如何敢受如此厚禮。仍將原銀奉還。客官休要見怪。」艾虎道：「這有甚要緊。難道今日此舉，老丈就不耗費資財麼？權當作薪水之資就是了。」張立道：「好叫客官得知。今日此舉全是破費眾鄉親的。不信，只管問我們史鄉親。」史雲在旁答道：「此話千真萬真，決不欺哄。」艾虎道：「俺的銀子已經拿出，如何又收回呢？也罷，俺就煩史大哥拿此銀兩，明日照舊預備。今日是俺擾了眾鄉親，明日是俺作東回請眾位鄉親。如若少了一位，俺是不依史大哥的。」史雲見此光景，連忙說道：「我看艾客官是個豪爽痛快人，莫若張大哥從實收了罷，省得叫客官為難。」張立只得又謝了。

史雲便陪著艾虎，左一碗，右一碗，把個史雲也喝的愣了，暗道：「這樣小小年紀卻有如此大量。」就是別人也往這邊瞅著。喝來喝去，小俠漸漸醉了，前仰後合，身體亂晃，就靠著桌子，垂眉閉眼。史雲知他酒深❷，也不驚動他。不多時，只聽呼聲振耳，已入夢鄉。艾虎既是如此，眾漁人也就醺醺，獨

❶ 惡人暴客：壞人強盜。

❷ 酒深：指飲酒過量。

有張立、史雲喝的不多。張立是素來不能多飲的，史雲酒量卻豪，只因與張老兒張羅辦事，也就不肯多喝了。張立仍是按座張羅。

忽聽外面有人喚道：「張老兒在家麼？」張立忙出來一看，不由的喫了一驚，道：「二位請了。到此何事？」二人道：「怎麼你倒問我們？今日是誰的班兒了？」

你道此二人是誰？原來是黑狼山的嘍儸。自從藍驍占據了此山，知道綠鴨灘有十三家漁戶，定了規矩，每日著一人值日。所有山上用的魚蝦，皆出在值日的身上。這日正是張立值日。他只顧賀喜，就把此事忘了。今日嘍儸來了，方才想起，連忙告罪道：「是老漢一時忽略，望乞二位在頭領跟前方便方便。明日我多備魚蝦補還上就是了。」二嘍儸道：「你這話竟是胡說！明日補還，今日大王先空一頓嗎？我們全不管你，今日只好跟了我們去見頭領。有什麼說的你自己去說罷。」

此時史雲已然出來，連忙插言道：「二位不要如此。委是張夥計今日有事，務求包容包容。」就把他得女兒賀喜的話說了一遍。二嘍儸聽了道：「既是如此，我們瞧瞧你這閨女，回去見了頭領，也好回話。」說罷，不容張立依不依，硬往裏走。到了屋內見了牡丹，暗暗喝彩。轉身出來，一眼瞧見了艾虎，在那裏端坐不動。原來眾人見嘍儸進來，知有事故，膽大的站起來在一旁聽著，膽小的怕有連累也就溜了。獨有艾虎坐在那裏。這嘍儸如何知道他是沉醉酣睡呢，大聲嗔喝道：「他是什麼人？竟敢見了我傲不為禮，這等可惡！快快與我綁了，解上山去。」張立忙上前分解道：「他不是本莊之人，而且喫醉了，求爺們寬恕。」史雲在旁，也幫著說話。二嘍儸方氣忿忿的去了。

眾人見嘍儸去了，嘈嘈雜雜，議論不休。史雲便合張立商議，莫若將這客官喚醒，叫他早些去罷，省得連累了他。張立聽了，急急將艾虎喚醒，說明原由。艾虎不聽則可，聽了時一聲怪叫道：「噯喲喲！好山賊野寇。俺艾虎正要尋他，他反來捋虎鬚。待他來時，俺自對付他。」張立著急，只好苦勸。

忽聽得人喊馬嘶，早有漁戶跑的張口結舌道：「不……不好了！葛頭領帶領人馬入莊了。」張立聽了，只嚇得渾身亂抖。艾虎道：「老丈不要害怕，有俺在此。」說罷，將包袱遞與張立，回頭叫道：「史大哥，隨俺來。」剛然出了柴扉，只見有二三十名僂儸簇擁著一個老頭騎在馬上，聲聲叫道：「張老兒，聞得你有個如花似玉的女兒，正好與俺匹配。俺如今特來求親。」艾虎聽了一聲叱咤道：「你這廝叫什麼？快些說來！」馬上的道：「誰不曉得俺葛瑤明，綽號蛤蜊蚌子嗎？你是何人，竟敢前來多事？」艾虎道：「我只當是藍驍那廝，原來是個無名的小輩。俺艾虎爺爺在此，你敢怎麼？」葛瑤明聽了，喝道：「好小廝，滿口胡說！」吩咐僂儸將他綁了。唿的上來了四五個。艾虎不慌不忙，兩隻臂膀往左右一分，先打倒了兩個，一轉身抬腿又踢倒了一個。眾僂儸見小爺勇猛，又上來了十數個，心想以多為勝。那知小俠指東打西，竄南躍北，猶如虎蕩羊群❸，不大的工夫，打了個落花流水。

史雲在旁，見小爺英勇非常，不由喝彩，自己早托定五股魚叉，猛然喊了一聲，一個健步，竟奔葛瑤明而來。原來這些僂儸以為漁戶好欺負，並未防備，皆是赤手而來。獨葛瑤明腰間繫著一把順刀，見眾僂儸不是艾虎對手，剛然拔刀，要上前相助，史雲魚叉已到，連忙用刀一迎。史雲把叉往回裏一抽。誰知叉上有倒鬚鉤兒，早把順刀攏住。史雲力猛，葛瑤明在馬上一晃，手不喫勁，噹啷啷順刀落地，說聲「不好！」將馬一帶，哧留的往莊外就跑。眾僂儸見頭領已跑，大家也抱頭鼠竄而去。

---

❸ 虎蕩羊群：亦作「虎入羊群」。比喻強大者沖入柔弱者中間任意砍殺。

艾虎打的高興，那裏肯放，上前將葛瑤明的刀撿起就追。史雲也便大喊「趕呀！」手內托定五股魚叉，也追下去了。艾虎追出莊外，見賊人前面亂跑，他便撒腳緊緊追趕。俗云：「歸師勿掩，窮寇莫追。」如今小俠真是初生的犢兒不怕虎，又仗著自己的本領，那把這一眾山賊放在眼裏，又搭著史雲也是一勇之夫，隨後緊趕。看看來到山環之內，只見艾虎平空的栽倒在地，兩邊跑出多少僂儸，將艾虎按住，捆綁起來。史雲見了，說聲「不好！」急轉身往回裏就跑，給莊中送信去了。

你道艾虎如何栽倒？只因葛賊騎馬跑的快，先進了山環，便有把守的僂兵，他就吩咐暗暗埋伏絆腳繩。小俠那裏理會，他是跑開了，冷不防，焉有不栽倒之理呢。眾僂儸拿了艾虎。葛瑤明業已看見，忙將僂兵分為兩路，著十五人押著艾虎同自己上山，著十五人回轉莊中到張老兒家搶親。葛賊洋洋得意，將馬馱了艾虎，忙忙的入山。

正走之間，只見一隻野雞打空中落下。葛瑤明上前撿起一看，見雞胸流血，知是有人打的。復往前面一看，早見有人嚷道：「快些將山雞放下！那是我們打的。」葛賊仔細一看，原來是一個極醜的女子，約有十五六歲。葛瑤明道：「這雞是你的麼？」醜女子道：「是我的。」葛賊道：「你休要哄我。既是你的，你手無寸鐵，如何會打下野雞來？」醜女子道：「原是我姐姐打的。不信，你看那樹下站的不是？」葛賊轉臉一看，見一女子生的美貌非常，果然手握彈弓，在那裏站著。葛賊暗暗歡喜道：「我老葛真是紅鸞星❹照命。張老兒那裏有了一個，如今又遇見一個，這才是雙喜臨門呢。」想罷，對醜女子道：「你說你姐姐打的，我不信。叫你姐姐跟了我去，我們山後頭有雞，叫他打一個我看看。」說罷，兩隻賊眼

❹ 紅鸞星：星相家認為，天上有紅鸞星，主人間婚姻喜事。

直勾勾的瞅著那邊女子。醜女子大怒：「你若不還，只怕你姑娘不容你過去。」說畢，拉開架式，就要動手。只聽葛瑤明哎喲一聲，仰面栽倒在地，掙扎著爬起來，早見兩眉攢中流下血來。醜女子已知是姐姐用鐵丸打的，不容他站穩，嗖的一聲，照後心噔的就是一腳。葛瑤明他倒聽教訓，噗哧的一聲，嘴啃屎又躺下了。眾僂儸一擁齊上。醜女子微微冷笑，抬了抬手，一個個東倒西歪；動了動腳，一個個呲牙咧嘴。此時葛賊知道女子利害，不敢抵敵，爬起來就跑。眾人見頭領跑了，誰還敢怠慢，也就唧嚠咕嚕的一齊跑了。

醜女子正在趕打僂卒，忽聽有人高聲喝彩叫好。

不知後文如何，且聽下回分解。

第九十三回　𨚫綠鴨漁獵同合夥　歸臥虎姊妹共談心

且說醜女子將眾卒打散，單單剩下了捆綁的艾虎在馬上馱著，又高闊，又得瞧。見那醜女子打這些人，猶如捕蝶捉蜂，輕巧至甚。看到痛快處，不由的高聲叫好喝彩，扯開嗓子，哈哈大笑道：「打的好！打的妙！」正在快樂，忽聽醜女子問道：「你是什麼人？」艾虎方住笑，說道：「俺叫艾虎，是被他們暗算拿住的。」醜女子道：「有個黑妖狐與北俠，你可認得麼？」艾虎道：「智化是我師傅，歐陽春是我義父。」醜女子道：「如此說來，是艾虎哥哥到了。」連忙上前解了繩縛。艾虎下馬，深深一揖，道：「請問姐姐貴姓？」醜女子道：「我名秋葵。沙龍是我義父。」艾虎道：「方才用彈弓打賊人的，那是何人？」秋葵道：「那就是我姐姐鳳仙，乃我義父的親女兒。」說話間，便招手道：「姐姐這裏來。」鳳仙在樹下見秋葵給艾虎解縛，心甚不樂，暗暗怪說：「妹子好不曉事，一個女兒家不當近於男子。這是甚麼意思！」後來見秋葵招手，方慢慢過來道：「什麼事？」秋葵道：「艾虎哥哥到了。」鳳仙聽了艾虎二字，不由的將艾虎看了一看，滿心歡喜，連忙向前萬福。艾虎還了一揖。

忽聽半山中一聲叱咤道：「好兩個無恥的丫頭，如何擅敢與男子見禮！」鳳仙、秋葵抬頭一看，見山腰裏有三人，正是鐵面金剛沙龍，與兩個義弟，一名孟傑，一名焦赤。秋葵便高聲喚道：「爹爹與二位叔父這裏來。艾虎哥哥在此。」右邊的焦赤聽了道：「嗳呀！艾虎姪兒到了。大哥快快下山呀。」說著話，他就「突、突、突、突」跑下山來，嚷道：「那個是艾虎姪兒？想煞俺也！」

你道焦赤為何說此言語？只因北俠與智公子、丁二官人到了臥虎溝，敘話說到盜冠拿馬朝賢一節，其中多虧了艾虎，如何年少英勇，如何膽量過人，如何開封首告，親身試鍘，五堂會審，救了忠臣義士，從此得了個小俠之名。說得個孟傑、焦赤一壁聽著，一壁樂了個手舞足蹈。惟有焦赤性急，恨不得立刻要見艾虎。自那日起，心裏時刻在念。如今聽說到了，他如何等得，立時要會，先跑下山來，亂喊亂叫，說：「想煞俺也。」艾虎聽了也覺納悶，道：「此人是誰呢？我從來未見過，他想我作什麼？」

及至來到切近，焦赤扔了鋼叉，雙關子抱住艾虎，右瞧左看，左觀右瞧。艾虎不知為何，挺著身軀，紋絲兒不動。只聽焦赤哈哈大笑道：「好呀！果然不錯。這親事做定了。」說著話。沙龍、孟傑俱各到了。焦赤便嚷道：「大哥，你看看相貌，好個人品，不要錯了主意。這門親事作定了。」沙龍忙攔道：「賢弟太莽撞了。此事也是亂嚷的麼？」

原來北俠與智公子聽見沙員外有個女兒名叫鳳仙，一身的武藝，更有絕技是金背彈弓，打出鐵丸百發百中。因此一個為義兒，一個為徒弟，轉託丁二爺，在沙員外跟前求親。沙龍想了一想，既是黑妖狐的徒弟，又是北俠的義兒，大約此子不錯，也就有些願意了。彼時對丁二爺說道：「既承歐陽兄與智賢弟願結秦晉，劣兄無不允從。但我有個心願：秋葵乃劣兄受了託孤❶重任，認為義女。我疼他比鳳仙尤甚，一來憐念他無父無母，孤苦伶仃，二來愛惜他兩膀有五六百觔的膂力，不過生的醜陋些。須將秋葵之事完結後，方能聘嫁鳳仙。求賢弟與他二人說明方好。」丁二爺就將此事，暗暗告訴了北俠、智爺。

❶託孤：以遺孤相託。三國志蜀志先主傳：「先主病篤，託孤於丞相（諸葛）亮，李嚴為副。」

二人聽了，深為器重沙龍，說：「你我做事，理應如此。」又道：「艾虎年紀尚小，再過幾年，也不為晚。」便滿口應承了。誰知後來孟、焦二人聽見有求親之說，他倆便極力攛掇沙龍道：「有這樣好事，為何不早早的應允？」沙龍因他二人粗鹵，不便細說，隨意答道：「愚兄從來沒有見過艾虎，知他品貌如何，兒女大事，也有這樣就應得的麼？」孟、焦二人無的可說，也就罷了。故此今日，焦赤見了艾虎，先端詳了品貌，他就嚷「這親事做定了」。他只顧如此說，旁邊把個鳳仙羞的滿面通紅，背轉身去了。

秋葵方對艾虎道：「這是我爹爹。這是孟叔父與焦叔父。」艾虎一一見了。沙龍見艾虎年少英雄，滿心歡喜，便問道：「賢姪為何來到此處？」艾虎一一說了，又道：「他等又派人仍去搶親，小姪還得回去搭救張老者的女兒。」焦赤聽了，舒出大指，道：「好的！正當如此。待俺同你走走。」從那邊收起鋼叉。沙龍見艾虎赤著雙手，便把自己的齊眉棍❷遞與小爺。他二人邁開大步，轉身迎來。方到山環，只見搶牡丹的僂儸抬定一個四方的東西，周圍裹著布單，上面蓋著一塊似紅非紅的袱子，敢則是個沒頂兒的轎子！裏面隱隱有哭泣之聲。艾虎見了，輪開大棍，吼了一聲，一路好打。焦赤托定鋼叉，左右一晃，叉環亂響。僂儸等那裏還有魂咧，趕著放下轎子，四散的逃命去了。

艾虎過來扯去紅袱一看，原來是張桌子，腿兒朝上。再細看時，見裏面綁著個女子，已然嚇的人事不省，呼之不應。正在為難，只見山口外哭進一個婆子來，口中嚷道：「天殺的呀！好好的還我女兒。如若不然，我也不活著了。我這老命合你們拚了罷。」正是李氏。艾虎喚道：「媽媽不要啼哭。我已將你女兒截下了。」又見張立從那邊踉裏踉蹌來了。彼此見了，好生歡喜。此時李氏將牡丹的繩綁鬆了，

❷ 齊眉棍：棒名。長短與眉齊，粗細一手握。水滸第三回：「提了一條齊眉短棒，奔出南門。」

甦醒過來。

恰好沙龍父女與孟傑不放心，大家迎了上來，見將女子截下，僂儸逃脫。艾虎又帶了張立，見過沙龍，李氏帶了牡丹，見過鳳仙、秋葵，彼此傾心愛慕。鳳仙道：「姐姐何不隨我們上臥虎溝呢？大料山賊決不死心。倘若再來，怎生是好？」牡丹聽了，甚是害怕。秋葵心直口快，轉身去見沙龍，將此事說了。沙龍道：「我也正為此事躊躇。」便問張立道：「聞得綠鴨灘有漁戶十三家，約有多少人口？」張立道：「算來男婦老幼不足五六十口。」沙龍道：「既是如此，老丈你急急回去告訴眾人，陳說利害，叫他等急急收拾，俱各上臥虎溝便了。」艾虎道：「小姪同張老丈回去。我還有個包袱要緊❸。」孟傑道：「俺也隨了去。」焦赤也要去，被沙龍攔住道：「賢弟隨我回莊，且商議安置眾人之處。」便向秋葵道：「這母女二人就交給你姐兒兩個。我們先回莊去了。」

誰知牡丹受了驚恐，又綁了一繩，如何轉動得來。秋葵道：「無妨。我背著姐姐。」鳳仙道：「妹子如何背的了這麼遠呢？」秋葵道：「姐姐忘了，前面樹上還拴著馱姐夫的馬呢。」說罷，噗哧的一聲笑了。鳳仙臉一紅，一聲兒也不言語了。秋葵背起牡丹去了。走不多時，見那馬仍拴在那裏。秋葵放下牡丹。牡丹卻不會騎馬。鳳仙過去將馬拉過來，認鐙乘上，走了幾步，卻無毛病，說道：「姐姐只管騎上，我在旁邊照拂著，包管無事。」還是秋葵將牡丹抱上馬去。鳳仙攏住嚼環，慢慢步行。牡丹心甚不安。只聽秋葵道：「媽媽走不動，我背你幾步兒。」李氏笑道：「婆子如何敢當？告訴姑娘說，我那一天不走一二十里路呢，全是方才這些天殺的亂搶混奪，我又是急又是氣，所以跑的兩條腿軟了。走了幾

❸ 包袱要緊：包袱中川資錢物，故言重要。

步兒，溜開了就好了。姑娘放心，我是走的動的。」一路上說著話兒，竟奔臥虎溝而來。

你道臥虎溝的沙龍，為何不怕黑狼山的藍驍呢？其中有個緣故。臥虎溝內原是十一家獵戶，算來就是沙龍的年長，武藝超群，為人正直，因此這十家皆聽他的調度。自藍驍占據了黑狼山，他便將眾獵戶叫來，傳受武藝，以防不測。後來又交結了孟傑、焦赤，更有了幫手。暗暗打聽，知道綠鴨灘眾漁戶已然輪流上山，供給魚蝦。「焉知那賊不來合我們要野獸呢？俺臥虎溝既有沙龍，斷斷不准此例，眾位入山，大家留神。倘有信息，自有俺應候他。你等不要驚慌。」眾人遵命，誰也不肯獻獸與山賊。

不料藍驍那裏，已知臥虎溝有個鐵面金剛沙龍。他卻親身來到臥虎溝，明是索取常例，暗裏要會會沙龍。及至見面，藍驍責備為何不上山納獸。沙龍破口大罵。所有十一家獵戶俱是他一人承當。藍驍聽了大怒，彼此翻臉，動起手來。一個步下，一個馬上，走了幾合，只聽唴哧一聲，沙龍一刀砍在藍驍的馬鐙之上。沙龍道：「俺手下留情，山賊你要明白。」藍驍回馬，一執手道：「沙員外，你的本領藍驍曉得了。」說畢，竟自回山去了。暗暗寫信與襄陽王，說沙龍本領高強，將來可做先鋒。他有意要結交沙龍，所有獵戶入山，一提臥虎溝三字，僂儸再也不敢惹，因此沙龍英名遠振。如今又把綠鴨灘十三家漁戶也歸臥虎溝來，從此黑狼山交魚蝦的例也就免了。

再說沙龍同焦赤先到莊中，將西院數間房屋騰出安頓男子，又將裏間跨所安頓婦女，俱是暫且存身。即日鳩工❹，隨莊修蓋房屋。等告成時，再按各家分住。不多時，牡丹母女與鳳仙姐妹一同來到，聽說在裏間跨所安頓婦女，姐兒兩個大喜。秋葵道：「這等住法很好，偺們可熱鬧了。」鳳仙道：「就是將

❹ 鳩工：興土開工。鳩，原意聚集，這裏引申為就緒。

來房屋蓋成，別人俱各挪出，使得。惟獨張家的姐姐不許搬出去，就同張老伯仍住跨所，一來他是個年老之人，二來俗們姊妹也不寂寞。你說好不好？」牡丹道：「只是攪擾府上，心甚不安。」鳳仙道：「姐姐以後千萬不要說這些客套話，只求姐姐諸事包涵就完了。」秋葵聽了，一扭頭道：「瞧你們這個俗氣法，叫我聽著怪牙磣❺的。走罷，俗們先見見爹爹去。」說著話，俱各來到廳上，見了沙龍。沙龍正然吩咐殺豬宰羊，預備飯食。只見他姐妹前來，後邊跟定李氏、牡丹，上前從新見禮。沙龍還揖不迭。仔細瞧了牡丹，舉止安詳，禮數周到，而且與鳳仙比起來，尤覺秀美，心中暗忖道：「看此女氣度體態，決非漁家女子，必是大家的小姐。」笑盈盈說道：「姪女到此，千萬莫要見外。如若有應用的，只管合小女說聲，千萬不必拘束。」秋葵將房屋蓋好，不許張家姐姐搬出去的話也說了。沙龍一一應允。李氏也上前致謝。鳳仙方將他母女領到後邊去了。原來沙員外並無妻室，就只鳳仙姐妹同居。如今同定牡丹，且不到跨所，就在正室閒談敘話。

未知後文如何，且聽下回分解。

❺ 牙磣：這裏的意思為肉麻難受。原意為吃東西時，偶然咬到沙子類物體，牙齒覺得很難受。

第九十四回　赤子居心尋師覓父　小人得志斷義絕情

且說艾虎同了孟傑、張立，回到莊中。史雲正在那裏與眾商議，忽見艾虎等回來了，便問事體如何。張立一一說了。艾虎又將大家上臥虎溝避兵的話，說了一遍。眾漁戶聽了，誰不願躲了是非，一個個忙碌碌，俱各收拾衣服細輭，所有粗重傢伙都拋棄了。攜男抱女，攙老扶少，全都在張立家會齊。此時張立已然收拾妥當。艾虎背上包裹，提了齊眉棍，在前開路。孟傑與史雲做了合後❶，保護眾漁戶家口，竟奔臥虎溝而來。可憐熱熱鬧鬧的漁家樂，如今弄成冷冷清清的綠鴨灘！可是話又說回來，若不如此，後來如何有漁家兵呢？

一路上嘈嘈雜雜，紛紛亂亂，好容易才到了臥虎溝。沙員外迎至莊門，焦赤相陪。艾虎趕步上前相見，先交代了齊眉棍。沙員外叫莊丁收起。然後對著眾漁戶道：「只因房屋窄狹，不能按戶居住，暫且屈尊眾位鄉親。男客俱在西院居住，所有堂客❷俱在後面與小女同居。待房屋造完時，再為分住。」眾人同聲道謝。

沙龍讓艾虎同張立、史雲、孟焦等，俱各來到廳上。艾虎先就開言問道：「小姪師傅、義父、丁二

❶ 合後：這裏指殿後，後衛。合，聚合；集合。

❷ 堂客：指婦女。

叔在於何處？」沙員外道：「賢姪來晚了些，三日前他三人已上襄陽去了。」艾虎聽了，不由的頓足道：「這是怎麼說！」提了包裹，就要趲路❸。沙龍攔道：「賢姪不要如此。他三人已走了三日，你此時即便去了，追不上了。何必忙在一時呢？」艾虎無可如何，只得將包裹仍然放下。原是興興頭頭而來，如今垂頭喪氣。自己又一想，全是貪酒的不好，路上若不耽延工夫，豈不早到了這裏，暗暗好生後悔。

大家就座獻茶。不多時，調開座位，放了杯箸，上首便是艾虎，其次是張立，史雲、孟焦二人左右相陪，沙員外在主位打橫兒。飲酒之間，敘起話來。焦赤便先問盜冠情由，艾虎述了一回，樂的個焦赤狂呼叫好。然後沙員外又問：「賢姪如何來到這裏？」艾虎止於答言，特為尋找師傅、義父。又將路上遇了蔣平，不意半路失散的話，說了一遍。只聽史雲道：「艾爺為何只顧說話，卻不飲酒？」沙龍道：「可是呀，賢姪為何不飲酒呢？」艾虎道：「小姪酒量不佳，望伯父包容。」史雲道：「昨日在莊上喝的何等痛快，今日為何喫不下呢？」艾虎道：「酒有一日之長。皆因昨日喝的多了，今日有些害酒❹，所以喫不下。」史雲方不言語了。這便是艾虎的靈機巧辯，三五語就遮掩過去。

你道艾虎為何的忽然不喝酒了呢？他皆因方才轉想之時，全是貪酒誤事，自己後悔不置，此其一也；其次他又有存心。皆因焦赤聲言這親事做定了，他惟恐新來乍到，若再貪杯喝醉了，豈不被人恥笑麼？因此他忍心耐性，忍而又忍，暫且斷他兩天兒再做道理。

酒飯已畢，沙龍便叫莊丁將眾獵戶找來，吩咐道：「你等明日入山，要細細打聽藍驍有什麼動靜，

---

❸ 趲路：急著要走。趲，音ㄗㄢˇ。逼趕、催促。

❹ 害酒：因喝酒過多而引起身體不舒服。

急急回來稟我知道。」又叫莊丁將器械預備手下，惟恐山賊知道綠鴨灘漁戶俱歸在臥虎溝，必要前來廝鬧。等了一日，不見動靜。到了第二日，獵戶回來，說道：「藍驍那裏並無動靜。我等細細探聽，原來搶親一節皆是葛瑤明所為，藍驍一概不知。現今葛瑤明稟報山中，說綠鴨灘漁戶不知為何俱各逃匿了，藍驍也不介意。」沙龍聽了也就不防備了。

獨有艾虎一連兩日不曾喫酒，委實難受，決意要上襄陽。沙龍阻留不住，只得定於明日餞行起身。至次日，艾虎打開包裹，將龍票拿出交給沙龍，道：「小姪上襄陽不便帶此，恐有遺失。此票乃蔣叔父的，奉的相諭，專為尋找義父而來。倘小姪去後，我那蔣叔父若來時，求伯父將此票交給蔣叔父便了。」沙龍接了，命人拿到後面，交鳳仙好好收起。這裏眾人與艾虎餞行。艾虎今日卻放大了膽，可要喝酒了。從沙龍起，每人各敬一杯，全是杯到酒乾。把個焦赤樂的拍手大笑道：「怨得史鄉親說賢姪酒量頗豪，果然，果然。來，來，來。偺爺兒兩個單喝三杯。」孟傑道：「我陪著。」執起壺來，俱各溜溜斟上酒。這酒到脣邊，吱的一聲，將杯一照，「乾！」沙龍在旁，不好攔阻。三杯飲畢，艾虎卻提了包裹，與眾人執手拜別。大家一齊送出莊來。史雲、張立還要遠送，艾虎不肯，阻之再三。彼此執手，目送艾虎去遠了，大家方才回莊。

艾虎上襄陽，算是書中節目交代明白。然而仔細想來，其中落了一筆。是那一筆呢？焦赤剛見艾虎，就嚷這親事做定了，為何到了莊中，艾虎一連住了三日，焦赤卻又一字不提？列位不知書中有明點，有暗過，請看前文便知。艾虎同張立回莊取包裹，孟傑隨去，沙龍獨把焦赤攔住道：「賢弟隨我回莊。」此便是沙龍的用意。知道焦赤性急，惟恐他再提此事，故此叫他一同回莊。在路上就合他說明，親事是定了，只等北俠等回來，覿面一說就結了。所以焦赤他才一字不提了，非是編書的落筆忘事。這也罷了。既說不忘事，為何蔣平總不提了？這又有一說。書中有緩急，有先後。敘事難，鬥笱❺尤難。必須將通身理清，那裏接著這裏，是絲毫錯不得的。稍一疎神，便說的驢脣不對馬口，那還有什麼趣味呢？編書的用心最苦，手裏寫著這邊，眼光卻注著下文。不但蔣平之事未提，就是顏大人巡按襄陽，何嘗又提了一字呢。只好是按部就班，慢慢敘下去，自然有個歸結。

如今既提蔣平，偺們就把蔣平敘說一番。蔣平自救了雷震，同他到了陵縣。雷老丈心內感激不盡，給蔣平做了合體衣服，又贈了二十兩銀子盤費。蔣平致謝了，方告別起身。臨別時又諄諄囑問雷英好。彼此將手一拱，道：「後會有期，請了。」蔣平便奔了大路趲行❻。

這日天色已晚，忽然下起雨來，既無鎮店，又無村莊，無奈何冒雨而行。好容易道旁有個破廟，便奔到跟前。天已昏黑，也看不出是何神聖，也顧不得至誠行禮，只要有個避雨之所。誰知殿宇頹朽，仰面可以見天，處處皆是滲漏。轉到神聖背後，看了看尚可容身，他便席地而坐，屏氣歇息。到了初鼓之後，雨也住了，天也晴了，一輪明月照如白晝。剛要動身，看看是何神聖。忽聽腳步響，有二人說話。一個道：「此處可以避雨，偺們就在這裏說話罷。」一個道：「我們親弟兄有什麼講究呢，不過他那話說的太絕情了。」一個道：「老二，這就是你錯了。俗語說的好，『久賭無勝家』。大哥勸你的好話，你還不聽說，拿話堵他，所以他才著急，說出那絕情的話來。你如何怨的他呢？」一人道：「丟了急的說

❺ 鬥笱：這裏指故事的情節結構。

❻ 趲行：趕路急行。

快的，如今三哥是什麼主意？該怎麼樣就怎麼樣，兄弟無不從命。」一人道：「皆因大哥應了個買賣頗有油水，叫我來找你來，請兄弟過去。前頭勾了，後頭抹了❼，任什麼不用說，哈哈兒一笑就結了。張羅買賣要緊。」一人道：「甚麼買賣，這麼要緊？」一人道：「只因東頭兒玄月觀的老道找了大哥來，說他廟內住著個先生，姓李，名喚平山，要上湘陰縣九仙橋去，託付老道僱船；額外還要找個跟役，為的是路上服侍服侍。大哥聽了，不但應了船，連跟役也應了。」一人道：「大哥這就胡鬧！偺們張羅偺們的船就完了，那有那末大工夫替他僱人呢？」一人道：「老二，你到底不中用，沒有大哥有算計。大哥早已想到了，明兒就將我算作跟役人，叫老道帶了去。他若中了意，不消說了，偺們三人合了把兒更好；倘若不中意，難道老哥倆連個先生也服侍不住麼？故此大哥叫我來找你去。打虎還得親兄弟。老二，你別傻咧！」說罷，哈哈大笑的去了。

你道此二人是誰？就是害牡丹的翁二與王三，所提的大哥就是翁大。只因那日害了奶公，未能得手，俱各赴水逃脫。但逃在此處，惡心未改，仍要害人。那知被蔣四爺聽了個不也樂乎呢。

到了黎明，出了破廟，訪到玄月觀中，口呼：「平山兄在那裏？平山兄在那裏？」李先生聽了道：「那個喚吾呀？」說著話，迎了出來，道：「那位？那位？」見是個身量矮小、骨瘦如柴、年紀不過四旬之人，連忙彼此一揖，道：「請問尊兄貴姓？有何見教？」蔣爺聽了，是浙江口音。他也打著鄉談道：「小弟姓蔣，無事不敢造次，請借一步如何？」說話間，李先生便讓到屋內對面坐了。蔣爺道：「聞得尊兄要到九仙橋公幹，兄弟是要到湘陰縣找個相知，正好一路同行，特來附驥❽。望乞尊兄攜帶如何？」

❼ 前頭勾了二句：指債務全部勾銷。

李先生道：「滿好個。吾這裏正愁一人寂寞，難得尊兄來到，你我同船是極妙的了。」

二人正議論之間，只見老道帶了船戶來見，說明船價，極其便宜。老道又說：「有一人頗頗能幹老成，堪以服侍先生。」李平山道：「帶來吾看。」蔣爺答道：「李兄，你我乘船，何必用人。到了湘陰縣，那裏還短了人麼？」李平山道：「也罷，如今有了尊兄，偺二人路上相幫，可以行得。到了那裏，再僱人也不為晚。」便告訴老道，服役之人不用了。蔣爺暗暗歡喜道：「少去了一個，我蔣某少費些氣力。」言明於明日急速開船。蔣爺就在李先生處住了。李先生收拾行李，蔣爺幫著捆縛，甚是妥當。李先生大樂，以為這個夥計搭著了。

到了次日黎明，搬運行李下船，全虧蔣爺。李先生心內甚是不安，連連道乏稱謝。諸事已畢。翁大兄弟撐起船來，往前進發。沿路上蔣爺說說笑笑，把個李先生樂的前仰後合，讚揚不絕，不住的搖頭兒，咂嘴兒，拿腳畫圈兒，酸不可耐。

忽聽嗶喇喇連聲響嘵。翁大道：「風來了！風來了！快找避風所在呀。」蔣爺立起身來，就往艙門一看，只當翁大等說謊，誰知果起大風。便急急的攏船，藏在山環的去處，甚是幽僻。李平山看了，驚疑不止，悄悄對蔣爺說道：「蔣兄，你看這個所在好不怕人嘘❾！」蔣爺道：「遇此大風，也是無法，只好聽天由命罷了。」

忽聽外面「噹」「噹」「噹」，鑼聲大響。李平山嚇了一跳，同蔣爺出艙看時，見幾隻官船從此經過，

---

❽ 附驥：依附之謙詞。比喻攀附他人而成名。

❾ 嘘：語氣詞。

因風大難行，也就停泊在此。蔣爺看了道：「好了，有官船在這裏，偺們是無妨礙的了。」果然，二賊見有官船，不敢動手，自在船後安歇了。李平山同蔣爺在這邊瞭望，猛見從那邊官船內出來了一人，按船吩咐道：「老爺說了，叫你等將鐵錨下的穩穩的，不可搖動。」眾水手齊聲答應。

李平山見了此人，不由的滿心歡喜，高聲呼道：「那邊可是金大爺麼？」那人抬頭，往這裏一看，道：「那邊可是李先生麼？」李平山急答道：「正是，正是。請大爺往這邊些。請問這位老爺是那個？」那人道：「怎麼先生不知道麼？老爺奉旨陞了襄陽太守了。」李平山聽了，道：「哎呀！有這等事，好極，好極。奉求大爺在老爺跟前回稟一聲，說吾求見。」那人道：「既如此……」回頭吩咐水手搭跳板，把李平山接過大船去了。蔣爺看了心中納悶，不知此官是李平山的何人。

原來此官非別個，卻正是遭過貶的、正直無私的兵部尚書金輝。因包公奏明聖上，先剪去襄陽王的羽翼。這襄陽太守是極要緊的，必須用個赤膽忠心之人方好。包公因金輝連上過兩次奏章，參劾襄陽王，在駕前極力的保奏。仁宗天子也念金輝正直，故此放了襄陽太守。那主管便是金福祿。

蔣爺正在納悶，只見李平山從跳板過來，揚著臉兒，鼓著腮兒，搖著膀兒，扭著腰兒，見了蔣平也不理，竟進艙內去了。蔣爺暗道：「這小子是甚麼東西！怎麼這等的酸！」只得隨後也進艙，問道：「那邊官船，李兄可認得麼？」李平山半晌，將眼一翻，道：「怎麼不認得！那是吾的好朋友。」蔣爺暗道：「這酸是當酸的。」又問道：「是那位呢？」李平山道：「當初做過兵部尚書，如今放了襄陽太守金輝金大人，那個不曉得呢。吾如今要隨他上任，也不上九仙橋了。明早就要搬行李到那邊船上，你只好獨自上湘陰去罷。」小人得志，立刻改樣，就你我相稱，把弟兄二字免了。

蔣爺道：「既如此，這船價怎麼樣呢？」李平山道：「你坐船，自然你給錢了，如何問吾呢？」蔣爺道：「原說是幫夥，彼此公攤。我一人如何拿得出來呢？」李平山道：「那白合吾說，吾是不管的。」蔣爺道：「也罷，無奈何，借給我幾兩銀子就是了。」李平山將眼一翻，道：「萍水相逢，吾合你啥個交情，一借就是幾兩頭。你不要瞎鬧好不好？現有太守在這裏，吾把你送官究治，那時休生後悔！」蔣爺聽了，暗道：「好小子，翻臉無情，這等可惡！」

忽聽走的跳板響，李平山迎了出來。蔣爺卻隱在艙門槅扇後面，側耳細聽。

不知說些甚麼，且聽下回分解。

第九十五回 暗昧人偏遭暗昧害 豪俠客每動豪俠心

卻說蔣爺在艙門側耳細聽，原來是小童（就是當初服侍李平山的），手中拿的個字簡道：「奉姨奶奶之命，叫先生即刻拆看。」李平山接過，映著月光看了，悄悄道：「吾知道了。你回去上覆姨奶奶，說夜闌人靜，吾就過去。」原來巧娘與幕賓相好就是他。蔣爺聽在耳內，暗道：「敢則這小子，還有這等行為呢。」又聽見跳板響，知道是小童過去。他卻回身歪在床上，假裝睡著。李平山喚了兩聲不應。他卻賊眉賊眼在燈下將字簡又看了一番，樂的他抓耳撓腮，坐立不安。無奈何也歪在床上裝睡。那裏睡得著，呼吸之氣不知怎樣才好。蔣爺聽了，不由的暗笑，自己卻呼吸出入，極其平勻，令人聽著，直是真睡一般。李平山耐了多時，悄悄的起來奔到艙門，又回頭瞧了瞧蔣爺，猶疑了半晌，方才出了艙門。只聽跳板咯噔咯噔亂響。蔣爺這裏翻身起來，脫了長衣，出了艙門，只聽跳板咯噔一響跳上去。到了大船之上，將跳板輕輕扶起，往水內一順。他方到三船上牕板外細聽，果然聽見有男女淫慾之聲，又聽得女音悄悄說：「先生，你可想煞我也！」蔣爺卻不性急，高高的嚷了兩聲：「三船上有了賊了！有了賊了！」他便刺開水面下水去了。

金福祿立刻帶領多人，各船搜查。到了第三船，正見李平山在那邊著急。因沒了跳板，不能彀過在小船之上。金福祿見他慌張形景，不容分說，將他帶到頭船，回稟老爺。金公即叫帶進來。李平山戰戰哆嗦，哈著腰兒，進了艙門，見了金公，張口結舌，立刻形景難畫難描。金公見他哈著腰兒，不住的將衣襟兒遮掩，仔細看時，原來他赤著雙腳。

金公已然會意，忖度了半晌，主意已定，叫福祿等看著平山。自己出艙，提了燈籠，先到二船，見燈光已息。即往三船一看，卻有燈光，忽然滅了。金公更覺明白，連忙來到三船，喚道：「巧娘睡了麼？」喚了兩聲，裏面答道：「敢則是老爺麼？」彷彿是睡夢初醒之聲。金公將艙門一推，進來用燈一照，見巧娘雲鬢蓬鬆，桃腮帶赤，問道：「老爺為何不睡？」金公道：「原要睡來，忽聽有賊，只得查看。」隨手把燈籠一放，卻好床前有雙朱履。巧娘見了，只嚇得心內亂跳，暗說：「不好！怎麼會把他忘了呢！」原來巧娘一知將平山拿到船上，就怕有人搜查。他急急忙忙將平山的褲襪護膝等俱各收藏。真是忙中有錯，他再也想不到平山是光著腳跑的，獨獨的把雙鞋兒忘了。如今見金公照著鞋，好生害怕。誰知金公視而不見，置而不問，轉說道：「你如何獨自孤眠？杏花兒那裏去了？」巧娘略定了定神，隨機獻媚，搭訕過來說道：「賤妾惟恐老爺回來不便，因此叫他後艙去了。」上面說著話，下面卻用腳把鞋兒向床下一踢。金公明明知道，卻也不問，反言一句道：「難為你細心，想的到。我同你到夫人那邊。方才嚷有賊，你理應問問安。回來我也就在這裏睡了。」說罷，攜了巧娘的手，一同出艙，來到船頭。金公猛然將巧娘往下一擠，噗咚的一聲落在水內，然後咕嘟嘟冒了幾個泡兒。金公容他沉底，方才嚷道：「不好了，姨娘落在水內了！」眾人俱各前來叫水手，救已無及。

金公來到頭船，見了平山道：「我這裏人多，用你不著，你回去罷。」叫福祿：「帶他去罷。」帶到三船，誰知水手正為跳板遺失，在那裏找尋。後來見水中漂浮，方從水中撈起，仍然搭好，叫平山過去，即將跳板撤了。

金公如何不處治平山，就這等放了平山呢？這才透出金公忖度半晌、主意拿定的八個字。他想平山夤夜過船，非姦即盜。若真是盜，卻倒好辦，看他光景，明露著是姦。因此獨自提了燈籠，親身查看。見三船燈明復滅，已然明白。不想又看見那一雙朱履，又瞧見巧娘手足失措的形景。此事已真，巧娘如何留得？故誆出艙來溺於水中。轉想平山倒難處治。惟恐他據實說出，醜聲播揚，臉面何在？莫若含糊其詞，說：「我這裏人多，用你不著，你回去罷。」雖然便宜他，其中省卻多少口舌，免得眾人知覺。

且說李平山就如放赦一般，回到本船之上。進艙一看，見蔣平床上只見衣服，卻不見人，暗道：「姓蔣的那裏去了？難道他也有什麼外遇麼？」忽聽後面嚷道：「誰？誰？誰？怎麼掉在水裏頭了？到底留點神呀！這是船上比不得下店，這是頑的麼？來罷，我攙你一把兒。這是怎麼說呢！」然後方聽戰戰哆嗦的聲音，進了艙來。平山一看，見蔣平水淋淋的一個整戰兒，問道：「蔣兄怎麼樣了？」蔣爺道：「我上後面去小解，不想失足落水。多虧把住了後舵，不然險些兒喪了性命。」平山見他哆嗦亂戰，自己也覺發起噤❶來了。連忙站起拿過包袱來，找出褲襪等件，又揀出了一分舊的給蔣平，叫他：「換下濕的來晾乾了，然後換了還吾。」他卻拿出一雙新鞋來。二人彼此穿的穿，換的換。蔣爺卻將濕衣擰了，抖了抖，晾起來，只顧自己收拾衣服。猛回頭見平山愣愣呵呵坐在那裏，一會兒搓手，一會兒搖頭，一會兒拿起巾帕來拭淚。蔣平知他為那葫蘆子藥，也不理他。

蔣爺晾完了衣服，在床上坐下，見他這番光景，明知故問道：「先生為著何事傷心呢？」平山道：

❶ 噤：這裏指咬緊牙關打戰。

「吾有吾的心事，難以告訴別人。吾問蔣兄到湘陰縣，是什麼公幹？」蔣爺道：「原先說過，吾到湘陰縣找個相知的。先生為何忘了？」平山道：「吾此時精神恍惚，都記不得了。蔣兄既到湘陰縣找相知，吾也到湘陰找個相知。」蔣爺道：「先生昨晚不是說跟了金太守上任麼？為何又上湘陰呢？」平山道：「蔣兄為何先生先生稱起來呢？你吾還是弟兄，不要見外。吾對你說，他那裏人吾看著有些不相宜，所以昨晚上吾又見了金主管，叫他告訴太守，回覆了他，吾不去了。」蔣爺暗笑道：「好小子，他還合我撇大腔兒呢。似他這樣反覆小人，真正可殺不可留的。」復又說道：「如此說來，這船價怎麼樣呢？」平山道：「自然是公攤的了。」蔣爺道：「很好。吾這才放了心了。天已不早了，偺們歇息歇息罷。」平山道：「蔣兄只管睡，吾略略坐坐，也就睡了。」蔣爺說了一聲：「有罪了。」放倒頭，不多時竟自睡去。平山坐了多時，躺在床上，那裏睡得著，翻來覆去，整整的一夜不曾合眼。後來又聽見官船上鳴鑼開船，心裏更覺難受。蔣爺也就驚醒，即喚船家收拾收拾，這裏也就開船了。

這一日平山在船上唏聲歎氣，無精打彩，也不喫，不喝，只是呆了的一般。到了日暮之際，翁大等將船藏在蘆葦深處。蔣爺誇道：「好所在！這才避風呢。」翁大等不覺暗笑。平山道：「吾昨夜不曾合眼，今日有些困倦，吾要先睡了。」蔣爺道：「尊兄就請安置罷，包管今夜睡的安穩了。」平山也不答言，竟自放倒頭睡了。

蔣平暗道：「按理應當救他。奈因他這樣行為，無故的置巧娘於死地；我要救了他，叫巧娘也含冤於地下。莫若讓翁家弟兄把他殺了與巧娘報仇，我再殺了翁家弟兄與他報仇，豈不兩全其美麼？」正在思索，只聽翁大道：「弟兄，你了？我了❷？」翁二道：「有甚要緊。兩個膿包，不管誰了都使得。」

蔣平暗道：「好了，來咧！」他便悄地出來，爬伏在艙房之上。見有一物風吹擺動，原來是根竹桿，上面晾著件綿襖。蔣爺慢慢的抽下來，攏在懷內，往下偷瞧。見翁二持刀進艙，翁大也持刀把守艙門。忽聽艙內竹床一陣亂響，蔣爺已知平山了結了。他卻一長身將綿襖一抖，照著翁大頭上放下來。翁大出其不意，不知何物，連忙一路混撕。也是活該，偏偏的將頭裹住。蔣爺挺身上來，奪刀在手。翁大剛然露出頭來，已著了利刃。蔣爺復又一刀，翁大栽下水去。翁二尚在艙內找尋瘦人，聽得艙門外有響動，連忙回身出來，說：「大哥，那瘦蠻子不見了。」話未說完，蔣爺道：「吾在這裏！」「哧」就將刀一顫，正戳在翁二咽喉之上。翁二嗳喲了一聲，他就兩手一扎煞，一半截在艙內，一半截在艙外。蔣爺哈腰將髮綹一揪，拉到船頭一看。誰知翁二不禁戳，一下兒就死了。蔣爺將手一鬆，放在船頭，便進艙內將燈剔亮，見平山扎手舞腳於竹床之上。蔣平暗暗的歎息了一番，便將平山的箱籠撬開，仔細搜尋，卻有白銀一百六十兩。蔣平道聲「慚愧」，將銀放在兜肚之內。算來蔣爺頗不折本，艾虎拿了他的一百兩，他如今得了一百六十兩，再加上雷震贈了二十兩，裏外裏倒多了八十兩。這才算是好利息呢。

且說蔣爺從新將燈照了，通身並無血跡。他又將雷老兒給做的大衫摺疊了，又把自己的濕衣（也早乾了）摺好，將平山的包袱拿過來，揀可用的打了包裹。收拾停當，出艙，用篙撐起船來。出了蘆葦深處，奔到岸邊，連忙提了包裹，套上大衫，一腳踏定泊岸，這一腳往後儘力一蹬。只見那船哧的滴溜一聲，離岸有數步多遠，飄飄蕩蕩，順著水面去了。

蔣爺邁開大步，竟奔大路而行。此時天光一亮，忽然刮起風來，揚土飛沙，難睜二目。又搭著蔣爺

❷ 你了我了：這裏指是你動手殺人，還是我動手殺人。

一夜不曾合眼，也覺得乏了，便要找個去處歇息。又無村莊，見前面有片樹林。及至趕到跟前一看，原來是座墳頭，院牆有倒塌之處。蔣爺心內想著，進了圍牆可以避風。剛剛轉過來往裏一望，只見有個小童面黃肌瘦，滿臉淚痕，正在那小樹上拴套兒呢。蔣平看了，嚷道：「你是誰家小廝，跑到我墳地裏上弔來？這還了得嗎？」那小童道：「我是小童，可怕什麼呢？」蔣爺聽了，不覺好笑，道：「你是小童原不怕。要是小童上弔，也就可怕了。」小童道：「若是這末說，我可上那樹上死去才好呢？」說罷，將絲縧解下，轉身要走。蔣平道：「那小童，你不要走。」小童道：「你這塋地不叫上弔，你又叫我做什麼？」蔣爺道：「你轉身來，我有話問你。你小小年紀，為何尋自盡？來，來，來，在這邊牆根之下，說與我聽。」小童道：「我皆因活不得了，我才尋死呀。你要問，我告訴你。若是當死，你把這棵樹讓給我，我好上弔。」蔣爺道：「就是這等。你且說來我聽。」小童未語，先就落下淚來，把已往情由，滔滔不斷述了一遍。說罷，大哭。

蔣爺聽了，暗道：「看他小小年紀倒是個有志氣的。」便道：「你原來如此，我如今贈你盤費，你還死不死呢？」小童道：「若有了盤費，我還死？我就不死了。真個的我這小命兒是鹽換來的嗎❸？」蔣爺回手在兜肚內摸出兩個錁子，道：「這些可以彀了麼？」小童道：「足已彀了，只有使不了的。」連忙接過來，爬在地下磕頭道：「多謝恩公搭救，望乞留下姓名。」蔣平道：「你不要多問，急早快赴長沙要緊。」小童去後，蔣爺竟奔臥虎溝去了。

不知小童是誰，且聽下回分解。

---

❸ 我這小命兒是鹽換來的嗎：意為我的命不值錢嗎？鹽價不高，故作此比。

第九十六回　連陞店差役拿書生　翠芳塘縣官驗醉鬼

且說蔣爺救了小童，竟奔臥虎溝而來，這是什麼原故？小童到底說的什麼？蔣爺如何就給銀子呢？列位不知，此回書是為交代蔣平。這回把蔣平交代完了，再說小童的正文，又省得後來再為敘寫。

蔣爺到了臥虎溝，見了沙員外，彼此言明。蔣爺已知北俠等上了襄陽，自己一想：「顏巡按同了五弟前赴襄陽，我正愁五弟沒有幫手。如今北俠等既上襄陽，焉有不幫五弟之理呢？莫若我且回轉開封，將北俠現在襄陽的話回稟相爺，叫相爺再為打算。」沙龍又將艾虎留下的龍票當面交付明白。蔣爺便回轉東京，見了包相，將一切說明。包公即行奏明聖上，說歐陽春已上襄陽，必有幫助巡按顏查散之意。聖上聽了大喜，道：「他行俠尚義，實為可嘉。」又欽派南俠展昭同盧方等四人陸續前赴襄陽，俱在巡按衙門供職，等襄陽平定後，務必邀北俠等一同赴京，再為陞賞。此是後話，慢慢再表。

蔣平既已交代明白，翻回頭來再說小童之事。你道這小童是誰？原來就是錦箋。自施公子賭氣離了金員外之門，乘在馬上，越想越有氣，一連三日，飲食不進，便病倒旅店之中。小童錦箋見相公病勢沉重，即託店家請醫生調治，診了脈息，乃鬱悶不舒，受了外感，竟是夾氣傷寒❶之症。開方用藥。錦箋衣不解帶，晝夜服侍。見相公昏昏沉沉，好生難受。又知相公沒多餘盤費，他又把艾虎賞的兩錠銀子換

❶ 夾氣傷寒：受窩囊氣又加外感、受涼。

了，請醫生，抓藥。好容易把施俊調治的好些了，又要病後的將養。偏偏的馬又倒了一匹，正是錦箋騎的。他小孩子家心疼那馬，不肯售賣，就託店家僱人掩埋。誰知店家悄悄的將馬出脫了，還要合錦箋要工飯錢。這明是欺負小孩子。再加這些店用房錢草料麩子七折八扣，除了兩錠銀子之外，倒該下了五六兩的賬。錦箋連急帶氣，他也病了。先前還掙扎著服侍相公。後來施俊見他那個形景，竟是中了大病，慢慢的問他，他不肯實說。問的急了，他就哭了。施俊心中好生不忍，自己便掙扎起來，諸事不用他服侍，得便倒要服侍服侍錦箋。一來二去，錦箋竟自伏頭不起。施俊又託店家請醫生。醫生道：「他這雖是傳染，卻比相公沉重，而且症候耽誤了，必須趕緊調治方好。」開了方子卻不走，等著馬錢。施俊向櫃上借。店東道：「相公賬上欠了五六兩，如何還借呢？很多了，我們墊不起。」施俊沒奈何，將衣服典當了，開發了馬錢並抓藥。到了無事，自己到櫃上從新算賬，方知錦箋已然給了兩錠銀子，就知是他的那兩錠賞銀，又是感激，又是著急。因瞧見馬工飯銀，便想起他自己騎的那匹馬來了。就合店東商量要賣馬還賬。店東樂得的賺幾兩銀子呢，立刻會了主兒，將馬賣了。除了還賬，剛剛的剩了一兩頭。施俊也不計較，且調治錦箋要緊。

這日自己拿了藥方出來抓藥，正要回店，卻是集場之日❷，可巧遇見了賣糧之人，姓李名存，同著一人姓鄭名申，正在那裏喫酒。李存卻認識施俊，連聲喚道：「施公子那裏去？為何形容消減了？」施俊道：「一言難盡。」李存道：「請坐，請坐。這是我的夥計鄭申，不是外人。請道其詳。」施俊無奈，也就入了座，將前後情由述了一番。李存聽了，道：「原來公子主僕都病了。卻在那個店裏？」施俊道：

❷ 集場之日：集市的日子。在鄉村集鎮，有逢三、六、九，或逢五不等，集市貿易，這個日子稱逢集日。

「在西邊連陞店。」李存道：「公子初愈，不必著急。我這裏現有十兩銀子，且先拿去，一來調治尊管，二來公子也須好生將養。如不彀了，趕到下集，我再到店中送些銀兩去。」施生見李存一片志誠，趕忙站起，將銀接過來，深深謝了一禮，也就提起藥包要走。

誰知鄭申貪酒有些醉了。李存道：「鄭兄少喝些也好，這又醉了。別的罷了，你這銀褡連怎麼好呢？」鄭申醉言醉語道：「怕什麼！醉了人，醉不了心。就是這一頭二百兩銀子，算了事了！我還拿的動。何況離家不遠呢。」施生問道：「在那裏住？」李存道：「遠卻不遠，往西去不足二里之遙，地名翠芳塘就是。」施生道：「既然不遠，我卻也無事，我就送送他何妨。」李存道：「怎敢勞動公子。偏偏的我要到糧行算賬，莫若還是我送了他回去，再來算賬。」鄭申道：「李賢弟你胡鬧麼！真個的我就醉了麼？瞧瞧我能走不能走？」說著話，一溜歪斜往西去了。李存見他如此，便託咐施生道：「我就煩公子送送他罷。務必，務必！等下了集，我到店中再道乏去。」施生道：「有甚要緊，只管放心，俱在我的身上。」說罷，趕上鄭申，搭扶著鄭申一同去了。真是「是非只為多開口，煩惱皆因強出頭」。千不合，萬不合，施生不應當送鄭申。只顧覿面應了李存，後來便脫不了干係。

且說鄭申見施生趕來，說道：「相公你幹你的去，我是不相干的。」施生道：「那如何使得。我既受李夥計之託，焉有不送去之理呢？」鄭申道：「我告訴相公說，我雖醉了，心裏卻明白，還帶著都記得。相公，你不是與人家抓藥嗎？請問病人等著喫藥，要緊不要緊？你只顧送我，你想想那個病人受得受不得？這是一。再者我家又不遠，常來常去是走慣了的。還有一說，我那一天不醉。天天要醉，天天得人送，那得用多少人呢。到咧！這不是連陞店嗎？相公請。你要不進店，我也不走了。」正說間，忽見小二說道：「相公，你家小主管找你呢。」鄭申道：「巧咧，相公就請罷。」施生應允。鄭申道：「結咧！我也走咧。」

施生進了店，問問錦箋，心內略覺好些。施生急忙煎了藥，服侍錦箋喫了，果然夜間見了點汗。到了次日，清爽好些。施生忙又托咐店家請醫生去。錦箋道：「業已好了，還請醫生做什麼？那有這些錢呢？」施生悄悄的告訴他道：「你放心，不用發愁，又有了銀兩了。」便將李存之贈說了一遍。錦箋方不言語。不多時，醫生來看脈開方，道：「不妨事了。再服兩帖，也就好了。」施生方才放心，仍然按方抓藥，給錦箋喫了，果然見好。

過了兩日，忽見店家帶了兩個公人進來，道：「這位就是施相公。」兩個公人道：「施相公，我們奉太爺之命，特來請相公說話。」施生道：「你們太爺請我做甚麼呢？」公人道：「我們知道嗎？相公到了那裏，就知道了。」施生還要說話。只見公人嘩啷一聲，掏出索來，捆上了施生，拉著就走了。把個錦箋只嚇的抖衣而戰，細想相公為著何事，竟被官人拿去？說不得只好掙扎起來，到縣打聽打聽。

原來鄭申之妻王氏因丈夫兩日並未回家，遣人去到李存家內探問。李存說：「自那日集上散了，鄭申拿了二百兩銀子已然回去了。」王氏聽了，不勝駭異，連忙親自到了李存家，面問明白。現今人銀皆無，事有可疑。他便寫了一張狀子，此處攸縣所管，就在縣內擊鼓鳴冤，說：「李存圖財害命，不知把我丈夫置於何地。」縣官即把李存拿在衙內，細細追問。李存方說出原是鄭申喝醉了，他煩施相公送了去了。因此派役前來將施生拿去。

到了衙內，縣官方九成立刻升堂，把施生帶上來一看，卻是個懦弱書生，不像害人的形景，便問道：

「李存曾煩你送鄭申麼?」施生道:「是。因鄭申醉了,李存不放心,煩我送他,我卻沒送。」方令道:「他既煩你送去,你為何又不送呢?」施生道:「皆因鄭申攔阻再三。他說他醉也是常醉,路也是常走,斷斷不叫送,因此我就回了店了。」方令道:「鄭申拿的是什麼?」施生道:「有個大褡連肩頭搭著,裏面不知是什麼。李存見他醉了,曾說道:『你這銀褡連要緊。』鄭申還說:『怕什麼,就是這一頭二百兩銀子算了事了。』其實並沒有見褡連內是什麼。」方令見施生說話誠實,問什麼說什麼,毫無狡賴推諉,不肯加刑,吩咐寄監,再行聽審。

眾衙役散去。錦箋上前問道:「拿我們相公為什麼事?」衙役見他是個帶病的小孩子,誰有工夫與他細講,只是回答道:「為他圖財害命。」錦箋嚇了一跳,又問道:「如今怎麼樣呢?」衙役道:「好嘮叨呀,怎麼樣呢。如今寄了監了。」錦箋聽了寄監,以為斷無生理,急急跑回店內,大哭了一場。仔細想來,「必是縣官斷事不明。前次我聽見店東說,長沙新陞來一位太守,甚是清廉,斷事如神,我何不去到那裏給他鳴冤呢。」想罷,看了看又無可典當的,只得空身出了店,一直竟奔長沙。不料自己病體初愈,無力行走,又兼缺少盤費,偏偏的又遇了大風,因此進退兩難。一時越想越窄,要在墳塋上弔。可巧遇見了蔣平,贈他的銀兩錠。真是「錢為人之膽」,他有了銀子,立刻精神百倍。好容易趕赴長沙,寫了一張狀子,便告到邵老爺臺下。

邵老爺見呈子上面有施俊的姓名,而且敘事明白清順,立刻升堂,將錦箋帶上來細問,果是盟弟施喬之子。又問:「此狀是何人所寫?」錦箋回道:「是自己寫的。」邵老爺命他背了一遍,一字不差,暗暗歡喜。便准了此狀,即刻行文到攸縣,將全案調來。就過了一堂,與原供相符。縣宰方公隨後乘馬來到稟見。邵老爺面問：「貴縣審的如何？」方九成道：「卑職因見施俊不是行凶之人，不肯加刑，暫且寄監。」邵太守道：「貴縣此案當如何辦理呢？」方公道：「卑職意欲到翠芳塘查看，回來再為稟覆。」邵老爺點頭，道：「如此甚好。」即派差役、仵作跟隨方公到攸縣。來到翠芳塘，傳喚地方。方令先看了一切地勢，見南面是山，東面是道，西面有人家，便問：「有幾家人家？」地方道：「八家。」方公道：「鄭申住在那裏？」地方道：「就是西頭那一家。」方公指著蘆葦，道：「這北面就是翠芳塘了？」地方道：「正是。」方公忽見蘆葦深處烏鴉飛起，復落下去。方公沉吟良久，吩咐地方下蘆葦去看來。地方拉了❸鞋襪，進了蘆葦。不多時，出來，稟道：「蘆葦塘之內有一尸首，小人一人弄他不動。」方公又派差役下去二名，一同拉上來，叫仵作相驗。仵作回道：「尸首係死後入水，脖項有手扣的傷痕。」縣宰即傳鄭王氏廝認，果是他丈夫鄭申。方公暗道：「此事須當如此。」吩咐地方將那七家主人不准推諉，即刻同赴長沙候審。方公先就乘馬到府，將鄭申尸首稟明，並將七家鄰舍帶來，俱各回了。邵太守道：「貴縣且請歇息。候七家到齊，我自有道理。」邵老爺將此事揣度一番，忽然計上心來。

這一日七家到齊。邵老爺升堂入座。方公將七家人名單呈上。邵老爺叫：「帶上來。不准亂跪。」一溜排開，按著名單跪下。邵老爺從頭一個看起，挨次看完，點了點頭，道：「這就是了。怨得他說，果然不差。」便對眾人道：「你等就在翠芳塘居住麼？」眾人道：「是。」邵老爺道：「昨夜有冤魂告到本府案下，名姓已然說明。今既有單在此，本府只用硃筆一點，便是此人。」說罷，提起硃筆，將手高揚，往下一落，虛點一筆，道：「就是他，再無疑了。無罪的只管起去，有罪的仍然跪著。」眾人俱

❸拉了：即脫了。

各起去。獨有西邊一人，起來復又跪下，自己犯疑，神色倉皇。邵老爺將驚堂木一拍，道：「吳玉，你既害了鄭申，還想逃脫麼？本府縱然寬你，那冤魂斷然不放你的。快些據實招上來！」左右齊聲喝道：「快招，快招！」

不知吳玉招出什麼話來，且聽下回分解。

第九十七回　長沙府施俊遇丫鬟　黑狼山金輝逢盜寇

話說邵老爺當堂叫吳玉據實招上來。吳玉道：「小……小……小人沒有招……招的。」邵老爺吩咐：「拉下去打。」左右吶了一聲喊，將吳玉拖翻在地，竹板高揚，打了十數板。吳玉嚷道：「我招呀，我招！」左右放他起來，道：「快說，快說！」

吳玉道：「小人原無生理，以賭為事。偏偏的時運不好，屢賭屢輸。東幹東不著，西幹西不著，要賬堆了門❶，小人白日不敢出門來。那日天色將晚，小人剛然出來，就瞧見鄭申晃裏晃蕩由東而來。我就追上前去，見他肩頭扛著個褡連，裏面鼓鼓囊囊的。小人就合他借貸，誰知鄭申他不借，還罵小人。小人一時氣忿，將他儘力一推，『噗哧』『咕咚』就栽倒了。一個人栽倒了怎麼兩聲兒呢？敢則鄭申喝成酒泡兒了，栽在地下，噗哧的一聲。倒是那大褡連摔在地下，咕咚的一聲。小人聽的聲音甚是沉重，知道裏面必是財資。我就一屁股坐在鄭申胸脯之上。鄭申才待要嚷，我將兩手向他咽喉一扣，使勁在地下一按。不大的工夫，鄭申就不動了。小人把他拉入葦塘深處，以為此財是發定了，再也無人知曉。不想冤魂告到老爺台前。回老爺：鄭申說的全是醉話，聽不的呢。小人冤枉呀！」邵老爺問道：「你將銀褡連放在何處？」吳玉道：「那是三百兩銀子。小人將褡連理好，埋在缸後頭了，分文沒動。」

❶ 堆了門：即滿門。指討債之多。

邵老爺命吳玉畫了招，帶下去。即請縣宰方公將招供給他看了。叫方公派人將贓銀起來，果然未動，即叫尸親鄭王氏收領。李存與翠芳塘住的眾街坊釋放回家。獨有施生留在本府。吳玉定了秋後處決，派役押赴縣內監收。方公一一領命，即刻稟辭，回本縣去了。

邵老爺退堂，來到書房，將錦箋喚進來，問道：「錦箋，你在施宅是世僕呀？還是新去的呢？」錦箋道：「小人自幼就在施老爺家。我們相公念書，就是小人伴讀。」邵老爺道：「既如此，你家老爺相知朋友有幾位，你可知道麼？」錦箋道：「小人老爺，有兩位盟兄，是知己莫逆的朋友。」邵老爺道：「是那兩位？」錦箋道：「一位是做過兵部尚書的金輝金老爺，一位是現任太守邵邦傑邵老爺。」旁邊書僮將錦箋衣襟一拉，悄悄道：「太老爺的官諱❷，你如何渾說？」錦箋連忙跪倒：「小人實實不知，求太老爺饒恕。」邵老爺哈哈笑道：「老夫便是新調長沙太守的邵邦傑。金老爺如今已陞了襄陽太守。」錦箋復又磕頭。邵老爺吩咐：「起來。本府原是問你，豈又怪你。」即叫書僮拿了衣巾，同錦箋到外面與施俊更換。錦箋悄悄告訴施俊，說：「這位太守就是邵老爺。方才小人已聽邵老爺說，金老爺也陞任襄陽府太守了。相公如若見了邵老爺，不必提與金老爺嘔氣一事，省的彼此疑忌。」施生道：「我提那些做什麼，你只管放心。」就隨了書僮，來至書房。錦箋跟隨在後。

施生見了邵公，上前行禮參見。邵公站起相攙。施生又謝為案件多蒙庇佑。邵公吩咐看座，施生告坐。邵公便問已往情由，施生從頭述了一遍。說到與金公嘔氣一節，改說：「因金公赴任不便在那裏，因此小姪就要回家。不想走到攸縣，我主僕便病了，生出這節事來。」邵公點了點頭。說話間，飯已擺

❷ 官諱：指對官長的名字要避開不直稱。

妥。邵公讓施生用飯，施生不便推辭。飲酒之間，邵公盤詰施生學問，甚是淵博，滿心歡喜，就將施生留在衙門居住，無事就在書房談講。因提起親事一節，施生言：「家父與金老伯提過，因彼此年幼，尚未納聘。」此句暗暗與佳蕙之言相符。邵公聽了大樂，便將路上救了牡丹的話一一說了。「如今有老夫作主，一個盟兄之女，一個盟弟之子，可巧姪男姪女皆在老夫這裏，正好成其美事。」施俊到了此時，也就難以推辭。

邵公大高其興，來到後面與夫人商量，叫夫人向牡丹說起。一面派丁雄送信給金公，說明要將牡丹與施俊成婚。誰知夫人將假小姐喚來，這時佳蕙再難隱瞞，便將前後事情大概說明。他說到小姐溺水之苦，不由的淚流滿面。夫人等倒可憐他，勸慰了多少言語，只得將婚事作罷。一面派人將丁雄追回，但已經趕不上了。

且說丁雄與金公送信，從水面迎來，已見有官船預備。問時，果是迎接襄陽太守的。丁雄打聽了一下，說金太守由枯梅嶺起旱而來。他便棄舟乘馬，急急趕到枯梅嶺。先見有馱轎行李過去，知是金太守的家眷，後面方是太守乘馬而來。丁雄下馬，搶步上前請安，稟道：「小人丁雄奉家主邵老爺之命，前來投書。」說罷，將書信高高舉起。金太守將馬拉住，問了邵老爺起居。丁雄站起，一一答畢，將書信遞過。金太守伸手接書，卻問道：「你家太太好？小姐們可好？」丁雄一一回答。金公道：「管家乘上馬罷。等我到驛，再答回信。」丁雄退後，一抖絲繮上了馬，就在金公後面跟隨。見了金福祿等，彼此各道辛苦，套敘言語，俱不必細表。

且說金公因是邵老爺的書信，非比尋常，就在馬上拆看。見前面無非請安想念話頭。看到後面，有施俊與牡丹完婚一節，心中一時好生不樂，暗道：「邵賢弟做事荒唐！兒女大事，如何硬作主張？倒遂了施俊那畜生的私欲。此事太欠斟酌。」卻又無可如何。將書信摺疊摺疊，揣在懷內。丁雄雖在後面跟隨，卻留神瞧，以為金公見了書信，必有話面問。誰知金公不但不問，反覺得有些不樂的光景。丁雄暗暗納悶。

正走之間，離赤石崖不遠，見無數的僂儸排開，當中有一個人，黃面金睛，濃眉凹臉，頷下滿部繞絲的黃鬚（無怪綽號金面神），坐下騎著一匹黃驃馬，手中拿著兩根狼牙棒，雄糾糾，氣昂昂，在那裏等候。金公早已看見，不知山賊是何主意。猛見丁雄伏身撒馬過去。話語不多，山賊將棒一舉，連晃兩晃，上來了一群僂儸，鷹拿燕雀，將丁雄拖翻，下馬捆了。金公一見，暗說：「不好！」才待撥轉馬頭，只見山賊忽喇喇縱馬跑過來，一聲叱咤道：「俺藍驍特來請太守上山敘話。」說罷，將棒往後一擺，僂儸蜂擁上前，拉住金公坐下嚼環，不容分說，竟奔山中去了。金福祿等見了，誰敢上前，忽的一聲，大家沒命的好跑。

且說藍驍邀截❸了金公，正然回山，只見葛瑤明飛馬近前來稟道：「啟大王：小人奉命劫掠馱轎，已然到手。不想山凹竄出一隻白狼，後面有三人追趕，卻是臥虎溝的沙員外，帶領孟傑、焦赤。三人見小人劫掠馱轎，心中大忿，急急上前，將僂儸趕散，仍將馱轎奪去，押赴莊中去了。」藍驍聽了大怒，道：「沙龍欺吾太甚！」吩咐葛瑤明押解金公上山，安置妥協，急急帶僂儸前來接應。葛瑤明領命，只帶數名僂儸，押解金公、丁雄上山。其餘俱隨藍驍來到赤石崖下。早見沙龍與孟傑二人迎將上來。藍驍

---

❸邀截：在（敵人）進行中途加以阻截。邀，攔住。

道：「沙員外，俺待你不薄，你如何管俺的閒事？」沙龍道：「非是俺管你的閒事。只因聽見馱轎內哭的慘切，母子登時全要自盡，俺豈有不救死之理？」藍驍道：「員外不知，俺與金太守素有仇隙，知他從此經過，特特前來邀截。方才已然擒獲上山。忽聽葛瑤明說，員外將他家眷搶奪回莊，不知是何主意？」沙龍道：「這就是你的不是了。金太守乃國家四品黃堂，你如何擅敢邀截？再者，你與太守有仇，卻與他家眷何干？依俺說，莫若你將太守放下山來，交付與俺。俺與你在太守跟前說個分上，置而不理，免得你喫罪不起。」藍驍聽了一聲怪叫：「嗳喲，好沙龍！你真欺俺太甚，俺如今合你誓不兩立。」說罷，催馬掄棒打來。沙龍扯開架式抵敵，孟傑幫助相攻。藍驍見沙、孟二人步下竄躍，英勇非常。他便使個暗令將棒往後一擺，眾僂儸圍裹上來。沙龍毫不介意，孟傑漠不關心，一個東指西殺，一個南擊北搠。二人殺彀多時，誰知僂儸益發多了，笸籮圈將沙龍、孟傑困在當中。二人漸漸的覺得乏了。

原來葛瑤明將金公解入山中，招呼眾多僂儸下山。他卻指撥僂儸層層疊疊的圍裹，所以人益發多了。正在分派，只見那邊來了個女子，仔細打量，卻是前次打野雞的。他一見了，邪念陡起，一催馬迎將上來，道：「嬌娘，往那裏走？」這句話剛然說完，只聽弓弦響處，這邊葛瑤明眼睛內咕唧的一聲，一個鐵丸打入眼眶之內，生生把個眼珠兒擠出。葛瑤明嗳喲的一聲，栽下馬來。

原來焦赤押解馱轎到莊，叫鳳仙、秋葵迎接進去，告訴明白，說藍驍現領僂儸在山中截戰。鳳仙姐妹聽了，甚不放心，就托張媽媽在裏頭照料，他等隨焦赤前來救應沙龍。在路上言明，焦赤從東殺進，鳳仙姐妹從西殺進。不料剛然上山，就被葛瑤明看見，伸馬迎來。秋葵眼快嘴急，叫聲：「姐姐，前日搶野雞的那廝又來了。」鳳仙道：「妹妹不要忙，待我打發他。前次手下留情，打在他眉攢中間，是個

『二龍戲珠』。如今這廝又來，可要給他個『喚虎出洞』了。」列位白想想：葛瑤明眉目之間有多大的地方，擱的住鬧個龍虎鬥麼？他從馬上栽了下來，秋葵趕上將鐵棒一揚，只聽拍的一聲，葛瑤明登時了賬，琉璃珠兒砸碎了。

未知他姐妹如何。且聽下回分解。

第九十八回　沙龍遭困母女重逢　智化運籌弟兄奮勇

且說鳳仙、秋葵從西殺來。只見秋葵掄開鐵棒，乒乒乓乓一陣亂響，打的僂儸四分五落，鳳仙拽開彈弓，連珠打出，打的僂儸東躲西藏。忽又聽東邊吶喊，卻是焦赤殺來，手托鋼叉，連嚷帶罵。裏面沙龍、孟傑見僂儸一時亂散，他二人奮勇往外沖突，裏外夾攻，僂儸如何抵擋得住，往左右一分，讓開一條大路。卻好鳳仙、秋葵接住沙龍，焦赤卻也趕到，彼此相見。沙龍道：「鳳仙，你姐妹到此做甚？」秋葵道：「聞得爹爹被山賊截戰，我二人特來幫助。」沙龍才要說話，只聽山崗上咕嚕嚕鼓聲如雷，所有山口外噹噹噹鑼聲振耳，又聽人聲吶喊：「拿呀！別放走了沙龍呀！大王說咧：『不准放冷箭呀！務要生擒呀！』姓沙的，你可跑不了呀！各處俱有埋伏呀！快些早些投降！」沙龍等聽了，不由的駭目驚心。

你道如何？原來藍驍暗令僂儸圍困沙龍，只要誘敵，不准交鋒，心想把他奈何乏了，一鼓而擒之，將他制伏，作為自己的膀臂，故此他在高山崗上瞭望。見沙龍二人有些乏了，滿心歡喜。惟恐有失，又叫僂儸上山，調四哨頭領按山口埋伏。如聽鼓響，四面鑼聲齊鳴，一齊吶喊，驚嚇於他。那時再為勸說，斷無不歸降之理。猛又見東西一陣披靡，僂儸往左右一分，已知是沙龍的接應。他便擂起鼓來，果然各山口響應，吶喊揚威，聲聲要拿沙龍。他在高崗之上揮動令旗，沙龍投東，他便指東，沙龍投西，他便指西。沙龍父女、孟、焦二人跑轂多時，不是石如驟雨，就是箭似飛蝗，毫無一個對手廝殺之人。跑來跑去，並無出路。只得五人團聚一處，歇息商酌。

且不言沙龍等被困。再說臥虎莊上自從焦赤抽馱轎進莊，所有漁獵眾家的妻女皆知救了官兒娘子來，誰不要瞧瞧官兒娘子是甚麼樣，全當作希希罕兒❶一般。你來我去，只管頻頻往來，卻不敢上前，只有偷偷摸摸，扒扒牕戶，或又掀掀簾子。及到人家瞧見他，他又將身一撤。倒是張立之妻李氏受了鳳仙之託，極力的張羅，卻又一人張羅不過來，應酬了何夫人，又應酬小相公金章，額外還要應酬丫鬟僕婦，覺得累的很，出來便向眾婦人道：「眾位大媽嬸子，你們與其在這裏張的望的，怎的不進去看看，陪著說說話兒呢？我也有個替換。」眾人也不答言，也有擺手的，也有搖頭的，又有扭扭捏捏躲了的，又有咭咭咕咕笑了的。李氏見了這番光景，賭氣轉身進了角門。

原來角門以內，就是跨所。當初鳳仙、秋葵曾說過，如若房屋蓋成，也不准張家姐姐搬出，故此張立夫婦帶同牡丹仍在跨所居住。李氏見了牡丹道：「女兒，今有員外救了官兒娘子前來，媽媽一人張羅不過來，別人都不敢上前。女兒敢去也不敢呀？你若敢去，媽媽將你帶過去，偺娘兒兩個也有個替換。你不願意，就罷。」牡丹道：「母親，這有什麼呢，孩兒就過去。」李氏歡喜道：「還是女兒大方。你把那頭兒抿抿❷，把大褂子罩上。我這裏烹茶，你就端過去。」牡丹果然將頭兒整理整理，換衣繫裙。

不多時，李氏將茶烹好，用茶盤托來，遞與牡丹。見牡丹抿的頭兒光光油油的，襯著臉兒紅紅白白

❶ 希希罕兒：口語。即希罕。認為希奇而又喜愛。

❷ 抿抿：收拾收拾；攏攏。抿，這裏作收斂解。

的，穿著件翠森森的衫兒，繫著條青簇簇的裙兒，真是嬌嬌娜娜，媳媳婷婷。雖是布裙荊釵，勝過珠圍翠繞。李氏看了，樂的他眉花眼笑，隨著出了角門。眾婦女見了，一個個低言悄語，接耳交頭。這個道：「大妗子，你看喲，張奶奶又顯擺❸他閨女呢。」那個道：「二娘兒，你聽罷，看他見了官兒娘子說些嗎耶，偺們也學些見識。」

說話間，李氏上前將簾掀起。牡丹端定茶盤，到屋內慢閃秋波一看，覺得肝連膽一陣心酸。忽聽小金章說道：「噯喲！你不是我牡丹姐姐麼？想煞兄弟了！」跑過來，抱膝跪倒。牡丹到了此時，手顫腕軟，噹啷啷茶杯落地，將金章抱住，癱軟在地。何氏夫人早已向前摟住牡丹，兒一聲，肉一聲，叫了半日，哇的一聲，方哭出來了。真是悲從中心出。慢說他三人淚流滿面，連僕婦丫鬟無不拭淚，在旁勸慰。牕外的田婦村姑不知為著何事，俱各納悶。獨有李氏張媽愣呵呵的勸又不是，不勸又不是，好容易將他母女三人攙起。

何氏夫人一手拉住牡丹，一手拉住了金章，哀哀切切的，一同坐了，方問與奶公、奶母赴唐縣如何到此。牡丹哭訴遇難情由。剛說到張公夫婦撈救，猛聽的李氏放聲哭道：「噯喲，可坑了我了！」他這一哭，比方才他母女姐弟相識，猶覺慘切。他想：「沒有兒女的怎生這樣的苦法，索性沒有也倒罷了。好容易認著一個，如今又被本家認去，這以後可怎麼好？」越想越哭，越哭越痛。何氏夫人感念他救女兒之情，將他攙過來，一同坐了，勸慰多時。牡丹又說：「媽媽只管放心，決不辜負厚恩。」李氏方住了聲。

❸顯擺：顯示並誇耀。

金章見他姐姐穿的是粗布衣服，立刻磨著何氏夫人要他姐姐的衣服。一句話提醒了李氏，即到跨所取衣服。見張立拿茶葉要上外邊去，李氏道：「大哥那是給人家的女兒預備茶葉，你如何拿出去？」張立道：「外面來了多少二爺們，連杯茶也沒有。說不得只好將這茶葉拿出，你如何又說人家女兒的話呢？」李氏便將方才母女相認的話說了。張立聽了也無可如何，且先到外面張羅。張立來到廳房，眾僕役等見了道謝。張立急忙烹茶。

忽見莊客進來，說道：「你等眾位在此廳上坐不得了，且到西廂房喫茶罷。我們員外三位至厚的朋友到了。」眾僕役聽了，俱各出來躲避。只見外面進來了三人，卻是歐陽春、智化、丁兆蕙。

原來他三人到了襄陽，探聽明白。趙爵立了盟書，恐有人盜取，蓋了一座沖霄樓，將此書懸於梁間，下面設了八卦銅網陣，處處設了消息，時時有人看守。原打算進去探訪一番，後來聽說聖上欽派顏大人巡按襄陽，又是白玉堂隨任供職。大家計議，莫若仍回臥虎溝與沙龍說明，同去輔佐巡按，幫助玉堂，又為國家，又盡朋情，豈不兩全其美，因此急急趕回來了。

來到莊中，不見沙龍。智化連忙問道：「員外那裏去了？」張立說：「救了太守的家眷，藍驍劫戰赤石崖。不但員外與孟、焦二位去了，連兩位小姐也去了，打算救應，至今未回。」智化聽了，說道：「不好！此事必有舛錯，不可遲疑。歐陽兄與丁賢弟務要辛苦辛苦。」丁二爺道：「叫我們上何方去呢？」智化道：「就解赤石崖之圍。」丁二爺道：「我與歐陽兄都不認得，如何是好？」張立道：「無妨，現有史雲，他卻認得。」丁二爺道：「如此，快喚他來。」張立去不多時，只見來了七人，聽說要上赤石崖，同史雲全要去的。智化道：「很好。你等隨了二位去罷。不許逞強好勇，只聽吩咐就是了。」歐陽兄專要擒獲藍驍。丁賢弟保護沙兄父女。我在莊中防備賊人分兵搶奪家屬。」北俠與丁二官人急急帶領史雲七人，直奔赤石崖去了。這裏智化叫張立進內，安慰眾女眷人等，不必驚怕，惟恐有著急欲尋自盡等情，又吩咐：「眾莊客前後左右，探聽防守。倘有賊寇來時，不要聲張，暗暗報我知道，我自有道理。」登時把個臥虎莊安排的井井有條。可見他料事如神，機謀嚴密。

且說北俠等來到赤石崖的西山口，見有許多僂儸把守。這北俠招呼眾人道：「守汛僂儸聽真，俺歐陽春前來解圍，快快報與你家山主知道。」西山口的頭領不敢怠慢，連忙報與藍驍。藍驍問道：「來有多少人？」頭領道：「來了二人，帶領莊丁七人。」藍驍暗道：「共有九人，不打緊。好便好，如不好時，連他等也困在山內，索性一網打盡。」想罷，傳於頭領，叫把他等放進山口。早見沙龍等正在那裏歇息，彼此相見，不及敘話。北俠道：「俺見藍驍去。丁賢弟小心呀！」說罷，帶了七人，奔到山崗。藍驍迎了下來，問道：「來者何人？」北俠道：「俺歐陽春特來請問山主，今日此舉是為金太守呀？還是為沙員外呢？」藍驍道：「俺原是為擒拿太守金輝，卻不與沙員外相干。誰知沙員外從我們頭領手內將金輝的家眷搶去不算，額外還要合我要金輝。這不是沙員外欺我太甚麼？所以將他困住，務要他歸附方罷。」北俠笑道：「沙員外何等之人，如何肯歸附於你？再者你無故的截了皇家的四品黃堂，這不成了反叛了麼？」藍驍聽了大怒，道：「歐陽春，你今此來，端的為何？」北俠道：「俺今特來拿你。」說罷，掄開七寶刀照腿砍來。藍驍急將鐵棒一迎。北俠將手往外一削，噌的一聲，將鐵棒狼牙削去。藍驍暗說：「不好！」又將左手鐵棒打來。北俠儘力往外一磕，又往外一削。迎的力猛，藍驍覺的從手內奪的一般，嗖的一聲，連磕帶削，棒已飛出數步以外。藍驍身形晃了兩晃。北俠趕步，縱身上了藍驍的馬後，一伸左手攥住他的皮鞓帶，將他往上一提，藍驍已離鞍心。北俠將身一轉，連背帶抗，往地下一跳，右肘把馬跨一搗。那馬咴的一聲，往前一竄。北俠提著藍驍，一鬆手，咕咚一聲栽倒塵埃。史雲等連忙上前擒住，登時捆縛起來。

此一段北俠擒藍驍，迥與別書不同，交手別致，迎逢各異。至於擒法更覺新奇。雖則是失了征戰的規矩，卻正是俠客的行藏，一味的巧妙靈活，決不是鹵莽滅裂❹、好勇鬥狠那一番的行為。

且說丁兆蕙等早望見高崗之上動手，趁他不能揮動令旗，失卻眼目，大家奮勇殺奔西山口來。頭領率領僂儸，如何抵當的住一群猛虎，發了一聲喊，各自逃出去了。丁兆蕙獨自一人擎刀把住山口。先著鳳仙、秋葵回莊，然後沙龍與兆蕙復又來到高崗。

此時北俠已追問藍驍，金太守在於何處。藍驍只得說出已解山中，即著僂儸將金輝、丁雄放下山來。北俠就著史雲帶同金太守先行回莊。到西山口，叫孟、焦二人也來押解藍驍，上山勦滅巢穴去了。

要知後文如何，且聽下回分解。

❹滅裂：草率；粗略；不對頭。莊子則陽：「治民焉勿滅裂。」

第九十九回　見牡丹金輝深後悔　提艾虎焦赤踐前言

且說史雲引著金輝、丁雄來到莊中，莊丁報與智化。智化同張立迎到大廳之上。金太守並不問妻子下落如何，惟有致謝搭救自己之恩。智化卻先言夫人、公子無恙，使太守放心。略略喫茶，歇息歇息，即著張立引太守來到後面，見了夫人、公子。此時鳳仙姊妹已知母女相認，正在慶賀。忽聽太守進來，便同牡丹上跨所去了。

這些田婦、村姑誰不要瞧瞧大老爺的威嚴。不多時，見張立帶進一位戴紗帽的，翅兒缺少一個，穿著紅袍，襟子搭拉半邊，玉帶繫腰，因揪折鬧的裏出外進，皂靴裹足，不合腳弄的底綻幫垂，一部蒼髯，揉得上頭扎煞下頭捲，滿面塵垢，抹的左邊漆黑右邊黃。初見時只當作走會的槓箱官，細瞧來方知是新印的金太守。眾婦女見了這狼狽的形狀，一個個握著嘴兒嘻笑。

夫人、公子迎出屋來，見了這般光景，好不傷慘。金章上前請安，金公拉起，攜手來到屋內。金公略述山主邀截的情由。何氏又說恩公搭救的備細。夫妻二人又是嗟歎，又是感激。忽聽金章道：「爹爹，如今卻有喜中之喜了。」太守問道：「此話怎講？」何氏安人便將母女相認的事說出。太守詫異道：「豈有此理？難道有兩個牡丹不成？」說罷，從懷中將邵老爺書信拿出，遞給夫人看了。何氏道：「其中另有別情。當初女兒不肯離卻閨閣，是乳母定計將佳蕙扮做女兒，女兒改了丫鬟。不想遇了賊船，女兒赴水傾生。多虧張公夫婦撈救，認為義女。老爺不信，請看那兩件衣服，方才張媽媽拿來，是當初女兒投水穿的。」金公拿起一看，果是兩件丫鬟服色，暗暗忖度道：「如此看來，牡丹不但清潔，而且有智，竟能保金門的臉面，實屬難得。」再一轉想：「當初手帕金魚原從巧娘手內得來，焉知不是那賤人作弄的呢？就是書箱翻出玉釵，我看施生也並不懼怕，仍然一團傲氣。仔細想來，其中必有情弊。是我一時著了氣惱，不辨青紅皂白，竟把他二人委屈了。」再想起逼勒牡丹自盡一節，未免太狠，心中愧悔難禁，便問何氏道：「女兒今在那裏？」何氏道：「方才在這裏，聽說老爺來了，他就上他乾娘那邊去了。」金公道：「金章，你同丫鬟將你姐姐請來。」

金章去後，何氏道：「據我想來，老爺不見女兒倒也罷了。惟恐見了時，老爺又要生氣。」金公知夫人話內有譏誚❶之意，也不答言，只有付之一笑。只見金章哭著回來道：「我姐姐斷不來見爹爹，說惟恐爹爹見了又要生氣。」金公哈哈笑道：「有其母必有其女，無奈何，煩夫人同我走走如何？」何氏見金公如此，只得叫張媽媽引路，老夫妻同進了角門，來到跨所之內。鳳仙姐妹知道太守必來，早已躲避。只見三間房屋，兩明一暗，所有擺設頗頗的雅而不俗，這俱是鳳仙在這裏替牡丹調停的。張李氏將軟簾掀起，道：「女兒，老爺親身看你。」金公便進屋內，見牡丹面裏背外，一言不答。金公見女兒的梳妝打扮，居然的布裙荊釵，回想當初珠圍翠繞，不由的痛徹肺腑，道：「牡丹我兒，是為父的委屈了你了。皆由當初一時氣惱，不加思索，無怪女兒著惱。難道你還嗔怪爹爹不成？你母親也在此，快些見了罷。」張媽媽見牡丹端然不動，連忙上前道：「女兒，你乃明理之人，似此非禮，如何使得？老爺、太

❶ 譏誚：這裏指責備。

太是你生身父母，尚且如此。若是我夫妻得罪了你，那時豈不更難乎為情了麼？快些下來，叩拜老爺罷。」

此時牡丹已然淚流滿面，無奈下床，雙膝跪倒，口尊：「爹爹，兒有一言告稟，孩兒不知犯了何罪，致令爹爹逼孩兒自盡？如今現為皇家太守，倘若遇見孩兒之事，爹爹斷理不清，逼死女子是小事，豈不於德行有虧？孩兒無知頂撞，望乞爹爹寬宥。」金公聽了，羞的面紅過耳，只得陪笑，將牡丹攙起道：「我兒說的是，以後爹爹諸事細心了。以前之事全是爹爹不是，再休提起了。」又向何氏道：「夫人，快些與女兒將衣服換了。我到前面致謝致謝恩公去。」說罷，抽身就走。張立仍然引至大廳。智化對金公道：「方才主管帶領眾役們來央求於我，惟恐大人見責，望乞大人容諒。」金公道：「非是他等無能，皆因山賊凶惡，老夫怪他們則甚。」智化便將金福祿等喚來，與老爺磕頭。眾人又謝了智爺，智爺叫將太守衣服換來。

只見莊丁進來報道：「我家員外同眾位爺們到了。」智化與張立迎到莊門。剛到廳前，見金公在那裏立等，見了眾人，連忙上前致謝。沙龍見了，便請太守與北俠進廳就座。智化問勦滅巢穴如何。北俠道：「我等押了藍驍入山，將輜重俱散與僂儸，所有寨柵全行放火燒了。現時把藍驍押來交在西院，叫眾人看守，特請太守老爺發落。」太守道：「多承眾位恩公的威力。既將賊首擒獲，下官也不敢擅專。待到任所，即行具摺，連賊首押赴東京，交到開封府包相爺那裏，自有定見。」智化道：「既如此，這藍驍倒要嚴加防範，好好看守，將來是襄陽的硬證。」復又道：「弟等三人去而復返者，因聽見顏大人巡按襄陽，欽派白五弟隨任供職。弟等急急趕回來，原欲會同兄長齊赴襄陽，幫助五弟，共襄此事。如今既有要犯在此，說不得必須耽遲幾日工夫。沙兄長、歐陽兄、丁賢弟，大家俱各在莊，留神照料藍驍。

惟恐襄陽王暗裏遣人來盜取，卻是要緊的。就是太守赴任，路上也要仔細。若要小弟護送前往，一到任所，急急具摺。待摺子到時，即行將藍驍押赴開封。諸事已畢，再行趕到襄陽，庶乎於事有益。不知眾位兄長以為如何？」眾人齊聲道：「好。就是如此。」金公道：「只是又要勞動恩公，下官心甚不安。」說話間，酒筵擺設齊備，大家入座飲酒。

只見張立悄悄與沙龍附耳。沙龍出席來到後面，見了鳳仙、秋葵，將牡丹之事一一敘明。沙龍道：「如何？我看那女子舉止端方，決不是村莊的氣度，果然不錯。」秋葵道：「如今牡丹姐姐不知還在俗們這裏居住，還是要隨任呢？」沙龍道：「自然是要隨任，跟了他父母去。豈有單單把他留在這裏之理呢？」秋葵道：「我看牡丹姐姐他不願意去。如今連衣服也不換，彷彿有什麼委屈，擦眼抹淚的。莫若爹爹問問太守，到底帶他去不帶他去，早定個主意為是。」沙龍道：「何必多此一問。那有他父母既認著了，不帶了去，還把女兒留在人家的道理？這都是你們貪戀難捨，心生妄想之故。我不管，你牡丹姐姐如若不換衣服，我惟你們二人是問。少時我同太守還要進來看呢。」說罷，轉身上廳去了。

鳳仙聽了，低頭不語。惟有秋葵，將嘴一咧，哇的一聲哭著，奔到後面，見了牡丹，一把拉住，道：「哎喲！姐姐呀，你可快走了！我們可怎麼好呀！」說罷，放聲痛哭。牡丹也就陪哭起來了。眾人不知為著何故。隨後鳳仙也就來了，將此事說明，大家這才放了心了。何氏夫人過來拉住秋葵，道：「我的兒，你不要啼哭。你捨不得你的姐姐，那知我心裏還捨不得你呢。等著我們到了任所，急急遣人來接你。實對你說，我很愛你這實心眼兒，為人憨厚。你若不憎嫌，我就認你為乾女兒，你可願意麼？」秋葵聽了，登時止住淚，道：「這話果真麼？」何氏道：「有甚麼不真呢？」秋葵便立起身來，道：「如此，母親請上，待孩兒拜見。」說罷，立時拜下去。何氏夫人連忙攙起。鳳仙道：「牡丹姐姐，你不要哭了，如今有了傻妹子了。」牡丹噗哧的一聲也笑了。鳳仙道：「妹子，你只顧了認母親。方才我爹爹說的話，難道你就忘了麼？」秋葵道：「我何嘗忘了呢！」便對牡丹道：「姐姐，你將衣服換了罷。我爹爹說了，如若不換衣服，要不依我們倆呢。你若拿著我當親妹妹，你就換了；若你瞧不起我，你就不換。」張媽媽也來相勸。鳳仙便吩咐丫鬟道：「快拿你家小姐的簪環衣服來。」彼此攛掇，牡丹礙不過臉去，只得從新梳洗起來。不多時，梳妝已畢，換了衣服，更覺鮮豔非常。牡丹又將簪珥贈了鳳仙姊妹許多，二人深謝了。

且說沙龍來到廳上，復又執壺斟酒，剛然坐下，只見焦赤道：「沙大哥，今日歐陽兄、智大哥俱在這裏，前次說的親事今日還不定規麼？」一句話說的也有笑的，也有怔的。怔的因不知其中之事體，此話從何說起；笑的是笑他性急，粗莽之甚。沙龍道：「焦賢弟，你忙甚麼？為女兒之事何必在此一時呢？」焦赤道：「非是俺性急。明日智大哥又要隨太守赴任，豈不又是耽擱呢？還是早些規定了的是。」丁二爺道：「眾位不知，焦二哥為的是早些定了，他還等著喫喜酒呢。」焦赤道：「俺單等喫喜酒。這裏現放著酒。來，來，來，偺們且喫一杯。」說罷，端起來一飲而盡。大家歡笑快飲。酒飯已畢，金公便要了筆硯來，給邵邦傑細細寫了一信，連手帕並金魚玉釵俱各封固停當，當面交與丁雄，叫他回去，就託邵邦傑將此事細細訪查明白。匆忙之間，金公只說起牡丹投河自盡，卻忘了說明牡丹已經遇救，以及父女重逢。賞了丁雄二十兩銀子，即刻起身，趕赴長沙去了。

沙龍此時已到後面，秋葵將何氏夫人認為乾女兒之事說了；又說起牡丹小姐已然換了衣服，還要請太守與爹爹一同拜見。沙龍便來到廳上，請了金公，來到後面。牡丹出來，先拜謝了沙龍。沙龍見牡丹花團錦簇，滿心喜歡。牡丹又與金公見禮，金公連忙攙起。見牡丹依然是閨閣妝扮，雖然歡喜，未免有些悽慘。牡丹又帶了秋葵與義父見禮。金公連忙叫牡丹攙扶。沙龍也叫鳳仙見了。金公又致謝沙龍：「小女在此打攪，多蒙兄長與二位姪女照拂。」沙龍連說：「不敢。」他等只管親的乾的，見父認女，旁邊把個張媽媽瞅的眼兒熱了，眼眶裏不由的流下淚來，用絹帕左搽右搽。早被牡丹看見，便對金公道：「孩兒還有一事告稟。」金公道：「我兒有話，只管說來。」牡丹道：「孩兒性命，多虧乾爹乾娘搭救，才有今日。而且老夫妻無男無女，孤苦隻身，求爹爹務必將他老夫妻帶到任上，孩兒也可以稍為報答。」金公道：「正當如此，我兒放心。就叫他老夫妻收拾收拾，明日隨行便了。」張媽媽聽了，這才破涕為笑。

沙龍又同金公來到廳上，金公見設筵豐盛，未免心甚不安。沙龍道：「今日此筵，可謂四喜俱備。大家坐了，待我說來。」仍然太守首座，其次北俠、智公子、丁二官人、孟傑、焦赤，下首卻是沙龍與張立。

焦赤先道：「大哥快說四喜。若說是了，有一喜俺喝一碗，如何？」沙龍道：「第一，太守今日一家團聚，又認了小姐，這個喜如何？」焦赤道：「好！可喜可賀。俺喝這一碗。快說第二。」沙龍道：「這第二就是賢弟說的了。今日湊著歐陽兄、智賢弟在此，就把女兒大事定規了。從此偺三人便是親家了。一言為定，所有納聘的禮節再說。」焦赤道：「好呀！這才痛快呢。這二喜俺要喝兩碗，一碗陪歐陽兄、智大哥，一碗陪沙兄長。你三人也要換盅兒❷才是。」說的大眾笑了。果然北俠、智公子與沙員外彼此換盃。焦赤已然喝了兩碗。沙龍道：「三喜是明日太守榮任高陞，這就算餞行的酒席，如何？」焦赤道：「沙兄長會打算盤，一打兩副成❸。也倒罷了，俺也喝一碗。」孟傑道：「這第四喜不知是甚麼？倒要聽聽。」沙龍道：「太守認了小女為女是乾親家，歐陽兄與智賢弟定了小女為媳是新親家，張老丈認了太守的小姐為女是乾親家。通盤算來，今日乃我們三門親家大會齊兒，難道算不得一喜麼？」焦赤聽了卻不言語，也不飲酒。丁二爺道：「焦二哥，這碗酒為何不喝？」焦赤道：「他們親家鬧他們的親家，管俺甚麼相干？這酒俺不喝他。」丁二爺道：「焦二哥，你莫要打不開算盤。將來這裏的姪女兒過了門時，他們親家爹對親家爺，偺們還是親家叔叔呢。」說的大家全笑了。彼此歡飲。飯畢之後，大家歇息。

到了次日，金太守起身，智化隨任，獨有鳳仙、秋葵與牡丹三人痛哭，不忍分別，好容易方才勸止。智化又諄諄囑咐，好生看守藍驍，等摺子到時即行押解進京。北俠又提撥智化，一路小心。大家珍重，執手分別。上任的上任，回莊的回莊，俱各不表。

要知後文何事，且聽下回分解。

---

❷ 盅兒：今稱杯類為盅，如酒盅、茶盅。

❸ 一打兩副成：意思為一舉二得。

第一百回　探形蹤王府遣刺客　趕道路酒樓問書僮

且說小俠艾虎自從離了臥虎溝，要奔襄陽。他因在莊三日未曾飲酒，頭天就飲了個過量之酒，走了半天就住了。次日也是如此。到了第三日，猛然省悟道：「不好！若要如此，豈不又像上臥虎溝一樣麼？倘然再要誤事，那就不成事了。從今後酒要檢點才好。」自己勸了自己一番。因心裏惦著走路，偏偏的起得早了，不辨路徑，只顧往前進發。及至天亮，遇見行人問時，誰知把路走錯了。理應往東，卻岔到東北，有五六十里之遙。幸喜此人老成，的的確確告訴他，由何處到何鎮，再由何鎮到何堡，過了何堡幾里方是襄陽大路。艾虎聽了，躬身道謝，執手告別。自己暗道：「這是怎麼說！起了個五更，趕了個晚集。這半夜的工夫白走了。仔細想來，全是前兩日貪酒之過。若不是那兩天醉了，何至有今日之忙，何至有如此之錯呢？可見酒之誤事不小。」自己悔恨無及。

那知他就在此一錯上，便把北俠等讓過去了，所以直到襄陽全未遇見。這日好容易到了襄陽，各處店寓詢問，俱各不知。他那知道北俠等三人再不住旅店，惟恐怕招人的疑忌，全是在野寺古廟存身。小俠尋找多時，心內煩躁，只得找個店寓住了。

次日便在各處訪查，酒也不敢多喫了。到處聽人傳說，新陞來一位巡按大人姓顏，是包丞相的門生，為人精明，辦事鯁直。倘若來時，大家可要把冤枉伸訴伸訴。又有悄悄低言講論的，他卻聽不真切。他便暗暗生智，坐在那裏，彷彿瞌睡，前仰後合，卻是閉目合睛，側耳細聽，漸漸的聽在耳內。原來是講究如何是立盟書，如何是蓋沖霄樓，如何設銅網陣❶。一連探訪了三日，到處講究的全是這些，心內早得了些主意。

因知銅網陣的利害，不敢擅入，他卻每日在襄陽王府左右暗暗窺覷，或在對過酒樓瞭望。這日正在酒樓之上飲酒，卻眼巴巴的瞧著對過，見府內往來行人出入，也不介意。忽然來了二人，乘著馬，到了府前下馬，將馬拴在樁上，進府去了。有頓飯的工夫，二人出來，各解偏韁，一人扳鞍上馬，一人剛才認鐙。只見跑出一人一招手，那人趕到跟前，附耳說了幾句，形色甚是倉皇。小俠見了，心中有些疑惑，連忙會鈔下樓，暗暗跟定二人，來到雙岔路口，只聽一人道：「偺們定準在長沙府關外十里堡鎮上會齊。請了。」各自加上一鞭，往東西而去。他二人只顧在馬上交談，執手告別，早被艾虎一眼看出，暗道：「敢則是他兩個呀！」

你道此二人是誰？原來俱是招賢館的舊相知。一個是陡起邪念的賽方朔方貂。自從在夾溝被北俠削了他的刀，他便脫逃，也不敢回招賢館，他卻直奔襄陽投在奸王府內。那一個是機謀百出的小諸葛沈仲元。只因捉拏馬強之時，他卻裝病不肯出頭。後來見他等生心搶劫，不由的暗笑，這些沒天良之人，甚麼事都幹的出來。又聽見大家計議投奔襄陽，自己轉想：「趙爵久懷異心，將來國法必不赦宥。就是這些烏合之眾也不能成其大事。我何不將計就計，也上襄陽投在奸王那裏，看個動靜。倘有事關重大的，我在其中調停。一來與朝廷出力報效，二來為百姓剪惡除奸，豈不大妙。」

❶ 原來是講究三句：其中「立盟書」、「蓋沖霄樓」、「設銅網陣」皆是襄陽王謀反罪跡。

但凡俠客義士行止不同。若是沈仲元尤難，自己先擔個從奸助惡之名，而且在奸王面前還要隨聲附和，逢迎獻媚，屈己從人，何以見他的俠義呢？殊不知他仗著自己聰明，智略過人。他把事體看透，猶如掌上觀文❷，彷彿逢場作戲。從遊戲中生出俠義來，這才是真正俠義。即如南俠、北俠、雙俠，甚至小俠，處處濟困扶危，誰不知是行俠尚義呢，這是明露的俠義，卻倒容易。若沈仲元決非他等可比。他卻在暗中調停，毫不露一點聲色，隨機應變，譎詐多端。到了歸結，恰在俠義之中，豈不是個極難的事呢！他的這一番慧心靈機，真不愧小諸葛三字。

他這一次隨了方貂同來，卻有一件重大之事。只因藍驍被人擒拿之後，將輜重分散僂儸。其中就有無賴之徒，惡心不改，急急趕赴襄陽，稟報奸王。奸王聽了，暗暗想道：「事尚未舉，先折了一隻臂膀，這便如何是好？」便來到集賢堂與大眾商議，道：「孤家原寫信一封與藍驍，叫他將金輝邀截上山，說他歸附。如不依從，即行殺害。免得來到襄陽，又要費手。不想藍驍被北俠擒獲。事到如今，列位可有甚麼主意？」其中卻有明公說道：「縱然害了金輝，也不濟事。如今聖上欽派顏查散巡按襄陽，而且長沙又改調了邵邦傑。這些人都有虎視眈眈之意。若欲加害，索性全然害了，方為穩便。如今卻有一計害三賢的妙策。」奸王聽了滿心歡喜，問道：「何謂一計害三賢？請道其詳。」這明公道：「金輝必由長沙經過，長沙關外十里堡，是個迎接官員的去處。只要派個有本領的去到那裏，夤夜之間，將金輝刺死。倘若成功，邵邦傑的太守也就作不牢了。金輝原是在他那裏住宿，既被人刺死了，焉有本地太守無罪之理？俗們把行刺之人深藏府內，卻辦一套文書，迎著顏巡按呈遞。他做襄陽巡按，襄陽太守被人刺死，

❷ 掌上觀文：一目了然。

他如何不管呢？既要管，又無處緝拿行刺之人。事要因循❸起來，聖上必要見怪，說他辦理不善。那時慢說他是包公的門生，就是包公也就難以迴護了。」奸王聽畢，哈哈大笑，道：「妙極，妙極！就派方貂前往。」

旁邊早驚動了一個大明公沈仲元，見這明公說的得意揚揚，全不管行得行不得，不由的心中暗笑。惟恐萬一事成，豈不害一忠良？莫若我也走走，因此上前說道：「啟上千歲，此事重大，方貂一人惟恐不能成功，待微臣幫他同去如何？」奸王更加歡喜。方貂道：「為日有限，必須乘馬，方不誤事。」奸王道：「你等去到孤家御廄中，自己揀選馬匹去。」二人領命，就到御廄選了好馬，備辦停當。又到府內，見奸王稟辭。奸王囑咐了許多言語，二人告別出來。剛要上馬，奸王又派親隨之人出來，吩咐道：「此去成功不成功，務要早早回來。」二人答應，騎上馬，各要到下處收拾行李，所以來到雙岔口，言明會齊的所在。這才分東西，各回下處去了。

所以艾虎聽了個明白，看了個真切，急急回到店中，算還了房錢，直奔長沙關外十里堡而來。一路上酒也不喝，恨不得一步邁到長沙，心內想著：「他們是騎馬，我是步行，如何趕的過馬去呢？」又轉想道：「他二人分東西而走，必然要帶行李，再無有不圖安逸的。圖安逸的必是夜宿曉行。我不管他，我給他個晝夜兼行，難道還趕不上他麼？」真是「有志者事竟成」，卻是艾虎預先到了。歇息了一夜，次日必要訪查那二人的下落。出了旅店，在街市閒遊，果然見個鎮店之所，熱鬧非常。自己散步，見路東有接官廳，懸花結彩。仔細打聽，原來是木處太守邵老爺與襄陽太守金老爺是至相好，皆因太守上襄陽

❸ 因循：守舊法而不加變更。這裏指對照法律。

赴任，從此經過，故此邵老爺預備的這樣整齊。艾虎打聽這金老爺幾時方能到此，敢則是後日才到公館。艾虎聽在心裏，猛然省悟道：「是了。大約那兩個人必要在公館鬧什麼玄虛，後日我倒要早早的隱❹候他。」

正在揣度之間，忽聽耳畔有人叫道：「二爺那裏去？」艾虎回頭一看，瞧著認得，一時想不起來，連忙問道：「你是何人？」那人道：「怎麼二爺連小人也認不得了呢？小人就是錦箋。二爺與我家爺結拜，二爺還賞了小人兩錠銀子。」艾虎道：「不錯，不錯。是我一時忘記了。你今到此何事？」錦箋道：「哎！說起來話長。二爺無事，請二爺到酒樓，小人再慢慢細稟。」艾虎即同錦箋上了路西的酒樓，揀個僻靜的桌兒坐了。錦箋還不肯坐。艾虎道：「酒樓之上何須論禮，你只管坐了，才好講話。」錦箋告坐，便在横頭兒坐了。茶博士過來，要了酒菜。艾虎便問施公子。錦箋道：「好。現在邵老爺太守衙門居住。」艾虎道：「你主僕不是上九仙橋金老爺那裏，為何又到這裏呢？」錦箋道：「正因如此，所以話長。」便將投奔九仙橋始末原由，以及後來如何病在攸縣，說了一遍。「若不虧二爺賞了兩個錁子，我家相公如何養病呢？」艾虎說：「些須小事，何必提他。你且說，後來怎麼樣？」

錦箋初見面何以就提賞了小人兩錠銀子？只因艾虎給的銀兩恰恰與錦箋救了急，所以他深深感激，時刻在念。俗語說的好：「寧給饑人一口，不送富人一斗。」是再不錯的。

錦箋又說起遇了官司，如何要尋自盡。「卻好遇見一位蔣爺，賞了兩錠銀子，方能奔到長沙。」艾虎聽到此，便問道：「姓蔣的是什麼模樣？」錦箋說了形狀。艾虎不勝大喜，暗道：「蔣叔父也有了下落

❹隱：有版本此字為「應」。

了。」錦箋又說起，邵老爺要與我家爺完婚，派丁雄送信給金公，誰知小姐卻是假的，婚事只好作罷。要追回丁雄，已經無及❺。昨日丁雄回來，金老爺那裏寫了一封信來，說他小姐因病上唐縣就醫，乘舟玩月，誤墮水中。那個小姐是假冒的。艾虎聽了詫異，道：「那個呢？這是怎麼一回事呢？」錦箋將以前自己同佳蕙做的事一五一十的說了，接著道：「邵老爺見信，將我家爺叫了過去，將信給他看了，額外還有一包東西。我家爺便喚佳蕙來，將這東西給他看了。佳蕙才哭了個哽氣倒噎。」艾虎道：「見了什麼東西，就這等哭？」錦箋道：「就是芙蓉帕金魚和玉釵。我家爺因見帕上有字，便問是誰人寫的。佳蕙方才道，這前面是他寫的。」艾虎問道：「佳蕙如何冒稱小姐呢？」錦箋又將對換衣服說了。艾虎說：「這就是了。後來怎麼樣呢？」錦箋道：「這佳蕙說：『前面字是妾寫的，這後邊字不是老爺寫的麼？』一句話倒把我家爺提醒了。仔細一看，認出是小人筆跡。立刻將小人叫進去，三曹對案❻，這才都說了，全是佳蕙與小人彼此對偷的，我家爺與金小姐一概不知。我家爺將我責備一番，便回明了邵老爺。邵老爺倒樂了，說小人與佳蕙兩小無猜，全是一片為主之心，倒是有良心的。只可惜小姐薄命傾生。誰知佳蕙自那日起痛念小姐，飲食俱廢。我家爺也是傷感。因此叫小人備辦祭禮，趁著明日邵老爺迎接金老爺去，他二人要對著江邊遙祭。」艾虎聽了，不勝悼歎。他那知道綠鴨灘給張公賀得義女之喜，那就是牡丹呢。

錦箋說畢，又問小俠意欲何往。艾虎不肯明言，托言往臥虎溝去，又轉口道：「俺既知你主僕在此，

❺ 無及：追不上。及，追上。說文：「及，逮也。」

❻ 三曹對案：指三方面當堂對質。「三曹」指原告、被告及證人。

俺倒要見見。你先去備辦祭禮，我在此等你，一路同往。」錦箋下樓，去不多時回來。艾虎會了錢鈔下樓，竟奔衙署。相離不遠，錦箋先跑去了，報知施生。施生歡喜非常，連忙來至衙外，將艾虎讓至東跨所之書房內。彼此歡敘，自不必說。

到了次日，打聽邵老爺走後，施生見了艾虎，告過罪，暫且失陪。艾虎已知為遙祭之事，也不細問。施生同定佳蕙、錦箋，坐轎的坐轎，騎馬的騎馬，來到江邊，設擺祭禮，這一番痛哭，不想卻又生出巧事來了。

欲知端底如何，且聽下回分解。

第一百一回　兩個千金真假已辨　一雙刺客妍媸自分

且說施生同錦箋乘馬，佳蕙坐了一乘小轎，私自來到江邊，擺下祭禮，換了素服。施生拜奠，錦箋、佳蕙跟在相公後面行禮。佳蕙此時哀哀戚戚的痛哭至甚，施生也是慘慘悽悽淚流不止，錦箋在旁懇懇切切百般勸慰。痛哭之後，復又拈香。候香燼的工夫，大家觀望江景。只見那邊來了一幫官船，卻是家眷行囊，船頭上艙門口一邊坐著一個丫鬟，裏面影影綽綽有個半老的夫人同著一位及笄的小姐，還有一個年少的相公。船臨江近，不由的都往岸邊瞭望。見施生背著手兒遠眺江景，瞧佳蕙手持羅帕，仍然拭淚。小姐看了多時，搭訕著對相公說道：「兄弟，你看那人的面貌好似佳蕙。」小相公尚未答言，夫人道：「我兒悄言，世間面貌相同者頗多。他若是佳蕙，那廂必是施生了。」小姐方不言語，惟有秋水凝眸而已。

原來此船就是金太守的家眷，何氏夫人帶著牡丹小姐、金章公子。何氏夫人早已看見岸邊有素服祭奠之人，仔細看來，正是施生與佳蕙。施生是自幼兒常見的，佳蕙更不消說了，心中已覺慘切之至。一來惟恐小姐傷心，現有施生，不大穩便；二來又因金公脾氣不敢造次相認，所以說了一句「世間面貌相同者頗多」。

船已過去，到了停泊之處，早有丁雄、呂慶在那裏伺候迎接。呂慶已從施公處回來，知是金公家眷到了，連忙伺候。僕婦丫鬟上前攙扶著，棄舟乘轎，直奔長沙府衙門去了。不多時，金老爺也到，丁雄、呂慶上前請安，說：「家老爺備的馬匹在此，請老爺乘用。」金公笑吟吟的道：「你家老爺在那裏呢？」丁雄道：「在公館恭候老爺。」金公忙接絲繮，呂慶墜鐙，上了坐騎。丁雄、呂慶也上了馬。呂慶在前引路，丁雄策著馬在金公旁邊。金公問他：「幾時到的長沙？你家老爺見了書信說些甚麼？」丁雄道：「小人回來時極其迅速，不多幾日就到了。家老爺見了老爺的書信，小人不甚明白。等老爺見了家老爺，再為細述。」金公點了點頭。說話間，丁雄一伏身，叭喇喇馬已跑開。又走了不多會，只見邵太守同定闔署❶官員，俱在那裏等候。此時呂慶已然下馬，急忙過來伺候。金公下馬，二位太守彼此相見，歡喜不盡。同到公廳之上，眾官員又從新參見。金公一一應酬了幾句，即請安歇去罷。眾官員散後，二位太守先敘了些彼此渴想的話頭，然後擺上酒餚，方問及完婚一節。邵老爺將錦箋、佳蕙始末原由述了一遍。金公方才大悟，全與施生、小姐毫無相干。二人暢飲敘闊。酒飯畢後，金老爺請邵老爺回署。邵老爺又陪坐多時，方才告別，坐轎回衙。

此時施生早已回來了，獨獨不見了艾虎，好生著急，忙問書僮。書僮說：「艾爺並未言語，不知向何方去了。」施生心中懊悔，暗自揣度道：「想是賢弟見我把他一人丟在此處，他賭氣的走了。明日卻又往何方找尋去呢？」

忽聽邵老爺回衙，連忙迎接，相見畢。邵老爺也不進內，便來至東跨所之內安歇，施生陪坐。邵老爺即將今日面見金公及牡丹遇救未死之事說了一遍。「你金老伯不但不怪你，反倒後悔。還說明日叫賢姪隨到任上與牡丹完婚。明日必到衙署回拜於我，賢姪理應見見為是。」施生喏喏連聲，又與邵公拜揖，

---

❶ 闔署：指（太守府）全部人馬（出迎）。闔，關閉。這裏指全府人員離府。署，指太守府。

深深謝了。

且說金公在公館大廳之內，請了智公子來談了許久。智化惟恐金公勞乏，便告退了。原來智化隨金公前來，處處留神。每夜人靜，改換行妝，不定內外巡查幾次。此時天已二鼓，智爺扎抹❷停當，從公館後面悄悄的往前巡來。剛至卡子門旁，猛抬頭見倒廳有個人影往前張望。智爺一聲兒也不言語，反將身形一矮，兩個腳尖兒沾地，「突，突，突，」順著牆根，直奔倒座❸東耳房而來。到了東耳房，將身一躬，腳尖兒墊勁兒，「嗖」便上了東耳房。抬頭見倒座北耳房高著許多，也不驚動倒座上的人，且往對面觀瞧。見廳上有一人爬伏，兩手把住椽頭，兩腳撐住瓦隴，倒垂勢往下觀瞧。智爺暗道：「此人來的有些蹊蹺，倒要看著。」忽見脊後又過來一人，短小身材，極其伶便。見他將爬伏那人的左腳登的磚一抽，那人腳下一鬆，猛然一跐。急將身形一長，從新將腳按了一按，復又爬伏。本人卻不理會，這邊智化看的明白，見他將身一長，背的利刃已被那人兒抽去。智爺暗暗放心，只是防著對面那人而已。轉眼之間，見爬伏那人從正房上翻轉下來，趕步進前，回手剛欲抽刀，誰知剩了皮鞘，暗說「不好」，轉身才待要走，只見迎面一刀砍來，急將腦袋一歪，身體一側，「噗哧」左膀著刀。噯呀一聲，栽倒在地。艾虎高聲嚷道：「有刺客！」早又聽見有人接聲，說道：「對面上房還有一個呢。」艾虎轉身竟奔倒座。卻見倒座上的人，跳到西耳房，身形一晃，已然越過牆去。艾虎卻不上房，就從這邊一伏身，躥上牆頭，隨即落下。腳底尚未站穩，覺的耳邊涼風一股。他卻一轉身，將刀往上一迎。只聽咯噹一聲，刀對刀，火星亂迸。

---

❷ 扎抹：這裏指改裝打扮。抹，塗抹。

❸ 倒座：四合院以北房為正房，稱相對的南房為倒座。

只聽對面人道：「好！真正伶便。改日再會。請了。」一個健步，腳不沾地，直奔樹林去了。

艾虎如何肯捨，隨後緊緊追來。到了樹林，左顧右盼，毫不見個人形。忽聽有人問道：「來的可是艾虎麼？有我在此。」艾虎驚喜道：「正是。可是師傅麼？賊人那裏去了呢？」智爺道：「賊已被擒。」艾虎尚未答言。只聽賊人道：「智大哥，小弟若是賊；大哥，你呢？」智爺連忙追問，原來正是小諸葛沈仲元，即行釋放。便問一問現在那裏，沈仲元將在襄陽王處說了。

艾虎早已過來見了智爺，轉身又見了沈仲元。沈仲元道：「此是何人？」智化道：「怎麼賢弟忘了麼？他就是館童艾虎。」沈爺道：「噯呀！敢則是令徒麼！怪道，怪道。所謂『強將手下無弱兵』，好個伶俐身段。只他那抽刀的輕快與越牆的躲閃，真正靈通之至。」智化道：「好是好，未免還有些鹵莽，欠些思慮。幸而樹林之內，是劣兄在此。倘若賢弟令人在此埋伏，小徒豈不喫了大虧麼？」說的沈爺也笑了。艾虎卻暗暗佩服。

智爺又問道：「賢弟，你在襄陽王那裏作甚？」沈爺道：「有的，沒的，幾個好去處，都被眾位哥哥兄弟們佔了，就剩了個襄陽王。說不得小弟任勞任怨罷了。再者，他那裏一舉一動，若無小弟在那裏，外面如何知道呢？」智化聽了，歎道：「似賢弟這番用心，又在我等之上了。」沈爺道：「分甚麼上下。你我不能致君澤民❹，止于借俠義二字，了卻終身而已，有甚講究！」智爺連連點頭稱「是」。又託沈爺，倘有事關重大，務祈幫助。沈爺滿口應承。彼此分手，小諸葛卻回襄陽去了。

智化與艾虎一同來到公館。此時已將方貂捆縛。金公正在那裏盤問。方貂仗著血氣之勇，毫無畏懼，

---

❹ 致君澤民：輔佐君主，使成賢君，恩惠加於百姓。

一一據實說來。金公誆了口供，將他帶下去，令人看守。然後智爺帶了小俠拜見了金公，將來歷說明。金公感激不盡。

等到了次日，回拜邵老爺，入了衙署，二位相見就座。金公先把昨夜智化、艾虎拿住刺客的話說了。邵老爺立刻帶上方貂，略問了一問，果然口供相符，即行文到首縣寄監，將養傷痕，嚴加防範，以備押解東京。邵老爺叫請智化、艾虎相見。金老爺請施俊來見。不多時，施生先到，拜見金公。金公甚覺赧顏❺，認過不已。施生也就謙遜了幾句。

剛然說完，只見智爺同著小俠進來，參見邵老爺。邵公以客禮相待。施生見了小俠，歡喜非常，道：「賢弟，你往那裏去來？叫劣兄好生著急。」大家便問：「你二位如何認得？」施生先將結拜的情由述了一遍。然後小俠道：「小弟此來，非是要上臥虎溝，是為捉拿刺客而來。」大家駭異，問道：「如何就知有刺客呢？」小俠說：「私探襄陽府，聽見二人說的話，因此急急趕來。惟恐預先說了，走漏風聲。再者又恐兄長耽心，故此不告辭而去，望祈兄長莫怪。」大家聽了，慢說金公感激，連邵老爺與施生俱各佩服。

飲酒之際，金公就請施生隨任完婚。施生道：「只因小婿離家日久，還要到家中探望雙親。待稟明父母後，再赴任所。不知岳父大人以為何如？」金公點點頭，也倒罷了。智化道：「公子回去，難道獨行麼？」施生道：「有錦箋跟隨。」智化道：「雖有錦箋，也不濟事。我想公子回家固然無事，若稟明令尊令堂之後，趕赴襄陽，這幾日的路程恐有些不便。」一句話提醒了金公，他乃屢次受了驚恐之人，

❺ 赧顏：慚愧臉紅。赧，也作「赧」。

連連說道：「是呀！還是恩公想的周到。似此如之奈何？」智化道：「此事不難，就叫小徒保護前去，包管無事。」艾虎道：「弟子願往。」施生道：「又要勞動賢弟，愚兄甚是不安。」艾虎道：「這勞甚麼。」大家計議已定。還是女眷先行起身，然後金公告別。邵老爺諄諄要送，金老爺苦苦攔住，只得罷了。

此時錦箋已備了馬匹。施生送岳父送了幾里，也就回去了。回到衙署的東院書房，邵老爺早吩咐丁雄備下行李盤費，交代明白，剛要轉後，只見邵老爺出來，又與他二人餞別，諄諄囑咐路上小心。施、艾二人深深謝了，臨別叩拜。二人出了衙署，錦箋已將行李扣備停當，丁雄幫扶伺候。主僕三人乘馬，竟奔長洛縣施家莊去了。

金牡丹事好容易收煞完了。後面雖有歸結，也不過是施生到任完婚。再要敘說那些沒要緊之事，未免耽誤正文。如今就得由金太守提到巡按顏大人，說緊要關節為是。

想顏巡按起身在太守之先，金太守既然到任，顏巡按不消說了，固然是早到了。自顏查散到任，接了呈子無數，全是告襄陽王的，也有霸佔地畝的；也有搶奪妻女的；甚至有稚子弱女之家無故被搜羅入府，稚子排演優伶，弱女教習歌舞。黎民遭此慘害，不一而足。顏大人將眾人一一安置，叫他等俱各好好回去，不要聲張，也不用再遞催呈。「本院必要設法將襄陽王拿獲，與爾等報仇雪恨。」眾百姓叩頭謝恩，俱各散去。誰知其中就有襄陽王那裏暗暗派人前來，假作呈詞告狀，探聽巡按言詞動靜。如今既有這樣的口氣，他等便回去，啟知了襄陽王。

不知奸王如何，且聽下回分解。

第一百二回　錦毛鼠初探沖霄樓　黑妖狐重到銅網陣

且說奸王聽了探報之言，只氣得怪叫如雷，道：「孤乃當今皇叔，顏查散他是何等樣人，擅敢要捉拿孤家與百姓報仇雪恨！此話說的太大了，實實令人可氣！他仗的包黑子的門生，竟敢藐視孤家。孤家要是叫他好好在這裏為官，如何能彀成其大事？必須設計將他害了，一來出了這口惡氣，二來也好舉事。」因此轉想起：「俗言：『捉奸要雙，拿賊要贓。』必是孤家聲勢大了，朝廷有些知覺。孤家只要把盟書放好，嚴加防範，不落他人之手。無有對證，如何誣賴孤家呢！」想罷，便吩咐集賢堂眾多豪傑光棍，每夜輪流看守沖霄樓。所有消息線索，俱各安放停當。額外又用弓箭手、長鎗手。倘有動靜，鳴鑼為號。大家齊心努力，勿得稍為懈弛❶。奸王這裏雖然防備，誰知早有一人暗暗探聽了一番，你道是誰？就是那爭強好勝不服氣的白玉堂。

白顏巡按接印到任以來，大人與公孫先生料理公事，忙忙碌碌，毫無暇晷❷，而且案件中多一半是襄陽王的。白玉堂卻悄地裏訪查，已將八卦銅網陣聽在耳內。到了夜間人靜之時，改扮行裝，出了衙署，直奔襄陽府而來。先將大概看了，然後越過牆去，處處留神。在集賢堂竊聽了多時，夜靜無聲。從房上

❶ 懈弛：鬆散；懈怠。弛，也作「弛」。

❷ 暇晷：休息閒暇的時間。晷，日影；時光。

越了幾處牆垣，早見那邊有一高樓，直沖霄漢，心中暗想：「怪道起名沖霄樓，果然巍聳，且自下去看看。」回手掏出小小石子輕輕問路，細細聽去卻是實地，連忙飛身躍下。躡足潛蹤，滑步而行。來到切近一立身，他卻摸著木城板做的圍城，下有石基，上有垛口❸，垛口上面全有鋒鋩。中有三門緊閉，用手按了一按，裏面關的紋絲兒不能動。只得又走了一面，依然三個門戶，也是雙扇緊閉。一連走了四面，都是如此，自己暗道：「我已去了四面，大約那四面也不過如此。他這八面每面三門，想是從這門上分出八卦來。各門俱都緊緊關閉，我今日來的不巧了，莫若暫且回去。改日再來打探，看是如何？」想罷，剛要轉身，只聽那邊有鑼聲，又是梆響，知是巡更的來了。他卻留神一看，見那邊有座小小更棚，連忙隱到更棚的後面，側耳細聽。

不多時，只聽得鑼梆齊鳴，到了更棚，歇了。一人說道：「老王呀，你該當走了。讓我們也歇歇。」一人答道：「你們只管進來歇罷，今日沒事。你忘了俗們上次該班，不是遇見了這麼一天麼。各處門全關著，怕甚麼呢？今兒又是如此。俗們彷彿是個歇班日子，偷點懶兒很使得。」又一人道：「雖然如此，上頭傳行的緊，鑼梆不響，工夫大了，頭兒又要問下來了，何苦呢？說不得王三、李八你們二位辛苦辛苦，回來我們再換你。」說罷，王、李二人就巡更去了。白玉堂趁著鑼梆聲音，暗暗離了更棚。竄房躍牆，回到署中。天已五鼓，悄悄進屋安歇。

到了次日，便接了金輝的手本。顏大人即刻相見。金輝說起赤石崖捉了盜首藍驍，現在臥虎溝看守；十里堡拿了刺客方貂，交到長沙府監禁。此二人係趙爵的硬證，必須解赴東京。顏大人吩咐趕緊辦了奏

❸ 垛口：指城牆頭上兩個凸出之間的凹口，凸出的部分稱垛。城牆頭有無數垛口，連綿不斷。

摺，寫了稟帖，派妥當差官先到長沙起了方貂，沿途州縣俱要派役護送；後到臥虎溝押了藍驍，不但官役護送，還有歐陽春、丁兆蕙暗暗防備。丁二爺因要到家中探看，所以約了北俠，待諸事已畢，仍要同赴襄陽。後文再表。

且說黑妖狐智化自從隨金公到任，他乃無事之人，同張立出府閒步。見西北有一去處，山勢巉巖，樹木蔥鬱，二人慢慢順步行去。詢之土人，此山名叫方山。及至臨近細細賞玩，山上有廟，朱垣碧瓦，宮殿巍峨；山下有潭，曲折迴環，清水漣漪。水曲之隈有座漢皐臺❹，石徑之畔又有解珮亭，乃是鄭交甫遇仙之處。這漢皐就是方山的別名，而且房屋樓閣不少；雖則傾倒，不過略為修補，即可居住。似此妙境，卻不知當初是何人的名園。智化端詳了多時，暗暗想道：「好個藏風避氣的所在。聞得聖上為襄陽之事，不肯彰明較著，要暗暗削去他的羽翼。將來必有鄉勇義士歸附。倘是聚集人也不少，難道俱在府衙居住麼？莫若回明金公，將此處修理修理，以備不虞。豈不大妙。」想罷，同張立回來，見了太守，回明此事。金公深以為然，又稟明按院，便動工修理。智化見金公辦事鯁直，晝夜勤勞，心中暗暗稱羨不已。

這日智化猛然想起：「奸王蓋造沖霄樓，設立銅網陣。我與北俠、丁二弟前次來時，未能探訪。如今我卻閒在這裏，何不悄地前去走走。」主意已定，便告訴了張立：「我找個相知，今夜惟恐不能回來。」暗暗帶了夜行衣百寶囊，出了衙署，直奔襄陽王的府第而來。找了寓所安歇。到了二鼓之時，出了寓所，

❹漢皐臺：漢皐臺與下文的「解珮亭」，均為附會「漢皐佩」典故的風景點。相傳周鄭交甫於漢皐臺下遇二女，解佩相贈。後來「漢皐佩」就成為男女愛慕贈答的典故。

施展飛簷走壁之能，來到木城之下。留神細看，見每面三門，有洞開的，有關閉的，有中間開兩邊關的，有兩邊開中間閉的，又有兩門連開單閉這頭或那頭的，又有單開這頭或那頭連閉兩門的。八面開閉，全然不同，與白玉堂探訪時全不相同。智化略定了定神，辨了方向，心中豁然明白，暗道：「是了。他這是按乾、坎、艮、震、巽、離、坤、兌的卦象排成。我且由正門進去，看是如何。」及至來到門內，裏面又是木板牆，斜正不一，大小不同。門更多了，曲折彎轉，左右往來。本欲投東，卻是向西；及要往南，反倒朝北。而且門戶之內，真的假的，開的閉的，迴不相同。就是夾道之中，通的塞的，明的暗的，不一而足。智化暗道：「好利害法子！幸虧這裏無人隱藏。倘有埋伏，就是要跑，卻從何處出去呢？」正在思索，忽聽拍的一聲，打在木板之上，「呱噠」又落在地下。彷彿有人擲磚瓦，卻是在木板子那邊。這邊左右留神細看，又不見人。智化納悶，不敢停步，隨彎就彎。轉了多時，剛到一個門前。只見嗖的一下，連忙一存身。那邊木板之上，拍的一響，一物落地。智化連忙撿起一看，卻是一塊石子，暗暗道：「這石子乃五弟白玉堂的技藝。難道他也來了麼？且進此門看看去。」一伏身進門往旁一閃，是提防他的石子。抬頭看時，見一人東張西望，形色倉皇，連忙悄悄喚道：「五弟，五弟。劣兄智化在此。」只見那人往前一湊道：「小弟正是白玉堂。智兄幾時到來？」智化道：「劣兄來了許久。叵耐這些門戶鬧的人眼迷心亂，再也看不出方向來。賢弟何時到此？」白玉堂道：「小弟也來了許久了。果然的門戶曲折，令人難測。你我從何處出去方好？」智化道：「劣兄進來時，心內明明白白。如今左旋右轉，鬧的糊裏糊塗，竟不知去向了。這便怎麼處？」

只聽木板那邊有人接言道：「不用忙，有我呢。」智化與白玉堂轉身往門外一看。見一人迎面而來，智化細細留神，滿心歡喜，道：「原來是沈賢弟麼？」沈仲元道：「正是。二位既來至此，那位是誰？」智化道：「不是外人，乃五弟白玉堂。」彼此見了。沈仲元道：「索性隨小弟看個水落石出。」二人道：「好。」沈仲元在前引路，二人隨後跟來。又過了好些門戶，方到沖霄樓。只見此樓也是八面朱牕玲瓏，周圍玉石柵欄，前面丹墀之上，一邊一個石象馱定寶瓶，別無他物。沈仲元道：「偺們就在此打坐。此地可遠觀，不可近玩。」說罷，就在臺基之上拂拭了拂拭，三人坐下。

沈爺道：「今日乃小弟值日之期。方才聽得有物擊木板之聲，便知是兄弟們來了，所以才迎了出來。虧得是小弟，若是別位，難免聲張起來。」白玉堂道：「小弟因一時性急，故此飛了兩個石子，探探路徑。」沈爺道：「二位兄長莫怪小弟說，以後眾家兄弟千萬不要到此。這樓中消息線索利害非常。奸王惟恐有人盜去盟書，所以嚴加防範。每日派人看守樓梯，最為要緊。」智化道：「這樓梯卻在何處？」沈爺道：「就在樓底後面，猶如馬道一般。梯底下面有一鐵門，裏面僅可存身。如有人來，只用將索簀上妥，儘等拿人。這製造的底細，一言難盡。二位兄長回去，見了眾家兄弟，諄囑一番，千萬不要到此。倘若遇了圈套，惟恐性命難保。休怪小弟言之不早也。」白玉堂道：「他既設此機關，難道就罷了不成？」沈仲元道：「如何就罷了呢？不過暫待時日。待有機緣，小弟探準了訣竅，設法破了索簀。只要消息不動，那時就好處治了。」智化道：「全仗賢弟幫助。」沈仲元道：「小弟當得效勞，兄長只管放心。」智化道：「我等從何處出去呢？」沈仲元道：「隨我來。」三人立起身來，下了臺基。沈仲元帶領二人，彎彎曲曲，過了無數的門戶，俱是從左轉。不多時，已看見外邊的木城。沈仲元道：「二位兄長出了此門，便無事了。以後千萬不要到此！恕小弟不送了。」智化二人謝了沈仲元，暗暗離了襄陽王府。智化又向白玉堂諄囑了一番，方才分手。白玉堂回轉按院衙門。智化悄地裏到了寓所。到次日方回太守衙門，見了張立，無非託言找個相知未遇。私探一節，毫不提起。

且說白玉堂自從二探銅網陣，心中鬱鬱不樂，茶飯無心。這日顏大人請到書房，與公孫先生靜坐閒談，雨墨烹茶伺候。說到襄陽王，所有收的呈詞至今並未辦理，奸王目下嚴加防範，無隙可乘。顏大人道：「辦理民詞，卻是極易之事。只是如何使奸王到案呢？」公孫策道：「言雖如此，惟恐他暗裏使人探聽，又恐他別生枝節攪擾。他那裏既然嚴加防範，我這裏時刻小心。」白玉堂道：「先生之言甚是。第一做官以印為主。」便吩咐雨墨道：「大人印信要緊，從今後你要好好護持，不可忽略。」雨墨領命，才待轉身。白玉堂喚住，道：「你往那裏去？」雨墨道：「小人護印去。」白玉堂笑道：「你別性急，提起印來，你就護印去。方才要不提起，你也就想不起印來了。何必忙在此時呢？再者還有一說，隔牆須有耳，牕外豈無人。焉知此時奸王那裏不有人來窺探。你這一去，提撥他了。曾記當初俺在開封盜取三寶之時，原不知三寶放於何處，因此用了個拍門投石問路之計，多虧郎官包興把俺領了去，俺才知三寶所在。你今若一去，豈不是『前車之鑑』麼？不過以後留神就是了。」雨墨連連稱「是」。白玉堂又將誆誘南俠入島、暗設線網拿住展昭的往事，述了一番。彼此談笑到二鼓之半，白玉堂辭了顏大人，出了書房，前後巡查。又吩咐更夫等，務要殷勤，回轉屋內去了。

不知後來如何，且聽下回分解。

第一百三回　巡按府氣走白玉堂　逆水泉搜求黃金印

且說白五爺回到屋內，總覺心神不定，坐立不安，自己暗暗詫異道：「今日如何眼跳❶耳鳴起來？」只得將軟靠紥縛停當，跨上石袋，彷彿預備廝殺的一般。一夜之間，驚驚恐恐，未能好生安眠。到了次日，覺的精神倦怠，飲食懶進，而且短歎長吁，不時的摩拳擦掌。及至到了晚間，自己卻要早些就寢。誰知躺在床上千思萬慮，一時攢在心頭，翻來覆去，反倒焦急不甯。索性賭氣起來，穿好衣服，跨上石袋，佩了利刃，來到院中，前後巡邏。由西邊轉到東邊，猛聽得人聲嘈雜，嚷道：「不好了！西廂房失火了！」白玉堂急急從東邊趕過來。抬頭時見火光一片，照見正堂之上，有一人站立。回手從袋內取出石子，揚手打去，只聽噗哧一聲，倒而復立。白玉堂暗說：「不好！」此時眾差役俱各看見，又嚷有賊，又要救火。白玉堂一眼看見雨墨在那裏指手畫腳，分派眾人，連忙趕向前來，道：「雨墨，你不護印，張羅這些做甚麼？」一句話提醒了雨墨，跑到大堂裏面一看，哎喲道：「不好了！印匣失去了！」

白玉堂不暇細問，轉身出了衙署，一直追趕下去。早見前面有二人飛跑。白玉堂一壁趕，一壁掏出石子隨手擲去，卻好打在後面那人身上。只聽咯噹一聲，卻是木器聲音。那人往前一撲，可巧跑的腳急，收煞不住，「噗咚」嘴啃屎爬在塵埃。白玉堂早已趕至跟前，照著腦後連脖子噹的一下，跺了一腳。忽然

---

❶ 眼跳：俗傳是有災禍的兆頭。

前面那人抽身回來，將手一揚，弓絃一響。白玉堂躲腳伏身，眼光早已注定前面，那人回身揚手絃響，知有暗器，身體一蹲。那人也就湊近一步。好白玉堂，急中生智，故意的將左手一握臉。前面那人只打量白玉堂著傷，急奔前來。白玉堂覷定，將右手石子飛出。那人忙中有錯，忘了打人一拳，防人一腳。只聽「拍」，面上早已著了石子，哎喲了一聲，顧不得救他的夥計，負痛逃命去了。白玉堂也不追趕，就將爬伏那人按住，摸了摸脊背上卻是印匣，滿心歡喜。隨即背後燈籠火把，來了多少差役。只聽雨墨說白五爺追趕賊，故此隨後趕來幫助。見白五爺按住賊人，大家上前解下印匣，將賊人綁縛起來。只見這賊人滿臉血跡，鼻口皆腫，卻是連栽帶跦❷的。差役捧了印匣，押著賊人。白五爺跟隨在後，回到衙署。

此時西廂房火已撲滅，顏大人與公孫策俱在大堂之上，雨墨在旁亂抖。房上之人已然拿下，卻是個吹氣的皮人兒。差役先將印匣安放在公堂之上。雨墨一眼看見，他也不抖了。然後又見眾人推擁著一個滿臉血漬矮胖之人，到了公堂之上。顏大人便問：「你叫甚麼名字？」那人也不下跪，聲音洪亮，答道：「俺號鑽雲燕子，又叫坐地炮申虎。那個高大漢子，他叫神手大聖鄧車。」公孫策聽了，忙問道：「怎麼你們是兩個同來的麼？」申虎道：「何嘗不是。他偷的印匣卻叫我背著的。」公孫策叫將申虎帶將下去。

說話間，白五爺已到，將追賊情形，如何將申虎打倒，又如何用石子把鄧車打跑的話說了。公孫策搖頭道：「如此說來，這印匣須要打開看看，方才放心。」白五爺聽了，眉頭一皺，暗道：「念書人這等腐氣❸。共總有多大的工夫，難道他打開印匣，單把印拿了去麼？若真拿去，印匣也就輕了，如何還

---

❷ 連栽帶跦：形容疼痛得又是蹬腳，又像要摔倒。跦，以足頓地。

能彀沉重呢？就是細心，也到不了如此的田地。且叫他打開看了，我再奚落他一番。」即說道：「俺是粗莽人，沒有先生這樣細心，想的周到。倒要大家看看。」回頭吩咐雨墨將印匣打開。雨墨上前解開黃袱，揭起匣蓋，只見雨墨又亂抖起來，道：「不……不好咧！這……這是甚麼？」白玉堂見此光景，連忙近前一看，見黑漆漆一塊東西。伸手拿起，沉甸甸的卻是一塊廢鐵。登時連急帶氣，不由的面目變色，暗暗叫著自己：「白玉堂呀，白玉堂！你枉自聰明，如今也被人家暗算了。可見公孫策比你高了一籌，你豈不愧死？」顏查散惟恐白玉堂臉上下不來，急向前道：「事已如此，不必為難。慢慢訪查，自有下落。」公孫策在旁，也將好言安慰。無奈白玉堂心中委實難安。到了此時，一語不發，惟有愧憤而已。公孫策請大人同白玉堂且上書房，待我慢慢誘問申虎。顏大人會意，攜了白玉堂的手，轉後面去了。

公孫策又叫雨墨將印匣暫且包起，悄悄告訴他，第一白五爺要緊，你與大人好好看守，不可叫他離了左右。雨墨領命，也就上後面去了。

公孫策吩咐差役帶著申虎，到了自己屋內。卻將申虎鬆了綁縛，換上了手鐲腳鐐，卻叫他坐下，以朋友之禮相待。先論交情，後講大義，嗣後❹替申虎抱屈，說：「可惜你這樣一個人，竟受了人的欺哄了。」申虎道：「此差原是奉王爺的鈞諭而來，如何是欺哄呢？」公孫先生笑道：「你真是誠實豪爽人，我不說明，你也不信。你想想同是一樣差使，如何他盜印，你背印匣呢？果然真有印，也倒罷了。人家把印早已拿去請功，卻叫你背著一塊廢鐵，遭了擒獲。難道你不是被人欺哄了麼？」申虎道：「怎麼印

❸ 腐氣：拘泥到不切實際。

❹ 嗣後：而後；然後。嗣，次。

匣內不是印麼？」公孫策道：「何嘗是印呢。方才共同開看，只有一塊廢鐵，印信早被鄧車拿去。所以你遭擒時，他連救也不救，他樂得一個人去請功呢。」幾句話說的申虎如夢方醒，登時咬牙切齒，恨起鄧車來。

公孫先生又叫人備了酒餚，陪著申虎飲酒，慢慢探問盜印的情由。申虎深恨鄧車，便吐實說道：「此事原是襄陽王在集賢堂與大家商議，要害按院大人，非盜印不可。鄧車自逞其能，就討了此差，卻叫我陪了他來。我以為是大家之事，理應幫助。誰知他不懷好意，竟將我陷害。我等昨晚就來了，只因不知印放在何處。後來聽見白五爺說，叫雨墨防守印信，我等聽了，甚是歡喜。不想白五爺又吩咐雨墨不必忙在一時，惟恐隔牆有耳。我等深服白五爺精細，就把雨墨認準了，我們就回去了。故此今晚才來。可巧雨墨正與人講究護印之事。他在大堂的裏間，我們揣度印匣必在其中。鄧車就安設皮人，叫我在西廂房放火，為的是惑亂眾心，匆忙之際，方好下手。果然不出所料，眾人只顧張羅救火，又看見房上有那皮人，登時鼎沸起來。趁此時，鄧車到了裏間，提了印匣，越過牆垣，我隨後也出了衙署。尋覓了多時，方見鄧車，他就把印匣交付於我。想來就在這個工夫，他把印拿去了，才放上廢鐵。可恨他為甚麼不告訴我呢？我若早知是塊廢鐵，久已擲去，也不至於遭擒了。越想越是他有意捉弄我，實實令人可氣可恨！」公孫策又問道：「他們將印盜去，意欲何為？」申虎道：「我索性告訴先生罷。襄陽王已然商議明白，如若盜了印去，要丟在逆水泉內。」公孫策暗暗喫驚，急問道：「這逆水泉在那裏？」申虎道：「在洞庭湖的山環之內，單有一泉，水勢逆流，深不可測。若把印丟下去，是再也不能取出來的。」公孫策探問明白，飲酒已畢，叫人看守申虎。自己即來到書房見了顏大人，一五一十將申虎的話說了。顏大人聽了，雖則驚疑，卻也無可如何。

公孫策左右一看，不見了白玉堂，便問：「五弟那裏去了？」顏大人道：「剛才出去。他說到屋中換換衣服就來。」公孫策道：「嗐！不該叫他一人出去。」急喚雨墨：「你到白五爺屋中，說我與大人有緊要事相商，請他快來。」雨墨去不多時，回來稟道：「小人問白五爺伴當，說五爺換了衣服，就出去了。說上書房來了。」公孫策搖頭道：「不好了！白五弟走了。他這一去，除非有了印方肯回來，若是無印，只怕要生出別的事來。」顏大人著急，道：「適才很該叫雨墨跟了他去。」公孫策道：「他決意要去，就是派雨墨跟了去，他也要把他支開。我原打算問明了印的下落，將五弟極力的開導一番，再設法將印找回。不想他竟走了。此時徒急無益，只好暗暗訪查，慢慢等他便了。」

自此日為始，顏大人行坐不安，茶飯無心。白日盼到昏黑，昏黑盼到天亮，一連就是五天，毫無影響。急的顏大人歎氣唏聲，語言顛倒。多虧公孫策百般勸慰，又要料理官務。

這日，只見外班進來稟道：「外面有五位官長到了，現有手本呈上。」公孫先生接過一看，滿心歡喜。原來是南俠同定盧方四弟兄來了。連忙回了顏大人，立刻請到書房相見。外班轉身出去。公孫策迎了出來，彼此各道寒暄。獨蔣平不見玉堂迎接，心中暗暗展轉。及至來到書房，顏大人也出公座見禮。展爺道：「卑職等一來奉旨，二來相諭，特來在大人衙門供職。」要行屬員❺之禮。顏大人那裏肯受，道：「五位乃是欽命，而且是敝老師衙署人員，本院如何能以屬員相待。」吩咐：「看座。只行常禮罷了。」五人謝了坐。只見顏大人愁眉不展，面帶赧顏。

---

❺屬員：部下；隨員。

盧方先問：「五弟那裏去了？」顏大人聽此一問，不但垂頭不語，更覺滿面通紅。公孫策在旁答道：「提起話長。」就將五日前鄧車盜印情由述了一遍。「五弟自那日不告而去，至今總未回來。」盧方等不覺大驚失色，道：「如此說來，五弟這一去別有些不妥罷了？」蔣平忙攔道：「有甚麼不妥呢。不過五弟因印信丟了，臉上有些下不來，暫且躲避幾時。待有了印，也就回來了。大哥不要多慮。請問先生，這印信可有些下落？」公孫策道：「雖有下落，只是難以求取。」蔣平道：「端的如何？」公孫又將申虎說出逆水泉的情節說了。蔣平說道：「既有下落，偺們先取印要緊。堂堂按院，如何沒得印信？但只一件，襄陽王那裏既來盜印，他必仍然暗裏使人探聽，又恐他別生事端，須要嚴加防備方妥。明日我同大哥、二哥上逆水泉取印，展大哥同三哥在衙署守護。白晝間還好，獨有夜間更要留神。」計議已定，即刻排宴飲酒，無非講論這節事體。大家喝的也不暢快。囫圇喫畢飯❻後，大家安歇。展爺單住了一間，盧方四人另有三間一所，帶著伴當居住。

展爺晚間無事，來到公孫先生屋內閒談。忽見蔣爺進來，彼此就座。蔣爺悄悄道：「據小弟想來，五弟這一去，凶多吉少。弟因大哥忠厚，心路兒窄，三哥又是莽鹵性子兒太急，所以小弟用言語兒岔開。明日弟等取印去後，大人前公孫先生須要善為解釋。到了夜間，展兄務要留神。我三哥是靠不得的。再者五弟吉凶，千萬不要對三哥說明。五弟倘若回來，就求公孫先生與展兄將他絆住，斷不可再叫他走了。如若仍不回來，只好等我們從逆水泉回來，再作道理。」公孫先生與展爺連連點頭應允。蔣平也就回轉屋內安歇。

❻ 囫圇喫畢飯：草草吃完飯。囫圇，完整；渾然一體。

到了次日，盧方等別了眾人，蔣爺帶了水靠，一直竟奔洞庭湖而來，到了金山廟，蔣爺惟恐盧方跟到逆水泉瞅著害怕著急，便對盧方道：「大哥，此處離逆水泉不遠了，小弟就在此改裝。大哥在此專等，又可照看了衣服包裹。」說著話，將大衣服脫下，摺了摺，包在包裹之內，即把水靠穿妥，同定韓彰，前往逆水泉而去。

這裏盧爺提了包裹，進廟瞻仰了一番。原來是五顯財神廟。將包裹放在供桌上，轉身出來，坐在門檻之上，觀看山景。

不知後文如何，且聽下回分解。

第一百四回　救村婦劉立保洩機　遇豪傑陳起望探信

且說盧方出廟觀看山景，忽見那邊來了個婦人慌慌張張，見了盧方，說道：「救人呀，救人呀！」說著話，邁步跑進廟去了。盧方才待要問，又見後面有一人穿著軍卒服色，口內胡言亂道，追趕前來。盧方聽了，不由的氣往上沖，迎面將掌一晃，腳下一踢，那軍卒栽倒在地。盧方趕步，腳踏胸膛，喝道：「你這廝擅自追趕良家婦女，意欲何為？講！」說罷，揚拳要打。那軍卒道：「你老爺不必動怒，小人實說。小人名叫劉立保，在飛叉太保鍾大王爺寨內做了四等的小頭目。只因前日襄陽王爺派人送來一個罈子，裏面裝定一位英雄的骨殖❶，說此人姓白名玉堂。襄陽王爺恐人把骨殖盜去，因此交給我們大王，我們大王說，這位姓白的是個義士好朋友，就把他埋在九截松五峰嶺下。今日又派我帶領一十六個僂儸抬了祭禮前來，與姓白的上墳。小人因出恭，落在後面，恰好遇見這個婦人。小人以為幽山荒僻，欺負他是個孤行的婦女，也不過是臊皮打哈哈❷兒，並非誠心要把他怎麼樣。就是這麼一件事情，你老聽明白了？」劉立保一壁說話，一壁偷眼瞅盧方。見盧方愣愣呵呵，不言不語，彷彿出神，忘其所以，後面說的話大約全沒聽見。劉立保暗道：「這位別有甚麼症候罷？我不趁此時逃走，還等甚麼？」輕輕從盧方的腳下滾出，爬起來就往前追趕僂儸去了。

---

❶ 骨殖：屍骨；遺骸。

❷ 臊皮打哈哈：這裏指戲弄婦女。臊皮，爽快。亦作「燥脾」、「燥脾胃」。打哈哈：開玩笑。

到了那裏，見眾人祭禮擺妥，單等劉立保。劉立保也不說長，也不道短，走到祭桌跟前雙膝跪倒。眾人同聲道：「一來奉上命差遣，二來聞聽說死者是個好漢。來，來，來，大家行個禮兒，也是應當的。」眾人跪倒，剛磕下頭去。只聽劉立保哇的一聲，放聲大哭。眾人覺得詫異，道：「行禮使得，哭他何益？」劉立保不但哭，嘴裏還數數落落的道：「白五爺呀！我的白五爺！今日奉大王之命前來與你老上墳，差一點兒沒叫人把我毀了。焉知不是你老人家的默佑保護，小人方才得脫。若非你老的陰靈顯應❸，大約我這劉立保保不住，叫人家弄死了。哎呀！我那有靈有聖的白五爺呀。」眾人聽了不覺要笑，只得上前相勸，好容易方才住聲。眾人原打算祭奠完了，大家團團圍住，一喫一喝。不想劉立保餘慟尚在。眾人見頭兒如此，只得仍將祭禮裝在食盒裏面，大家抬起。也有抱怨的，辛苦了這半天連個祭餘❹也沒嘗著；也有納悶的，劉立保今兒受了誰的氣來到這裏借此發洩呢？俱各猜不出是甚麼緣故。

劉立保眼尖，見那邊來了幾個獵戶，各持兵刃，知道不好，他便從小路溜之乎也。這裏僂儸抬著食盒，冷不防劈叉拍叉一陣亂響，將食盒傢伙砸了個稀爛。其中有兩個獵戶，一個使棍，一個托叉，問道：「劉立保那裏去了？」眾僂儸中有認的二人的，便說道：「陸大爺，魯二爺，這是怎麼說？我等並沒敢得罪尊駕，為何將傢伙俱各打碎？我們如何回去交差呢？」只聽使棍的說：「你等休來問俺。俺只問你，劉立保在那裏？」僂儸道：「他早已從小路逃走，大爺找他則甚？」使棍的冷笑道：「好呀！他竟逃走了，便宜這廝。你等回去上覆你家大王，問他這洞庭之內，可有無故劫掠良家婦女的規矩麼？而且他敢

❸ 陰靈顯應：指人死後的鬼魂現出形象，發出聲音或使人感到威力。

❹ 祭餘：祭祀後剩下的供品。

邀截俺的妻小，是何道理？」眾僂儸聽了，方明白劉立保所做之事。大約方才慟哭，想來是已然受了委屈了，便向前央告道：「大爺、二爺不要動怒，我們回去必稟知大王，將他重處，實實不干小人們之事。」使叉的還要掄叉動手，使棍的攔住道：「賢弟休要傷害他等。且看鍾大王素日情面。」又對眾僂儸道：「俺若不看你家大王的分上，將你等一個也是不留。你等回去，務必將劉立保所做之惡說明，也叫你家大王知道俺等並非無故廝鬧。且饒恕爾等去罷。」眾僂儸抱頭鼠竄而去。

原來此二人乃是郎舅，使棍的姓陸名彬，使叉的姓魯名英。方才那婦人便是陸彬之妻，魯英之姊，一身好武藝，時常進山搜羅禽獸。因在山上就看見一群僂儸上山，他便急急藏躲，惟恐叫人看見，不甚雅相，待眾僂儸過去，他才慢慢下山，意欲歸家，可巧迎頭遇見劉立保胡言亂語。魯氏故意的驚慌，將他誘下，原要用袖箭打他，以戒下次。不想來到五顯廟前，一眼看見盧方，倒不好意思，只得嚷道：「救人呀，救人呀！」盧大爺方把劉立保踢倒。這婦人也就回家告訴陸、魯二人。所以二人提了利刃，帶了四個獵戶前來，要拿劉立保出氣。誰知他早已脫逃。只得找尋那紫面大漢。先到廟中尋了一遍，見供桌上有個包裹，卻不見人。又吩咐獵戶四下搜尋，只聽那邊獵戶道：「在這裏呢。」陸、魯二人急急趕到樹後，見盧方一張紫面，滿部鬍鬚，身材凜凜，氣概昂昂，不由的暗暗羨慕。連忙上前致謝道：「多蒙恩公救拔，我等感激不盡，請問尊姓大名。」

誰知盧方自從聽了劉立保之言，一時慟徹心髓，迷了本性，信步出廟，來到樹林之內，全然不覺。如今聽陸、魯二人之言，猛然還過一口氣來，方才清醒，不肯說出名姓，含糊答道：「些須小事，何足挂齒。請了。」陸、魯二人見盧方不肯說出名姓，也不便再問，欲邀到莊上酬謝。盧方答道：「因有同人在山下相等，礙難久停。改日再為拜訪。」說罷，將手一拱轉身竟奔逆水泉而來。

此時已有薄暮❺之際。正走之間，只見前面一片火光，旁有一人往下注視。及至切近，卻是韓彰，便悄悄問道：「二弟，怎麼樣了？」韓彰道：「四弟已然下去二次，言下面極深極冷，寒氣徹骨，不能多延時刻。所以用乾柴烘著，一來上來時可以向火暖寒❻，二來借火光以作水中眼目。大哥腳下立穩著，再往下看。」盧方登住頑石，往泉下一看。但見碧澄澄迴環來往，浪滾滾上下翻騰，那一股冷颼颼寒氣侵人肌骨。盧方不由的連打幾個寒噤道：「了不得，了不得！這樣寒泉逆水，四弟如何受得。尋不著印信，性命卻是要緊。怎麼好，怎麼好！四弟呀，四弟。摸的著，摸不著，快些上來罷！你若再不上來，劣兄先就禁不起了。」嘴裏說著，身體已然打起戰來，連牙齒咯咯咯抖的山響。韓彰見盧方這番光景，惟恐有失，連忙過來攙住，道：「大哥且在那邊向火去。四弟不久也就上來了。」盧方那裏肯動，兩隻眼睛直勾勾往水裏緊瞅。半晌，只聽忽喇喇水面一翻，見蔣平剛然一冒，被逆水一滾，打將下去。轉來轉去，一連幾次，好容易扒住沿石，將身體一長，出了水面。韓彰伸手接住，將身往後一仰，用力一提，這才把蔣平拉將上來，攙到火堆烘烤暖寒。遲了一會，蔣平方說出話來，道：「好利害！好利害！若非火光，險些兒心頭迷亂了。小弟被水滾的已然力盡筋疲了。」盧方道：「四弟呀，印信雖然要緊，再不要下去了。」蔣平道：「小弟也不下去了。」回手在水靠內掏出印來，道：「有了此物，我還下去做甚麼？」

忽聽那邊有人答道：「三位功已成了，可喜可賀。」盧方抬頭一看，不是別人，正是陸、魯兄弟，

---

❺ 薄暮：接近日落，傍晚。也作「薄莫」。

❻ 暖寒：使寒冷的身體得到溫暖。即以暖驅寒。

連忙執手，道：「二位為何去而復返？」陸彬道：「我等因恩公竟奔逆水泉而來，甚不放心，故此悄悄跟隨。誰知三位特為此事到此。果然這位本領高強，這泉內沒有人敢下去的。」韓彰便問此二位是何人。盧方就把廟前之事說了一遍。蔣平此時卻將水靠脫下，問道：「大哥，小弟很冷，我的衣服呢？」盧方道：「喲！放在五顯廟內了。這便怎處？賢弟且穿愚兄的。」說罷，就要脫下。蔣平攔道：「大哥不要脫。你老的衣服，小弟如何穿的起來。莫若將就到五顯廟再穿不遲。」只見魯英早已脫下衣服來，道：「四爺且穿上這件罷，那包袱弟等已然叫莊丁拿回莊去了。」陸彬道：「再者天色已晚，請三位同到敝莊略為歇息，明早再行如何呢？」盧方等只得從命。

蔣平問道：「貴莊在那裏？」陸彬道：「離此不過二里之遙，名叫陳起望，便是舍下。」說罷，五人離了逆水泉，一直來到陳起望。相離不遠，早見有多少燈籠火把迎將上來。火光之下看去，好一座莊院，甚是廣闊齊整，而且莊丁人煙不少。進了莊門，來在待客廳上，極其宏敞煊赫❼。陸彬先叫莊丁把包袱取出，與蔣平換了衣服。轉眼間已擺上酒餚，大家敘座。方才細問姓名，彼此一一說了。陸、魯二人本久已聞名，不能親近，如今見了，曷勝敬仰❽。陸彬道：「此事我弟兄早已知道。只因五日前來了個襄陽王府的站堂官，此人姓雷，他把盜印之事述說一番，弟等不勝驚駭。本要攔阻，不想他已將印信撂在逆水泉內，才到敝莊。我等將他埋怨不已，陳說利害，他也覺的後悔。惜乎事已做成，不能更改。自他去後，弟等好生的替按院大人憂心。誰知蔣四兄有這樣的本領，弟等真不勝拜服之至！」蔣爺道：

❼ 煊赫：形容房屋高大很有氣派。
❽ 曷勝敬仰：多麼的敬重仰慕。

「豈敢，豈敢。請問這姓雷的，不是單名一個英字，在府衙之後二里半地八寶莊居住麼？」陸彬道：「正是，正是。四兄如何認得？」蔣平道：「小弟也是聞名，卻未會面。」

盧方道：「請問陸兄，這裏可有九截松五峰嶺麼？」陸彬道：「有。就在正南之上。盧兄何故問他？」盧方聽見，不由的落下淚來，就將劉立保說的言語敘明。說罷，痛哭。韓、蔣二人聽了，驚疑不止。蔣平惟恐盧方心路兒窄，連忙遮掩道：「此事恐是訛傳，未必是真。若果有此事，按院那裏如何連個風聲也沒有呢？據小弟看來，其中有詐。待明日回去，小弟細細探訪就明白了。」陸、魯二人見蔣爺如此說，也就勸盧方道：「大哥不要傷心。此一節事我弟兄就不知道，焉知不是訛傳呢？等四兄打聽明白，自然有個水落石出。」盧方聽了也就無可如何。而且新到初交的朋友家內，也不便痛哭流涕，只得止住淚痕。

蔣平就將此事岔開，問陸、魯如何生理。陸彬道：「小弟在此莊內以漁獵為生。我這鄉鄰有捕魚的，有打獵的，皆是小弟二人評論市價。」三人聽了，知他二人是丁家兄弟一流人物，甚是稱羨。酒飯已畢，大家歇息。三人心內有事，如何睡的著。到了五鼓，便起身別了陸、魯弟兄，離了陳起望。那敢耽延，急急趕到按院衙門，見了顏大人，將印呈上。不但顏大人歡喜感激，連公孫策也是誇獎佩服。更有個雨墨暗暗高興，殷殷勤勤，盡心服侍。

盧方便問：「這幾日五弟可有信息麼？」公孫策道：「仍是毫無影響。」盧方連聲歎氣，道：「如此看來，五弟死矣！」又將聽見劉立保之言說了一遍。顏大人尚未聽完，先就哭了。蔣平道：「不必猶疑，我此時就去細細打聽一番，看是如何。」

要知白玉堂的下落，且聽下回分解。

第一百五回　三探沖霄玉堂遭害　一封印信趙爵擔驚

且說蔣平要去打聽白玉堂下落，急急奔到八寶莊找著了雷震。恰好雷英在家。聽說蔣爺到了，父子一同出迎。雷英先叩謝了救父之恩。雷震連忙請蔣爺到書房獻茶，寒暄敘罷。蔣爺便問白玉堂的下落。雷英歎道：「說來實在可慘可傷。」便一長一短說出。蔣爺聽了，哭了個哽氣倒噎，連雷震也為之掉淚。

這段情節不好說，不忍說，又不能不說。你道白玉堂端的如何？自那日改了行裝，私離衙署，找了個小廟存身，卻是個小天齊廟，自己暗暗思索道：「白玉堂英名一世，歸結卻遭了別人的暗算，豈不可氣可恥。按院的印信別人敢盜，難道奸王的盟書我就不敢盜麼？前次沈仲元雖說銅網陣的利害，他也不過說個大概，並不知其中的底細，大約也是少所見而多所怪的意思。如何能彀處處有線索，步步有消息呢？但有存身站腳之處，我白玉堂仗著一身武藝，也可以支持得來。倘能盟書到手，那時一本奏上當今，將奸王參倒，還愁印信沒有麼？」越思越想，甚是得意。

到了夜間二鼓之時，便到了木城之下。來過二次，門戶已然看慣，毫不介意。端詳了端詳，就由坎門而入。轉了幾個門戶，心中不耐煩，在百寶囊中掏出如意絲來。凡有不通閉塞之處，也不尋門，也不找戶，將如意絲拋上去，用手理定絨繩，便過去。一連幾次，皆是如此，更覺爽快無阻，心中暢快，暗道：「他雖然設了疑陣，其奈我白玉堂何！」越過多少板牆，便看見沖霄樓。仍在石基之上歇息了歇息，自己犯想道：「前次沈仲元說過，樓梯在正北。我且到樓梯看看。」順著臺基，繞到樓梯一看，果與馬道相似。才待要上，只見有人說道：「什麼人？病太歲張華在此。」嗖的一刀砍來。白玉堂也不招架，將身一閃，刀卻砍空。張華往前一撲，白玉堂就勢一腳。張華站不穩栽將下來，刀已落地。白玉堂趕上一步，將刀一拿，覺著甚是沉重壓手，暗道：「這小子好大力氣。不然，如何使這樣的笨物呢！」他那知道張華自從被北俠將刀削折，他卻打了一把厚背的利刃，分量極大。他只顧圖了結實，卻忘了自己使他不動。自從打了此刀之後，從未對壘廝殺，不知兵刃累手。今日猛見有人上梯，出其不意，他儘力的砍來。卻好白爺靈便，一閃身，他的刀砍空。力猛刀沉，是刀把他累的，往前一撲。再加上白爺一腳，他焉有不撒手擲刀，栽下去的理呢？

且說白爺提著笨刀，隨後趕下，照著張華的哽嗓❶，將刀不過往下一按。真是兵刃沉重的好處，不用費力，只聽噗哧的一聲，刀會自己把張華殺了。白玉堂暗道：「兵刃沉了也有趣，殺人真能省勁。」

誰知馬道之下，鐵門那裏，還有一人，卻是小瘟瘟徐敞。見張華喪命，他將身一閃，進了鐵門，暗暗將索簧上妥，專等拿人的。白玉堂那裏知道，見樓梯無人攔擋，攜著笨刀，就到沖霄樓上。從欄杆往上觀瞧，其高非常。又見樓卻無門，依然八面牕欞，左尋右找，無門可入。一時性起，將笨刀順著牕縫，往上一撬一撬。不多的工夫，牕戶已然離槽。白爺滿心歡喜，將左手把住牕欞，右手再一用力，牕戶已然落下一扇，順手輕輕的一放。樓內已然看見，卻甚明亮，不知光從何生。回手掏出一塊小小石子，往樓內一擲。側耳一聽，咕嚕嚕石子滾到那邊不響了，一派木板之聲。白玉堂聽了放心，將身一縱，上了

❶ 哽嗓：喉嚨。哽，食物塞在喉部下不去。

牕戶臺兒，卻將笨刀往下一探，果真是實在的木板。輕輕躍下，來到樓內，腳尖滑步，卻甚平穩。往亮處奔來一看，又是八面小小牕欞，裏面更覺光亮，暗道：「大約其中必有埋伏。我既來到此處，焉有不看之理。」又用笨刀將小牕略略的一撬，誰知小牕隨手放開。白玉堂舉目留神，原來是從下面一縷燈光照徹上面一個燈毬，此光直射到中樑之上，見有絨線繫定一個小小的錦匣，暗道：「原來盟書在此。」這句話尚未出口，覺得腳下一動。才待轉步，不由將笨刀一扔，只聽咕嚕一聲，滾板一翻。白爺說聲：「不好！」身體往下一沉，覺得痛徹心髓。登時從頭上到腳下，無處不是利刃，周身已無完膚。

只見一陣鑼聲亂響，人聲嘈雜，道：「銅網陣有了人了。」其中有一人高聲道：「放箭！」耳內如聞飛蝗驟雨，銅網之上猶如刺蝟一般，早已動不的了。這人又吩咐：「住箭！」弓箭手下去，長鎗手上來。打來火把照看，見銅網之內血漬淋漓，慢說面目，連四肢俱各不分了。小瘟㾮徐敝滿心得意，吩咐：「拔箭。」血肉狼藉，難以注目。將箭拔完之後，徐敝仰面觀視。不防有人把滑車一拉，銅網往上一起，那把笨刀就落將下來，不歪不斜，正砍在徐敝的頭上，把個腦袋平分兩半，一張嘴往兩下裏一咧，一邊是「哎」，一邊是「呀」，身體往後一倒，也就「嗚呼哀哉」了。

眾人見了，不敢怠慢，急忙來到集賢堂。此時奸王已知銅網有人，大家正在議論，只見來人稟道：「銅網不知打住何人。從網內落下一把笨刀來，將徐敝砍死。」奸王道：「雖然銅網打住一人，不想倒反傷了孤家兩條好漢。又不知此人是誰？孤家倒要看看去。」眾人來到銅網之下，吩咐將屍骸抖下來，已然是塊血餅，如何認得出來。旁邊早有一人看見石袋，道：「這是甚麼物件？」伸手拿起，裏面尚有石子。這石袋未傷，是笨刀擋住之故。沈仲元駭目驚心，暗道：「五弟呀，五弟！你為何不聽我的言語，竟自遭此慘毒？好不傷感人也！」只聽鄧車道：「千歲爺萬千之喜。此人非別個，他乃大鬧東京的錦毛鼠白玉堂，除他並無第二個用石子的，這正是顏查散的幫手。」奸王聽了，心中歡喜。因此用罈子盛了尸首，次日送到軍山交給鍾雄掩埋看守。

前天劉立保說的原非訛傳。如今蔣爺又聽雷英說的傷心慘目，不由的痛哭。雷震在旁拭淚，勸慰多時。蔣爺止住傷心，又問道：「賢弟如今奸王那裏作何計較？務求明以告我，幸勿吝教。」雷英道：「奸王雖然謀為不軌，每日以歌童舞女為事，也是個聲色貨利❷之徒。他此時刻刻不忘的，惟有按院大人，總要設法將大人陷害了，方合心意。恩公回去稟明大人，務要晝夜留神方好。再者，恩公如有用著小可之時，小可當效犬馬之勞，決不食言。」蔣爺聽了，深深致謝。辭了雷英父子，往按院衙門而來，暗暗忖道：「我這回去，見了我大哥，必須如此如此，索性叫他老死心塌地的痛哭一場，省得懸想出病來，反為不美。就是這個主意。」

不多時，到了衙中。剛到大堂，見雨墨從那邊出來，便忙問道：「大人在那裏？」雨墨道：「大人同眾位俱在書房，正盼望四爺。」蔣爺點頭，轉過二堂，便看見了書房。他就先自放聲大哭，道：「噯呀，不好了！五弟叫人害了！死的好不慘苦呀！」一壁嚷著，一壁進了書房。見了盧方，伸手拉住，道：「大哥，五弟真個死了也。」盧方聞聽，登時昏暈過去。韓彰、徐慶連忙扶住，哭著呼喚。展爺在旁，又是傷心，又是勸慰。不料顏查散那裏瞪著雙睛，口中叫了一聲「賢弟呀！」將眼一翻，往後便仰，多虧公孫先生扶住。卻好雨墨趕到，急急上前，也是亂叫。此時書房就如孝棚❸一般，哭的叫的，忙在一

❷ 聲色貨利：貪戀歌舞、女色、錢財、私利。

處。好容易，盧大爺哭了出來，蔣四爺等放心。展爺又過來照看顏大人，幸喜也還過氣來。這一陣悲啼，不堪入耳。展爺與公孫先生雖則傷心，到了此時，反要百般的解勸。

盧大爺痛定之後，方問蔣平道：「五弟如何死的？」蔣平道：「說起偺五弟來，實在可憐。」便將誤落銅網陣遭害的原由說了。說了又哭，哭了又說，分外的比別人鬧的利害。後來索性要不活著了，要跟了老五去。急的個實心的盧方，倒把他勸解了多時。徐慶粗豪直爽人，如何禁的住揉磨❹，連說帶嚷，道：「四弟，你好胡鬧！人死不能復生，只是哭他，也是無益。與其哭他，何不與他報仇呢？」眾人道：「還是三弟想的開。」此時顏大人已被雨墨攙進後面歇息去了。

忽見外班拿進一角文書，是襄陽王那裏來的官務。公孫先生接來，拆開看畢，道：「你叫差官略等一等，我這裏即有回文答覆。」外班回身出去傳說。公孫策對眾人道：「他這文書不是為官務而來。」眾人道：「不為官事卻是為何？」公孫策道：「他因這些日不見偺們衙門有甚麼動靜，故此行了文書來，我這裏必須答覆。他明是移文❺，暗裏卻打聽印信消息而來。」展爺道：「這有何妨。如今有了印信，還愁甚麼答覆麼？」蔣平道：「雖則如此，他若看見有了印信，只怕又要生別的事端了。」公孫策點頭，道：「四弟慮的是極。如今且自答了回文，我這裏嚴加防備就是了。」說罷按著原文答覆明白，叫雨墨請出印來用上，外面又打了封口，交付外班，即交原差領回。

---

❸ 孝棚：專為治喪搭的大棚稱孝棚。

❹ 揉磨：作踐；折磨。揉，來回擦或搓。

❺ 移文：發往平行機關的公文。

官務完畢之後，大家擺上酒飯，仍是盧方首座，也不謙遜，大家團團圍坐。只見盧方無精打彩，短歎長吁，連酒也不沾脣，卻一汪眼淚泡著眼珠兒，何曾是個乾。大家見此光景，俱各悶悶不樂。惟獨徐慶一言不發，自己把著一壺酒，左一杯，右一盞，彷彿拿酒煞氣的一般。不多會，他就醉了，先自離席，一邊躺著去了。眾人因盧方不喝不喫，也就說道：「大哥如不耐煩，何不歇息歇息呢？」盧方順口說道：「既然如此，眾位賢弟，恕劣兄不陪了。」也就回到自己屋內去了。

這裏公孫策、展昭、韓彰、蔣平四人飲酒之間，商議事體。蔣平又將雷英說奸王刻刻不忘要害大人的話說了。公孫策道：「我也正為此事躊躇。我想今日這套文書回去，奸王見了必是驚疑詫異，他如何肯善罷干休呢？俗們如今有個道理。第一，大人處要個精細有本領的，不消說了，是展大哥的責任。甚麼事展兄全不用管，就只保護大人要緊。第二，盧大哥身體欠爽，一來要人服侍，二來又要照看，此差交給四弟。我與韓二兄、徐三弟今晚在書房，如此如此。倘有意外之事，隨機應變，管保諸事不至遺漏。眾位兄弟想想如何呢？」展爺等聽了道：「很好，就是如此料理罷。」酒飯已畢。展爺便到後面，看了看顏大人，又到前面，瞧了瞧盧大爺，兩下裏無非俱是傷心，不必細表。

且說襄陽王的差官領了回文，來到衙中，問了問奸王正同眾人在集賢堂內，即刻來到廳前。進了廳房，將回文呈上。奸王接來一看，道：「噯呀！按院印信既叫孤家盜來，他那裏如何仍有印信？豈有此理？事有可疑。」說罷，將回文遞與鄧車。鄧車接來一看，不覺的滿面通紅，道：「啟上千歲：小臣為此印信原非容易，難道送印之人有弊麼？」一句話提醒了奸王，立刻吩咐：「快拿雷英來。」

未知如何，且聽下回分解。

第一百六回 公孫先生假扮按院 神手大聖暗中計謀

且說襄陽王趙爵因見回文上有了印信，追問鄧車。鄧車說：「必是送印之人舞弊。」奸王立刻將雷英喚來，問道：「前次將印好好交代託付於你，你送往那裏去了？」雷英道：「小臣奉千歲密旨，將印信小心在意撂在逆水泉內，並見此泉水勢洶湧，寒氣凜冽。王爺因何追問？」奸王道：「你既將印信撂在泉內，為何今日回文仍有印信？」說罷，將回文扔下。雷英無奈從地下拾起一看，果見印信光明，毫無錯謬，驚的無言可答。奸王大怒道：「如今有人扳你送印作弊，快快與我據實說來。」雷英道：「小臣實實將印送到逆水泉內，如何擅敢作弊？請問千歲，是誰說來？」奸王道：「方才鄧車說來。」

雷英聽了，暗暗發恨。心內一動，妙計即生，不由的冷笑道：「小臣只道那個說的，原來是鄧車。小臣啟上千歲，小臣正為此事心中犯疑。我想按院乃包相的門生，智略過人，而且他那衙門裏能人不少，如何能轂輕易的印信叫人盜去？必是將真印藏過，故意的設一方假印，被鄧車盜來。他以為幹了一件少一無二的奇功，誰知今日真印現出，不但使小臣徒勞無益，額外還擔個不白之冤，兀的❶不委屈死人了。」一席話說的個奸王點頭不語。鄧車羞愧難當，真是羞惱便成怒，一聲怪叫道：「哎喲！好顏查散！你竟

❶ 兀的：這個。「兀的」下面加副詞「不」，應作「這不」解。

敢欺負俺麼！俺合你誓不兩立。」雷英道：「鄧大哥不要著急，小弟是據理而論。你既能以廢鐵倒換印信，難道不准人家提出真的換上假的麼？事已如此，須要大家一同商議方好。」鄧車道：「商議甚麼！俺如今惟有殺了按院，以洩欺侮之恨，別不及言。有膽量的隨俺走走呀！」只見沈仲元道：「小弟情願奉陪。」奸王聞聽，滿心歡喜。就在集賢堂擺上酒餚，大家暢飲。

到了初鼓之後，鄧車與沈仲元俱各改扮停當，辭了奸王，竟往按院衙門而來。路途之間計議明白：鄧車下手，沈仲元觀風。及至到了按院衙門，鄧車往左右一看，不見了沈仲元；並不知他何時去的，心中暗道：「他方才還合我說話，怎麼轉眼間就不見了呢？哦！是了！想來他也是個畏首畏尾之人，瞧不得素常誇口，事到頭來也不自由了。且看鄧車的能為。待成功之後，再將他極力的奚落一場。」

想罷，縱身越牆，進了衙門。急轉過二堂，見書房東首那一間燈燭明亮。躡足潛蹤，悄到牕下，濕破牕紙，覷眼偷看。見大人手執案卷，細細觀看，而且時常掩卷犯想。雖然穿著便服，卻是端然正坐。旁邊連兩墨也不伺候。鄧車暗道：「看他這番光景，卻像個與國家辦事的良臣，原不應將他殺卻。奈俺老鄧要急於成功，就說不得了。」便奔到中間門邊一看，卻是四扇槅扇，邊槅有鎖鎖著，中間兩扇關閉。用手輕輕一撼，卻是豎著立栓。回手從背後抽出刀來，順著門縫將刀伸進，右腕一挺勁，刀尖就扎在立栓之上。然後左手按住刀背，右手只用將腕子往上一拱，立栓的底下已然出槽，右手又往旁邊一擺，左手往下一按，只聽咯噹的一聲，立柱落實。輕輕把刀抽出，用口啣住。左右手把住了槅扇，一邊往懷裏一帶，一邊往外一推。微微有些聲息，吱溜溜便開開了一扇。鄧車回手攏住刀靶，先伸刀，後伏身，斜跨而入。即奔東間的軟簾，用刀將簾一挑，呼的一聲，腳下邁步，手舉鋼刀，只聽咯噹一聲。鄧車口說：「不好！」磨轉身往外就跑。早已聽見嘩啷一聲。又聽見有人道：「三弟放手，是我！」噗哧的一聲，隨後就追出來了。

你道鄧車如何剛進來就跑了呢？只因他撬栓之時，韓二爺已然諄諄注視❷，見他將門推開，便持刀下來。尚未立穩，鄧車就進來了。韓二爺知他必奔東間，卻搶步先進東間。及至鄧車掀簾邁步舉刀，韓二爺的刀已落下。鄧車借燈光一照，即用刀架開，「咯噹」轉身出來，忙迫中將桌上的蠟燈嘩啷碰在地下。此時三爺徐慶赤著雙足仰臥在床上，酣睡不醒，覺得腳下後跟上有人咬了一口，猛然驚醒，跳下地來就把韓二爺抱住。韓二爺說：「是我！」一摔身，恰好徐三爺腳踏著落下蠟燈的蠟頭兒一滑，腳下不穩，噗哧爬伏在地。

誰知看案卷的不是大人，卻是公孫先生。韓爺未進東間之先，他已溜了出來。卻推徐爺，又恐徐爺將他抱住。見他赤著雙足，沒奈何才咬了他一口。徐爺這才醒了。因韓二爺摔脫追將出去，他卻跌倒的快當，爬起來的剪絕，隨後也就呱咭呱咭追了出來。

且說韓二爺跟定鄧車，竄房越牆，緊緊跟隨，忽然不見了。左顧右盼，東張西望，正然納悶，猛聽有人叫道：「鄧大哥，鄧大哥！榆樹後頭藏不住，你藏在松樹後頭罷。」韓二爺聽了，細細往那邊觀瞧，果然有一棵榆樹，一棵松樹，暗暗道：「這是何人呢？明是告訴我這賊在榆樹後面。我還發獃麼？」想罷，竟奔榆樹而來。果真鄧車離了榆樹，又往前跑。韓二爺急急墊步緊趕，追了個嘴尾相連，差不了兩

❷ 諄諄注視：牢牢或密切監視。諄諄，原意為不倦的教導。這裏取「不倦」之意。

步，再也趕不上。

又聽見有人叫道：「鄧大哥！鄧大哥！你跑只管跑，小心著暗器呀！」這句話卻是沈仲元告訴韓彰防著鄧車的鐵彈。不想提醒了韓彰，暗道：「是呀！我已離他不遠，何不用暗器打他呢？這個朋友真是旁觀者清。」想罷，左手一撐，將弩箭上上。把頭一低，手往前一點。這邊「噌」，那邊「拍」，又聽「噯呀」。韓二爺已知賊人著傷，更不肯捨。誰知鄧車肩頭之上中了弩箭，覺得背後發麻，忽然心內一陣惡心，暗說：「不好，此物必是有毒。」又跑了有一二里之遙，心內發亂，頭暈眼花，翻觔斗栽倒在地。韓二爺已知藥性發作，賊人昏暈過去，腳下也就慢慢的走了。

只聽背後呱咭呱咭的亂響，口內叫道：「二哥！二哥！你老在前面麼？」韓二爺聽聲音是徐三爺，連忙答道：「三弟！劣兄在此。」說話間，徐慶已到，說：「怪道那人告訴小弟，說二哥往東北追下來了，果然不差。賊人在那裏？」韓二爺道：「已中劣兄的暗器栽倒了。但不知暗中幫助的卻是何人？方才劣兄也虧了此人。」二人來到鄧車跟前，見他四肢扎煞，躺在地下。徐爺道：「二哥將他扶起，小弟背著他。」韓彰依言，扶起鄧車，徐慶背上，轉回衙門而來。走不多幾步，見有燈光明亮，卻是差役人等前來接應。大家上前，幫同將鄧車抬回衙去。

此時公孫策同定盧方、蔣平俱在大堂之上立等。見韓彰回來，問了備細，大家歡喜。不多時，把鄧車抬來。韓二爺取出一丸解藥，一半用水研開灌下，並立即拔出箭來，將一半敷上傷口。公孫先生即分付差役拿了手鐲腳鐐，給鄧車上好，容他慢慢甦醒。遲了半晌，只聽鄧車口內嘟囔道：「姓沈的！你如何是來幫俺，你直是害我來了。好呀！氣死俺也！」噯呀了一聲，睜開二目往上一看，上面坐著四五個人，明燈亮燭，照如白晝。即要轉動，覺著甚不得力。低頭看時，腕上有鐲，腳下有鐐。自己又一犯想，還記得中了暗器，心中一陣迷亂，必是被他們擒獲了。想到此，不由的五內往上一翻，咽喉內按捺不住，將口一張，哇的一聲，吐了許多綠水涎痰，胸膈雖覺亂跳，卻甚明白清爽。他卻閉目，一語不發。

忽聽耳畔有人喚道：「鄧朋友，你這時好些了？你我作好漢的，決無兒女情態，到了那裏說那裏的話。你若有膽量，將這杯煖酒喝了！如若疑忌害怕，俺也不強讓你。」鄧車聽了，將眼睜開看時，見一人身形瘦弱，蹲在身旁，手擎著一杯熱騰騰的黃酒，便問道：「足下何人！」那人答道：「俺蔣平特來敬你一杯。你敢喝麼！」鄧車笑道：「原來是翻江鼠。你這話欺俺太甚！既被你擒來，刀斧尚且不怕，何況是酒！縱然是砒礵毒藥，俺也要喝的。何懼之有！」蔣平道：「好朋友！真正爽快。」說罷，將酒盃送至脣邊。鄧車張開口，一飲而盡。又見過來一人道：「鄧朋友，你我雖有嫌隙，卻是道義相通，各為其主。何不請過來大家坐談呢？」鄧車仰面看時，這人不是別人，就是在燈下看案卷的假按院，心內輾轉道：「敢則他不是顏按院？如此看來，就是遭了他們圈套了。」便問道：「尊駕何人？」那人道：「在下公孫策。」回手又指盧方道：「這是鑽天鼠盧方盧大哥，這是徹地鼠韓彰韓二哥，那邊是穿山鼠徐慶徐三哥。還有御貓展大哥在後面保護大人，已命人請去了，少刻就到。」鄧車聽了道：「這些朋友，俺都知道。久仰，久仰。既承臺愛，俺倒要隨喜隨喜了。」蔣爺在旁伸手將他攙起，唏嚕嘩啷蹭到桌邊，也不謙遜，剛要坐下，只見展爺從外面進來，一執手道：「鄧朋友，久違了！」鄧車久已知道展昭，無可回答，只是說道：「請了。」展爺與大眾見了。彼此就座，伴當添杯換酒。鄧車到了此時，講不得砢磣，只好兩手捧杯，縮頭而飲。

只聽公孫先生問道：「大人今夜睡得安穩麼？」展爺道：「略覺好些，只是思念五弟，每每從夢中哭醒。」盧方聽了，登時落下淚來。忽見徐慶瞪起雙睛，擦摩兩掌，立起身來道：「姓鄧的！你把俺五弟如何害了？快快說來。」公孫策連忙說道：「三弟，此事不關鄧朋友相干，休要錯怪了人。」蔣平道：「三哥，那全是奸王設下圈套。五弟爭強好勝，自投羅網，如何抱怨得別人呢？」韓爺也在旁攔阻。展爺知道公孫先生要探問鄧車，惟恐徐慶攪亂了事體，不得實信，只得張羅換酒，用言語岔開。徐慶無可如何，仍然坐在那裏，氣忿忿的一語不發。

展爺換酒斟畢，方慢慢與公孫策你一言我一語套問鄧車，打聽襄陽王的事件。鄧車原是個卑鄙之人，見大家把他朋友相待，他便口不應心的說出實話來，言：「襄陽王所仗的是飛叉太保鍾雄為保障，若將此人收伏，破襄陽王便不難矣。」公孫策套問明白，天已大亮，便派人將鄧車押到班房，好好看守。大家也就各歸屋內，略為歇息。

且說盧方回到屋內，與三個義弟說道：「愚兄有一事與三位賢弟商議。想五弟不幸遭此荼毒，難道他的骨殖，就擱在九截松五峰嶺不成？劣兄意欲將他骨殖取來，送回原籍。不知眾位賢弟意下如何？」三人聽了，同聲道：「正當如此，我等也是這等想。」只見徐慶道：「小弟告辭了。」盧方道：「三弟那裏去？」徐慶道：「小弟盜老五的骨殖去。」盧方連忙搖頭道：「三弟去不得。」韓彰道：「三弟太莽撞了。就去，也要大家商議明白，當如何去法。」蔣平道：「據小弟想來，襄陽王既將骨殖交付鍾雄，鍾雄必是加意防守。事情若不預料，恐到了臨期有了疎虞，反為不美。」盧方點頭道：「四弟所論甚是。

當如何去法呢？」蔣平道：「大哥身體有些不爽，可以不去。叫二哥替你老去。三哥心急性躁，此事非衝鋒打仗可比，莫若小弟替三哥去。大哥在家也不寂寞，就是我與二哥同去，也有幫助。大哥想想如何？」盧方道：「很好。就這樣罷。」徐慶瞅了蔣平一眼，也不言語。只見伴當拿了杯箸放下，弟兄四人就座。盧方又問：「二位賢弟幾時起身？」蔣平道：「此事不必匆忙，後日起身也不為遲。」商議已畢，飲酒用飯。

不知他等如何盜骨，且聽下回分解。

第一百七回　愣徐慶拜求展熊飛　病蔣平指引陳起望

且說盧方自白玉堂亡後，每日茶飯無心，不過應個景而已。不多時，酒飯已畢，四人閒坐。盧方因一夜不曾合眼，便有些困倦，在一旁和衣而臥。韓彰與蔣平二人計議如何盜取骨殖，又張羅行李馬匹。獨獨把個愣爺撇在一邊，不瞅不睬，好生氣悶，心內輾轉道：「同是結義弟兄，如何他們去得，我就去不得呢？難道他們盡弟兄的情長，單不許我盡點心麼？豈有此理！我看他們商量的得意，實實令人可氣。」站起身來，出了房屋，便奔展爺的單間而來。剛然進屋，見展爺方才睡醒，在那裏擦臉。他也不管事之輕重，撲翻身跪倒道：「噯呀！展大哥呀！委屈煞小弟了。求你老幫扶幫扶呀！」說罷，痛哭。倒把展爺嚇了一跳，連忙拉起他道：「三弟，這是為何？有話起來說。」徐慶更會撒潑❶，一壁抽泣著，一壁說道：「大哥，你老若應了幫扶小弟，小弟方才起來；你老若不應，小弟就死在這裏了！」展爺道：「是了，劣兄幫扶你就是了。三弟快些起來講。」徐慶又磕了一個頭，道：「大哥應了，再無反悔。」方立起身來，拭去淚痕，坐下道：「小弟非為別事，求大哥同小弟到五峰嶺走走。」展爺道：「端的為著何事？」徐慶便將盧方要盜白玉堂的骨殖說了一遍。「他們三個怎麼拿著我不當人，都說我不好。我如今偏要賭賭這口氣。沒奈何，求大哥幫扶小弟走走。」展爺聽了，暗暗思忖道：「原來為著此事。我想蔣四

❶ 撒潑：蠻橫無理地吵鬧。也作「撒潑放刁」。

弟是個極其精細之人，必有一番見解。而且盜骨是機密之事，似他這鹵莽烈性，如何使得呢？若要不去，已然應了他，又不好意思。而且他為此事屈體下禮，說不得了，好歹只得同他走走。」便問道：「三弟幾時起身？」徐慶道：「就在今晚。」展爺道：「如何恁般忙呢？」徐慶道：「大哥不曉得，我二哥與四弟定於後日起身。我既要賭這口氣，須早兩天。及至他們到時，偺們功已成了。那時方出這口惡氣。還有一宗，大哥千萬不可叫二哥、四弟知道。晚間我與大哥悄悄的一溜兒，急急趕向前去，方妙。」展爺無奈何，只得應了。徐慶立起身來道：「小弟還到那邊照應去。大哥暗暗收拾行李器械馬匹。起身以前，在衙門後牆專等。」展爺點頭。

徐慶去後，展爺又好笑又後悔。笑是笑他粗鹵，悔是不該應他。事已如此，無可如何，只得叫過伴當來，將此事悄悄告訴他，叫他收拾行李馬匹。又取過筆硯來，寫了兩封字兒藏好。然後到按院那裏看了一番，又同眾人喫過了晚飯。看天已昏黑，便轉回屋中，問伴當道：「行李馬匹俱有了？」伴當道：「方才跟徐爺的伴當來了，說他家爺在衙門後頭等著呢。將爺的行李馬匹也攏在一處了。」展爺點了點頭，回手從懷中掏出兩個字柬來道：「此柬是給公孫老爺的，此柬是給蔣四爺的。你在此屋等著，候初更之後再將此字送去，就交與跟爺們的從人，不必面遞。交代明白，急急趕赴前去。我們在途中慢慢等你。這是怕他們追趕之意，省得徐三爺抱怨於我。」伴當一一答應。

展爺卻從從容容出了衙門，來到後牆，果見徐慶與伴當拉著馬匹，在那裏張望，上前見了。徐慶問道：「跟大哥的人呢？」展爺道：「我叫他隨後來，惟恐同行叫人犯疑。」徐慶道：「很好。小弟還忘了一事，大哥只管同我的伴當慢慢前行。小弟去去就來。」說罷，回身去了。

且說跟展爺的伴當，在屋內候到起更，方將字柬送去。蔣爺的伴當接過字柬，來到屋內一看，只見盧方仍是和衣而臥，韓彰在那裏喫茶，卻不見四爺蔣平。只得問了問同伴，說在公孫先生那裏。伴當即來到公孫策屋內，見公孫策拿過字柬，正在那裏講論，道：「展大哥囑咐小心奸細刺客，此論甚是。然而不當跟隨徐三弟同去。」蔣平道：「這必是我三哥磨著展大哥去的。」剛說著，又見自己的伴當前來，便問道：「甚麼事件？」伴當道：「方才跟展老爺的人給老爺送了個字柬來。」說罷，呈上。蔣爺接來打開看畢，笑道：「如何？我說是我三哥磨著展大哥去的，果然不錯。」即將字帖遞與公孫策。公孫策從頭至尾看去，上面寫著：「徐慶跪求，央及劣兄，斷難推辭，只得暫時隨去。賢弟見字，務於明日急速就到，共同幫助。千萬不要追趕！惟恐識破了，三弟面上不好看。……」云云。公孫策道：「言雖如此，明日二位再要起身，豈不剩了盧大哥一人，內外如何照應呢？」蔣平道：「小弟回去，與大哥、二哥商量。既是展大哥與三哥先行，明日小弟一人足已彀了。留下二哥如何？」公孫策道：「甚好，甚好。」

正說間，只見看班房的差人慌慌張張進來道：「公孫老爺，不好了！方才徐老爺到了班房，吩咐道：『你等歇息，俺要與姓鄧的說句機密話。』獨留小人伺候。徐老爺進屋，尚未坐穩，就叫小人看茶去。誰知小人烹了茶來，只見屋內漆黑，急急喚人掌燈看時，嗳呀！老爺呀！只見鄧車仰臥在床上，昏迷不省，滿床血漬。原來鄧車的雙睛，被徐老爺剜去了。現時不知鄧車的生死。特來回稟二位老爺知道。」公孫策與蔣平二人聽了，驚駭非常，急叫從人掌燈來至外面班房看時，多少差役將鄧車扶起，已然甦醒過來，大罵徐慶不止。公孫策見此慘然形景，不忍注目。蔣平吩咐差人好生服侍將養，便同公孫策轉身來見盧方，說了詳細，不勝駭然。大家計議了一夜。

至次日天明，只見門上的進來，拿著稟帖遞與公孫先生一看，歡喜道：「好，好，好。快請，快請。」原來是北俠歐陽春、雙俠丁兆蕙，自從押解金面神藍驍、賽方朔方貂之後，同到茉花村，本欲約會了兆蘭同赴襄陽。無奈丁母欠安，雙俠只得在家侍奉。北俠告辭，丁家弟兄苦苦相留。北俠也是無事之人，權且住下。後來丁母痊愈，雙俠商議，老母是有了年歲之人，為人子者不可遠離膝下。又恐北俠踽踽涼涼一人上襄陽，不好意思，而且因老母染病，晨昏問安，耽擱了多少日期，左右為難。只得仍叫丁二爺隨著北俠同赴襄陽，留下丁大爺在家奉親，又可以照料家務。因此北俠與丁二爺起身。

在路行程，非止一日，來到襄陽太守衙門。可巧門上正是金福祿，上前參見，急急回稟了老爺金輝，立刻請至書房，暫為少待。此時黑妖狐智化早已接出來，彼此相見，快樂非常。不多時，金太守更衣出來，北俠與丁二官人要以官長見禮。金公那裏肯受，口口聲聲以恩公呼之。大家謙讓多時，仍是以賓客相待。左右獻茶已畢，寒溫敘過，便提起按院衙門近來事體如何。黑妖狐智化連聲歎氣道：「一言難盡！好叫仁兄賢弟得知，玉堂白五弟遭了害了。」北俠聽了，好生詫異，丁二爺不勝驚駭，同聲說道：「竟有這等事！請道其詳。」智化便從訪探沖霄樓說起，如何遇見白玉堂，將他勸回；後來又聽得按院失去印信，想來白五弟就因此事拚了性命，誤落在銅網陣中傾生喪命，滔滔不斷，說了一遍。北俠與丁二爺聽畢，不由的俱各落淚歎息。所謂「方以類聚，物以群分」❷。原是聲應氣求的弟兄，焉有不傷心的道理。

---

❷ 方以類聚二句：同類的東西常聚在一起。易繫辭上：「方以類聚，物以群分，吉凶生矣。」此言常作「物以類聚，人以群分」。多指壞人臭味相投，勾結在一起。

因此也不在太守衙門耽擱，便約了智化急急趕到按院衙門而來。早見公孫策在前，盧方等隨在後面，彼此相見。雖未與盧方道惱，見他眼圈兒紅紅的，面龐兒比先前瘦了好些，大家未免欷歔一番。獨有丁兆蕙拉著盧方的手，由不得淚如雨下。想起當初陷空島與茉花村不過隔著蘆花蕩，彼此義氣相投，何等的親密，想不到五弟卻在襄陽喪命，而且又在少年英勇之時，竟是如此夭壽❸，尤為可傷。二人哭泣多時，還虧了智化用言語勸慰。北俠也攔住丁二爺道：「二弟，盧大哥全仗你我開導解勸，你如何反招大哥傷起心來呢？」說罷，大家來到盧方的屋內，就座獻茶。北俠等三人又問候顏大人的起居。公孫策將顏大人得病的情由述了一番。三人方知大人也是為念五弟欠安，不勝浩歎。

智化便問衙門近來事體如何。公孫策將已往之事一一敘說，漸漸說到拿住鄧車。蔣平又接言道：「不想從此又生出事來。」丁二爺問道：「又有何事？」蔣平便說：「要盜五弟的骨殖。誰知俺三哥暗求展大哥幫助，昨晚已然起身。起身也罷了，臨走時俺三哥把鄧車二目剜去。」北俠聽了皺眉，道：「這是何意？」智化道：「三哥不能報仇，暫且拿鄧車出氣。鄧車也就冤的很了。」丁二爺道：「若論鄧車的行為傷天害理，失去二目也就不算冤。」公孫策道：「只是展大哥與徐三弟此去，小弟好生放心不下。」蔣平道：「如今歐陽兄、智大哥、丁二弟俱各來了，妥當的很。明日我等一同起身。衙中留下我二哥服侍大哥，照應內外。小弟仍是為盜五弟骨殖之事。歐陽兄三位另有一宗緊要之事。」智化問道：「還有甚麼事？」蔣平道：「只因前次拿獲鄧車之時，公孫先生與展大哥探訪明白，原來襄陽王所仗者飛叉太保鍾雄，若能收伏此人，則襄陽不難破矣。如今就將此事託付三位弟兄，不知肯應否？」智化、丁兆蕙

❸ 夭壽：短命早死。

同聲說道：「既來之則安之。四弟不必問我等應與不應，到了那裏，看勢做事就是了，何能預為定準。」公孫先生在旁，稱讚道：「是極！是極！」

說話間，酒席早已擺開，大家略為謙遜，即便入席。卻是歐陽春的首座，其次智化、丁兆蕙，又其次公孫策、盧方，下首是韓彰、蔣平。七位爺把酒談心，不必細表。

到了次日，北俠等四人別了公孫策與盧、韓二人，四人在路行程。偏偏的蔣平肚泄起來，先前還可掙扎，到後來連連泄了幾次，覺得精神倦怠，身體勞乏。北俠道：「四弟既有貴恙，莫若找個寓所暫為歇息，明日再做道理，有何不可呢。」蔣平道：「不要如此，你三位有要緊之事，如何因我一人耽擱。小弟想起來了，有個去處頗可為聚會之所。離洞庭湖不遠，有個陳起望，莊上有郎舅二人，一人姓陸名彬，一人姓魯名英，頗尚俠義。三位到了那裏，只要提出小弟，他二人再無不掃榻相迎❹之理。偺們就在那裏相會罷。」說著，擰眉攢目❺，又要肚泄起來。北俠等三人見此光景，只得依從。蔣平又叫伴當隨去，沿途好生服侍，不可怠慢。伴當連連答應，跟隨去了。

蔣爺這裏左一次，右一次，泄個不了。看看的天色晚了，心內好生著急，只得勉強認鐙，上了坐騎，往前進發。心急嫌馬慢，又不敢極力的催他，恐自己氣力不佳，乘控不住，只得緩轡❻而行。此時天已昏黑，滿天星斗。好容易來到一個村莊，見一家籬牆之上，高高挑出一個白紙燈籠。及至到了門前，又

❹ 掃榻相迎：拂去床上灰塵，表示熱誠歡迎。

❺ 擰眉攢目：皺著眉蹙緊眼。指憂慮不快，疼痛難受的樣子。

❻ 緩轡：指放鬆轡繩，騎馬慢行。

見柴門之旁，挂著個小小笊籬❼，知是村莊小店，滿心歡喜，猶如到了家裏一般。連忙下馬，高聲喚道：「裏面有人麼？」只聽裏面顫巍巍的聲音答應。

不知果是何人，且聽下回分解。

❼ 笊籬：用竹篾編成的漏杓。這裏作為賣食物或酒的招牌。

第一百八回　圖財害命旅店營生　相女配夫閨閣本分

且說蔣平聽得裏面問道：「甚麼人？敢則是投店的麼？」蔣平道：「正是。」又聽裏面答道：「少待。」不多時燈光顯露，將柴扉開放，道：「客官請進。」蔣平道：「我還有鞍馬在此。」店主人道：「客官自己拉進來罷。」婆子不知尊騎的毛病，恐有失閃。」蔣平這才留神一看，原來是個店媽媽，只得自己拉進了柴扉。見是正房三間，西廂房三間，除此並無別的房屋。蔣平問道：「我這牲口在那裏餵呢？」婆子道：「我這裏原是村莊小店，並無槽頭馬棚，那邊有個礓子，在那礓臺兒上，就可以餵了。」蔣平道：「也倒罷了，只是我這牲口就在露天地裏了。好在夜間還不甚涼，尚可以將就。」說罷，將坐騎拴在礓臺子樁柱上，將鐙扣好，打去嚼子，打去後鞦，把皮韂攏起，用稍繩捆好，然後解了肚帶，輕輕將鞍子揭下，屜❶卻不動，恐鞍心有汗。

此時店婆已將上房撣掃，安放燈燭。蔣爺抱著鞍子，到了上房，放在門後。抬頭一看，卻是兩明一暗。掀起舊布單簾，來到暗間，從腰間解下包囊，連馬鞭俱放在桌子上面，撣了撣身上灰塵。只聽店媽媽道：「客官是先淨面後喫茶？是先喫茶後淨面呢？」蔣平這才把店媽媽細看，卻有五旬年紀，甚是乾淨利便，答道：「臉也不淨，茶也不喫。請問媽媽貴姓。」店婆道：「婆子姓甘。請問客官尊姓。」蔣

❶ 屜：這裏指馬背上墊在馬鞍下的氈子。

爺道：「我姓蔣。請問此處是何地名？」甘婆子道：「此處名叫神樹崗。」蔣爺道：「離陳起望尚有多遠？」婆子道：「陳起望在正西，此處卻是西北。從此算起，要到陳起望，足有四五十里之遙。客官敢則是走差了路了？」蔣爺道：「只因身體欠爽，又在昏黑之際，不料把道路走錯了。請問媽媽，你這裏可有酒麼？」甘婆子道：「酒是有的，就只得村醪，並無上樣名酒。」蔣爺道：「村醪也好，你與我熱熱的煖一角來。」甘婆子答應，回身去了。

多時，果然煖了一壺來，傾在碗內。蔣爺因肚泄口燥，那管好歹，端起來一飲而盡。真真是「溝裏翻船」。想蔣平何等人物，何等精明，一生所作何事；不想他在媽媽店，竟會上了大當。可見為人藝高是膽大不得的。此酒入腹之後，覺得頭眩目轉。蔣平說聲「不好」！尚未說出口，身體一晃，咕咚栽倒塵埃。

甘婆子笑道：「我看他身材瘦弱，是個不禁酒的。果然。」伸手向桌子上拿起包囊一摸，笑容可掬，正在歡喜。忽聽外面叫門，道：「裏面有人麼？」這一叫不由的心裏一動，暗道：「忙中有錯。方才既住這個客官，就該將門前燈籠挑了。一時忘其所以，又有上門的買賣來了。既來了，再沒有往外推之理。且喜還有兩間廂房，莫若讓到那屋裏去。」心裏如此想，口內卻應道：「來了，來了。」執了燈籠，來開柴扉，一看卻是主僕二人。只聽那僕人問道：「此間可是村店麼？」甘婆道：「是便是，卻是鄉村小店，惟恐客官不甚合心。再者並無上房，只有廂房兩間，不知可肯將就麼？」又聽那相公道：「既有兩間房屋，已足彀了，何必定要正房呢。」甘婆道：「客官說的是。如此請進來罷。」主僕二人剛然進來。甘婆子卻又出去，將那白紙燈籠繫下來。然後關了柴扉，就往廂房導引。

忽聽僕人說道：「店媽媽，你方才說沒有上房，那不是上房麼？」甘婆子道：「客官不知。這店並無店東主人，就是婆子帶著女兒過活。這上房是婆子住家，只有廂房住客。所以方才說過，恐其客官不甚合心呢。」這婆子隨機應變，對答的一些兒馬腳不露。這主僕那裏知道上房之內，現時迷倒一個呢。說話間來到廂房，婆子將燈對上。這主僕看了看，倒也罷了，乾乾淨淨可以住得。那僕人將包裹放下。這相公卻用大袖撣去灰塵。甘婆子見相公形容俏麗，肌膚凝脂❷，嫵媚之甚，便問道：「相公用甚麼？趁早吩咐。」相公尚未答言，僕人道：「你這裏有甚麼，只管做來，不必問。」甘婆道：「可用酒麼？」相公道：「酒倒罷了。」僕人道：「如有好酒，拿些來也可以使得。」

甘婆聽了笑了笑，轉身出來，執著燈籠，進了上房，將桌子上包裹拿起。出了上房卻進了東邊角門。原來角門以內仍是正房、廂房以及耳房，共有數間。只聽屋內有人問：「母親，前面又是何人來了？」婆子道：「我兒休問，且將這包裹收起，快快收拾飯食。又有主僕二人到了，老娘看這兩個也是雛兒。少時將酒預備下就是了。」忽聽女子道：「母親，方才的言語難道就忘了麼？」甘婆子道：「我的兒呀，為娘的如何忘了呢。原說過就做這一次，下次再也不做了。偏他主僕又找上門來，叫為娘的如何推出去呢？說不得，這叫做『一不做二不休』。好孩子，你幫著為娘再把這買賣做成了，從此後為娘的再也不幹這營生了。可是你說的咧，傷天害理做甚麼。好孩子，快著些兒罷！為娘的安放小菜去。」說著話，又出去了。

原來這女子就是甘婆之女，名喚玉蘭，不但女工針黹出眾，而且有一身好武藝，年紀已有二旬，尚

---

❷ 肌膚凝脂：指人的皮膚細白潤澤。

未受聘。只因甘婆作事暗昧，玉蘭每每規諫，甘婆也有些回轉。就是方才取酒藥蒸平時，也央及了個再三，說過就作這一次。不想又有主僕二人前來。玉蘭無奈何將菜蔬做妥，甘婆往來搬運，又稱讚這相公極其俊美。玉蘭心下躊躇。後來甘婆拿了酒去，玉蘭就在後面跟來，在窗外偷看。見這相公面如傅粉，白而生光，脣似塗硃，紅而帶潤，惟有雙眉緊蹙，二目含悲，長吁短歎，似有無限的愁煩。玉蘭暗道：「看此人不是俗子村夫，必是貴家公子。」再看那僕人坐在橫頭，粗眉大眼，雖則醜陋，卻也有一番嬌媚之態。只聽說道：「相公早間打尖，也不曾喫些甚麼。此時這些菜蔬雖則清淡，卻甚精美，相公何不少用些呢？」又聽相公嚦嚦鶯聲說道：「酒餚雖美，無奈我喫不下咽。」說罷，又長歎了一聲。忽聽甘婆道：「相公既懶進飲食，何不少用些煖酒，開開胃口，管保就想喫東西了。」玉蘭聽至此，不由的發恨道：「人家愁到這步田地，還要將酒害人，我母親太狠心了！」忿忿回轉房中去了。

不多時，忽聽甘婆從外角門進來，拿著包裹，笑嘻嘻的道：「我的兒呀，活該我母女要發財了。這包裹比方才那包裹尤覺沉重，快快收起來，幫著為娘的打發他們上路。」口內說著，眼兒卻把玉蘭一看。見玉蘭面向裏，背朝外，也不答言，也不接包裹。甘婆連忙將包裹放下，趕過來將玉蘭一拉，道：「我的兒，你又怎麼了？」誰知玉蘭已然哭的淚人兒一般。婆子見了，這一驚非小，道：「噯喲！我的肉兒、心兒，你哭的為何？快快說與為娘的知道，不是心裏又不自在了？」說罷，又用巾帕與玉蘭拭淚。玉蘭將婆子的手一推，悲切切的道：「誰不自在了呢？」婆子道：「既如此，為何啼哭呢？」玉蘭方說道：「孩兒想爹爹留下的家業，彀僧們娘兒兩個過的了。母親務要作這傷天害理的事作甚麼？況且爹爹在日，還有三不取：僧道不取，因犯不取，急難之人不取。如今母親一概不分，只以財帛為重。倘若事發，如何是好？叫孩兒怎不傷心呢。」說罷，復又哭了。婆子道：「我的兒，原來為此。你不知道為娘的也有一番苦心，想你爹爹留下家業，這幾年間坐喫山空，已然消耗了一半，再過一二年也就難以度日了。再者你也不小了，將來陪嫁妝奩，那不用錢呢。何況我偌大年紀，也不弄下個棺材本兒麼？」玉蘭道：「媽媽也是多慮。有說有的話，沒說沒的話。似這樣損人利己，斷難永享。而且人命關天的，如何使得？」婆子道：「為娘的就做這一次，下次再也不做了。好孩子！你幫了媽媽去。」玉蘭道：「母親休要多言。孩兒就知恪遵父命。那相公是急難之人，這樣財帛是斷取不得的。」甘婆聽了犯想道：「鬧了半天，敢則是為相公。可見他人大心大了。」便問道：「我兒，你如何知那相公是急難之人呢？」玉蘭道：「實對媽媽說知：方才孩兒已然悄到牕下看了，見他愁容滿面，飲食不進，他是有急難之事的，孩兒實實不忍害他。孩兒問母親將來倚靠何人？」甘婆道：「嗳喲！為娘的又無多餘兒女，就只生養了你一個，自然靠著你了。難道叫娘靠著別人不成麼？」玉蘭道：「雖然不靠別人，難道就忘了半子之勞麼？」一句話提醒了甘婆，心中恍然大悟，暗道：「是呀，我正愁女兒沒有人家，如今這相公生的十分俊美，正可與女兒匹配。我何不把他作個養老女婿，又完了女兒終身大事，我也有個倚靠，豈不美哉？可見『利令智昏』，只顧貪財，卻忘了正事。」便嘻嘻笑道：「虧了女兒提撥我，險些兒錯了機會。如此說來，快快把他救醒，待為娘的與他慢慢商酌。只是不好啟齒。」玉蘭道：「這也不難。莫若將上房的客官也救醒了，只認做合他戲耍，就煩那人替說，也免得母親礙口❸，豈不兩全其美麼？」甘婆哈哈笑道：「還是女兒有計算。快些走罷，天已三鼓了。」玉蘭道：「母親還得將包裹拿著，先還了他們。不然，

❸ 礙口：指難開口。礙，阻止；阻擋。

他們醒來時不見了包裹，那不是有意圖謀了麼？」甘婆道：「正是，正是。」便將兩個包裹抱著，執了燈籠，玉蘭提了涼水。

母女二人出了角門，來到前院，先奔西廂房，將包裹放下。見相公伏几而臥，卻是飲的酒少之故。甘婆上前輕輕扶起。玉蘭端過水來，慢慢灌下，暗將相公著實的看了一番，滿心歡喜。然後見僕人已然臥倒在地，也將涼水灌下。甘婆依然執燈籠，又提了包囊。玉蘭拿著涼水，將燈剔亮了，臨出門時，還回頭望了一望，見相公已然動轉。連忙奔到上房，將蔣平也灌了涼水。玉蘭歡歡喜喜，回轉後面去了。

且說蔣平飲的藥酒工夫大了，已然發散，又加灌了涼水，登時甦醒，拳手伸腿，揉了揉眼，睜開一看，見自己躺在地下。再看桌上燈光明亮，旁邊坐著個店媽媽，嘻嘻的笑。蔣平猛然省悟，爬起來道：「好呀！你這婆子不是好人，竟敢在俺跟前弄玄虛，也就好大膽呢。」婆子噗哧的一聲笑道：「你這人好沒良心，饒把你救活了，你反來嗔我。請問你既知玄虛，為何入了圈套呢？你且坐了，待我細細告訴你。老身的丈夫名喚甘豹，去世已三年了，膝下無兒，只生一女。」蔣平道：「且住。你提甘豹，可是金頭太歲甘豹麼？」甘婆道：「正是。」蔣平連忙站起，深深一揖，道：「原來是嫂嫂，失敬了。」甘婆道：「客官如何如此相稱？請道其詳。」蔣平道：「小弟翻江鼠蔣平。甘大哥曾在敝莊盤桓過數日。後來又與白面判官柳青劫掠生辰黃金，用的就是蒙汗藥酒。他說還有五鼓雞鳴斷魂香，皆是甘大哥的傳授。不想大哥竟自仙逝，有失弔唁，望乞恕罪。」說罷，又打一躬。甘婆連忙福了一福，道：「慚愧，慚愧。原來是蔣叔叔到了。恕嫂嫂無知，休要見怪。亡夫在日，曾說過陷空島的五義，實實令人稱羨不盡。方才叔叔提的柳青，他是亡夫的徒弟。自從亡夫去世，多虧他殯殮發送，如今還時常的資助銀兩。」

蔣平道：「方才提膝下無兒，只生一女。姪女有多大了？」甘婆道：「今年十九歲，名喚玉蘭。」蔣平道：「可有婆家沒有？」甘婆道：「並無婆家。嫂嫂意欲求叔叔作個媒妁❹，不知可肯否？」蔣平道：「但不知要許何等樣人家？」甘婆道：「好叫叔叔得知，遠在天涯，近在咫尺。」就將投宿主僕已然迷倒的事說了。「是女兒不依，勸我救醒。看這相公甚是俊美，女兒年紀相仿。嫂嫂不好啟齒，求叔叔作個保山❺如何？」蔣平道：「好呀！若不虧姪女勸阻，大約我等性命休矣。如今看著姪女分上，且去說說看。但只一件，小弟自進門來，蒙嫂嫂賜了一杯悶酒，到了此時也覺餓了。可還有甚麼喫的沒有呢？」甘婆道：「有，有，有。待我給你收拾飯食去。」蔣平道：「且說下，說的事成與不成，事在兩可。好歹別因不成了，嫂嫂又把那法子使出來了，那可不是頑的。」甘婆哈哈笑道：「豈有此理！叔叔只管放心罷。」甘婆子上後面收拾飯去了。

不知親事說成與否，且聽下回分解。

---

❹ 媒妁：婚姻介紹人。媒，指謀合二姓。妁，指斟酌二姓。一說男曰媒，女曰妁。

❺ 保山：媒人。原意為保人，指其可靠像山一樣穩固。

第一百九回　騙豪傑貪婪一萬兩　作媒妁認識二千金

且說甘婆去後，誰知他二人只顧在上房說話，早被廂房內主僕二人聽了去了，又是歡喜，又是愁煩。歡喜的是認得蔣平，愁煩的是機關洩露。你道此二人是誰？原來是鳳仙、秋葵姊妹兩個，女扮男妝，來到此處。

自從沙龍沙員外拿住金面神藍驍，後來起解了，也就無事了。每日與孟傑、焦赤、史雲等遊田射獵，甚是清閒。

一日，本縣令尹忽然來拜，聲言為訪賢而來，襄陽王特請沙龍作個領袖，督率鄉勇操演軍務。沙員外以為也是好事，只得應允。到了縣內，令尹待為上賓，優隆至甚，隔三日設一小宴，十日必是一大宴。慢說是沙員外自以為得意，連孟傑、焦赤俱是望之垂涎，真是「君子可欺以其方」。

那知這令尹是個極其奸猾的小人。皆因襄陽王知道沙龍本領高強，情願破萬兩黃金，拿獲沙龍，與藍驍報仇。偏偏的遇見了這貪婪的贓官，他道：「拿沙龍不難，只要金銀湊手，包管事成。」奸王果然如數交割。他便設計將沙龍誆上圈套。

這日正是大宴之期，他又暗設牢籠，以殷勤勸酒為題，你來敬三杯，我來敬三杯。不多的工夫，把個沙龍喝的酩酊大醉，步履皆難。便叫伴當回去，說：「你家員外多喫了幾杯，就在本縣堂齋安歇。明早還要操演軍務。」又賞了伴當幾兩銀子，伴當歡歡喜喜回去。就是孟、焦二人也習以為常，全不在意。他卻暗暗將沙龍交付來人，連夜押解襄陽去了。

後來焦、孟二人見沙龍許多日期不見回來，便著史雲前去探望幾次，不見信息，好生設疑。一時惹惱了焦赤性兒，便帶了史雲獵戶人等鬧到公堂廝鬧。誰知人人皆說縣宰因親老告假還鄉，已於三日前起身了。又問沙龍時，早已解到襄陽去了。焦赤聽了，急得兩手扎煞，毫無主意。縱要鬧，正頭鄉主已走，別人全不管事的。只得急急回莊，將此情節告訴孟傑。孟傑也是暴跳如雷。登時傳揚，裏面皆知。鳳仙、秋葵姊妹哭個不了。幸虧鳳仙有主意，先將孟傑、焦赤二人安置，恐他二人粗鹵生出別的事來，便對二人說道：「二位叔父不要著急。襄陽王既與我父作對，他必暗暗差人到臥虎溝前來圖害，此莊卻是要緊的。我父親既不在家，全仗二位叔父支持，說不得二位叔父操勞，晝夜巡察，務要加意的防範，不可疎懈。」孟、焦二人滿口應承。只有晝夜保護此莊，再也不生妄想了。

後來鳳仙卻暗暗使得用之人，到襄陽打聽。幸喜襄陽王愛沙龍是一條好漢，有意收伏，不肯加害，惟有囚禁而已。差人回來將此情節說了。鳳仙姊妹心內稍覺安慰，復又思忖道：「襄陽王作事這等機密，大約歐陽伯父與智叔父未必盡知其詳。莫若我與妹子親往襄陽走走，倘能見了歐陽伯父與智叔父，那時大家商議，搭救父親便了。」主意已定，暗暗與秋葵商議。秋葵更是樂從，便說道：「很好，偺們把正事辦完了，順便到太守衙門再看看牡丹姐姐，我還要與乾娘請請安呢。」鳳仙道：「只要到了那裏，那就好說了。但偺如何走法呢？」秋葵道：「這有何難呢。姐姐扮作相公，充作姐夫，就算艾虎。待妹子扮作個僕人跟著你，豈不妥當麼？」鳳仙道：「好是好，只是妹妹要受些屈了。」秋葵道：「這有甚麼呢。為救父親，受些屈也是應當的，何況是逢場作戲呢。」二人商議明白，便請了孟、焦二位，一五一十俱各說明，託他二人好好保守莊園。又派史雲急急趕到茉花村，惟恐歐陽伯父還在那裏，尚未起身，約在襄陽會齊。諸事分派停妥，他二人改扮起來，也不乘馬，惟恐犯人疑忌，彷彿是閒遊一般。虧得他姐妹二人雖是女流，卻是在山中行圍射獵慣的，不至於鞋弓襪小，寸步難行。在路行程，非止一日。這天恰恰行路遲了，在媽媽店內，雖被甘婆用藥酒迷倒，多虧玉蘭勸阻搭救。

且說鳳仙飲水之後，即刻甦醒。睜眼看時，見燈光明亮，桌上菜蔬猶存，包裹照舊。自己納悶道：「我喝了兩三口酒，難道就喝醉了不成？」正在思索，只見秋葵張牙欠口，翻身起來，道：「姐姐，我如何醉倒了呢？」鳳仙擺手道：「你滿口說的是甚麼！」秋葵方才省悟，手把嘴一握，悄悄道：「幸虧沒人。」鳳仙將頭一點。秋葵湊到跟前。鳳仙低言道：「我醉的有些奇怪，別是這酒有甚麼緣故罷？」秋葵道：「不錯。如此說來，這不是賊店麼？」鳳仙道：「你聽！上房有人說話。偺們悄地聽了，再做道理。」因此姊妹二人來至牕下，將蔣平與甘婆的說話，聽了個不也樂乎。急急回轉廂房，又是歡喜，又是愁煩。忽聽牕外腳步聲響，是蔣爺與馬添草料，奔了礶臺兒去了。鳳仙道：「等蔣叔父回來，便喚住，即速請進。」秋葵即倚門而待。

少時，蔣平添草回來。秋葵便喚道：「蔣叔請進內屋坐。」只這一句，把個蔣平嚇了一跳，只得進屋。又見一個後生，迎頭拜揖，道：「姪兒艾虎拜見。」蔣爺借燈光一看，雖不是艾虎，卻也面善，更覺發起怔來了。秋葵在旁道：「他是鳳仙，我是秋葵，在道上冒了艾虎的名兒來的。」蔣爺在臥虎溝住過，俱是認得的，不覺詫異道：「你二人如何來到此處呢？」說罷，回身往外望一望。鳳仙叫秋葵在門前站立，如有人來時，咳嗽一聲。方對蔣爺將父親被獲情節略說梗概，未免的淚隨語下。蔣平道：「且不必啼哭。姪女仍以艾虎為名，同我到上房。」說畢，和鳳仙來到明間坐下。秋葵一同來到上房。

忽見甘婆從後面端了小菜杯箸來，見蔣爺已將那廂房主僕讓到上屋明間，知道為提親一事，便嘻嘻笑道：「怎麼叔叔在明間坐麼？」蔣爺道：「明間寬闊豁亮。嫂嫂且將小菜放下，過來見了。這是我姪兒艾虎，他乃紫髯伯的義兒，黑妖狐的徒弟。」甘婆道：「呀！真是『大水沖了龍王廟，一家人不認得一家人』。就是歐陽爺、智公子，亡夫俱是好相識。原來是他二位義兒高徒，怪道這樣的英俊呢。相公休要見怪，恕我無知，失敬了！」說罷，福了一福。鳳仙只得還了一揖，連稱：「好說！不敢！」秋葵過來，將桌子幫著往前搭了一搭。甘婆安放了小菜，卻是兩分杯箸。原來是蔣爺一分，自己陪的一分。如今見這相公過來，轉身還要取去。蔣爺道：「嫂嫂不用取了，廂房中還有兩分，拿過來豈不省事。不過是嫂嫂將酒杯洗淨了，就不妨事了。」甘婆瞅了蔣平一眼，道：「多嘴討人嫌呀！」蔣平道：「嫂嫂嫌我多嘴，回來我就一句話也不說了。」甘婆笑道：「好叔叔，你說罷！嫂嫂多嘴不是了。」笑著，端菜去了。這裏蔣爺悄悄的問了一番。

不多時，甘婆端了菜來，果然帶了兩分杯箸，俱各安放好了。蔣爺道：「賢姪，你這尊管，何不也就叫他一同坐了呢？」甘婆道：「真個的又沒有外人，何妨呢。就在這裏打橫兒，豈不省了一番事呢！」於是蔣平上座，鳳仙次座，甘婆主座相陪，秋葵在下首打橫。甘婆先與蔣爺斟了酒，然後挨次斟上，自己也斟上一杯。蔣平道：「這酒喝了，大約沒有事了。」甘婆笑道：「你喝罷。不怪人家說你多嘴。你不信，看嫂嫂喝個樣兒你看。」說著，端起來，吱的一聲就是半杯子，蔣平笑道：「嫂嫂你不要喉急，小弟情願奉陪。」又讓那主僕二人，端起杯來一飲而盡。鳳仙、秋葵俱各喝了一口，甘婆復又斟上。這婆子一壁殷勤一壁注意在相公面上，把個鳳仙倒瞅的不好意思了。

蔣平道：「嫂嫂，我與艾虎姪兒相別已久，還有許多言語細談一番。嫂嫂不必拘泥，有事請自尊便。」甘婆聽了，心下明白，順口說道：「既是叔叔要與令姪攀話，嫂嫂在此反倒攪亂清談。我那裏還吩咐你姪女作的點心羹湯，少時拿來，外再烹上一壺新茶如何？」蔣平道：「很好。」甘婆又向鳳仙道：「相公，夜深了，隨意用些酒飯，休要作客❶。老身不陪了。」鳳仙道：「媽媽請便，明日再為面謝。」甘婆道：「好說，好說。請坐罷。」秋葵送出屋門。甘婆道：「管家，讓你相公多少喫些，不要餓壞了。」秋葵答應，回身笑道：「這婆子竟有許多嘮叨。」蔣爺道：「你二人可知他的意思麼？」秋葵道：「不用細言，我二人早已俱聽明白了。」鳳仙努嘴道：「悄言，不要高聲。」蔣平道：「既然聽明，我也不必絮說。姪女的意下如何呢？」鳳仙道：「姪女是個女子，怎麼成呢？」蔣平道：「若論此女，我知道的。當初甘大哥在日，我們時常盤桓❷，提起此女來，不但品貌出眾，而且家傳的一口飛刀，甚是了得。原要與盧大哥攀親，不如替盧珍姪兒定下罷。」

正在談論，果然甘婆端了羹湯點心來，又是現烹的一壺新茶，還問：「要甚麼不要？」蔣爺道：「已足彀了，嫂嫂歇歇罷。」甘婆方轉身回到後面去了。鳳仙問蔣平因何到此。蔣爺將往事說了一遍，又言：「與姪女在此，遇的很巧。明日同赴陳起望，你歐陽伯父、智叔父、丁二叔父等俱在那裏，大家商議搭

---

❶ 作客：這裏意思是客氣。

❷ 盤桓：本意為逗留；徘徊。這裏引申為經常往來。

救你父親便了。」鳳仙、秋葵深深謝了。真是事多話長，整整說了一夜。

天光發曉，甘婆早已出來張羅。蔣平把艾虎已經定了親，想替盧珍姪兒定下這頭婚事對甘婆說了，待向盧爺談過後即來納聘。甘婆聽了也自欣喜。又見蔣爺打開包囊，取出了二十兩銀，道：「大哥仙逝，未能弔唁。些須薄意，聊以代楮❸。」甘婆不能推辭，欣然受了。鳳仙叫秋葵拿出白銀一封，道：「媽媽將此銀收下，作為日用薪水之資。以後千萬不要做此暗昧之事了。」一句話說的甘婆滿面通紅，無言可答，只是說道：「相公放心。如此厚貺❹，卻之不恭受之有愧，權且存留就是了。」說罷，就福了一福。

此時蔣平已將坐騎備妥，連鳳仙的包裹俱各扣備停當，拉出柴扉。彼此叮嚀一番。甘婆又指引路徑，蔣平等謹記在心，執手告別，直奔陳起望的大路而來。

未知後文如何，且聽下回分解。

---

❸ 代楮：代為祭祀。楮，錢幣。也指紙錢。

❹ 厚貺：厚禮；厚贈。貺，賜與；加惠。

第一百十回　陷御貓削城入水面　救三鼠盜骨上峰頭

且說蔣平因他姊妹沒有坐騎，只得拉著馬一同步行。剛走了數里之遙，究竟鳳仙柔弱，已然香汗津津，有些嬌喘吁吁。秋葵卻好，依然行有餘力。蔣平勸著鳳仙騎馬歇息。鳳仙也就不肯推辭，摟過絲韁，上馬緩轡而行。蔣爺與秋葵慢慢隨後步履。又走了數里之遙，秋葵步下也覺慢了。蔣爺是昨日泄了一天肚，又熬了一夜，未免也就出汗。因此找了個荒村野店，一壁打尖，一壁歇息。問了問陳起望，尚有二十多里。隨意喫了些飲食，餵了坐騎，歇息足了。天將挂午，復又起身。仍是鳳仙騎馬。及至到了陳起望，日已斜西。來到莊門，便有莊丁問了備細，連忙稟報。

只見陸彬、魯英迎接出來，見了蔣平，彼此見禮。魯英便問道：「此位何人？」蔣爺道：「不必問，且到裏面自然明白。」於是大家進了莊門。早見北俠等正在大廳的月臺之上恭候。丁二爺問道：「四哥如何此時才來？」蔣爺道：「一言難盡。」北俠道：「這後面是誰？」蔣爺道：「兄試認來。」只見智化失聲道：「哎喲！姪女兒為何如此妝束？」丁二爺又說道：「這後面的也不是僕人，那不是秋葵姪女兒麼？」大家詫異。陸、魯二人更覺愕然。蔣爺道：「且到廳上，大家坐了好講。」進了廳房，且不敘座。鳳仙就把父親被獲，現在襄陽王那裏囚禁。「姪女等特特改妝來尋伯父、叔父，早早搭救我的爹爹要緊。」說罷，痛哭不止。大家驚駭非常，勸慰了一番。陸彬急急到了後面，告訴魯氏，叫他預備簪環衣服。又叫僕婦、丫鬟將鳳仙姊妹請至後面，梳洗更衣。

這裏眾人方問蔣爺道：「如何此時方到？」蔣平笑道：「更有可笑事。小弟卻上了個大當。」大家問道：「又是甚麼事？」蔣爺便將媽媽店之事述說一番。眾人聽了笑個不了。其中多有認得甘豹的，聽說亡故了，未免又歎息一番。蔣爺往左右一看，問道：「展大哥與我三哥怎麼還沒到？」智化道：「並未曾來。」

正說之間，只見莊丁進來稟道：「外面有二人說是找眾位爺們的。」大家說道：「他二人如何此時方到呢？快請！」莊丁轉身去不多時，眾人才要迎接，誰知是跟展爺、徐爺的伴當，形色倉皇。蔣爺見了，就知不妥，連忙問道：「你家爺為何不來？」伴當道：「四爺，不好了！我家爺們被鍾雄拿去了。」眾人問道：「如何會拿了去呢？」展爺的伴當道：「只因昨晚徐三爺要到五峰嶺去，是我家爺攔之再三。徐三爺不聽，要一人單去。無奈何，我家爺跟隨去了。卻暗暗吩咐叫小人二人暗暗瞧望：『倘能將五爺骨殖盜出，事出萬幸；如有失錯之時，你二人收拾馬匹行李，急急奔陳起望便了。』誰知到了那裏，徐三爺不管高低，硬往上闖。我家爺再也攔擋不住。剛然到了五峰嶺上，徐三爺往前一跑，不想落在塹坑❶裏面。是我家爺心中一急，原要上前解救，不料腳下一跐，也就落下去了。原來是梅花塹坑。登時出來了多少僂兵，用撓鉤套索將二位爺搭將上來，立刻綁縛了。眾僂兵聲言必有餘黨，快些搜查。我二人聽了，急跑回寓所，將行李馬匹收拾收拾，急急來到此處。眾位爺們早早設法搭救二位爺方好。」眾人聽了，俱各沒有主意。智化道：「你二人且自歇息去罷。」二人退了下來。

❶ 塹坑：深坑。

此時廳上已然調下桌椅，擺上酒飯。大家入座，一壁飲酒，一壁計議。智化問陸彬道：「賢弟，這洞庭水寨廣狹可有幾里？」陸彬道：「這水寨在軍山內，方圓有五里之遙。雖稱水寨，其中又有旱寨，可以屯積糧草。似這九截松五峰嶺，俱是水寨之外的去處。」智化又問道：「這水寨周圍可有甚麼防備呢？」陸彬道：「防備的甚是堅固。每逢通衢之處，俱有碗口粗細的大竹柵一座竹城。此竹見水永無損壞。縱有槍礮，卻也不怕。倒是有純鋼利刃可削的折，餘無別法。」蔣平道：「如此說來，丁二弟的寶劍卻是用著了。」智化點了點頭，道：「此事須要偷進水寨，探個消息方好。」蔣平道：「小弟同丁二弟走走。」陸彬道：「弟與魯二弟情願奉陪。」智化道：「好極。就是二位賢弟不去，劣兄還要勞煩。甚麼緣故呢？因你二位地勢熟識。」陸彬道：「當得，當得。」回頭吩咐伴當預備小船一隻，水手四名，於二鼓起身。伴當領命，傳話去了。

蔣平又道：「還有一事，沙員外又當怎麼樣呢？」智化道：「據我想來，奸王囚禁沙大哥，無非使他歸服之意，決無殺害之心。我明日寫封書信暗暗差人知會沈仲元，叫他暗中照料。待有機緣，得便救出，也就完事了。」大家計議已定。飲酒喫飯已畢，時已初鼓之半。

丁、蔣、陸、魯四位收拾停當，別了眾人，乘上小船。水手搖槳，蕩開水面，竟奔竹城而來。此時正在中秋，淡雲籠月，影映清波，寂靜至甚。越走越覺幽僻，水面更覺寬了。陸彬吩咐水手往前搖，來到了竹城之下。陸彬道：「住槳。」水手四面撐住。陸彬道：「蔣四兄這外面水勢寬闊，竹城以內卻甚狹隘。不遠即可到岸，登岸便是旱寨的境界了。」魯英向丁二爺要過劍來，對著竹城掄開就劈，只聽喨吱一聲。魯二爺連聲稱：「好劍！好劍！」蔣爺看時，但見大竹斜岔兒已然開了數根。丁二爺道：「好是好，但這一聲真是爆竹相似，難道裏面就無人知覺麼?」陸彬笑道：「放心，放心，此處極其幽僻的所在，裏面之人輕容易不得到此的。」蔣平道：「此竹雖然砍開，只是如何拆法呢?」魯二爺道：「何用拆呢。待小弟來。」過去伸手將大竹撚住，往上一挺。一挺，上面的竹梢兒就比別的竹梢兒高有三尺，底下卻露出一個大洞來。魯英道：「四兄請看，如何?」蔣平道：「雖則開了便門，只是上下斜尖鋒芒，有些不好過。又恐要過時，再落下一根來，扎上一下，也就不輕呢。」陸彬道：「不妨事。此竹落不下來。竹梢之上有竹枝，彼此攀繞，是再也不能動的。實對四兄說，我們漁戶往往要進內偷魚，就用此法，萬無一失。」

蔣爺聽了，急急穿了水靠，又將丁二爺的寶劍掖在背後，說聲：「失陪。」一伏身，嗖的一聲，只見那邊撲通的一響，就是一個猛子。不用換氣，便抬起頭來一看，已然離岸不遠，果然水面狹窄。急忙奔到岸上，順堤行去。只見那邊隱隱有個燈光，忽忽悠悠❷而來。蔣爺急急奔到樹林，躍身上樹，坐在槎枒之上，往下觀視。

可巧那燈也從此條路經過，卻是兩個人。一個道：「偺們且商量商量。剛才回了大王，叫偺們把那黑小子帶了去。你想想他那個樣子，偺們服侍的住麼?告訴你說，我先幹不了。」那一個道：「你站站，別推乾淨呀。你要幹不了，誰又幹得了呢?就是回，不是你要回的麼?怎麼如今叫帶了去，你就不管了呢?這是甚麼話呢?」這一個道：「我原想著：他要酒要菜鬧的不像，回回大王，或者賞下些酒菜來，偺們也可以潤潤喉，抹抹嘴。不想要帶了去，要收拾。早知叫帶了去，我也就不回了。」那人道：「我

---

❷忽忽悠悠：迷惑，恍忽，失意的樣子。也作「悠悠忽忽」。宋玉高唐賦：「悠悠忽忽，怊悵自失。」

不管。你既回了，你就帶了去。我全不管。」這一個道：「好兄弟，你別著急。我倒有個主意。你得幫著我說。見了黑小子，偺們就說替他回了，可巧大王正在喫酒。聽說他要喝酒，甚是歡喜，立刻請他去，要與他較較酒量。他聽見這話，包管歡歡喜喜，跟著偺們走。只要誆到水寨，偺們把差事交代了，管他是怎麼著呢。你想好不好？」那人道：「這倒使得。偺們快著去罷。」二人竟奔旱寨去了。

蔣爺見他們去遠，方從樹上下來，暗暗跟在後面。見路旁有一塊頑石，頗可藏身，便隱住身體等候。不多時，見燈光閃爍而來。蔣爺從背後抽出劍來，側身而立。見燈光剛到跟前，只將腳一伸，打燈籠的不防栽倒在地。蔣爺回手一劍，已然斬訖。後面那人還說：「大哥走的好好的，怎麼躺下了？……」話未說完，鋼鋒已到，也就嗚呼哀哉了。

此時徐慶卻認出是四爺蔣平，連聲喚道：「四弟！四弟！」蔣爺見徐慶鎖銬加身，急急用劍砍斷。徐慶道：「展大哥現在水寨，我與四弟救他去。」蔣平聞聽，心內輾轉，暗道：「水寨現有鍾雄，如何能彀救的出來？若說不去救，知道徐爺的脾氣，他是決意不肯一人出去的，何況又是他請來的呢。」只得扯謊道：「展大哥已然救出，先往陳起望去了。還是聽見展大哥說三哥押旱寨，所以小弟特特前來。」徐慶道：「你我從何處出去？」蔣爺道：「三哥隨我來。」他仍然繞到河堤。可巧那邊有個小小的划子，並且有個招子，是個打魚小船。蔣爺道：「三哥少待。」他便跳下水去，上了划子搖起招子，來到堤下，叫徐慶坐好。奔到竹洞之下，先叫徐慶竄出，自己隨後也就出來，卻用腳將划子登開。陸彬且不開船，叫魯英仍將大竹一根一根按斜岔兒對好。收拾已畢，方才開船回莊。此時已有五鼓之半了。

大家相見。徐慶獨獨不見展熊飛，便問道：「展大哥在那裏？」蔣爺已悄悄的告訴丁二爺了。丁二爺見問，即接口道：「因聽見沙員外之事，急急回轉襄陽去了。」真是粗魯之人好哄，他聽了此話，信以為真，也就不往下問了。

到了次日，智爺又囑陸、魯二人派精細漁戶數名，以打魚為由，前到湖中探聽。這裏眾人便商量如何收伏鍾雄之計。智化道：「怎麼能彀身臨其境，將水寨內探訪明白，方好行事。似這等望風捕影，實在難以預料。如今且商量盜五弟的骨殖要緊。」正在議論，只見數名漁戶回來，稟道：「探得鍾雄那裏因不見了徐爺，各處搜查，方知殺死僂兵二名，已知有人暗到湖中。如今各處添兵防守，並且將五峰嶺的僂兵俱各調回去了。」智化聽了，滿心歡喜，道：「如此說來，盜取五弟的骨殖不難了。」便仍囑丁、蔣、魯、陸四位道：「今晚務將骨殖取回。」四人欣然願往。智化又與北俠等商議，備下靈旛❸祭禮，等到取回骨殖，大家共同祭奠一番，以盡朋友之誼。眾人見智化處事合宜，無不樂從。

且說蔣、丁、陸、魯四人到了晚間初鼓之後，便上了船，卻不是昨日晚間去的路徑。丁二爺道：「陸兄為何又往南去呢？」陸彬道：「丁二哥卻又不知。小弟原說過這九截松五峰嶺，不在水寨之內。昨日偷進水寨，故從那裏去；今晚要上五峰嶺，須向這邊來。再者他雖然將僂兵撤去，那梅花塹坑必是依然埋伏。偺們與其涉險，莫若繞遠。俗語說的好：『寧走十步遠，不走一步險。』小弟意欲從五峰嶺的山後上去，大約再無妨礙。」丁、蔣二人聽了，深為佩服。

一時來到五峰嶺山後，四位爺棄舟登岸。陸彬吩咐水手留下兩名看守船隻，叫那兩名水手扛了鍬钁，後面跟隨。大家攀藤附葛，來到山頭，原來此山有五個峰頭，左右一邊兩個俱各矮小，獨獨這個山頭高

❸ 靈旛：靈堂或祭奠時懸掛的長幅下垂的旗。旛，同「幡」。

而大。襯著這月朗星稀，站在峰頭往對面一看，恰對著青簇簇翠森森的九株松樹。丁二爺道：「怪道喚作九截松五峰嶺，真是天然生成的佳景。」蔣平到了此時，也不顧細看景致，且向地基尋找埋玉堂之所。才下了峻嶺，走未數步，已然看見一座荒丘，高出地上。蔣平由不得痛徹肺腑，淚如雨下。卻又不敢放聲，惟有悲泣而已。陸、魯二人便吩咐水手動手。片刻工夫，已然露出一個磁罈。蔣平卻親身扶出土來。丁二爺即叫水手小心運到船上。才待轉身，卻見一人在那邊啼哭。

不知此人是誰，且聽下回分解。

第一百十一回　定日盜簪逢場作戲　先期祝壽改扮喬妝

且說丁、蔣、陸、魯四位將白玉堂骨殖盜出，又將埋葬之處仍然堆起土坵。收拾已畢，才待回身，只聽那邊有人啼哭。蔣爺這裏也哭道：「敢則是五弟含冤，前來顯魂麼？」說著話，往前一湊。仔細看來，是個樵夫。雖則明月之下，面龐兒卻有些個熟識。一時想不起來，心內思忖道：「五弟在日並未結交樵夫，何得黌夜來此啼哭呢？」再細看時，只見那人哭道：「白五兄為人一世英名，智略過人。惜乎你這一片血心，竟被那忘恩負義之人欺哄了。甚麼叫結義，甚麼叫立盟，不過是虛名具文❶而已。何能似我柳青三日一次喬妝，哭奠於你。哎呀！白五兄呀，你的那陰靈有知，大約妍媸也就自明了。」蔣爺聽說柳青，猛然想起果是白面判官，連忙上前勸道：「柳賢弟少要悲痛。一向久違了。」柳青登時住聲，將眼一瞪，道：「誰是你的賢弟！也不過是陌路罷了。」蔣爺道：「是，是。柳員外責備的甚是。但不知我蔣平有甚麼不到處，倒要說說。」魯英在旁，見柳青出言無狀，蔣平卻低聲下氣，心甚不平。剛要上前，陸彬將他一拉。丁二爺又暗暗送目，魯英只得忍住。又聽柳青道：「你還問我！我先問你。你們既結了生死之交，為何白五兄死了許多日期，你們連個仇也不報，是何道理？」蔣平笑道：「員外原來為此。這報仇二字豈是性急的呢。大丈夫作事，當行則行，當止則止。我五弟既然自作聰明，輕身喪命。

❶ 虛名具文：空有一紙文約。

他已自誤，我等豈肯再誤。故此今夜前來，先將五弟骨殖取回，使他魂歸原籍，然後再與他慢慢的報仇，何晚之有？若不分事之輕重，不知先後，一味的邀虛名兒，毫無實惠，那又是徒勞無益了。所謂『運籌帷幄，決勝千里』，員外何得怪我之深呀？」柳青聽了此言大怒，而且聽說白玉堂自作聰明、枉自輕生，更加不悅，道：「俺哭奠白五兄是盡俺朋友之誼，要那虛名何用？俺也不合你巧辯饒舌。想白五兄生平作了多少驚天動地之事，誰人不知，那個不曉。似你這畏首畏尾，躲躲藏藏，不過作鼠竊狗盜之事，也算得運籌與決勝，可笑呀，可笑呀！」

旁邊魯英聽到此，又要上前。陸彬攔道：「賢弟，人家說話，又非拒捕，你上前作甚？」丁二爺也道：「且聽四兄說甚麼。」魯英只得又忍住了。蔣爺道：「我蔣平原無經濟❷學問，只這鼠竊狗盜，也就令人難測。」柳青冷笑道：「一技之能，何至難測呢。你不過行險，一時儌倖耳。若遇我柳青，只怕你討不出公道。」蔣平暗想道：「若論柳青，原是正直好人，我何不將他制伏，將來以為我用，豈不是個幫手！」想罷，說道：「員外如不相信，你我何不戲賭一番，看是如何。」柳青道：「這倒有趣。」即回手向頭上拔下一枝簪來，道：「就是此物，你果能盜了去，俺便服你。」蔣爺接來，對月光細細看了一番，卻是玳瑁別簪，光潤無比，仍遞與柳青，道：「請問員外定於何時？又在何地呢？」柳青道：「我為白五兄設靈遙祭，尚有七日的經懺❸。諸事完畢，須得十日工夫。過了十日後，我在莊上等你。但止一件，以三日為期❹。倘你若不能，以後再休要向柳某誇口，你也要甘拜下風了。」蔣平笑道：「好

❷ 經濟：這裏指經世濟民的本領。

❸ 經懺：為超度亡魂，請僧徒為死者誦經拜佛，代為懺悔。

極，好極！過了十日後，俺再到莊，問候員外便了。請。」彼此略一執手，柳青轉身下嶺而去。這裏陸彬、魯英道：「蔣四兄如何就應了他？知他設下甚麼埋伏呢？」蔣平道：「無妨。我與他原無仇隙，不過同五弟生死一片熱心。他若設了埋伏，豈不怕別人笑話他麼？」陸彬又道：「他頭上的簪兒，吾兄如何盜得呢？」蔣平道：「事難預料。到他那裏還有甚麼刁難呢，且到臨期再作道理。」說罷，四人轉身下嶺。此時水手已將骨殖罈安放好了。四人上船，搖起槳來。

不多一會，來到莊中，時已四鼓，從北俠為首，挨次祭奠，也有垂淚的，也有歎息的。因在陸彬家中，不便放聲舉哀。惟有徐慶咧著個大嘴痛哭，蔣平哽咽悲泣不止。眾人奠畢，徐慶、蔣平二人深深謝了大家。從新又飲了一番酒，喫夜飯，方才安歇。

到了次日，蔣爺與大眾商議，即著徐爺押著罈子先回衙署，並派兩名伴當沿途保護而去。這裏眾人調開桌椅飲酒。丁二爺先說起柳青與蔣爺賭戲。智化問道：「這柳青如何？」蔣爺就將當日劫掠黃金述說一番。因他是金頭太歲甘豹的徒弟，慣用蒙汗藥酒、五鼓雞鳴斷魂香。智化道：「他既有這樣東西，只怕將來倒用的著。」

正說之間，只見莊丁拿著一封字柬，向陸大爺低言，說了幾句。陸彬即將字柬接過，拆開細看。陸彬道：「是了，我知道了。告訴他修書不及，代為問好。這些日如有大魚，我必好好收存。等到臨期，不但我親身送去，還要拜壽呢。」莊丁答應，剛要轉身，智化問道：「陸大弟，是何事？我們可以共聞否？」陸彬道：「無甚大事，就是鍾雄那裏差人要魚。」說著話，將字柬遞與智化。智化看畢，笑道：

❹ 期：一本作「限」。

「正要到水寨探訪，不想來了此柬，真好機會也。請問陸賢弟，此時可有大魚？」陸彬道：「早間漁戶報到，昨夜捕了幾尾大魚，尚未開簍❺。」智化道：「妙極。賢弟吩咐管家，叫他告訴來人，就說大王既然用魚，我們明日先送幾尾，看看以為如何。如果使得，我們再照樣捕魚就是了。」陸彬向莊丁道：「你聽明白了？就照著智老爺的話告訴來人罷。」莊丁領命，回覆那人去了。

這裏眾人便問智化：「有何妙策？」智化道：「少時飯畢，陸賢弟先去到船上揀大魚數尾，另行裝簍。待明日我與丁二弟改扮漁戶二名，陸賢弟與魯二弟仍是照常，算是送魚。額外帶水手二名，只用小船一隻足矣。偺們直入水寨，由正門而入，劣兄好看他的佈置如何。到了那裏，二位賢弟只說：『聞得大王不日千秋，要用大魚。昨接華函❻，今日捕得幾尾，特請大王驗看。如果用得，我等回去告訴漁戶，照樣搜捕。大約有數日工夫，再無有不敷之理。』不過說這冠冕言語，又盡人情，又叫他不懷疑忌。劣兄也就可以知道水寨大概情形了。」眾人聽了，歡喜無限，飲酒用飯。陸、魯二人下船揀魚。這裏眾人又細細談論了一番。當日無事。

到了次日，智爺叫陸爺問漁戶要了兩身衣服，不要好的。卻叫陸、魯二人打扮齊整，定於船上相見。智爺與丁二爺惟恐眾人瞧看發笑，他二人帶著伴當，攜了衣服，出了莊門，找了個幽僻之處改扮起來。脫了華衣，抹了面目，帶了斗笠，穿了漁服，拉去鞋襪，將褲腿捲到磕膝之上。然後穿上褲叉兒，繫上破裙，登上芒鞋，腿上抹了污泥。丁二爺更別致，鬢邊還插了一枝野花。二人收拾已畢。各人的伴當已

❺ 開簍：打開取魚的竹製的器具。簍，篇海類編花木類竹部：「簍，取魚竹器。」

❻ 華函：文采華麗的信件。

將二位爺的衣服鞋襪包好。問明下船所在。到了那裏，卻見陸、魯二人遠遠而來，見他二人如此妝束，不由的哈哈大笑。魯英道：「猛然看來，直彷彿怯王二與俏皮李四。」智化道：「很好，我就是王二，丁二弟就是俏皮李四。你們叫著也順口。」吩咐水手，就以王二、李四相稱。陸、魯二人先到船上。智、丁二人隨後上船，卻守著漁獲，一邊一個，真是賣藝應行❼，幹何事，司何事，是再不錯的。陸、魯二人只得在船頭坐了，依然是當家的一般。水手開船，直奔水寨而來。

一葉小舟，悠悠蕩蕩。一時過了五孔大橋，卻離水寨不遠。但見旌旗密佈，劍戟森嚴。又到切近看時，全是大竹紮縛，上面敵樓，下面甕門❽，也是竹子做成的水柵。小船來到寨門，只聽裏面隔著竹柵問道：「小船上是何人？快快說明。不然，就要放箭了。」智化挺身來到船頭，道：「你放嗎箭呀？俺們陳起望的當家的弟兄都來了，特特給你家大王送魚來了。官兒還不打送禮的呢。你又放箭做嗎呢？」裏面的道：「原來是陸大爺、魯二爺麼？請少待，待我回稟。」說罷，乘著小船不見了。

這裏智化細細觀看寨門，見那邊挂著個木牌，字有碗口大小。用目力覷視，卻是一張招募賢豪的榜文。智化暗暗道：「早知有此榜文，我等進水寨多時矣，又何必費此周折。」正在犯想，忽聽鼓樓咕嚕咕嚕的一陣鼓響，下面接著噹、噹、噹幾棒鑼鳴。立刻落鎖抬拴。吱嘍嘍門分兩扇。從裏面沖出一隻小船，上面有個頭目，躬身道：「我家大王請二位爺進寨。」說罷，將船一撥，讓出正路。只見左右兩邊卻有無數船隻一字兒排開，每船上有二人帶刀侍立，後面隱隱又有弓箭手埋伏。船行未到數武，只見路

❼ 應行：內行；行家。應，適合。

❽ 甕門：甕城的門。城門的外垣為甕城，或圓或方，高厚與城相等，作掩護城門、加強防禦之用。

北有接官廳一座，擺設無數的兵器利刃，早有兩個頭目迎接上來，道：「請二位爺到廳上坐。」陸、魯二人只得下船，到廳上遜座獻茶。頭目道：「二位到此何事？」陸彬道：「只因昨日大王差人到了敝莊，寄去華函一封，言不日就是大王壽誕之期，要用大魚。我二人既承鈞命，連夜叫漁戶照樣搜捕。難道頭領不知，大王也沒傳行麼？」那頭目道：「大王業已傳行。這是我們規矩，不得不問。再者也好給跟從人的腰牌。二位休要見怪。」

原來此廳是鍾雄設立，盤查往來行人的。雖是至親好友進了水寨，必要到此廳上。雖不能挂號，他們也要暗暗記上門簿❾，記上年月日時，進寨為著何事，總要寫個略節。今日陸、魯之來，鍾雄已然傳令知會了。他們非是不知道，卻故意盤查盤查，一來好登門簿，二來查看隨從來幾名，每人給腰牌一個。待事完回來時，路過此處，再將腰牌繳回。一個水賊竟有如此規矩！

且說頭目問明了來歷。此時水手漁戶既然給了腰牌。又有一個頭目陪著陸、魯二人從新上了船，這才一同來到鍾雄住居之所。好大一所宅子，甚是煊赫，猶如府第一般。竟敢設立三間宮門❿，有多少帶刀虞候兩旁侍立。頭目先跑上臺階，進內回稟。陸、魯二人在階下恭候。智爺與丁二爺抬著魚簍，遠遠而立，卻是暗暗往四下偷看。見周圍水繞住宅，惟中間一條直路卻甚平坦。正南面一座大山正是軍山，正對宮門。其餘峰嶺不少，高低不同。原來這水寨在軍山山環之間，真是山水匯源之地。再往那邊看去，但見樹木叢雜，隱隱的旗旛招展，想來那就是旱寨了。

---

❾ 門簿：即門房記錄本子。

❿ 竟敢設立三間宮門：三間宮門是古代諸侯才可享用的建築，故說他「竟敢設立」。

此時卻聽見傳梆擊點，已將陸、魯弟兄請進。遲不多會，只見跑出三四人來站在臺階上點手，道：「將魚抬到這裏來。」智爺聽見，只得與丁二爺抬過來，就要上臺階兒。早有一人跑過來道：「站住！你們是進不去的。」智化道：「俺怎麼進不去呢？」有一人道：「朋友，告訴你，這個地方大王傳行的緊，閒雜人等是進不去的了。」智化道：「怎麼著？難道俺們是閒雜人？你們是幹嗎的呢？」那人道：「我們是跟著頭目當散差使，俗名叫作打雜兒的。」智爺道：「哦！這就是了。這末說起來，你們是不閒盡雜了。」那人聽了，道：「好呀！真正會說。」又有一個道：「你本來胡鬧。張口就說人家閒雜人，怎麼怨得人家說呢？快著罷。忙忙接過來，抬著走罷。」說罷，二人接過來，將魚簍抬進去了。

不知後文如何，且聽下回分解。

第一百十二回　招賢納士准其投誠　合意同心何妨結拜

且說智爺、丁爺見他等將魚簍抬進去了，得便又望裏面望了一望，見樓臺殿閣，畫棟雕樑，壯麗非常。暗道：「這鍾雄也就僭越❶的很呢。」二人在臺基之上等候。又見方才抬魚那人出來，叫：「王哥哥，王哥哥，你真會喫個巧兒。我告訴你，這是兩包銀子，每包二兩，大王賞你們倆的。」智爺接過道：「回去替俺倆謝賞。」又將包兒顛了一顛。那人道：「你顛他做甚麼？」智爺道：「俺顛著，你可別打俺們的脖子拐❷呀。」那人笑道：「豈有此理！你也太知道的多了。你看你們夥計，怎麼不言語呢？」智爺道：「你還不知道他呢，他叫俏皮李四。他要鬧起俏皮來，只怕你更架不住。」

剛說到此，只見陸、魯二人從內出來，兩旁人俱各垂手侍立。仍是那頭目跟隨，下了臺階。智、丁二人也就一同來到船邊，乘舟搖槳，依然由舊路回來。到了接官廳，將船攏住。那頭目還讓廳上待茶，陸、魯二人不肯。那人縱身登岸，復又執手。此時早有人將智、丁與水手的腰牌要去。水手搖槳，離寨門不遠，只見方才迎接的那隻小船，有個頭目將旗一展，又是一聲鑼鼓齊鳴，開了竹柵。小船上的頭目送出陸、魯的船來，即撥轉船頭，進了竹柵，依然鑼鼓齊鳴，寨門已閉。真是法令森嚴，甚是齊整。智

❶ 僭越：超出規定範圍。僭，超越身分。

❷ 脖子拐：意指拐我們的銀子。

化等深加稱讚。

及至過了五孔橋，忽聽丁二爺噗嗤的一笑，然後又大笑起來。陸、魯二人連忙問道：「丁二哥，笑甚麼？」兆蕙道：「實實憋的我受不的了。這智大哥妝甚麼像甚麼，真真嘔人。」便將方才的那些言語述了一遍，招的陸、魯二人也笑了。丁二爺道：「我彼時如何敢答言呢，就只自己忍了又忍。後來智大哥還告訴那人說我俏皮，那知我俏皮的都不俏皮了。」說罷，復又大笑。智化道：「賢弟不知，凡事到了身臨其境，就得搜索枯腸，費些心思，稍一疎神，馬腳畢露。假如平日原是你為你，我為我。若到今日，你我之外又有王二、李四。他二人原不是你我；既不是你我，必須將你之為你，我之為我俱各撇開，應是他之為他。既是他之為他，他之中決不可有你，也不可有我。能彀如此設身處地的做去，斷無不像之理。」丁二爺等聽了，點頭稱是，佩服之至。

說話間，已到莊中。只見北俠等俱在莊門瞭望，見陸、魯等回來，彼此相見。忽見智化、兆蕙這樣形景，大家不覺大笑。智化卻不介意，回手從懷中掏出兩包兒銀子，賞了兩個水手，叫他不可對人言講。眾人說說笑笑，來到客廳上。智爺與丁爺先梳洗改妝，然後大家就座。方問：「探的水寨如何？」智爺將寨內光景說了，又道：「鍾雄是個有用之材，惜乎缺少輔佐，竟是用而不當了。再者他那裏已有招賢的榜文，明日我與歐陽兄先去投誠，看是如何。」蔣平失驚道：「你二位如何去得。現今展大哥尚且不知下落，你二人再若去了，豈不是自投羅網呢？」智化道：「無妨。既有招賢的榜，決無陷害之心。他若懷了歹意，就不怕阻了賢路麼？而且不入虎穴，焉能伏得鍾雄。眾位弟兄放心，成功直在此一舉。料得定的是真知。」計議已定，大家飲酒喫飯。是日無話。

到了次日，北俠扮作個赳赳的武夫，智化扮作個翩翩公子，各自佩了利刃一把，找了個買賣渡船，從上流頭慢慢的搖曳，到了五孔橋下。船家道：「二位爺往那裏去？」智爺道：「從橋下過去。」船家道：「那裏到了水寨了。」智爺道：「我等正要到水寨。」船家慌道：「他那裏如何去得？小人不敢去的。」北俠道：「無妨。有我們呢，只管前去。」船家尚在猶疑，智化道：「你放心。那裏有我的親戚朋友，是不妨事的。」船家無奈何，戰戰哆嗦，撐起篙來。過了橋，更覺的害起怕來。好容易剛到寨門，只聽裏面吱的一聲，船家就堆縮了一塊。又聽得裏面道：「甚麼人到此？快說！不然就要放箭了。」智化道：「裏面聽真。我們因聞得大王招募賢豪，我等特來投誠。若果有此事，煩勞通稟一聲。如若掛榜是個虛文，你也不必通報，我們也就回去了。」裏面的答道：「我家大王求賢若渴，豈是虛文。請少待，我們與你通稟去。」不多時，只聽敵樓一陣鼓響，又是三棒鑼鳴，水寨竹柵已開。從裏面沖出一隻小船，上面有個頭目，道：「既來投誠，請過此船。那隻船是進去不得的。」這船家聽了，猶如放赦一般，連忙催道：「二位快些過去罷。」智化道：「你不要船價麼？」船家道：「爺，改日再賞罷，何必忙在一時呢。」智爺笑了一笑，向兜肚中摸出一塊銀子，道：「賞你喫杯酒罷。」船家喜出望外。二位爺跳在那邊船上。這船家不顧性命的，連撐幾篙，直奔五孔橋去了。

且說北俠、黑妖狐進了水寨，門就閉了。一時來到接官廳，下來兩個頭目，智化看時卻不是昨日那兩個頭目。而且昨日自己未到廳上，今日見他等迎了上來。連忙棄舟登岸，彼此執手。到了廳上，遜座獻茶。這頭目謙恭和藹的問了姓名，以及來歷備細。著一人陪坐，一人通報。不多時，那頭目出來，笑容滿面，道：「適才稟過大王。大王聞得二位到來，不勝歡喜。並且問歐陽爺可是碧睛紫髯的紫髯伯麼？」

智化代答道：「正是。我這兄長就是北俠紫髯伯。」頭目道：「我家大王言歐陽爺乃當今名士，如何肯臨賤地，總有些疑似之心。忽然想起歐陽爺有七寶刀一口，堪作實驗。意欲借寶刀一觀，不知可肯賜教否？」北俠道：「這有何難。刀在這裏，即請拿去。」說罷，從裏衣取下寶刀，遞與頭目。頭目雙手捧定，恭恭敬敬的去了。遲不多時，那頭目轉來道：「我家大王奉請二位爺相見。」智化聽頭目之言，二位下面添了個爺字，就知有些意思。便同北俠下船，來到泊岸，到了宮門。北俠袒腹挺胸，氣昂昂英風滿面；智化卻是一步三扭，文縐縐酸態週身。

進了宮門，但見中間一溜花石甬路，兩旁嵌著石子直達月臺。再往左右一看，俱有配房五間，襯殿七間，俱是畫棟雕樑，金碧交輝，而且有一塊鬧龍金匾，填著洋藍青字，寫著銀安殿三字。剛到廊下，早有虞候高挑簾櫳。只見有一人身高七尺，面如獬豸❸，頭戴一頂鬧龍軟翅繡蓋巾，身穿一件鬧龍寬袖團花紫氅，腰繫一條香色垂穗如意絲縧，足登一雙元青素緞時款官靴。鍾雄略一執手，道：「請了。」吩咐看座獻茶。北俠也就執了一執手。智爺卻打一躬。彼此就座。鍾雄又將二人看了一番，便對北俠道：「此位想是歐陽公了。」北俠道：「豈敢。僕歐陽春聞得寨主招賢納士，特來竭誠奉謁❹。素昧平生，殊深冒瀆❺。」鍾雄道：「久仰英名，未能面晤，曷勝悵望❻。今日幸會，實慰鄙懷。適才瞻仰寶刀，

---

❸ 獬豸：傳說中的獸名。楊孚異物志：「北荒之中有獸，名獬豸，一角，性別曲直。見人鬥，觸不直者。聞人爭，咋不正者。」

❹ 竭誠奉謁：竭盡忠誠，全心全意的拜見。

❺ 冒瀆：輕慢；魯莽。

真是稀世之物，可羨呀可羨！」

智化見他二人說話，卻無一語道及自己，未免有些不自在。因鍾雄稱羨寶刀，便說道：「此刀雖然是寶，然非至寶也。」鍾雄方對智化道：「此位想是智公了。如此說來，智公必有至寶。」智化道：「僕子然一身之外，並無他物，何至寶之有？」鍾雄道：「請問至寶安在？」智爺道：「至寶在在❼皆有，處處皆是。為善以為寶，仁親以為寶，土地人民政事又是三寶。寨主何得舍正路而不由，嘖嘖以刀為寶乎？再者僕等今日之來，原是投誠，並非獻刀。寨主只顧稱羨此刀，未免重物輕人。惟望寨主賤貨而貴德，庶不負招賢的那篇文字。」鍾雄聽智化咬文嚼字的背書，不由的冷哂❽道：「智公所論雖是，然而未免過於腐氣了。」智化道：「何以見得腐氣？」鍾雄道：「智公所說的全是治國為民道理。我鍾雄原非三臺卿相，又非世胄功勳，要這些道理何用？」智化也就微微冷哂道：「寨主既知非三臺卿相，又非世胄功勳，何得穿鬧龍服色，坐銀安寶殿？此又智化所不解也。」一句話說的鍾雄啞口無言。半晌，忽然向智化一揖，道：「智兄大開茅塞，鍾雄領教多多矣。」從新復又施禮，將北俠、智化讓到客位，分賓主坐了。即喚虞候等看酒宴伺候。又悄悄吩咐了幾句。虞候轉身不多時，拿了一個包袱來，連忙打開。鍾雄便脫了鬧龍紫氅，換了一件大領天藍花氅，除去鬧龍頭巾，戴一頂碎花武生頭巾。北俠道：「寨主何必忙在一時呢？」鍾雄道：「適才聽智兄之言，覺得背生芒刺，是早些換的好。」

---

❻ 曷勝悵望：何等地悵然想望。

❼ 在在：處處；到處。

❽ 冷哂：冷笑。哂，微笑；譏笑。

此時酒宴已擺設齊備。鍾雄遜讓再三，仍是智爺、北俠上座，自己下位相陪。飲酒之間，鍾雄又道：「既承智兄指教，我這殿上……」剛說至此，自己不由的笑了，道：「還敢忝顏❾稱殿。我這廳上匾額應當換個名色方好。」智爺道：「若論匾額名色極多，若是晦了不好，不貼切也不好。總要雅俗共賞，使人一見即明，方覺恰當。」仰面想了一想道：「卻倒有個名色，正對寨主招募賢豪之意。」鍾雄道：「是何名色？」智化道：「就是思齊堂三字，雖則俗些，卻倒現成。『見賢思齊焉』。此處原是待賢之所，寨主卻又求賢若渴。既曰思齊，是已見了賢了。必思與賢齊，然後不負所見。正是說寨主已得賢豪之意。然而這賢字弟等卻擔不起。」鍾雄道：「智兄太謙了。今日初會，就教導弟歸於正道，非賢而何？我正當思齊，好極，妙極！清而且醒，容易明白。」立刻吩咐虞候即到船場，取木料改換匾額。三人傳盃換盞，互應議論，無非是行俠尚義，把個鍾雄樂的手舞足蹈，深恨相見之晚，情願與北俠、智化結為異姓兄弟。智化因見鍾雄英爽，而且有意收伏他，只得應允。那知鍾雄是個性急人，登時叫虞候備了香燭，敘了年庚，就在神前立盟。北俠居長，鍾雄次之，智化第三。結拜之後，復又入席，你兄我弟，這一番暢快，樂不可言。鍾雄又派人到後面把世子喚出來。原來鍾雄有一男一女，女名亞男，年方十四歲，子名鍾麟，年方七歲。

不多時，鍾麟來到廳上。鍾雄道：「過來拜了歐陽伯父。」北俠躬身還禮，鍾雄斷斷不依。然後又道：「這是你智叔父。」鍾麟也拜了。智化拉著鍾麟細看，見他方面大耳，目秀眉清，頭戴束髮金冠，身穿立水蟒袍。問了幾句言語，鍾麟應答如流。智化暗道：「此子相貌非凡，我今既受了此子之拜，將

❾忝顏：厚顏。忝，羞辱。自謙詞。

來若負此拜，如何對的過他呢！」便叫虞候送入後面去了。鍾雄道：「智賢弟，看此子如何？」智化道：「好則好矣。小弟又要直言了。方才姪兒出來，嚇了小弟一跳，真不像吾兄的兒郎，竟彷彿守缺的太子。以此如何使得？再者世子之稱，也屬越禮，總宜改稱公子為是。」鍾雄拍手大樂，道：「賢弟見教，是極，是極！劣兄從命。」回頭便吩咐虞候等人，從此改稱公子。

你道鍾雄既能言聽計從，說甚麼就改甚麼，智化何不勸他棄邪歸正，豈不省事，又何必後文費許多周折呢？這又有個緣故。鍾雄占據軍山非止一日，那一派的驕侈倨傲，同流合污，已然習慣性成，如何一時能殼改的來呢？即或悛改❿，稍不如意，必至依然照舊，那不成了反覆小人了麼？就是智化今日勸他換了鬧龍服色，除了銀安匾額，改了世子名號，也是試探鍾雄服善不服善。他要不服善，情願以賊寇叛逆終其身，那就另有一番剿滅的謀略。誰知鍾雄不但服善，而且勇於改悔。知時務者，呼為俊傑。他既是好人，智化焉有不勸他之理。所以後文智化委曲婉轉，務必叫鍾雄歸於正道，方見為朋友的一番苦心。

是日三人飲酒談心，到更深夜靜方散。北俠與智爺同居一處。智爺又與北俠商議如何搭救沙龍、展昭，便定計策，必須如此如此方妥。商議已畢，方才安歇。

不知如何救他二人，且聽下回分解。

---

❿ 悛改：悔改。悛，音ㄑㄩㄢ。改過。

第一百十三回　鍾太保貽書招賢士　蔣澤長冒雨訪賓朋

且說北俠、智化二人商議已畢，方才安歇。到了次日，鍾雄將軍務料理完時，便請北俠、智爺在書房相會。今日比昨日更覺親熱了。閒話之間，又提起當今之世誰是豪傑，那個是英勇。北俠道：「劣兄卻知一個人，惜乎他為宦途羈絆，再也不能到此。」鍾雄道：「是何等人物？姓甚名誰？」北俠道：「就是開封府的四品帶刀護衛展昭字熊飛，為人行俠尚義，濟困扶危，人人都稱他為南俠，敕封號為御貓，他乃當世之豪傑也。」鍾雄聽了，哈哈大笑，道：「此人現在小弟寨中，兄長如何說他不能到此？」北俠故意喫驚道：「南俠如何能彀到此地呢？劣兄再也不信。」鍾雄道：「說起來話長。襄陽王送了一個罈子來，說是大鬧東京錦毛鼠白玉堂的骨殖，交到小弟處。小弟念他是個英雄，將他葬在五峰嶺上，小弟還親身祭奠一回。惟恐有人盜去此罈，就在那墳塚前刨了個梅花塹坑，派人看守，以防不虞。不料遲不多日，就拿了二人：一個是徐慶，一個是展昭。那徐慶已然脫逃。展昭弟也素所深知，原要叫他作個幫手，不想他執意不肯，因此把他囚在碧雲崖下。」北俠暗暗歡喜，道：「此人頗與劣兄相得，待明日作個說客，看是如何。」

智化接言道：「大哥既能說南俠，小弟還有一人，也可叫他投誠。」鍾雄道：「賢弟所說之人為誰呢？」智化道：「說起此人也是有名的豪傑。他就在臥虎溝居住，姓沙名龍。」鍾雄道：「不是拿藍驍的沙員外麼？」智化道：「正是。兄何以知道？」鍾雄道：「劣兄想此人久矣！也曾差人去請過，誰知他不肯來。後來聞得黑狼山有失。劣兄還寫一信與襄陽王，叫他把此人收伏，就叫他把守黑狼山，卻是人地相宜。至今未見回音，不知事體如何。」智化道：「既是兄長知道此人，小弟明日就往臥虎溝便了。大約小弟去了，他沒有不來之理。」鍾雄聽了大樂。三個人就在書房飲酒用飯，不必細表。

到次日，智化先要上臥虎溝。鍾雄立刻傳令開了寨門，用小船送出竹柵，過了五孔橋。他卻不奔臥虎溝，竟奔陳起望而來。進了莊中，莊丁即刻通報。眾人正在廳上，便問投誠事體如何。智爺將始末原由說了一遍，深讚鍾雄是個豪傑，惜乎錯走了路頭，必須設法將這朋友提出苦海方好。又將與歐陽兄定計搭救展大哥與沙大哥之事說了。蔣平道：「事有湊巧。昨晚史雲到了。他說因找歐陽兄，到了茉花村，說與丁二爺起身了。他又趕到襄陽，見了張立，方知歐陽兄、丁二弟與智大哥俱在按院那裏。他又急趕到按院衙門，盧大哥才告訴他說，俗們都上陳起望了，他從新又到這裏來。所以昨晚才到。」智化聽了，即將史雲叫來，問他按院衙門可有甚麼事。史雲道：「我也曾問了。盧大爺叫問眾位爺們好，說衙門中甚是平安。顏大人也好了。徐三爺也回去了，諸事妥當。請諸位爺們放心。」智化道：「你來得正好。歇息兩日，即速回臥虎溝，告訴孟、焦二人，叫他將家務派妥當人管理，所有漁戶獵戶人等，凡有本領的，齊赴襄陽太守衙門。」丁二爺道：「金老爺那裏如何住得許多人呢？」智化笑道：「劣兄早已預料，已在漢皋那裏修葺下些房屋。」陸彬道：「漢皋就是方山，在府的正北上。」智化道：「正是此處。張立盡知。到了那裏，見了張立，便有居住之處了。」說罷，人家入席飲酒。

蔣平問道：「鍾雄到底是幾時生日？」智化道：「前者結拜時已敘過了。還早呢，尚有半月的工夫。

我想要制服他，就在那生日。趁著忙亂之時，必要設法把他請到此處。你我眾兄弟以大義開導他，一來使他信服，二來把聖旨相諭說明，他焉有不傾心向善之理。」丁二爺道：「如此說來，不用再設別法。只要四哥到柳員外莊上贏了柳青，就請帶了斷魂香來。臨期如此如此，豈不大妙？」智化點頭道：「此言甚善。不知四弟幾時才去？」蔣平道：「原定於十日後，今剛三日。再等四五天，小弟再去不遲。」智化道：「很好。我明日回去，先將沙大哥救出。然後暗暗探他的事件，掌他的權衡❶，那時就好說了。」這一日大家聚飲歡呼，至三鼓方散。

第二日智化別了眾人，駕一小舟，回至水寨，見了鍾雄。鍾雄問道：「賢弟為何回來的這等快？」智化道：「事有湊巧。小弟正往臥虎溝進發，恰好途中遇見臥虎溝來人。問沙員外，原來早被襄陽王拿去，囚在王府了。因此急急趕回，與兄長商議。」鍾雄道：「似此，如之奈何？」智化道：「據小弟想來，襄陽王既因沙龍，必是他不肯順從。莫若兄長寫書一封，就說俗們這裏招募了賢豪，其中頗有與沙龍至厚的；若要將他押到水寨，叫這些人勸他歸降，他斷無不依的。不知兄長意下如何？」鍾雄道：「此言甚善。就求賢弟寫封書信罷。」智化立刻寫了封懇切書信，派人去了。

智化又問：「歐陽兄說的南俠如何？」鍾雄道：「昨日去說，已有些意思。今日又去了。」正說間，虞候報：「歐陽老爺回來了。」鍾雄、智化連忙迎出來，問道：「南俠如何不來？」北俠道：「劣兄說至再三，南俠方才應允，務必叫親身去請，一來見賢弟誠心，二來他臉上覺得光彩。」智化在旁幫襯道：「兄長既要招募賢豪，理應折節❷下士。此行斷不可少。」鍾雄慨然應允。於是大家乘馬到了碧雲崖。這原是

❶ 掌他的權衡：即掌握他的權力。

北俠作就活局。從新給他二人見了。彼此謙遜了一番，方一同回轉思齊堂。四個人聚飲談心，歡若平生。

再說那奉命送信之人到了襄陽王那裏，將信投遞府內。誰知襄陽王看了此書，暗暗合了自己心意，恨不得沙龍立時歸降自己，好作幫手。急急派人押了沙龍送到軍山。送信人先趕回來，報了回信。智化便對鍾雄道：「沙員外既來了，待小弟先去迎接。仗小弟舌上鈍鋒❸，先與他陳說利害，再以交誼規勸，然後述說兄長禮賢下士。如此諄諄勸勉，包管投誠無疑矣。」鍾雄聽了，大悅。即刻派人備了船隻，開了竹柵。他只知智化迎接沙龍遞信，那知他們將圈套細說明白。一同進了水寨，把沙龍安置在接官廳上。智化卻先來，見了鍾雄道：「小弟見了沙員外，說到再三。沙員外道，他在臥虎溝，雖非簪纓❹，卻乃清白的門楣。只因誤遭了贓官局騙，以致被獲遭擒，已將生死置於度外。既不肯歸降襄陽王，如何肯投誠鍾太保呢。」鍾雄道：「如此說來，這沙員外是斷難收伏的了。」智化道：「虧了小弟百般的苦勸，又述說兄長的大德。他方說道：『為人要知恩報恩。既承寨主將俺救出囹圄❺之中，如何敢忘大德。話要說明了，俺若到了那裏，情願以客自居，所有軍務之事概不與聞，止如是相好朋友而已。倘有急難之處用著俺時，必效犬馬之勞，以報今日之德。』」小弟聽他這番言語，他是怕墮了家聲，有些留戀故鄉之意。然而既肯以朋友相許，這是他不肯歸伏之歸伏了。若再諄諄，又恐怕他不肯投誠。因此安置他在接

❷ 折節：屈己人下，降低身分。

❸ 舌上鈍鋒：謙詞。指自己不善於詞令。

❹ 簪纓：古代官吏的冠飾，以喻顯貴。

❺ 囹圄：音ㄌㄧㄥˊ ㄩˇ。牢獄。

官廳上，特來稟兄長得知。」北俠在旁答道：「只要肯來便好說了，甚麼客不客呢，全是好朋友罷了。」鍾雄笑道：「誠哉是言也！還是大哥說的是。」南俠道：「俗們還迎他不迎呢？」智化道：「可以不必遠迎，止於在宮門接接就是了。小弟是先要告辭了。」

不多時，智化同沙龍到來，上了泊岸，望宮門一看，見多少虞候侍立宮門之下，鍾太保與南北兩俠等候。智化導引在前，沙龍在後，登臺階，兩下彼此迎湊。智化先與鍾雄引見。沙龍道：「某一介魯夫，承寨主錯愛，實實叨恩不淺。」鍾雄道：「久慕英名，未能一見。今日幸會，何樂如之！」智化道：「此位是歐陽兄，此位是展大哥。」沙龍一一見了，又道：「難得南北二俠俱各在此，這是寨主威德所致，我沙龍今得附驥，幸甚呀幸甚！」鍾雄聽了，甚為得意。彼此來到思齊堂，分賓主坐定。鍾雄又問沙龍，如何到了襄陽王那裏。沙龍便將縣宰的騙局說了。「若不虧寨主救出囹圄，俺沙某不復見天，實實受惠良多。改日自當酬報。」鍾雄道：「你我作豪傑的，乃是常事，何足掛齒。」沙龍又故意的問了問南北二俠。彼此攀話。酒宴已擺設下。鍾雄讓沙龍。沙龍謙讓再三，寨主長，寨主短。鍾雄是個豪傑，索性敘明年庚，即以兄長呼之，真是英雄的本色。沙龍也就磊磊落落，不鬧那些虛文。

飲酒之間，鍾雄道：「難得今日沙兄長到此，足慰平生。方才智賢弟已將兄長的豪志大度說明，沙兄長只管在此居住，千萬莫要拘束。小弟決不有費清心。惟有歐陽兄、展兄，小弟還要奉託，替小弟操勞。從今後水寨之事求歐陽兄代為管理；旱寨之事原有妻弟姜鎧料理，恐他一人照應不來，求展兄協同經理。智賢弟作個統轄，所有兩寨事務全要賢弟稽查。眾位兄弟如此分勞，小弟就可以清閒自在。每日與沙大哥安安靜靜的盤桓些時，庶不負今日之歡聚，素日之渴想。」智化聽了，甚合心意，也不管南北二俠應與不應，他就滿口應承。是日四人盡歡而散。

到了次日，鍾雄傳諭大小頭目：所有水寨事務俱回北俠知道；旱寨事務俱回南俠與姜爺知道；倘有兩寨不合宜之事，俱各會同智化參酌。不上五日工夫把個軍山料理得益發整齊嚴肅，所有大小頭目兵丁無不歡呼頌揚。鍾雄得意洋洋，以為得了幫手，樂不可言。那知這些人全是算計他的呢。

且說蔣平在陳起望，到了日期，應當起身，早別了丁二爺與陸、魯二人，竟奔柳家莊而來。此時正在深秋之際，一路上黃花鋪地，落葉飄飄，偏偏陰雨密佈，淅淅泠泠下起雨來。蔣爺以為深秋沒有甚麼大雨，因此冒雨前行。誰知細雨濛濛，連綿不斷，颳來金風瑟瑟，遍體清涼。低頭看時，渾身皆濕。再看天光，已然垂暮。又算計柳家莊尚有四十五里之遙，今日斷不能到。幸虧今日是十日之期，就是明日到，也不為遲。因此要找個安身之處，且歇息避雨。往前又趲行了幾里，好容易看見那邊有座廟宇，急急奔到山門，敲打聲喚，再無人應。心內甚是躊躇，更兼渾身皆濕，秋風吹來，冷不可當。自己說道：「利害！真是『一場秋雨一場寒』。這可怎麼好呢？」只見那邊柴扉開處，出來一老者，打著一把半零不落的破傘。見蔣平瘦弱身軀，猶如水雞兒一般唏唏呵呵的，心中不忍，便問道：「客官，想是走路遠了，途中遇雨。如不憎嫌，何不到我豆腐房略為避避呢！」蔣平道：「難得老丈大發慈悲。只是小可素不相識，怎好攪擾！」老丈道：「有甚要緊。但得方便地，何處不為人。休要拘泥。請呀！」蔣平見老丈誠實，只得隨老丈進了柴扉。

不知老丈是誰，且聽下回分解。

第一百十四回　忍饑挨餓進廟殺僧　少水無茶開門揖盜

且說蔣平進了柴扉一看，卻是三間茅屋，兩明間有磨與屜板羅榻等物，果然是個豆腐房。蔣平將濕衣脫下，擰了一擰，然後抖晾。這老丈先燒了一碗熱水，遞與蔣平。蔣平喝了幾口，方問道：「老丈貴姓？」老丈道：「小老兒姓尹，以賣豆腐為生。膝下並無兒女，有個老伴兒。就在這裏居住。請問客官貴姓，要往何處去呢？」蔣平道：「小可姓蔣，要上柳家莊找個相知，不知此處離那裏還有多遠？」老丈道：「算來不足四十里之遙。」說話間，將壁燈點上。見蔣平抖晾衣服，即回身取了一捆柴草來，道：「客官就在那邊空地上將柴草引著，又向火，又烘衣，只是小心些就是了。」蔣平深深謝了，道：「老丈放心。小可是曉得的。」尹老兒道：「老漢動轉一天也覺乏了。客官烘乾衣服也就歇息罷，恕老漢不陪了。」蔣平道：「老丈但請尊便。」尹老兒便向裏屋去了。

蔣平這裏向火烘衣，及至衣服快乾，身體煖和，心裏卻透出餓來了，暗道：「自我打尖後只顧走路，途中再加上雨淋，竟把餓忘了。說不得只好忍一夜罷了。」便將破床撢了撢，倒下頭，心裏想著要睡。那知肚子不作勁兒，一陣陣咕嚕嚕的亂響，鬧的心裏不得主意，突突突的亂跳起來，自己暗道：「不好。索性不睡的好。」將壁燈剔了一剔，悄悄開了屋門，來到院內。仰面一看，見滿天星斗，原來雨住天晴。正在仰望之間，耳內只聽乒乒乓乓猶如打鐵一般。再細聽時，卻是兵刃交架的聲音，心內不由的一動，思忖道：「這樣荒僻去處，如何黃夜比武呢？倒要看看。」登時把餓也忘了，縱身跳出土牆，順著聲音一聽，恰好就在那邊廟內。急急緊行幾步，從廟後越牆而過。見那邊屋內燈光明亮，有個婦人啼哭，連忙挨身而入。

婦人一見，唬的驚慌失色。蔣爺道：「那婦人休要害怕。快些說明，為何事來，俺好救你。」那婦人道：「小婦人姚王氏，只因為與兄弟回娘家探望，途中遇雨，在這廟外山門下避雨，被僧人開門看見，將我等讓到前面禪堂。剛然坐下，又有人擊戶，也是前來避雨的，僧人道：『前面禪堂男女不便。』就將我等讓在這裏。誰知這僧人不懷好意，到了一更之後，提了利刃進來時，先將我兄弟踢倒，捆縛起來，就要逼勒於我。是小婦人著急喊叫，僧人道：『你別嚷！俺先結果了前面那人，回來再合你算賬。』因此提了利刃，他就與前面那人殺起來了。望乞爺爺搭救搭救。」蔣爺道：「你不必害怕。待俺幫那人去。」說罷，回身見那邊立著一根門閂，拿在手中，趕到跟前。見一大漢左右躲閃，已不抵敵；再看和尚，上下翻騰，堪稱對手。蔣爺不慌不忙將門閂端了個四平，彷彿使鎗一般，對準那僧人的脇下，一言不發儘力的一戳，那僧人只顧趕殺那人，那知他身後有人戳他呢。冷不防覺得左脇痛徹心髓，翻觔斗栽倒塵埃。前面那人見僧人栽倒，趕上一步，抬腳往下一跺。只聽的拍的一聲，僧人的臉上已然著重，這僧人好苦，臨死之前，先挨一戳，後挨一跺。噯喲一聲，手一扎煞，刀已落地。蔣爺撇了門閂，趕上前來，搶刀在手，往下一落。這和尚登時了賬。歎他身入空門，只因一念之差，枉自送了性命。

且說那人見蔣平殺了和尚，連忙過來施禮，道：「若不虧恩公搭救，某險些兒喪在僧人之手。請問尊姓大名？」蔣平道：「俺姓蔣名平。足下何人？」那人道：「噯呀！原來是四老爺麼。小人龍濤。」

說罷，拜將下去。蔣四爺連忙攙起，問道：「龍兄為何到此？」龍濤道：「自從拿了花蝶與兄長報仇，後來回轉本縣繳了回批，便將捕快告退不當，躲了官的轄制。自己務了農業，甚是清閒。只因小人有個姑母別了三年，今日特來探望。不料途中遇雨，就到此廟投宿。忽聽後面聲嚷救人，正欲看視，不想這個惡僧反來尋找小人，與他對壘。不料將刀磕飛。可惡僧人好狠，連搠幾刀，皆被我躲過。正在危急。若不虧四老爺前來，性命必然難保，實屬再生之德。」蔣平道：「原來如此。你我且到後面，救那男女二人要緊。」

蔣平提了那僧人的刀在前，龍濤在後跟隨，來到後面，先將那男人釋放，姚王氏也就出來叩謝。龍濤問道：「這男女二人是誰？」蔣爺道：「他是姊弟二人，原要回娘家探望，也因避雨，誤被惡僧誆進。方才我已問過，乃是姚王氏。」龍濤道：「俺且問你，你丈夫他可叫姚猛麼？」婦人道：「正是。」龍濤道：「你婆婆可是龍氏麼？」婦人道：「益發是了。不幸婆婆已於去年亡故了。」龍濤聽說他婆婆亡故了，不覺放聲大哭，道：「嗳呀！我那姑母呀！何得一別三年，就作了故人了。」姚王氏聽如此說，方細看了一番，猛然想起道：「你敢是表兄龍濤哥哥麼？」龍濤此時哭的說不上話來，止於點頭而已。姚王氏也就哭了。蔣爺見他等認了親戚，便勸龍濤止住哭聲。龍濤便問道：「表弟近來可好？」敘了多少話語。龍濤又對蔣爺謝了，道：「不料四老爺救了小人並且救了小人的親眷，如此恩德，何以答報！」蔣爺道：「你我至契好友，何出此言。龍兄，你且同我來。」

龍濤不知何事，跟著蔣爺，左尋右找，到了廚房。現成的燈燭，仔細看時，不但菜蔬饅首，而且有一瓶好燒酒。蔣爺道：「妙極，妙極！我實對龍兄說罷，我還沒喫飯呢。」龍濤道：「我也覺得餓了。」

蔣爺道：「來罷，來罷，俗們搬著走。大約他姐兒兩個也未必喫飯呢。」龍濤見那邊有個方盤，就拿出那當日賣煎餅的本事來了，端了一方盤。蔣爺提了酒瓶，拿了酒盃碗碟筷子等，一同來到後面。他姐兒兩個果然未進飲食，卻不喝酒，就拿了菜蔬點心在屋內喫。蔣爺與龍濤在外間，一壁飲酒，一壁敘話。龍濤便問蔣爺何往。蔣爺便敘述已往情由，如今要收伏鍾雄，特到柳家莊找柳青要斷魂香的話，說了一遍。龍濤道：「如此說來，眾位爺們俱在陳起望。不知有用小人處沒有？」蔣爺道：「你不必問哪。明日送了令親去，你就到陳起望去就是了。」龍濤道：「既如此，我還有個主意。我這表弟姚猛，身量魁梧，與我不差上下。他不過年輕些。明日我與他同去如何？」蔣平道：「那更好了。到了那裏，丁二爺你是認得的，就說俗們遇著了。還有一宗，你告訴丁二爺，就求陸大爺寫一封薦書，你二人直奔水寨，投在水寨之內。現有南北二俠，再無有不收錄的。」龍濤聽了，甚是歡喜。

二人飲酒多時，聽了聽已有雞鳴，蔣平道：「你們在此等候我，我去去就來。」說罷，出了屋子，仍然越過後牆，到了尹老兒家內。又越了土牆，悄悄來到屋內。見那壁上燈點的半明不滅的，從新剔了一剔，故意的咳嗽，將尹老兒驚醒，伸腰欠口，道：「天是時候了。該磨豆腐了。」說罷，起來，出了裏屋，見蔣爺在床上坐著，便問道：「客官起來的恁早？想是夜靜有些寒涼。」蔣平道：「此屋還煖和，多承老丈挂心。天已不早了，小可要趕路了。」尹老兒道：「何必忙呢？等著熱熱的喝碗漿，煖煖寒，再去不遲。」蔣爺道：「多承美意，改日叨擾罷。小可還有要緊事呢。」說著話，披上衣服，從兜肚中摸出一塊銀子，足有二兩重，道：「老丈，些須薄禮，望乞笑納。」老丈道：「這如何使得？客官在此屈尊一夜，費了老漢甚麼，如何破費許多呢？小老兒是不敢受的。」蔣爺道：「老丈休要過謙。難得你一片好心。再要推讓，反覺得不誠實了。」說著話，便掖在尹老兒袖內。尹老兒還要說話，蔣爺已走到院內，只得謝了又謝，送出柴扉。彼此執手。那尹老兒還要說話，見蔣爺已走出數步，只得回去，掩上柴扉。

蔣爺仍然越牆進廟。龍濤便問：「上何方去了？」蔣平將尹老兒留住的話說了一遍。龍濤點頭，道：「四老爺作事真個周到。」蔣平道：「偺們也該走了。龍兄送了令親之後，便與令表弟同赴陳起望便了。」龍濤答應。四人來到山門。蔣爺輕輕開了山門，往外望了一望，悄悄道：「你三人快些去罷。我還要關好山門，仍從後面而去。」龍濤點頭，帶領著姊弟二人揚長去了。

蔣爺仍將山門閉妥，又到後面檢點了一番，就撂下這沒頭腦的事兒讓地面官辦去。他仍從後牆跳出，溜之乎也。一路觀看清景，走了二十餘里，打了早尖。及至到了柳家莊，日將西斜，自己暗暗道：「這末早到那裏作甚麼，且找個僻靜的酒肆沽飲幾杯。知他那裏如何款待呢？別像昨晚餓的抓耳撓腮。若不虧那該死的和尚預備下，我如何能彀喫到十二分。」心裏想著，早見有個村居酒市，彷彿當初大夫居一般，便進去，揀了座頭坐下。酒保兒卻是個少年人，煖了酒。蔣爺慢慢消飲，暗聽別的座上三三兩兩，講論柳員外，這七天的經懺費用了不少。也有說他為朋友盡情，真正難得的；也有說他家內充足，耗財買臉兒的；又有那窮小子苦混混兒說：「可惜了兒的！交朋友不過是了就是了。人在人情在，那裏犯的上呢。若把這七天費用幫了苦哈哈❶，包管彀過一輩子的。」蔣爺聽了暗笑。酒飲彀了，又喫了些飯。看看天色已晚，會了錢鈔，離了村居，來到柳青門首，已然掌燈。連忙擊戶。

只見裏面出來了個蒼頭，問道：「甚麼人？」蔣爺道：「是我。你家員外可在家麼？」蒼頭將蔣爺

---

❶ 苦哈哈：窮人。

上下打量一番，道：「俺家員外在家等賊呢。請問尊駕貴姓？」蔣爺聽了蒼頭之言，有些語辣，只得答道：「我姓蔣，特來拜望。」蒼頭道：「原來是賊爺到了。請少待。」轉身進去。蔣爺知道這是柳青吩咐過了，毫不介意，只得等候。

不多時，只見柳青便衣便帽出來，執手道：「姓蔣的，你竟來了！也就好大膽呢！」蔣平道：「劣兄既與賢弟定準日期，劣兄若不來，豈不叫賢弟獃等麼？」柳青說：「且不要論兄弟。你未免過於不自量了。你既來了，只好叫你進來。」說罷，也不謙讓，自己卻先進來。蔣爺聽了此話，見此光景，只得忍耐。剛要舉步，只見柳青轉身奉了一揖，道：「我這一揖你可明白？」蔣爺笑道：「你不過是『開門揖盜』罷了，有甚難解。」柳青道：「你知道就好。」說著便引到西廂房內。蔣爺進了西廂房一看，好樣兒，三間一通連，除了一盞孤燈，一無所有，止於迎門一張床，別無他物。蔣爺暗道：「這是甚麼意思？」

只聽柳青道：「姓蔣的，今日你既來了，我要把話說明了。你就在這屋內居住，我在對面東屋內等你。除了你我，再無第三人，所有我的僕婦人等早已吩咐過了，全叫他們迴避。就是前次那枝簪子，你要偷到手內，你便隔牕兒叫一聲，說：『姓柳的，你的簪子我偷了來了。』我在那屋裏在頭上一摸，果然不見了，這是你的能為。不但偷了來，還要送回去。再遲一回，你能彀送去，還是隔牕叫一聲：『姓柳的，你的簪子我還了你了。』我在屋內向頭上一摸，果然又有了。若是能彀如此，不但你我還是照舊的弟兄，而且甘心佩服，就是叫我赴湯蹈火我也是情願的。」蔣爺點頭，笑道：「就是如此。賢弟到了那時，別又後悔。」柳青道：「大丈夫說話，焉有改悔？」蔣爺道：「很好，很好。賢弟請了。」

不知果能否，且聽下回分解。

第一百十五回　隨意戲耍智服柳青　有心提防交結姜鎧

且說柳青出了西廂房，高聲問道：「東廂房炭燭茶水酒食等物，俱預備妥當了沒有？」只聽僕從應道：「俱已齊備了。」柳青道：「你們俱各迴避了，不准無故的出入。」又聽婦人聲音說道：「婆子丫鬟，你們警醒些！今晚把賊關在家裏，知道他淨偷簪子，還偷首飾呢。」早有個快嘴丫鬟接言道：「奶奶請放心罷。奴婢將褲腿帶子都收拾過了，外頭任嗎兒❶也沒有了。」婦人嗔道：「多嘴的丫頭子，進來罷，不要混說了。」這說話的原來是柳娘子。蔣爺聽在心內，明知是說自己，置若罔聞。

此時已有二鼓。柳青來到東廂房內，抱怨道：「這是從那裏說起！好好的美寢不能安歇。偏偏的這盆炭火也不旺了，茶也冷了，這還要自己動轉。也不知是甚麼時候才偷，真叫人等的不耐煩。」忽聽外面「他拉」「他拉」的聲響，猛見簾兒一動，蔣爺從外面進來，道：「賢弟不要抱怨。你想你這屋內，又有火盆，又有茶水，而且裱糊的嚴緊，鋪設的齊整。你瞧瞧我那屋子猶如冰窖一般，八下裏冒風，連個鋪墊也沒有。方才躺了一躺，實在的難受。我且在這屋裏煖和煖和。」柳青聽了此話，再看蔣爺頭上祇有網巾，並無頭巾，腳下他拉著兩隻鞋，是躺著來著，便說道：「你既嚷冷，為甚麼連帽子也不戴？」蔣爺道：「那屋裏甚麼全沒有。是我剛才摘下頭巾枕著來，一時寒冷，只顧往這裏來，就忘了戴了。」

❶ 任嗎兒：什麼。

柳青道：「你坐坐，也該過去了。你有你的公事，早些完了，我也好歇息。」蔣爺道：「賢弟，你真個不講交情了。你當初到我們陷空島，我們是何等待你。我如今到了這裏，你不款待也罷了，怎麼連碗茶也沒有呢？」柳青笑道：「你這話說得可笑。你今日原是偷我來了。既是來偷我，我如何肯給你預備茶水呢？你見世界上有給賊預備妥當了，再等著他來偷的道理麼？」蔣平也笑道：「賢弟說的也是。但只一件，世界上有這末明燈蠟燭等賊偷的麼？你這不是『開門揖盜』，竟是『對面審賊』了。」柳青將眼一瞪，道：「姓蔣的，你不要強辯饒舌。你縱能說，也不能說了我的簪子去。你趁早兒打主意便了。」蔣爺道：「若論盜這簪子原不難，我只怕你不戴在頭上那就難了。」

柳青登時生起氣來，道：「那豈是大丈夫所為！」便摘下頭巾，拔下簪子，往桌上一擲，道：「這不是簪子？說還哄你不成。你若有本事，就拿去。」蔣平老著臉兒，伸手拿起，揣在懷內，道：「多謝賢弟。」站起來就要走。柳青微微冷哂，道：「好個翻江鼠蔣平！俺只當有甚麼深韜廣略，原來只會撒賴！可笑呀，可笑！」蔣平聽了，將小眼一瞪，瘦臉兒一紅，道：「姓柳的，你不要信口胡說。俺蔣平堂堂男子，要撒賴做什麼？」同手將簪子掏出，也往桌上一擲，道：「你提防著，待我來偷你。」說罷，轉身往西廂房去了。

柳青自言自語道：「這可要偷了。須當防備。」連忙將簪子別在頭上，戴上頭巾，兩隻眼睛睜睜的往屋門瞅著，以為看他如何進來，怎麼偷法。忽聽蔣爺在西廂房說道：「姓柳的，你的簪子我偷了來了。」柳青嚇了一跳，急將頭巾摘下，摸了一摸，簪子仍在頭上，由不的哈哈大笑，道：「姓蔣的，你是想簪子想瘋了心了。我這簪子好好還在頭上，如何被你偷去？」蔣平接言道：「那枝簪子是假的，真的在我這裏。你不信，請看那枝簪子，背後沒有暗壽字兒。」柳青聽了，拔下來仔細一看，寬窄長短分毫不錯，就只背後缺少壽字兒。柳青看了暗暗喫驚，連說「不好！」只得高聲嚷道：「姓蔣的，偷算你偷去，看你如何送來？」蔣爺也不答言。

柳青在燈下賞玩那枝假簪，越看越像自己的，心中暗暗罕然，道：「此簪自從在五峰嶺上，他不過月下看了一看，如何就記得恁般真切？可見他聰明至甚。而且方才他那安安詳詳的樣兒行所無事，想不到他抵換如此之快。只他這臨事好謀，也就令人可羨。」復又一轉念，猛然想起：「方才是我不好了！絕不該合他生氣，理應參悟他的機謀，看他如何設法兒才是。只顧暴躁，竟自入他的術中。總而言之，是我量小之故。且看他將簪子如何送回。千萬再不要動氣了！」等了些時不見動靜，便將火盆撥開，溫煖了酒，自斟自飲，怡然自得。

忽聽蔣爺在那屋張牙欠口打哈氣，道：「好冷！夜靜了，更覺涼了。」說著話，「他拉」「他拉」又過來了，恰是剛睡醒了的樣子，依然沒戴帽子。柳青拿定主意，再也不動氣，卻也不理蔣爺。蔣爺道：「好呀，賢弟會樂呀。屋子又煖和，又喝著酒兒，敢則好呀。劣兄也喝盅兒，使得使不得呢？」柳青道：「這有甚麼呢。酒在這裏，只管請用。你可別忘了送簪子。」蔣爺道：「實對賢弟說，我只會偷不會送。」說罷，端起酒盅一飲而盡，復又斟上，道：「我今日此舉不過遊戲而已。劣兄卻有緊要之事奉請賢弟。」柳青道：「只要送回簪子來，叫我那裏去，我都跟了去。」蔣爺道：「俗們且說正經事。」他將大家如何在陳起望聚義，歐陽春與智化如何進的水寨，怎麼假說展昭，智誆沙龍，又怎麼定計在鍾雄生辰之日收伏他，特著我來請賢弟用斷魂香的話，哩哩囉囉，說個不了。柳青聽了，唯唯喏喏，毫不答言。蔣爺又道：「此乃國家大事。我等欽奉聖旨，謹遵相諭，捉拿襄陽王，必須收伏了鍾雄，奸王便好說了。說不得賢弟隨劣兄走走。」柳青聽了這一番言語，這明是提出聖旨相諭押派著，叫我跟了他去，不由的氣往上沖。忽然轉念道：「不可，不可。這是他故意的惹我生氣，他好於中取事，行他的譎詐。我有道理。」便嘻嘻笑道：「這些事都是你們為官做的，與我這草民何干？不要多言，還我的簪子要緊。」蔣爺見說不動，賭氣帶上桌上頭巾，「他拉」「他拉」出門去了。

柳青這裏又奚落他道：「那帽子當不了被褥，也擋不了寒冷。原來是個抓帽子賊，好體面哪！」蔣爺回身進來，道：「姓柳的，你不要嘲笑刻薄，誰沒個無心錯呢。這也值得說這些沒來由的話。」說罷，將他的帽子劈面摔來。柳青笑嘻嘻，雙手接過，戴在頭上，道：「我對你說，我再也不生氣的。慢說將我的帽子摔來，就是當面唾我，我也是容他自乾，決不生氣。看你有甚麼法子？」蔣爺聽了此言，無奈何的樣兒，轉回西廂房內去了。

柳青暗暗歡喜，自以為不動聲色，是絕妙的主意了。又將酒温了一温，斟上剛要喝，只聽蔣爺在西廂房內說道：「姓柳的，你的簪子，我還回去了。」柳青連忙放下酒盅，摘去頭巾，摸了一摸，並無簪子。又見那枝假的仍在桌上放著。又聽蔣爺在那屋內說道：「你不必猶疑，將帽子裏兒看看就明白了。」柳青聽了，即將帽子翻過看時，那枝簪子恰好別在上面，不由的倒抽了一口氣道：「好呀！真真令人不測。」一再細想時，更省悟了。「敢則他初次光頭過來，就為二次還簪地步。這人的智略機變，把我的喜怒全叫他體諒透了，我還合他鬧甚麼？」

正在思索，只見蔣爺進來，頭巾也戴上了，鞋也不他拉著了，早見他一躬到地，柳青連忙站起，還禮不迭。只聽蔣爺道：「賢弟，諸事休要挂懷。懇請賢弟跟隨劣兄走走，成全朋友要緊。」柳青道：「四兄放心，小弟情願前往。」於是把蔣爺讓到上位，自己對面坐了。蔣爺道：「鍾雄為人豪俠，是個男子，因眾弟兄計議，務要把他勸化回頭，方是正理。」柳青道：「他既是好朋友，原當如此。但不知幾時起身？」蔣爺道：「事不宜遲，總要在他生日之前趕到方好。」柳青道：「既如此。明早起身。」蔣平道：「妙極。賢弟就此進內收拾去，劣兄還要歇息歇息。實對賢弟說，劣兄昨日一夜不曾合眼，此時也覺乏的很了。」柳青道：「兄長只管歇著，天還早呢，足可以睡一覺。恕小弟不陪了。」柳青便進內去了。到了天亮，柳青背了包裹出來，又預備羹湯點心喫了。二人便離了柳家莊，竟奔陳起望而來。

且說智化作了軍山的統轄，所有水旱二寨之事俱各料理的清清楚楚。這日，忽見水寨頭目來報道：「今有陳起望陸大爺那裏來了二人，投書信一封。」說罷，將書呈上。智爺接來拆閱畢，吩咐道：「將他二人放進來。」頭目去不多時，早見兩個大漢晃里晃蕩而來。見了智爺，參見道：「小人龍濤、姚猛，望乞統轄老爺收錄。」智爺見他二人循規蹈矩，頗有禮數，便知是丁二爺教的。不然，他兩個鹵莽之人，如何懂得「統轄」與「收錄」呢？內心甚是歡喜。卻又故意問了幾句，二人應答的頗好，智爺更覺放心，便將二人帶到思齊堂。智爺將書呈上，說明來歷。鍾雄便要看看來人。智化即喚龍濤、姚猛。二人答應，聲若巨雷。及至到了廳上，參見大王。那一番騰騰煞氣，凜凜威風，真個是方相❷一般。鍾雄看了大樂，道：「難得他二人的身材體態，竟能一樣，很好。我這廳上正缺兩個領班頭目，就叫他二人充當此差，

❷ 方相：古代驅疫避邪之神像。後民間紮製模型，用以送喪。舊時出殯，以紙竹等糊紮高大猙獰之開路神，作儀仗之前驅，即古方相之遺制。

妙不可言。」龍濤、姚猛聽了，連忙叩謝，甚是恭謹。旁邊北俠早已認得龍濤，見他舉止端詳，言語的當，心內也就明白了。是日沙龍等同鍾雄把酒談心，盡一日之長，到晚方散。

智化、北俠暗暗與龍濤打聽，如何能彀到此。龍濤將避雨遇見蔣爺一節說了，又道：「蔣爺不日也就要回來了。自從小人送了表弟妹之後，即刻同著姚猛上路，前日趕到陳起望。丁二爺告訴我等備細，教導了言語。陸大爺寫了薦書，所以今日就來了。」智爺道：「你二人來的正好。而且又在廳上，更就近了。到了臨期，自有用處，千萬不要多言，惟有小心謹慎而已。」龍濤道：「我等曉得。倘有用我等之處，自當效力。」智化點頭，叫他二人去了。然後又與北俠計議一番，方才安歇。

到了次日，他又不憚勤勞，各處稽查。但有不明不知的，必要細細詢問。因此這軍山之內，由那裏到何處，至何方，俱已曉得。他見大小頭目雖有多人，皆沒甚要緊。惟有姜夫人之弟姜鎧甚是了得，極其梗直，生得凹面金腮，兩道濃眉，一張闊口，微微有些髭鬚，綽號小二郎。他單會使一般器械，名叫三截棍，中間有五尺長短，兩頭俱有鐵葉打就，鐵環包定，兩根短棒足有二尺多。每逢對壘，施展起來，遠近都可打得，英勇非常。智化把他看在眼裏。又因他是鍾雄的親戚，因此待他甚好，極其親近。這二郎見智化志廣才高，料事精詳，更加喜悅。除了姜鎧之外，還有鍾雄兩個親信之人，卻是同族兄弟武伯南、武伯北。此二人專管料理家務，智化也時常的與他等親密。

他又算計鍾雄生日，不過三日就到了。他便託言查閱，悄悄的又到陳起望。恰好蔣爺正與柳青剛到，彼此見了，各生羨慕，喜愛非常。蔣爺便問：「龍濤、姚猛到了不曾？」丁二爺道：「不但到了，謹遵兄命，已然進了水寨門了。」智化道：「昨日他二人去了，我甚憂心。後來見他等的光景甚是合宜，我就知是二弟的傳授了。」智化又問蔣爺道：「四弟，前次所論之事，想柳兄俱已備妥了。今日我就同柳兄進水寨。」柳青道：「小弟惟命是從。但不知如何進水寨法？」智化道：「我自有道理。」

不知用何計策，且聽下回分解。

第一百十六回　計出萬全極其容易　算失一著甚是為難

且說智化要將柳青帶入水寨，柳青因問如何去法。智化便問柳青可會風鑑❶，柳青道：「小弟風鑑不甚明白，卻會談命。」智化道：「也可以使得。柳兄扮作談命的先生，到了那裏，不過奉承幾句，只要混到他的生辰，便完了事了。」柳青依允。

智化又向陸、魯二人道：「二位賢弟大魚可捕妥了？」陸彬道：「早已齊備，俱各養在那裏。」智化道：「很好。明日就給他送去，只用大船一隻，帶了漁戶去。到那裏二位賢弟自然是住下的，卻將船隻泊在幽僻之處。到了臨期，如此如此。」又對丁二爺、蔣四爺說道：「二位賢弟務於後日夜間，要快船二隻，每船水手四名，就在前次砍斷竹城之處專等，千萬莫誤！」

計議已定。智化與柳青來到水寨見了鍾雄，說柳青是算命先生，筆法甚好。「小弟因一人事繁，難以記載，故此帶了他來，幫著小弟作個記室❷。」鍾雄見柳青人物軒昂，意甚歡喜。

到次日，陸彬、魯英來到水寨送魚，鍾雄迎到思齊堂，深深謝了。陸彬、魯英又提寫信薦龍濤、姚

---

❶ 風鑑：以風貌品評人物。後稱相人之術為風鑑。宋吳處厚青箱雜記：「余嘗謂風鑑一事，乃昔賢甄識人物，拔擢賢才之所急，非市井卜相之流，用以賈鬻取貴者。」鑑，同「鑒」。

❷ 記室：元以前官名，後廢除。這裏指祕書之類的職務。

猛二人。鍾雄笑道：「難得他二人身體一般，雄壯一樣，我已把他二人派了領班頭目。」陸彬道：「多蒙大王收錄。」也就謝了。陸、魯二人又與沙龍、北俠、南俠、智化見了，彼此歡悅。就將他二人款留住下，為的明日好一同慶壽。

到了次日，智爺早已辦的妥協，各處結彩懸花，點綴燈燭，又有笙簫鼓樂，雜劇聲歌，較比往年生辰不但熱鬧，而且整齊。所有頭目兵丁，俱有賞賜，並傳令今日概不禁酒，縱有飲醉者也不犯禁，因此人人踴躍，個個歡欣，無有不稱羨統轄之德的。

思齊堂上排開花筵，擺設壽禮，大家衣冠鮮明，獨有展爺卻是四品服色，更覺出眾。及至鍾雄來到，見眾人如此，不覺大樂，道：「今日小弟賤辰，敢承諸位兄弟如此的錯愛，如此的費心。我鍾雄何以克當！」說話間，階下奏起樂來。就從沙龍讓起，不肯受禮，彼此一揖。次及歐陽春，也是如此。再又次就是展熊飛，務要行禮。鍾雄道：「賢弟乃皇家棟樑，相府的輔弼，劣兄如何敢當？還是從權行個常禮罷了。」說罷，先奉下揖去。展爺依舊從命，連揖而已。只見陸彬、魯英二人上前相讓。鍾雄道：「二位賢弟是客，劣兄更不敢當。」也是常禮，彼此奉揖不迭。此時智化諄諄要行禮。鍾雄托住，道：「若論你我兄弟，劣兄原當受禮；但賢弟代劣兄操勞，已然費心，竟把這禮免了罷。」智化只得行個半禮，鍾雄連忙攙起。忽見外面進來一人，撲翻身跪下，向上叩頭，原來是鍾雄的妻弟姜鎧。鍾雄急急攙起，還揖不迭。姜鎧又與眾人一一見了。然後是武伯南、武伯北與龍濤、姚猛，率領大小頭目，一起一起，拜壽已畢。復又安席入座，樂聲頓止。堂上觥籌交錯，階前彩戲俱陳。智爺吩咐放了賞錢。早飯已畢，也有靜坐閒談的，也有料理事務的。獨有小二郎姜鎧卻到後面與姜夫人談了多時，便回早寨去了。

到了午酒之時，大家俱要敬起壽星酒來。從沙龍起，每人三杯。鍾雄難以推卻，只得杯到酒乾，真是大將必有大量。除了姜鎧不在座，現時座中六人俱各敬畢。然後團團圍住，剛要坐下。只見白面判官柳青從外面進來，手持一卷紙箚❸，道：「小可不知大王千秋華誕，未能備禮。倉促之間，無物可敬。方才將諸事記載已畢，特特寫得條幅對聯，望乞大王笑納。」說罷，高高奉上。鍾雄道：「先生初到，如何叨擾厚賜？」連忙接過，打開看時，是七言的對聯，乃：「惟大英雄能本色，是真名士自風流。」寫的頗好。滿口稱讚道：「先生真好書法也！」說罷，奉了一揖。柳青還要拜壽，鍾雄斷斷不肯。智化在旁道：「先生禮倒不消，莫若敬酒三杯，豈不大妙！」柳青道：「統轄吩咐極是。但只一件，小可理應早間拜祝。因事務冗繁，須要記載，早間是不得閒的。而且條幅對聯俱未能寫就。及至得暇寫出，偏又不乾，所以遲到此時，未免太不恭敬。若要敬酒，須要加倍，方見誠心。小可意欲恭敬三斗，未知大王肯垂鑑❹否？」鍾雄道：「適才諸位兄弟俱已賜過，飲的不少了。先生賜一斗罷。」柳青道：「酒不喝單，小可奉敬兩斗如何？」沙龍道：「這卻合中，就是如此罷。」歐陽春命取大斗來。柳青斟酒，雙手奉上。鍾雄勻了三氣飲畢。復又斟上，鍾雄接過來也就飲了。大家方才入座，彼此傳壺告乾。七個人算計一個人，鍾雄如何敵的住。天未二鼓，鍾雄已然酩酊大醉。先前還可支持，次後便坐不住了。

智化見此光景，先與柳青送目，柳青會意去了。此時展爺急將衣服頭巾脫下，轉眼間出了思齊堂，便不見了。智化命龍濤、姚猛兩個人將太保鍾雄攙到書房安歇。兩個大漢一邊一個，將鍾雄架起，毫不

---

❸ 紙箚：紙卷，即指後文的條幅對聯。

❹ 垂鑑：猶俯察。意即了解我這番心意。

費力，攙到書房榻上。此時雖有虞候伴當，也有飲酒過量的，也有故意偷閒的。柳青暗藏了藥物來到思齊堂一看，見座中只有沙龍與歐陽春，連陸、魯二人也不見了。剛要問時，只見智化從後邊而來，看了看左右無人，便叫沙龍、歐陽春道：「二位兄長少待。千萬不可叫人過去。」即拿起南俠的衣服頭巾，便同柳青來到書房。叫龍濤、姚猛把守門口，就說：「統轄吩咐，不准閒人出入。」柳青又給了每人兩丸藥，塞住鼻孔。然後進了書房，二人也用藥塞住鼻孔，柳青便點起香來。

你道此香是何用法？原來是香子麵。卻有二個小小古銅造就的仙鶴，將這香麵裝在仙鶴腹內，從背後下面有個火門，上有螺螄轉的活蓋，擰開點著，將蓋蓋好。等腹內香煙裝足，無處發洩，只見一縷游絲，從仙鶴口內噴出。人若聞見此煙，香透腦髓，散于四肢，登時體軟如綿，不能轉動。須到五鼓雞鳴之時，方能漸漸甦醒，所以叫作「雞鳴五鼓斷魂香」。

彼時柳青點了此香，正對鍾雄鼻孔。酒後之人，呼吸之氣是粗的，呼的一聲，已然吸進，連打兩個噴嚏。鍾雄的氣息便微弱了。柳青連忙將鶴嘴捏住，帶在身邊。立刻同智化將展昭衣服與鍾雄換了。龍濤背起，姚猛緊緊跟隨，來到大廳。智化、柳青也就出來，會同沙龍、北俠，護送到宮門。智化高聲說道：「展護衛醉了。你等送到旱寨，不可有誤。」沙龍道：「待我隨了他們去。」北俠道：「莫若大家走走，也可以散酒。」說罷，下了臺階。這些虞候人等，一來是黑暗之中不辨真假，二來是大家也有些酒意，三來白日看見展昭的服色，他們如何知道飛叉太保竟被竊負而逃呢。

且說南俠原與智化定了計策，特特的穿了護衛服色，炫人眼目，為的是臨期人人皆知，不能細查。自脫了衣巾之後，出了廳房，早已踏看了地方，按方向從房上躍出，竟奔東南犄角。正走之間，猛聽得樹後悄聲道：「展兄這裏來，魯英在此。」展爺問道：「陸賢弟呢？」魯二爺道：「已在船上等候。」展爺急急下了泊岸。陸彬接住，叫水手搖起船來。卻留魯英在此，等候眾人。水手搖到砍斷竹城之處，擊掌為號，外面應了。只聽大竹嗤、嗤、嗤全然挺起。丁二爺先問道：「事體如何？」陸爺道：「功已成了。今先送展兄出去，少時眾位也就到了。」外面的即將展爺接出。陸彬吩咐將船搖回，剛到泊岸之處。只見姚猛背了鍾雄前來。自從書房到此，都是龍濤、姚猛倒換背來。歐陽春、沙龍先跳在船上，接下鍾雄，然後柳青、龍濤、姚猛俱各上船。魯英也要上船，智化拉住，道：「二弟，偺們仍在此等。」魯英道：「眾兄弟俱在此，還等何人？」智化道：「不是等人，是等船回來。你我同陸賢弟，還是出水寨為是。」魯英只得煞住腳步。不多工夫，船回來了。魯二爺與智化跳到船上，也不細問，便招動令旗，開了竹柵，出了水寨，竟奔陳起望而來。

及至到了莊門，那兩隻船早已到了。三個人下船進莊。早見沙龍等迎出來道：「方才何不一同來呢？務必繞了遠兒則甚？」智化道：「小弟若不出水寨，少時如何進水寨呢？豈不自相矛盾麼？」丁二爺道：「智大哥還回去作甚麼？」智化道：「二弟極聰明之人，如何一時忘起神來？我等只顧將鍾太保誆來，他們那裏如何不找呢？別人罷了。現有鍾家嫂嫂，兩個姪兒姪女，難道他們不找麼？若是知道被偺們誆來，這一驚駭，不定要生出甚麼事來。偺們原為收伏鍾太保，要叫妻子兒女有了差池，只怕他也就難乎為情了。」眾人深以為然。

智化來到廳上，見把鍾雄安放在榻上，卻將展爺衣服脫了，又換了一身簇新的漁家服色。智爺點頭，見諸事已妥，便對沙龍、北俠道：「如到五更，大哥甦醒之後，全仗二位兄長極力的勸諫，以大義開導，保管他傾心佩服。天已不早了，小弟要急急回去。」又對眾人囑咐一番，務必幫襯著，說降了鍾雄要緊。智爺轉身出莊，陸彬送到船上。智爺催著水手趕進水寨，時已三鼓之半。

這一回去不甚緊要，智爺險些兒性命難保。你道為何？只因姜氏夫人帶領著兒女在後堂備了酒筵，也是要與鍾雄慶壽。及至天已二鼓，不見大王回後，便差武伯南到前廳看視，得便請來。武伯南領命，來到大廳一看，靜悄悄寂無人聲。好容易找著虞候等，將他們喚醒，問：「大王那裏去了？」這虞候酒醉醺醺，睡眼矇矓，道：「不在廳上，就在書房。難道還丟了不成？」武伯南也不答言，急急來到書房。但見大王的衣冠在那裏，卻不見人。這一驚非同小可，連忙拿了衣冠，來到後堂稟報。姜夫人聽了，驚的目瞪癡呆。這亞男、鍾麟聽說父親不見了，登時哭了起來。姜夫人定了定神，又叫武伯南到宮門問問：「眾位爺們出來不曾？」武伯南到了宮門，方知展護衛醉了，俱各送入旱寨。武伯南立刻派人到旱寨迎接，轉身進內回稟。姜夫人心內稍安。遲不多時，只見上旱寨的回來，說道：「不但眾位爺們不見，連展爺也未到旱寨。現時姜舅爺已帶領兵丁各處搜查去了。」姜夫人已然明白了八九，暗道：「南俠他乃皇家四品官員，如何肯歸服大王？如此看來，不但南俠，大約北俠等都是故意前來，安心設計，要捉拿我夫主的。我丈夫既被拿去，豈不絕了鍾門之後？」思忖至此，不由的膽戰心驚。正在害怕，忽見姜鎧趕來，說道：「不好了！兄弟方才到東南角上，見竹城砍斷，大約姐夫被他等拿獲，從此逃走的。這便如何是好？」

誰知姜鎧是一勇之夫，毫無一點兒主意。姜夫人聽了，正合自己心思，想了想再無別策，只好先將兒女打發他們逃走了，然後自己再尋個自盡罷。就叫姜鎧把守宮門，立刻將武伯南、武伯北兄弟喚來，道：「你等乃大王親信之人。如今大王遭此大變，我也無可託付，惟有這雙兒女交給你二人，趁早逃生去罷！」亞男、鍾麟聽了，放聲大哭，道：「孩兒捨不得娘呀！莫若死在一處罷。」姜夫人狠著心道：「你們不要如此。事已緊急，快些去罷。若到天亮，官兵到來圍困，想逃生也不能了。」武伯南急叫武伯北備一匹馬。姜夫人問道：「你們從何處逃走？」武伯南道：「前面走著，路遠費事。莫若從後寨門逃去，不過荒僻些兒。」姜夫人道：「事已如此，說不得了。快去！快去！」武伯南即將亞男攙扶上馬，叫武伯北保護，自己背了鍾麟。奔到後寨門，開了封鎖，主僕四人竟奔山後逃生去了。

未知後文如何，且聽下回分解。

第一百十七回　智公子負傷追兒女　武伯南逃難遇豺狼

且說姜鎧把守宮門，他派人到接官廳上，打聽有何人出去。不多時，回來說道：「就只二鼓之半，智統轄送出陸、魯二人去未回。」姜鎧心內思忖道：「當初投誠時，原是歐陽春、智化一同來的，為何他們做此勾當，他也在其內呢？事有可疑。」正在思忖，忽有人報道：「智統轄回來了。」姜鎧聽了，不分好歹，手提三截棍迎了上來。智化剛上臺階，不容分說，嘩啷的一聲，他就是一棍。智爺連忙將身閃開。剛剛躲過，尚未立穩，姜鎧的棍梢落地也不抽回，順勢橫著一掃。智化騰開右腳。這左腳略慢了些，已被棍上的短棒撩了一下。這一棍錯過，若非智爺伶便，幾幾乎喪了性命。智化連聲嚷道：「姜賢弟，不要動手！我是報緊急軍情的。」姜鎧聽了「軍情」二字，方將三截棍收住，道：「報何軍情？快說。」智化道：「此事機密，須要面見夫人，方好說得。」姜鎧聽說要見夫人，這必是大王有了下落。他這才把棍放下，過來拉著智化，道：「可是大王有了信息了麼？」智化道：「正是，為何賢弟見面就是一棍？幸虧是我，若是別人，豈不登時斃於棍下？」姜鎧道：「我只道大哥也是他們一黨，不料是個好人，恕小弟鹵莽。莫怪，莫怪。可打著那裏了？」智化道：「無妨，幸喜不重。快見夫人要緊。」二人開了宮門，來至後面。姜鎧先進去通報。

姜夫人正在思念兒女落淚，自己橫了心，要懸樑自縊。聽說智化求見，必是丈夫有了信息，連忙請進，以叔嫂之禮相見。智化到了此時，不肯隱瞞，便將始末原由據實說出。「原為大哥是個豪傑，惟恐一身淹埋污了美名，因此特特定計救大哥，脫離了苦海，全是一番好意，並無陷害之心。倘有欺負，負了結拜，天地不容！請嫂嫂放心。」姜夫人道：「請問叔叔，此時我丈夫是在何處？」智化道：「現在陳起望。所有眾相好全在那裏。務要大哥早早回頭，方不負我等一番苦心。」姜夫人聽了如夢方醒，卻又後悔起來，不該打發兒女起身，便對智化道：「叔叔，是嫂嫂一時不明，已將你姪兒、姪女交付武伯南、武伯北帶往逃生去了。」智化聽了，急的跌足，道：「這可怎麼好？這全是我智化失於檢點。我若早給嫂嫂送信，如何會有這些事？請問嫂嫂，可知武家兄弟領姪兒、姪女往何方去了呢？」姜夫人道：「他們是出後寨門，由後山去的了。」智化道：「既如此，待我將他等追趕回來。」便對姜鎧道：「賢弟送我出寨。」站起身來，一瘸一點，別了姜氏，一直到了後寨門。又囑咐姜鎧：「好好照看嫂嫂。」

好智化，真是為朋友盡心，不辭勞苦，出了後寨門，竟奔後山而來。走了五六里之遙，並不見個人影，只急的抓耳撓腮。猛聽的有小孩子說話道：「伯南哥，你我往那裏去呢？」又聽有人答道：「公子不要著急害怕。這溝是通著水路的，待我歇息歇息再走。」智化聽的真切，順著聲音找去，原來是個山溝，音出於下，連忙問道：「下面可是公子鍾麟麼？」只聽有人應道：「正是。上面卻是何人？」智化應道：「我是智化，特來尋找你等。為何落在山溝之內？」鍾麟道：「上面可是智叔父麼？快些救我姐姐去要緊。」智化道：「你姐姐往何處去了？」又聽應道：「小人武伯南背著公子，武伯北保護小姐。不想伯北陡起不良之心，欲害公子、小姐。我痛加譴責。不料正走之間，他說溝內有人說話，彷佛大王聲音。是我探身覷視，他卻將我主僕推落溝中，驅著馬往西去了。」智化問道：「你主僕可曾跌傷沒有？」

叔父不必多問了，快些搭救我姐姐去罷。」

武伯南道：「幸虧蒼天憐念。這溝中腐草敗葉極厚，棉軟非常，我主僕毫無損傷。」鍾麟又說道：「智叔父不必多問了，快些搭救我姐姐去罷。」

智爺此時把腳疼付於度外，急急向西而去。又走三五里，迎頭遇見二人採藥的，從那邊憤恨而來。智化向前執手，問道：「二位因何不平？」採藥的人道：「實實可惡！方才見那邊有一人將馬拴在樹上，卻用鞭子狠狠的打那女子。是我二人勸阻。他不但不依，反要拔刀殺那女子。天下竟有這樣狠毒人，豈有此理！」智化連忙問道：「現在那裏？待我前去。」採藥的人聽了甚喜，道：「我二人情願導引。相離不遠，快走快走。」智化手無利刃，隨路揀了幾塊石頭拿著。只聽採藥人道：「那邊不是麼？」智化用目力留神，卻見武伯北手內執刀在那裏威嚇亞男，不由的殺人心陡起。趕行幾步，來的切近，將手一揚，喊了一聲。武伯北剛要扭頭，拍的一聲，這塊石頭不歪不偏，正打在臉上。武伯北噯喲一聲，往後便倒。智化趕上一步，奪過刀來，連搠了幾下。採藥人在旁看見，是個便宜，二人抽出藥鋤，就幫著一陣好刨。

智化連忙扶起亞男，叫道：「姪女甦醒，甦醒。」半晌，亞男方哭了出來。智爺這才放心了，便問伯北毒打為何。亞男道：「他要叫我認他為父親，前去進獻襄陽王。姪女一聞此言，剛要嗔責，他便打起來了。除了頭臉，已無完膚。姪女拚著一死，再也不應，便拔刀要殺。不想叔父趕到，救了性命。姪女好不苦也！」說罷，又哭。智化勸慰多時，便問：「姪女還可以乘馬不能呢？」亞男說道：「請問叔父，往那裏去？」智化道：「往陳起望去。」即便將大家為勸諫你父親，今日此舉，都是計策的話說了。亞男聽見爹爹有了下落，便道：「姪女方才將生死付於度外，何況身子疼痛，沒甚要緊。而且又得了爹爹信息，此時頗可掙扎騎馬。」採藥人聽了，在旁讚歎稱羨不已。

智化將亞男慢慢扶在馬上，便問採藥二人道：「你二人意欲何往？」採藥人道：「我等雖則採藥為生，如今見這姑娘受這苦楚，心實不忍，情願幫著爺上送到陳起望，心裏方覺安貼❶。」智爺點頭，暗道：「山野之處竟有這樣好人。」連忙說道：「有勞二位了。但不知從何方而去？」採藥人道：「這山中僻徑❷，我們卻是曉得的。爺上放心，有我二人呢。」智爺牽住馬，拉著嚼環，慢慢步履，跟著採藥人，彎彎曲曲，下下高高，走了多少路程，方到陳起望。智爺將亞男抱下馬來，取出兩錠銀來，謝了採藥人。兩個感謝不盡，歡歡喜喜而去。智爺來到莊中，暗暗叫莊丁請出陸彬，囑將亞男帶到後面，與魯氏、鳳仙、秋葵相見，等找著鍾麟時，再叫他姊弟與鍾太保相會。慢慢再表。

且說武伯南在溝內歇息了歇息，背上公子，順溝行去。好容易出了山溝，已然力盡筋疲。耐過了小溪橋，見有一隻小船上，有二人捕魚。一輪明月，照徹光華❸。連忙呼喚，要到神樹崗。船家擺過舟來。船家一眼看見鍾麟，好生歡喜，也不計較船資，便叫他主僕上船。偏偏鍾麟覺得腹中饑餓，要喫點心。船家便拿出個乾饅首。鍾麟接過，啃了半天，方咬下一塊來。不喫是餓，喫罷，咬不動。眼淚汪汪，囫圇吞的咽了一口，噎的半晌還不過氣來。武伯南在旁觀瞧，好生難受，卻又沒法。只見鍾麟將饅首一擲，嘴兒一咧。武伯南只當他要哭，連忙站起。剛要趕過來，冷不防的被船家用篙一撥，武伯南站立不穩，

---

❶ 安貼：安全妥適。亦作「安帖」。

❷ 僻徑：偏遠幽靜的小路。

❸ 照徹光華：光華照耀。

撲通一聲落下水去。船家急急將篙撐開，奔到停泊之處，一人抱起鍾麟，一人前去扣門。只見裏面出來一個婦人，將他二人接進，仍把雙扉緊閉。

你道此家是誰？原來船上二人，一人姓懷名寶，一人姓殷名顯。這殷顯孤身一口，並無家小，喫喝嫖賭，無所不為，卻與懷寶脾氣相合。往往二人搭幫賺人❹，設局誆騙❺。弄了錢來，也不幹些正經事體，不過是胡掄混鬧❻，不三不二的花了。其中懷寶又有個毛病，處處愛打個小算盤。每逢弄了錢來，他總要繞著彎子，多使個三十五十二百八十的。偏偏殷顯又是個馬馬虎虎的人，這些小算盤上全不理會。因此二人甚是相好，他們也就拜了把子了。懷寶是兄，殷顯是弟。這懷寶卻有個女人陶氏，就在這小西橋西北娃娃谷居住。自從結拜之後，懷寶便將殷顯讓到家中，拜了嫂嫂，見了叔叔。懷陶氏見殷顯為人雖則譎詐，幸銀錢上不甚慳吝，他就獻出百般殷勤的愚哄❼。不多幾日工夫，就把個殷顯刮搭上❽了。三個人便一心一計的過起日子來了。

可巧的這夜捕魚，遇見倒運的武伯南背了鍾麟，坐在他們船上。殷顯見了鍾麟，眼中冒火，直彷彿見了元寶一般，暗暗與懷寶遞了暗號。先用饅頭迷了鍾麟，順手將武伯南撥下水去，急急趕到家中。懷

---

❹ 搭幫賺人：合夥騙人。搭幫，合夥、結伴。

❺ 設局誆騙：設圈套騙人。

❻ 胡掄混鬧：任意亂花（錢）胡鬧。掄用力揮動。這裏引申為「亂花」。

❼ 愚哄：慢慢地耐心地勸誘。愚，耐心。唐玄應一切經音義卷二十二：「愚，無所知也，亦鈍也。」

❽ 刮搭上：指男女之勾勾搭搭產生不正常關係。亦作「勾搭上」。

陶氏迎接進去，先用涼水灌了鍾麟，然後擺上酒餚。懷寶、殷顯對坐，懷陶氏打橫兒，三人慢慢消飲家中隨便現成的酒席。

不多時，鍾麟醒來，睜眼看見男女三人在那裏飲酒，連忙起來，問道：「我伯南哥在那裏？」殷顯道：「給你買點心去了。你姓甚麼？」鍾麟道：「我姓鍾，名叫鍾麟。」懷寶道：「你在那裏住？」鍾麟道：「我在軍山居住。」

殷顯聽了，登時嚇的面目焦黃，暗暗與懷寶送目。叫陶氏哄著鍾麟喫飲食，兩個人來至外間。殷顯悄悄的道：「大哥，可不好了。你才聽見了他姓鍾，在軍山居住。不消說了，這必是山大王鍾雄兒郎，多半是被那人拐帶出來，故此他黌夜逃走。」懷寶道：「賢弟你害怕做甚麼？這是老虎嘴裏落下來，叫狼喫了。偺們得了個狼葬兒❾，豈不是大便宜呢？明日你我將他好好送入水寨，就說黌夜捕魚，遇見歹人背出世子，是我二人把世子救下。那人急了，跳在河內，不知去向。因此，我二人特特將世子送來。難道不是一件奇功？豈不得一分重賞？」殷顯搖頭，道：「不好，不好。他那山賊形景，翻臉無情。倘若他合偺們要那拐帶之人，偺們往何處去找呢？那時無人，他再說是偺們拐帶的，只怕有性命之憂。依我說個主意，與其等著鑄鐘，莫若打現鐘❿。現成的手到拿銀子，何不就把他背到襄陽王那裏。這樣一個銀娃娃的孩子，還怕賣不出一二百銀子麼？就是他賞，也賞不了這些。」懷寶道：「賢弟的主意，甚

❾ 這是老虎嘴裏落下來三句：躲過虎口，卻遭狼害。此兒因葬身狼腹，故稱「狼葬兒」。這裏實意為，經過險難而餘生。

❿ 與其等著鑄鐘二句：見效要快。

是有理。」殷顯道：「可有一宗，偺們此處卻離軍山甚近。若要上襄陽，必須要趁這夜靜就起身，省得白日招人眼目。」懷寶道：「既如此，偺們就走。」便將陶氏叫出，一一告訴明白。

陶氏聽說賣娃娃，雖則歡喜，無奈他二人都去，卻又不樂，便悄悄兒的將殷顯拉了一把。殷顯會意，立刻攢眉擠眼，道：「了不得！了不得！肚子疼的很。這可怎麼好？」懷寶道：「既是賢弟肚腹疼痛，我背了娃娃先走。賢弟且歇息，等明日慢慢再去。偺們在襄陽會齊兒。」殷顯故意哼哼道：「既如此，大哥多辛苦辛苦罷。」懷寶道：「這有甚麼呢，大家飯大家喫。」說罷，進了屋裏，對鍾麟道：「走呀，偺們找伯南哥去。怎麼他一去就不來了呢？」轉身將鍾麟背起，陶氏跟隨在後，送出門外去了。

不知後來如何，且聽下回分解。

第一百十八回　除姦淫錯投大木場　救急困趕奔神樹崗

且說陶氏送他二人去後，瞅著殷顯笑道：「你瞧這好不好？」殷顯笑嘻嘻的道：「好的。你真是個行家。我也不願意去，樂得的在家陪著你呢。」陶氏道：「你既願陪著我，你能彀常常兒陪著我麼？」殷顯道：「那有何難，我正要與你商量。如今這宗買賣要成了，至少也有一百兩。我想有這一百兩銀子，還不彀你我快活的嗎？偺們設個法兒，遠走高飛如何？」陶氏道：「你不用合我含著骨頭露著肉的。你既有心，我也有意。偺們索性把他害了，你我做個長久夫妻，豈不死心塌地麼？」兩個狗男女正在說的得意之時，只見簾子一掀，進來一人，伸手將殷顯一提，摔倒在地，即用褲腰帶捆了個結實。殷顯還百般哀告：「求爺爺饒命。」此時陶氏已然嚇的哆嗦在一處。那人也將婦人綁了，卻用那衣襟塞了口，方問殷顯道：「這陳起望卻在何處？」殷顯道：「陳起望離此有三四十里。」那人道：「從何處而去？」殷顯道：「出了此門，往東，過了小溪橋，到了神樹崗，往南，就可以到了陳起望。爺爺若不認得去，待小人領路。」那人道：「既有方向，何用你領。俺再問你，此處卻叫什麼地名？」殷顯道：「此處名喚娃娃谷。」那人笑道：「怨得你等要賣娃娃，原來地名就叫娃娃谷。」說罷，回手扯了一塊衣襟，也將殷顯口塞了。一手執燈，一手提了殷顯，到了外間一看，見那邊放著一盤石磨，將燈放下，把殷顯安放在地，端起磨來，那管死活，就壓在殷顯身上。回手進屋，將婦人提出，也就照樣的壓好。那人執燈看了一看，見那邊桌上放著個酒瓶，提起來復進屋內。拿大碗斟上酒，也不坐下，端起來一飲而盡。見桌上放著菜蔬，揀可口的就大喫起來了。

你道此人是誰？真真令人想擬不到。原來正是小俠艾虎。自從送了施俊回家，探望父親，幸喜施老爺、施安人俱各安康。施老爺問：「金伯父那裏可許聯姻了？」施俊道：「姻雖聯了，只是好些原委。」便將始末情由述了一番。又將如何與艾虎結義的話俱各說了。施老爺立刻將艾虎請進來相見。雖則施老爺失明，看不見艾虎，施安人卻見艾虎年幼，英風滿面，甚是歡喜。施老爺又告訴施俊道：「你若不來，我還叫你回家，只因本縣已有考期，我已然給你報過名。你如今來的正好，不日也就要考試了。」施生聽了，正合心意。便同艾虎在書房居住。

遲不多日，到了考試之日，施生高高中了案首，好生歡喜，連艾虎也覺高興。本要赴襄陽去，無奈施生總要過了考期，或中或不中，那時再為定奪起身。艾虎沒法兒，只得依從。每日無事，如何閒得住呢。施生只好派錦箋跟隨艾虎出外遊玩。這小爺不喫酒時還好，喝起酒來，總是盡醉方休。錦箋不知跟著受了多少的怕。好容易盼望府考，艾虎不肯獨自在家，因此隨了主僕到府考試。及至揭曉，施俊卻中了第三名的生員，滿心歡喜。拜了老師，會了同年，然後急急回來，祭了祖先，拜過父母，又是親友賀喜，應接不暇。諸事已畢，方商議起身趕赴襄陽。待畢姻之後，再行赴京應試。因此耽誤日期。及至到了襄陽，金公已知施生得中，歡喜無限，便張羅施生與牡丹完婚。

艾虎這些事他全不管，已問明了師傅智化在按院衙門，他便別了施俊，急急奔到按院那裏。方知白玉堂已死。此時盧方已將玉堂骨殖安置妥協，設了靈位。待平定襄陽後，再將骨殖送回原籍。艾虎到靈前大哭一場，然後參見大人與公孫先生、盧大爺、徐三爺。問起義父合師傅來，始知俱已上了陳起望了。他是生成的血性❶，如何耐的，便別了盧方等，不管遠近，竟奔陳起望而來。只顧貪趕路程，把個道兒走差了。原是往西南，他卻走到正西。越走越遠，越走越無人煙，自己也覺乏了，便找了個大樹之下歇息。因一時困倦，枕了包裹，放倒頭便睡。及至一覺睡醒，恰好皓月當空，亮如白晝。自己定了定神，只覺的滿腹咕嚕嚕亂響，方想起昨日不曾喫飯，一時饑渴難當。又在夜闌人靜之時，那裏尋找飲食去呢。無奈何，站起身來，撢了撢土，提了包裹，一步捱一步，慢慢行來。猛見那邊燈光一晃，卻是陶氏接進懷、殷二人去了。艾虎道：「好了！有了人家，就好說了。」趲行幾步，來到跟前。卻見雙扉緊閉，側耳聽時，裏面有人說話。艾虎才待擊戶，又自忖道：「不好。半夜三更，我孤身一人，他們如何肯收留呢？且自悄悄進去看來，再做道理。」將包裹斜紮在背上，飛身上牆，輕輕落下，來到牕前。他就聽了個不也樂乎。

後來見懷寶走了，又聽殷顯與陶氏定計要害丈夫，不由的氣往上沖。因此將外屋門撬開，他便掀簾硬進屋內。這才把狗男女捆了，用石磨壓好，他就喫喝起來了。酒飯已畢，雖不足興，頗可充饑。執燈轉身出來，見那男女已然翻了白眼。他也不管，開門直往正東而來。

走了多時，不見小溪橋，心中納悶，道：「那廝說有橋，如何不見呢？」趁月色往北一望，見那邊一堆一堆，不知何物，自己道：「且到那邊看看。」那知他又把路走差了。若往南來便是小溪橋，如今他往北去，卻是船場堆木料之所。艾虎暗道：「這是甚麼所在？如何有這些木料？要他做甚？」正在納

❶ 血性：指剛強正直的性格。清忠譜書鬧：「淋漓血性，頗知忠勇三分。」

悶，只見那邊有個窩棚，燈光明亮。艾虎道：「有窩棚必有人，且自問問。」連忙來到跟前，只聽裏面有人道：「你這人好沒道理，好意叫你向火，你如何磨我要起衣服來？我一個看窩棚的，那裏有敷餘衣服呢？」艾虎輕輕掀起葦縫一看，見一人猶如水雞兒一般，戰兢兢說道：「不是俺合你要。只因渾身皆濕，縱然向火，也解不過這個冷來。俺打量你有衣服，那怕破的爛的呢。只要俺將濕衣服換下擰一擰，再向火。俺緩過這口氣來，即便還你。那不是行好呢。」看窩棚的道：「誰耐煩這些，你好好的便罷，再要多說時，連火也不給你向了。攪的我連覺也不得睡，這是從那裏說起。」艾虎在外面答言道：「你既看窩棚，如何又要睡覺呢？你真睡了，俺就偷你。」說著話，嗯的一聲，將葦簾掀起。

看窩棚的嚇了一跳，抬頭看時，見是個年幼之人，胸前斜絆著一個包袱，甚是雄壯，便問道：「你是何人？黑夜到此何事？」艾虎也不答言，一存身將包袱解下，打開拿出幾件衣服來，對著那水雞兒一般的人道：「朋友，你把濕衣脫下來，換上這衣服。俺有話問你。」那人連連稱謝，急忙脫去濕衣，換了乾衣。又與艾虎執手，道：「多謝恩公一片好心。請略坐坐，待小可稍為煖煖，即將衣服奉還。」艾虎道：「不打緊，不打緊。」說著話，席地而坐。方問道：「朋友，你為何鬧的渾身皆濕？」那人歎口氣道：「一言難盡。實對恩公說，小可乃保護小主人逃難的，不想遇見兩個狠心的船戶，將小可一篙撥在水內。幸喜小可素習水性，好容易奔出清波，來到此處。但不知我那小主落於何方？好不苦也！」艾虎忙問道：「你莫非就是甚麼『伯南哥哥』麼？」那人失驚道：「恩公如何知道小可的賤名？」艾虎便將在懷寶家中偷聽的話，一五一十的說了一遍。武伯南道：「如此說來，我家小主人有了下落了。倘若被他們賣了，那還了得！須要急急趕上方好。」

他二人只顧說話，不料那看窩棚的渾身亂抖，彷彿他也落在水內一般，戰兢兢的就勢兒跪下來，道：「我的頭領武大爺！實是小人瞎眼，不知是頭領老爺，望乞饒恕。」說罷，連連叩首。武伯南道：「你不要如此。偺們原沒見過，不知者不做罪，俺也不怪你。」便對艾虎道：「小可意欲與恩公同去追趕小主，不知恩公肯概允否？」艾虎道：「好，好，好。俺正要同你去。但不知由何處追趕？」武伯南道：「從此斜奔東南，便是神樹崗。那是一條總路，再也飛不過去的。」艾虎道：「既如此，快走，快走。」

只見看窩棚的端了一碗熱騰騰的水來，請頭領老爺喝了，趕一趕寒氣。武伯南接過來，呷了兩口道：「俺此時不冷了。」放下黃砂碗，對著艾虎道：「恩公，偺們快走罷。」二人立起，躬著腰兒出了窩棚。看窩棚的也就隨了出來。武伯南回頭道：「那濕衣服暫且放在你這裏，改日再取。」看窩棚的道：「頭領老爺放心。小人明日曬晾乾了，收拾好好的，即當送去。」他二人邁開大步，往前奔走。

此時武伯南方問艾虎：「貴姓大名？意欲何往？」艾虎也不隱瞞，說了名姓，便將如何要上陳起望尋找義父、師傅、如何貪趕路途迷失路徑、方聽見懷寶家中一切的言語說了。因問武伯南：「你為何保護小主私逃？」武伯南便將如何與鍾太保慶壽，如何大王不見了等話說了。「俺主母惟恐絕了鍾門之後，因此叫小可同著族弟武伯北保護著小姐、公子私行逃走。不想武伯北頓起惡念，將我推入山溝。幸喜小可背著公子，並無傷損。從山溝內奔到小溪橋，偏偏的就遇見他娘的懷寶了，所以落在水內。」艾虎問道：「你家小姐呢？」武伯南道：「已有智統轄追趕搭救去了。」艾虎道：「甚麼智統轄？」武伯南道：「此人姓智名化，號稱黑妖狐，與我家大王八拜之交。還有個北俠歐陽春，人皆稱他為紫髯伯。他三人結義之後，歐陽爺管了水寨，智爺便作了統轄。」艾虎聽了，暗暗思忖道：「這話語之中大有文章。」

因又問道：「山寨還有何人？」武伯南道：「還有管理旱寨的展熊飛。又有個貴客，是臥虎溝的沙龍沙員外。這些人俱是我們大王的好朋友。」艾虎聽到此，猛然省悟，哈哈大笑，道：「果然是好朋友！這些人俺全認的。俺實對你說了罷：俺尋找義父、師傅，就是北俠歐陽爺與統轄智爺。他們既都在山寨之內，必要搭救你家大王，脫離苦海。這是一番好心，必無歹意。倘有不測之時，有我艾虎一面承管，你只管放心。」武伯南連連稱謝。

他二人說著話兒，不知不覺，就到了神樹崗。武伯南道：「恩公暫停貴步。小可這裏有個熟識之家，一來打聽小主的下落，二來略略歇息喫些飲食，再走不遲。」艾虎點頭，應道：「很好，很好。」武伯南便奔到柴扉之下，高聲叫道：「老甘開門來。甘媽媽開門來。」裏面應道：「甚麼人叫門？來了，來了！」柴門開處，出來個店媽媽，這是已故甘豹之妻。見了武伯南，滿臉陪笑，道：「武大爺一向少會。今日為何黃夜到此呢？」武伯南道：「媽媽快掌燈去。我還有個同人在此呢。」甘媽媽忙轉身掌燈。這裏武伯南將艾虎讓到上房。甘媽媽執燈將艾虎打量一番，見他年少軒昂，英風滿面，便問道：「此位貴姓？」武伯南道：「這是俺的恩公，名叫艾虎。」甘媽媽聽了「艾虎」二字，由不的一愣，不覺的順口失聲道：「怎麼也叫艾虎呢？」艾虎聽了詫異，暗道：「這婆子失驚有因，俺倒要問問。」才待開言，只聽外面又有人叫道：「甘媽媽開門來。」婆子應道：「來了，來了！」

不知叫門者誰，且聽下回分解。

第一百十九回　神樹崗小俠救幼子　陳起望眾義服英雄

且說甘媽媽剛要轉身，武伯南將他拉住，悄悄道：「倘若有人背著個小孩子，你可千萬把他留下。」婆子點頭會意。連忙出來，開了柴扉，一看誰說不是懷寶呢。

他因背著鍾麟甚是喫力，而且鍾麟一路哭哭喊喊，合他要定了伯南哥哥咧。這懷寶百般的哄誘，惟恐他啼哭被人聽見。背不動時，放下來哄著走。這鍾麟自幼兒嬌生慣養，如何黴夜之間走過荒郊曠野呢。又是害怕，又是啼哭，總是要他伯南哥哥。把個懷寶磨了個吐天哇地，又不敢高聲，又不敢嗔嚇，因此耽延了工夫。所以武伯南、艾虎後動身的倒先到了，他先動身的倒後到了。這也是天網恢恢❶，其中自有道理。

甘婆道：「你又幹這營生！」懷寶道：「媽媽不要胡說。這是我親戚的小廝，被人拐去，是我將他救下，送還他家裏去。我是連夜走的乏了，在媽媽這裏歇息歇息，天明就走。可有地方麼？」甘婆道：「上房有客，業已歇下。現有廂房閒著，你可要安安頓頓的，休要招的客人犯疑。」懷寶道：「媽媽說的是。」說罷，將鍾麟背進院來。甘婆閉了柴扉，開了廂房，道：「我給你們取燈去。」懷寶來到屋內，

---

❶ 天網恢恢：比喻天道廣大，無所不包。恢恢，廣大。老子：「天網恢恢，疏而不失。」後來借指國家法網雖寬，但不會漏掉壞人。

將鍾麟放下。甘婆掌上了燈。

只聽鍾麟道：「這是那裏？我不在這裏。我要我的伯南哥哥呢。」說罷，哇的一聲又哭了。急的懷寶連忙悄悄哄道：「好相公，好公子，你別哭。你伯南哥哥少時就來。你若困了，只管睡。管保醒了，你伯南哥哥就來了。」真是小孩子好哄。他這句話倒說著了。登時鍾麟張牙欠口，打起哈氣來。懷寶道：「如何！我說困了不是！」連忙將衣服脫下，鋪墊好了。鍾麟也是鬧了一夜，又搭著哭了幾場，此時也真就乏了，歪倒身便呼呼睡去。甘婆道：「老兒，你還喫甚麼不喫？」懷寶道：「我不喫甚麼了。背著他累了個骨軟筋酥，我也要歇歇了。求媽媽黎明時就叫我，千萬不要過晚了。」甘婆道：「是了，我知道了。你挺屍❷罷。」熄了燈，輕身出了廂房，將門倒扣好了。他悄悄的又來到上房。

誰知艾虎與武伯南在上房悄悄靜坐，側耳留神，早已聽了個明白。先聽見鍾麟要伯南哥哥，武伯南一時心如刀攪，不覺得落下淚來。艾虎連忙擺手，悄悄道：「武兄不要如此。他既來到這裏，俺們遇見，還怕他飛上天去不成？」後來又聽見他們睡了，更覺放心。

只見甘婆笑嘻嘻的進來，悄悄道：「武大爺恭喜，果是那話兒。」武伯南問道：「他是誰？」甘婆道：「怎麼大爺不認得？他就是懷寶呀。認了一個乾兄弟，名叫殷顯，更是個混賬行子❸，合他女人不乾不淨的。三個人搭幫過日子，專幹這些營生。大爺怎麼上了他的賊船呢？」武伯南道：「俺也是一時粗心，失於檢點。」復又笑道：「俺剛脫了他的賊船，誰知卻又來到你這賊店。這才是躲一棒槌，挨一

❷ 挺屍：罵人的話。指睡覺或躺著休息。

❸ 行子：傢伙。

榔頭呢。」甘婆聽了，也笑道：「大爺到此，婆子如何敢使那把戲兒？休要湊趣❹。請問二位，還歇息不歇息呢？」艾虎道：「我們救公子要緊，不睡了。媽媽這裏可有酒麼？」甘婆道：「有，有，有。」艾虎道：「如此很好。媽媽取了酒來，安放杯箸，還有話請教呢。」甘婆轉身，去了多時，端了酒來。艾虎上座，武伯南與甘婆左右相陪。

艾虎先飲了三盃，方問道：「適才媽媽說甚麼也叫『艾虎』？這話內有因，倒要說個明白。」甘婆道：「艾爺若不問，婆子還要請教呢。艾爺可認得歐陽春與智化嗎？」艾虎道：「北俠是俺義父，黑狐是俺師傅。如何不認得呢？」甘婆道：「這就奇怪了。這次怎麼與前次一樣呢？艾爺可有兄弟麼？」艾虎道：「俺只一人，並無手足。這是何人冒了俺的名兒？請道其詳。」甘婆便將有主僕二人投店，主人也叫艾虎，原想託蔣爺為媒，將女兒許配於他的話說了一遍。艾虎更覺詫異，道：「既有蔣四爺在場，此事再也不能舛錯。這個人卻是誰呢？真真令人納悶。」甘婆道：「蔣爺還說艾虎姪兒已經定親，想替盧珍姪兒定下這頭親，待見了盧爺即來納聘，至今也無影響。」

艾虎道：「媽媽不要著急。俺們明日就到陳起望，蔣四叔現在那裏。媽媽何不寫一信去問問？到底是何原因，能有個水落石出，如不能寫信，俺一人也可以問個明白，或給媽媽寫信，或俺再到這裏說個明白。」甘婆道：「好，寫信倒容易，不瞞二位說，女兒筆下頗能。待我合他商議寫信去。」說罷，起身去了。

這裏武伯南便問艾虎道：「恩公，廂房之人，偺們是這裏下手，還是攔路邀截呢？」艾虎道：「這裏不好。他原是村店，若沾污了，以後他的買賣怎麼作呢？莫若邀截為是。」武伯南笑道：「恩公還不

❹ 湊趣：逗笑取樂。湊，亦作「湊」。

知道呢。這老婆子也是個殺人不眨眼的母老虎。當初有他男人在世，這店內不知殺害了多少人呢。」剛說到此，只見甘婆手持書信，笑嘻嘻進來，說道：「書已有了。就勞動艾爺，見了蔣四爺，當面交付。婆子這裏等著回信。」說罷，福了一福。艾爺接過書來，揣在懷中，也還了一揖。

甘婆問道：「廂房那人怎麼樣？」武伯南道：「方才我們業已計議。艾爺惟恐連累了你這裏，俺們上途中邀截去。」甘婆道：「也倒罷了。待我將他喚醒。」立時來到廂房，開了門，對上燈，才待要叫。只聽鍾麟說道：「我要我伯南哥哥呀！」卻從夢中哭醒。懷寶是賊人膽虛，也就驚醒了。先喚鍾麟，然後穿上衣服，將鍾麟背上，給甘婆道了謝，說：「等回來再補報罷。」甘婆道：「你去你的罷，誰望你的補報呢。但願你這一去永遠可別來了。」一壁說，一壁開了柴扉，送到門外，見他由正路而去。

甘婆急轉身來到上房，道：「他走的是正路。你二位從小路而去，便迎著了。」武伯南道：「不勞費心，這些路途我都是認得的。恩公隨我來。」武伯南在前，艾虎隨後，別了甘婆，出了柴扉，竟奔小路而來。二人復又商議，叫武伯南搶鍾麟好好保護，艾虎卻動手，了結懷寶。說話間，已到要路。武伯南道：「不必迎了上去，就在此處等他罷。」

不多時，只聽鍾麟哭哭啼啼，遠遠而來。武伯南先迎了去，也不揚威，也不吶喊，惟恐嚇著小主，只叫了一聲：「公子，武伯南在此，快跟我來。」懷寶聽了咯噔一聲，打了個冷戰兒。剛要問是誰，武伯南已到身後，將公子扶住。鍾麟哭著說道：「伯南哥，你想煞我了！」一挺身早已離了懷寶的背上，到了伯南的懷中。這惡賊一見，說聲「不好」，往前就跑。剛要邁步，不防腳下一掃，「噗哧」嘴按地，爬倒塵埃。只聽噹的一聲，脊背上早已著了一腳。懷寶哎喲了一聲，已然昏過去了。艾虎對著伯南道：

「武兄抱著公子先走。俺好下手收拾這廝。」武伯南也恐小主害怕，便抱著往回路去了。艾虎背後，拔刀在手，口說：「我把你這惡賊……」一刀斬去，懷寶了賬。小俠不敢久停，將刀入鞘，佩在身邊，趕上武伯南，一同直奔陳起望而來。

且說鍾雄到了五鼓雞鳴時，漸漸有些轉動聲息，卻不醒，因昨日用的酒多了的緣故。此時歐陽春、沙龍、展昭帶領著丁兆蕙、蔣平、柳青與本家陸彬、魯英，以及龍濤、姚猛等，大家環繞左右。惟有黑妖狐智化就在臥榻旁邊靜候。這廳上點的明燈蠟燭，照如白晝。雖有多人，一個個鴉雀無聲。又遲了多會，忽聽鍾雄嘟囔道：「口燥得緊，快拿茶來。」早已有人答應，伴當將濃濃的溫茶捧到。智爺接過來，低聲道：「茶來了。」鍾雄矇矓二目，伏枕而飲，又道：「再喝些。」伴當急又取來，鍾雄照舊飲畢。略定了定神，猛然睜開二目，看見智化在旁邊坐著，便笑道：「賢弟為何不安寢？劣兄昨日酒深，不覺得沉沉睡去。想是賢弟不放心。」說著話，復又往左右一看，見許多英雄環繞，心中詫異。一骨碌身爬起來看時，卻不是水寨的書房。再一低頭，見自己穿著一身漁家服色，不覺失聲道：「哎喲！這是那裏？」歐陽春道：「賢弟不要納悶，我等眾弟兄特請你到此。」沙龍道：「此乃陳起望陸賢弟的大廳。」陸彬向前道：「草舍不堪駐足❺，有屈大駕。」鍾雄道：「俺如何來到這裏？此話好不明白。」

智化方慢慢的道：「大哥，事已如此，小弟不得不說了。我們俱是欽奉聖旨，謹遵相諭，特為平定襄陽，訪拿奸王趙爵而來。若論捉拿奸王，易如反掌。因有仁兄在內，惟恐到了臨期，玉石俱焚，實實不忍。故此我等設計投誠水寨，費了許多周折，方將仁兄請到此處。皆因仁兄是個英雄豪傑。試問天下

❺ 駐足：停步；停留。這裏是謙詞，其意為條件差。

至重者莫若君父。大丈夫作事，焉有棄正道，願歸邪黨的道理？然而人非聖賢，孰能無過。這也是仁兄雄心過豪❻，不肯下氣。所以我等略施詭計，將仁兄誆到此地，一來為匡扶社稷，二來為成全朋友，三來不愧你我結拜一場。此事都是小弟的主意，望乞仁兄恕宥。」說罷，便屈膝跪於床下。展爺帶著眾人，誰不搶先，噗的一聲，全都跪了。這就是為朋友的義氣。

鍾雄見此光景，連忙翻身下床，也就跪下，說道：「俺鍾雄有何德能，敢勞眾位弟兄的過愛，費如此的心機，實在擔當不起！鍾雄乃一魯夫，皆因聞得眾位仁兄賢弟英名貫耳，原有些不服氣，以為是恃力欺人，不想是義重如山。俺鍾雄渺視賢豪，真真愧死。如今既承眾位弟兄的訓誨，若不洗心改悔，便非男子。眾位仁兄賢弟請起。」大家見鍾雄豪爽梗直，傾心向善，無不歡喜之至。彼此一同站起，大家再細細談心。

未知後文如何，且聽下回分解。

---

❻ 過豪：即過高。

第一百二十回　安定軍山同歸大道　功成湖北別有收緣

且說鍾雄聽智化之言，恍然大悟。又見眾英雄義重如山，欣然向善。所謂「同聲相應，同氣相求」❶者也。

世間君子與小人原是冰炭不同爐的。君子可以立小人之隊，小人再不能入君子之群。什麼緣故呢？是氣味不能相投，品行不能同道。即如鍾雄他原是豪傑朋友，皆因一時心高氣傲，所以差了念頭。如今被眾人略略規箴，登時清濁立辨，邪正分明，立刻就離了小人之隊，入了君子之群，何等暢快，何等大方。他既說出洗心改悔，便是心悅誠服；決不是那等反覆小人，今日說了，明日不算，再不然，鬧矯強，鬥經濟，怎麼沒來由怎麼好，那是何等行為？

又有一比：君子如油，小人如水。假如一鍋水坐在火上，開了時，滾上滾下，毫無停止，比著就是小人糊掄混攪，你來我往，自稱是正人君子。及至見了君子，他又百般的欺侮，說人家酸，說人家大不背容留。那知道那君子更不把他們放在眼裏。理也不理，善善的躲開。由著他們去，彷彿一鍋開水，滴上一點油兒。那油兒在水的浮皮上，決不淆混。那水開的厲害了，這油不過往鍋邊一溜兒，坐觀成敗而

❶同聲相應二句：指志趣相同，相投的人相應和，自然地結合在一起。易乾：「同聲相應，同氣相求。」孔穎達疏：「同聲相應者，若彈宮而宮應，彈角而角動是也。」

已。這是君子可以立小人之隊。若小人立了君子之群，則不然。假如一群，雖然不顯平平無奇，正是君子修品立行的高貴之處。若無臭、和藹至甚，小人看見以為可以附和。不管好歹，非要跳入。他那知那正氣利害，真是如見其肺肝。然自己覺著跼蹐不安，坐立難定，熬煎的受不得了，只落得他逃之夭夭。彷彿油已熱了，滴了一點兒水。這水到了油內，見他俱是正道油，自己不知是那一道，實在的不合群兒，只得壁哩吧啦，一陣混爆。連個渣兒皆不容留。多咱完了，依然一鍋清油照舊的和平寧靜而已。

再說眾位英雄立起身來，其中還有二人不認得。及至問明，一個是茉花村的雙俠丁兆蕙，一個是那陷空島四義蔣澤長。鍾雄也是素日聞名，彼此各相見了。

此時陸彬早已備下酒筵，調開桌椅，安放盃箸，大家團團圍住。上首是鍾雄，左首是歐陽春，右首是沙龍。以下是展昭、蔣平、丁兆蕙、柳青，連龍濤、姚猛、陸彬、魯英等共十一籌好漢。陸彬執壺，魯英把盞，先遞與鍾雄。鍾雄笑道：「怎麼又喝酒呢？劣兄再要醉了，又把劣兄弄到那裏去？」眾人聽了，不覺大笑。陸彬笑著道：「仁兄再要醉了，不消說了，一定是送回軍山去了。」鍾雄一壁笑，一壁接酒，道：「承情，承情。多謝，多謝。」陸彬挨次斟畢，大家就座。

鍾雄道：「話雖如此說，俺鍾雄到底如何到了這裏？務要請教。」智化便說：「起初展兄與徐三弟落在塹坑，被仁兄拿去，是蔣四兄砍斷竹城將徐三弟救出。」說到此，鍾雄看了蔣四爺一眼，暗想：「這樣瘦弱，竟有如此本領！」智爺又道：「皆因仁兄要魚，是小弟與丁二弟扮作漁戶，混進水寨，才瞧了招賢榜文。」鍾雄又瞅了丁二爺一眼，暗暗佩服。智化又道：「次日是小弟與歐陽春兄進寨投誠。那時已知沙大哥被襄陽王拿去。因仁兄愛慕沙大哥，所以小弟假奔臥虎溝，卻叫歐陽兄詐說展大哥，以及合襄陽王將沙大哥要來。這全是小弟的計策，哄誘仁兄。」鍾雄連連點頭，又問道：「只是劣兄如何來到此呢？」智化道：「皆因仁兄的千秋，我等計議，一來慶壽，二來奉請，所以先叫蔣四弟聘請柳賢弟去。因柳賢弟有師傅留下的斷魂香。」鍾雄聽到此，已然明白，暗暗道：「敢則俺著了此道了。」不由的又瞧了一瞧柳青。智化接著道：「不料蔣四弟聘請柳賢弟時，路上又遇見了龍、姚二位。小弟因他二位身高力大，背負仁兄，斷無失閃，故此把仁兄請到此地。」鍾雄道：「原來如此。但只一件，既把劣兄背出來，難道無人盤問麼？」智化道：「仁兄忘了麼？可記得昨日展大哥穿的服色，人人皆知，個個看見。臨時給仁兄更換穿了，口口聲聲『展大哥醉了』，誰又問呢？」鍾雄聽畢，鼓掌大笑道：「妙呀！想的周到，做的機密。俺鍾雄真是醉裏夢裏，這些事俺全然不覺。虧了眾位仁兄賢弟成全了鍾雄，不致叫鍾雄出醜。鍾雄敢不佩服，能不銘感。如今眾位仁兄賢弟歡聚一堂，把往日的豪強自雄，侮慢❷英賢，不覺的可恥又可笑了。」眾人見鍾雄自怨自艾❸，悔過自新，無不稱羨：「好漢子！好朋友！」各各快樂非常。惟有智化半點不樂。

鍾雄問道：「賢弟，今日大家歡聚，你為何有些悶悶呢？」智化半晌道：「方才仁兄說小弟想的周到，做的機密。那知竟有不周到之處。」鍾雄問道：「還有何事不周到呢？」智化歎道：「皆因小弟一時忽略，忘記知會。嫂嫂只當有官兵捕緝，立刻將姪兒、姪女著人帶領逃走了。」真是英雄氣短，兒女

---

❷ 侮慢：欺侮輕慢、傲慢。

❸ 自怨自艾：這裏指悔恨自己的錯誤，並加以改正。孟子萬章：「太甲悔過，自怨自艾。」現今則為自我悔恨、責備之意。艾，音ㄧˋ。

情長。鍾雄聽了此句話，驚駭非常，忙問道：「交與何人領去？」智化道：「就交與武伯南、武伯北了。」鍾雄聽見交與武氏兄弟，心中覺得安慰，點了點頭，道：「還好。他二人可以靠得。」智化道：「好甚麼！是小弟見了嫂嫂之後，急忙從山後趕去。忽聽山溝之內有人言語，問時卻是武伯南，背負著姪兒落將下去。又問明了，幸喜他主僕並無損傷。仁兄，你道他主僕如何落在山溝之內？」鍾雄道：「想是夤夜逃走，心忙意亂，誤落在山溝。」智化搖頭道：「那裏是誤落。卻是武伯北將他主僕推下去的，他便迫著姪女上馬往西去了。」鍾雄忽然改變面皮道：「這廝意欲何為？」眾人聽了也為之一驚。智化道：「是小弟急急趕去，又遇見兩個採藥的將小弟領去。誰知武伯北正在那裏持刀威嚇姪女。」鍾雄聽至此，急的咬牙搓手。魯英在旁，高聲嚷道：「反了！反了！」龍濤、姚猛二人早已立起身來。智化忙攔道：「不要如此，不要如此，聽我往下講。」鍾雄道：「賢弟快說，快說。」智化道：「偏偏的小弟手無寸鐵，止於揀了幾個石子。第一石子就把那廝打倒，趕步搶過刀來，連連搠了幾下。兩個採藥人又用藥鋤刨了個不也樂乎。」魯英、龍濤、姚猛哈哈大笑，道：「好呀！這才爽快呢。」眾人也就歡喜非常，鍾雄臉上顏色略為轉過來。智化道：「彼時姪女已然昏迷過去，小弟上前喚醒。誰知這廝用馬鞭，將姪女周身抽的已然體無完膚。虧得姪女勇烈，掙扎乘馬，也就來到此處。」鍾雄道：「亞男現在此處麼？」陸彬道：「現在後面，賤內與沙員外兩位姑娘照料著呢。」鍾雄便不言語了。

智化道：「小弟憂愁者，正為不知姪兒下落如何。」鍾雄道：「大約武伯南不至負心。只好等天亮時，再為打聽便了。只是為小女，又叫賢弟受了多少奔波，多少驚險，劣兄不勝感激之至。」智化見鍾雄說出此話，心內更覺難受，惟有盼望鍾麟而已。大家也有喝酒的，也有喝湯的，也有靜坐閒談的。

不多時，天已光亮。忽見莊丁進來稟道：「外面有一位少爺名叫艾虎，同著一個姓武的帶著公子回來了。」智化聽了，這一樂非同小可，連聲說道：「快請，快請！」智化同定陸彬、魯英連龍濤、姚猛俱各迎了出來，只見外面進來了三人：艾虎在前，武伯南抱著公子在後。艾虎連忙參見智化。智化伸手攙起來道：「你從何處而來？」艾虎道：「特為尋找你老人家。不想遇見武兄，救了公子。」此時武伯南也過來了，先問道：「統轄老爺，俺家小姐怎麼樣了？」智化道：「已救回在此。」鍾麟聽見姐姐也在這裏，更喜歡了，便下來與智化作揖見禮。智化連忙扶住，用手拉著鍾麟，進了大廳。鍾麟一眼就看見爹爹坐在上面，不由的跪倒跟前，哇的一聲哭了。鍾雄此時也就落下幾點英雄淚來了。便忙說道：「不要哭，不要哭。且到後面看姐姐去。」陸彬過來，哄著進內去了。

此時艾虎已然參見了歐陽春與沙龍。北俠指引道：「此是你鍾叔父，過來見了。」鍾雄連忙問道：「此位何人？」北俠道：「他名艾虎，乃劣兄之義子，沙大哥之愛婿，智賢弟之高徒也。」鍾雄道：「莫非常提小俠，就是這位賢姪麼？好呀！真是少年英俊，果不虛傳。」艾虎又與展爺、丁二爺、蔣四爺一一見了。就只柳青、姚猛不認得，智化也指引了。大家歸座。

智化便問艾虎：「如何來到這裏？」艾虎從保護施俊說起，直說到遇見武伯南，救了公子，殺了懷寶，始末原由說了一遍。鍾雄聽到後面，連忙立起身來，過來謝了艾虎。

此時武伯南從外面進來，雙膝跪倒，匍匐塵埃，口稱：「小人該死！」鍾雄見武伯南如此，反倒傷起心來，長歎一聲道：「俺待你弟兄猶如子姪一般，不料武伯北竟如此的忘恩負義！他已處死，俺也不計較了。你為吾兒險些喪了性命，如今保全回來，不絕俺鍾門之後。這全是你一片忠心所致，何罪之有？」

說罷，伸手將武伯南拉起。眾位英雄見鍾太保如此，各各誇獎，說他恩怨分明，所行甚是。

鍾雄復又歎一口氣，道：「好叫眾位兄弟得知。仔細想來，都是俺鍾雄的罪孽，幾幾乎使得兒女遭殃。若非急早回頭，將來禍幾不測。從此打破迷關，這身衣正合心意，俺鍾雄直欲與漁樵過此生了。」眾人聽鍾雄大有退隱之意，才待要勸，只見沙龍將鍾雄拉住，道：「賢弟，你我同病相憐，不要如此。劣兄若非奸王囚禁，你兩個姪女如何也能彀來到此處呢？千萬不要灰了壯志，妄打迷關。將來是要入魔呢。」眾人聽了，不覺大笑，鍾雄也就笑了。

於是復又入座。智化道：「事不宜遲。就叫武頭領急回軍山，快快報與嫂嫂知道，好叫嫂嫂放心。」鍾雄道：「莫若將賤內悄悄接來。劣兄既脫離了苦海，還回去做甚？」智化道：「仁兄又失於算計了。仁兄若不回軍山，難免走漏風聲，奸王又生別策。莫若仁兄仍然佔住軍山，按兵不動，以觀襄陽的動靜如何。再者小弟等也要同回襄陽去。」便將方山居址說明，現有臥虎溝的好漢俱在那裏。鍾雄聽了歡喜，道：「既如此，劣兄就派姜鎧保護家小，也赴襄陽。劣兄一人在此虛守寨柵，方無罣礙❹。」智化連連稱善。依然叫武伯南先回軍山送信。到傍晚，鍾雄方才回去。

此時艾虎已將甘媽媽的書信給蔣四爺看了。蔣平便將玉蘭情願聯姻的話說了。大家歡喜，俱各說道：「莫若通知盧方大哥，說起這段姻緣曲折，看他意思，如若允諾，再替盧珍定下玉蘭便了。」這一日，大家歡聚，快樂非常。又計議定了，女眷先行起身。就求姜氏夫人帶領著鳳仙、秋葵、亞男、鍾麟，卻派姜鎧、龍濤、姚猛跟隨護送。其餘大家隨後起身。到了晚間，用兩隻大船，除了陸彬、魯英在家料理，

❹ 罣礙：也作「掛礙」。牽掣；障礙。罣，牽絆；懸掛。

所有眾英雄俱到軍山。鍾雄見了姜氏，悲喜交集，說明了緣故，即刻收拾細軟，乘船到陳起望，暗暗起身。這裏眾英雄歡聚了兩日，告別了鍾太保，也就赴襄陽去了。

要知群雄戰襄陽，眾虎遭魔難，小俠到陷空島、茉花村、柳家莊三處飛報信，柳家五虎奔襄陽，艾虎過山收服三寇，柳龍趕路結拜雙雄，盧珍單刀獨闖陣，丁蛟、丁鳳雙探山，小弟兄襄陽大聚會，設計救群雄，直到眾虎豪傑脫難，大家共議破襄陽，設圈套捉拿奸王，施妙計掃除眾寇，押解奸王，夜趕開封府，肅清襄陽郡，又敘鍘斬襄陽王，包公保眾虎，小英雄金殿同封官，顏查散奏事封五鼠，眾英雄開封大聚首，群俠義公廳同結拜，多少熱鬧節目，不能一一盡述。也有不足百回，俱在小五義書上，便見分明。詞曰：

日日深杯酒滿，朝朝小圃花開。自歌自舞自開懷，且喜無拘無礙。
青史幾番春夢？紅塵多少奇才？不須計較與安排，領取而今現在。

專家校注考訂　古典小說戲曲大觀

世俗人情類

紅樓夢　饒彬校注
脂評本紅樓夢　馬美信校注
金瓶梅　劉本棟校注
老殘遊記　田素蘭校注
平山冷燕　張國風校注
品花寶鑑　徐德明校注
野叟曝言　黃珅校注
綠野仙踪　葉經柱校注
禪真逸史　黃珅校注
海上花列傳　姜漢椿校注
九尾龜　楊子堅校注
醒世姻緣傳　袁世碩、鄒宗良校注
三門街　嚴文儒校注
花月痕　趙乃增校注
孽海花　葉經柱校注
魯男子　黃珅校注
遊仙窟　玉梨魂（合刊）　黃瑚、黃珅校注
筆生花　黃明校注
浮生六記　陶恂若校注
玉嬌梨　石昌渝校注
好逑傳　石昌渝校注
啼笑因緣　束忱校注
歧路燈　侯忠義校注

公案俠義類

水滸傳　繆天華校注
兒女英雄傳　繆天華校注
三俠五義　張虹校注
七俠五義　楊宗瑩校注
小五義　李宗為校注
續小五義　文斌校注
蕩寇志　侯忠義校注
綠牡丹　劉倩校注
羅通掃北　劉倩校注
楊家將演義　楊子堅校注
萬花樓演義　陳大康校注
粉妝樓全傳　陳大康校注
七劍十三俠　張建一校注
包公案　顧宏義校注
海公大紅袍全傳　楊同甫校注
施公案　黃珅校注
乾隆下江南　姜榮剛校注

歷史演義類

三國演義　饒彬校注
東周列國志　劉本棟校注
東西漢演義　朱恒夫校注
隋唐演義　嚴文儒校注
說岳全傳　平慧善校注
大明英烈傳　楊宗瑩校注

神魔志怪類

西遊記　繆天華校注
封神演義　楊宗瑩校注
濟公傳　楊宗瑩校注
三遂平妖傳　楊東方校注
南海觀音全傳　達磨出身傳燈傳（合刊）　沈傳鳳校注

諷刺譴責類

儒林外史　繆天華校注
官場現形記　張素貞校注
文明小史　張素貞校注
鏡花緣　尤信雄校注
二十年目睹之怪現狀　石昌渝校注
何典　斬鬼傳　唐鍾馗平鬼傳（合刊）　鄔國平校注

擬話本類

拍案驚奇　劉本棟校注
二刻拍案驚奇　徐文助校注
喻世明言　徐文助校注
警世通言　徐文助校注
醒世恒言　廖吉郎校注
今古奇觀　李平校注
豆棚閒話　照世盃（合刊）　陳大康校注
石點頭　李忠明校注
十二樓　陶恂若校注
西湖佳話　陳美林、喬光輝校注
西湖二集　陳美林校注
型世言　侯忠義校注

著名戲曲選

竇娥冤　王星琦校注
漢宮秋　王星琦校注
梧桐雨　王星琦校注
琵琶記　江巨榮校注
第六才子書西廂記　張建一校注
牡丹亭　邵海清校注
荊釵記　趙山林校注
荔鏡記　趙山林、趙婷婷校注
長生殿　樓含松、江興祐校注
桃花扇　陳美林、皐于厚校注
雷峰塔　俞為民校注
倩女離魂　王星琦校注

國家圖書館出版品預行編目資料

三俠五義／石玉崑著;張虹校注;楊宗瑩校閱.——三版一刷.——臺北市：三民，2021
冊；　公分.——（中國古典名著）

ISBN 978-957-14-7298-0（全套：平裝）

857.44　　　110015682

中國古典名著

三俠五義（下）

作　　者｜石玉崑
校 注 者｜張　虹
校 閱 者｜楊宗瑩

發 行 人｜劉振強
出 版 者｜三民書局股份有限公司
地　　址｜臺北市復興北路 386 號（復北門市）
　　　　　臺北市重慶南路一段 61 號（重南門市）
電　　話｜(02)25006600
網　　址｜三民網路書店 https://www.sanmin.com.tw

出版日期｜初版一刷 1998 年 3 月
　　　　　二版二刷 2008 年 6 月
　　　　　三版一刷 2021 年 10 月
書籍編號｜S854060
I S B N｜978-957-14-7298-0

三民書局